KB036865

○

해피엔딩
으로
만나요

●

샤를로테 루카스는 비프케 로렌츠의 또 다른 필명이다. 뒤셀도르프에서 태어나 성장했으며 트리어 대학교에서 독문학, 영문학, 미디어학을 전공했고 현재 함부르크에 살고 있다. 언니와 함께 안네 헤르츠라는 필명으로 수백만 부가 넘는 판매부수를 올린 베스트셀러 작가이기도 하다. 심리스릴러 《가장 사랑하는 언니》, 《타인은 지옥이다》, 《너도 곧 쉽게 될 거야》는 비평가와 독자에게 많은 사랑을 받았다. 《당신의 완벽한 1년》은 샤를로테 루카스라는 필명으로 펴낸 첫 장편소설로, 출간되자마자 〈슈피겔〉 지 베스트셀러 목록에 올랐으며 프랑크푸르트 도서전 화제작으로 떠오르며 10여 개 국가에 번역판권이 판매되었다. 《해피엔딩으로 만나요》는 샤를로테 루카스라는 필명으로 나온 두 번째 작품이다.

서유리는 한국외국어대학교 통번역대학원 한독과를 졸업했다. 독일 하이델베르크 대학교에서 외국인을 위한 독일어교수법 과정을 수료하고, 현재 국제회의통역사와 번역가로 활동중이다. 옮긴 책으로는 《당신의 완벽한 1년》, 《내 옆에는 왜 이상한 사람이 많을까?》, 《사라진 소녀들》, 《살인자의 딸》, 《상어의 도시》, 《당신의 기억을 지워드립니다》, 《타인은 지옥이다》, 《관찰자》 외 다수가 있다.

CHARLOTTE LUCAS

해피
엔딩
으로
만나요

샤를로테 루카스 장편소설
서유리 옮김

북펌 bookfirm

Wir sehen uns beim Happy End

by Charlotte Lucas

Copyright ⓒ 2017 by Bastei Lübbe AG, Köln

Korean Translation Copyright ⓒ 2018 by FromBooks
Korean edition is published by arrangement with Bastei Lübbe AG, Köln
through BC Agency, Seoul

○

언니 프라우케 쇼이네만에게,
옛날에 나에게 많은 이야기를 들려줘서 정말 고마워!

●

끝에는 다 잘될 것이다.
잘되지 않았다면 아직 끝난 것이 아니다.
– 예밀리아 파우스트, 오스카 와일드로부터 도용 –

〈콜드 마운틴〉정말 미쳐버릴 것 같아요!

사랑하는 구독자 여러분

모두들 자고 있을 이 시간에 또 글을 남깁니다. 오늘 저녁, 아니 어제 저녁에 너무 흥분을 해서 '더 나은 결말'에 당장 새로운 글을 올릴 수밖에 없었어요.

P가 같이 보고 싶은 영화가 있다고 해서 집에서 함께 영화를 봤어요. 주드 로, 니콜 키드먼 그리고 르네 젤위거가 나오는 〈콜드 마운틴〉이라는 영화였는데 P는 영화의 결말이 좋게 끝난다고 호언장담했어요. 심지어 〈콜드 마운틴〉은 나 같은 로맨티스트한테 정말 딱 맞는 영화고 아주 감동적이고 훌륭한 영화라고 주장했어요.

그래서 영화가 어땠냐고요? 저는 정말 경악을 금치 못했어요! 이미 이 영화를 보신 분들은 그 이유를 잘 아실 거예요. 영화는 2시간 반 동안 두려움, 비참함, 슬픔 그리고 전쟁을 보여주더니 끝나기 직전에 주드 로는 니콜 키드먼과 단 한 번 사랑의 밤을 보낸 후 결국 총에 맞아 죽어버려요!

정말 총에 맞아 죽어요! 사랑하는 남자 주인공이 탕탕탕 총에 맞아 목숨을 잃어요! 이보다 더 끔찍한 영화의 결말은 아마 없을 거예요!

물론 P는 영화의 결말을 착각한 것 같다며 손이 발이 되게 빌었어요. 하지만 아무리 사과를 했어도 그 끔찍한 결말이 제 머릿속에서 떠나지 않고 계속 맴돌고 있어요.

그래서 세 시간 동안 컴퓨터 앞에 매달려서 〈콜드 마운틴〉을 위한 해피엔딩을 만들어냈어요. 이곳에 올릴 테니, '아름다운!' 결말을 즐기시기를 바랍니다.

저는 이제 그만 들어가서 눈을 좀 붙여야겠어요. 내일은(오늘은) 휴일이라 일찍 나가지 않아도 돼서 그나마 다행이에요.

아, 그리고 다음 주부터는 저의 결혼식 준비과정에 대한 글을 다시 올릴 예정입니다. 날짜가 점점 다가오고 있으니 어디서 식을 올릴지 빨리 결정해야겠어요. 빨리 정하지 않으면 예약이 다 차버리니까요. 이미 봐둔 곳이 몇 군데 있는데 다음에 한번 자세히 소개해볼게요. 아무튼 이번에는 〈콜드 마운틴〉에 대한 글을 올리는 것이 정말 더 급했어요.

모두 잘 자요! 그리고 항상 명심하세요.

'끝에는 다 잘될 것이다.

잘되지 않았다면 아직 끝난 것이 아니다.'

사랑을 듬뿍 담아

엘라 신데렐라

댓글 (256)

달콤한 달을 꿈꾸는 소녀, 07:33

맙소사, 〈콜드 마운틴〉이라니! 저도 예전에 이 영화를 보고 정말 악몽에 시달릴 정도로 결말이 너무 끔찍했어요. 사실은 영화가 전반적으로 끔찍했어요. P가 무슨 생각으로 그 영화를 같이 보자고 했을까요? 원래는 아주 센스 있고 다정다감한 분이잖아요! 엘라 님, 제가 살포시 안아드릴게요. 그리고 더 나은 결말을 올려주셔서 감사해요. 지금 당장 읽어봐야겠어요. ☺

반짝이 요정 XXL, 07:38

헉! 저는 이 영화를 못 봤지만 엘라 님이 쓰신 글을 보니 안 본 게 천만다행이네요. P가 정말 잘못했네요. 내일 꽃다발이라도 들고 와서 싹싹 비셔야겠어요! 그럼 안녕히 주무시고 좋은 꿈을 꾸기를 바라요. 꼭이요!

Loveisallaround_82, 07:41

고마워요, 고마워요, 정말 고마워요! 이 영화가 몇 년째 제 머릿속에서 맴돌았는데 엘라 님 덕분에 새로운 결말이 생겼네요. 엘라 님은 역시 최고예요!

BLOXXX BUSTER, 08:11

이게 대체 무슨 짓이죠? 〈콜드 마운틴〉은 세기의 걸작인데 결말을 이렇게 자기 입맛대로 함부로 바꿔버리다니 정신 나간 거 아니에요? 시간이 남아도는 모양이군요. 진짜 할 일 없는 여편네들이나 하는 한심한 짓거리.

Little_Miss_Sunshine_and_Princess, 08:17
Bloxxx 님은 함부로 입을 놀리지 마세요! 엘라 님의 글이 마음에 들지 않으면 굳이 여기까지 찾아와 글을 읽을 필요는 없잖아요. 그냥 가서 플레이스테이션으로 게임을 하거나 텔레비전이나 봐요!

엘라 신데렐라, 08:23
Miss Sunshine님 고마워요! ♡

Little_Miss_Sunshine_and_Princess, 08:24
다시 깼어요? 엄청 피곤하겠어요!

엘라 신데렐라, 08:28
히히 진짜 피곤해요.

다른 댓글 248개 보기

1

—

'엘라' 라고 불리는 에밀리아 파우스트는 결말이 좋아야 좋은 이야기라는 절대적인 확신을 갖고 있는 사람이었다.

6년 넘게 연인 사이로 지내온 필립이 엘라의 이런 신조를 모를 리 없었다. 책이나 영화가 비극적인 결말로 끝나는 것을 엘라가 못 견뎌한다는 것을 필립은 너무나 잘 알고 있었다. 그렇기 때문에 엘라는 여전히 필립에게 화가 나 있었다. 오텐저 거리에 있는 세탁소에서 필립의 트렌치코트를 들고 서서, 앞에 있는 손님이 커다란 세탁바구니에서 세탁물을 다 꺼내 빨리 접수대 위에 올려놓기를 기다리는 이 순간까지도 엘라는 좀처럼 상한 기분이 풀리지 않았다.

앞에 서 있는 노년의 부인은 세탁물을 상당히 유난스럽게 꺼내고 있었다. 셔츠, 블라우스, 바지를 하나씩 꺼내 돋보기안경을 쓴 후 세탁소 직원에게 제거해야 할 얼룩을 아주 꼼꼼하게 보여준 후 세탁바구니에서 다음 세탁물을 꺼내기 위해 다시 돋보기안경을 벗는 과정을 계속 되풀이했다. 최고&깨끗 세탁소 직원은 천사와 같은 인내심을 발휘하며 범행에 사용된 증거물이라도 되는 듯이 손님과 함께 고개를 숙이고 세탁물을 꼼꼼하게 살펴보았다.

엘라는 답답해서 미칠 노릇이었다. 필립의 코트 가슴 부위에 레드와인 얼룩이 묻은 곳을 미리 집에서 지워지는 펜으로 표시를 해가지고 왔기 때문에 더욱 그랬다. 가정 관리사 전문학교에 다닐 때, 이제는 고인이 된 마르가레테 슐롬머스 선생님에게 배운 아주 유용한 팁이었다.

엘라는 고령의 손님과 직원이 무안해하지 않도록 손목시계를 몰래 흘깃 내려다보았다. 오늘 해야 할 일들을 처리하기 전에 얼른 필립의 코트를 맡기려고 왔다가 10분째 그렇게 기다리고 서 있었다.

"그리고 여기 좀 보세요." 엘라 앞에 서 있는 손님이 격분하며 말했다. "여기 이 굴라쉬 얼룩은 60도에서 빨아도 지워지지 않았어요. 남편한테 수천 번도 넘게 냅킨을 두르고 식사를 하라고 해도 도무지……."

엘라는 말없이 그냥 세탁소에서 나가버릴까 생각해보았다. 하지만 만약 그렇게 한다면 두 여자에게 결과적으로 무안을 주게 되는 셈이었고 이미 기다린 10분의 시간도 아까웠다. 그리고 필립에게도 베이지색 트렌치코드가 지금 시기에 가능한 빨리 필요했다. 이런 간절기 코트는 가을과 봄에 특히 유용한데 벌써 10월 4일이니 말이다.

엘라는 순서를 기다리는 동안 지루함을 달래기 위해 간절기 옷은 어떤 특징이 있으며 간절기가 정확히 무엇을

뜻하는지 곰곰이 생각해보았다. 간절기는 여름에서 겨울로 넘어가는 시기 그리고 겨울에서 다시 여름으로 넘어가는 시기인 가을과 봄이라는 사실은 누구나 알고 있다. 하지만 정확하게 정해진 날짜가 있는 것일까? 9월 22일 또는 23일 그리고 3월 20일 또는 21일은 간절기 재킷과 간절기 코트를 좀약이 든 옷상자에서 꺼내야 하는 반박할 수 없이 정해진 날짜인 것일까?

반드시 그러해야 하는 법은 없는 듯했다. 필립만 해도 한겨울을 제외하고는 거의 1년 내내 트렌치코트를 입고 다녔고 어제 저녁에도 의뢰인과의 저녁식사 자리에 입고 나갔다. 휴일임에도 불구하고 필립이 의뢰인과 약속을 잡은 것에 대해 엘라는 조금 화가 났다. 사실은 그저께 있었던 〈콜드 마운틴〉 사건 때보다 더 화가 났다.

엘라는 약혼자 때문에 흥분하고 싶지 않아서 다시 간절기 옷으로 생각을 돌렸다. 두 사람은 내년 8월 21일에 결혼할 예정이었다. 시원한 여름옷을 입어야 하는 확실한 날짜였다. 적어도 엘라는 그럴 수 있기를 바랐다. 그렇지만 비가 자주 내리는 함부르크에서는 날씨가 어떻게 될지 아무도 예측할 수 없었다.

"어떻게 도와드릴까요?"

접수대 뒤에 서 있는 직원이 말을 걸자 엘라는 움찔했다. 노부인은 어느새 볼일을 마치고 나갔고 이제 드디어 엘라 차례였다.

"코트에 레드와인이 좀 묻었어요." 엘라가 직원에게 트렌치코트를 넘겨주며 말했다. "얼룩이 생긴 자리에 미리 표시해가지고 왔어요."

"아, 네!" 직원이 말했다. "14유로입니다."

"여기요. 잔돈은 됐어요." 엘라는 손에 들고 있던 10유로와 5유로짜리 지폐를 내밀었다. "언제 찾으러 오면 될까요?"

"다음 주 화요일이요."

"더 빨리 안 될까요? 급하게 필요해서 그래요."

직원은 고갯짓으로 창밖을 가리켰다. 비가 억수같이 쏟아지고 있었다. "이런 날씨에는 다른 옷을 입는 게 좋을 텐데요."

"오늘 오후부터는 날씨가 다시 좋아진대요." 엘라는 순순히 포기하고 싶지 않은 마음에 단호하게 말했다. 그리고 곧바로 덧붙였다. "저희가 며칠 여행을 갈 예정이라서요." 그럴 예정은 전혀 없었으나 사실 얼마든지 가능한 일이었다. 필립이 낭만적인 깜짝 여행을 준비했다면? 바닷가 뤼벡 만에 있는 갈대지붕으로 된 시골집에서 단둘이 오붓하게……. '지금 만약 새로운 손님이 들어온다면 좀 더 빨리 세탁물을 찾을 수 있을 거야' 하고 엘라는 속으로 생각하며 눈을 세 번 깜빡거렸다.

그때 세탁소 문에 달려 있는 종소리가 울렸다. 한 학생이 겨드랑이에 비닐봉지를 끼고 세탁소 안으로 들어오는 것이 보였다. 엘라는 다시 접수대 쪽으로 고개를 돌렸다.

"그래요." 직원이 미소를 지어 보였다. "빨리 해드릴게요. 내일 오전에 찾으러 오세요."

"네, 남편이 정말 좋아할 거예요!" '남편'이라는 말이 입에서 너무나 자연스럽게 튀어나왔다. 엘라는 이미 오래 전부터 필립을 그렇게 부르고 있었다. 서른두 살이나 되어서 '남자친구'라고 하기에는 어린애 같고 품위가 없다는 생각이 들었다. 그렇다고 '약혼자'라고 하기에는 너무 고리타분하게 느껴져서 그녀가 운영 중인 블로그 '더 나은 결말'에서만 약혼자라는 호칭을 사용했다. 필립이 6개월 전 엘라에게 청혼을 한 이후 결혼준비에 관한 글을 올릴 때마다 블로그 구독자들은 열광적인 반응을 보였고 엘라는 자신의 팬들을 속이고 싶지 않았다. 그래서 엘라는 블로그에서 약혼자 또는 아직은 아니지만 '신랑'이라는 호칭을 사용했다.

"그럼, 내일 10시 이후에 찾으러 오세요." 직원은 엘라에게 초록색 인수증을 건네주었다.

"네, 고맙습니다." 엘라가 뒤돌아 세탁소 문손잡이를 돌리려는데 뒤에서 직원이 다시 불러 세웠다.

"잠깐만요! 안주머니에 뭐가 들어 있어요."

엘라는 의아해하며 몸을 돌려 다시 접수대로 다가갔다. "그래요? 제가 다 꺼낸 줄 알았는데요."

"이게 들어 있었어요." 직원이 고이 접은 종이를 들고 흔들었다.

"아, 고마워요." 엘라는 종이를 건네받으며 말했다. "제가 꼼꼼히 살펴보지 않은 모양이에요."

"흔히 있는 일이죠." 두 사람은 서로 미소를 지었다. 엘라는 입고 있는 간절기 코트 주머니에 종이를 넣고 다시 인사를 하고 나왔다.

밖으로 나오자마자 세탁소 차양 밑에서 우산을 펴고 계좌이체와 9월 출금내역을 출력하기 위해 비를 뚫고 급히 은행 쪽으로 향했다.

엘라는 은행업무와 관련해서는 촌스러운 구석이 있어서 인터넷 뱅킹을 신뢰하지 못했다. 블로그를 4년째 운영 중이라 어느덧 상당한 인터넷 전문가가 되었음에도 불구하고 은행 계좌정보와 통장잔고 같은 민감한 정보들을 인터넷으로 처리하는 것이 왠지 꺼림칙했다. 필립은 그러는 엘라에게 편집증이 있는 것 같다며 놀려대곤 했다. 그렇지만 재정과 관련된 일이나 일상생활에서 필요한 일들은 모두 전적으로 엘라가 도맡고 있었기 때문에 필립은 그냥 엘라가 하고 싶은 대로 하게 내버려두었다.

두 사람이 만나게 된 계기도 사실 그랬다. 엘라는 가정관리사 교육을 이수하고 몇 년 동안 병원, 회의장 그리고 마지막에는 아이가 셋인 집에서 일하며 다양한 경험을 쌓은 후 예전에 가장 친했던 친구 코라와 함께 '착한 요정'이라는 이름의 에이전시를 차렸다. 바쁜 직장생활에

치여서 집안일까지 챙길 여력은 없으나 경제력은 있는 고객들을 대신해서 전반적인 가정관리를 도맡아서 해주는 서비스를 제공하는 사업체였다. 장보기에서부터 모든 사적용무(청구서 검토해서 이체하기, 전기와 가스 그리고 수도 검침기 확인하기, 자동차 수리소에 맡기기, 여행 예약하기 기타 등등) 그리고 보모와 청소인력을 배치하고 조직하고 일을 숙지시키고 감독하는 일에 이르기까지—코라와 엘라는 '착한 요정'의 전문적인 서비스를 제공함으로써 고객들이 고모의 팔순 생일잔치나 막내의 하키 경기와 같은 성가신 일에 더 이상 신경 쓰지 않고 오로지 자신들의 일에만 집중할 수 있도록 해주었다.

'착한 요정—마법과 같은 삶을 위한 에이전시.' 새로 만든 회사용지 위쪽에 예쁜 글씨체로 이렇게 인쇄해 넣었다. 그리고 함부르크처럼 스트레스에 찌든 기업가들이 많은 대도시에서는 이 사업이 분명 큰 성공을 거두리라 두 친구는 일말의 의심 없이 확신하고 있었다.

어쨌든 계획은 그랬다. 대형 로펌 소속 변호사인 필립 드렉슬러는 그들이 생각했던 타깃층에 속하는 사람이었으며 첫 고객 중 한 명이 되어주었다. 그러나 계약이 제대로 이행되기도 전에 그는 두 요정과의 계약을 깨버렸다. 필립과 엘라가 사랑에 빠져서 엘라가 6주 만에 오트마르셴 구(區) 필로조펜 거리에 위치한 그의 아름다운 집으로 들어가게 되었기 때문이었다. 그곳에서 엘라는 세 달 전에 코라와 함께 회사 홈페이지를 만들며 작성한 서비스 제공목록을 오직 단 한 사람만을 위해 사적으로 제공하게 되었다. 엘라는 계속 코라와 함께 에이전시를 꾸려나가고 싶다고 필립을 설득해보았지만 그는 거의 무릎을 꿇다시피 하면서 자신만을 위한 전담매니저가 되어달라고 애원했다. 이렇게까지 하는데 엘라가 어떻게 안 된다고 말할 수 있었을까? 그리고 엘라도 솔직하게 말하자면 이제부터는 두 사람의 삶만 생각하면 되는 것이 정말 좋았다. 어쩐지 로맨틱했다.

코라는 화를 냈다. 몹시 화를 냈다. 길길이 소리를 지르며 격분했다. 엘라를 '배신자'라고 불렀다. 엘라가 사랑하는 사람을 위해 이제 착한 요정은 그만둬야겠다고 말했을 때 코라는 '의리도 없는 나쁜 년'을 비롯해서 온갖 욕을 퍼부었다.

물론 엘라도 그러는 코라를 충분히 이해할 수 있었다. 하지만 사업파트너의 화를 누그러뜨리기 위해 개인적인 삶의 행복을 희생하고 싶지는 않았다.

동시에 코라가 그렇게 화를 내는 것이 조금 서운하기도 했다. 가장 친한 친구이자 유일한 친구인 코라는 엘라가 모든 것을 망라하는 위대한 사랑을 늘 꿈꿔왔다는 것을 잘 알고 있었다. 아무리 개인적으로 화가 나더라도 엘라가 그런 운명적 상대를 만났다는 것을 코라가 아주 조금이라도 기뻐해줬으면 했다. 하지만 코라는 엘라의 행복을 전혀 공감해주지 못했고 가차 없이 비난을 퍼부었다.

"넌 어떻게 단 한 사람한테 얽매여 우리가 지금까지 그렇게 열심히 일구어온 모든 것을 다 포기할 수가 있어?" 두 사람이 나눴던 마지막 대화에서 코라가 거의 체념한 채 물었다. "그건 미친 짓이야! 네가 그런 놈 때문에 나를 내팽개쳐버리고 가버리면 너한테 정말 크게 실망할 거야."

"네가 나를 이해 못하는 거 잘 알아. 하지만 나는 그 남자가 내 운명이라는 확신이 들어. 그리고 나는 그 사람을 옆에서 전적으로 도와주고 싶어."

"두고 봐!" 코라가 말했다. "지금은 그동안 꿈꿔오던 백마 탄 왕자를 찾은 것 같겠지. 하지만 운명이 언젠가는 너에게 엄청난 복수를 할 것이고 필립 드렉슬러가 사실은 개굴거리는 개구리에 불과하다는 것을 알게 될 날이 올 거야."

이것이 두 사람이 나눈 마지막 대화였다. 오랜 친구관계가 끝났음을 말해주는 명백하고 확실하고 불쾌한 대화였다. 엘라는 이제 돌이킬 수 없다는 것을 깨달았다. 그리고 그때 엘라가 이미 극복했다고 생각했던 버릇이 다시 되살아났다. 걸을 때 보도블록 사이의 금을 절대로 밟지 않는 버릇이었다. 내면의 목소리가 절대 금을 밟지 말고 반드시 보도블록 중앙에 발을 디뎌야 한다고 속삭였으며 그래야만 '나쁜 요정의 저주'가 아무런 효력을 발휘하지 못하고 사라질 것이라는 생각이 자꾸 드는 것을 어찌할 수가 없었다. 이것이 말도 안 된다는 것은 엘라도 너무나 잘 알고 있었지만 몇 주 동안이나 어린 시절의 유별난 징크스에서 벗어날 수 없었다.

옛 습관이 되살아났던 것에 대해 엘라는 이제 웃으며 말할 수 있었다. 코라의 암울한 예언이 완전히 빗나갔기 때문이다. 필립과 함께 지내는 생활은 엘라가 그토록 바라던 모습 그대로였고, 두 사람이 평생 함께할 것을 약속하는 성대한 결혼식을 일 년 내에 올릴 예정이었다. 이 세상이 다하는 날까지 영원한 행복을 위하여. 이제는 그 생각이 떠오를 때마다 엘라는 예전에 금기시하던 보도블록 금을 일부러 밟고 다녔다. 이제는 더 이상 나쁜 요정의 저주 따위는 믿지 않았다. 엘라는 자신의 삶과 운명을 직접 손에 쥐고 있었다! 그리고 다행히 코라도 일이 잘 풀려서 에이전시가 아주 잘 돌아가고 직원도 여러 명 고용했다는 것을 인터넷을 통해 간접적으로 확인할 수 있었다. 그러니 이제 필립과 앞으로 함께할 결혼생활은 여러모로 보아 장밋빛이었다.

엘라는 통장정리기 앞에 서서 기계가 단조로운 소리를 내며 한 줄씩 입출금내역을 찍어내는 소리를 멍하니 들으면서 필립과 처음 만난 순간을 떠올려보았다. 두 사람은 함부르크 대학교 학생식당에서 처음 만났다. 엘라와 코라는 슐뤼터 거리에 작은 사무실을 연 뒤 운영비를 아끼기 위해 점심을 항상 근처에 있는 학생식당에서 해결하고 있었다. 마침 그날 필립은 특별히 까다로운 사건 자료를 찾아보기 위해 대학 도서관을 찾았고 학생식당에서 점심을 주문해놓은 참이었다. 그런데 엘라가 주문한 음식을 잘못 들고 가는 바람에 두 사람의 식사가 바뀌고 말았다. 조금 더 자세히 말하자면 엘라는 에이전시에 대한 생각으로 머릿속이 가득 차 자신이 주문한 그리스식 샐러드가 담긴 쟁반 대신에 필립이 주문한 카레소시지와 감자튀김이 담긴 쟁반을 들고 갔다(필립은 오늘날까지도 어떻게 그런 실수를 할 수 있느냐며 재밌어했다). 필립은 엘라와 코라가 앉아 있던 테이블로 찾아와 엘라에게 음식을 잘못 들고 간 것 같다며 항상 그렇게 정신이 딴데 가 있는지 장난스럽게 물었고, 두 사람은 그 자리에서 눈이 맞았다.

엘라는 이미 카레소시지를 크게 한 입 베어 물고는 입안에 든 소시지를 오물오물 씹으며 미안한 표정으로 그를 쳐다보았다. 그 순간 그의 파란 눈, 금발의 곱슬머리 그리고 코에 촘촘히 박힌 주근깨와 장난기 가득한 소년 같은 미소에 반해버렸다.

필립은 어깨를 으쓱하고는 엘라와 코라 사이를 비집고 들어와 앉으며 "할 수 없죠 뭐. 어차피 샐러드가 건강에는 더 좋으니까"라면서 그녀가 주문했던 샐러드를 먹었다. 그 모습에 엘라는 동화에서나 일어나는 일처럼 정말 첫눈에 사랑에 빠지고 말았다. 나중에 알고 보니 필립도 마찬가지였다. "정크 푸드와 샐러드의 차이를 인식하지 못하는 여자가 아주 매력적이었어"라고 그는 말했다.

그날 처음 만난 자리에서 두 사람은 마치 오래전부터 알고 지낸 사람들처럼 수다삼매경에 빠져들었다. 코라는 단역배우처럼 옆에 말없이 앉아서 엘라가 완전히 낯선 남자한테 이제 막 오픈한 에이전시에 대해 열띠게 설명하는 것을 지켜보았다. 그리고 그 남자는 설명을 듣자마자 그 자리에서 곧장 서비스를 신청했다. 가족법을 전문으로 다루는 대형 로펌 소속의 그 남자는 '사소한 개인사'까지 신경 쓸 시간이 부족했다. 15분 만에 두 사람은 전화번호를 교환했고, 얼마 지나지 않아 엘라는 그의 집으로 들어가 함께 살게 되었으며, 6개월 전 그는 엘라에게 청혼을 했다.

연애 초기에 필립이 둘을 닮은 아들과 딸을 갖고 싶다고 말했을 때 엘라는 자기 생각을 솔직하게 말하지 못했다. 그렇게 시간이 좀 더 흐르고 나서야 엘라는 아이를 원하지 않는다고 밝혔다. 솔직하지 않은 자신이 너무 이기적이라는 생각이 들었기 때문이다.

필립은 처음에는 엘라의 말을 믿지 못했다. 특히나 엘라는 행복했던 유년시절에 대한 얘기를 자주 했고 안타깝게도 지금은 고인이 된 어머니 젤마 파우스트와의 끈끈한 유대관계에 대한 얘기들을 자주 했었기 때문이다(엘라는 아버지의 얼굴은 한 번도 보지 못했지만 아버지의 빈자리를 느끼지 못하고 자랐다). 그리고 엘라가 어린 두 딸과 아들 하나를 둔 집에서 가정관리사로 일했을 때를 떠올리며 '귀여운 녀석들'에 대한 얘기를 종종 꺼내고 아이들과 함께 찍은 사진까지 보여주었기에 엘라가 정말 아이들을 좋아한다고 생각했었다. 필립은 아이를 낳아 키우는 행복을 왜 그리도 단호하게 거부하는지 몇 차례 더 물어보았지만 엘라는 "그냥 내가 그러는 모습이 상상이 안 돼"라고만 대답했다. 그러면서 "언젠가 강아지를 키워보자"라는 말로 넘어갔다.

어쨌든 두 사람은 행복했고 함께 손을 잡고 인생길을 걸었으며 손발이 잘 맞았다. 그래도 필립의 갑작스러운 청혼에 엘라는 내심 놀랐다. 엄밀히 말하면 그가 청혼을 한 방식에 놀랐다. 필립의 로펌에서 봄맞이 파티가 있었던 다음 날 아침이었다. 필립은 전날 마신 술 때문에 숙취로 괴로워하며 "버터 좀 줄래?", "차 더 마실래?"와 같은 대화 중간에 결정적인 질문을 던졌다. 로맨틱한 것과는 한참 거리가 있었지만('더 나은 결말'에는 청혼과정에 약간의 상상력을 덧붙여 밤에 알스터 호수에서 카누를 타다가 반지를 받았다고 썼다) 그래도 엘라는 그의 청혼을 곧바로 받아들였다. 엘라는 가끔 이런 행복이 꿈인지 생시인지 믿기지 않을 때가 있었다.

엘라는 은행의 커다란 창문에 비친 자신의 모습을 바라보며 엷은 미소를 지었다. 그렇다. 필립과 엘라는 완벽한 커플이었다. 두 사람은 외적으로도 마치 요린데와 요링겔, 백장미와 홍장미 그리고 아리스토와 캐츠처럼 아주 잘 어울렸다. 필립은 키가 크지만 여전히 소년 같은 매력을 지니고 있었고 엘라는 키가 1미터 60 정도로 아담하지만 날씬했고 동그란 사슴 같은 눈망울에 밝은 금발 머리를 양 갈래로 땋고 다니는 경우가 많아서 서른 살이 넘었음에도 가끔 신분증을 보여달라는 요청을 받곤 했다. 대부분 시력이 안 좋은 사람들이었지만 그래도 어쨌든.

엘라의 어머니 젤마 파우스트는 옛날부터 딸이 게자리라는 것을 단번에 알아볼 수 있다고 주장하곤 했다. 이 별자리를 가진 사람들이 주로 동안인 경우가 많다는 것이 그 이유였다. 하지만 엘라는 두 가지 이유에서 말이 안 된다고 생각했다. 첫 번째 이유는 점성술은 쓸데없는 것이며 현실감각을 상실한 사람들만 믿는 거라 생각했기 때문이다. 그리고 두 번째 이유는 엄마가 이런 말을 처음 했을 때 엘라는 겨우 여덟 살이나 아홉 살이었기 때문이다. 그러니까 그때는 동안이고 뭐고 할 것 없이 누가 봐도 그냥 천진난만한 아이였다.

엘라는 유리에 비친 자신의 모습을 바라보며 자기도 모르게 한숨을 내쉬었다. 그녀의 인생에서 가장 아름다운 날, 필립과 결혼하는 날에 엄마와 함께하지 못한다는 생각에 슬픔이 엄습했다. '신데렐라'가 엄마와 함께 그토록 자주 얘기하곤 했던 왕자를 만나 드디어 결혼하게 되었는데, 엄마가 그 자리에 함께하지 못한다니. 이런 생각이 들자 눈물이 핑 돌았다. 엘라의 삶에서 눈물짓게 하는 일은 많지 않았다. 그럴 일이 뭐가 있겠는가? 엘라는 몸소 해피엔딩 속에 살고 있었다!

물론 코라에 대한 생각, 우정이 안 좋게 끝난 것 그리고 그 이후로 코라만큼 좋은 다른 친구를 못 만났다는 사실이 오늘날까지도 슬프기는 했다. 하지만 대신에 그녀에게는 필립이 있었고 그는 엘라의 우주의 중심이었고 엘라는 그의 것이었다. '사랑은 언제까지나 떨어지지 아니하되……'

엘라는 어깨를 펴고 통장정리를 마친 통장을 들고 은행 출구로 향했다. 그리고 얼른 메르카도 쇼핑센터에 들러 몇 가지를 구입할 생각이었다. 필립이 입을 사각팬티, 세탁세제, 청소세제와 커피머신용 석회제거제 그리고 편지봉투와 투명테이프. 과일과 채소는 시장 가판대에서 살 예정이었고 저녁에 먹을 유기농 닭 외에 사야 될 몇 가지 물품들이 목록에 더 적혀 있었다. 엘라가 아침식사 후에 재고파악을 한 후 작성한 목록이었다. 엘라는 커다란 문을 열고 은행에서 나와 우산을 펴고 젖어 있는 보도블록 사이의 금을 밟으며 걸어갔다.

3분 후 유기농 닭을 파는 가판대 앞에 도착해서 필요한 닭가슴살이 400그램인지 300그램인지 확인하기 위해 적어온 목록을 꺼냈다.

── 필립에게,

당신은 엘라하고 결혼하면 안 돼요!

엘라가 적어온 장보기 목록이 아니었다. 아까 세탁소 직원이 필립의 코트에서 꺼내준 쪽지였다.

10월 4일 금요일 18:06,
함부르크

고향은 장소일까?

사랑하는 구독자 여러분

오늘은 왠지 여러 가지 생각에 잠기게 되는 그런 날이네요. 저는 P와 결혼식을 올릴 적당한 장소를 검색하면서 오후를 보냈어요. 그런데 문득 이상한 생각이 들었어요. 고향은 장소일까? 오히려 사람이 아닐까?
여러분이 지금 어리둥절한 표정을 지을 것을 알기 때문에 자세히 설명을 드릴게요. 인터넷을 검색하면서 정말 아름다운 결혼식 장소를 많이 발견했고(후보지 3곳의 링크는 여기 있어요-투표해주세요!) 각 결혼식장마다 우리의 결혼식이 어떤 모습일지 머릿속으로 그려보았어요. 그러다가 문득 '어디'서 결혼식을 하는지가 중요한 것이 아니라 '누구'와 결혼을 하느냐가 중요하다는 생각이 들었어요. 특별히 심오한 깨달음은 아니지만 그래도 그런 생각이 머릿속에서 떠나지 않았어요.

운명의 반쪽을 만나 결혼을 하는데 장소나 음식이 무슨 상관이겠어요. 후진 동네에 있는 다 쓰러져가는 판잣집 같은 동사무소에서 식을 올리고 기차역 스넥 코너에서 소시지와 감자 샐러드와 예거마이스터(허브 등 56가지 재료를 넣어 만든 독일 술-옮긴이)를 먹고 마시며 피로연을 해도 상관없어요. 단 한 명의 손님도 없이 단둘이라도 상관없고, 정말 사랑하는 사람과 결혼을 한다면 주위 상황은 전혀 중요하지 않아요.

평생을 함께할 동반자가 곁에 있으면 다른 모든 것들은 중요하지 않아요. 그 사람과 함께 어디에서 사는지도 중요하지 않아요. 키르기스스탄에 있는 변두리 지역에서 아이 일곱 명과 함께 노쇠한 염소를 키우며 텐트에서 살아도 행복할 거예요. 반면에 당신이 밤마다 함께 잠자리에 들고 아침에 함께 일어나게 되는 사람이 당신한테 맞지 않는 사람이라면 제아무리 아름다운 궁전에 살거나 막대한 부를 가지고 있다고 해도 아무런 가치가 없을 거예요. 보시다시피 진지한 생각 중에도 저는 다행히 유머감각을 잃지 않았어요.

고향. 이런저런 생각을 하다 보니 이 단어가 가장 먼저 떠올랐어요. 천생연분인 사람을 만나면 마치 고향에 온 듯한 기분이 들거예요. 그곳이 어디든 상관없이 말이죠.

이제 제가 앞에서 왜 그런 질문을 하게 되었는지 이해하셨을 거예요. 저에게 고향은 장소가 아니라 사람이에요. 저에게는 P가 바로 그런 사람이고 저는 그 사람과 텐트에서 살든 어디에서 살든, 늙을 때까지 평생토록 함께하고 싶어요. 물론 저는 우리 결혼식을 엄청 기대하고 있어요. 그리고 오늘 제가 포스팅한 글대로라면 결혼식을 어디서 하든지 상관이 없겠지만 그래도 여러분이 추천하시는 장소에 대한 의견을 듣고 싶어요.☺ 제가 선택한 후보지에 대한 P의 의견은 다음에 알려드릴게요. 약속!

여러분의 투표에 미리 감사를 전하기 위해 아주 특별한 해피엔딩을 준비했어요. '더 나은 결말'에서만 단독 공개합니다. 조조 모예스의 《미 비포 유》의 새로운 결말을 여기에서 볼 수 있어요!

루이자와 윌의 이야기를 새롭게 써달라는 부탁을 여러 번 받았는데 오랫동안 망설였어요(정말 아름다운 소설이기 때문에 더더욱 그랬어요. 물론 슬픈 결말을 제외하고는 말이죠).

하지만 이제 드디어 끝냈어요. 지난주에 용기를 내서 제 마음에서 우러나오는 대로 여러분을 위해 새로운 결말을 만들어냈어요. 새로운 결말과 함께 즐겁고 무엇보다 로맨틱한 시간을 보내길 바라요! 아무튼 앞으로 신랑이 될 사람은 상당히 마음에 들어했어요.☺

늘 그렇듯 저의 삶의 모토로 글을 마칩니다. 이 모토 역시 저에게는 일종의 고향 같은 것이니까요.

'끝에는 다 잘될 것이다.

잘되지 않았다면 아직 끝난 것이 아니다.'

엘라 신데렐라

댓글 (422)

Loveisallaround_82, 18:10

꼭 아렌스부르크 성에서 하세요! 솔직히 신데렐라가 성에서 결혼을 하지 어디서 하겠어요? 엘라 님이 어떻게 생긴 분인지 모르겠지만 동화같이 아름다운 드레스를 입고 P(P가 설마 프린스의 약자? 히히☺)와 나란히 서 있는 모습을 상상할 수 있을 것 같아요. 그러니까 꼭 성에서 결혼식을 하세요! 무슨 일이 있어도 반드시 성에서 하세요!

반짝이 요정 XXL, 18:15

저는 Love 님과 생각이 달라요. 저는 카이 10이 가장 마음에 들어요. 완전 스타일리시한 곳이잖아요! 성은 좀…… 구닥다리 같은 느낌이 들어요. 게다가 하객들이 함부르크에서 아렌부르크까지 가야 하는 것도 너무 번거롭고 불편하구요. 저는 엘베 강가에 있는 유리로 된 선상 레스토랑에 한 표 던져요!

그리고 '미 비포 유'의 새로운 결말은 정말…… 안도의 한숨! 엘라 님, 정말 고마워요!

BLOXXX BUSTER, 18:23

맙소사, 정말 경악을 금치 못하겠네요. 결혼식을 어디서 하든 말든 내 알 바 아니지만, 기존에 완성된 소설에는 제발 손대지 마세요! 이 블로그 자체가 작가들에 대한 예의에 어긋날 뿐만 아니라 무의미하기 짝이 없어요. 게다가 '고향은 장소가 아니라 사람이다' 같은 헛소리까지 지껄이고 있으니 정말 토 나올 것 같군요.

Little_Miss_Sunshine_and_Princess, 18:26

이보세요, Bloxxx 님 혹시 작가예요? 아니면 왜 자꾸 여기에서 그렇게 흥분하고 그래요?

BLOXXX BUSTER, 18:27

흥분하는 거 아닌데요. 나는 현실주의자일 뿐이고 다음과 같은 모토를 중시해요. '우리는 소망을 나열할 것이 아니라 현실을 직시해야 한다.'

Little_Miss_Sunshine_and_Princess, 18:29

무슨 헛소리에요! 엘라 님은 행복한데 Bloxxx 님은 불행하다고 해서 여기에서 야비하게 깽판을 칠 필요는 없잖아요. 다시 한 번 말하겠는데 그냥 탈퇴하고 우리를 가만히 좀 내버려두세요.

BLOXXX BUSTER, 18:32

해피엔딩에 중독된 절망에 빠진 주부군단이 위선적인 장밋빛 세계에서 살려고 하는 것으로밖에 안 보이는데요? 이게 정말 '행복'이라고 생각해요? 뭐 그렇다면 할 수 없죠. 잘 자요!

다른 댓글 415개 보기

2

—

밤 10시가 넘었는데도 에밀리아 파우스트는 여전히 노트북 앞에 앉아 BLOXXX가 남긴 댓글을 백 번도 넘게 읽어 보았다. 필립은 점심 때 문자메시지로 회사에서 중요한 약속이 있어서 저녁 늦게 퇴근한다고 알려왔다. 그래서 저녁식사를 준비할 필요가 없었고 엘라는 그냥 토스트 한 조각과 치즈로 저녁을 간단히 때웠다. 다행이었다. 쪽지를 읽고 너무 놀란 나머지 유기농 닭고기를 사는 것을 깜빡했고 구입해야 하는 다른 물품들도 사지 못했다. 집으로 돌아오고 나서야 자신의 반응에 웃음을 터트렸다. 아무 의미 없는 장난스러운 종이 쪼가리에 정신을 빼앗긴 것이었다.

엘라는 편지를, 더 정확하게 말하자면 '기분 나쁜 장난'을 필립의 책상 위에 올려놓고 얼른 남은 집안일을 해치운 후 노트북 컴퓨터를 들고 따뜻한 차 한 잔과 함께 거실에 있는 소파에 앉았다. 소파에 앉아서 결혼식을 할 만한 장소를 더 찾아보며 오후 시간을 보낼 생각이었다.

그런데 장소를 검색하는 중에도 엘라의 머릿속에서 계

속 그 멍청한 편지에 대한 생각이 문득문득 떠올랐다. 대체 누가 그녀의 약혼자에게 이런 상스러운 편지를 주었을까?(동료? 상대편 변호사? 의뢰인? 그런데 왜?) 엘라는 결국 결혼식 장소를 물색하는 것을 중단하고 그녀에게 항상 완전한 안식처가 되어주고 고민할 여지를 주지 않는 자신의 블로그에 접속을 했다.

새로운 결말을 쓰느라 몇 주째 매달리고 있는 '미 비포 유' 파일을 열어서 이제 완성하기로 결심했다. 새로운 결말을 쓰는 작업은 결코 쉽고 만만한 일이 아니었다. 이야기 전체의 논리를 해치면 안 되기 때문이었다. 그리고 원작자의 문체를 유지하는 것이 아주 중요했으며 그래야만 엘라의 독자들이 엘라가 새로 쓴 결말을 수용할 수 있었다. 특히 이렇게 대성공을 거둔 작품은 더욱 신중하게 생각해야 했고 어설프게 썼다가 궁지에 몰리고 싶지 않았다.

엘라는 열심히 자판을 두드렸고 자판을 두드리는 경쾌한 소리가 집 밖에서 들리는 비바람 소리와 뒤섞였다. 이따금 돌풍이 불어 빗물이 창문에 거세게 부딪혔으며 10월의 날씨는 자신의 존재감을 확실하게 드러내 보이려는 듯했다. 확실히 간절기 코트를 입기에 좋은 날씨는 아니었다.

엘라는 바깥세상이 마치 멸망 직전처럼 요란할 때 집 안에서 포근함과 안락함을 느낄 수 있어서 좋았다. 그럴 때면 마치 필로조펜(철학자라는 뜻—옮긴이) 거리에 살고 있는 철학자가 된 듯한 기분이 들었다. 무릎 위에는 노트북 컴퓨터가 올려져 있고 탁자 위에는 양초와 따뜻한 차 한 잔이 놓여 있으며 문 밖에는 사나운 날씨가 기승을 부리고 있었다. 이럴 때 특히 기분이 좋았고 무엇보다 살아 있다는 느낌이 들었다.

엘라는 예전부터 가을이나 폭풍우가 몰아치는 봄을 좋아했다. 여름은(원하든 원치 않든) 왠지 친구들과 함께 야외에서 즐거운 시간을 보내야 할 것만 같은 무언의 압박이 느껴져서 별로 좋아하지 않았다. 겨울은 크리스마스를 빌미로 너무 감상적인 분위기를 조성하여 과대평가되는 느낌이었고 엘라는 눈을 별로 좋아하지 않았다. 봄과 가을은 정직하고, 에너지가 충만하고 기온도 가장 적당하다. 그녀의 남자친구 필립처럼. '적당하다'라는 표현을 '원만하다'로 대체하면 그의 성격과 상당히 일치했다.

엘라는 드디어 새로운 결말을 완성하고 흡족한 마음으로 블로그에 올릴 또 다른 글을 쓴 후 새로운 결말과 함께 올렸다. 블로그에 새로 올린 글 역시 스스로 상당히 만족스러웠다. 부엌으로 가서 차를 더 가져와 다시 노트북 앞에 앉는 시간 동안 벌써 댓글이 달리기 시작했다. 엘라는 '더 나은 결말'에 거의 날마다 새로운 팬들이 찾아오는 것이 기뻤다.

그런데 이게, 이게 대체 뭐야? 엘라는 격분했다. 몹시 격분했다. 댓글을 삭제하고 BLOXXX의 접근을 차단하고 싶어서 손가락이 근질근질했다. 하지만 표현의 자유에 위배된다는 생각이 들어 '더 나은 결말'에서 검열을 하지 않겠다는 원칙을 세워두었기 그렇게 할 수는 없었다.

그래도 그 멍청한 놈한테 아주 인상적인 댓글을 달아줄 수는 있었다. 하지만 이내 생각을 접었다. 아무리 혈기왕성한 블로그 초보자라도 가장 중요한 인터넷 원칙을 명심해야 한다. '악플러에게 절대 먹이를 주지 마라!'

일부러 싸움거리를 찾아다니는 사람들과는 대화를 해봤자 남는 게 없다. 아무리 훌륭한 논리적인 주장을 펼친다고 해도 상대방을 설득할 수 없으며 끝없이 긴 공방전만 이어질 뿐이고 모든 네티즌들이 싸움에 뛰어들어 서로를 헐뜯고 비난하고 결국에는 많은 이용자들이 가상의 문을 세차게 닫고 블로그를 떠나게 된다. 이미 BLOXXX와 Miss_Sunshine 그리고 몇몇 사람들이 서로 싸우며 감정이 고조되고 있었다. 여기에 엘라까지 가세하면 서버는 곧 마비가 될 것이 뻔했다.

마음 같아서는 BLOXXX에게 하고 싶은 말이 많았다. 아주 많았다. 여기 모여서 싸우라고 자신이 블로그를 만든 것이 아니라고 분명하게 말하고 싶었다. 세상을 조금 더 아름답게 그리고 조금 더 나은 세상을 만들기 위해 '더 나은 결말'이라는 이름의 블로그를 만들었다고 말해주고 싶었다.

　같은 생각을 가진 사람들과 그녀가 가장 좋아하는 취미를 교류할 수 있는 장소를 마련하고 싶었다. 엘라는 아주 어렸을 때부터 어떤 사람들은 '별난 짓'이라고 부를지도 모르는 습관을 가지고 있었는데 바로 비극적인 결말로 끝나는 이야기, 책, 영화 또는 드라마를 자신만의 해피엔딩으로 바꿔 쓰는 것이었다.

　《닥터 지바고》,《매디슨 카운티의 다리》,《바람과 함께 사라지다》,《아웃 오브 아프리카》,《폭풍의 언덕》,《밤비》,《물랑루즈》,《가시나무새》,《바다 냄새 나는 여인》,《가을의 전설》은 전부 공포물일 뿐이고 그 좋은 소재를 그야말로 악몽으로 만들어놓았다. 가학적인 작가들이 이런 이야기를 만들어내어 독자들을 불필요하게 깊은 절망 속으로 몰아넣는다. 어차피 지어낸 이야기인데 굳이 안 좋게 끝을 낼 이유는 없지 않은가. 책과 영화는 허구이기 때문에 현실의 삶에서와는 달리 굳이 비극적 결말을 감내할 필요는 없다는 게 엘라의 생각이었다. 엘라는 이렇게 안 좋게 끝나는 이야기들을 견딜 수 없었고 속이 뒤집혀서 낮이고 밤이고 그 생각이 머리에서 떠나지 않았다. 그렇기에 새로운 더 나은 결말을 생각해내서 종이에 옮겨 적을 수밖에 없었다.

　도중에 갑자기 끝나버린 멜로디, 머릿속에서 계속 맴돌고 거의 미치기 일보 직전으로 우리를 몰아가는 불협화음을 적어도 머릿속에서라도 조화로운 종지화음으로 만들어내야 하는 그런 것처럼.

엘라가 새로 쓴 결말에서 로미오와 줄리엣은 베니스로 신혼여행을 떠났다. 〈타이타닉〉에서는 잭과 로즈가 함께 힘을 합쳐 배를 구하고 딸 둘과 아들 셋을 낳았다. 〈카사블랑카〉에서 일사 런드는 당연히 릭을 선택하고 남편 빅터는 혼자 미국으로 가고 그곳에서 새로운 아내를 만나 민권운동에 참여한다. 엘라의 세상은 이런 식이었다. 아름답고 밝은 세상이었다. 그리고 무엇보다 일목요연했다. 헤르만 헤세가 일찍이 쓴 적이 있듯이 모든 시작에는 마법이 깃들어 있을 수 있지만 엘라는 끝이 가장 중요하다는 강한 확신을 갖고 있었다. 시작에 아무리 마법이 깃들어 있다고 해도 안 좋게 끝이 나면 모든 것을 망치게 된다. 그래서 이런 폐해를 방지하기 위해 엘라는 4년 전에 '더 나은 결말'이라는 이름의 블로그를 시작하게 되었다.

인터넷 커뮤니티에 자신의 글을 올리겠다고 필립에게 말했을 때 그는 조심스러운 반응을 보이며 심심해서 하는 일이라면 대학입학자격증도 있으니 대학에 가서 공부를 해보는 것이 어떠냐고 물었다. 하지만 엘라가 원하는 것은 그게 아니었다. 블로그를 시작하겠다고 마음을 먹은 후 자신처럼 비극적인 결말을 괴로워하는 사람들이 얼마나 있을지 몹시 궁금했다. 필립은 결국 "그래 우리 신데렐라, 성공을 빌어줄게!"라고 말해주었다.

그래서 엘라는 손에 닿는 대로 결말을 새로 쓰기 시작
했다. 쓰고 쓰고 또 쓰며 다른 사람들이 우리 머릿속에 집
어넣은 슬픔들을 없애버리려 했다. 수술실에서 몇 시간
째 이미 가망이 거의 없는 환자의 목숨을 구하기 위해 매
달리는 외과 의사처럼 자신의 모든 능력, 손재주, 마음
그리고 이성을 투입했다. 누구의 삶에서나 반드시 언젠
가는 찾아오기 마련인 무자비한 마침표 대신에 세미콜론
을 찍어서 조금 더 이야기가 진행될 수 있게 만들었다. 상
상과 허구의 제국에서 죽음을 뛰어넘고, 절망의 막다른
골목에서 벗어나게 하는 것이 엘라의 유일한 임무였다.
엘라는 마치 난파선에서 뱃머리 쪽으로 밀려들어오는 물
살에 맞서 물을 작은 컵으로 퍼내는 것처럼 가망이 없어
보이는 싸움을 하는 셈이었으며, 여자 주인공과 남자 주
인공이 해질녘에 말을 타고 떠나기 전까지는 이야기를 끈
질기게 붙들고 늘어졌다. 주인공들이 손에 손을 잡고 영
원토록 서로 행복해질 때까지. 휴!
　'더 나은 결말'의 블로그 페이지뷰는 어느새 한 달에 3
만 건에 달했고 200여 명의 구독자들이 자주 방문해서
댓글도 달고 그녀에게 힘을 실어주었다. 저 밖에 있는 사
람들은 그들에게 좋은 감정을 전달해주는 누군가를 갈망
하고 있었다. BLOXXX가 경멸적으로 '위선적인 장밋빛
세계'라고 비하한 것은 사람들의 보편적 무의식에서 가
능하면 안 좋은 모든 생각들을 제거하려는 엘라의 시도

였다. 엘라는 BLOXXX와 같은 이용자들이 아무리 시비를 건다고 해도 세상을 조금 긍정적으로 미화해서 얘기하는 것에 반대할 만한 타당한 이유는 없다고 생각했다. 엘라는 오히려 시종일관 긍정적으로 미화해서 얘기하다 보면 언젠가는 실제로 모든 것이 아름다워진다는 생각을 갖고 있었다. 블로그 '더 나은 결말'은 이런 생각을 토대로 만들어졌고 엘라는 자신이 하는 일이 일종의 정신위생이라고 생각했다. 뇌과학자들도 인간의 뇌가 허구와 실제를 구분하지 못한다는 사실을 이미 밝혀내지 않았던가. 달리 말하면 우리가 어떤 나쁜 일을 직접 겪든지 아니면 책에서 읽든지 상관없이 우리 머릿속에서는 부정적인 감정에 대항하려는 스트레스 프로그램이 즉시 가동되기 시작한다.

그렇기 때문에 엘라는 자신이 하는 일이 아주 중요하다고 생각했다. 너무나 중요하게 여기고 있었기 때문에 잘 나가는 블로그를 이용해서 돈은 버는 것이 어떻겠냐는 필립의 유혹에도 넘어가지 않았다. 월트 디즈니는 이미 몇 년 전에 그 가능성을 보여주지 않았던가. 바로 영화 〈인어공주〉. 영화는 대성공을 거두었고 여러 번의 실패로 인해 어려움을 겪던 회사를 다시 흑자로 돌아서게 만들었다. 디즈니 사람들이 기발하게도 안데르센의 《인어공주》의 결말을 해피엔딩으로 바꿔놓은 덕분이었다. 원작에서 인어공주는 물거품이 되어 사라지지만 디즈니의 인어공주 에이리얼은 바다마녀를 물리치고 에릭 왕자와 결혼을 할 수 있었다. 끝이 좋으면 다 좋은 것이고 사람들은 이런 것을 좋아한다.

이렇게 보면 엘라는 인터넷에서의 월트 디즈니가 될 수 있는 좋은 기회를 갖고 있었다. 하지만 엘라는 그러고 싶은 마음이 없었다. 블로그에 광고나 유료 링크를 거는 것도 싫었고 '더 나은 결말 플러스'와 같은 프리미엄서비스를 제공한다는 빌미로 유료서비스를 하고 싶지 않았다. 이런 모든 것들이 엘라의 블로그에 발을 못 붙이게 하고 싶었다. 블로그를 운영하는 것은 에밀리아 파우스트에게는 카르마의 문제였다. 그리고 명예가 달린 일이었다.

"자기야, 나 왔어!" 필립의 목소리를 듣고 엘라는 깜짝 놀라 깊은 생각에서 빠져나왔다. 엘라는 노트북을 옆에 내려놓고 소파에서 벌떡 일어났다. 양 갈래로 땋았던 머리가 어느새 다 풀려서 머리카락이 어깨로 흘러내려 엘라는 복도로 나가면서 양손으로 머리를 정리했다.

필립의 자동차가 들어오는 소리와 차고 문이 열리는 소리를 듣지 못해 아쉬웠다. 만약 그랬다면 얼른 입술에 립글로스를 바르고 볼터치와 마스카라로 화장을 고칠 수 있었을 것이다. 그런데 지금은 양볼을 살짝 꼬집고 입술을 침으로 적실 수밖에 없었다. 그렇다고 남자친구를 위해 매일 저녁마다 예쁘게 꾸밀 생각은 없었다. 그러기에는 이미 오래된 커플이었다. 하지만 오늘은 하루 종일 필립을 생각했고 결혼식에 대해 생각을 했으며 특히나 그의 코트에서 이상한 쪽지를 발견했기 때문에 왠지 그에게 특별히 예쁘게 보이고 싶은 생각이 들었다.

필립은 복도에서 생각에 잠겨 옷 걸이대를 바라보며 가만히 서 있었고 오른손에는 갈색 가죽가방을 들고 왼손에는 초록색 겨울 재킷을 들고 있었다. 평소에는 제멋대로 곱슬거리던 머리카락이 오늘은 머리에 딱 달라붙었고 코끝에는 굵은 빗방울이 대롱대롱 달려 있었으며 마치 양복을 입고 수영하고 온 듯한 몰골을 하고 있었다.

"자기, 왔어?" 필립이 그렇게 흠뻑 젖은 상태가 아니라면 안아줬을 것이다. "잠깐 기다려. 수건 갖다 줄게." 엘라는 이렇게 말하고 막 몸을 돌리려 했다.

"내 트렌치코트는 어디 있어?" 필립이 다짜고짜 물었다.

"세탁소에 맡겼지. 레드와인 얼룩이 묻어 있었어."

"나도 알아." 그는 평소 트렌치코트가 걸려 있던 빈 옷걸이를 계속 멍하니 쳐다보았다. "하, 그런데……." 그는 말을 하다 말고 엘라를 쳐다보았다. 그의 표정이 이상했다…… 정말 이상했다.

"그런데 뭐?"

"내가 코트 주머니에 있는 걸 다 꺼내지도 않았잖아."

"갑자기 왜?" 엘라가 의아하게 물었다. "어차피 항상 내가 하던 일이잖아."

"그거야 그렇지." 필립은 여전히 이상했다. 긴장한 듯 초조한 듯 보였다.

"뭐가 잘못됐어?"

"아니, 아니야." 필립이 느릿하게 말했다. "나는 그냥…… 그러니까 말이지…… 코트 주머니 안에 있던 물건들은 어디 있어?"

"자기 책상 위에 올려놨어." 엘라는 이렇게 말하며 얼른 덧붙였다. "그런데 그냥 종이 하나밖에 안 들어 있었어."

말이 끝나기가 무섭게 필립은 서재를 향해 돌진하듯 뛰어갔고 엘라는 뒤에 대고 "안 그래도 그 쪽지 때문에 자기하고 얘기를 좀 하고 싶었어"라고 소리쳤다.

잠시 후 필립은 손에 편지를 들고 돌아왔다. "너 이거 읽었어?"

엘라는 고개를 끄덕였다. "그래, 읽었어. 내가 쓴 장보기 목록인 줄 알고 실수로 읽었어."

"엘라……." 그는 말끝을 흐렸다.

"대체 누가 자기한테 이런 장난을 치는 거야?" 엘라가 그의 말을 끊었다.

"장난?"

"누가 자기 주머니에 그런 편지를 넣다니 말이야! 그게 대체 무슨 짓이야?"

"음." 필립은 중얼거리며 눈을 내리깔았다. 그가 다시 시선을 들어 소년 같은 파란색 눈동자로 엘라를 쳐다보며 입가에 슬픈 미소를 짓고 한숨을 내쉬며 편지를 들고 있던 손을 내리고 할 얘기가 있으니 거실로 가자고 말했을 때, 엘라의 마음속에는 더는 자기 것이 아니라고 생각했던 감정이 밀려올라왔다. 정말 아주 오랫동안 잊고 지내던 감정이었다.

"내가 내 입으로 직접 너한테 얘기하려고 했었어. 진짜야 맹세해." 거실에 앉아 필립이 입을 열었다. 엘라는 소파에 앉았고 필립은 맞은편에 있는 안락의자에 앉았다. 평소에는 이렇게 앉는 법이 없었다. 평소에는 소파에 둘이 나란히 앉았다. 필립은 접힌 종이를 계속 손으로 만지작거렸다.

"넌 어제 의뢰인하고 같이 식사를 했잖아." 이건 질문이 아니라 확인이었다.

필립은 고개를 저었다. "아니, '그 여자'를 만났어. 그 여자가 할 얘기가 있다고 해서……. 그런데 그 여자가 내 손에 이 편지를 쥐어줬어. 나는 이 편지를 들고 몇 시간 동안 시내를 돌아다니다가 들어왔고."

"왜……." 엘라는 적당한 말을 떠올리려고 애썼다. "왜 곧장 집으로 오지 않았어? 나한테 말이야."

"정말 진지하게 묻는 거야?" 그는 불행한 눈빛으로 엘라를 쳐다보았다.

엘라는 자신이 생각해도 멍청한 질문 같아 고개를 저었다. "그럼 오늘 저녁은? 오늘은 정말 일 때문에 약속이 있었던 거야? 아니면 오늘도 그 여자를 만난 거야?"

"아니, 오늘은 친구를 만났어. 누군가하고 얘기를 하고 싶었어."

"친구? 얘기를 하고 싶었다고?" 엘라는 순간 흥분했다. "지금 나를 바보로 생각하는 거야?"

"베른트를 만났어. 됐어? 베른트가 너하고 꼭 얘기를 하라고 충고해줬어. 솔직하게 다 털어놓으라고 말이야. 난 네가 그 편지를 발견하지 않았으면 했어."

"발견하고 말았는데 어쩌지?"

"미안해."

"그런데 나는 말이야." 엘라는 힘겹게 침을 삼키고 힘 없이 말을 이었다. "그냥 아주 못된 장난일 뿐이라고 생각했어. 아주아주 못된 장난 말이야. 그 편지를 읽고 정말이지 기운이 쭉 빠지기는 했지만 만약 네가 진짜로…… 만약 네가 진짜로 그랬다면……" 엘라는 차마 말을 끝맺지 못했다.

필립은 또다시 시선을 떨구었다. "미안해."

엘라는 여러 차례 숨을 깊이 들이마셨다가 내쉬었다. 그리고 아주 차분하게 말했다. "이리 줘봐."

"뭘 말이야?"

"뭐겠어? 편지 달라고!" 엘라는 편지를 향해 손을 내밀었다. 필립이 꼼짝도 하지 않자 엘라는 강하게 쏘아붙였다. "그 빌어먹을 편지 당장 내놓으라고!"

"안 돼, 엘라, 제발…… 뭐하러 다시 읽으려고 그래?"

"이리 내놔!"

필립은 마지못해 편지를 건네주었고 엘라는 편지를 펴서 다시 한 번 읽기 시작했다.

— 필립에게,

당신은 엘라하고 결혼하면 안 돼요! 우리 사이에 있었던 모든 일들을 생각하면 그러면 안 돼요. 의무감으로 결혼해서는 안 된다고 생각해요. 남은 인생이 달린 문제잖아요! 봄맞이 축제가 끝난 후 우리가 함께 보냈던 밤에 당신이 엘라에 대해 했던 얘기들이 내 머릿속에서 떠나질 않아요. 엘라가 꿈속에 살고 있는 몽상가이고 둘이 평생을 함께할 수 있을 정도로 잘 맞는 상대인지 확신이 서지 않는다고 했잖아요. 그리고 당신은 아이를 원하지만 엘라는 아이를 원하지 않는다면서요. 엘라가 조금 더 자립적이고 자의식이 강했으면 좋겠다면서요. 당신은 늘 뭔가 채워지지 않는 빈 구석을 느끼고, 어쩐지 엘라한테 제대로 다가갈 수 없다고 했잖아요. 당신이 이런 얘기를 할 때 술에 많이 취한 상태였다는 건 잘 알아요. 하지만 취중진담이라는 말도 있잖아요. 그런데 엘라한테 청혼을 했다니 나는 지금도 도무지 이해할 수가 없어요. 아마 평생 이해 못할 것 같아요. 엘라에게 청혼한 이후 그런 선택을 후회하는 듯 아주 불행해 보이는 모습을 전 매일 옆에서 지켜봤어요. 그러니 그 결혼은 없던 걸로 해요! 나 때문에 그러라는 말이 아니에요. 당신이 나를 원하지 않는다는 건 충분히 짐작하고 있어요. 제발 당신 자신을 위해 그 결혼은 그만둬요!
— 당신의 C

엘라는 들고 있던 편지를 바닥에 떨어트렸다.

"이건." 엘라는 입을 열었지만 목소리가 더 이상 나오지 않았다. 그녀는 몸을 앞으로 숙여 이제 식어서 미지근해진 차를 한 모금 마셨다. "그러니까 이건 너를 골탕 먹이려는 장난이 아니란 말이지? 이게 다 사실이란 말이지?"

그는 고개를 끄덕이며 절망적인 눈빛으로 쳐다보았다.

"네가 나한테 청혼을 했던 날 아침, 그러니까 전날 밤에 너는……." 엘라의 목소리는 다시 잠겨버렸다.

"다른 여자하고 잤어." 필립은 엘라가 듣고 싶지 않은 사실을 확인시켜주었다.

"왜?"

"나는 술을 많이 마셔서 완전히 취한 상태였고 그 여자가……."

"그거 말고." 엘라가 필립의 말을 끊었다. "왜 그 다음 날 아침에 나한테 결혼하자고 했는지 알고 싶어."

"왜냐하면 나는……." 그는 말을 하다 말고 몹시 괴로워했다. "많이 혼란스러웠어. 제정신이 아니었고 어찌할 바를 몰랐어. 그리고 나 자신이 너무 부끄러웠어."

엘라는 그의 말에 움찔했다. '내가 너를 사랑하니까' 라는 말은 없었다.

"그 여자가 이 편지에 쓴 내용은 어떻게 된 거야? 다 네가 나에 대해 했던 말이야?"

"모르겠어." 그가 기어들어가는 목소리로 말했다. "잘 기억이 안 나."

"그럼 네가 나에 대해 그렇게 생각하는 건 사실이야?"

"그렇지 않아." 그는 황급히 대답했다. "절대로 그렇지 않아! 절대 아니라고!"

"내가 네 말을 어떻게 믿어? 보아하니 나를 한참 동안이나 속인 것 같은데." 엘라는 침을 삼켰고 목구멍이 죄어오는 것을 느꼈다. "너의 청혼도 거짓이었어. 넌 전날 저지른 일 때문에 양심의 가책을 느껴서 청혼을 했던 거야."

"아니야!" 그는 격렬하게 손사래를 쳤다. "그렇지 않아. 그건⋯⋯."

"그건 뭐?"

그는 대답 대신에 올리고 있던 손을 슬며시 내렸다.

엘라는 말없이 허리를 숙여 바닥에 떨어진 편지를 주워 탁자에 올려놓고 소파에서 일어났다.

필립은 의아한 눈빛으로 엘라를 쳐다보았다. "어디 가려고?"

"나가려고." 엘라가 말했다. "그냥 아무 데나 가려고."

엘라가 현관에서 우비를 걸치고 장화를 신고 자동차 열

쇠를 집는 동안에도 그는 뒤따라 나오지 않았다. 뒤에서 그녀를 만류하는 소리조차 들리지 않았다.

'그래, 차라리 잘됐어' 하고 에밀리아 파우스트는 생각했다. 이제 혼자서 조용히 생각을 해봐야 한다. 혼자서. 상당히 오랫동안.

3

자동차 시동이 걸리지 않았다. 당연히 시동이 걸리지 않았다. 밖에는 비가 억수처럼 퍼붓고 엘라의 마음은 용암과 얼음이 마구 뒤섞인 상태인데 오늘 같은 밤에 자동차 시동이 걸릴 리가 있겠는가?

엘라는 폭스바겐 투아렉 운전석에 앉아 손가락으로 핸들을 두드리면서 열쇠를 여러 차례 돌려 시동을 걸어보려고 시도했으나 엔진은 낮게 덜덜거리는 소리조차 내지 않았다. 엘라는 한 번도 이 우쭐대는 차를 좋아한 적이 없었고 필립한테 조금 더 작고 운전하기 편한 차를 사달라고 했었다. 그리고 무엇보다 시동이 걸려 달릴 수 있는 차를 원했다! 고급 주택가에 자리한 필립과 그녀의 집 옆에 있는 차고에서 한 번도 원한 적 없던 자동차 운전석에 앉아 있으려니 이제는 그 폭스바겐 차가 싫을 뿐만 아니라 그야말로 증오스러웠다. 이 차는 그녀를 꼼짝 못하게 붙잡고 있었다. 당장 벗어나고 싶은 상황, 벗어나야만 하는 이 상황에 그녀를 붙잡아두고 있었다.

이제 어떡하지? 다시 집으로 들어가 필립과 얼굴을 마

주하고 싶지는 않았다. 그렇다고 차고에서 밤을 샐 수도 없었다. 그녀의 남자친구, 그녀의 '약혼자'가 언젠가 차고로 오게 될 텐데 그와 얘기하고 싶은 생각은 전혀 없었다.

엘라는 당장 '비밀의 장소'로 가고 싶었다. 예전에 필립을 만나기 전부터 생각을 정리해야 할 일이 있을 때마다 자주 가던 곳이었다. 하지만 택시를 잡아 탈 수도 없었다. 너무 급히 나오느라 지갑이 든 가방과 휴대전화를 미처 챙기지 못했고 앞에서 얘기했듯이 다시 집으로 들어가 필립과 마주치고 싶지 않았다. 바렌펠트로 가는 지하철역은 약 2킬로미터 떨어져 있었고 근처 버스정류장에 간다고 해도 11시가 다 되어가는 이 시간에 버스가 아직 운행되는지 알 수 없었다. 만약 버스가 다닌다 해도 무임승차할 수밖에 없었다. 하지만 지금 이런 상황이라면 무임승차라 해도 아주 사소한 위반이자 일종의 정당방위로 간주할 수 있었다.

'그럼 그냥 걸어가지, 뭐' 하고 생각하며 자동차 문을 열고 우비에 달려 있는 모자를 뒤집어썼다. 차고 자동문을 열기 위해 리모컨을 누르려던 찰나 엘라의 눈길이 필립의 경주용 자전거로 향했다. 아주 빠르고 아주 크고 그리고 무엇보다 아주 비싼 자전거로, 필립이 여름에 있을 철인3종 경기를 준비하기 위해서 봄마다 훈련을 할 때 사용하는 자전거였다. 차고에 안전하게 잘 보관되어 있기 때문에 자전거에는 따로 자물쇠가 채워져 있지 않았다.

바로 이 자전거가 엘라를 위해 한 걸음에 7마일을 가는 장화의 역할을 대신해줄 것이다. 자전거를 타고 가면 흠뻑 젖은 채 목적지에 도착하겠지만 그래도 날이 밝기 전에 도착할 수 있었다. 엘라는 자전거에 올라타 차고 문이 다 열릴 때까지 기다렸다. 무슨 징조인지 차고에서 나가자마자 비가 갑자기 그쳤다. 30분 만에 처음으로 엘라의 마음이 조금 가벼워졌고 감사하는 마음으로 눈을 세 번 깜빡거렸다. 그러고는 힘차게 페달을 밟았다.

자전거가 조금 흔들거렸고 커다란 바퀴와 가운데 있는 봉 때문에 서서 자전거를 타야 했지만 그래도 중간에 지하철로 갈아타지 않고 5킬로미터 거리를 계속 자전거를 타고 갈 생각이었다. 신선한 공기를 마시면 머리가 맑아지는 데 도움이 될 것 같다는 생각이 들었다. 그리고 무엇보다 무임승차를 하지 않아도 돼서 좋았다. 울퉁불퉁한 포석이 깔린 필로조펜 거리를 조심스럽게 달린 후 엘베강을 따라 목적지로 향하는 가장 빠른 길인 하우프트 거리로 내려갔다. 오른쪽에는 멋지게 지은 집들이 쭉 늘어서 있었고 왼쪽에는 롤란드스뮐레 테니스클럽이 있었다. 엘라는 습한 공기를 폐 속까지 깊숙이 들이마시고 이제 '세계로 향하는 문'을 향해 자전거로 달려간다는 생각을 즐겼다.

30분 후 엘라는 하펜 함부르크 호텔 바로 뒤편에 서서 란둥스브뤼켄을 내려다보았다. 어느새 다시 조금씩 빗방울이 떨어졌지만 엘라는 개의치 않았다. 엘라는 이곳에서 내려다보이는 광경을 즐겼다. 엘베 강, 배와 타워크레인, 선박 박물관으로 사용되는 '캡 샌디에고' 호와 '리크머 리크머스' 호, 유명한 노란색 라이언 킹 전용 뮤지컬극장 그리고 엘베 필하모니 음악당이 눈앞에 펼쳐졌다. 오래된 란둥스브뤼켄의 건물이 그녀의 발아래 웅장하고 기품 있게 서 있었고 노란 조명이 드리워져 더욱 아름답게 보였다. 엘라의 왼편에 서 있는 시계탑의 시계는 12시 15분 전을 가리켰고 그래서인지 주변에 사람이 없었다. 게다가 산책하기 좋지 않은 날씨라 주변이 더더욱 한산했다.

'휴식을 취할 때.' 레퍼반 아래쪽 상트 파울리 하펜 거리를 따라 이어지는 산책길의 이름이었다. "길 이름이 정말 예쁘지 않니?" 엄마 젤마가 수십 년 전 어린 딸을 데리고 대도시 구경을 시켜줄 때 이 '비밀의 장소'를 알려주면서 말했다. "예전에 여기 오랫동안 서서 생각에 잠기곤 했단다. 저기에 있는 배를 타고 멀리 떠나면 어떨까 하는 상상을 하곤 했었지."

"엄마는 어디로 가고 싶었는데요?" 어린 엘라가 궁금해하며 물었다.

젤마 파우스트는 어깨를 으쓱했다. "어디든 상관없었어. 그냥 멀리 떠나고 싶었어. 아주 멀리."

"그런데 왜 떠나고 싶었어요? 여기도 정말 좋잖아요!"

엄마는 엘라 앞에 무릎을 꿇고 꼭 안아주었다. "네가 태어난 이후로는 네가 내 곁에 있는 곳이면 그곳이 이 세상에서 가장 좋은 곳이야" 하고 엘라의 귀에 대고 속삭였다.

멀리서 뱃고동 소리가 들렸다. 엘라는 생각에 푹 잠겨서 검지와 약지로 왼쪽 손목에 새긴 문신을 어루만졌다. 세미콜론 모양의 문신을 손목에 새긴 지는 벌써 15년째다. 엘라는 자기 자신과 운명에 대해 원망을 하며 밤새 울고 나서 이 문신을 새겨 넣었다. 문장 뒤에 세미콜론이 오면 문장은 아직 끝난 것이 아니라 이야기가 계속된다는 것을 기억하기 위해서였다. 필립과 사귀기 시작할 무렵 그가 문신의 의미에 대해 물었을 때 세미콜론이 멸종위기에 처한 문장부호라서 보존하고 싶은 마음에 새겼다고 그냥 얼버무렸다. 물론 거짓말이었다. 그보다 더 많은 의미를 갖고 있었다. 훨씬 더 많은 의미를. 하지만 필립에게 그런 말을 하고 싶지는 않았다. 유일하게 친구 코라한테만 술김에 세미콜론의 의미를 얘기해준 적이 있었다. 하지만 술이 깨자 그런 얘기를 한 것이 창피해졌고 코라한테 세미콜론에 대한 감상에 젖은 사연을 제발 잊어달라고 신신 당부했다.

'고향'이라는 말이 엘라의 머리를 스치고 지나갔다. '고향은 장소가 아니라 사람이다.' 엘라는 눈을 질끈 감았다. 그리고 다시 눈을 뜨자 또다시 시계탑에 있는 시계가 눈에 들어왔다. 12시 3분 전을 가리키고 있었다. 자정. 마법과 저주가 끝나는 시간. 그 순간 에밀리아 파우스트는 자기 자신과 내기를 걸었다. '마지막 종이 울리기 전까지 내가 탑 담장을 터치하면 필립과 나의 관계는 다시 정상으로 돌아올 거야. 어떻게 회복될지는 아직 잘 모르겠지만 어쨌든 우리 관계가 다시 좋아질 만한 무슨 일이 일어날 거야.'

엘라는 이런 생각을 하자마자 필립의 자전거를 어깨에 짊어지고 항구로 내려가는 가장 빠른 길인 빌리-바르텔스 계단을 뛰어내려갔다. 물론 자전거를 둘러메지 않았다면 더 빨랐겠지만 이곳 상트 파울리에서 자전거를 도둑맞을 위험을 감수하고 싶지는 않았다.

엘라는 계속 시계바늘을 주시하면서 빠르고도 조심스럽게 비에 젖어 미끄러운 계단을 내려갔다. 아직 2분이나 남았으니 충분히 성공할 수 있었다. '꼭' 성공해야 했다. 그녀의 남은 인생이 달려 있었다. 엘라가 자기 자신과 내기를 시작하자마자 하늘은 또다시 수문을 열어 엄청난 비를 퍼부었지만 엘라는 이를 도전으로 받아들이고 반드시 해내고 말겠다는 의지를 더욱 불태웠다. 동화, 이야기, 소설 그리고 영화에서는 이런 것을 '영웅의 부름'이라 불렀다. 주인공이 목적지에 이르기 전에 반드시 극복해야 할 일종의 시험이었다. 용 무찌르기, 수수께끼 세 개 알아맞히기, 룸펠슈틸츠헨(독일 동화에 나오는 난쟁이-옮긴이)의 이름 알아맞히기-또는 지금처럼 허리케인에 맞먹는 폭풍우를 뚫고 시간 내에 시계탑에 도착하기.

엘라의 숨소리는 거칠어졌고 땀이 빗물과 섞여 흘러내렸다. 두세 번 정도 젖은 계단에서 미끄러져 하마터면 자전거를 떨어뜨릴 뻔했다. 엘라가 계단 끝에 거의 다다랐을 때 갑자기 눈앞에 어두운 형체가 나타났다. 놀란 남자의 얼굴이 그녀를 빤히 쳐다보았고 비명소리가 들렸다. 남자의 비명소리였는지 자신의 비명소리였는지 알 수 없었다. 엘라는 중심을 잃고 자전거를 어깨에 맨 채 남자를 향해 꼬꾸라졌다. 넘어지는 순간에도 남자가 맨발이라는 것을 알 수 있었다.

'맨발?' 에밀리아 파우스트의 앞이 깜깜해지기 직전에 마지막으로 든 생각이었다. '이 남자는 왜 맨발일까?'

다시 정신이 들었을 때 엘라가 가장 먼저 알아차린 사실은 비가 그쳤다는 것이었다. 두 번째로 알아차린 것은 왼쪽 관자놀이에서 이마 중앙까지 쿡쿡 쑤시는 심한 두통이었다. 그리고 일어나 앉아서 시계탑을 바라보며 알아차린 세 번째 사실은 시계바늘이 12시 5분을 가리킨다는 것이었다. 엘라는 체념하며 어깨를 축 늘어뜨렸다. 결국 성공하지 못했다.

그리고 곧바로 조금 전에 일어났던 일이 떠올랐고 지금 한가하게 시간에 맞춰 도착하지 못한 것에 대해 실망할 때가 아니라는 것을 깨달았다. 그 남자! 그녀가 자전거를 둘러멘 채 충돌한 남자가 있었다. 엘라는 황급히 주위를 두리번거렸고 그러자 머리에 찌르는 듯한 통증이 밀려왔다. 하지만 그런 것쯤은 대수가 아니었다. 그녀는 누군가를 다치게 했다! 필립의 자전거를 둘러멘 채 누군가와 충돌했으니 상대방은 뼈가 부러진 채 축축한 돌바닥 위 어딘가에 널브러져 있을지도 모를 일이었다.

하지만 아무리 주위를 둘러보아도 아무도 보이지 않았다. 엘라 혼자 계단 끝에 앉아 있을 뿐 조금 전 사고가 났던 흔적은 어디에도 없었다. 2미터 정도 떨어진 곳에 반쯤 도로에 걸쳐져 있는 필립의 자전거를 제외하고는. 그 순간 큰 트럭이 달려오더니 간신히 자전거 뒷바퀴를 피해 지나갔다.

힘겹게 몸을 일으키자 꼬리뼈에도 극심한 통증이 느껴졌다. 엘라는 신음소리를 내며 필립의 자전거 쪽으로 절뚝거리며 다가가 자전거를 안전지대로 옮겼지만, 흐릿한 불빛 아래서도 자전거가 제 구실을 할 가망이 없다는 것을 알 수 있었다. 자전거 틀은 다 휘어져버렸고 바퀴살은 부러졌으며 앞바퀴는 아메바 같은 모양을 띠고 있었다.

"이런 젠장!" 엘라는 낮게 욕설을 내뱉고는 계단 옆에 있는 수풀 속에 망가진 자전거를 일단 숨겨놓았다. 자전거는 나중에 해결하면 될 일이고, 지금은 그녀와 충돌한 희생자를 찾아 도와주는 것이 급선무였다.

"저기요!" 엘라는 깜깜한 허공에 대고 소리쳤다. "여기 어디 계세요?"

아무런 대답이 없었다.

엘라의 이마에 식은땀이 흘렀다. 남자는 어디로 갔을까? 혹시, 설마, 이런 맙소사! 이런 맙소사! 그 남자도 자전거처럼 도로 쪽으로 튕겨나가 자동차에 매달려 질질 끌려간 게 아닐까? 아니면 심한 부상을 입고 네 발로 어디론가 기어간 것일까?

두려움에 휩싸인 엘라는 그 불쌍한 남자를 꼭 찾아서 괜찮다는 것을 두 눈으로 확인해야만 했다. 그리고 만약 괜찮지 않다면 당장 구급차를 불러야 했다.

"어디 계세요?" 엘라가 있는 힘껏 소리쳤다. "제발 대답을 좀 해보세요!" 두려움은 공포로 돌변했고 엘라는 정신없이 계단을 오르락내리락 했다. "저기요! 어디 계세요? 정말 미안해요!"

"이쪽이요!" 항구 길 건너편에서 소리가 들렸다. 이어서 시끄러운 노랫소리가 들렸다.

엘라의 심장이 빠르게 뛰었다. 적어도 남자는 살아있었다. 엘라는 꼬리뼈가 아픈 것을 꾹 참고 신호등이 깜빡이는 횡단보도를 건너 란둥스브뤼켄 쪽으로 향했다. 여덟 명에서 열 명 정도의 남자무리가 손을 흔들고 고성방가를 하며 길가에 서 있는 것이 보였고 그중 한 남자는 하얀색 토끼의상을 입고 작은 술병들이 가득 담긴 판매 상자를 목에 메고 있었다.

엘라는 발걸음을 늦췄다. 그녀와 충돌한 사고 희생자

가 아닌 것은 확실했다. 흥겨운 총각파티를 하는 남자들의 무리였다. 하필 오늘 저녁에 이런 사람들을 만나다니! 남자들의 배시시 웃는 얼굴을 보니 이미 다들 술을 한잔씩 걸친 게 분명했다. 그리고 낯선 여자가 그들을 향해 다가오는 것을 무척 반기고 있었다. 마치 그녀가 오늘 밤을 위해 예약된 스트립쇼를 하는 여자라도 되는 듯이 쳐다보았다. 마음 같아서는 당장 뒤돌아서서 멀리 도망가고 싶었지만, 이 남자들이 사고를 목격했거나 어떻게 된 일인지 알고 있다면 계단에서 충돌한 남자가 어디에 있는지 알려줄 수도 있겠다는 생각이 들었다.

엘라는 숨을 거칠게 몰아쉬며 무리 앞에 섰다. "혹시 제가 조금 전에 저쪽에서 넘어지는 것을 보셨나요?" 엘라는 함부르거 베르크 거리 쪽을 가리켰다. "넘어지는 거요?" 토끼의상을 입은 남자가 엘라를 멍하니 쳐다보았다. "아니요. 무슨 말씀을 하는 건지 모르겠네요."

"다른 분들은요?" 엘라는 다른 남자들을 쳐다보며 물었다. "혹시 뭐 보신 거 있어요?"

모두 안타깝다는 듯 고개를 저었다.

"젠장." 엘라의 입에서 불쑥 이런 말이 튀어나왔다. 당황한 채 고개를 끄덕여 인사를 하고 돌아서려는데 무리 중 가장 작은 남자가 엘라의 코트 소맷자락을 붙잡았다.

"이봐요." 그가 흥얼거리듯 말했다. "우리하고 같이 가요! 우리는 키츠 쪽으로 계속 갈 거거든요."

"아니, 됐어요." 엘라는 이렇게 쏘아붙인 후 그가 잡고 있던 소매를 확 빼버렸다. "저는 지금 시간이 없어요."

"아쉽네요." 토끼 옷을 입은 남자가 말했다. "정말 재밌을 텐데."

"그럴 것 같네요." 그들 무리 중 누구도 반어법을 이해할 수 있는 상태는 아닌 듯 보였다. 그래서 엘라는 조금 더 다정한 말투로 덧붙였다. "제가 지금 누굴 좀 찾고 있어서요."

"저요, 저요!" 작은 남자가 이렇게 말하더니 딸꾹질을 시작했다.

엘라는 대답 없이 그냥 뒤돌아섰다. 슬슬 짜증이 나기 시작했다.

"잠깐만 기다려요." 토끼의상을 입은 예비신랑이 소리쳤다. "설마 맨발로 돌아다니던 그 남자를 찾고 있는 거예요?"

엘라는 그를 향해 몸을 돌렸다. "그 남자를 보셨어요?"

"우리 모두 다 봤어요." 그의 무리는 열심히 고개를 끄덕였다. "비를 피해 저쪽에 서 있었거든요." 그는 4번 다리 아치형 입구를 가리켰다. "하드락 카페에서……."

"그 남자 어디 있어요?" 엘라는 그의 말을 끊어버렸다. 이 무리가 지금까지 어떤 술집들을 돌아다녔는지 알고 싶지 않을뿐더러, 지금은 맨발로 돌아다니는 그 남자가 어디에 있는지가 유일한 관심사였다.

"모르죠." 키 작은 남자가 다시 입을 열었는데 여전히 딸꾹질을 하고 있었다. "우리가 다리 밑에 서 있을 때 지나가는 것밖에 못 봤어요. 강가 쪽에서 온 것 같은데 어디로 갔는지는 우리도 몰라요." 그는 히죽히죽 웃으며 머리에 손가락을 대고 빙빙 돌렸다. "비가 내리는 10월에 맨발이라니!"

"그 남자한테 말을 걸어보지는 않았어요?"

"우리가 뭐하러 말을 걸어요?"

"한밤중에 신발도 신지 않고 돌아다니는 남자라면 도움이 필요한 사람일 수도 있잖아요."

모두들 웃음을 터트렸고 토끼의상을 입은 남자만 당황한 눈빛을 보였다. "우린 그냥 아무 생각 없이 있었어요. 여기는 함부르크잖아요. 이상한 사람들이 한둘이 아니죠."

"그렇기는 하죠." 엘라가 말했다. "세계로 향하는 관문, 미친 사람들과 자유로운 영혼으로 유명한 곳이죠." 엘라는 이번에는 속으로 자기 자신과 내기를 걸지는 않았지만 이 남자들이 이곳 출신이 아니라 밤을 즐기기 위해 어디 시골구석에서 온 것이 분명하다는 확신이 들었다. 그렇다고 시골을 무시하는 것은 아니었다. 엘라 역시 함부르크 사람들이 흔히 말하는 '촌뜨기'로서 여우와 토끼가 서로 잘 자라고 인사를 하는 곳에서 자랐다. 하지만 지금 그것이 중요한 게 아니었다.

"어쨌든 고마워요." 엘라가 말했다. "많은 도움이 됐어요."

"우리하고 정말 같이 가지 않을래요?" 키 작은 남자가 딸꾹질을 하며 또다시 물었다.

"네. 정말 같이 안 가요."

"알았어요." 남자는 순순히 물러났다. 실망감이 너무 컸는지 딸꾹질이 멈췄다. "그럼 그 남자를 꼭 찾기를 빌게요."

총각파티를 하는 무리는 레퍼반 방향으로 걸어갔고 엘레는 하얀 토끼 주위를 둘러싼 무리가 걸어가는 뒷모습을 잠시 바라보았다. 문득 '이상한 나라의 앨리스'가 떠올랐다. 그리고 〈매트릭스〉 1편에 등장하는 '하얀 토끼를 따라가라'라는 대사가 떠올랐다. 어떤 암시 같은 것일까? 저 하얀 토끼를 따라가서 저 남자들하고 같이 상트 파울리를 배회하고 다녀야 하는 것일까? 그럴 리는 없었다. 그들을 따라간다고 해서 필립과의 갈등이 해결되거나 사라진 남자를 찾는 일에 도움이 될 거라는 생각은 들지 않았다. 엘라는 곧장 4번 다리 아치형 입구 쪽으로 달려갔다. 운이 좋다면 그 남자가 다시 그곳으로 돌아왔을지도 모른다. 이유는 알 수 없지만.

"저기요!" 엘라의 목소리가 돌로 된 둥글고 높은 천장에 부딪혀 메아리쳤다. "여기 누구 있어요?" 엘라는 또 다른 총각파티 무리가 대답하지 않기를 간절히 바랐다. 다행히 이번에는 조용했다. 몇 번이고 오른쪽 왼쪽으로 두리번거렸지만 아무도 보이지 않았다.

엘라는 마지막으로 엘베 강변에 있는 선착장 쪽을 살펴보기로 하고 지붕이 덮인 다리를 따라 내려갔다. 기분이 이상하고 불안했다. 좋지 않은 예감이 들었다. 엘라는 발걸음을 늦추고 뒤돌아서서 그냥 돌아가고 싶은 충동을 억눌렀다.

몇 미터 떨어지지 않은 수상 플랫폼의 시멘트 바닥에 배의 밧줄을 묶는 말뚝들이 보였다. 그리고 말뚝 옆에 신발 한 켤레가 놓여 있었는데 발목까지 올라오는 등산화였다. 바닥에는 재킷이나 이불로 보이는 무언가가 있었다. 엘라는 자세히 살펴보았다. 그 밑에 누가 웅크리고 누워 있는 것일까?

조심스럽게 다가가 확인해보니 두꺼운 다운점퍼였다. 그것을 발로 살짝 밀쳐내자 휑한 바닥이 드러났다. 안도감과 동시에 실망감이 밀려왔다. 엘라는 계단에서 그녀와 충돌했던 맨발 남자의 것으로 추정되는 점퍼를 들어서 주머니를 뒤져보았다. 열쇠꾸러미와 두툼한 지갑이 들어 있었다. 엘라는 덜덜 떨리는 손으로 재킷 주머니에서 지갑을 꺼내 열어보았다. 지폐 몇 장과 신용카드 그리고 다른 카드들이 여러 장 들어 있었다. 그리고 행운이 엘라의 편이었는지 다행히 신분증도 들어 있었다!

오스카 드 비트. 30대 중반에서 40대 중반쯤으로 보이는 사진 속 남자가 그녀를 무표정하게 쳐다보았다. 한니

발 렉터 같은 매력을 지닌 전형적인 신분증 사진. 검은 머리, 뚜렷한 짙은 눈동자, 안경은 쓰지 않았고 수염도 없었다. 하지만 턱에 보조개가 있어서 뚜렷하게 선이 나 있었다. 생년월일을 따져보니 남자는 서른아홉 살이었다. 엘라는 신분증 뒷면에 적혀 있는 주소를 확인해보았다. 엘브쇼제-고급 주택가로 주로 부유한 한자동맹 도시의 시민들이 사는 곳이었다.

엘라는 다시 한 번 "저기요!" 하고 소리를 지르고 바람이 부는 밤을 향해 귀를 기울였지만 엘베 강물이 둑에 부딪히는 소리 말고는 아무 대답도 듣지 못했다. 엘라는 점퍼와 등산화를 들고 항구 거리 쪽으로 걸어가면서 이제 어떻게 해야 할지 생각해보았다. 그 남자는 왜 이곳에 자기 물건들을 놓아두고 맨발로 함부르거 베르크 거리로 향하는 계단을 오르고 있었을까? 정신이 이상한 남자가 틀림없었다. 목적 없이 주변을 배회하다가 하필 엘라와 부딪쳐 다친 것이 분명했다.

지금 만약 휴대전화를 가지고 있었다면 당장 경찰에 신고부터 했을 것이다. 물론 경찰한테 그 남자와 충돌한 상황과 그 남자가 사라진 정황을 설명해야 하는 것이 썩 내키지는 않았다. 법과 질서의 수호자들은 엘라의 말을 듣고 어떻게 할까? 당장 수색대를 급파하고 수색견을 투입할까? 아니면 그녀를 한참 동안 파출소에서 기다리게 하다가 실종신고가 들어온 것이 없고 아직 위험이 감지되지 않는다며 아무 조치도 취하지 않는 것은 아닐까? 그리고 사실 열여덟 살 넘은 성인이라면 얼마든 마음대로 빗속에서 맨발로 돌아다닐 자유가 있지 않은가? 혹시 신체상해 혐의로 고발당하는 건 아닐까? 엘라는 어떻게 될지 알 수 없었다. 한밤중에 맨발로 뛰어다니는 남자와의 충돌은 처음 겪는 일이었다.

그렇지만 운명이 그녀에게 신호를 보내는 듯했다. 4번다리 아치형 입구 쪽에서 나오자마자 흰색과 파란색으로 된 경찰서 간판이 눈에 들어왔다. 란둥스브뤼켄의 건물 안에 경찰 초소가 있었다. 엘라는 순순히 운명에 따르기로 하고 경찰 초소 출입구를 향해 걸어가 벨을 눌렀다. 기다렸다. 아무 대답이 없었다. 다시 한 번 벨을 누르고 계속 기다렸다. 아무런 응답이 없는 걸로 보아 밤에 초소에는 아무도 없는 듯했다. 엘라는 세 번째 벨을 누르고 다섯까지 세기로 마음먹었다. 그 이후에도 아무 일이 일어나지 않으면 그것은 어떤 계시일 것이다. 그것이 어떤 계시일지는 조금 더 생각을 해봐야겠지만.

하나.

둘.

셋.

넷.

다섯.

"여보세요?"

4

엘라는 움찔했다. 인터폰에서 목소리가 들렸기 때문이 아니라 뒤에서 누군가 갑자기 어깨에 손을 올렸기 때문이었다. 엘라는 깜짝 놀라 몸을 돌렸다. 앞에 하얀 토끼가 서 있었다.

'하얀 토끼를 따라가라……'

"미쳤어요?" 엘라는 예비신랑을 향해 쏘아붙였다. "심장마비 걸릴 뻔했잖아요!"

"미안해요." 그가 사과했다. "그냥 다시 한 번 와봐야겠다는 생각이 들었어요." 그는 당혹감을 감추지 못했다. "저와 제 친구들이 아까 실례했죠? 오늘 같은 저녁에는 다들 들떠서……." 그는 자신이 입고 있는 의상을 가리켰다. "보시다시피."

"그래요." 엘라는 날이 선 목소리를 조금 누그러뜨렸다. "아무 일도 없었으니 됐어요."

"우리는 원래 착하고 친절한 사람들이에요." 남자는 이렇게 말하며 어색한 미소를 지었다.

"야! 너 거기서 뭐 하는 거야?" 길 건너편에서 남자를 향해 외치는 소리가 들렸다. 키 작은 남자가 신호등 앞에 서서 열심히 팔을 휘젓고 있었다. "다 기다리고 있잖아!"

"먼저 가, 금방 따라갈게." 오늘밤 주인공인 토끼의상을 입은 예비신랑이 소리쳤다. "'몰리 말론'에서 만나!" 다시 엘라를 향해 몸을 돌린 하얀 토끼는 발을 동동 구르며 말했다. "우리가 무슨 얘기를 하다 말았죠?"

"원래는 착하고 친절한 사람들이라고요." 엘라가 상기시켜주었다.

"맞아요." 그는 미소를 지어 보였다. "그래서 아까 절망적으로 보이길래 괜찮으신지 다시 한 번 살펴보러 왔어요."

"절망적이요?"

그는 고개를 끄덕였다.

순간 엘라 자신도 모르게 갑자기 눈물이 터져버렸다. 너무도 갑작스럽게 어떤 예고도 없이 울음이 터져버려 마치 히스테리를 부리는 것처럼 보였다. 하얀 토끼는 놀라서 엘라를 말없이 쳐다보다가 목에 두르고 있던 유치한 가판대를 내려놓고 엘라를 꼭 안아주면서 토끼털로 덮여 있는 자신의 가슴에 기댄 엘라의 머리를 쓰다듬어주었다. 엘라는 울고 울고 또 울었다. 갑자기 너무 많은 일들이 일어났다. 너무나 많은 일들이. 충격적인 편지 그리고 바람을 피운 필립, 빌리-바르텔스 계단에서 있었던 사고, 누군가를 심하게 다치게 했을지도 모른다는 불안감,

그리고 불안정한 미래 그리고 삶에 대한 불안감, 그리고 이제 어떻게 해야 할지 모르는 막막함.

"쉿." 토끼가 다정하게 달래주었다. "쉿."

엘라가 마음을 추스르고 그에게서 떨어질 때까지 엘라와 하얀 토끼는 한참 동안 말없이 그렇게 서 있었다. 두 사람은 '프뤼세 선장-항구 관광 유람'이라고 적혀 있는 간판 앞 벤치에 나란히 앉았다. 엘라는 몰래 재킷 소매로 콧물을 닦았다.

벤치에 앉아서 엘라는 토끼의상을 입은 생판 모르는 남자에게 지난 24시간 동안 그녀의 인생에서 일어난 일들을 털어놓았다.

"그래요." 엘라의 얘기를 다 들은 토끼가 입을 열었다. "여러 가지로 모든 상황이 좋지 않네요."

"네." 엘라는 왼쪽 발끝으로 앞에 있던 돌멩이를 찼다.

"하지만 그렇다고 아주 비참한 상황은 아니에요."

엘라는 깜짝 놀라 그를 쳐다보았다. "그렇게 생각해요?"

"저는 남자친구를 조금 이해할 수 있을 것 같아요. 남자들이 결혼을 앞두고 싱숭생숭한 마음에 엉뚱한 짓을 하는 것 말입니다." 그는 배시시 웃었다. "제가 그 기분을 너무나 잘 알죠."

"지금 뭔가 착각을 하신 것 같은데요." 엘라가 그의 오류를 지적해주었다. "제 남자친구는 먼저 '엉뚱한 짓'을 했고 '그 다음에' 저한테 결혼하자고 했어요. 그리고 남자친구가 다른 여자와 잔 것을 두고 '엉뚱한 짓'이라는 귀여운 표현을 사용해도 되는지 심히 의심스러워요."

"그것은 물론 원칙의 문제죠."

"원칙이요?"

"네. 바람을 피운 것 때문에 거래를 깰지 말지 여부요. 그런 것을 용서할 수 있는 사람인지 아닌지 말이죠."

엘라는 잠시 생각해보았다. 엘라는 어떤 쪽에 속하는 사람일까? 그녀는 알 수 없었다. 다만 필립이 그 C라는 여자하고 같이…… 상상하고 싶지 않은 것만은 분명했다. 엘라는 격렬하게 고개를 저었다. 그런 생각조차 하기 싫었다.

"모든 일은 상대적으로 생각해봐야 한다고 저는 생각해요." 토끼는 계속해서 말을 이었다. "크고 넓게 봤을 때 그것이 무슨 의미가 있을까요? 당신하고 남자친구가 결혼해서 20년, 30년, 40년 또는 50년 동안 같이 행복하게 살게 된다면 남자친구가 '한 번' 실수를 저지른 것이 그렇게 중요할까요?"

"모르겠어요." 엘라가 수긍했다. "아마도 그렇지는 않겠죠."

"그것 보세요. 그렇게 비참하지는 않잖아요."

"음."

"그리고 계단에서 부딪친 남자와 관련된 일은 말이죠,

제 생각에 그 남자는 술에 만취해서 집으로 돌아가는 중일 겁니다."

"그럴 수도 있겠죠."

"아무튼 저는 그렇게 생각해요. 여기 주변에 죽은 채 누워 있는 사람은 없잖아요."

엘라는 웃음을 터트렸다. "그나마 다행이네요."

"그렇다면 이제 당신이 해야 할 일도 분명해졌어요."

"그게 뭔데요?"

"지금 그 남자의 점퍼, 지갑, 열쇠를 가지고 있잖아요. 그러니까 그 남자 집으로 찾아가서 집에 잘 들어갔는지, 상태가 어떤지 확인하고 오는 것이 가장 간단한 방법입니다."

두통이 그렇게 심하지 않았다면 엘라는 손바닥으로 자신의 이마를 쳤을 것이다. 엘라는 그냥 한숨을 내쉬었다.

"왜 그 생각을 못했는지, 사람이 정말 바보 같을 때가 있어요."

"그런데 이름이 뭐예요?" 남자가 물었다.

"엘라." 그녀가 대답했다. "제 이름은 엘라에요. 그쪽 이름은요?"

"필립이요."

엘라는 웃음을 터트렸다. 그럼 그렇지.

'하얀 토끼를 따라가라.' 10분 후 엘브쇼제로 향하는 택시 뒷자리에 앉은 엘라는 이 말을 다시 떠올렸다. 엘라는 택시에 타기 전에 기사에게 요금이 얼마나 나올지 물었고 30유로 정도 나올 것이라는 말에 요금표시기를 켜지 않고 20유로에 가자고 협상했다. 안 그래도 오스카 드비트의 지갑에서 돈을 꺼내 써야 할 상황이라 마음이 편치 않았다. 물론 나중에 돈은 다 갚을 생각이었다. 하지만 지금은 어쩔 수 없는 상황이고, 목적은 수단을 정당화하고, 어둠 속에서는 모든 고양이가 회색이며, 인간이 선을 행하는 것 외에 다른 선은 없다. 그리고 그녀는 지금 오스카 드 비트의 돈을 아주 책임감 있게 사용하고 있으니 괜찮다고 계속해서 스스로를 안심시켰다.

그때 불현듯 또 다른 생각이 떠올랐다. 아주 평범하면서 아주 중요한 생각이었다. 바로 돈에 관한 생각이었다. 엘라는 자기 앞으로 된 돈이나 자산을 전혀 갖고 있지 않았다. 필립과 몇 년 같이 살면서 자신의 계좌를 해지하고 필립의 계좌를 함께 사용하게 되었고 신용카드도 다 그의 계좌로 연결되어 있었다. 그러지 않을 이유도 없었다. 엘라가 모든 은행 업무를 도맡아서 처리했고 공식적으로 필립에게 고용된 것은 아니지만 그를 위해서 일을 하고 있었기 때문에 돈을 벌고 있는 것이나 다름없었다. 법적으로는 어떻게 되는지 잘 모르겠지만 아마도 그녀가 요구할 수 있는 것은 많지 않을 것 같다는 생각이 들었고 만약의 경우에는 상당히…… 불리한 입장에 처할 게 분명했다.

'넌 어떻게 그렇게 멍청하게 한 사람한테 얽매여버릴 수가 있어?' 예전에 코라가 그녀에게 경고하듯이 했던 말들이 머릿속에서 맴돌았다. '하지만 운명이 언젠가는 너에게 엄청난 복수를 할 것이고 필립 드렉슬러가 사실은 개굴거리는 개구리에 불과하다는 것을 알게 될 날이 올 거야.'

"그만." 엘라는 나직한 목소리로 속삭이며 손가락으로 좌석쿠션을 꽉 움켜쥐고 세 번 연속 눈을 깜빡거렸다. "그만. 그런 생각하면 안 돼!" 필립은 절대 그녀를 어려운 상황에 그냥 가만히 내버려둘 사람이 아니었고 엘라는 여전히 두 사람의 관계가 다시 회복되리라는 확신을 갖고 있었다. 어떻게든. 반드시 그렇게 될 것이다. 그리고 그녀는 용서할 줄 아는 사람이었다. 전체적인 큰 그림을 봤을 때 얼마든지 그럴 수 있었다.

엘라는 창밖을 내다보며 힘겹게 눈을 질끈 감고 나무와 수풀의 어두운 실루엣이 스쳐 지나가는 것을 느꼈다. 내심 도중에 맨발의 남자를 발견하게 되기를 바랐다. 집으로 돌아가고 있는 오스카 드 비트.

에밀리아 파우스트는 자신도 모르게 또 다른 생각에 빠져들었다. 말도 안 되는 생각이라도 어쩔 수 없었다. '오스카라는 남자를 곧 만나서 상태가 괜찮은 것이 확인되면 필립과 나의 관계도 이달 말이 되기 전에 다시 회복될 거야.'

엘라는 주소가 엘브쇼제로 되어 있는 것만으로도 품격 있는 저택일 것이라 짐작하고 있었다. 역시 그랬다. 택시가 커다란 철문 앞에 멈춰 서자('정문게이트'가 아마도 더 적절한 표현일 것이다) 엘라는 입이 떡 벌어져서 다물어지지 않았다. 보통 유명 인사나 함부르크의 저명한 사업가들, 대대로 내려오는 전통 있는 상인가문들이 사는 그런 저택의 출입구였다. 돈, 대대로 내려오는 돈이 있어야 가능한 그런 규모의 저택이었다. 그것도 엄청나게 많은 돈이.

엘라는 택시에서 내려 감시카메라 바로 아래 작은 담장에 새겨진 문패를 확인했다. '드 비트'라고 쓰여 있어서 주소를 맞게 찾아온 것을 알 수 있었다. 초인종을 누른 후 한참을 기다렸지만 아무 일도 일어나지 않았다. 혹시나 싶어 정문 손잡이를 눌러보았지만 역시나 잠겨 있었다. 엘라는 지니고 있던 낯선 남자의 열쇠꾸러미를 꺼내 유심히 바라보다가 초록색 버튼이 있는 작고 검은 리모컨을 발견했다. 버튼을 누르자마자 정문게이트가 안쪽으로 활짝 열렸다. 엘라는 다시 택시에 올라탔고 택시는 요란한 소리를 내며 자갈길을 달려갔다. 낮게 자란 침엽수림 사이로 구불구불 길이 나 있었고 길 양쪽에는 바닥조명이 설치되어 있어서 택시가 길에 들어서자마자 저절로 켜졌다. 조명 일부가 고장이 났는지 조명의 간격이 일정하진 않았다.

다섯 번째 커브를 틀자 마침내 저택이 시야에 들어왔

다. 엘라는 낮게 휘파람을 불었다. 하얀색 저택, 아니 그야말로 궁전이었다! 필로조펜 거리에 있는 필립의 집은 암적색 벽돌로 만든 커피분쇄기 모양을 닮은 전형적인 함부르크 건축양식의 집이라고 한다면 이 집이야말로 정말 어마어마했다. 독일 그륀더차이트 양식으로 지어진 이 웅장한 집에는 전면창이 나 있었고 층고가 높은 2층 건물이었으며 넓이가 틀림없이 20미터에서 30미터는 되어 보였다. 건물 오른쪽은 박공지붕 형태를 띠고 있어서 머리카락이 긴 라푼젤의 완벽한 거처처럼 보였다. 옥외 계단을 따라 올라가면–대리석으로 만들어진 것이 분명했다–목재로 된 짙은 초록색의 웅장한 대문이 있었다. 모든 창문에 환하게 불이 켜져 있는 것으로 보아 누군가 집 안에 있는 것이 분명했다. 아니면 오스카 드 비트는 전기요금 따위는 신경 쓰지 않는 사람인지도.

"고맙습니다." 엘라는 택시기사에게 20유로짜리 지폐를 건네주었다. 돈을 받아든 택시기사는 살짝 언짢은 표정을 짓는 듯했다. 아마도 어마어마한 규모의 저택을 본 후 덤핑 가격으로 이곳에 온 것이 잘한 일인지 의문이 드는 모양이었다. 엘라는 기사에게 미소를 지어 보이며 슐롬머스 선생님에게 배운 또 다른 지혜를 떠올렸다. '돈은 쓰라고 있는 것이 아니다. 돈은 쟁여놓으라고 있는 것이다.'

택시가 떠난 후 엘라는 대문으로 향하는 계단을 올라

갔다. 계단을 한 칸 한 칸 올라갈수록 점점 더 엄숙한 느낌과 함께 두려움이 밀려왔다. 그녀는 대체 누구와 부딪친 것일까? 유명 인사? 영향력이 막강한 사람? 간단히 말해서 원하기만 한다면 엘라를 끝장내버릴 수 있는 그런 사람? 엘라는 제발 무사하고 기분이 좋은 오스카 드 비트와 마주하게 해달라고 하늘을 향해 다급하게 짧은 기도를 했다. 아니면 그냥 이대로 도망치는 것이 가장 현명하지 않을까? 사고 희생자와는 서로 얼굴을 마주 보고 소개를 할 틈이 없었기 때문에 어차피 그녀가 누군지 모른다. 따라서 열쇠, 점퍼, 신발 그리고 지갑을 여기 문 앞에 놓아두고 삼십육계 줄행랑을 칠 수 있는 기회는 아직 남아 있었다.

하지만 에밀리아 파우스트는 당연히 그렇게 할 수는 없었다. 그녀가 저지른 일이니 마땅히 그에 대한 책임을 질 생각이었다. 오스카 드 비트가 무사하다는 것을 두 눈으로 확인해야만 안심할 수 있을 것 같았다. 지금 이 일도 엄밀히 따지고 보면 해피엔딩으로 끝이 나야 하는 일이었다. 그리고 필립과의 문제도 마음에 걸렸다. 만약 여기에서 그냥 도망친다면 이 일은 틀림없이 두 사람이 화해하는 데 걸림돌로 작용할 것이다. 운명이든 카르마든 그것을 뭐라 부르든 간에 직접 개입하지 않는다고 해도 평생 동안 혹시 누군가를 다치게 했을지도 모른다는 양심의 가책을 느끼며 어떻게 남편과 행복하게 살 수 있겠는가? 그렇기 때문에 여기에서 그냥 물러날 수는 없었다. 엘라는 굳은 결심을 하며 마지막 남은 두 계단을 올라갔다.

대문 앞에 도착해서 엘라는 문 두드리는 손잡이를 찾아 두리번거렸다. 손잡이는 찾지 못했지만 대신에 '드 비트'라는 이름이 적혀 있는 최신식 인터폰이 눈에 들어왔다. 벨을 누르자 저택 내부에서 경쾌한 벨소리가 새어 나왔다. 그러나 문은 열리지 않았다. 두 번째 그리고 세 번째 벨을 누른 후에도 어두운 밤에 정적만 흘렀다. 따라서 집에 아무도 없는데도 집 안에 불을 켜두고 나갔거나 불을 환하게 밝힌 채 안에서 자고 있는 것이 분명했다. 아니면 문을 열어줄 시간이나 생각이 없는 것이었다.

엘라는 또다시 열쇠꾸러미를 꺼냈다. 잠시 망설이다가 결국 그렇게 하기로 마음을 먹었다. 이 방법이 외에는 계속 비를 맞으며 오스카 드 비트가 곧 나타날 것이라는 희망을 가지고 기다리는 수밖에 없었다. 하지만 만약 오스카가 엘라의 짐작대로 걸어서 집으로 오고 있는 중이라면 집에 도착하기까지 몇 시간이 걸릴 것이 분명했다. 어쩌면 오스카도 택시를 타고 왔거나 누군가에게 데리러 와달라고 부탁해서 이미 불 켜진 집 안에 있을 수도 있었다. 엘라가 운이 좋다면. 만약 운이 좋지 않다면 그는 병원 응급실에 가 있을 것이다. 어쨌든 간에 여러 가지 가능성이 있었고 어떻게 된 일인지 알기 전까지는 엘라는 평온을 찾을 수 없었다. 그렇기 때문에 어떻게 된 일인지 직접 확인해보기로 결심했다. 어쨌든 운명이 오스카 드 비트와 얽히게 했고 이왕 여기까지 왔으니 이 집 주인이 어떤 상태인지 살펴보고 가기로 했다. 엘라는 열쇠를 차례차례 넣어보았다. 세 번째 시도 만에 드디어 성공했다. 마법의 숫자 3의 법칙! 딸깍 소리를 내며 잠금장치가 풀리고 저택의 문이 활짝 열렸다.

"계세요?" 엘라는 문 안쪽으로 조심스럽게 머리를 들이밀며 소리쳤다. "안에 누구 계세요?"

아무 소리도 들리지 않았다. 그런데 문틈 사이로 살짝 한 발을 내딛자마자 이상한 냄새가 코를 찔렀다. 뭔가…… 곰팡이 냄새 같은 퀴퀴하고 오래된 냄새였다. 지하실이나 사용하지 않은 창고, 오래된 물건들을 보관하는 곳에서 나는 그런 냄새였다. 엘라는 숨을 참고 집 안으로 완전히 들어갔다. 예상했던 대로 현관 홀은 엄청난 규모를 자랑했다. 천장에는 샹들리에가 달려 있었고 엘라 앞에 펼쳐진 광경에 밝은 빛을 비춰주었다. 앞에 펼쳐진 장면은 그야말로 '광경'이었다. 끔찍한 광경이었고 집 안에서 나는 퀴퀴한 냄새를 설명해주는 광경이었다.

엘라는 놀라서 손으로 입을 틀어막고 눈을 크게 부릅뜨고 저택의 현관을 바라보았다. '혼돈'이라는 말로 설명하기에는 부족했다. 현관은 그야말로 쓰레기장을 연상시켰다. 문 바로 옆에는 우편물이 수십 미터 쌓여 있었는데, 문에 나 있는 우편구멍을 통해 들어온 우편물을 그냥 무

신경하게 옆으로 밀어놓은 듯 보였다. 쓰레기가 가득 담긴 봉투, 빈 병과 깡통, 한가운데에는 자전거도 널브러져 있었고, 피자 배달상자와 중국집 배달용기, 그 사이에 옷, 신발, 접시, 냄비 그리고 상당히 낡은 캐츠타워(설마 이 안에 동물까지 살고 있는 것일까?), 종이상자, 오래된 신문 더미 등이 너저분하게 흩어져 있었다.

널브러진 물건들 사이로 아주 작은 오솔길이 입구에서 위층으로 향하는 계단까지 나 있었다. 계단도 잡동사니로 뒤덮여 있어서 사실 계단이라고 추정할 수밖에 없었다. 엘라는 역겨워서 오싹 소름이 돋았다. 엘라는 예전에 가정관리사로 활동할 때 이런저런 집을 많이 겪어봤다. 특히 아이가 셋인 집에서 일했을 때 매일 정리를 하며 뒤치다꺼리를 하는 것이 가장 힘든 일이었고 아이들의 방은 락 페스티벌이 끝난 후의 광경 같을 때가 많았다. 그런데 지금 이 집은? 이 집은 지옥으로 향하는 안마당이었으며, 이런 쓰레기 더미 속에서 사는 사람이 누군지는 몰라도 엄청난 문제가 있는 사람인 것만은 분명했다. 신발을 잃어버리고 간 것은 문제도 아니었다. 엘라가 지금껏 한 번도 직접 보지 못하고 책에서나 봤던 그런 쓰레기 집이었다. 이런 집이 실제로 있다는 것을 어디서 읽은 적도 있었고 동료들이 경험담을 들려주기도 했지만 실제로 그녀 앞에 총천연색으로 펼쳐진 혼돈스러운 광경을 보니 숨이 멎는 것 같았다.

'당장 여기에서 나가자!' 엘라의 머릿속에는 이 생각밖에 없었다. 당장 이 공포영화에서 도망쳐 곧장 경찰서로 달려가 무슨 일이 있었는지 낱낱이 얘기하고 도움이 필요한 누군가가 있다는 사실을 알려야 했다. 에밀리아 파우스트가 줄 수 없는 그런 도움이었다. 이것은 엘라가 감당하기는 너무 벅찬 일이었다. 그녀가 빌리−바르텔스 계단에서 어떤 사람과 부딪쳐 쓰러트렸는지는 몰라도, 그 남자를 다시 일으켜 세우기 위해서는 꽃다발, 초콜릿 상자 그리고 사죄의 악수 외에 더 많은 것이 필요하다는 점은 분명해 보였다.

언제 있을지 모를 고양이의 공격에 대비해서 엘라는 뒷걸음치며 현관문 쪽으로 다가갔다. 손잡이를 돌려 문을 살짝 열고 얼른 문틈 사이로 빠져나오며 문을 닫기 직전에 처참한 광경을 다시 한 번 흘깃 바라보았다. 엘라는 안도의 한숨을 내쉬었다. 공포의 집에서 빠져나오는 데 성공했다.

안도하며 뒤돌아서는데 또다시 공포가 엄습했다. 엘라가 서 있는 계단 바로 앞에 엘베 강가에서 만났던 바로 그 남자가 서 있었다.

엘라는 반사적으로(정말 반사적인 반응이었다고 하느님에게 맹세할 수 있다) 양팔을 앞으로 뻗었고 그러면서 오스카드 비트의 어깨를 건드리는 바람에 그는 중심을 잃고 비틀거렸다.

그리고 넘어졌다. 그는 널찍한 옥외 계단에서 데굴데굴 굴러떨어졌고 계단 끝에서 둔탁한 소리를 내고는 움직임을 멈췄다.

엘라는 깜짝 놀란 채 여전히 맨발의 상태로 미동도 없는 형체를 바라보았다. 그녀가 한 짓인가? 같은 남자를 두 번이나 계단에서 밀어 넘어트렸던 말인가?

엘라는 남자를 향해 뛰어간 것이 아니라 그야말로 날아갔고 그의 옆에 무릎을 꿇고 앉아 양손으로 그의 얼굴을 잡았다.

"제 말 들리세요?" 엘라는 목소리가 갈라지고 쉿소리가 나는 것을 느꼈다. "제 목소리가 들리시냐고요?"

그러나 오스카 드 비트는 아무 말 없이 눈을 감은 채 그냥 그렇게 누워 있었다. 엘라는 그의 몸에 귀를 대고 숨소리를 들어보았다. 그리고 똑바로 앉아 그를 살펴보았다. 그의 가슴 부위는 규칙적으로 올라갔다가 내려갔다가 했다. 죽은 것 같아 보이지는 않았다. 그나마 다행이었다. 엘라는 조심스럽게 그의 머리와 상체를 더듬으며 외상이 있는지 살펴보았으나 이마에 난 찰과상을 제외하고는 별다른 상처를 발견할 수 없었다. 찰과상이 이번에 생긴 것인지, 처음 넘어졌을 때 생긴 것인지 아니면 원래 있었던 것인지 알 수는 없었다. 작은 상처라 그나마 다행이었다.

외부조명의 불빛에 의지해서 엘라는 남자의 얼굴을 조금 더 자세히 살펴보았다. 조금 더 나이가 들고 피곤해 보이는 것을 제외하면 신분증에 있던 사진과 똑같았다. 사진 속에서는 수염이 없는 매끈한 모습인 데 반해 까칠하게 수염이 나 있어서 그렇게 보이는 것 같았다. 그리고 사진보다 조금 더 야위고 볼도 움푹 들어가고 슬픔에 젖은 듯 보였다. 엘라는 그의 눈을 들여다보고 싶었다. 그가 눈을 뜨면 깨어났다는 것을 확인할 수 있을 뿐만 아니라 눈은 영혼의 창이므로 눈을 바라보면 어떤 사람을 '인식'할 수 있기 때문이었다. 그녀가 조금 전 그의 집에서 본 광경이 이 남자의 내면세계와 아주 조금이라도 맞닿아 있다면 지금 여기 누워 있는 남자는 정말 불행하고 절망감에 사로잡혀 어찌할 바를 모르는 것이 분명했다.

엘라는 생각에 잠겨 수염이 난 남자의 볼을 다시 한 번 어루만졌다. 남자의 피부에서 전해지는 온기를 느끼며 그의 눈가에 떨어진 빗방울을 닦아주었다.

"오스카 드 비트 씨!" 그녀가 나직한 목소리로 물었다. "당신한테 무슨 일이 있었던 거예요?" 당연히 아무 대답도 듣지 못했다. 엘라는 한동안 그렇게 앉아 그의 얼굴을 쓰다듬으며 그가 잠에서 깨어나기를 기다렸다. 문득 유치하면서도 동시에 아름다운 그림이 떠올랐다. 마치 낯선 비밀스러운 왕자가 여기 잠들어 있는 것 같았다. 저주받고 버림받은……

"에밀리아 파우스트!" 엘라는 정신을 차리려고 냉정하게 자신의 이름을 불렀다. 다시 집 안으로 들어가서 혼돈 속에서 전화기를 찾아야 했다. 지금 동화 같은 상상을 하고 있을 때가 아니었다. 지금은 구급차를 불러야 할 때였다.

10분 후 구급차가 도착했고 엘라가 위급상황을 설명한 터라 응급의사도 곧장 뒤따라왔다. 다행히 엘라는 대문 바로 옆 서랍장 위에 놓여 있는 전화기를 곧바로 발견했고 덕분에 쓰레기장 같은 집 안에서 전화기를 찾아 해매는 수고를 덜 수 있었다.

엘라는 응급의사 옆에 서서 어떻게 계단에서 넘어지게 되었는지 설명했다. 란둥스브뤼켄에서 있었던 충돌에 대해서는 너무 창피한 나머지 함구했다. 오스카 드 비트가 혼자서 집으로 돌아왔으니 그때는 별 문제가 없었던 듯하고 사소한 일로 응급의사들을 성가시게 하고 싶지 않았고…… 그리고 또…… 그리고 또…… 누가 과연 그녀의 말을 믿어줄까? 오스카 드 비트를 실수로 빌리-바르텔스 계단에서 넘어트렸고 이제는 그의 집에까지 찾아와서 또다시 그를 계단에서 밀어 넘어트렸다는 말을 누가 믿어줄까? 이건 누가 들어도 불운한 사고가 아니라 의도적인 소행으로 들리기 때문에 설득력 있게 잘 설명하기 위해서는 먼저 차분히 생각을 좀 해봐야 했다. 엘라는 그 일을 혼자만 간직할 생각은 없었다. 하지만 지금은 오스카 드 비트가 계단에서 삐끗해서 넘어졌다는 설명 정도로 충분했다.

"알겠습니다." 응급의사가 말했다. "이름이……."

"파우스트입니다." 엘라가 대답했다.

"드 비트 씨는 일단 괜찮아 보입니다. 지금 베스트 시립병원으로 옮길 예정입니다."

"제가 같이 가도 될까요?" 엘라가 물었다.

"안 됩니다. 유감스럽지만 그렇게는 안 됩니다."

"부탁이에요! 어떤 치료를 받고 상태가 어떤지 지켜보고 싶어요."

의사는 단호하게 고개를 저었다. "저희는 택시회사가 아닙니다. 그리고 보험문제 때문에라도 같이 태우고 갈 수가 없어요." 의사의 얼굴에 다시 온화한 미소가 번졌다. "그냥 나중에 천천히 따라오세요. 어차피 환자가 입원하고 치료를 받으려면 시간이 걸리고 그 전까지는 저희가 해드릴 수 있는 얘기도 없어요."

엘라는 순순히 물러나지 않았다. "하지만 저는 차가 없다고요!"

"병원은 대중교통을 이용하기에 편리한 곳에 있어요." 의사가 말했다.

"혹시 지금 몇 시인지 시계는 보셨어요?" 이 말은 엘라가 의도했던 것보다 더 공격적으로 나왔고 의사의 표정도 싹 변했다.

"환자의 부인 되십니까?" 의사가 사무적인 말투로 물었다.

"부인이요?" 엘라는 깜짝 놀라 되물었고 하마터면 '전

혀 모르는 남자예요!' 라고 말할 뻔했으나 다행히 짤막하
게 "아니요"라고 대답했다.

"그렇다면 드 비트 씨하고는 관계가 어떻게 되십니
까?"

"관계요?"

"환자는 의식이 없는 상태이기 때문에 가족에게만 상
태를 전달해드릴 수 있습니다. 만약 가족관계가 아니라
면……."

"가족 맞아요." 엘라가 불쑥 끼어들었다. "여동생이에
요."

"그렇다면 이렇게 하는 게 좋겠어요. 일단 잠을 좀 청
하면서 안정을 취하세요. 그리고 내일 아침 일찍 병원으
로 와서 환자를 만나세요. 그렇게 하는 것이 모두를 위한
최선의 방법입니다."

"정 그러시다면." 엘라는 마지못해 수긍했다.

"어차피 오늘 밤에 할 수 있는 일은 없어요. 그 외에 지
금 필요한 게 있기는 한데……."

"뭔가요?"

"드 비트 씨의 입원수속을 위해 보험증이 필요합니다.
혹시 지금 가지고 계십니까?"

"한번 볼게요." 엘라는 코트 주머니에 손을 넣어 오스
카 드 비트의 지갑을 꺼내 살펴보았다. 마스터카드와 아
메리칸 익스프레스, 운전면허증, ADAC 회원증, EC 카

드 두 장 그리고 독일 철도카드100이 들어 있었다. 그리고 그녀의 손에 작은 사진이 들려 있었다. 오스카 드 비트가 증명사진에서처럼 뚱한 표정을 짓는 데 반해 미소를 짓고 있는 아름다운 금발의 여자와 함께 찍은 사진이었다. 사진 오른쪽은 조금 찢어져나가서 테두리가 울퉁불퉁했다. 엘라는 사진 속 인물들을 유심히 들여다보았다. 여자는 정말 아름다웠다. 전형적인 미인이었다. 반짝이는 파란 눈, 온화한 인상에 완벽한 대칭을 이루는 얼굴이었다.

"있나요?" 의사는 생각에 잠겨 있던 엘라를 깨웠다.

"잠깐만요, 아직 찾고 있어요." 엘라는 계속해서 카드를 꺼냈다. 오스카 드 비트는 정말 많은 카드를 들고 다녔다. 지하철 패스, 스테이플스 비즈니스 카드, 이케아 패밀리카드, 항공사 마일리지카드, 드라이브나우 카드, 카투고 카드, 골프클럽 회원증(당연하지), 잠수자격증(이건 당연하지는 않다), 서핑 자격증(오호!) 마일리지카드, 철도카드 등― 그의 지갑은 그의 집 현관 앞만큼이나 꽉꽉 차 있었다. 마침내 지갑 맨 뒤에서 보험사의 파란색 보험증을 찾아냈다. 당연히 예상했던 대로 민간보험에 가입되어 있었다.

"여기 있어요." 엘라가 의사에게 보험증을 내밀었다.

"고맙습니다. 그럼 저희는 시립병원으로 먼저 출발하겠습니다. 내일 아침에 오셔서 정문에 있는 접수창구에서 환자 이름을 대면 병실을 알려줄 겁니다."

"감사합니다."

엘라는 구급차가 천천히 떠나는 모습을 지켜보았다. 그런 다음에 현관 앞 계단 쪽으로 옮겨놓았던 전화기를 들고 택시를 불렀다. 집으로 가기 위해서는 다시 한 번 어쩔 수 없이 오스카 드 비트의 현금을 빌릴 수밖에 없었다. 엘라는 지금 당장 집으로 가고 싶었다.

엘라는 현관문을 열고 무선전화기를 다시 제자리에 돌려놓았다. 조명스위치를 찾아서 불을 끄고 갈까 하는 생각이 잠시 들었다. 그리고 혹시 불안에 떨며 구석에 웅크리고 있는 고양이가 있는지 살펴볼까도 생각했다. 하지만 곧바로 생각을 접었다. 그런 일은 내일 신경 쓰기로 했다. 내일 무슨 일이 있어도 병원에 있는 오스카 드 비트를 찾아가서 그녀가 도울 수 있는 일이 있는지 물어볼 작정이었다. 그녀가 감당할 수 없는 엄청난 일이라고 해도 그에게 빚을 지고 있다는 생각을 떨칠 수 없었고 그래서 조금이라도 도움을 주고 싶었다.

하지만 지금 당장 가장 중요한 것은 단 하나, 집으로 고향으로 돌아가는 것이었다.

5

—

엘라가 집에 들어섰을 때 현관문 앞에서 그녀가 돌아오길 오매불망 기다리는 남자 따윈 없었다. 그녀의 머리카락에 얼굴을 파묻고 잠긴 목소리로 도대체 이렇게 오랫동안 어디에 있다 왔는지 묻는 일도 일어나지 않았다.

그는 그러지 않았다. 새벽 3시가 조금 넘어서 엘라가 지난 몇 시간 동안 일어난 사건들로 인해 완전히 녹초가 되어 집으로 돌아왔을 때 집 안은 아주 평온하고 고요했다. 머리가 산발이고 이맛살을 잔뜩 찌푸린 채 구겨진 셔츠를 입고 거실 소파에 앉아 한 손에는 위스키 잔을, 다른 한 손에는 에밀리아 파우스트를 찾느라 사방팔방 전화를 걸기 위해 휴대폰을 들고 있는 그런 사람은 없었다. 집 안에서 들리는 유일한 소리는 복도에 있는 앤티크 대형 시계 소리였다. 째깍, 째깍, 째깍. 이 집에서 평소와 달라진 것은 아무것도 없었다. 적어도 얼핏 보기에는.

엘라는 일말의 실망감을 느꼈다. 물론 그렇다고 해서 집 앞에 경찰차 세 대가 서 있고 수십 명의 경찰들이 부산하게 움직이는 광경을 기대했던 것은 아니었다. 그런 것은 아니었다. 하지만 사람이 집을 나갔는데 아주 약간의 동요를…… 기대했던 것은 사실이었다.

하지만 필립 드렉슬러는 그러지 않았다. 그는 늘 그렇듯 아주 평온하게 그들이 함께 쓰는 침대에 곤히 잠들어 있었다. 엘라는 침실 문가에 서서 그녀의 약혼자가 마치 그녀가 지금 침대에 누워 있기라도 한 듯이 한쪽 팔로 그녀의 베개를 감싸 안고 곤히 잠들어 있는 모습을 바라보았다. 금발의 큰 소년, 천생연분의 남자, 평생을 함께하고 싶었던 필립. 그러고 싶은 마음은 여전했다.

엘라는 어떻게 해야 할지 몰라 일단 침대 끝에 걸터앉았다. 마음속에 애정이 뭉게뭉게 피어올랐다. 그리고 곧바로 이어서 참기 힘든 분노가 끓어올랐다. 엘라는 자기도 모르게 필립을 향해 몸을 숙여 따귀를 날렸다. 필립은 놀라 비명을 지르며 침대에서 벌떡 일어났다. "무…… 무슨 일이야?" 그는 말을 더듬거리며 엘라를 어리둥절한 눈으로 쳐다보았다.

"안녕, 자기야." 엘라는 미소를 지었다. "깨워서 미안해."

그는 한 손으로 빨갛게 달아오른 볼을 어루만졌다. 그의 얼굴은 고통으로 일그러졌다. "너 미쳤어?"

"아니. 그저 그럴 수밖에 없었어."

"알았어." 필립은 쓸쓸한 미소를 지었다. "내가 맞아도 싸지."

"그래." 엘라는 조금 더 가까이 다가갔다.

"어디 갔다 온 거야? 휴대전화로 전화했더니 복도에 있는 네 가방 안에서 벨소리가 들리더라."

"그냥 어디 좀 갔다 왔어. 생각을 좀 정리했어."

"네 차는 차고 안에 그대로 있던데."

"자기 자전거 타고 갔다 왔어."

"내 자전거?" 필립은 잠시 신경이 곤두서는 듯하더니 이내 괜찮다는 손짓을 했다. "뭐, 상관없어."

"그런데 말이야." 엘라는 조심스럽게 말을 꺼냈다. "그런데 자기 자전거는 이제 고철이 되어버린 것 같아."

"고철이라고?!"

"미안해." 엘라가 설명했다. "사고가 났었어."

"사고라고?" 그는 엘라를 걱정스럽게 쳐다보았다. "어디 다쳤어?"

"아니. 그런데 다른 사람이 다쳤어."

"다른 사람이 다쳤다고?"

엘라는 한숨을 내쉬었다. "다 이야기하자면 길어. 하펜 함부르크 호텔 뒤편에 있는 계단에서 넘어지면서 그대로 어떤 남자를 덮쳤어. 그러면서 자기 자전거도 망가져서 내가 일단 수풀에 잘 숨겨뒀어."

"뭐라고?" 필립이 깜짝 놀라며 소리쳤다. "어떤 남자였는데?"

"갑자기 그 남자가 내 앞에 불쑥 나타났어. 나도 어떻게 된 일인지 잘……." 갑자기 다른 필립, 란둥스브뤼켄에서 만났던 하얀색 토끼의상을 입은 필립과 대화를 나눴을 때와 같은 그런 감정이 밀려왔다. 엘라는 감정이 북받쳐서 훌쩍거리기 시작했다. "아, 필립." 엘라는 더듬거리며 말했다. "오늘 저녁에는 정말 끔찍한 일들이 너무 많이 일어났어."

필립은 아무 말 없이 엘라를 꼭 안아주었고 몇 시간 전에 토끼의상을 입은 남자가 그녀에게 했던 것과 똑같이 위로해주며 머리를 쓰다듬어주었다. "자기는 지금 완전히 넋이 나간 것 같아."

"괜찮아." 엘라는 그의 따뜻한 가슴에 안긴 채 포근함을 즐기며 중얼거렸다. 이제는 다 잘될 것이다. 다, 다, 전부 다. "자기가 정말 끔찍이 그리웠어."

"내가 지금 여기 있잖아." 그가 조용히 속삭였다. "항상 네 곁에 있어줄게."

"있잖아." 엘라는 계속 훌쩍이며 말했다. "그런 사고를 겪고 나니 사람의 생명이 얼마나 쉽게 끝나버릴 수 있는지 알 것 같아. 그래서 자기하고 내가, 그러니까 우리가 함께해야 한다는 것을 분명하게 알게 됐어." 엘라는 그에게서 몸을 조금 뗀 후 손으로 눈물을 닦았다.

"자기야." 필립은 말을 하다 말고 방 천장을 올려다보았다. 그가 다시 엘라를 쳐다봤을 때는 이상한 표정을 짓고 있었다. 엘라를 불안하게 만드는 그런 표정이었다.

"어쨌든 나는 이런저런 생각을 많이 했어." 엘라는 열심히 말하며 필립의 손을 잡았다. "그리고 자기를 용서하기로 했어."

그는 의아한 표정을 지었다. 심지어 충격을 받은 얼굴이었다. 그는 엘라가 잡고 있던 손을 슬며시 뺐다.

"물론 난 상처받았어." 엘라는 계속해서 말을 이었다. "그건 분명한 사실이야. 하지만 난 자기를 사랑하고 자기하고 평생을 함께하고 싶어. 크고 넓게 생각해봤을 때 자기가 바람을 피운 것은 나에게 별 문제가 되지 않아."

"음." 필립은 초조한 듯 손으로 이불을 매끈하게 폈다. "나도 아주 오래 생각을 해봤어. 나는 우리가 헤어지는 것이 좋겠다는 생각이 들었어."

엘라는 그가 한 말뜻을 이해하기까지 3초가 걸렸다. 갑자기 피가 거꾸로 솟구치며 현기증이 났다. "헤어지는 게 좋겠다고?" 엘라는 어이가 없어 되물었다. "너는 우리가 헤어졌으면 좋겠다고?"

그는 고개를 끄덕였다. "그러는 것이 우리를 위한 가장 좋은 선택인 것 같아."

"조금 전까지만 해도 내 곁에 있어주겠다고 했잖아. 항상!"

"그럴 거야. 친구로서 말이야. 하지만 남녀로서의 관계는 더 이상 미래가 없는 것 같아."

"미안한데." 엘라는 그를 뚫어지게 쳐다보았고 목소리

가 떨렸다. "지금 무슨 소리를 하는 건지 난 도무지 이해 못하겠어. 나는 자기의 실수를 용서해주겠다고 했어. 그런데 자기는 나한테 지금 우리 관계를 끝내자고 말하는 거야?"

"엘라." 그는 손을 비비 꼬았다. "나는 저녁 내내 여기 앉아서 우리한테 무슨 일이 일어났는지 곰곰이 생각해봤어. 솔직히 말하자면 우리 사이에는 이미 오래 전부터 문제가 있었던 것 같아."

"지금 무슨 소리를 하는 거야?" 엘라가 흥분하며 쏘아붙였다. "우리 내년에 결혼하기로 했잖아!"

"아니. 난 이제 그러고 싶은 마음이 없어. 너한테 청혼을 한 것 자체가 내 실수였어." 그러면서 그는 조용히 덧붙였다. "네 말이 맞았어. 술김에 양심의 가책을 느껴서 그랬어."

"그 여자한테 마음이 있는 거지?" 엘라가 거칠게 쏘아붙였다. "넌 그 C라는 여자한테 마음이 있는 거야! 그 여자 대체 누구야?"

"그건 중요하지 않아."

"나한테는 중요해."

"네가 모르는 사람이야."

"동료야? 아니면 의뢰인?"

"엘라, 제발 그만하자."

엘라는 깊이 심호흡을 하면서 평정심을 유지하기 위해

무진장 애썼다. "그래 좋아. 그러면 그 여자를 사랑하는지 아닌지만이라도 말해줘."

"모르겠어." 그는 어찌할 바를 몰라하며 양손바닥으로 허벅지를 내려쳤다. "그리고 그건 더 이상 중요한 문제가 아니야. 우리 둘한테 말이야."

"더 이상 중요하지 않다고?"

"내 말은, 내가 그 여자한테 어떤 감정을 느끼는지와 상관없이 우리는 그만 헤어지는 게 좋겠다는 말이야."

"그냥 모든 것을 포기해버리겠다고?" 엘라는 경악을 금치 못했다. "혹시 불안해서 그러는 거야? 우리는 아주 큰 변화를 앞두고 있어. 우리는 함께 중요한 발걸음을 내딛으려고 하고 있어. 그러니 자기가 망설이는 것도 이해할 수 있어. 그건 나도 마찬가지니까!"

그는 엘라를 물끄러미 쳐다보았다. "내가 다른 여자하고 잤는데 너는 단지 내가 결혼을 앞두고 불안해서 그런다고 생각하는 거야?"

엘라는 열심히 고개를 끄덕였고 생각들이 뒤죽박죽 얽혔다. "자기도 더 이상 중요한 문제가 아니라고 말했잖아. 그리고 실제로 그렇고! 정말 사랑하면 그건 중요한 문제가 아니니까, 왜냐하면……."

"나는 그렇게 생각하지 않아……."

엘라는 필립이 말을 할 수 없게 계속 얘기했다. "모든 이야기는 다 그런 식이야. 해피엔딩이 되기 전까지는 모든 것이 아주 엉망처럼 느껴져. 여자 주인공과 남자 주인공이 모든 것을 잃은 것처럼 보이지만 끝에 가면 둘이 다시 만나서 평생토록 행복하게 살게 되잖아."

필립은 천천히 고개를 저었고 그의 표정에는 애처로움과 비웃음이 섞여 있었다. "엘라, 이건 진짜 현실이야. 너의 동화 속 이야기가 아니라고."

"필립, 나는……."

"제발 내 말을 좀 들어봐." 그는 엘라의 말을 끊고 또다시 손바닥으로 허벅지를 내려쳤다. "네가 쓰는 이야기 말인데, 그것도 아주 중요한 부분이야."

"내가 쓰는 이야기?"

"그래." 그는 고개를 끄덕였다. "해피엔딩에 대한 중독 같은 집착은…… 그건…… 네가 '더 나은 결말'에 올리는 글들은……." 그는 뭐라고 해야 할지 제대로 된 표현을 찾지 못하는 듯했다.

"내 블로그가 우리하고 무슨 상관이 있는데?"

"전부 다 상관이 있어!" 필립이 속 시원히 털어놓았다.

"난 무슨 말인지 이해가 안 돼." 엘라는 너무 놀라서 눈물이 쏙 들어갔다.

"너는 일종의 평행우주에 살고 있어." 필립이 설명했다. "그리고 나는 너한테 닿을 수 없다는 느낌이 들어. 너는 항상…… 정신이 딴 데 가 있어."

엘라는 침을 꿀꺽 삼켰다. "넌 그런 점을 좋아했었잖

아." 6년 전 학생식당에서의 첫 만남이 떠올랐다. '항상 그렇게 정신이 딴 데 가 있어요?' 그는 자기가 주문했던 카레소시지를 쳐다보며 이렇게 물었다. 그리고 나중에 바로 그 순간 그녀에게 반했었다고 고백했었다.

"내가 뭐라고 설명해야 하지?" 그가 나직이 속삭였다. "나는 그냥 더 이상 행복하지가 않아."

"그럼 내가…… 그걸 바꾸려면 내가 어떻게 해야 해?"

"아무것도 없어." 그는 이렇게 말하며 양손으로 이불커버를 주물럭거렸다. "너는 그냥 너야. 그리고 그게 좋은 거야." 그의 눈빛은 슬펐고 의기소침하게 가라앉아 있었다. "하지만 네가 발견한 그 편지에 쓰여 있던 내용은 아마도 내가 실제로 이야기한 그대로일 거야."

"그랬어?" 엘라의 목소리는 떨렸고 다시 눈물이 고였다.

"정확히는 모르겠어. 기억이 안 나는 것은 사실이야. 하지만 솔직하게 말하자면 내가 생각하는 그대로야."

'몽상가.' 편지에 적혀 있던 내용들이 엘라의 머릿속에서 맴돌았다. '둘이 평생을 함께할 수 있을 정도로 잘 맞는 상대인지 확신이 서지 않는다고 했잖아요. 그리고 당신은 아이를 원하지만 엘라는 아이를 원하지 않는다면서요. 엘라가 조금 더 자립적이고 자의식이 강했으면 좋겠다면서요. 당신은 늘 뭔가 채워지지 않는 빈 구석을 느끼고, 어쩐지 엘라한테 제대로 다가갈 수 없다고 했잖아요.'

"아이와 관련된 얘기는?" 엘라가 궁금해하며 물었다. "그 얘기도 맞아?"

그는 말없이 고개를 끄덕였다.

"내가 아이를 원하지 않는다면 너도 괜찮다고 했었잖아."

"그래." 그가 시인했다. "그랬었지. 사랑에 빠지면 그런 건 별로 중요하다고 생각하지 않게 되지. 그런 의견 차이는 얼마든지 극복할 수 있다고 생각하지. 하지만 지금은……." 그는 말을 끝맺지 않고 말끝을 흐렸다.

"지금은 더 이상 사랑하지 않는다는 말이네." 엘라가 씁쓸하게 덧붙였다. "적어도 나를 말이야."

"나도 모르겠어." 그는 한숨을 내쉬었다. "나는 그냥 공상의 세계가 아니라 현실에서 살고 있는 파트너를 원해."

"나는 공상의 세계 속에 살고 있지 않아!"

"아니, 엘라 너는 그래."

"어디? 어떻게?"

"예를 들면 네 블로그만 해도 말이야. 우리가 3일 전에 콜드 마운틴을 함께 봤다는 글만 해도 그래."

"제발 그 영화는 다시 떠올리게 하지 말아줘!"

"바로 그게 문제라고."

"콜드 마운틴이?"

"아니, 네가 그런 영화를 대하는 방식 말이야. 너는 그런 영화를 그냥 있는 그대로 받아들이지 못하잖아. 허구인 영화로 말이야. 너는 마치 정말 일어나는 일처럼 받아들이거나…… 아무튼 난 잘 모르겠어. 어쨌든 너는 그런 영화를 보고 나면 나하고 다정한 시간을 보내는 대신에 컴퓨터 앞으로 달려가고 나는 혼자서 침대에 누워 있는 동안 너는 밤새도록 글을 쓰잖아."

엘라는 감정이 격해졌다. "정말 미안한데, 난 주인공이 총에 맞아 죽은 것을 보고 다정한 시간을 보내고 싶은 마음이 없어."

필립 역시 목소리가 커졌다. "진짜로 총에 맞아 죽은 것이 아니잖아. 그냥 영화라고!"

"맞아." 엘라도 받아쳤다. "그러니까 누군가 그런 이야기를 생각해냈다는 것 자체를 나는 이해할 수가 없다고. 꼭 그래야만 했던 건 아니잖아."

"네가 어떻게 생각하고 있는지 잘 알고 있어."

"내가 그런 생각을 갖고 있다고 해서 뭐 잘못된 거 있어?"

"전혀 없어. 그런데 네가 현실의 삶에서도 계속해서 현실로부터 도망친다는 느낌이 들어서 걱정스러워."

"난 그러지 않아."

"엘라! 너는 몇 분 전에 나의 외도를 눈감아주고 일상으로 돌아가겠다고 말했어. 그러는 것이 정상일 리는 없잖아!"

"그러면 네 생각에는 내가 어떻게 했으면 좋겠는데? 히스테리를 부리면서 고래고래 소리라도 지를까? 아니면 접시를 몽땅 깨버릴까?"

"솔직히 말해도 돼? 그래. 차라리 그랬으면 좋겠어!"

어처구니가 없고 적반하장이었다. 바람을 피운 것은 엘라가 아니라 필립이었다. 그런데 관계를 끝내자고 말하는 것도 모자라 그녀가 펄펄 뛰지 않는다고 비난까지 하다니. 필립을 강하게 몰아세우고 그를 떠나버려야 하는 사람은 엘라였다. 너무 어이없는 상황이라 혹시 몰래 카메라라도 숨겨져 있는지 찾고 싶은 심정이었다.

"내가 따귀를 때렸잖아."

"그렇지. 그런데 곧바로 마음을 되돌려서 사고가 났었다는 말도 안 되는 얘기를 꾸며냈잖아."

엘라는 놀라서 숨을 몰아쉬었다. "말도 안 되는 얘기가 아니라고!"

"그럴지도 모르지. 그런데 네가 별로 다친 것 같아 보이지는 않아." 그는 화가 난, 거의 적대적인 눈빛으로 쳐다보았다.

"정말 기가 막혀서! 어떻게 그렇게 말할 수가 있어?"

그의 얼굴은 순식간에 미안해하는 표정으로 바뀌었다. "미안해. 내가 잘못 말했어. 내가 어떻게 생각을 해야 할지 모르겠어. 넌 도무지 종잡을 수가 없어."

"내가 어떤 사람과 부딪쳐 쓰러트렸다고 그러는 거야?"

"아니 그게 아니라 너는 에밀리아 파우스트의 장밋빛

세상에 맞게 뭐든지 네 입맛대로 끼워 맞추잖아. 맞지 않는 것은 억지로라도 맞춰서 끼워넣으려고 하잖아."

사고 얘기를 지어냈거나 과장해서 말한다고 했던 비방보다 이 말이 엘라에게는 훨씬 더 충격적이었다.

"네가 집에서 나가고 나서 네가 블로그에 올린 마지막 글을 읽었어." 필립은 계속해서 말을 이었다. "그 글을 읽으면서 우리가 계속 이런 식으로 관계를 이어가면 안 된다는 생각, 아니 내가 더 이상 그러고 싶지 않다는 생각이 분명해졌어."

"내가 블로그에 올리는 글들을 찾아서 읽은 거야?" 엘라가 조용히 물었다. 미처 모르던 사실이었다. 블로그를 처음 시작할 때는 필립이 가끔 들여다본다는 얘기를 했었지만 지난 몇 년간은 블로그에 관한 얘기를 한 번도 한 적이 없었고 엘라는 필립이 그녀의 취미에 별다른 관심이 없다고만 생각했었다.

"당연히 읽지." 그가 말했다. "항상 읽었어. 네가 머릿속으로 무슨 생각을 하고 있는지 내가 알 수 있는 유일한 창구잖아. 하지만 너는 블로그에서조차도 솔직하지 않고 오늘 저녁에 있었던 일 직후에도 너는 '고향'이나 우리가 결혼식을 올릴 장소에 관한 글을 올리잖아."

"그렇다고 내가 생판 모르는 사람들한테 내 속마음을 전부 다 털어놓을 수는 없잖아!"

"그렇지! 하지만 나한테는 그럴 수 있잖아. 나는 에밀리아 파우스트, 내가 결혼해야 하는 여자가 어떤 사람인지 알아야 한다고!"

"결혼을 '해야' 하는?"

"결혼하고 싶은, 싶었던……." 그는 한숨을 내쉬었다. "나를 좀 이해해줬으면 좋겠어! 나는 종종 네가 제정신이 아닌 것처럼 느껴질 때가 있어. 혹시 너의 어머니의 영향을 받아서 그런 건 아닌지……."

"거기서 우리 엄마 얘기는 왜 나와!" 엘라가 격앙된 목소리로 말을 끊었다. "엄마는 이미 돌아가셨고 이제 네 말에 반박할 수도 없잖아."

"그래, 그렇지. 나도 네 어머니를 한 번 만나서 왜 딸한테 해피엔딩만 제대로 된 결말이라는 망상을 심어주셨는지 여쭤보고 싶어."

"망상이 아니야. 나는 어렸을 때 엄마가 들려준 이야기를 좋아했고 정말 행복했어."

"네 어머니는 그렇지 않았던 것 같은데? 만약 그랬다면 청소년기에 들어선 딸을 혼자 내버려두고 새로운 위대한 사랑을 찾아서 다른 나라로 떠날 리는 없잖아?"

"내가 원했던 일이야!" 엘라는 어느새 소리를 지르고 있었다. "내가 엄마한테 나 때문에 좋은 기회를 놓치지 말라고 말했어. 내가 자진해서 기숙사 학교로 가겠다고 했다고."

"그랬겠지." 필립이 무미건조하게 말했다. "그런데 열두 살짜리 아이가 하는 말을 어머니가 곧이곧대로 받아들이다니.”

“엄마는 평생 나를 위해 희생하셨어. 혼자 힘으로 버텨오셨다고. 아무 걱정 없이 편안하게 유복한 부모 밑에서 자란 네가 뭘 안다고 우리 엄마에 대해 그렇게 말하는 거야?”

그는 숨을 깊이 들이마시고는 대답을 하려다가 말고 말없이 시선을 떨구며 엉망이 된 이불보를 매만졌다. “미안해.” 그가 잠시 후 다시 입을 열었다. “내가 너무 심한 말을 한 것 같아.”

이제는 엘라가 이불을 마구 주물럭거렸다. “네가 우리 엄마를 못 만나봐서 그래. 정말 멋진 분이셨다고.” 엘라가 나직이 속삭였다. “난 지금까지도 엄마가 너무 그립고 보고 싶어.”

“정말 미안해.” 그는 재차 사과했다. “너한테 상처를 줄 생각은 없었어. 네 말이 맞아. 내가 네 어머니에 대해 이렇다 저렇다 얘기할 자격은 없어.”

엘라는 그를 물끄러미 쳐다보았다. “괜찮아.” 엘라는 마음이 누그러지며 이것도 용서할 생각이었다.

“아니 그렇지 않아. 괜찮은 것은 아무것도 없어.”

“우리 둘 다 너무 흥분한 것 같아.”

“그래.”

“그런데 너는…….” 엘라는 그야말로 감정의 청룡열차를 타고 있었다. “조금 전에 나한테 사실대로 말할 생각이 없었어, 안 그래?"

"어떤 사실 말이야?"

"나하고 헤어지겠다는 생각을 내가 집에서 나간 다음에 처음 한 건 아니지? 그리고 네가 내 블로그의 글을 읽고 나서 한 생각도 아니고. 너는 그전부터 그런 생각을 하고 있었던 거야."

"아니. 그렇지는 않았어. 그렇지 않아."

"그걸 누가 믿어." 엘라는 가만히 앉아 있을 수가 없어서 침대에서 일어났다. 그리고 방 안에서 왔다 갔다 하더니 다시 필립 앞으로 다가가 가슴 위로 팔짱을 끼고 화난 눈빛으로 쳐다보았다. "어쩌면 너는 내가 그 편지를 발견하기를 바랐던 건지도 몰라." 엘라는 문득 이런 생각이 들었다.

"절대 그렇지 않아!" 그가 격렬하게 부인했다. "내가 뭐 하러 그러겠어?"

"글쎄." 엘라가 갑자기 피식 웃었다. "네 말대로 만약 내가 '이야기'를 쓴다면 못되고 비겁한 주인공이 바로 그런 식으로 할 것 같거든. 여자가 반드시 발견할 수밖에 없는 곳에 편지를 놓아두는 거지. 예를 들면 레드와인 얼룩이 묻은 코트 주머니 속에 말이야. 그 남자는 여자가 코트를 세탁소에 맡기기 전에 항상 주머니를 뒤진다는 것을 잘 알거든." 엘라는 멍하니 고개를 끄덕였다. "그래, 그렇게 할 것 같아. 그러면 자기 생각을 굳이 말로 할 필요도 없을 테니까. 그러기에는 용기가 없었겠지."

이제는 필립도 화난 표정으로 쳐다보았다. "그런 주장은 내가 네가 겪은 사고에 대해 했던 얘기와 마찬가지로 얼토당토않지 않아. 네가 어떻게 그런 생각을 할 수 있는지 난 이해할 수가 없어."

"나도 모르겠어. 나도 몇 시간 전까지만 해도 네가 다른 여자하고 잤을 줄은 생각도 못했거든."

"그냥 어쩌다가 그렇게 됐어."

"그렇지 않아, 필립." 엘라가 반박했다. "그런 일은 '어쩌다가' 일어나지 않아. 그렇기 때문에 네 말에 나도 동의할 수밖에 없어. 우리 사이에 뭔가 문제가 있는 것 같아."

"내 말이 그 말이야." 그는 놀랍게도 엘라의 말에 순순히 수긍했다. "내가 하고 싶었던 말이 바로 그거야. 그 이상도 그 이하도 아니라고."

"그래서 어떻게 했으면 좋겠어?" 엘라는 이 질문을 차분하고 냉정하게 내뱉기 위해 초인적인 힘을 발휘해야 했다.

"내가 짐을 좀 싸놓았어." 그는 이렇게 말하더니 문 쪽을 가리켰다. 엘라는 이제야 문 앞에 놓여 있는 여행가방 두 개를 발견했다. 그걸 본 순간 순식간에 몸이 뜨겁게 달아올랐다가 차갑게 식었다. "나는 4주 정도 베른트 집에서 지낼 생각이야." 그는 엘라가 가장 우려했던 말을 아무렇지 않게 내뱉었다. "그 정도면 네가 살 집을 구할 시간이 충분하겠지. 아니면 내가 친구 집에 더 오래 있어도 상관없어."

"나는…… 나는." 엘라는 무슨 말을 해야 할지 몰라 말문이 막혔다.

"경제적인 부분은 걱정하지 않아도 돼." 필립이 계속해서 말을 이었다. "네가 자립할 때까지는 내가 당연히 계속 지원을 해줄 거야! 어쨌든 간에 너는 그럴 만한 자격이 있으니까."

'자립? 어쨌든 간에 그럴 만한 자격이 있다고?' 엘라는 그를 위해서 모든 것을 포기하기 전까지는 자립한 상태였다고 날카롭게 쏘아붙이고 싶었다. 그리고 그들의 관계가 지속된 6년 동안 열심히 일을 했다고 소리치고 싶었다. 그를 위해서. 필립 드렉슬러를 위해서. 하지만 엘라는 아무 말도 하지 않았다. 이런 말이 다 무슨 소용이 있겠는가? 그녀의 '약혼자'는 이미 단호하게 마음이 돌아선 듯 보였다.

"굳이 그러지 않아도 돼." 엘라가 말했다. "네가 '베른트' 집으로 갈 필요 없어." 엘라는 일부러 베른트라는 이름을 강조하면서 사실은 C를 염두에 두고 하는 말이라는 것을 암시했다. 물론 필립이 진짜 친구 집에서 신세를 질 것은 알고 있었다. 하지만 지금은 너무 상처받고 제정신이 아닌 상태라 모든 것에 날카로운 반응을 보일 수밖에 없었다.

"내가 자진해서 이 집에서 나가줄게." 엘라는 이 말과 함께 옷장 앞으로 가 맨 아래서 여행 가방을 꺼내 애써 태연한 척하며 옷가지를 챙겼다.

"그러지 않아도 돼." 필립이 침대에 그대로 누워서 말했다.

"내 맘이야."

"어디 가려고?"

엘라는 하던 동작을 멈췄다. 잠시 생각을 하더니 미소를 지으며 그를 향해 몸을 돌렸다. "오스카의 집으로 갈 거야."

필립은 완전히 어리둥절한 표정을 지었다. "오스카가 누구야?"

"그건 별로 중요하지 않아." 그가 조금 전에 했던 말을 그대로 따라 했다.

"엘라, 나는……."

엘라는 더 이상 그의 말을 듣지 않고 가방을 들고 방에서 나왔다. 아래층 거실에서 노트북 컴퓨터를 챙기고 현관에서 핸드백을 들고 그 안에 들어 있던 집 열쇠와 차 열쇠를 꺼냈다. 그리고 현관문 옆에 있는 서랍장 위에 열쇠 두 개를 나란히 올려두었다. 이제 더 이상 필요치 않은 필립의 통장 출금카드와 신용카드도 그 옆에 올려두었다. 택시요금은 또다시 오스카 드 비트의 지갑에서 빌려야 했다. 필립 드렉슬러의 돈을 단 1센트라도 쓰느니 그러는 편이 차라리 나았다.

5분 후 택시기사가 초인종을 눌렀다. 엘라는 문을 쾅

닫고 집에서 나왔다. 이번에도 필립은 뒤따라 나오지 않았다. 그는 위층에 그대로 있었다. 한때 함께 사용하던 침대 위에서. 어쩌면 아무렇지 않게 다시 곤히 잠이 들었을지도 모른다.

택시가 출발을 하자 뒷좌석에 앉은 엘라는 몸을 돌려 예쁜 집을 다시 한 번 바라보았다. 이 집에서 필립과 평생 함께하는 행복한 삶을 꿈꿨었다.

엘라의 시선은 위층 침실 창문에 멈췄다. 필립이 거기서 있었다. 그리고 그녀를 바라보고 있었다. 엘라의 심장이 쿵쾅거렸다. 택시가 길모퉁이를 돌았고 필립은 그녀의 시야에서 사라졌다.

10월 5일 토요일 06:12,
함부르크

인생은 고요한 강물

블로그 구독자 여러분

이른 시간에 간단하게 업데이트를 합니다. P는 선상 레스토랑을 선택했어요. '카이 10'이 단지 스타일리시하기 때문이 아니라 우리가 엘베 강 '위'에서 결혼하는 것이 상징적인 의미가 있어서 마음에 든다고 했어요. '우리가 강어귀까지 함께 가게 될 우리 인생의 강'이라고. 솔직히 말해서 제 예비신랑 정말 멋있지 않아요?

우리가 8월에 원하는 날짜에 식을 올릴 수 있는지 문의 메일을 보내놓았어요. 꼭 그곳에서 할 수 있도록 행운을 빌어주세요! 만약에 그 날짜에 다른 예약이 잡혀 있으면 결혼식을 한두 주 정도 미뤄야 할 것 같아요. 이제는 무슨 일이 있어도 반드시 강가에서 결혼식을 해야겠다고 결정했거든요. ☺

오늘따라 이상하게도 잠이 통 오질 않네요(지금 시간을 보면 짐작하시겠죠?) 혹시 지금 보름달이 떠 있는 걸까요? 잠깐 창밖을 내다봐야겠어요…….

음. 달은 보이지 않네요. 함부르크 하늘에 또 구름이 짙게 드리웠네요. 하지만 저는 괜찮아요. 제 마음에는 햇살이 비치고 있거든요!

그러니 오늘도 명심하세요.
'끝에는 다 잘될 것이다.
만약 잘되지 않았다면 아직 끝난 것이 아니다.'

엘라 신데렐라

추신: 요즘 결혼식 준비로 너무 정신없이 바빠서 새로운 이야기는 당분간 올리기 힘들 것 같아요. ☺ 다음 주에 웨딩드레스를

보러 다닐 예정인데 벌써부터 너무 흥분돼요! 그런데 결혼식 전까지 5킬로그램 정도 감량하기로 마음먹었기 때문에 우선 구두하고 면사포부터 구경하는 게 좋을지도 모르겠어요 ;-)

댓글 (581)

달콤한 달을 꿈꾸는 소녀, 06:43

엘라 님도 잠을 잘 못 잤어요? 저도 오늘 거의 한숨도 못 잤어요. 조금 전에 창밖을 내다봤는데 보름달은 아니었어요. 엘라 님은 아마도 결혼식 때문에 설레서 잠을 못 잤을 거예요. ☺ 강가에서 결혼식을 올리기로 결정한 것은 정말 멋져요! 에휴, 저도 P 같은 남자가 있었으면 좋겠어요!

Loveisallaround_82, 06:50

아, 성에서 안 한다고요? 정말 아쉽네요! 하지만 강에서 하는 것도 정말 멋진 생각이에요! ☺ 저도 역시 잠을 잘 못 잤어요. 우리는 아마도 영혼의 단짝인가 봐요!

BLOXXX BUSTER, 07:08

네 네 '인생은 고요한 강물'이죠…… 프랑스 영화감독 에티엔 샤틸리에즈가 1988년에 만든 훌륭한 영화로 세자르 영화제에서 4관왕에 올랐죠. 하지만 이 블로그에서는 어차피 여기저기서 도용을 많이 하고 있으니 다른 사람의 영화 제목을 갖다 쓰는 것쯤이야 무슨 문제가 되겠어요? 그런데 엘라 님이 하는 얘기는 탁한 강물 위에서 하는 지루한 뱃놀이처럼 들려요. 그래서 이따금 급류도 만나기를 빌어주고 싶을 지경이에요. 그렇지 않으면 아마도 죽을 때까지 지루하게 계속 제자리에 둥둥 떠 있을 겁니다. 영혼의 단짝들에게도 안부를!

엘라 신데렐라, 07:15

Bloxxx 님은 도대체 왜 그러시는 거예요? 왜 그러시냐고요? 우리 서로 아는 사이예요? 제가 Bloxxx 님한테 뭐 잘못한 게 있나요? 제가 혹시 코앞에서 주차자리를 낚아챘나요? 아니면 혹시 세 살 때 변기에서 떨어진 트라우마를 인터넷에서 악플을 달면서 극복하고 있는 건가요? 제가 솔직히 말해도 될까요? Bloxxx 님이 정말 불쌍하다는 생각이 들어요!

Little_Miss_Sunshine_and_Princess, 07:18

'Bloxxx 님이 정말 불쌍하다는 생각이 들어요!' 저도 같은 생각이에요!!!

BLOXXX BUSTER, 07:20

오, 신데렐라 님한테 제대로 한 방 먹었네요. 담당 정신과 의사한테 당장 전화를 해봐야겠어요……

다른 댓글 575개 보기

6

―

쓸데없는 짓이었다. 여러모로 쓸데없는 짓이었다. 그녀는 전혀 뚱뚱하지 않았고 살을 뺄 생각도 없었지만 다이어트 얘기는 항상 많은 관심을 불러일으킨다는 것을 알고 있었다. 그 다음에 BLOXXX의 악플에 말려들어 순식간에 비난의 댓글이 줄줄이 달리게 만든 것도 쓸데없는 짓이었다. 그리고 그런 글을 블로그에 올린 것 자체가 가장 쓸데없는 짓이었다. 그렇지만 이번만큼은 어찌되든 그냥 댓글을 달고 싶었다.

엘라는 쓰레기로 가득 찬 낯선 사람의 집에 쓸쓸히 홀로 앉아 어떤 세균이나 해충을 들이마시게 될까 두려워하며 제대로 숨도 쉬지 못했다. 폐허나 다름없는 거실에서 아쉬운 대로 대충 치운 소파에 앉아 옴진드기가 달라붙은 아사 직전의 고양이가 언제라도 나타날지도 모른다는 두려움에 떨었다(엉망진창인 부엌에 테라스로 나가는 고양이용 문이 있는 것으로 보아 고양이가 집 안에 있는 것 같지는 않다). 이제 앞으로 어떻게 살아가야 할지에 대한 걱정이 밀려와서 에밀리아 파우스트는 실제로 거의 한숨도 자지 못했다. 뜨지도 않은 보름달하고는 아무런 상관이 없었다. 잠을 자지 못한 것은 임시 피난처의 외부적인 상황 때문이었다. 그리고 특히나 내면적으로 어지러운 마음 때문이었다.

마음은 어떻게 할 수가 없었다. 그녀의 마음은 상처투성이가 되고 짓밟혀 바닥으로 떨어져 벌어진 상처처럼 피를 흘리고 있었다. 그리고 플란텐 운 블로멘 공원의 축축한 공원벤치에서 밤을 새지 않으려면 오스카 드 비트의 집 말고는 다른 대안이 없었다. 멍청하고 바보 같은 에밀리아 파우스트는 그동안 필립한테 너무 전념한 나머지 이럴 때 찾아갈 만한 다른 사람이 단 한 명도 떠오르지 않았다. 그녀가 알고 있는 사람들은 다 '그의' 친구들이었고 차마 코라를 찾아갈 수도 없었다("안녕, 나야, 엘라! 우리가 6년 동안 서로 말도 안 하고 지낸 거 잘 알아. 그런데 내가 너희집에서 몇 주 동안만 같이 지내면 안 될까? 안 된다고? 왜 안 되는데?"). 호텔에 갈 수도 없었다. 핸드백과 지갑을 들고 나오기는 했지만 가지고 있는 현금이 23유로 76센트뿐이라 갈 수 있는 데가 없었다. 물론 오스카 드 비트의 지갑 속에는 수백 유로가 들어 있었지만 그 돈에 손을 대고 싶지는 않았다. 그 돈을 쓴다고 해도 어차피 장기적인 해결책이 되지 못했고 그래봐야 겨우 몇 밤밖에 잘 수 없었다.

내일 아침부터 당장 어디로 가야 하지? 어디로 가야 할까? 돈은 어떻게 구하지? 다시 일자리를 찾아야 했다. 다시 가정관리사로 일할 수 있는 자리를 찾아보는 것이 최선이었다. 그런데 그렇게 빨리 일자리를 구할 수 있을까? 그녀는 당장 선불로 월급을 주는 일자리가 필요했다. 단기간이라도 국가의 도움을 받을 수 있을까? 이런 갑작스러운 비상상황에 대해 도움을 받을 수 있는 방법이 있는지 공공기관에 가서 알아봐야겠다는 생각이 들었다. 무슨 방법이든 있지 않을까? 그런데 아무런 방법이 없으면 어쩌지?

고개를 빳빳이 들고 빈손으로 필립의 집에서 나온 것이 실수였을까? 그에게 일종의 보상금을 요구해야 했던 것일까? 아니다. 그러기엔 그녀의 자존심이 허락하지 않았다. 그가 '자립' 얘기를 꺼낸 것만으로도 이미 자존심이 상했고 그런 나쁜 자식한테 도움을 받느니 차라리 맥도날드에서 일하는 게 훨씬 나았다.

엘라는 이런저런 우울한 생각에 잠긴 채 오스카 드 비트의 집에서 괴로운 시간을 보내다가 결국 노트북을 켜고 블로그에 새로운 글을 올리게 되었다. 전화기가 놓여 있는 서랍장 뒤에서 다행히 무선랜 장치를 발견하고 그 아래 붙어 있는 비밀번호를 찾아냈다. 블로그에 글을 쓰고 올린 이유는 일단 머릿속에서 계속 맴도는 공포시나리오에서 벗어나기 위해서였다. 그리고 솔직하게 시인을 하자면 그 글을 통해 필립과 계속 관계를 유지하기 위해서였다. 엘라는 이제 필립이 그녀가 블로그에 쓴 글을 찾아

읽는다는 것을 알게 되었고 그래서 울다가 웃으며 열심히 자판을 두드렸다. 결혼식을 올릴 장소를 결정했고 이제 웨딩드레스를 보러 다닌다는 글을 올리는 식으로 그에게 무슨 말을 하고 싶은 것인지는 엘라 자신도 알 수 없었다. 하고 싶은 애기가 아무것도 없었을지도 모른다. 아니면 모호한 방법으로 아직 두 사람의 관계를 믿고 있다고 알리고 싶었던 것인지도 모른다. 아주 솔직하게 말하자면 그냥 그 개자식으로부터 어떤 반응이라도 이끌어내고 싶었다.

하지만 아직까지 어떤 반응도 없었다. 대신에 또 다른 개자식인 BLOXXX가 반응을 보였다. 그는 저격수처럼 매복하고 있다가 기회만 생기면 총질을 해댔다. 빌어먹을 닉네임 뒤에 숨어서, 비겁하게 인터넷의 익명성에 숨어서. 엘라는 소파에 누워서 수시로 올라오는 댓글들을 불안하게 지켜보면서 그는 대체 어떤 사람일까 생각해보았다. 왜 하필 그녀의 블로그에 계속 찾아와서 악플을 달고 괴롭히는지 의문이었다. 개인적인 감정이 있지 않고서야 이런 행동을 달리 어떻게 설명할 수 있을까. 그녀가 누군가의 감정을 건드린 것이 분명했다. 그런데 아무리 곰곰이 생각을 해보아도 그녀에게 이렇게 적대감을 가질 만한 사건은 도무지 떠오르지 않았다.

그러다가 오전 7시 반쯤 아래층에 있는 손님용 화장실에서 오스카 드 비트를 병문안하기 위해 단장을 하던 도

중 문득 어떤 생각이 떠올랐다. 필립. 필립?!? 설마 필립
이 그 뒤에 숨어 있는 것일까? 그는 '더 나은 결말'에 올
리는 글을 읽고 있었으며 어제 그녀에게 그 글들이 다 쓸
데없는 것들이라고 비난했다. '해피엔딩에 대한 중독 같
은 집착'이라고 말했었다. BLOXXX가 했던 말과 같은
말이 아닌가? 엘라는 노트북이 있는 곳으로 뛰어가서 블
로그를 열고 그저께 그가 남긴 댓글을 찾아보았다. '해피
엔딩에 중독된 절망에 빠진 주부군단이 위선적인 장밋빛
세계에서 살려고 하는 것으로밖에 안 보이는데요?' 그녀
의 옛 약혼자가 했던 말과 너무나 유사했다. 순간 속이 울
렁거렸다. 필립은 심지어 '장밋빛 에밀리아 파우스트 세
상'이라고까지 표현했었다. 그럴 가능성이 있을까? 그럴
가능성이 정말로 있을까?

아니다. 8시가 조금 지난 시각에 베스트 시립병원으로
달려가는 택시 뒷좌석에 앉아서(대중교통을 이용하기에는
정신적으로 충분히 안정이 되지 않았다) 엘라는 자기 자신과
그런 추측들에 대해 고개를 저었다. 아무리 필립이 그녀
의 취미를 이해해주지 못한다고 해도 가명 뒤에 숨어서
그녀를 공개적으로 공격할 사람은 절대 아니었고 그럴 리
가 전혀 없었다. 그는 그렇게 상상력이 풍부한 사람이 아
니었다. 오히려 이런 생각을 한 자신이 부끄러워졌다.

엘라는 생각에 잠겨 손목의 세미콜론 문신을 어루만졌
다. 눈에는 또다시 눈물이 고였고 깊은 한숨이 나왔다.

지금 엄마가 너무나 그립고 보고 싶었다. 마음대로 바꿔 쓴 이야기로 그녀의 머릿속에 '망상' 을 심어준 멋지고 아름다운 엄마. 해피엔딩을 좋아하는 성향은 실제로 엄마에게 물려받은 것이었다. 다른 아이들이 학교에 입학하기 전부터 부모님이나 할머니 할아버지를 통해《스프를 먹기 싫어하는 아이》또는《성냥팔이 소녀》와 같은 끔찍한 이야기들을 접한 반면에 젤마 파우스트는 딸에게 이런 이야기를 들려주더라도 긍정적인 결말로 바꿔서 이야기해주었다.

《장미 공주》,《룸펠슈틸츠헨》그리고《신데렐라》이야기도 좋은 결말을 만들어냈다. 권선징악을 바탕으로 젤마 파우스트만의 결말을 만들어냈다. 젤마는 어린 딸이 나쁜 요정들, 절망에 빠진 딸들 또는 무자비한 계모 이야기 때문에 괴로워하지 않기를 바랐다. 그리고 가족이 먹을 음식이 충분하지 않다는 이유로 자기 자식들을 숲속에 내다버린 부모에 대한 이야기를 엘라한테는 더더욱 들려주고 싶지 않았다. 또는 왕자와 신데렐라의 결혼식에서 못된 왕비가 지쳐서 쓰러져 죽을 때까지 불에 달군 구두를 신고 춤을 춰야 하는 벌을 받았다는 얘기도 들려주고 싶지 않았다. 젤마 파우스트는 이런 결말을 허용하지 않았다. 모든 결말은 좋게 끝나야 했다. 정말 모든 것이.

엘라가 여섯 살이었던 1학년 독서시간에 그동안 엄마

가 커다란 빨간 동화책에서 읽어주었던 이야기들이 조금 다르다는 것을 알게 되었을 때 엘라는 당혹감을 감출 수 없었다. 같은 반 친구들이 엘라가 《빨간 모자》의 '제대로 된' 결말을 모른다고 놀린 것에 심한 충격을 받았다.

엘라는 그때까지만 해도 못된 늑대가 마법에 걸린 왕자인 줄 알았다. 왕자가 나쁜 마법에서 풀려나 빨간 모자와 결혼을 하고 할머니와 빨간 모자를 성으로 데려가 테라스에 앉아서 함께 산딸기 케이크를(엘라가 가장 좋아하던 케이크였다) 먹은 줄로만 알고 있었다.

물론 젤마 파우스트의 의도는 좋았다. 하나밖에 없는 딸을 가능한 오랫동안 부당한 세상으로부터 보호하고 싶어했다. 그래서 엘라는 엄마가 그림형제와 안데르센의 끔찍한 이야기들을 창의적으로 재해석한 것에 대해서 한 번도 원망을 한 적이 없었다. 친구들에게 놀림을 받은 날 집으로 돌아와 엄마에게 불평을 늘어놓았을 때 엄마는 딸의 이야기를 차분히 듣고는 따뜻하게 안아주었고 엘라는 다시 평온을 되찾았다. 그 당시에도 엄마가 왜 동화를 조금 다르게 바꿔서 들려주셨는지 금방 이해할 수 있었다. "이 세상에는 안 그래도 불행한 일들이 너무 많아. 그런데 굳이 너한테 사실도 아닌 끔찍하고 슬픈 이야기를 들려줘야 할 이유가 있을까?"

그리고 엘라는 학교에서 다음 독서시간에 친구들에게도 그렇게 말했다. 그녀는 고개를 당당하게 들고 가슴을 펴고 누구나 해피엔딩을 바랄 권리가 있다고 설명했다. 적어도 지어낸 허구의 이야기일 경우 스스로 선택할 수 있다고 말이다. 그러고는 친구들과 선생님에게 유명한 동화들의 결말이 어떻게 하면 더 아름다워질 수 있는지 들려주었다.

그 이후에 파우스트 모녀는 수년간 주변 사람들에게 독특한 모녀로 찍혔지만 엘라는 남들이 뭐라 하든 신경 쓰지 않았다. 해피엔딩 같은 간단한 것조차 이해하지 못하는 다른 아이들과 어울리고 싶지 않았다. 파우스트 모녀는 주변인들의 무시에 아랑곳하지 않았다.

엘라가 처음으로 알파벳을 읽고 쓰기 시작할 때부터 엘라와 엄마는 함께 바꿔 쓸 수 있는 이야기들을 골라냈고, 엄마는 바꿔 쓴 이야기를 커다란 빨간 책에 일일이 기록한 후 딸에게 계속해서 밤마다 읽어주었다.

"무슨 일이 있어도 우리가 함께하면 되는 거야." 엄마는 밤에 잘 자라는 입맞춤을 하고 항상 귀에 대고 이렇게 속삭이며 꼭 안아주곤 했었다. "영원토록 말이야, 알겠지?"

"엄마가 언젠가 사라지면 어떻게 해요?" 엘라가 불안해하며 물은 적이 있었다.

"난 절대로 네 곁을 떠나지 않을 거야."

"정말이요?"

"물론이지. 하지만 네가 어른이 되면 너만의 삶을 살고 싫어 떠나고 싶을 때가 올 거야."

"아니에요! 그럴 리 없어요. 나는 영원히 엄마하고 같이 살 거라고요!"

엄마는 온화한 미소를 지었다. "언젠가는 너의 왕자님을 만나게 될 거야, 우리 신데렐라 아가씨. 그러면 같이 아이도 낳고 평생토록 행복하게 살겠지."

엘라의 볼 위로 눈물이 하염없이 흘러내렸다. 몇 년이 지났는데도 엄마에 대한 기억을 떠올릴 때마다 마음이 아팠다. 엘라는 손으로 얼른 눈물을 닦고 창밖으로 지나가는 나무들을 바라보았다. 볼프라데에 그대로 있었다면 그녀의 삶이 어땠을지 지금 떠올리고 싶은 마음은 없었다. 볼프라데는 어떤 사람들에게는 전원을 의미하는 곳이었고 또 어떤 사람들에는 너무 지루해서 죽어도 가기 싫은 곳이었다. 엘라는 왜 엄마가 하필이면 '번잡한 세상으로부터 떨어진' 독일 북부의 시골에 자리를 잡았는지 이해할 수 없었다. 엘라는 학교를 졸업하자마자 함부르크로 이사 와 대도시의 익명성 뒤에 숨어서 자기 자신을 새롭게 발견하는 삶을 즐겼다.

"다 왔습니다." 택시기사가 생각에 푹 잠겨 있던 엘라를 깨웠다. 함부르크 서쪽에 있는 높은 병원건물 앞에 도착해 있었다. 엘라는 요금을 지불하고 택시에서 내렸다.

병원 입구에 있는 회전문을 향해 걸어가는데 긴장감이 밀려왔다. 엘라는 너무 많이 다치지 않은 기분이 좋은 환자와 맞닥트릴 수 있기를 간절히 바랐다. 단 한 가지라도 제발 그녀가 원하는 대로 되기를 바랐다! 엘라는 확실히 해두기 위해 회전문을 한 바퀴 더 돌았다. 그리고 또 한 바퀴를 더 돌았다.

엘라는 1층에 있는 꽃집에서 꽃다발을 사들고 결전의 현장으로 향했다. 안내데스크의 답변을 따라 7층 외과병동에 도착해서 간호사에게 자신을 드 비트 씨의 여동생이라고 말하자 간호사는 따라오라며 병실로 안내했다. 엘라는 오스카 드 비트와의 면회를 위해 이 거짓말을 당분간 밀고나가기로 했다. 그리고 오스카 드 비트와 단둘이 있게 되면 왜 병원에 여동생이라고 거짓말을 했는지 해명을 할 생각이었다. 그런 다음 형식을 갖춰서 그에게 사과를 하고 꽃을 전해주고 지갑과 열쇠꾸러미 그리고 비닐봉투에 든 신발도 전해주고 빨리 회복되기를 바란다고 말한 뒤 인사를 하고 나올 생각이었다. 물론 그의 집 상태에 대해 언급할 생각은 전혀 없었다. 곰곰이 생각해보니 그것은 그녀와 전혀 상관없는 일이었고 지금 자신의 문제만으로도 벅찬데 낯선 사람의 엉망진창인 집까지 신경 쓸 여력이 없었다.

그리고 오스카 드 비트한테 '빌린' 100유로는 나중에 갚을 생각이었고 지금까지 택시요금으로 탕진한 돈도 물론 갚을 생각이었다. 지금은 어찌할 수 없는 상황이었다. 토요일 아침이라 월요일이 되기 전까지는 새로운 일자리를 찾는 것이 불가능했고 정부 지원을 받을 수 있는지 여부도 알아볼 수 없었다. '쓰레기 집'에서 계속 머물 수도 없었다. 엘라는 저렴한 호스텔을 구해서 갖고 있는 돈으로 당분간 버텨볼 생각이었다. 8인용 침실의 나무침상에서 자야 한다고 해도 삼 일 사 일 오 일 정도는 버틸 수 있었다.

간호사는 하얀 문에 노크를 하고 문을 열고 안으로 들어갔다. 엘라는 왼손에 꽃다발을, 오른손에는 신발이 들어 있는 비닐봉투를 들고 간호사를 뒤따라 안으로 들어갔다. 오스카 드 비트는 침대 위에 앉아 있었고 조금 창백한 것 외에는 비교적 건강해 보였다. 오른쪽 팔에 깁스를 하고 링거 주사액을 꽂고 있는 것만 제외한다면 그랬다. 그의 침대 앞에는 의사 세 명이 서 있었다. 무테안경을 낀 중년의 남자, 젊은 남자 그리고 젊은 여자였다. 젊은 남녀는 클립보드와 볼펜을 들고 있는 것으로 보아 레지던트들 같았다. 엘라와 간호사가 병실 안으로 들어가자 모두 뒤돌아보았고 오스카 드 비트는 의아해하며 눈썹을 추켜세웠다.

"드 비트 씨." 엘라와 함께 들어온 간호사가 말했다. "여동생이 오셨습니다."

침대에 있는 남자는 어리둥절한 표정을 지으며 고개를 저었다. "저는 모르는 여자입니다."

"네, 그게……." 엘라가 설명을 하려고 입을 열었지만 세 명 중 가장 나이가 많은 의사가 말을 끊었다.

"그거 보세요, 드 비트 씨." 의사가 말했다. "퇴원을 할 수 있을 만큼 아직 상태가 좋지 않아요. 지금 여동생조차 알아보지 못하잖아요."

7

오스카 드 비트는 그리 좋아 보이지 않았다. 그의 상황으로 미루어보아 충분히 이해할 수 있는 일이었다. 그는 어깨를 으쓱하더니 체념하듯 말했다. "유감스럽지만 여동생에 대한 기억은 정말 없어요."

"제가 설명하려고 했던 것이 바로 그겁니다." 무테안경을 쓴 의사가 친절하게 말했다. "넘어질 때 외상성 뇌손상을 입었고 오른쪽 손에는 원위부 요골 골절, 즉 손목이 골절되었고 손가락 세 개에는 염좌 증상이 나타나고 있어요. 골절된 부위는 오늘 아침 일찍 수술해서 티타늄판으로 고정했어요. 움직이지 않게 고정시키려고 깁스부목을 댔고 앞으로 3일 동안은 깁스 팔걸이 보호대를 착용하고 있는 것이 좋아요. 깁스는 일주일 정도 후에 풀 수 있고 물리치료를 시작할 겁니다. 손에 붓기가 빠지면 엄지하고 다른 손가락을 움직이는 연습을 해야 해요."

그는 잠시 말을 쉬었다. 레지던트들에게 받아 적을 수 있는 시간을 주려는 것 같았다. "아까 말씀드렸듯이 손목이 골절돼서 불편하기는 하겠지만 큰 문제는 없습니다.

그렇지만 머리는 조금 걱정입니다. MRI 사진으로 봤을 때 별다른 문제가 없었고 출혈이나 상처도 없어요. 하지만 조금 전에 다녀간 신경과 전문의는 기억상실증이라는 소견을 내놓았어요. 아마도 해리성 역행성 기억상실중일 겁니다."

"해리성 역행성이요?" 오스카 드 비트는 엘라도 궁금해서 묻고 싶었던 질문을 했다. 엘라는 가만히 있었다. 낯선 형제의 병에 관한 얘기를 듣고 있자니 입장이 불편해서 구경꾼으로서의 역할에만 충실했다. 그렇다고 병실에서 나오고 싶을 정도로 불편한 것은 아니었다. 그러기에는 지금 돌아가는 상황이 너무 궁금했다.

"환자 분은 본인 이름도 모르고 직업도 모르고 주소도 모르고 가족이 있는지도 모른다고 하셨어요." 의사가 자세히 설명했다

"그래서요?"

"환자 분의 과거에 대한 기억이 일부 지워졌다는 말이죠. 하지만 기억은 다시 돌아올 테니 걱정할 필요는 없어요. 물론 경우에 따라서는 시간이 조금 걸릴 수는 있어요. 그렇기 때문에 환자 분을 정신과 병동으로 옮겨서 며칠 동안 관찰하고 몇 가지 검사를 진행할 예정입니다."

"정신과라고요?" 오스카 드 비트는 어이없어하며 소리쳤고 엘라도 깜짝 놀라 숨을 들이마셨다. "그건 말도 안 돼요! 저는 미치지 않았다고요!"

"물론이죠, 드 비트 씨. 물론 그렇지는 않아요." 의사가 달랬다.

"저는 지금 당장 퇴원하고 싶어요!"

"지금 상태로 퇴원할 수는 없습니다. 환자 분은 지금 혼자서 일상생활을 할 수 있는 상태가 아닙니다. 그리고 정말로 몇 가지 검사를 더⋯⋯."

"정신과에는 절대 안 가요!" 오스카 드 비트는 공격적인 눈빛으로 의사의 말을 끊었다. 병원침대에 누워서 팔에 링거 주사액을 꽂은 채 창백한 얼굴로 최대한 공격적으로. "저는 정신과 의사의 도움 따위는 필요 없어요. 그 사람들이 더 미친 사람들이라고요!" 엘라도 그 말에 내심⋯⋯ 동의할 수밖에 없었다.

의사는 한숨을 내쉬며 클립보드에 뭔가를 열심히 받아적는 레지던트들을 향해 몸을 돌렸다. 그의 눈빛에는 많은 의미가 담겨 있었다. '내 말을, 명의(名醫)인 내 말을 들으려고 하지 않는 고집 센 환자군!' "알겠습니다." 의사가 말했다. "드 비트 씨가 그렇게 완강하게 퇴원을 고집하신다면 환자 분을 위해 법정에 후견간병인을 신청하는 것이 좋겠습니다."

"후견간병인이라고요?" 엘라는 자신도 모르게 끼어들었다. 하지만 그냥 가만히 있을 수는 없었다.

"그렇습니다." 의사는 엘라를 향해 몸을 돌렸다. "드 비트 씨가 잘 보호를 받고 있다는 보장이 있어야 합니다. 환자 분이 정신과 치료를 거부하시고 단기요양을 신청하기에는 너무 젊어요. 그러니 임시로 후견간병인을 두는 것밖에 방법이 없어요."

"그 말은." 환자가 다시 끼어들었다. "제가 일종의 후견인을 둬야 한다는 말입니까? 제가 금치산 선고를 받게 되는 겁니까?"

"아닙니다. 그런 뜻은 전혀 아닙니다. 그리고 말씀드렸듯이 임시 조치입니다. 환자 분의 상태가 좋아질 때까지 말입니다."

"싫습니다. 분명히 말하지만 저는 싫어요!" 오스카 드 비트는 가슴 위로 팔짱을 끼려고 했지만 깁스를 한 팔과 링거 주사액 때문에 마음대로 되지 않았다. 대신에 고통이 가득한 표정으로 몸을 움찔했다. 골절된 부위의 통증이 밀려온 듯했다. "저는 다 큰 성인 남자예요. 베이비시터는 필요하지 않습니다!" 그러나 그가 지금 처한 상황은 그의 말을 무색하게 만들었다.

"드 비트 씨." 의사는 온화한 미소를 지으며 말했다. "지금 이런 상황이 못마땅하리라는 점은 충분히 이해합니다. 하지만 환자에게 후견간병인이 필요한지 여부는 청문절차를 거쳐서 전문가가 판단하게 됩니다."

"청문절차라고요?" 엘라가 다시 끼어들었다. 엘라는 당혹스러웠다. 지금 이곳에서 무슨 일이 일어나고 있는 거야? 오스카 드 비트의 부러진 뼈는 붙였으니 이제 그를 어디에 가둬두거나 금치산 선고를 내리겠다고? 말도 안 되는 일이었다! "그러니까 생판 모르는 사람이 와서 우리 오빠의 운명을 결정하게 될 것이라는 말씀이세요? 우리 오빠를 잘 알지도 못하는 사람이 오빠의 인생에 간섭을 한다고요?" 오스카 드 비트는 고마운 눈빛으로 엘라를 쳐다보았다.

"저희도 달리 어떻게 할 방법이 없습니다." 의사는 유감스럽다는 듯 어깨를 으쓱했다. "규정이 그렇기 때문에 지금 다른 방법이 없어요."

"제가 오빠를 돌봐주면 되잖아요!" 엘라가 불쑥 제안했다. "제가 '여동생'이잖아요."

"글쎄요." 의사는 또다시 어깨를 으쓱했다. "그렇게 하는 것도 방법이죠. 만약 드 비트 씨가……." 하얀 환자복을 입고 불쌍하게 웅크린 채 여전히 적의를 띤 눈빛을 하고 있는 환자에게 일제히 시선이 향했다.

"좋은 방법이지 않아?" 엘라는 이렇게 물으며 동시에 텔레파시로 좋은 의도로 하는 말이라는 것을 전하기 위해 애썼다. '당신이 나를 모른다는 거 알아요. 하지만 후견 간병인을 두는 것보다는 내가 나을 거예요. 그냥 '네'라고 대답해요!'

오스카 드 비트는 잠시 망설이며 엘라가 내놓은 제안의 득과 실을 따져보는 듯하더니 결국 마지못해 중얼거렸다. "알았어요. 여동생한테 간병을 받을게요." 그러더니 덧붙여 물었다. "그런데 이름이 뭐예요?"

"엘라에요." 엘라는 이름을 말하면서 기쁜 내색을 감추었다. 이 낯선 남자를 도울 수 있게 된 것이 왜 기쁜지 엘라 자신도 알 수 없었다. 하지만 '정신과'와 '후견간병인'과 같은 말을 들으니 마음이 좋지 않았었다. "에밀리아 파우스트. 처녀성은 드 비트에요"라고 대답했다. "그리고 우리는 남매니까 그냥 서로 말을 놓는 게 좋겠어."

"좋습니다!" 의사는 일이 잘 해결돼서 기뻐하는 기색이 역력했다. "그러면 후견간병인은 접어두고 제가 퇴원서류를 준비해놓겠습니다. 퇴원서류가 나오는 대로 즉시 퇴원하셔도 좋습니다."

"그렇게라도 해주니 다행이네요." 오스카 드 비트는 이제 더 이상 맥없이 처져 있지는 않았지만 기분이 언짢아 보였다.

"좋아요." 엘라는 이렇게 말했지만 찜찜한 기분은 어쩔 수 없었다. 이 남자를 돌보겠다고 나선 게 실수는 아니었을까? 하지만 실수든 아니든 이제 돌이킬 수도 없었다. 이렇게 된 마당에, 흥분한 나머지 실수로 한 말이었으며 오스카 드 비트는 사실 오빠가 아니라고 말할 수는 없었다. 만일 그런다면 이곳에서 곧장 당국으로 끌려갈 게 뻔했다. 어쩔 수 없이 엘라는 씩씩하게 미소를 지었다.

"그럼 이제 옷을 갈아입으시면 됩니다, 드 비트 씨." 의사가 말했다. "환자가 옷을 갈아입는 것을 도와주시겠어요?" 그가 엘라에게 물었다. "손이 불편해서 혼자 옷 갈아입기 불편할 겁니다."

"저요? 음, 아니요…… 저는……"

"제가 도와드릴게요." 계속 옆에 서서 모든 대화를 흥미롭게 경청하고 있던 남자 간호사가 나섰다. 기억상실증에 걸린 환자를 만나는 것은 흔치 않은 일일 것이다. "드 비트 씨에게는 낯선 여성 분이라 제가 도와드리는 것이……."

"네, 물론입니다." 의사도 수긍했다. "맞는 말이네요. 죄송합니다. 제 생각이 짧았어요."

의사와 레지던트 두 명 그리고 엘라는 병실에서 나왔다. 복도로 나와 의사는 엘라를 불러 세웠다. "파우스트 씨, 잠깐 얘기 좀 할까요?"

"물론이죠."

"환자 분이 당분간 상당히 혼란스러울 겁니다. 아무것도 기억이 나지 않는 상황을 받아들이는 것은 굉장히 힘든 일이거든요."

"당연히 그렇겠죠."

"정신과 병동으로 가지 않겠다는 것은 정말 유감이에요. 그곳에서 더 많은 도움을 받을 수 있을 텐데 말이죠."

"음." 엘라는 딱히 할 말이 없었다. 그 점에 있어서는 오스카 드 비트를 너무나 잘 이해할 수 있었다. 엘라도 누가 무력을 써서 끌고 가지 않는 한 그런 곳에는 절대 가지 않을 것이었다.

"집 근처에 있는 정신과 의사라도 찾아가시는 것이 좋을 겁니다. 가서 도움을 받으세요."

"음." 엘라는 또 뭐라 할 말이 없었다. 그러면서 속으로 '절대 그럴 일은 없어요!' 라고 생각했다.

"제가 그 분야에 전문가는 아니지만 우리 병원의 신경과 의사는 트라우마로 인한 기억상실이라는 소견을 밝혔어요."

"조금 전에는 외상성 뇌손상이라고 말씀하셨잖아요."

"신경과 전문의 말에 따르면 단지 그 이유 때문만은 아닌 것 같습니다." 의사는 걱정스러운 표정을 지었다. "넘어진 충격으로는 대체로 그 사고 자체와 사고 전후에 있었던 일에 대한 기억만 상실하게 됩니다. 하지만 다른 모든 기억도 상실한 것을 보면……." 그는 고개를 갸웃거렸다. "아마도 또 다른 원인이 있을 겁니다. 예를 들면 외상후 스트레스 장애 같은 것 말입니다. 기억상실은 일종의 비상프로그램 같은 겁니다. 이해하시겠어요? 환자 분은 뭔가 해결되지 못한 문제를 갖고 있고 기억하고 싶지 않은 일이 있는 것 같습니다. 혹시 그게 뭔지 아시겠어요?"

"아니요." 엘라가 대답했다. 하지만 엘라는 곧바로 쓰레기장을 방불케 하는 오스카 드 비트의 집을 떠올렸다. 그에게 무슨 문제가 있는 것은 분명했다. 그의 집 상태가 너무나 분명하게 보여주고 있었다.

"아무튼." 의사는 계속해서 말을 이었다. "환자 분을 조심스럽게 대하셔야 합니다. 기억을 되찾을 수 있도록 도와주세요. 하지만 심한 충격을 받게 될 만한 얘기들은 가능하면 조심스럽게 알려주세요."

"네, 그럴게요." 그런데 쓰레기 집에 살고 있다는 사실을 대체 어떻게 '조심스럽게' 알려줄 수 있단 말인가.

"소위 말하는 '트리거'가 도움이 될 겁니다. 친숙한 상황들이 기억을 자극해서 기억이 돌아오는 데 많은 도움이 될 겁니다."

"친숙한 상황이라고요?"

"예전에 본 적이 있는 영화, 음악, 관계를 맺었던 사람들, 알고 있는 장소, 어렸을 때 같이 갔던 곳에도 함께 가보시고요."

"아. 그렇군요. 이제 제가 어떻게 해야 하는지 알겠네요." 엘라는 자신이 어떻게 해야 할지 모른다는 사실을 확실히 알았다. 오스카 드 비트는 엘라에게 완전히 낯선 사람인데 그 남자가 어떤 영화나 음악을 알고 있는지, 어린 소년이었을 때 가장 즐거웠던 휴가지가 어디였는지 어떻게 알겠는가?

의사는 인사를 하고 가버렸고 엘라는 복도 의자에 앉아 '그녀'의 환자를 기다렸다. 아직 도망칠 기회가 있다는 생각이 잠시 들었다. 그냥 몰래 조용히 발뒤꿈치를 들고 병원 복도를 지나쳐서 엘리베이터를 타고 1층으로 내려가 회전문을 통해 밖으로 나가면……. 하지만 그건 파렴치한 행동이었다. 오스카 드 비트가 지금 이런 상황에 처하게 된 것은 그녀 때문이었고 이것은 엘라가 그를 위해 해줄 수 있는 최소의 것이었다. 해야만 하는 일이었다.

조금 후 오스카 드 비트가 간호사와 함께 병실에서 나왔다. 당연히 맨발이었다. 엘라는 자리에서 일어나 신발이 들어 있는 봉투를 건네주었다. 그리고 그때까지 계속 손에 들고 있던 꽃다발도 내밀었다. 하지만 깁스를 한 팔 때문에 신발이 든 봉투 외에 꽃다발까지 들 수는 없었다.

"앉아봐." 엘라는 그의 신발을 다시 들었다. 그는 순순히 앉았고 엘라는 그의 앞에 무릎을 꿇었다. 양말도 신지 않은 맨발에 그냥 신발을 신기면서 더러워진 발을 애써 못 본 척했다. 병원에서 발 좀 씻겨주면 얼마나 좋아! 아니면 아예 몸 전체를 씻겨주었더라면 더욱 좋았을 것이다. 어젯밤 계단에서 가까이 서 있을 때는 충격으로 인해 아드레날린이 뿜어져 나오는 상황이라 냄새를 인지하지 못했지만 지금 이렇게 가까이 있으니 불쾌한 냄새가 그녀의 코를 찔렀다. 오스카 드 비트한테 불쾌한 냄새가 나는 것은 부인할 수 없는 사실이었다. 엘라는 씩씩하게 입으로 숨을 쉬면서 양쪽 신발 끈을 차례로 묶어주었다. 아주 이상한 상황이었다. 마치 어린아이에게 하듯 다 큰 성인 남자의 신발 끈을 묶어준 적은 지금까지 단 한 번도 없었다.

"그런데 나는 왜 맨발이었어?" 그가 궁금해하며 물

었다.

"그건 저도…… 나도 모르겠어."

"내가 집 앞 계단에서 굴러떨어졌을 때 네가 구급차를 불렀다고 들었어." 그가 계속해서 말을 이었다. "정확히 어떻게 된 일이야?"

"그건, 음 나중에 조용히 얘기해줄게." 엘라는 몸을 일으키고 바지에 손을 털었다.

"알았어." 그도 자리에서 일어났다. 이제 신발까지 신고 서 있는 모습을 보니 키가 1미터 90은 되어 보였다. 그의 옆에 서 있으니 엘라는 상당히 왜소하게 느껴졌다. "그럼 이제 갈까?"

"그래, 가자."

엘라는 휴대전화로 또다시 택시를 불렀고 오스카가 택시에 올라타는 것을 도와주고 택시기사에게 주소를 알려주었다.

"주소를 듣고 혹시 뭐 기억나는 거 있어?" 택시 뒷자리에 나란히 앉자마자 엘라가 물었다. 엘라는 이제 다시 코로 숨을 쉴 수 있었다. 냄새가 생각보다 그렇게 심하지 않거나 아니면 이미 그 냄새에 적응이 된 듯했다.

"아니." 그는 고개를 저었다. "엘브쇼제가 부촌이라는 것과 위치가 대충 어디쯤인지는 알고 있어. 하지만 내가 거기 산다고? 그건 전혀 기억이 안 나."

"차츰 다 기억이 날 거야." 엘라는 순간 자신도 모르게 그의 손을 잡고 토닥거리다가 그의 못마땅한 눈빛을 알아채고 움찔하며 얼른 손을 놓았다.

두 사람은 한동안 말없이 나란히 앉아서 각자 창밖을 내다보며 자신들만의 생각에 잠겨 있었다. 그러다가 엘라가 용기를 냈다. 점점 더 깊이 거짓말의 늪에 빠지기 전에 지금 당장 사실대로 얘기하는 것이 나을 것 같았다.

"할 말이 있어요."

"왜 갑자기 존댓말이야?" 그는 여전히 창밖을 내다보고 있었다.

"저는 사실 여동생이 아니에요."

그는 이제야 고개를 돌려 엘라를 의아한 눈빛으로 쳐다보았다. "여동생이 아니라고?"

"네. 병원에서 면회를 하기 위해 어쩔 수 없이 거짓말을 했어요. 그쪽 상태가 어떤지 너무 궁금했거든요."

"알겠어요." 그의 미간에는 세로로 깊은 주름이 잡혔다. "그렇다면 당신은 누구죠? 내 집에는 왜 있었던 거죠? 그리고 내 상태가 어떤지 왜 궁금했던 겁니까?"

"저는…… 저는……." 엘라는 골똘히 생각해보았다. 그렇다, 그녀는 누구지? 미친 여자? 절망에 빠진 여자? "저는 그쪽 가정관리사입니다"라고 대답하면서 엘라는 이런 번뜩이는 순발력에 스스로 감탄했다.

"나한테 가정관리사가 있다고요?"

"어제부터요." 전혀 알지 못하는 그에 대해 얘기해야

하는 곤란한 상황을 피하기 위한 대답이었다. "제가 제 소개를 하자마자 그쪽이 넘어지면서 굴러떨어졌어요."

"한밤중에요?"

"그게 무슨 말이죠?"

"내가 알기로 나는 오늘 새벽 2시쯤 병원으로 이송됐어요. 그렇다면 우리는 한밤중에 인사를 나눈 겁니까?"

"아, 그건 아니죠!" 엘라는 당혹스러운 미소를 지었다. 난감한 상황이었다. 조금 전까지 거짓말의 늪에 빠지지 않기로 했음에도 불구하고 결국 또 거짓말을 하게 되었다. "면접은 이미 지난주에 했어요. 제가 어제부터 일을 시작했고 그쪽 집으로 들어왔어요."

"저희 집에서 같이 산다고요?"

"네. 풀 패키지 서비스를 신청하셨거든요. 항상 곁에서 일을 봐주는 사람이 필요하다고 하셨어요."

그의 얼굴에 미소 같은 것이 스쳐 지나갔다. "그런 비용을 지불할 능력이 있는 걸로 미루어보아 내가 상당히 잘 지내는 모양이군요."

"그렇죠." 엘라는 이렇게 말하면서 속으로는 그 정반대라고 생각했다.

"뭐 그렇다면 그런 거겠죠." 미소는 2초도 채 그의 얼굴에 머물지 않고 사라졌다. "안 그래도 내 여동생 눈이 파란색이고 금발에다가 키도 겨우 주차료징수기만 해서 의아하게 생각하고 있었어요."

엘라는 아무 말도 하지 않았다. 무슨 할 말이 있겠는가?

10분 후 저택으로 향하는 정문게이트 앞에 도착해서 엘라가 리모컨을 누르고 문이 안쪽으로 활짝 열리자 오스카 드 비트는 감탄의 휘파람 소리를 냈다. "내가 여기 살아요? 내가 정말 잘사는 모양이군요."

"흠." 엘라는 달리 할 말이 없었다. 집 안으로 들어가면 어떤 상황이 벌어질지 이미 알고 있기 때문이었다. '심한 충격을 받게 될 만한 얘기들은 가능하면 조심스럽게 알려주세요'라고 말하던 의사의 말이 맴돌았다. 그런데 어떻게? 대체 어떻게? 오스카 드 비트가 집 안으로 들어갔을 때 마음의 준비 없이 심한 충격을 받지 않도록 엘라가 숨을 깊이 들이쉬고 집 안 상태에 대해 말하려는 순간 그가 계속해서 말을 이었다.

"기분이 아주 이상해요. 내가 누구인지 어디서 왔는지 그리고 어디로 가려고 했는지 모르고 있다는 것 말이에요. 나는 아무것도 쓰여 있지 않은 종이, 텅 빈 책과 같고 그 속에는 단 한 문장도 쓰여 있지 않아요."

'그렇지 않아요'라고 엘라는 속으로 생각했다. '아주 많은 것이 쓰여 있어요. 당신이 모르고 있을 뿐이죠. 아직까지는.'

"나에 대한 기억도 없고 추억도 없는 나는 그럼 대체 누구죠?" 그는 이렇게 물으며 생각에 잠긴 듯 엘라를 쳐다보았다. "그래도 나는 여전히 오스카 드 비트인 걸까요? 아니면 나는 0에서 다시 시작하는 새로운 사람인 걸까요?"

이 말을 듣고 엘라는 순간 깨달았다. 그렇다 그는 0에서 시작한다. 더 정확히 말하자면 0에서 시작할 수 있다. 오스카 드 비트는 그야말로 아무것도 쓰여 있지 않은 텅 빈 책이었다–그리고 그녀는 이야기를 만들어내는 이야기꾼이지 않은가! 지금 몇 년째 어떤 이야기가 좋은 결말을 맺도록 하는 일에 매진하고 있었다. 그렇다면 오스카를 위해서 바로 그런 일을 해야 하는 것이 아닐까? 어긋나버린 그의 인생이 다시 제자리를 찾아갈 수 있도록 도와줘야 하는 것이 아닐까?

"차를 돌려주세요." 엘라가 막 집 앞에 멈춰선 택시기사에게 말했다.

"차를 돌리라고요?" 택시기사와 오스카 드 비트가 한목소리로 물었다.

"네. 저에게 좋은 생각이 있어요."

"지금 뭐 하려는 것인지 설명 좀 해주시겠어요?" 차를 돌리는 동안 오스카 드 비트가 물었다.

"그러니까…… 오늘 제가 집을 말끔하게 치워놓기로 했는데 갑자기 사고가 나는 바람에 못 치웠어요. 그리고 치우는 데 방해가 되지 않도록 오스카 씨는 하루이틀 정도 다른 곳에서 머물겠다고 말씀하셨었어요. 그냥 원래 계획대로 제가 집을 다 치운 다음에 집으로 오시는 것이 좋겠어요."

"글쎄요, 나는……."

"부탁이에요." 엘라는 간절하게 쳐다보았다. "저를 믿어주세요!"

그는 잠시 머뭇거리더니 천천히 고개를 끄덕였다. "알겠어요. 정 그러시다면. 내가 그쪽을 고용한 타당한 이유가 있었겠죠."

"맞습니다." 엘라는 기뻐서 손뼉을 쳤고 오스카 드 비트는 또다시 이상하게 쳐다보았다.

"그렇다면 내가 그동안 어디에 가 있겠다고 했습니까?"

"모르겠어요." 엘라가 말했다. "하지만 테니스나 골프를 칠 수는 없으니까……." 엘라는 깁스를 한 그의 팔을 가리켰다. "호텔이 좋을 것 같아요. VOD를 시청하면서 말이죠."

"좋아요. 그러면 갈 만한 호텔 좀 찾아보세요."

30분 후 엘라는 엘베 강변에 자리한 고급 호텔에 그를 내려주었고 평범한 1인용 객실의 하룻밤 요금으로 200유로를 내야 하는 것에 적잖이 놀랐다. 엘라는 그의 지갑에 들어 있던 마지막 두 장의 지폐로 호텔비를 계산했다. 지갑은 나중에 돌려줄 생각이었다. 지갑에 들어 있는 어떤 정보로 인해 충격을 받기 전에 오스카 드 비트의 인생에 무슨 일이 일어났던 것인지 먼저 알아내야 했다. 그가 금발의 여자와 함께 찍은 사진도 그중 하나였다. 오스카가 그 사진을 지금 보는 것이 좋을지 알 수 없었다. 일단 지금은 보여주지 않는 것이 좋을 것 같다는 생각이 들었다.

엘라는 늦어도 모레 아침에 다시 데리러 오겠다는 약속을 하고, 오스카에게 휴대전화 번호를 적어주고 그의 호텔객실 전화번호를 휴대전화에 저장한 후 떠났다. 가는 도중에 슈퍼마켓에 들러 쓰레기봉투 두루마리 두 개와 청소용품을 구입했다. 그렇게 엘라는 다시 오스카 드 비트의 저택 앞에 서게 되었다.

엘라는 깊이 심호흡을 하며 눈을 세 번 깜빡거린 후 속으로 숫자를 세었다. 기필코 해낼 생각이었다. 오스카 드 비트의 삶이 다시 아름다워지도록 해줄 것이다.

'그리고 그에게 해피엔딩을 선사하는 데 성공을 하게 되면 필립은 나에게 다시 돌아올 거야' 하고 엘라는 속으로 생각했다.

엘라는 열쇠를 돌려 문을 열고 안으로 들어갔다. 오스카 드 비트의 가정관리사로서의 새로운 삶 속으로.

8

엘라는 등 뒤로 무거운 문이 닫히고 그 문에 기대어 난장판이 된 집 안을 다시 멍하니 바라보고 나서야 비로소 자신이 무슨 짓을 했는지 깨달았다. 그녀는 오스카 드 비트를 넘어트렸고(그것도 두 번이나!) 정확한 사고경위를 말할 수 없어 그의 기억상실증을 이용했을 뿐만 아니라 항구에서 있었던 첫 번째 충돌에 대한 이야기는 아예 꺼내지도 않았다. 그리고 그가 계단에서 굴러떨어졌다는 얘기도 그녀가 밀어서 그렇게 된 것이기 때문에 완전한 사실은 아니었다. 그녀는 당분간 머물 곳이 필요했고 어쩌다 보니 여기까지 오게 되었다. 엘라는 물론 그를 진심으로 돕고 싶었다. 하지만 아주 솔직하게 말하자면 완전히 순수한 마음은 아니었다.

엘라의 마음속에 갑자기 엄청난 양심의 가책이 밀려왔다. 이게 과연 옳은 일일까? 거짓말을 통해 낯선 사람의 인생에 개입하는 것이? 말 그대로 그를 이용해서? 그의 신뢰, 그의 무력함을 이용해서? 그를 '구제'하겠다는 그럴듯한 구실을 들어 자기 자신을 곤경에서 빼내려는 것이? 오스카 드 비트는 지금 완전히 속수무책인 상태인데 엘라가 그에게 진실을 감추고 《메리 포핀스》와 같은 이야기를 꾸며내는 것이 과연 공정한 일일까?

엘라는 고개를 저으며 한숨을 내쉬었다. 아니, 그렇지 않았다. 지금 당장 그가 있는 호텔로 달려가 그에게 모든 것을 솔직하게 털어놓는 것이 공정할 것이다. 란둥스브뤼켄에서 그를 이미 한 차례 넘어뜨렸으며, 애초에 가정관리사 면접 같은 것은 한 적도 없고 에밀리아 파우스트가 그에게 엄청난 거짓말을 했다고. 어쩔 수 없는 상황이었고 당황해서 자기도 모르게 그렇게 됐다고. 그렇게 솔직하게 다 털어놓는 것이 당연히 가장 옳은 일일 것이다.

하지만 그러는 것이 오스카 드 비트에게도 과연 최선일까? 그렇게 되면 그는 후견간병인을 둬야 하고 그 사람이 모든 것을 맡아서 해줄 것이다. 그러나 집 안 상태만 보더라도―현관 홀만 해도 수년간 불법 점거자들이 제멋대로 머물렀던 것처럼 보였다― 후견간병인이 그를 우선 정신과 폐쇄병동에 입원시키리라는 것을 배제할 수 없었다. 그런데…… 그런데 그것만은 절대 막고 싶었다. '환자 분을 조심스럽게 대하셔야 합니다'라고 하던 의사의 말이 떠올랐다. '기억을 되찾을 수 있도록 도와주세요. 하지만 심한 충격을 받게 될 만한 얘기들은 가능하면 조심스럽게 알려주세요.'

엘라는 무슨 결심을 한 듯 문에 기댔던 몸을 떼고 우비를 벗어 문손잡이에 걸었다. 풀오버 소매를 걷고 가방에서 쓰레기봉지 두루마리를 꺼내 봉지 한 개를 힘차게 뜯어냈다. 그녀가 지금 여기에서 할 수 있는 최소한의 일은 바닥에 발을 디딜 수 있게 집 안을 치우는 일이었다. 그다음에 어떻게 될지는 엘라도 알 수 없었지만 어쨌든 이런 엉망진창의 상태는 눈앞에서 치워버리고 싶었다! 그렇게 해놓는다면 엘라가 진실을 말하고 오스카 드 비트가 후견간병인의 보호를 받게 된다 해도 적어도 절대적인 생활무능력자로 간주되어 즉시 정신병원에 갇히게 되는 일만은 없을 것이다.

일곱 시간 후 에밀리아 파우스트는 완전히 녹초가 되어 거실 모퉁이에 있는 연한 회색 소파 위에 쓰러지듯 누웠다. 다리를 쭉 펴보니 청소를 너무나 열심히 한 나머지 모든 근육 하나하나가 다 아팠다. 그래도 아직 청소는 다 끝나지 않았고 오스카 드 비트의 저택 1층을 겨우 어느 정도 깨끗하게 만들었을 뿐이었다. 쓰레기봉지 두루마리 하나는 이미 다 사용해버렸고 차고 오른편에서 발견한 컨테이너는 쓰레기로 거의 가득 찼으며 폐휴지 컨테이너와 재활용품 컨테이너도 마찬가지였다. 미친 짓이었다. 정말 미친 짓이었다!

처음에는 쭈뼛거리며 조심스럽게 치우기 시작했다. 누

가 봐도 분명히 쓰레기로 보이는 피자상자, 다 부서진 캐츠타워(여전히 고양이는 보이지 않았다), 죽은 식물, 쓰레기로 가득 찬 비닐봉지, 유통기한이 지난 식료품(고양이용 캔 두 개, 라구(고기와 야채를 넣어 끓인 스튜의 일종—옮긴이) 한 병 그리고 프랑크푸르트 소시지 몇 개를 제외하고는 전부 유통기한이 지났다. 라구와 소시지는 결국 엘라의 뱃속으로 사라졌다) 그리고 일회용 병과 종이상자를 버렸다.

하지만 이런 최소한의 공격으로는 정리가 안 될 것이라는 사실을 깨닫고 엘라는 망설임을 떨치고 과감하게 치우기 시작했다. 주제 넘는 일일지는 몰라도 오스카 드 비트의 집은 과감하게 뒤엎어야 하는 경우였다.

엘라는 휴대전화를 꺼내 이어폰을 연결한 후 미디어플레이어에서 헬레네 피셔의 '숨 가쁘게 밤을 지나'를 무한반복으로 틀어놓고 노래를 따라 부르며 1층을 청소했다. 엘라는 4분의 4박자에 맞춰서 청소하는 것을 즐겼다. 노래를 들으면 흥이 나서 훨씬 더 쉽고 빠르게 일을 할 수 있었다. 그러면서 혼자만의 뮤직비디오 속에서 춤을 추고 있는 듯한 느낌을 즐겼다. 활기차고 에너지로 충만해서 정말 좋았다. 이것 역시 슐롬머스 선생님한테 배운 방법이었다. 물론 선생님은 '빨간 장미 비가 내리기를' 또는 '하얀 라일락이 다시 필 때면'과 같은 옛날 노래를 선호했다. 하지만 마르가레테 슐롬머스 선생님은 제자들에게 집 안에 아무도 없을 때만 그렇게 하라고 신신당부했다. 모든 의뢰인들이 유명 가수를 흉내 내는 가정관리사를 이해해주는 것은 아니라고 설명해주었다. 다행히 지금 이곳에는 아무도 없었고 엘라의 '의뢰인'은 엘베 강가에 자리 잡은 호텔에서 지금쯤 강물을 바라보며 '나는 누구인가?'를 스스로에게 묻고 있을 것이었다.

'우리는 길거리를 배회하며 이 도시의 클럽을 돌아다녀……'

엘라는 문 옆에 가득 쌓인 우편물을 살펴보면서 광고물은 즉시 폐기하고 편지봉투를 날짜순서대로 정리하고 미수취 소포에 대한 안내장을 옆에 정리해놓았다(보관기간 1주일이 이미 지난 상태였다). 이렇게 정리한 우편물 다섯 꾸러미는 일단 전화기가 올려져 있는 서랍장 옆 바닥에 내려놓았다. 우편물 중에는 유독 노란색 편지봉투가 많았고 몇 개의 편지는 수신자가 '프랑신 드 비트' 앞으로 되어 있었다. 프랑신. 그러니까 오스카 드 비트의 지갑 속에 들어 있던 금발 여자의 이름은 프랑신이었다.

'오늘은 우리 둘을 위한 밤, 오호, 오호……'

온갖 신문지(대부분은 몇 달이 지난 신문이었다), 안내지 그리고 광고지를 재활용 처리장으로 옮기는 데 한 시간도 넘게 걸렸다.

'나는 눈을 감아 모든 금기를 깨고……'

엘라는 부엌에 딸린 다용도실에서 세탁기와 건조기를 발견하고 거실과 현관에 어지럽게 널브러져 있는 옷가지

들을 전부 모아왔다. 그리고 옷들을 네 종류로 분류했다. 일부는 깨끗이 빨아서 다용도실에 있는 빨래걸이에 널었고 일부는 건조기에 넣었고 또 일부는 쓰레기봉지에 담아 세탁소에 맡길 생각이었다. 그 안에는 양복과 양복바지를 비롯해서 물빨래를 할 수 없는 옷들이 들어 있었다. 옷에 붙은 고가의 라벨을 보니 대부분 명품의류였다. 오스카 드 비트는 취향이 상당히 까다로운 듯했다. 하지만 아무리 좋은 옷이라 해도 다 구겨지고 악취가 나는데 무슨 소용인가.

'사랑의 문신처럼 살갗에 키스를 오호, 오호……'

아무튼 청소작업 중에 곰팡이 핀 음식쓰레기나 담배꽁초로 넘치는 재떨이 또는 마시다가 만 술병이나 사용하고 뒤처리를 하지 않은 위생용품과 같이 정말 역겨운 것들과 맞닥트리지 않아서 정말 다행이었고 엘라는 그나마 조금 희망을 가질 수 있었다. 오스카 드 비트는 그래도 '조금은' 정상적인 부분이 있는 모양이었고 엘라는 그 조금에 희망을 걸고 싶었다.

엘라는 치우고 치우고 또 치웠다. 그러면서 노래를 부르고 부르고 또 불러서 목소리가 거의 나오지 않을 지경이었다.

결국은 기진맥진해서 소파에 누워 더 이상 꼼짝할 수 없는 상태가 되었다. 엘라는 이렇게 청소를 한 자신이 자랑스러웠다. 매우 자랑스러웠다. 하지만 위층에 또 어떤 일이 그녀를 기다리고 있을지 상상하니 기운이 쭉 빠졌다. 엘라는 휴대전화를 충전할 시간 동안만 잠깐 쉬기로 했다. 30분 후, 엘라는 신음소리를 내며 소파에서 일어나 다시 미디어플레이어를 켰다.

'우리 사이에 있었던 일들, 절대 잊을 수 없는 장면들……'

현관, 부엌, 손님용 화장실 그리고 거실 외에 1층에는 방이 하나 더 있었는데 들어가보니 서재였다. 서재는 그렇게 심각한 상황은 아니었다. 적어도 바닥은 잡동사니로 뒤덮여 있지 않았다. 책상 위에는 노트북 컴퓨터, 도서관에서 흔히 볼 수 있는 고풍스러운 초록색 탁상램프, 여러 가지 펜이 꽂혀 있는 필통 그리고 종이가 가득 들어 있는 투명한 플라스틱 서랍이 올려져 있었다. 오른쪽 벽에 있는 책장에는 갖가지 파일과 책들이 꽂혀 있었고(얼핏 살펴보니 대부분 조세법과 관련된 전문서적들이었다. 그녀가 좋아하는 분야는 결코 아니었다) 그 옆에는 앉아서 대화를 할 수 있는 둥근 탁자와 편하지만 상당히 비싸 보이는 안락의자 두 개가 놓여 있었다. 서재도 역시 옷가지 몇 개와 오래된 신문들로 어질러져 있어 엘라는 전부 모아 세탁기에 넣거나 정리해서 버렸다. 그런 다음 청소기를 돌리자 서재는 이제 어느 정도 떳떳이 내보일 만한 상태가 되었다. 엘라는 흡족하게 서재를 둘러보았고 이렇게 빠른 결과가 나타나는 것이 가장 좋았다.

'너의 눈빛은 말하고 있었어. 우리의 시간이……'

엘라는 책장에 조금 더 가까이 다가가 자세히 살펴보았다. 여러 개의 파일에는 '개인서류'라고 적혀 있었고 더 상세하게 각각 '자동차', '건강보험' 그리고 '전화, 전기, 수도, 가스'라고 적혀 있었다. 아주 꼼꼼하고 깔끔하게 손으로 직접 쓴 글씨였다. 오스카 드 비트의 글씨일까? 집 안 상태를 보면 그럴 것 같지 않았지만 이렇게 큰 저택에 살고 있는 것으로 미루어보아 그의 상태가 좋았던 적도 있었다는 것을 미루어 짐작할 수 있었다. 엘라는 파일 하나를 꺼내 훑어보고 싶은 마음을 억눌렀다. 그녀하고는 전혀 관계없는 일이었다. 파일까지 훑어본다면 정말 주제넘은 짓일 것이다.

꽂혀 있는 책들을 자세히 보니 하나같이 다 세금과 관련된 책들이었다. 엘라는 마치 자신이 퍼즐을 한 조각 한 조각씩 끼워 맞추고 있는 사설탐정이 된 기분이었다. 그녀는 오스카 드 비트를 호텔에서 데리고 오기 전에 그에 대해 가능한 많은 것을 알아내기 위해 그의 이름을 구글에서 검색해보기로 했다. 어쩌면 인터넷에서 의외로 그에 대한 정보를 많이 찾게 되어 여기에서 굳이 서류를 몰래 훔쳐볼 필요가 없을지도 모른다. 지금까지 엘라가 그에 대해 알고 있는 사실은 그가 부자이거나 적어도 부자였던 적이 있었다는 것이다. 그리고 그는 세금과 관련된 일을 하거나 했던 적이 있었다. 그의 부인으로 추정되는 프랑신 드 비트라는 여자에 관해서는 그의 지갑 속에 있던 사진과 그녀 앞으로 온 편지 말고는 아직 다른 흔적은 발견할 수 없었다.

편지 생각이 난 김에 엘라는 현관에 쌓아놓은 우편물들을 서재 책상에 올려놓는 것이 맞겠다는 생각이 들었다. 모든 우편물을 서재로 가져오자 책상이 우편물로 가득 뒤덮였을 뿐만 아니라 두 개의 의자에도 우편물을 쌓아놓아야 했다. 처리하지 않은 우편물 때문에 신경이 거슬렸지만 엘라가 지금 어떻게 할 수는 없었다. 특히 노란색 봉투들이 엘라의 마음을 몹시 불편하게 만들었다. 노란색 봉투는 보통 '경고장'을 의미하지 않던가? 하지만 그렇다고 해도 엘라가 편지를 열어볼 수는 없는 노릇이었다. 그러려면 오스카 드 비트의 허락을 받아야 했다. 그리고 그가 낯선 사람인 그녀에게 그러라고 허락할 것 같지는 않았다.

그런데 법정에서 파견한 후견간병인이라면 어떻게 할까? 피후견인을 위해 이런 일을 처리하는 것이 바로 그의 임무 아닐까? 후견간병인의 역할에 대해 자세히는 모르지만 엘라는 그럴 것이라 짐작했다. 그렇게 따져보면, 오스카 드 비트의 입장에서 그녀가 어떤 후견인이나 공무원보다 더 나쁠 것은 없었다. 더 나쁘지 않을뿐더러 그녀는 그에게 더 낯설지도 않은 사람이었다. 지금 그에게는 모든 사람이 낯설고 심지어 자기 자신조차 낯설기 때문이다. 그러니 그가 엘라에게 허락을 해준다면 두 사람은 함께 힘을 합쳐 그가 누구인지 알아낼 수 있을 것이다.

'숨 가쁘게 밤을 달려서, 새로운 하루가 깨어날 때까지······.'

헬레네 피셔의 유행가의 후렴구가 울려 퍼지는 순간 오스카의 책상 위에 있는 플라스틱 서랍에 엘라의 눈길이 꽂혔다. 맨 위에 올려 있는 종이에 빽빽하게 글씨가 적혀 있었다. 파일에 적혀 있는 것과 같은 글씨체였다. 엘라는 종이를 들어 읽어보았다.

— 너는 왜 나를 떠났어? 너는 왜 나를 떠났어?
너는 왜 나를 떠났어? 너는 왜 나를 떠났어?
너는 왜 나를 떠났어? 너는 왜 나를 떠났어?
너는 왜 나를 떠났어? 너는 왜 나를 떠났어?
너는 왜 나를 떠났어? 너는 왜 나를 떠났어?
너는 왜 나를 떠났어? 너는 왜 나를 떠났어?
너는 왜 나를 떠났어? 너는 왜 나를 떠났어?
너는 왜 나를 떠났어? 너는 왜 나를 떠났어?
너는 왜 나를 떠났어? 너는 왜 나를 떠났어?
너는 왜 나를 떠났어? 너는 왜 나를 떠났어?
너는 왜 나를 떠났어?

단 하나의 문장이 계속해서 반복적으로 쓰여 있었다.

앞면뿐만 아니라 뒷면에도 빽빽하게 볼펜으로 꾹꾹 눌러 쓴 흔적이 역력했다. 손으로 만지면 도드라진 글씨가 느껴질 정도였다.

엘라는 책상 앞 의자에 앉아 생각에 잠긴 채 절망으로 가득한 종이를 바라보았다. 종이를 물끄러미 바라보면 볼수록 마음이 무거워졌다.

'너는 왜 나를 떠났어?'

오스카 드 비트의 부인이 그를 떠나버렸고 그는 깊은 수렁에 빠져 완전히 무너져버린 것일까? 그랬던 것일까?

엘라는 종이를 제자리에 돌려놓고 의자에 등을 기대고 눈을 감았다.

'너는 왜 나를 떠났어?'

엘라의 생각은 필립으로 옮겨갔다. 그가 침실 창가에 서서 그녀가 떠나는 모습을 내려다보던 모습이 떠올랐다. 그녀의 목에 뭔가 묵직한 덩어리가 느껴졌다.

'넌 왜 나를 떠났어?'

'넌 왜 나를 떠났어?'

'넌 왜 나를 떠났어?'

'숨 가쁘게 밤을 달려서 우리의 사랑이 느껴져!'

엘라는 눈을 뜨고 의자를 박차고 일어났다. 아직 할 일이 많이 남아 있었고 이제는 2층을 청소할 차례였다. 그렇게 하기로 자기 자신과 약속을 했었고 이제 겨우 시작했을 뿐이다!

2층은 1층만큼 엉망은 아니었다. 엘라는 방마다 돌아다니면서 살펴보았고, 물론 여기에도 옷가지와 신문 그리고 잡동사니가 널브러져 있었지만 적어도 꽉 찬 쓰레기봉지나 아무데나 버려둔 음식물포장지는 없었다. 2층을 둘러보니 화장실이 두 곳이었다. 큰 화장실에는 샤워부스, 욕조 그리고 세면대가 두 개 달려 있었으며 이탈리아식으로 밝은 색 대리석으로 꾸며져 있었다. 작은 화장실에는 변기, 세면대 그리고 샤워부스가 있었고 큰 화장실과 마찬가지로 대리석으로 장식되어 있었다. 화장품은 보이지 않았다. 큰 화장실에만 거울 앞에 칫솔 하나와 치약 그리고 일회용 면도기와 헤어드라이어기가 있었고 샤워부스에는 남성용 샴푸와 샤워 젤이 놓여 있었다. 꼭 필요한 용품들만 있을 뿐 여자가 이 집에 살고 있는 흔적은 보이지 않았다.

작은 화장실은 침실과 연결되어 있었는데, 침실에는 160×200크기의 침대 위에 아름다운 페이즐리 문양의 밝은 색 침대보가 깔려 있었다. 이 방은 엘라가 지금까지 봤던 다른 방과는 달리 깨끗이 잘 치워져 있었다. 침대 맞은편에는 흰색으로 칠한 참나무 옷장이 놓여 있었고 창문 밑에는 쉐비시크 스타일의 책상과 의자가 있었다. 엘라는 이 방을 보고 숨이 멎을 뻔했다. 방이 아주 깨끗해서 그런 것은 아니었다. 사실 자세히 보면 모든 가구 위에는 먼지가 두껍게 쌓여 있었다. 이 방은 잘 관리된 것이 아니라 그냥 사용하지 않는 방이었다. 엘라의 숨이 멎을 뻔한 이유는 침대 바로 위 벽에 붙어 있는 커다란 레터링 스티커 때문이었다.

> 당신이 사랑하는 일이 일어나도록 노력하라.
> 그러지 않으면 당신에게 주어지는 일을 사랑해야만 한다.
> — 에르하르트 F. 프라이타크

이 문장이 검은 글씨로 벽에 붙어 있었고 엘라는 이것이 꿈이 아니라는 것을 확인하기 위해 팔을 꼬집었다. 꿈이 아니었다. 그녀는 정말로 오스카 드 비트의 저택에 있는, 아마도 손님용 방으로 추정되는 방 한가운데 서서 어머니의 좌우명과 마주하고 있었다. 어머니는 바로 이 말을 자주 즐겨 인용했고 마치 방패처럼 지니고 다녔다. 비록 그렇게 살지는 못했지만 그건 또 다른 이야기였다.

엘라는 이 격언과 마주한 순간 마치 어떤 확인을 받는 것 같은 느낌이 들었다. 지금 그녀가 하고 있는 일이 좋은 일이라는 확인. 지금 올바른 길을 걸어가고 있으며 운명이든 우주든 아니면 더 높은 존재가 그녀가 그렇게 하도록 허락해주는 듯했다. 아니, 에밀리아 파우스트가 맡아서 책임지도록 '요구'하고 있었다. 엘라는 눈을 감고 그대로 침대 위로 쓰러져(이불에서 소용돌이치는 먼지는 애써 무시했다) 한동안 그렇게 누워 있었다. 이 방이 그녀의 방이 될 것이다. 그녀의 새로운 거처, 그녀의 피난처 그리고 그녀가 오스카 드 비트의 삶을 조정하게 될 조정본부가 될 것이다. 완벽했다. 그야말로 완벽했다. 그리고 청소와 정리가 끝나는 대로 필립의 집으로 가서 남겨두고 온 물건들을 가져올 것이다. 오스카한테 이 집에 입주해 같이 살게 되었다고 이미 얘기를 해버렸으니 그렇게 하는 것이 맞지 않을까?

잠시 동안의 내적 성찰을 마친 후 엘라의 집 안 탐색은 계속되었다. 예상했던 대로 큰 욕실 옆에 또 다른 침실이 있었는데 소위 말하는 '마스터 베드룸'이었다. 이 방에도 역시나 옷, 신문, 책, 휴지, 코에 넣는 물약, 두통약, 껌, 감자칩 봉지, 10개들이 전구세트(???), 헤드폰 등의 물건들이 어지럽게 널려 있었다.

방 한가운데 자리 잡은 커다란 더블침대 위에는 한쪽에만 침대보가 깔려 있었고 베개와 이불은 마구 구겨져 있었다. 옆의 매트리스에는 시트가 깔려 있지 않았고 대신에 옷가지와 잡동사니가 높이 쌓여 있었다. 카푸치노 색의 벽에는 액자 고리가 몇 개 달려 있어서 예전에 사진이 걸려 있었다는 것을 짐작할 수 있었다. 아마도 오스카 드 비트와 그의 부인의 사진이었을 것이다. 그녀가 떠난 뒤 그가 떼어내 치워버렸을 것이라고 엘라는 생각했다. 아니면 격한 감정에 불에 태워버리는 의식을 치렀을지도 모른다.

　엘라는 거울로 된 벽장문을 열었다. 한쪽은 남자 옷으로 가득 차 있었고 다른 한쪽은 텅 비어서 옷걸이만 대롱대롱 매달려 있었다. 굳이 탐정과 같은 빼어난 수사감각을 지니고 있지 않더라도 이쪽 옷장은 한때 드 비트 부인이 사용했었다는 것을 알 수 있었다. 엘라의 가슴이 철렁 내려앉았다. 필립과 함께 살던 집을 떠올리게 하는 슬픈 광경이었기 때문이다. 그날 밤에는 당장 급한 것만 챙겨 나왔지만, 엘라가 몇 분 전에 오스카 드 비트의 집에 입주하기로 결심을 한 이상 필립의 옷장도 조금 있으면 이 옷장과 똑같은 모습을 하게 되리라는 생각이 들었다. 옷장의 절반이 텅 비어버릴 것이다. 어찌 보면 옷장은 반고아(半孤兒) 상태가 되어버리는 셈이다.

　엘라는 또다시 슬픔에 잠기기 전에 탐색을 계속했다. 그러다가 예쁜 박공탑에 있는 육각형 모양의 방을 발견하게 되었는데, 한가운데 검은색 스타인웨이 그랜드피아노가 놓여 있는 음악실이었다. 뒤편 왼쪽 구석에는 첼로가 벽에 기대어 세워져 있었고 그 옆에 있는 보면대 위에는 펼쳐놓은 악보 앞에 커다란 리코더가 올려져 있었다. 오스카와 그의 아내가 해질녘 이 방에서 함께 음악을 연주하는 모습이 엘라의 눈에 선했다. 엘라는 그 장면이 너무 평화롭고 감동스러워 침을 힘겹게 삼켰다.

　엘라는 그랜드피아노 쪽으로 더 가까이 다가가 닫힌 뚜

껑의 매끈한 표면을 손으로 어루만졌다. 그녀의 손길을 따라 쌓인 먼지 사이로 반짝이는 피아노 표면이 드러났다. 이 피아노 역시 한참 동안 닦지 않았다는 것을 알 수 있었다. 엘라는 바로 코앞에 있는 악보를 들여다보았다. 영화 〈라라랜드〉에 등장하는 미아와 세바스찬의 주제곡이었다. 엘라가 정말 좋아하는 영화였다! 이 영화의 모든 것이 좋았다! 음악, 춤, 주연배우인 엠마 스톤과 라이언 고슬링. 그녀는 세바스찬 역할을 맡은 배우에게 마음을 조금 빼앗기기도 했다. 하지만 결말이! 그 결말이! 시나리오 작가인 데이미언 셔젤은—엘라는 영화를 본 직후 이 작가 때문에 너무 흥분해서 작가의 이름을 인터넷에서 검색해서 '끔찍한 사디스트 작가 톱 10 블랙리스트'에 즉시 올려놓았다— 마지막 15분 동안 모든 것을 망쳐버리는 대담함을 발휘했다! 미아를 세바스찬이 아닌 다른 남자와 결혼을 하게 하고 아이를 낳게 만들어버렸다. 게다가 끝나기 직전에 꿈을 꾸는 장면에서 만약 미아와 세바스찬이 함께했다면 어린 아들과 함께 바닷가에 있는 아름다운 집에서 사랑하며 살았을 것이라는 장면까지 관객들에게 보여주었다. 하! 이 영화의 결말은 정말 뻔뻔하기 짝이 없었다!

그렇지만 미아와 세바스찬의 주제곡은 그녀가 듣기에 지금까지 만들어진 곡 중에서 최고의 피아노곡 중 하나였다. 이 곡에는 너무나 많은 감정, 너무나 많은 사랑과 그리움이 담겨 있어서 이 곡을 떠올리는 것만으로도 마음이 따뜻해졌다. 엘라는 조용히 그 노래를 흥얼거리며 이 곡을 오스카가 연주했을지 부인이 연주했을지 생각해보았다. 유감스럽게도 엘라는 악보를 읽을 줄도 모르고 어떤 악기도 배워본 적도 없었다. 어렸을 때 악기를 배우고 싶었고 엄마는 언젠가 꼭 피아노를 사주겠다고 자주 약속했었다. 하지만 그 언젠가는 오지 않았다.

엘라는 한숨을 내쉬며 자리에서 일어났다. 이제 방 하나를 제외하고는 2층에 있는 모든 방을 다 살펴보았다. 엘라는 마지막으로 남은 복도 끝에 있는 방 앞으로 다가가 문손잡이를 내렸다. 문은 잠겨 있었다. 문을 흔들어보았지만 열리지 않았다. 엘라는 열쇠를 찾아 두리번거리다 발뒤꿈치를 들어 혹시 위쪽 문틀에 올려져 있는지 손으로 더듬어보았지만 열쇠는 없었다. 다른 방문에 꽂혀 있던 열쇠로 문을 따보려고도 했지만 맞지 않았다. 일단 이 방의 비밀은 당분간 묻어두는 수밖에 없었다.

그런데 꼭 그래야만 할까?

30초 후 엘라는 숨을 헐떡이며 다시 잠긴 문 앞에 서 있었다. 아래층으로 내려가 가방을 들고 급히 뛰어올라온 것이었다. 그녀는 지갑에서 카드 하나를 꺼내(엘라 역시 이케아 패밀리카드를 가지고 있었다!) 잠금장치가 있는 문틈 사이로 끼워 넣었다. 영화에서 이런 식으로 잠긴 문을 열고 들어가는 장면을 자주 봤었다. 영화에서는 항상 간

단해 보였고 우아하게 찰칵 소리가 나며 문이 쉽게 열리
곤 했다.

하지만 10분이 지나자 엘라는 영화와 현실은 차이가
있다는 사실을 받아들일 수밖에 없었다. 문은 그대로 잠
겨 있는 반면에 손에 들고 있던 이케아 패밀리카드는 두
동강이 나버렸기 때문이다. 문을 강제로 부수는 것 말고
는 다른 방법이 없어 보였다.

안에 뭐가 있을까? 왜 이 방만 잠겨 있는 것일까? 엘라
의 머릿속에 또 다른 그림들이 떠올랐다. 자신도 모르게
동화《푸른 수염의 기사》가 떠올라 소름이 돋았다.

"'나는 잠시 여행을 다녀와야 하오.' 푸른 수염의 기사
는 어린 신부에게 말했습니다. "이 성채에 있는 방문을 열
수 있는 열쇠를 주겠소. 모든 방문을 열어봐도 되지만 작
은 황금빛 열쇠로 열 수 있는 방만은 절대 열어보지 마시
오. 그 방문을 열게 되면 당신 목숨이 위태로워집니다."

어린 신부는 그러겠다고 약속을 했지만 푸른 수염의 기
사가 떠나자마자 방문을 열어보았고 문을 열자마자 핏빛
광경이 펼쳐졌습니다. 벽에는 죽은 여자들이 매달려 있
었고 어떤 시체에는 몸통만 남아 있었습니다. 어린 신부
는 너무 놀라 얼른 문을 닫아버렸지만 이때 열쇠를 바닥
에 고인 핏물에 떨어트렸습니다. 푸른 수염의 기사가 돌
아와 열쇠에 묻은 피를 발견한 순간 어린 신부의 목숨도
위태로워졌습니다. 그러나 어린 신부의 오빠들이 달려와

푸른 기사를 칼로 찔러 죽이고 방 안에 죽은 여자들 옆에 나란히 매달아놓았습니다.'

엘라는 몸을 부르르 떨며 팔에 돋은 닭살을 바라보았다. 정말 끔찍한 이야기였다!

'띠리리–띠리리–띠리 띠리리–띠리리–띠리'

가방 안에서 갑자기 벨소리가 울리는 바람에 엘라는 화들짝 놀라고 말았다. 얼른 휴대전화를 꺼내 화면을 들여다보았다.

'푸른 수염의 기사'

엘라는 떨리는 손으로 전화를 받았다.

9

"드 비트 씨?"

"지금 뭐 하고 계세요?"

"아무것도 안 해요." 엘라는 닫힌 문 앞에 떨어져 있는 두 동강이 난 이케아 패밀리카드를 내려다보았다.

"아무것도 안 한다고요? 청소하고 있을 줄 알았는데요?"

"네, 물론이죠." 엘라가 어색하게 웃었다. "청소하고 있었어요."

"좋아요. 그럼 내 집 주소를 다시 한 번 알려주시겠어요?"

"왜요?"

"내 단기 기억에도 뭔가 문제가 있는 것 같아서 그래요. 오늘 아침에 우리가 택시를 타고 어디로 갔는지 도무지 기억이 안 나요. 엘브쇼제 쪽이라는 것은 알겠는데 번지가 생각나지 않아요."

"저는 왜 집 주소가 알고 싶은지 여쭤본 거예요."

"그거야 집으로 가고 싶어서 그렇죠."

"그건 안 돼요!" 엘라가 깜짝 놀라 소리쳤다.

"당연히 되죠." 그가 받아쳤다. "여기는 정말 심심해 죽겠거든요."

"수영하러 갔다 오시면 어떨까요? 호텔에는 수영장도 있고 헬스클럽도 있어요." 엘라가 다급히 제안했다.

"난 팔에 깁스를 한 상태라고요."

"그럼 마사지를 받아보는 건 어떨까요?"

"내가 그런 걸 좋아하는지 모르겠어요."

"분명히 좋아하실 거예요! 마사지는 누구나 좋아하잖아요."

그는 잠시 생각을 하는 듯했다. "싫어요. 나는 마사지는 별로 좋아하는 것 같지 않아요."

"아니면 엘베 강변을 따라서 산책을 해보는 건 어떠세요?"

"산책을 좋아하지 않는 건 확실해요."

엘라는 고집을 부리는 오스카 드 비트 때문에 속으로 투덜거렸다.

"파우스트 씨, 내가 정말 하고 싶은 일은 택시를 불러서 집으로 가는 겁니다. 그러니까 주소를 알려주세요! 아니면 지금 당장 나를 데리러 오시면 더 좋고요!"

"하지만 그건 말이 안 돼요." 엘라가 옹색하게 이의를 제기했다. "저는 내일 가서……."

"지금 당장 이곳으로 튀어오든지 아니면 내 집 주소를

알려줘요." 그가 화를 내며 퉁명스럽게 내뱉었다. "내가 보스라는 사실을 잊지 말아요!"

"잠깐만요!" 엘라는 오스카 드 비트의 마음을 바꾸기 위해 어떻게 해야 할지 열심히 머리를 굴렸다. 물론 그동안 많이 치우기는 했지만 새로운 의뢰인에게 깨끗한 집을 보여주려면 시간이 조금 더 필요했다. 아직 서너 시간은 더 필요했다. 지금까지 정리만 하고 대충 청소기는 돌렸지만 아직 물청소는 못한 상태였다. 그리고 당장 필요한 물건만 갖고 나온 상태라 필립의 집으로 가서 나머지 물건을 챙겨와 손님방을 아늑하게 꾸며놓고 그녀가 입주했다는 사실을 오스카가 믿게 하고 싶었다. 그리고 그녀의 머릿속에서 떠나지 않는 비밀의 방 문제도 있었다. 하지만 그 문제는 일단 좀 제쳐두어야 했다.

"파우스트 씨? 전화 받고 계세요?"

엘라는 눈을 세 번 연속 깜빡거리면서 좋은 생각이 떠오르기를 속으로 빌었다. 다행히 좋은 생각이 번뜩 떠올랐다. "여보세요?" 엘라가 수화기에 대고 소리쳤다. "여보세요? 제 말 들리세요?" 엘라는 손으로 휴대전화 마이크 부분을 비비면서 상대방에게는 수신 장애음처럼 들리기를 바랐다. "드 비트 씨? 여보세요?" 엘라는 이제 손으로 입을 반쯤 가렸다. "말소리가 안 들려요. 연결이⋯⋯." 그러고는 전화를 끊어버렸다. 그리고 다시 통화가 되지 않도록 휴대전화를 즉시 꺼버렸다.

엘라는 자신이 한 행동이 믿기지 않아 한동안 멍하니 손에 들고 있는 휴대전화를 내려다보았다. 하지만 다른 선택의 여지가 있었을까? 마르가레테 슐롬머스 선생님은 항상 '목적이 수단을 정당화한다'고 말씀하셨다. 물론 엘라의 옛 가정관리사 선생님은 다른 것을 두고 한 말이었다. 예를 들면 변색된 은식기를 치약으로 닦거나 불쾌한 냄새에 베이킹 소다를 사용하는 경우에 그렇게 말씀하셨지만 엘라는 그 말이 이런 경우에도 잘 어울린다고 생각했다. 어떻게 보면 엘라는 지금 일종의 거룩한 임무를 수행하고 있는 중이었다.

엘라는 핸드백을 낚아채듯이 들고 1층으로 뛰어 내려갔다. 어느새 일곱 시가 조금 넘은 시간이라 운이 좋으면 필립이 집에 돌아와 있을 터였다. 그리고 그의 집에 남은 물건들을 챙겨 나올 수 있을 것이었다. 만약 필립이 집에 없더라도 옆집에 사는 주잔네와 게오르그 한젠 부부가 비상용 열쇠를 보관하고 있었다. 엘라는 차라리 필립이 집에 없었으면 좋겠다는 생각이 들었다. 지금 그와 마주치고 싶은 마음이 별로 없었다.

오늘 아침에 오스카 드 비트의 지갑 속에 남아 있던 돈을 택시기사에게 줬기 때문에 이제는 8유로밖에 남아 있지 않았다. 그 돈으로 버스와 지하철을 갈아타고 가면 되겠지만, 문제는 필립의 집에서 오스카의 집으로 짐을 어떻게 옮겨오느냐였다. 엘라 소유의 가구는 없었다. 집 안의 모든 가구와 시설은 필립의 것이었다. 하지만 그래도 옷과 화장품 그리고 책이나 CD를 챙기다 보면 짐이 꽤 될 것이다. 따라서 엘라는 돈이 필요했다. 또는-갑자기 또 다른 생각이 번뜩 떠올랐다- 자동차가 필요했다! 오스카 드 비트의 차고에 차가 있지 않을까? 엘라는 현관문을 열어젖히고 계단을 뛰어 내려가 납작한 부속건물을 향해 뛰어갔다. 그러곤 낮게 욕설을 내뱉었다. 그 차고 문도 필립의 집 차고와 마찬가지로 리모컨을 눌러 열고 닫는 방식이었다. 차고 리모컨이 어디에 있을까?

엘라는 다시 집 안으로 들어가 현관 주변을 두리번거리며 생각해보았다. 리모컨이 있을 만한 곳은 익히 봤던 서랍장이었다. 엘라는 자그만 서랍장을 향해 다가가 맨 위 서랍을 열었다.

"야호!" 엘라는 크게 환호성을 질렀다. 그 안에는 리모컨뿐만 아니라 가운데 은색별이 새겨져 있는 검은색 자동차 열쇠까지 들어 있었다. 메르세데스 벤츠. 당연히 벤츠지 뭐겠는가? 엘라는 리모컨과 열쇠를 챙겨 기분 좋게 차고 쪽으로 폴짝폴짝 뛰어가서 리모컨에 있는 작은 초록색 단추를 눌렀다. 윙 소리를 내며 차고 문이 열렸고 얼마 후 커다란 짙은 회색 오프로드 차량이 눈에 들어왔다.

자동차는 거대했다! 엘라가 타고 다니던 폭스바겐 투아렉도 작은 차가 아니라 끝내 적응하기 쉽지 않았다. 엘라는 예전부터 함부르크에서 그런 자동차를 타고 다니는 사람들을 살짝 비웃곤 했었다. 이 도시에서 가장 높은 지대는 하르부르크에 있는 하셀브라크 언덕으로 기껏해야 해발 116.2미터였다. 그러니 전륜구동에 견인장치가 있는 그런 육중한 차가 무슨 필요가 있겠는가? 엘라가 알고 있는 대부분의 오프로드 차량 소유자들은 다른 차량 운전자들을 위협하기 위해서 그런 차를 이용할 뿐이었다.

엘라는 생각이 또 다른 데로 새기 전에 차량을 향해 열쇠를 겨누고 '열기' 버튼을 눌렀다. 메르세데스 벤츠 차량의 불이 한 번 켜졌다 꺼지고 낮게 딸깍 소리를 내며 문이 열렸고 엘라는 조금 후 차에 올라타 후진으로 차고에서 빠져나왔다. 얼마 지나지 않아 엘라는 차가 상당히 큼에도 불구하고 운전하기 쉽다는 것을 깨달았다. 구불구불한 자갈길 위를 달리는 것이 재미있었다. 시야도 아주 넓어서 높은 곳에 앉아 있는 것 같은 느낌이 들었다.

정문게이트 앞에 도착해서 리모컨을 누르자 문이 활짝 열렸고 오른쪽 엘브쇼제를 향해 커브를 틀었다. 엘라는 옛 집을 향해 가면서 아까와 달리 이제는 필립이 집에 있었으면 좋겠다는 생각을 했다. 엘라가 이런 차를 타고 가면 눈이 휘둥그레질 것이 분명했다. 문득 이런 차를 타는 사람들이 앞에서 알짱거리는 소형차들을 밀어버리고 싶은 충동을 느끼는 것을 어느 정도 이해할 수 있을 것 같았다.

필립의 눈은 정말 휘둥그레졌다. 15분 후, 엘라가 타고 온 메르세데스 벤츠 차량을 그의 집 앞에 세울 때 그는 마침 집에서 나오는 길이었다. 그는 양복과 겨울 코트를 입고 있었다. 그의 트렌치코트는 여전히 세탁소에서 자기를 데려가기만을 기다리고 있었다. 엘라는 차에서 내려 가벼운 발걸음으로 그에게 다가갔고 그는 엘라와 자동차를 멍하니 번갈아 쳐다보았다.

"안녕, 필립!" 엘라가 미소를 지으며 인사했다.

"엘…… 엘라." 그가 말을 더듬거리며 인사했다. "이 차는 대체 뭐야?"

엘라는 어깨를 으쓱했다. "오스카 차야."

"그 사람이 G-클래스를 타고 다녀?"

"나는 그게 뭔지 몰라. 난 그런 건 잘 모르잖아." 필립과 마주서자 어안이 벙벙한 표정뿐만 아니라 눈 밑에 짙은 다크서클이 보였고 엘라는 내심 통쾌했다. 그의 얼굴은 창백했고 수염을 깎지 않은 상태였으며 곱슬거리는 머리카락까지 축 처져서 오늘은 전체적으로 무디고 생기가 없는 인상을 풍겼다. 잠을 제대로 못잔 것일까? 필립은 그래도 싸다. "얼굴이 안 좋아 보여." 보이는 그대로 내뱉은 엘라의 목소리에는 측은함조차 깃들어 있지 않았다. "어디가 안 좋아?"

"아, 신데…… 엘라!" 그는 한숨을 내쉬었다. "무슨 질문이 그래?"

"진심으로 묻는 건데?"

"솔직히 말하자면 사실 몸 상태가 좀 안 좋아."

"지금 어디 가려던 길 아니었어?"

"맞아. 조금 늦게 가도 돼."

"널 붙잡아둘 생각은 없어. 그냥 내 짐을 챙기러 온 거야."

"네 짐이라고?"

"그날은 급한 것만 챙겨 나왔잖아. 하지만 지금은." 엘라는 오프로드 차량을 가리켰다. "다 실어갈 수 있어."

"좀 천천히 하면 안 돼?" 그의 목소리는 마치 선물로 원하던 카레라 기차가 크리스마스 트리 밑에 없어서 실망을 한 어린아이처럼 들렸다. "우리 조용히 한 번 더 대화를 나눌 필요가 있다고 생각하는데, 안 그래?"

"그렇게 생각해?"

그는 고개를 끄덕였다.

"미안해, 필립." 이렇게 말하기는 했지만 엘라가 정말 하고 싶은 말은 사실 정반대였다. 그와 간절히 대화를 하고 싶었다. 그들 사이에 있었던 일을 다 잊고 다시 일상으로 돌아가고 싶다고. 하지만 필립이 울면서 그녀 앞에 무릎을 꿇지 않는 한, 간절하게 용서를 구하면서 그녀가 평생 함께할 유일한 사랑이라고 말해주지 않는 한 엘라는 강경한 자세를 취할 생각이었다. 이런 것은 드라마에서 반드시 필요한 요소였고 남자 주인공이 자신을 완전히 내려놓고 눈물을 흘리며 여자 주인공에게 제발 돌아와 달라고 싹싹 빌어야만 해피엔딩이 될 수 있었다. "어제 내가 좀 더 대화를 하자고 했을 땐 네가 싫다고 했잖아. 그리고 네 말이 맞는 것 같아. 우리 당분간만이라도 서로 떨어져 있는 것이 좋을 것 같아. 게다가 나는 지금 너무 정신없이 바빠서 너하고 대화를 할 여유가 없어."

"하지만 엘라…… 만약 네 생각이 그렇다면…… 그런데 네가 최근 블로그에 올린 글에는 인생의 강물, 웨딩드레스 그리고 따뜻한 마음 그리고……."

"있잖아, 필립." 엘라가 그의 말을 끊었다. "내가 어제도 말했지만 나는 블로그에 나의 내면의 생각들을 그대로 드러내지 않아." 엘라는 필립이 그녀의 블로그 글을 계속 읽고 있다는 점이 내심 기뻤다. 그리고 그는 그런 글들을 무심코 지나치지 못하고 신경 쓰고 있었다. 그럴수록 엘라는 더욱 냉철하게 반응해야 했다. "네가 뭐라고 했더라? '망상'이라고 했던 것 같은데. 현실과는 아무런 상관이 없는 완전한 허구. 내가 평행우주에서 글을 쓴다고 말이야."

"그래. 하지만 하필 우리 결혼식에 대해 그렇게 쓸 필요는 없잖아! 어떻게 이런 상황에서 그럴 수가 있어?"

엘라는 어깨를 으쓱했다. "나도 모르겠어. 전위행동이라고나 할까? 일종의 카타르시스지."

"그걸 읽는 내 심정은 어떨지 한 번이라도 생각해본 적

있어?"

"그럼 읽지 마." '아니야, 제발 계속 계속 읽어줘!'

그는 엘라를 어리둥절하게 쳐다보았다. "어제부터 너한테 대체 무슨 일이 일어나고 있는 거야?"

"나한테 무슨 일이 일어나다니?"

"그 오스카라는 사람과 관련된 일이지?"

"뭐라고?"

"네가 같이 살게 됐다는 그 남자 말이야. 그 남자 때문에 나하고 더 이상 대화를 안 하고 갑자기 나를 그렇게 쌀쌀맞게 대하는 거야?"

"진심으로 그렇게 생각하는 거야?" 엘라는 웃음을 터트리며 말했다.

"그럼 내가 어떻게 생각해야 하는데?"

"네가 그럼 어떻게 생각해야 되냐고?" 엘라는 웃음을 멈출 수가 없었다.

"엘라, 제발! 뭐가 그렇게 웃겨?"

"네가 웃겨." 엘라가 낄낄거리며 말했다. 그러다가 겨우 웃음을 멈췄다. "아니야, 필립." 엘라가 숨을 헐떡이며 말했다. "오스카하고는 아무런 상관이 없는 일이야. 원인 제공자는 너하고 같이 잔 C라는 여자야. 편지에 나하고 결혼하지 말라고 썼던 그 여자 말이야, 알겠어?" 순간적으로 다시 화가 치밀어 올라 그를 매섭게 노려보자 그는 시선을 떨구며 피했다.

"네 말이 맞아." 그가 조용히 말했다. "잘못한 건 네가 아니라 나야."

"우리가 같은 생각이라니 정말 기쁘네." 엘라는 어깨를 쫙 폈다. "이제 그만 집으로 들어가서 내 물건들을 챙겨 나올 수 있게 해주면 정말 고맙겠어."

"그래, 물론이지." 그는 열쇠를 꺼내 문을 열어주었다.

"고마워." 엘라는 안으로 들어갔고 필립도 바짝 붙어서 따라 들어왔다. "너는 그만 가봐도 돼. 약속 있다며." 엘라가 이렇게 말하며 갑자기 멈춰서는 바람에 그는 엘라와 부딪혔다. "난 뭐가 어디에 있는지 잘 알잖아."

"내가 도와줄 수도 있잖아." 발을 동동거리며 서 있는 그의 모습은 애처로울 지경이었다. 가련했다. 그리고 엄청나게 귀여웠다.

"도움은 필요 없어." 엘라는 본심과는 다르게 친절하지만 단호한 목소리로 말했다. "나 혼자서 할게."

"하지만 내가……." 필립의 휴대전화 벨이 울렸지만 그는 전화를 받지 않았다.

"전화 안 받아?"

"중요한 전화 아니야."

"그걸 네가 어떻게 알아? 누가 전화했는지 확인도 안 했잖아."

"일 때문에 온 전화일 거야."

"저녁 7시 반에? 설마 그럴 리가." 아니다. 귀여운 게 아니라 가련했다. 엘라의 감정은 마치 고장 난 메트로놈처럼 순식간에 오락가락했다.

"나한테는 중요하지 않다는 뜻이야." 그가 설명했다. 전화벨 소리가 멈췄다. 그리고 10초 후에 다시 울리기 시작했다.

"전화 건 사람은 중요한 용건이 있는 모양인데. 빨리 전화 받아봐."

필립은 마지못해 코트 주머니에서 휴대전화를 꺼내 화면을 확인한 후 전화를 받지 않고 그냥 꺼버렸다.

"중요하지 않은 전화야." 그가 힘주어 말했다. 휴대전화가 또다시 울리기 시작했다.

"슬슬 짜증나는데." 엘라가 날카롭게 말했다.

"알았어. 잠깐만 기다려." 그는 몸을 돌렸다. "여보세요?" 그가 전화기에 대고 속삭였다. "왜 전화했어? …… 알았어, 알았어, 지금 가고 있는 중이야…… 어쩌다 보니 조금 늦었어…… 이따 봐!"

"뭐야?" 엘라는 필립이 전화를 끊고 돌아서자마자 물었다. "정말 업무 관련 전화야?"

"아니." 그가 말했다.

순간 엘라는 누군가 차가운 손으로 그녀의 심장을 움켜쥐는 것 같은 느낌이 들었다. 얼음처럼 차가운 손가락으로 심장을 꽉 눌러서 심장이 거의 뛰지 못할 정도였다.

"그럼 너무 늦지 않게 빨리 가봐. 여기 일은 나 혼자서도 얼마든지 할 수 있어." 그리고 덧붙였다. "그렇게 하는 게 우리 둘 다한테 더 나아."

그는 잠시 망설였다. "정말 그래도 괜찮겠어? 내가 일 정을 취소할 수도 있어." 일정. 그는 정말 약속이 아니라 '일정'이라고 말했다.

"그럴 필요 없어. 진짜야."

"알았어." 그래도 그는 갈 생각을 하지 않았다.

"그럼 즐거운 저녁시간 보내." 엘라가 말했다. "난 얼른 짐 챙겨서 나갈게. 네가 집에 돌아올 때쯤이면 난 가고 없을 거야."

"알았어." 그는 여전히 발을 동동 굴렀다.

"문은 잘 잠그고 나갈게."

"그래. 알았어."

두 사람은 계속 서로 마주 보고 서 있었고, 잠시간 둘 다 단 1밀리미터도 움직이지 않았다. 그의 소년 같은 슬 픈 얼굴을 보고 있자니 엘라는 그의 장난꾸러기 같은 미 소가 그리워졌고 그를 달래며 주근깨가 난 볼을 쓰다듬고 싶은 충동이 이는 것을 꾹꾹 눌러 참아야 했다. '제발 이 제 그만 가!' 엘라는 속으로 빌었다. '네가 계속 이렇게 괴롭게 시간을 질질 끌면 결국 내가 네 앞에서 울며 무릎 을 꿇게 될 거야!'

필립은 마치 엘라의 무언의 기도를 듣기라도 한 듯이 결국 고개를 끄덕였다. "알았어. 그럼 나는 이제 그만 가

볼게. 혹시 뭐 물어볼 거 있으면 휴대전화로 전화해."

"알았어."

그는 몸을 돌려 천천히 문을 향해 걸어갔다. 그러더니 문손잡이에 손을 올리고 다시 한 번 뒤돌아 엘라를 쳐다보았다. "정말 미안해, 엘라. 우리가 조만간 조용히 이야기를 나눌 기회가 있었으면 좋겠어."

엘라는 모호하게 어깨를 으쓱했다. "그래."

필립은 다시 문을 향해 몸을 돌렸다. 그러더니 곧바로 다시 엘라 쪽으로 고개를 돌리곤 말했다. "내 말이 지금 이상하게 들릴 거라는 거 알아. 그리고 나는 이런 말을 할 자격이 없다는 것도 알아. 하지만 오늘밤 네가 많이 보고 싶고 그리웠어."

엘라가 무슨 대답을 하기도 전에 그는 집에서 나갔고 문이 닫혔다. '쾅'이 아니라 '딸깍' 소리를 내며 문이 슬프게 잠겼다.

엘라는 생각에 잠겨 침실로 향하는 계단을 올라갔다. 가는 길에 다용도실에서 커다란 이케아 장바구니 세 개를 꺼냈다. 이 정도면 필요한 물건들을 다 챙겨서 담아갈 수 있었다. 그녀의 마음속에서 서로 모순되는 감정들이 소용돌이쳤다. 방금 뭐라고 그런 거지? 필립과 대화를 할 걸 그랬나? 어쨌든 그는 엘라가 그리웠다고 인정했다. 하지만 그것으로 충분할까? 지금 상황을 감안할 때 그 정도로 충분한 걸까? 그가 한 짓을 고려할 때 그 정도로 충분한 걸까? 그런데 어떤 약속이길래 양복과 겨울 코트를 입고 가는 거지? 엘라는 주먹을 불끈 쥐었다. 엘라는 필립이 오늘 C와 만나기로 했다는 것을 거의 100% 확신하고 있었다. 그녀가 떠난 지 24시간도 채 지나지 않아 그는 벌써 다른 여자와 데이트 약속을 잡았다.

엘라는 옷장 문을 열어 옷걸이에 걸려 있는 옷과 서랍 안에 있는 옷들을 커다란 파란색 장바구니에 쓸어 담으면서 자신이 제대로 처신했다고 생각했다. 곧장 그의 팔에 안겨 모든 것을 용서해줬다면 엉망이 되어버렸을 것이다. 그가 그런 것을 원하는지조차 정확하게 알 수 없었다. 화해하고 싶다는 언급은 없었다. '오늘밤 네가 많이 보고 싶고 그리웠어'로는 충분하지 않았다. 왕자가 공주를 다시 정복하려면 더 많은 노력을 기울여야 한다. 이미 죽어 있는 용을 두고 얘기하고 싶은 생각은 없었다. 그 외의 모든 것은 기껏해야 단기적인 피러스의 승리에 불과할 것이다. 만약 그녀가 정말로 필립과의 관계를 돌이키고 싶다면 지금은 자기 자신의 감정에 맞서 행동을 해야 했다.

'튕겨야 매력이 있다.' ―슐롬머스 선생님이라면 이렇게 말했을 것이다.

오늘 벌어진 상황은 엘라의 전략이 먹혀들고 있다는 좋은 증거였다. 조금 전 필립은 정말 충격을 받은 듯 보였다. 지금은 일단 오스카 드 비트와 그의 인생에 대해서만 신경 쓰는 게 좋겠다는 생각이 들었다. 그리고 그녀의 약혼자 또는 전 약혼자 또는 바라건대 다시 곧 약혼자가 될 사람이 시간이 지나면서 그녀의 빈자리를 깨닫기를 바랐다. 그가 칼을 빼 들고 또 다른 용을 찾아 나서기를 바랐다.

화장실에서 화장품과 세면도구들을 챙기는 동안 엘라의 기분은 다시 좋아졌다. 엘라가 오스카의 차를 타고 나타났을 때 필립은 질투심을 감추지 못했다. 제대로 충격을 받은 모습이었다. 엘라는 계속 이대로 밀고나가면서 필립과 그녀의 미래에 관한 일은 운명에 맡기기로 했다.

두 시간 후 엘라는 물건들이 가득 담긴 장바구니들을 오스카의 차 트렁크에 실었다. 필립과 장장 6년도 넘게 함께 살았는데도 겨우 이케아 장바구니 세 개 분량의 짐을 빼고 나니 그 집에서 엘라의 흔적이라고는 찾아볼 수 없게 되었다. 이 사실에 엘라는 순간적으로 충격을 받지 않을 수 없었다. 그 직전까지만 해도 그녀가 아무 생각 없이 그의 삶 속에 쏙 들어가 있었다는 것을 깨닫지 못하고 있었기 때문이다. 6년 전 필립의 집으로 들어갈 당시 그녀는 자기 물건을 거의 가져오지 않았고 사실 그럴 필요도 없었다. 필립은 모든 것을 갖고 있었다. 엘라가 쓰던 것보다 더 좋은 가구, 더 좋은 텔레비전 그리고 더 좋은 주방용품들. 그래서 그녀는 자신의 물건들을 거의 다 룸메이트에게 줘버렸고 몇 가지 물건들은 벼룩시장에 내다 팔았다. 그렇게 맨몸으로 모든 것이 다 갖춰진 둥지에 보금자리를 틀었다. 이것은 엘라가 자기 자신에 대해 생각하고 있던 모습과는 영 판판이었다. 에밀리아 파우스트는 항상 독립적이고 자립적인 여성이 아니었던가!

이 생각에 더 깊게 빠져들기 전에 엘라는 정신을 차리고 거실 벽난로 선반 위에 올려져 있는 사진 액자를 얼른 챙겼다. 그녀가 필립과 함께 찍은 가장 좋아하는 사진이었다. 2년 전 남아프리카 여행을 갔을 때 테이블 마운틴에서 찍은 사진이었다. 엘라는 모든 소지품을 챙겨 자동차에 몸을 실었다.

10시가 다 됐는데도 필립은 아직 돌아오지 않았고 엘라는 탈진 직전이었다. 지난밤에 있었던 일, 오스카 집에서의 청소대소동 그리고 필립의 집에서 자기 물건들을 정리해서 챙겨 나오느라 온몸으로 피로를 느꼈다. 정신적으로나 육체적으로나 너무 지치고 힘들어서 드 비트의 저택으로 다시 운전해 돌아오는 동안 거의 눈이 감길 뻔했고 그녀의 새로운 방에서 침대에 누워 적어도 10시간 동안 푹 잘 수 있다는 기대에 부풀어 있었다. 내일 아침 일찍 방을 치우고 대충이라도 물걸레질을 하고 호텔에서 오스카를 데리고 올 생각이었다. 엘라는 내심 그녀의 새로운 고객이 전화가 잘 안 들린다며 끊어버린 일에 대해 너무 화가 나 있지 않기를 바랐다. 하지만 그가 화가 나 있다고 해도 어쩔 수가 없었다. 엘라는 그에게 특히 더 친절하고 사려 깊게 대해주기로 마음먹었다. 지금까지 그녀를 거쳐 간 고객들은 모두 그녀에게 대만족을 했었다.

엘브쇼제 거리에서 마지막 커브를 틀자 저택이 눈에 들어왔고 엘라는 오늘 하루가 대체로 만족스럽다는 생각이 들었다. 그녀는 한 남자가 정신과 병동에 입원해 금치산 선고를 받는 것을 막아주었고 그야말로 돼지우리나 다름 없는 집을 그나마 어느 정도 출입 가능하게 변신시켜놓았다. 그리고 필립은 그녀가 집을 나온 것에 대해 제법 충격을 받은 모습이었다. 더 이상 바랄 것이 뭐가 있겠는가?

엘라는 주변에 소형차나 걸어다니는 사람이 전혀 없음에도 불구하고 다시 한 번 엔진 소리를 크게 내며 마지막으로 좌측으로 커브를 틀었다. 그러곤 정문게이트에서 급하게 브레이크를 밟았다. 정문게이트 바로 앞 바닥에 오스카 드 비트가 쭈그리고 앉아 있었다. 그리고 그는 전혀 즐거워 보이지 않았다. 전혀.

10

오스카는 엘라를 보자마자 벌떡 일어났다. 그리고 엘라가 타고 있는 차를 향해 절뚝거리며 다가왔다. 그는 상당히 피곤하고 지쳐 보였는데 깁스를 한 팔 때문만은 아니었다. 그는 어쩐지…… 넋이 나가 보였다. 마치 유흥가에서 밤새 술을 퍼 마시기라도 한 것처럼 모든 것이 구깃구깃 했다. 오른쪽 팔에 깁스를 한 채 팔걸이를 하고 있는 상태였기 때문에 재킷이 삐뚤게 그의 왼쪽 어깨에 반쯤 걸쳐져 있었다. 전체적인 모습은 역 대합실에서 흔히 볼 수 있는 술에 취한 그런 추레한 사람들을 연상시켰다. 하지만 오스카의 표정만은 뚜렷했다. 명백히 화가 나 있는 표정이었다. 엘라는 떨리는 손으로 차창을 내리는 버튼을 눌렀다.

"안녕하세요, 드 비트 씨." 인사를 건네는 엘라의 목소리도 떨렸다. "여기에서 뭐 하세요?"

"파우스트 씨." 그의 목소리는 얼음장처럼 차가웠다. "지금 제정신입니까?"

"왜요?"

그는 말없이 조수석 쪽으로 다가가서 다치지 않은 팔로 문을 힘껏 열고 차에 올라탔다. "출발하세요!" 그가 소리 쳤다.

엘라는 리모컨을 작동시켜 정문게이트를 열었고 메르세데스 벤츠 차량은 자갈길 위를 달렸다. 엘라는 조심스럽게 숨을 참았다가 살짝 입을 벌려 천천히 다시 숨을 내뱉었다. 오스카의 몸에서 풍기는 냄새가 새삼스레 견디기 힘들었다.

"이제 내 말을 똑똑히 들어요." 그는 단도직입적으로 말했다. "짐을 챙겨서 당신이 있던 곳으로 당장 돌아가세요."

엘라는 그를 향해 고개를 돌려 놀란 표정을 지었다. "돌아가라고요? 저를 내쫓는 겁니까?"

그는 고개를 끄덕였다. "바로 그겁니다. 난 당신 같은 사람은 필요 없어요."

"하지만…… 하지만." 엘라는 머릿속으로 할 말을 떠올렸다. "죄송합니다, 드 비트 씨. 제 휴대전화가……."

"내가 그렇게 멍청한 줄 압니까?" 그가 쏘아붙였다.

"아닙니다. 저는 다만……."

"어떻게 나를 호텔에 처박아두고 잠수를 탈 생각을 하는 거죠?"

"말씀드렸다시피 저는 단지……."

"당신이 뭘 하려 했는지 나는 전혀 관심 없어요!" 그가 엘라의 말을 잘라버렸다. "나는 거기서 바보처럼 앉아 있었다고요! 이 꼴을 하고 말입니다!" 그는 원망 가득한 표정으로 깁스를 한 팔을 들어올렸다. "혼자서 화장실도 제대로 못 간다고요!"

"죄송합니다." 엘라는 말을 더듬거렸다. "그럴 줄은 미처 생각을 못 했어요. 저는……."

"생각을 못 한 것이 한두 개가 아닌 것 같습니다!"

"호텔에 도와주는 사람 없었어요?"

"호텔에요?" 그는 어이없다는 표정으로 엘라를 바라보았고 그의 미간에는 선명하게 주름이 잡혔다. "설마 내가 호텔 직원한테 내 바지를 좀 내려달라고 부탁할 수 있을 거라 생각하고 있는 건 아니죠?"

"아닙니다, 드 비트 씨." 엘라는 그런 생각을 떠올리는 것만으로도 얼굴에서 핏기가 사라졌다. "당연히 아닙니다."

"파우스트 씨, 나는 당신의 도움이 필요했다고요! 당신은 나를 어이없고 굴욕적인 상황으로 몰아넣었어요."

"정말 죄송합니다." 엘라는 이미 수백 번은 사과를 한 것 같았다. "그럴 의도는 전혀 없었습니다. 하지만 통화를 할 때 그냥 심심하다고만 말씀하셔서 저는 그냥……."

"그러면 내가 전화에 대고 뭐라고 말해야 했나요? 빨리 좀 와달라고, 안 그러면 바지에 오줌을 싼다고 말했어야 합니까?"

"에……."

"그것 보세요, 파우스트 씨." 그는 여전히 화난 눈초리로 엘라를 노려보았다. "하지만 걱정 말아요. 문제는 해결했어요. 조금 시간이 걸리고 번거롭기는 했지만 결국 해냈어요. 그래서 말인데 난 이제 혼자서도 얼마든지 지낼 수 있어요."

"저는 그렇게 생각하지 않……."

"아까도 말했듯이 당신이 무슨 생각을 하든지 나는 관심 없어요."

엘라는 숨을 깊이 들이마시고 깊은 한숨을 내쉬었다. 오스카 드 비트한테 사과를 하는 것 외에는 다른 방도가 없었다. 최대한 정중하고 솔직하게.

"제발 용서해주세요, 드 비트 씨." 엘라는 가능한 순진무구한 미소를 지어 보이려고 애썼다. "드 비트 씨의 말이 전적으로 맞습니다. 제가 정말 잘못했고 저한테 그렇게 화가 난 것은 당연합니다."

"물론이지요."

"제가 드릴 수 있는 말씀은 나쁜 의도는 전혀 없었다는 것뿐입니다. 그리고 이미 여러 번 말씀드렸듯이 정말 죄송합니다."

"알았어요." 그는 앞을 향해 고개를 돌리고 자갈길을 뚫어져라 쳐다보며 침묵으로 일관했다. 그의 표정만으로는 화가 가라앉았는지 아닌지 알 수 없었다. 내쫓겠다는 말은 정말 진심이었을까? 짐을 싸서 나가야 하는 것일까?

짐은 이미 다 싼 채로 차 트렁크에 있으니 그는 어쩌면 운이 좋았다. 하하! "저기 있잖아요." 엘라는 얼마 후 조심스럽게 대화를 시도했다. "집에는 어떻게 오셨어요?"

그는 엘라를 향해 몸을 홱 돌렸다. 아직 화가 가라앉지 않은 것이 확실했다. 미간의 주름이 곧바로 다시 모습을 드러냈다. "걸어서요." 그가 쏘아붙였다. "나는 지갑도 없고 현금도 없어서 당신이 충고해준 대로 엘베 강가를 따라서 '즐겁게 산책'을 했어요." 그는 즐거운 산책이라는 말을 비꼬듯 강조했다. "거의 두 시간을 걸었어요. 내 몸 상태로는 전혀 즐겁지도 않았고요!"

"주소는 어떻게 알아내신 거예요? 아까 전화로 생각이 안 나신다고⋯⋯." 그녀는 집게손가락으로 이마를 톡톡 쳤다.

"아, 주소요." 이제 그의 얼굴에는 흡족한 미소가 번졌다. "나는 기억을 상실했지만 다행히 이성을 상실하지는 않았죠. 호텔 데스크에서 당신이 적어놓은 주소를 물어봐야겠다는 생각을 하게 됐죠."

"잘하셨네요." 엘라는 이렇게 말하며 미소를 지었다.

"고마워요." 그는 이렇게 말하더니 이내 표정이 다시 어두워졌다. "자기 자신에 대해 정말 아무것도 모른다는 사실이 어떨지 상상이나 해봤어요?"

엘라는 잠시 생각을 해보더니 고개를 저었다. "아니요. 솔직히 말하면 상상할 수가 없어요."

"정말 끔찍한 느낌이라고요." 그가 설명했다. "마치 자유낙하를 하고 있는 기분이에요. 갈피를 잡지 못하고 헤매고 있는 느낌이라고요. 마치 몸이 붕 떠 있는 것 같아요. 결코 유쾌한 느낌이 아닙니다."

"음." 엘라는 뭐라 할 말이 없었다.

"파우스트 씨, 나는 지금 내가 100% 신뢰할 수 있는 사람이 필요합니다. 전적으로 신뢰할 수 있는 사람, 아시겠어요? 어떤 의심도 들지 않는 그런 '공범자' 말입니다."

"네." 엘라가 길게 늘어트리며 대답했다.

"그런 의미에서 당신은 완전히 실격입니다."

엘라는 또다시 '음'이라는 말밖에 나오지 않았다.

"그렇지만 지금은 대안이 없기 때문에 당신한테 마지막 기회를 줄 용의는 있어요."

"네?" 엘라는 놀라서 그를 쳐다보았다. 이런 반전은 전혀 예상하지 못했다.

"그래요, 파우스트 씨. 하지만 다음에 또다시 실수를 하게 되면 곧바로 짐을 싸서 나가야 한다는 것을 굳이 설명할 필요는 없겠죠? 그러니까 일을 그르치지 마세요. 아시겠습니까?"

엘라는 열심히 고개를 끄덕였다. "네, 알겠습니다!"

"좋습니다." 그는 크게 한숨을 내쉬었다. 어느새 집 앞에 도착했고 엘라는 차를 주차했다.

"아, 그런데 말이에요, 지갑은 제가 갖고 있어요."

"그럼 얼른 주세요!"

"물론이죠." 엘라는 몸을 돌려 뒷좌석에 있는 핸드백을 향해 최대한 팔을 뻗었다. 그리고 가방 안에서 지갑을 꺼내 오스카에게 건네주자 그는 지갑을 받아서 안을 살펴보았다.

"현금이 없네요." 그가 말했다.

"네." 엘라가 안타깝다는 듯 대답했다. 그리고 그가 부인과 함께 찍은 사진도 더 이상 들어 있지 않았다. 혹시 몰라서 지갑에서 꺼내 핸드백 옆 주머니에 넣어두었다. 그 사진이 그에게 안 좋은 트리거로 작용하지 않는다는 것을 확인한 후에 줄 생각이었다. "제가 호텔비용 등을 지불하느라……." 엘라는 말끝을 흐렸다.

"그런데 내 지갑은 어떻게 그쪽에 가 있게 된 거죠?"

"넘어지실 때 떨어트렸어요."

그는 미심쩍게 고개를 갸웃거렸다. "아직도 잘 이해가 안 가요. 이게 다 어떻게 된 일인지 말이죠."

"저도 자세히 잘 모릅니다."

"그렇다면 어떻게 된 일인지 같이 한 번 되짚어봅시다." 그가 제안했다.

"지금 여기 차 안에서 말입니까? 제 생각에는……."

"당신은 내 집에 있었어요." 그는 개의치 않고 계속 말을 이었다. "그런데 나는 계단을 올라오다가 그냥 그렇게 굴러떨어졌다고요?"

"뭐, 그렇다고 할 수 있어요." 엘라가 모호하게 대답했다.

"그런데 내가 한밤중에 밖에서 뭘 한 거죠? 그리고 나는 어디서 오는 길이었을까요? 그리고 왜 신발을 신고 있지 않았죠? 논리적으로 말이 안 되잖아요!"

"죄송합니다, 드 비트 씨. 하지만 저도 자세한 상황은 모릅니다." 엘라는 식은땀이 났고 진실을 창의력으로 재해석한다고 해서 지옥으로 떨어지지 않기를 마음속으로 기도했다. 아니면 적어도 너무 오랫동안 지옥에서 지내지 않기를.

"내가 보기에는 모든 게 다 너무 이상해요."

"음, 네." 엘라는 고개를 끄덕였다.

"어제 저녁에 정확히 무슨 일이 있었는지 언젠가 자세히 알게 될 날이 올까요?"

"당연하죠." 엘라는 확신에 가득 찬 목소리로 말했다. 그러면서 동시에 절대로 그럴 일이 없기를 바랐다.

"어차피 소용이 없네요." 오스카는 의문스러운 사고에 대한 얘기를 다행히 이쯤에서 접기로 했다. "지금 여기 차 안에서 어차피 그 해답을 찾을 수는 없겠죠."

"맞아요." 엘라는 씩씩하게 대답하고 안전벨트를 풀었다. "그럼 이제 그만 들어가요!"

두 사람은 차에서 내렸고 엘라는 트렁크로 가서 무거운 장바구니 중 두 개를 들었다. "제 물건 몇 가지를 더 챙겨

왔어요." 엘라는 의문스러운 눈빛으로 쳐다보는 오스카에게 말했다.

"당신 짐을 옮기는 것은 사적인 일입니다." 그가 불쑥 말했다. "근무시간 중에는 그러지 않는 것이 좋겠어요."

"물론이죠." 엘라는 최대한 상냥하게 대답했다. 기억상실증에 걸리기 전에 오스카 드 비트가 어떤 사람이었는지는 몰라도 그다지 친절한 사람은 아니었으리라는 것만은 확실했다.

"그런데 지금은 10시가 넘은 터라 자유시간이라고 생각했어요."

"그렇군요." 그는 웅얼거리며 대답했지만 못마땅해하는 기색이 역력했다.

"그리고." 엘라는 조금 전 매력적으로 공격하기로 마음먹은 김에 계속했다. "제 짐은 계속 차 트렁크에 실려 있었어요. 지금까지 일하느라 제 방에 올려다놓을 시간이 없었거든요."

"그렇군요." 순간 그의 얼굴에 엘라가 '악랄한' 이라고 설명할 수밖에 없는 표정이 스쳐 지나갔다. "그렇다면 지금 이 시간까지 무슨 일을 했는지 물어봐도 될까요? 차를 타고 어디를 다녀온 거죠? 장을 봐온 것 같지도 않은데 말이죠."

"저는." 엘라는 얼른 머리를 굴렸고 마찬가지로 악랄한 표정을 지어 보였다. "바라시던 대로 바로 호텔에 가서 모셔오려고 했어요. 그런데 호텔에서 벌써 체크아웃을 하고 나갔고 어디로 갔는지 모른다고 해서 엄청 당황했어요." 상당히 위험부담이 높은 발언이었다. 오스카 드 비트를 안 지 얼마 되지는 않았지만, 엘라가 생각하기에 그가 호텔 직원에게 어디로 가는지 말하고 다닐 사람은 아니었다.

"그렇군요." 그는 기세가 슬며시 꺾였다. 그녀의 대답에 힘이 빠지는 모양이었다. 엘라는 기뻤다. 자신이 이렇게 재치 있고 노련한지 미처 몰랐고 아슬아슬한 줄타기 같지만 이런 상황이 재미있기까지 했다. 상당히 흥분되는 일이었다. 오스카 역시 두 사람이 벌이는 미묘한 신경전이 재밌는 모양이었다. 그는 갑자기 눈을 가늘게 뜨고 덧붙였다. "그런데 왜 그랬다는 말을 곧바로 하지 않았죠?"

"드 비트 씨를 여기에서 보고 너무 깜짝 놀라서요. 그리고 저를 보자마자 다그치셨잖아요." 엘라는 심장이 너무 두근거려 목까지 심장 뛰는 소리가 느껴졌다. 이건 정말 아슬아슬하고 위험한 줄타기였다. 그는 이 말을 곧이곧대로 믿어줄까? 그녀는 자신의 주장에 더 힘을 싣기 위해 슬픈 목소리로 덧붙였다. "저는 정말 걱정을 많이 했고 어찌해야 할지 몰라서 정신이 없었어요. 정문 앞에 앉아 계시지 않았다면 바로 경찰에 신고를 할 생각이었어요."

오스카는 상대가 신뢰할 수 있는 사람인지 아니면 병적인 거짓말쟁이인지 살피려는 듯이 엘라를 한참 동안 물끄러미 쳐다보았다. 하지만 상황이 엘라로 하여금 진실을 살짝 수정해서 이야기할 수밖에 없게 만드는데 어쩔 도리가 없었다.

"좋습니다." 그는 목소리를 가다듬었다. "그럼 이제 안으로 들어갑시다." 그는 차 트렁크 쪽으로 다가와 다치지 않은 팔로 남은 장바구니를 번쩍 들어 올렸다.

"드 비트 씨, 그냥 두세요." 엘라가 말했다. "제가 혼자서 할게요."

"그럴 수는 없어요. 겨우 이 정도밖에 못 도와주는 데요 뭘. 그래도 내가 남자잖아요."

키가 훤칠한 그를 뒤따라 계단을 올라가면서 엘라는 '진짜 그렇다'고 생각했다. 그리고 상당히 매력적인 남자라는 사실을 인정할 수밖에 없었다. 조금만 더 친절하다면 여성들이 바라는 이상형의 남자일 수도 있었다. 하지만 지금 그냥 이대로는 '미남이지만 야수' 같다는 생각이 들었다.

"차가 멋지네요." 엘라가 현관문을 여는 동안 오스카가 말했다. 그는 메르세데스 벤츠 차량을 감탄스러운 눈길로 쳐다보았다. "내 말을 오해해서 듣지는 말아요. 하지만 가정관리사가 이렇게 멋진 차를 타고 다닐 만큼 능력이 좋은 줄은 몰랐어요."

"저는 그럴 능력은 없어요." 엘라가 말했다. "제 차가 아니에요. 드 비트 씨 차입니다."

"내 차라고요?"

엘라는 고개를 끄덕였다.

"내 차를 타고 다녀도 된다고 내가 허락했습니까?"

"네." 엘라가 힘주어 말했다.

"그렇다면 왜 오늘 아침에는 택시로 나를 데리러 왔습니까?"

"열쇠를 찾아야 하는데 여쭤볼 수 있는 상황이 아니었잖아요." 엘라의 입에서 아무렇지 않게 거짓말이 술술 나왔다. 하지만 꼬리에 꼬리를 무는 거짓말을 들키지 않으려면 당분간 엄청 조심을 해야 한다는 것을 깨달았다. 슬슬 거짓말의 미로를 감당하기 어려웠다.

"여기가 내 집이군요." 현관 안으로 들어서며 오스카가 말했다. 그는 주위를 둘러보았다. "인상적이네요."

"혹시 기억이 좀 나세요?" 엘라는 짐이 든 무거운 장바구니를 내려놓았다.

"아니요. 전혀 생각나지 않아요. 마치 낯선 집에 와 있는 것 같아요." 그는 엘라를 향해 고개를 돌려 멋쩍은 미소를 지었다. 필립의 미소와 너무나 닮아 보였다. "그래도 가난뱅이인 것보다는 이게 훨씬 낫죠. 이를테면 후진 동네 단칸방에서 근근이 살고 있었을지도 모를 일이었으니까요."

"맞아요." 엘라는 이렇게 대답하면서 그의 집 상태가 사실은 얼마나 끔찍했는지 몰라서 하는 말이라고 생각했다.

"정말 미칠 노릇이에요. 나는 글을 읽고 쓸 수 있고 계산도 할 수 있어요. 전체적으로는 다 알고 있어요. 예를 들면 앙겔라 메르켈이 우리나라 총리라는 사실도 말이죠. 아직 우리나라 총리 맞죠?"

"조금 전에 차 안에서 라디오를 들을 때까지는 총리였어요." 엘라는 대답과 동시에 갑자기 장난기가 발동했다. "그리고 힐러리 클린턴은 미국의 첫 여성 대통령이 됐잖아요."

그는 엘라를 향해 고개를 돌려 경악하는 표정을 지었다. "말도 안 돼요!"

"그렇다니까요." 엘라는 웃음이 터져 나오려는 것을 꾹 참았다.

"하지만…… 나는……." 그는 말을 더듬었고 당황한 기색이 역력했다. "나는 그러니까……."

"장난이었어요, 드 비트 씨." 엘라는 혼돈에 휩싸인 오스카를 구제해주었다. "안타깝게도 미국의 대통령은 도널드 트럼프에요."

그의 얼굴에 잠깐 안도의 표정이 스쳐 지나갔다. 그러더니 순식간에 화난 표정으로 바뀌었다. "전혀 재밌지 않아요, 파우스트 씨!" 그는 날카롭게 쏘아붙였다. "어떻게 감히 나한테 그런 장난을 칠 생각을 할 수가 있어요?"

"죄송합니다." 엘라는 기어들어가는 목소리로 말하며 발끝만 물끄러미 내려다보았다. "저도 모르게 그만."

"네?"

"그러니까 저는 기억상실증이 좋은 면도 있다는 것을 알려드리고 싶었어요."

"뭐라고요?"

엘라는 다시 그를 쳐다보았다. "잠시 동안이라도 트럼프가 미국 대통령이 아니라고 생각했잖아요. 기분이 좋지 않았어요?" 엘라는 이렇게 말하면서 자신이 말도 안 되는 소리를 지껄이고 있다는 것을 깨달았다.

그리고 오스카는 그에 걸맞은 반응을 보였다. 그는 엘라를 향해 위협적으로 가까이 다가와 나직이 으르렁거렸다. "한 번만 더 실수를 하면 쫓아낼 거라고 분명히 말씀드렸을 텐데요."

엘라는 겁먹고 뒤로 물러나다가 벽에 등이 바짝 붙었다. "죄송합니다." 엘라가 머뭇거리며 말했다. "정말 멍청한 생각이었어요."

그는 한참 동안 엘라를 노려보았다. 그러더니 다시 체념하는 표정으로 바뀌었다.

"이보세요, 파우스트 씨." 그는 어깨를 축 내려뜨리며 말했다. "도저히 이해가 안 돼요. 모든 일상적인 일들은 다 알고 있는데 나와 관계된 일에만 어떻게 그렇게 커다랗고 깜깜한 구멍이 나 있을 수가 있죠? 전혀 생각나지 않아요." 그는 다시 고개를 저었다. "이런 건 영화나 소설에서나 가능한 일이라고요!"

"천천히 해요, 드 비트 씨. 인내심을 가지세요!" 이제 엘라는 벽에 바짝 붙어 있는 몸을 떼어 그에게 조금 다가갈 용기를 냈다. 그녀는 조심스럽게 그의 팔을 어루만졌고 그는 잠깐 움찔했다. "의사가 기억이 돌아올 거라고 했잖아요. 그리고 기억이 돌아올 수 있도록 제가 도울게요."

그의 얼굴에 엷은 미소가 번졌다. "이번에는 나한테 엘비스 프레슬리가 아직 살아있다고 말하려고요?"

엘라도 배시시 미소를 지었다. "맞아요. 엘비스 프레슬리는 제임스 딘, 마릴린 먼로 그리고 험프리 보거트하고 같이 바에 앉아서 누가 한 턱 쏘기만을 기다리고 있어요."

오스카는 이해할 수 없다는 눈빛으로 엘라를 쳐다보았다.

"그거 아시잖아요." 엘라가 설명했다. "그런 그림이 있잖아요. 〈부서진 꿈들의 거리(Boulevard of Broken Dreams)〉라는 그림 말이에요."

"나는 잘 모르겠는데요."

"예전에 저희 엄마 침실에 그 그림이 걸려 있었어요."

"〈부서진 꿈들의 거리〉라고요?"

"네, 맞아요."

"침실에 걸기에는 어울리지 않는 제목인데요."

"음." 엘라가 뭐라고 대답해야 할지 생각하는 동안 그는 하품을 했다. "이렇게 하는 게 어떨까요?" 엘라가 얼른 말했다. "지금 당장 침실로 가셔서 내일 아침까지 푹 주무시는 것이 좋을 것 같아요. 안 그래도 너무 힘든 하루를 보내셨잖아요."

"절대 안 돼요!" 다시 잠이 확 깬 목소리였다. "일단 집 안을 좀 둘러보고 싶어요. 그리고 뜨거운 물로 샤워를 하고 싶은 마음이 간절하군요."

"알았어요." 엘라가 마지못해 대답했다. 샤워하고 싶다는 말은 충분히 이해할 수 있었다. 이제 그의 냄새에 적응이 돼서 코가 괴롭지는 않았지만 그래도 그가 위생에 시간을 할애하는 것에 반대할 생각은 전혀 없었다. 하지만 그가 집 안을 둘러보는 일은 말리고 싶었다. 엘라가 미처 말리기도 전에 그는 거실과 다이닝룸을 향해 걸어갔다. 엘라도 마지못해 뒤따라갔다.

11

오스카는 거실부터 샅샅이 둘러보았다. 값비싼 코너형 소파와 그 앞에 놓여 있는 아프리카 풍의 거실 탁자, 티크 목재로 된 길쭉한 식탁과 연회색 천으로 덮인 디자이너 명품의자 여덟 개, 그 위에 걸려 있는 웅장한 샹들리에, 벽에 걸려 있는 커다란 LED 텔레비전, 그리고 알 수 없는 물건이었지만 엘라가 오랜 고민 끝에 무선 스피커라고 결론 내린 물건, 커다란 창문에 걸려 있는 크림색 커튼(틀림 없이 특별 주문 제작한 것으로 줄을 당기면 맨 위까지 올라갈 것이다), 앤티크 풍의 사이드보드(어쨌든 그렇게 보였다), 그리고 유리 찬장 문 뒤에서 반짝이는 고급스러운 크리스털 식기와 은 식기들…… 후진 지역의 단칸방에서는 생각할 수도 없는 그런 광경이었다.

"내가 돈이 좀 있는 모양이군요." 집 안을 둘러본 오스카가 말했다.

"그런 것처럼 보이네요." 엘라는 이렇게 말하면서도 그의 서재 책상 위에 가득 쌓여 있는 노란색 경고장 우편물 더미를 떠올렸다.

"나한테 무슨 일이 일어난 걸까요?" 그가 물었다. 엘라한테 한 질문이라기보다는 자기 자신한테 하는 질문이었다. 그러더니 사이드보드 쪽으로 다가가 손가락으로 그 표면을 훑었다. 그는 엘라를 향해 고개를 돌려 비난 가득한 눈초리로 먼지가 잔뜩 묻은 손가락을 내밀었다. "청소 상태가 이래서는 안 될 것 같은데요." 그가 엄격한 목소리로 말했다.

엘라는 움찔했다. "아직 청소를 제대로 할 시간이 없었어요." 엘라가 사실대로 털어놓았다.

"하지만 오늘 하루 종일 집에 있었잖아요! 청소를 안 한 지가 한참 된 것처럼 보이네요." 그는 식탁 쪽으로 다가가 손바닥으로 식탁 위를 훑었다. 식탁 위에는 먼지가 없었다. 몇 시간 전까지만 해도 식탁은 신문과 쓰레기로 뒤덮여 있었기 때문이다. 하지만 오스카 드 비트는 끈적거리는 곳을 발견하고 역겨운 듯 얼른 손을 뗐다.

"네 알아요." 엘라는 가능한 차분하게 대답했다. 엘라는 지금까지 얼마나 힘들게 청소를 했는지, 오늘 아침에 집 상태를 봤다면 기절초풍했을 거라고 맞받아치고 싶은 마음을 간신히 억눌렀다. 그리고 그를 차고로 끌고 나가 지난 몇 시간 동안 얼마나 많은 쓸데없는 잡동사니들을 정리해서 그곳에 있는 쓰레기장에 갖다버렸는지 보여주고 싶은 것을 겨우 참았다. "그렇지만 저희는 청소전문업체에 청소를 맡기기로 합의를 했었어요. 하지만 주말이라

예약을 할 수가 없었어요. 제가 파출부는 아니니까요."

"파출부가 아니라고요?"

"네. 저는 파출부가 아닙니다."

"그렇다고 해도 내가 이 집에 없었던 그 긴 시간 동안 무엇을 했는지 의문이군요."

엘라는 화가 나서 발을 구르고 싶었다. 하지만 더 이상 어린아이가 아니기 때문에 엘라는 차분하게 공격 모드로 전환하기로 결심했다. "이보세요, 드 비트 씨." 엘라가 맞받아쳤다. "심문을 계속하시기 전에 묻고 싶어요. 제가 도움을 드리기 원하시나요 아닌가요?"

그가 짙은 눈동자로 너무 뚫어져라 쳐다보는 바람에 엘라는 기분이 이상해졌다. 그러더니 그는 천천히 고개를 끄덕였다. "도움을 받고 싶어요. 당연히 나를 도와줬으면 좋겠어요. 그리고 나는 부당하게 대우하고 싶지 않아요."

"그렇다면 다행이네요."

다음으로 두 사람은 서재로 갔다. 다행히 그는 잠깐 들여다보기만 할 뿐 책상 위에 쌓인 서류를 살펴볼 생각은 하지 않았다. 부엌도 마찬가지로 대충 훑어보기만 하고 2층으로 올라가려고 했다.

이번에는 엘라가 먼저 앞장섰다. 오스카 드 비트의 침실은 전혀 손도 대지 못했다는 사실이 문득 생각났기 때문이었다. 그가 엉망인 침실을 보게 된다면 아래층에서 먼지를 조금 발견했을 때보다 더 혼란스러워할 것이 분명했다. 엘라는 우선 작은 화장실이 딸린 그녀의 방으로 그를 안내했다.

"우웩!" 그는 침대를 보더니 이상한 소리를 냈다.

"왜 그러시죠?" 엘라는 그의 시선을 쫓아 눈길을 돌렸으나 '우웩'이라고 할 만한 것을 발견하지 못했다. 모든 것이 말끔하게 잘 정리되어 있었고 침대보도 팽팽하게 잘 깔려 있었으며 그녀의 물건들이 담겨 있는 이케아 장바구니는 아직 아래층 현관에 놓여 있어서 어지러울 일도 없었다.

"당신이 사랑하는 일이 일어나도록 노력하라." 그는 침실 벽에 붙어 있는 문구를 일부러 장엄한 목소리로 읽었다. "그러지 않으면 당신에게 주어지는 일을 사랑해야만 한다." 그는 경멸적인 미소를 지었다. "정말 심오하기 짝이 없네요!"

"저는 아주 마음에 들어요."

"그렇겠죠. 당신도 여자니까요."

"그게 무슨 말씀이세요?"

"아무것도 아닙니다." 그는 히죽거리는 미소만 지을 뿐이었다.

엘라의 입에서 "바보"라는 말이 불쑥 튀어나왔다.

오스카 드 비트는 나무라듯이 왼손 집게손가락을 들어 엘라를 향해 흔들었다. "이보세요, 파우스트 씨!"

엘라는 시선을 떨구고 "사실이잖아요!"라고 혼자서 중

얼거렸다.

"그럼 이제 다른 데도 계속 둘러봅시다." 전혀 화가 난 투가 아니었고 오히려 밝고 경쾌한 목소리였다.

다음으로 큰 욕실을 둘러보았는데 아주 깨끗하지는 않았지만 그래도 늘어놓은 물건들이 없어서 나름 괜찮았다. 하지만 바로 그 옆에 있는 문은 문제의 핵심, 판도라의 상자, 다른 말로 마스터 베드룸이었다. 엘라는 다급히 문이 닫혀 있는 방을 가로막고 서서 오스카를 향해 난처한 미소를 지었다.

"여기가 침실이에요." 엘라가 말했다. "그런데 나중에 보여드리고 싶어요."

"왜요? 안에 아직 누가 누워 있어요?" 그는 유치하게 쿡쿡거리며 웃었다.

"아니요."

"그럼 됐네요!" 그는 엘라를 지나쳐 왼손으로 손잡이를 잡으려고 했으나 엘라가 상체를 얼른 오른쪽으로 기울여 길을 막았다.

"제가 말씀드릴게요." 엘라는 적극적으로 해명을 시도했다. "위층은 제가 아직 전혀 손을 못 댔어요. 만약 이 방을 보게 된다면 가정관리사로서 저의 능력을 의심……."

"말도 안 되는 소리!" 그는 말을 끊고 엘라를 옆으로 살짝 밀친 후 방문 손잡이를 내렸다.

"제발이요!" 엘라는 그의 팔을 강하게 움켜잡았다.

그는 놀라서 엘라를 쳐다보더니 단념하듯 손을 들어올렸다. "알았어요, 파우스트 씨, 알았어요!" 그는 손잡이에서 손을 떼고 한 발짝 뒤로 물러섰다. "그렇게 중요하게 여기는 일이라면 그럼 청소를 하고 보여주세요."

"고맙습니다, 드 비트 씨." 엘라는 정말 진지했다. "최대한 빨리 침실을 정리해놓을게요."

"그럼 다른 방을 먼저 보죠." 그는 복도 끝까지 걸어갔고 엘라는 그가 어리둥절한 표정으로 곁눈질을 하는 것을 볼 수 있었다. 엘라는 그가 어리둥절해하는 것을 충분히 이해할 수 있었다. 그의 눈에 분명히 이상해 보였을 것이다. 하지만 판도라의 상자를 열게 내버려두느니 차라리 그가 엘라를 조금 이상하게 생각하는 것이 나았다.

하지만 그 다음 방도 살펴볼 수 없게 되자 상황이 조금 난처해졌다. 이번에도 엘라가 방문을 가로막고 서 있기 때문은 아니었다. 바로 잠겨 있는 그 방이었다.

"이 방은 뭡니까?" 잠긴 문을 확인하고 오스카가 물었다.

엘라는 어깨를 으쓱했다. "모르겠어요." 그녀가 사실대로 말했다. "저도 그 방에는 한 번도 들어가본 적이 없어요."

"열쇠는 어디 있습니까?"

"저도 모르겠어요."

"슬슬 뭔가 좀 이상한 것 같은 느낌이 들지 않아요, 파우스트 씨?"

"글쎄요……." 엘라는 난처한 표정을 지었다.

"어떤 방은 못 들어가게 막고 또 어떤 방은 잠겨 있어서 들어갈 수가 없고. 뭔가 좀……."

"저도 열쇠를 찾아봤어요." 엘라가 그의 말을 끊고 끼어들었다. "열쇠를 분명히 어디서 찾을 수 있을 거예요."

오스카는 난감한 듯 문 앞에 서서 손잡이를 두 번 정도 더 돌려보다가 결국 돌아섰다. "혹시 열쇠를 못 찾게 되면 열쇠수리공을 부르세요. 아시겠어요, 파우스트 씨? 나는 집주인으로서 모든 방에 출입을 하고 싶고 저 방에 뭐가 있는지 알고 싶어요!"

"알겠습니다." 엘라가 대답했다. "이번 주 초에 바로 조치를 취하겠습니다."

이제 다시 앞장서서 가던 집 주인은 작은 박공탑에 있는 음악실 앞에 멈춰 섰다. 오스카는 문틀에 서서 그랜드피아노와 구석에 있는 첼로를 멍하니 바라보았다. 그러더니 갑자기 그랜드피아노 앞으로 다가가 피아노 의자에 앉았다. 그는 한참 동안 그냥 그렇게 앉아서 말없이 눈을 감고 생각에 잠겨 있는 듯 보였다. 마침내 그는 피아노 뚜껑을 열고 왼손을 건반 위에 올리고 아주 천천히 '미아와 세바스찬의 주제곡'을 연주하기 시작했다.

"피아노 칠 줄 아시네요!" 엘라가 감탄하며 말했다. 멜로디를 들으니 전율이 느껴졌고 마음이 따뜻해졌다.

오스카는 눈을 뜨고 엘라를 향해 수줍은 미소를 지었다. "칠 줄 안다고 하기에는 좀……." 그는 연주를 계속했다.

"그 영화 보셨어요?"

"잘 모르겠어요."

"그 영화를 보시지 않았을까요? 그렇지 않다면 그 악보가 왜 있겠어요?"

"글쎄요." 그는 한숨을 내쉬었다. "내가 대답할 수 없는 여러 질문 중 하나군요. 그런데 이 노래는 뭔가 마음에 와 닿아요. 하지만 어떤 기억 때문인지 아닌지는 몰라요. 아니면 내가 그냥 꿈을 꾼 것일까요? 혹시 내가 지금 꿈을 꾸고 있는 걸까요?" 그는 고개를 저었다. "모든 것이 너무 뒤죽박죽 혼란스러워요." 그는 미소를 지었다. "내가 대마초를 피워본 적이 있는지 기억은 전혀 없지만 대마초에 취하면 바로 이런 상태일 것 같아요."

엘라는 웃었다. "이 곡이 마음에 어떻게 와 닿아요?" 그녀가 궁금해하며 물었다. "어떤 기억이 떠오르세요?"

그는 다시 눈을 감고 부드러운 멜로디를 따라 고개를 움직였다. "네." 그는 잠시 후 입을 열었고 엘라는 긴장하며 숨을 멈췄다. 긴장되고 조금 두려웠다. 그녀가 전체적인 상황을 파악하기 전까지는 그를 어떤 트리거 상황에 직면하지 않도록 했었기 때문이다. 하지만 어쩌다 보니 이렇게 되어버렸다. 오스카는 미아와 세바스찬의 테마를 연주했고 그의 기억 속에 어떤 울림이 있었다.

"그게 뭔데요?" 엘라는 다시 한 번 물었다.

그는 갑자기 연주를 멈추고 건반에서 손을 떼더니 장난스러운 표정으로 엘라를 쳐다보았다. "기억이 나는 게 뭐냐 하면 이 멜로디를 사실은 오른손으로 쳐야 한다는 겁니다. 그리고 내가 당신 덕분에 부상을 입었고 당분간은 계속 이런 상태로 지내야 한다는 거예요."

"그렇군요." 엘라는 '당신 덕분에'라는 말이 신경 쓰였다. "드 비트 씨, 그건 사고였어요. 정말이에요. 제가 일부러……."

"파우스트 씨." 그는 엘라의 말을 끊고 웃으며 자리에서 일어났다. "그렇게 정색할 필요는 없잖아요! 농담도 못 알아들어요?"

"음……." 엘라는 목소리를 가다듬었다. "물론 농담인건 알죠." 엘라는 어색한 미소를 지었다. "그리고 의사 선생님께서 일주일 후에 손가락을 움직이는 연습을 시작하라고 하셨어요. 손가락 움직이는 연습에는 피아노 연주가 아주 제격이죠."

"글쎄요." 그는 어깨를 으쓱했다. "내가 피아노를 얼마나 칠 수 있는지 잘 모르겠어요. 악보를 보고 조금 칠 수는 있는 것 같아요. 하지만 다친 팔로 저녁 내내 계속되는 콘서트를 열기에는 무리겠죠."

"그렇게 염세적일 필요는 없잖아요." 엘라가 어색하게

쿡쿡 웃었다.

"그리고 그건 별로 중요한 문제가 아니에요. 나한테는 더 중요한 문제들이 있으니까요." 그는 엘라의 어깨를 토닥거리면서 말했다. "이제 정말 샤워를 하고 싶어요. 내 몸에서 계속 역겨운 병원 냄새가 나는 것을 더 이상 참을 수가 없어요."

"알았어요." 엘라는 참을 수 없는 역겨운 냄새가 '병원 냄새'는 아니라는 사실을 굳이 지적하지 않았다. "제가 수건을 다 새로 빨아서 욕실에 정리해두었어요."

"좋습니다. 그럼 따라오세요." 그는 음악실에서 나갔다. 엘라는 머뭇거렸다. "안 나오고 거기서 뭐 해요?" 그가 복도에서 부르는 소리가 들렸다.

"저는, 음. 저는 그동안 침실을 정리하고 아래층 먼지를 닦을게요!"

그는 방 안으로 머리를 불쑥 들이밀며 말했다. "하지만 나는 도움이 필요하다고요!"

"제가요?"

그는 다시 다친 팔을 가리켰다. "내가 움직이기 힘들다고 말했잖아요. 그러니까 나를 좀 도와줘요죠."

"저는 음……." 엘라의 얼굴이 붉게 달아올랐다.

오스카 드 비트는 웃음을 터트렸다. "파우스트 씨! 내가 무는 것도 아니고 우리는 둘 다 어른이잖아요."

그는 엘라의 대답을 기다리지 않고 곧장 나가버렸다.

"저는 파출부도 아니고 간병인도 아니라고요!" 엘라가 그의 뒤에 대고 소리쳤다. 아무런 대답이 없자 체념하듯 한숨을 내쉬고 그의 뒤를 따라갔다. 엘라도 그가 도움이 필요하다는 것을 인정할 수밖에 없었다. 그리고 그의 말마따나 둘은 어른이었다.

10분 후, 오스카 드 비트는 불투명 유리로 되어 있는 샤워부스 안에 서서 깁스한 팔이 젖지 않도록 다친 팔을 밖으로 내밀었다. 엘라는 그의 신발을 벗겨주고 힘겹게 풀오버와 러닝셔츠를 벗겨주었고(결코 유쾌한 일은 아니었다. 가까이 다가가자 그의 몸에서…… 산뜻한 바닷바람 냄새가 풍길 리는 없었다) 마지막으로 청바지 지퍼를 내려주었다. 신발을 벗겨줄 때를 제외하고는 엘라는 눈을 질끈 감고 있었다. 오스카는 이런 엘라를 보며 "정말 예의가 바르시네요!"라며 놀렸다. 잠깐이었지만 눈을 살짝 떴을 때 곁눈질로 본 매끈하고 단단한 그의 상체에 엘라는 조금 당황스러웠다. 엘라는 얼른 욕실에서 나왔고 나머지는 오스카가 혼자서 하게 내버려두었다.

하지만 엘라가 침실 정리를 시작하고 2분도 채 지나지 않아 그는 샤워 젤 뚜껑을 한 손으로는 열 수 없다며 다시 불렀다. 그는 샤워부스 문틈 사이로 샤워 젤을 내밀었고 엘라는 뚜껑을 열어서 다시 건네주었다.

"으윽! 지나치게 달콤한 냄새가 나는데요. 이거 내가

사용하는 것 맞아요?"

"그런 것 같아요." 엘라가 물소리를 뚫고 외쳤다. "후진 지역에 사는 것이 아니라 이 집 주인이 맞다면 말이죠."

"안 웃겨요!"

엘라는 그냥 변기뚜껑 위에 앉아서 오스카가 샤워를 마칠 때까지 기다렸다. 그의 침실 옷장에서 발견한 목욕가운과 수건을 건네주기 위해서였다. 그의 침실은 이제 어느 정도 정리가 되었다. 침대 위에 높이 쌓여 있던 옷가지들을 쓸어 담아 일단 그녀의 방문 뒤에 있는 틈 사이에 쑤셔 넣었다. 그런 다음 재빨리 널려 있던 쓰레기를 치우고 이불커버와 베개커버를 새로 교체했다. 지금까지 그가 사용하던 이불커버와 베개커버는 너무…… 어쨌든 쓰레기봉지 안에 넣어서 버리고 다시 욕실로 달려왔다. 오스카는 여전히 다친 팔을 내밀고 샤워 중이었다.

샤워부스의 불투명한 유리에 비친 그의 형상을 바라보는데 조용히 노래를 흥얼거리는 소리가 들렸다. 그녀의 착각일 수도 있었지만 멜로디가 '택시를 타고 파리로'처럼 들렸다. 에밀리아 파우스트는 히죽거렸다. 오스카 드비트의 '본질적'인 기억들은 사라지지 않았다. 그의 머릿속에는 품격 있는 고급 음악만 자리하고 있는 것이 아니라 대중적인 음악도 자리를 하고 있었다. 조용히, 그가 들을 수 없게 아주 조용히 엘라도 멜로디를 따라서 흥얼거렸다.

택시를 타고 파리로

단 하루 동안

택시를 타고 파리로

나는 파리가 너무 좋아서

택시를 타고 파리로

어쩌면 작은 랑데부를 기대할 수도

물소리가 멈추고 오스카가 자욱한 증기를 뚫고 샤워부스 밖으로 고개를 내밀었다.

"아. 정말 상쾌하다." 그러면서 그는 과장되게 손의 냄새를 맡아보더니 역겨운 표정을 지었다. "그런데 내가 왜 이런 싸구려 냄새가 나는 샤워 젤을 사용하는지 여전히 의문이네요. 다른 샤워 젤을 준비해주세요. 네?"

"열쇠수리공을 부른 다음에 곧바로 처리하도록 하겠습니다." 엘라가 말했다. 하지만 오스카는 엘라가 한 말에 깃든 빈정거림을 눈치 채지 못했다. 그는 그냥 "꼭 부탁해요"라고 말하고 넘어갔다.

엘라는 그에게 수건을 건네주고 샤워부스 옆에 달려 있는 옷걸이에 목욕가운을 걸어두고는 바로 등을 돌렸다. 하지만 그건 실수였다. 벽에 사람 크기만 한 거울이 달려 있어서 두 사람의 모습이 그대로 거울에 비쳤다. 다행히 잠깐뿐이었다. 오스카가 샤워부스 문을 완전히 열자마자 거울에 김이 서렸다. "샤워 젤을 사러 갈 때 같이 가시는 것이 좋겠어요." 아무것도 보이지 않음에도 불구하고 엘라는 바닥을 내려다보며 말했다. "제가 고르는 샤워 젤 향이 취향에 맞으실지 모르잖아요."

"그냥 쌉쌀한 향이 나는 것으로 사오세요. 남성적인 향이 나는 것으로요."

"알겠어요." 엘라가 조금 잠긴 목소리로 말했다. 발가벗은 남자와 함께 있는 공간에서 '쌉쌀한' 그리고 '남성적인'이라는 말을 들으니 왠지 긴장됐다. 뒤에서 수건으로 몸을 닦는 소리가 들렸고 엘라의 머릿속에는 저절로 그 장면이 그려졌다. 만약 필립이 지금 그녀가 어디에 있는지 그리고 무엇보다 누구와 함께 있는지 안다면 틀림없이 질투심에 부들부들 떨 것이다!

"다 됐어요." 오스카의 목소리에 생각에 잠겨 있던 엘라는 정신이 들었다. "이제 다시 이쪽을 보셔도 돼요. 몸을 잘 감쌌어요."

엘라는 몸을 돌렸다. 파란색 목욕가운이 키 크고 늘씬한 그의 몸매를 더 돋보이게 해주었고 그의 짙은 눈동자는 더 이상 날카로워 보이지 않았다. 욕실에 가득 찬 증기 때문에 그렇게 느껴지는 것일 수도 있었다. 그는 양손으로 젖은 검은 머리를 털고 뒤로 쓸어 넘겼다. 오스카 드 비트의 얼굴은 실제로 눈에 띄는 얼굴이었다. 끔찍한 수염만 없다면 아주 매력적인 얼굴이라고 말할 수 있었다. 갑자기 엘라의 머릿속에 잠긴 방과 '푸른 수염의 기사'

이야기가 떠올랐다.

"무슨 생각해요?"

"네?"

"입을 벌리고 나를 뚫어지게 쳐다보길래 무슨 생각을 하고 있는지 궁금해서 물어봤어요."

"네? 아무것도 아니에요." 엘라는 당황스럽게 웃었고 이런 상황이 민망했다. '입을 벌리고? 정말?

"자, 그럼 이제 간단하게 뭐 좀 먹고 곧장 자고 싶어요. 뭐가 있죠?" 오스카가 물었다.

"뭐라니요?"

"먹을 만한 것이 뭐가 있냐고요."

"아." 엘라는 그녀가 먹어 치운 라구와 소시지를 떠올렸다. "먹을 만한 게 전혀 없는 것 같아요."

"전혀 없다고요?"

"감자도 없어요? 국수는요? 쌀은?"

엘라는 안타까워하는 표정으로 고개를 저었다. "제가 부엌을 정리할 때 유통기한이 지난 음식물을 꽤 많이 버렸어요. 오랫동안 정리를 하지 않은 것 같았어요."

"그렇군요. 그럼 나는 지금까지 뭘 먹고 살았을까요?"

"쌓여 있던 재활용 쓰레기로 짐작해본다면 주로 피자를 배달시켜서 드신 것 같아요."

"피자 배달이라고요?" 오스카 드 비트의 말투에 모든 것이 담겨 있었다. 패스트푸드를 끔찍이 싫어하는 사람만 표현할 수 있는 혐오감과 역겨움이 가득 담겨 있었다. 도대체 어쩌다가 그의 집에 그렇게 많은 피자상자와 배달 음식 포장용기들이 쌓이게 되었는지 더더욱 의문이었다. 오스카를 둘러싼 수수께끼는 더욱 커져만 갔고 엘라는 그의 일에 너무 깊숙이 개입한 건 아닌가 하는 생각이 들었다. 너무 지나치게.

12

"사람의 마음을 사로잡으려면 배를 채워줘라." 마르가레테 슐롬머스 선생님이 항상 요리수업 중에 학생들에게 쉴 새 없이 강조하던 말이었다. "여러분이 지금 무슨 생각을 하고 있을지 잘 알아요." 선생님은 열심히 설명했다. "아주 상투적인 표현, 진부한 사실 그리고 달력에나 등장하는 끔찍한 격언이라는 생각이 들 수도 있어요. 하지만 여러분이 고객들에게 맛있는 음식을 차려줄 수 있다면 다른 쪽에서 조금 미흡한 부분이 있더라도 다 용서가 된다는 점을 명심하길 바라요."

역시나 선견지명이 있던 슐롬머스 선생님의 말씀은 엘라의 경우에 딱 맞아떨어졌다. 엘라는 실제로 그 말이 상투적인 표현이라고 생각했고 진부하기 짝이 없는 달력용 격언이며 옛날에나 통하던 그런 말이라고 생각했었다. 하지만 지금 오스카 드 비트의 얼굴에 마치 투자한 주식의 가격이 95%나 폭락했다는 소식을 접한 듯한 실망감이 나타나자 슐롬머스 선생님이 나이는 많았지만 현명한 분이었다는 것을 새삼 깨달았다. 엘라는 몹시 괴로웠다. 완전히 실패자가 돼버린 기분이었다. "나를 위해 맛있는 음식을 해줄 거라고 기대하고 있었는데요." 오스카 드 비트는 엘라의 괴로운 심정에 소금까지 뿌렸다.

"저도 그러고 싶어요." 엘라는 그의 실망 가득한 눈빛을 피했다. "하지만 안타깝게도 집에 음식을 할 만한 재료가 전혀 없어요."

"장을 안 봤어요?"

"그러니까…… 네."

"그리고 내일은 일요일이잖아요." 그가 애잔하게 말했다.

"상관없어요." 엘라가 재빨리 대답하며 애써 씩씩하게 힘주어 말했다. "알토나 역에 가면 일요일에도 문을 여는 슈퍼마켓이 있어요."

"그나마 다행이네요." 그가 한숨을 내쉬며 말했다. "그럼 오늘도 배달음식을 주문해서 먹어야겠어요. 아니면 그러기에도 시간이 너무 늦었나요?"

"아니에요." 엘라가 말했다. "주말에는 자정이 넘어서까지 배달해줘요."

"잘됐군요!"

"그런데 또 다른 문제가 있어요."

"무슨 문제가 있죠?"

"현금이 8유로밖에 없어요."

"그럼 현금인출기에서 빼오세요. 내 차를 타고 갔다 와도 돼요. 아니면 배달음식도 카드로 계산할 수 있나요?"

"제가 알기로는 비밀번호를 알아야 가능해요."

"그럼 그렇게 하죠."

"그러려면 저에게 PIN번호를 알려주셔야 합니다."

"정말 재밌네요!"

"재밌으라고 한 얘기가 아닌데요." 엘라가 대답했다. "저는 드 비트 씨의 카드 비밀번호를 모르거든요."

"그렇다면 파우스트 씨가 계산하세요. 내게 어쨌든 재산은 있는 것 같으니 나중에 갚을게요."

"저하고는 반대네요." 엘라의 입에서 불쑥 이런 말이 튀어나왔고 민망해서 혀를 깨물어버리고 싶었다.

"그건 또 무슨 말입니까?"

"저는 직불카드를 갖고 있지 않기 때문에 은행 영업시간에만 돈을 찾을 수 있어요."

"요즘도 그런 사람이 있어요? 그러니까 카드가 없는 사람도 있어요?"

"그런 사람이 바로 접니다." 엘라가 말했다. "제가 그런 쪽에는 좀 구식이라서요." 이 말은 어느 정도 사실이었다. 은행업무를 항상 은행창구에 가서 처리하는 것을 선호하기 때문이었다. 그리고 엘라는 실제로 직불카드를 갖고 있지 않았다. 필립의 집에서 나올 때 직불카드를 과감히 두고 나왔기 때문에 더 이상 소유하고 있지 않았다. 그렇기 때문에 그녀가 한 모든 말은 사실이었다. 전부 다 사실이었다.

"어쩔 수 없죠, 뭐." 오스카가 어깨를 으쓱하며 말했다. "그럼 오늘은 그냥 배가 고픈 상태로 잠들 수밖에 없겠네요. 어차피 너무 피곤해서 눈이 저절로 감겨요."

"정말 죄송합니다."

"괜찮아요." 그가 중얼거렸다. "내가 정말 멋진 가정관리사를 고용한 모양이군요. 청소도 안 해, 간병도 안 해, 그리고 먹을 것도 없고요."

"우선은 서로에게 맞춰가야 할 것 같아요." 엘라가 어찌할 바를 모르며 말했다. 그녀는 오스카의 불만을 이해할 수는 있었지만 동시에 부당한 대우를 받고 있다는 생각이 들었다. 아직 모든 것이 제자리를 찾지 못하고 있는 이유를 말할 수 없는 것이 너무 답답했다.

오스카는 더 이상 김이 서려 있지 않은 커다란 거울에 자신을 비춰보더니 생각에 잠겨 거울을 향해 몇 발짝 가까이 다가갔다. 엘라도 그의 옆에 섰다.

"이 남자는 누굽니까?" 그는 왼손으로 턱을 긁으며 물었다. 엘라가 뭐라 대답하기도 전에 그는 덧붙였다. "그리고 왜 이렇게 끔찍하게 간지러운 수염을 기르고 다니는 거죠?"

"저도 그게 의문이었습니다."

"그러면 자러 가기 전에 얼른 수염을 좀 깎아주세요."

"제가요?"

"그래요. 아니면 그것도 못해요?"

귀에 거슬리는 그의 말투 때문에 엘라는 발끈하며 그를 향해 몸을 돌렸다. "이보세요!" 엘라가 벌컥 화를 냈다. "그건 정말로 제가 하는 업무에 포함되지 않는······."

"파우스트 씨!" 그는 웃으며 엘라의 말을 끊었다. "그냥 농담이었어요."

"멋진 농담이군요!"

"그 문구 몰라요? 아침식사와 관련된 문구 말이에요."

"아침식사와 관련된 문구라고요?"

"그거 있잖아요······." 그는 멈칫했다. 그리고 그의 표정이 갑자기 밝아졌다. 그의 얼굴은 그야말로 환해졌다.

"왜 그래요?" 엘라가 궁금해하며 물었다.

"따라오세요!" 그는 엘라의 손을 잡고 복도로 나갔다. 엘라는 너무 어리둥절해서 그의 손을 뿌리칠 수 없었고 그에게 끌려가면서 오스카가 갑자기 왜 그러는지 궁금했다.

그는 여전히 쩔뚝거리기는 했지만 놀라울 정도로 빠르게 계단 쪽으로 걸어가 엘라의 손을 계속 잡은 채 계단을 내려가서 부엌으로 갔다. 부엌에 들어오고 나서야 잡고 있던 손을 놓아주고는 싱크대 상부장 문을 열었다. "지금 뭐 하시는 건지 말씀 좀 해주시겠어요?"

"잠깐만요." 오스카는 꽃병과 유리잔들을 이리저리 밀면서 뭔가를 찾았다. 엘라도 아까 이 안에 유리잔과 컵

들이 있는 것은 보았지만 아직 정리를 하지는 못한 상태였다.

"여기 어디 있을 텐데……." 그가 낮은 목소리로 중얼거렸다.

"뭘 찾고 계신지 말씀해주시면 제가 도와드릴 수 있을 것 같은데요." 오스카는 엘라를 향해 몸을 돌리고 재미있다는 듯이 쳐다보며 웃었다. 그가 웃는 이유를 굳이 말할 필요는 없었다. 두 사람의 키 차이가 30센티미터도 넘게 나는 것 때문에 웃는다는 것을 눈치 챌 수 있었다. "제가 상부장을 정리할 때는 의자에 올라가서 했어요." 엘라가 설명했다.

"설마 신발을 신고 올라가지는 않았겠죠?" 그는 다시 등을 돌렸다.

"당연하죠." 엘라가 발끈하며 받아쳤다. 거실에 있는 의자와 마찬가지로 부엌에 있는 의자도 연회색 펠트로 되어 있어서 밖에서 신고 다니는 신발을 신은 채 의자에 올라가면 의자가 엉망이 된다는 것쯤은 엘라도 알고 있었다. 그나저나 누가 왜 이렇게 실용적이지 않은 의자를 선택했는지 의문이었다. 펠트 의자! 그것도 부엌에! 위생적인 측면에서만 보더라도…….

"그렇다면 됐어요." 오스카가 생각에 잠겨 있던 엘라를 깨웠다.

"저는……."

"핫! 그럴 줄 알았어!" 그는 다시 엘라를 향해 고개를 돌리며 의기양양한 미소를 지었다. 그는 큰 소리로 "짜잔!" 하며 1유로 샵에서 흔히 볼 수 있는 선물용 머그잔을 내밀었다. "정말 센세이셔널하지 않아요?"

엘라는 하얀색 바탕에 빨간 글씨로 쓰여 있는 문구를 읽어보았다.

'아침식사 할 거야? 아니면 아침도 못 먹어?'

"그렇군요." 엘라는 오스카 드 비트의 '센세이셔널'한 발견을 미심쩍게 바라보았다. "정말 재밌네요. 그런데 왜 갑자기……." 그 순간 엘라는 손바닥으로 이마를 쳤다. 바로 그 순간 깨달았다. "무슨 기억이 떠오르셨군요!" 엘라가 소리쳤다.

"바로 그겁니다!" 그는 몸을 앞뒤로 흔들었다. "조금 전 화장실에서 내가 그 말을 했을 때 갑자기 이 머그잔이 눈앞에 선명하게 떠올랐고 부엌 찬장에 있을 것이라는 확신이 들었어요!"

"정말 잘됐어요!" 엘라가 말했다. 정말 잘된 일이었다. 하지만 다른 한편으로 생각해보면 오스카 드 비트가 그렇게 빨리 기억을 되찾으면 엘라는 이케아 장바구니에 담아온 짐을 다시 풀 필요조차 없게 된다. 오스카의 정신상태가 온전히 회복되면 더 이상 남의 도움을 필요로 하지 않게 될 뿐만 아니라 그가 당연히 그녀의 정신상태를 의심하게 될 것이기 때문이었다. 엘라가 그에게 거짓말을 하고 있는 것만은 분명한 사실이었으니까. "이 머그잔에 대해 기억나는 것이 또 뭐가 있어요?" 그래도 엘라는 씩씩하게 물었다.

그는 손에 들고 있는 머그잔을 이리저리 돌려가며 살펴보았다. "없어요. 이런 머그잔을 갖고 있고 어디에 있는지만 생각이 났어요."

"이 머그잔을 누가 선물했는지는 기억 안 나세요? 언제 선물 받았는지도요?"

"모르겠어요." 그의 의기양양한 표정이 슬픈 체념의 표정으로 변했다. "아니면 내가 직접 샀을 수도 있지 않을까요?"

"그럴 리는 거의 없어요. 이런 머그잔을 직접 사는 경우는 없어요. 이런 건 최후의 수단용 선물이라고요."

"최후의 수단용 선물이라고요?"

"뭐 마땅히 살 만한 선물이 떠오르지 않을 때 아무거나 사서 주게 되는 그런 선물 말이에요."

"음." 그는 다시 머그잔을 이리저리 살펴보았다. "그렇다면 첫 기억으로 이 머그잔이 떠오른 것이 더더욱 놀랍네요. 나한테 무슨 의미가 있는 머그잔이었나 봐요."

"그럴 수도 있고 아니면 그 머그잔을 선물 받고 엄청 화가 났을 수도 있죠."

"그럴 수도 있겠네요." 오스카는 엘라의 말에 수긍하면서 머그잔을 싱크대에 올려놓았다. 그때 엘라가 구석에 놓아둔 고양이용 캔들이 그의 눈에 들어왔다. "이건 뭡니까?" 그가 궁금해하며 물었다.

"고양이 먹이인 것 같아요."

그는 의아한 눈빛으로 엘라를 쳐다보았다. "내가 고양이를 키워요?"

"그건 잘 모르겠지만 고양이용 먹이는 있네요."

"하지만 면접을 할 때 그런 얘기를 주고받았을 것 아닙니까? 애완동물을 키우는지 말이죠."

젠장. 젠장. 젠장!

"물론 그런 얘기를 했었죠." 엘라가 얼른 말했다.

"그래서요?"

"그러니까……." 엘라는 좋은 생각이 떠오르기를 빌며 눈을 세 번 깜빡거렸다. "어디 사는지 모르는 길고양이가 가끔 집으로 찾아온다고 하셨어요. 그리고……."

"길고양이 때문에 내가 문에 고양이용 출입구까지 만들어놓았다고요?" 그 사이 부엌에서 테라스로 향하는 문에 난 고양이용 작은 출입구를 발견한 오스카가 말을 끊었다. "가끔 찾아오는 길고양이를 위해서요?"

"아니요!" 엘라가 격렬하게 반박했다. 마음 같아서는 '저도 모른다고요! 저도 고양이를 찾아보았지만 찾지 못했다고요!'라고 대답해버리고 싶었다. 하지만 조금 전에 면접을 볼 때 고양이 얘기를 나눴다고 했으니 이제 와서 그럴 수도 없었다. "문에 난 작은 출입문은 예전에 키우던 고양이를 위해서 만들었던 거예요." 엘라는 어떻게든 난처한 상황에서 빠져나가기 위해 애썼다. 절로 식은땀이 났다. 오스카 드 비트의 가정관리사로 들어온 첫날부터 이렇게 계속 곤란한 상황에 놓이게 되면 앞으로는 어떻게 잘 지낼 수 있을지 의문이었다.

"내가 예전에 키우던 고양이라고요?"

"그러니까." 엘라는 목소리를 가다듬으며 정신을 바짝 차리려고 애썼다. "저한테 이렇게 말씀해주셨어요. 마운치라는 이름의 아주 평범한 집고양이를 키우셨다고요." '마운치?' 어쩌다 마운치라는 이름이 떠올랐을까? "그리고 그 고양이를 아주 사랑했다고 하셨어요. 마운치가 죽은 후에는 다시는 애완동물을 키우고 싶지 않다고요." 엘라는 어색하게 웃었다. "그런데 어느 날 수고양이가 나타났어요."

"수고양이." 질문이 아니라 확인이었다.

"그렇게 부르셨어요. 그 영화 있잖아요, 〈티파니에서 아침을〉이라는 영화에도 이름이 없는 고양이가 나오잖아요. 오드리 헵번이 고양이한테 이름을 지어주지 않아요. 왜냐하면……."

"그만!" 오스카 드 비트는 왼손으로 관자놀이를 주무르며 눈을 감고 있었다. "파우스트 씨, 그 얘기를 들으니 머리가 아파요. 그 얘기는 그만하죠!"

"네. 죄송합니다. 알겠어요."

"미안해요." 그는 다시 엘라를 쳐다보았다. "넘어진 충격이 심한 모양입니다. 그런 설명을 듣고 있기가 힘들어요."

"저한테 여쭤보셔서 말씀드렸어요."

"나도 알아요. 하지만 지금은 그렇게 자세히 알고 싶지는 않다는 생각이 드네요."

"알겠습니다."

"그렇지만 말입니다." 그는 믿을 수 없다는 듯이 고개를 저었다. "내가 동물을 좋아하는 사람이었다니 상상이 잘 안 가는군요." '나도 그래요'라는 생각이 엘라의 머리를 스치고 지나갔다. 하지만 그런 말은 하지 않았다. "이제 2층으로 올라가서 쉬도록 합시다. 정말 길고 피곤한 하루였어요."

"정말 그랬어요."

두 사람은 함께 2층으로 올라갔다.

"하지만 아직 내 질문에 대답을 하지 않았어요." 계단을 올라가면서 오스카가 말했다.

"어떤 질문이요?"

"수염을 깎는 것 말입니다. 내 수염을 깎아줄 수 있느냐는 질문이요."

"모르겠어요." 엘라가 솔직하게 말했다. "저는 한 번도 남자의 수염을 깎아본 적이 없어요."

"여자는 깎아봤어요?"

"물론이죠. 제 털은 깎아요. 매일 아침이요."

"흥미롭군요." 두 사람은 계단을 오르다가 잠깐 멈춰서서 서로 마주 보고 웃었다. 오스카는 앞장서서 계단을 올라가면서 어깨 너머로 말했다. "그러면 자러 들어가기 전에 나를 이 끔찍한 수염으로부터 제발 좀 해방시켜주세요. 너무 간지러워서 잠을 제대로 못 잘 것 같아요."

"하지만 저는 책임 못 져요."

"알겠어요." 그는 다시 엘라를 향해 몸을 돌렸다. "그 이발사 청년에 대한 이야기 알죠?"

엘라는 고개를 저었다. "아니요. 모르는데요."

"아마도 동화나 뭐 그럴 겁니다. 나도 정확히는 모르겠네요."

"얘기해주세요! 제가 동화에는 일가견이 있거든요."

오스카는 잠시 망설였다. "안 하는 게 좋겠어요."

"왜요?"

"그건." 그는 피식 웃었다. "수염을 다 깎은 다음에 얘기하는 것이 더 좋겠어요."

얼마 후 오스카는 거실 텔레비전 앞에 놓여 있는 편안한 리클라이너 안락의자에 다리를 쭉 뻗고 누웠다. 엘라는 이런 자세가 수염을 깎기에 최상일 거라는 생각으로 이곳에 '이발소'를 차렸다. 전문 미용실에서처럼 그는 안락의자에 누웠고 엘라는 그의 머리맡에 앉았다. 엘라는 화장실 수납장에서 발견한 전기면도기를 이용해 덥수룩

하고 긴 수염을 일단 5일 정도 안 깎은 것처럼 보이는 길이로 잘라내는 데 성공했다. 그리고 이제 가장 까다로운 단계인 날면도가 남았다.

"제가 진짜 면도날로 수염을 깎아도 괜찮겠어요?" 엘라가 마지막으로 물었다. 일회용 면도기와 거품, 따뜻한 물이 담긴 대야, 수건, 키친타월, 핸드백에 들어 있던 반창고―모든 것이 작은 탁자 위에 준비되어 있었다.

"물론이죠." 오스카는 눈을 감은 채 말했다.

"혹시 제가 실수로 다치게 하면 어떡해요?"

"지금보다 더 다치게 하면 어떻게 하냐고 묻는 거죠?"

"드 비트 씨, 그건 사고……."

"그렇게 겁먹을 것 없어요." 그가 말을 끊었다. "그냥 과감하게 시작해요. 별일 없을 겁니다." 그러더니 낄낄거리며 웃었다.

"뭐가 그렇게 웃겨요?"

"이따가 이발사 청년 이야기를 들으면 알게 될 거예요."

"알쏭달쏭하네요."

"이제 그만 시작해요!"

엘라는 손에 면도거품을 묻혀서 오스카의 얼굴에 바르기 시작했다. 낯선 남자나 다름없는 사람의 수염 난 피부를 손으로 만지려니 기분이 묘했다. 그리고 두 사람의 거리가 너무 가까워졌다. 엘라는 팔에 소름이 돋았고 가슴이 벌렁거렸다. 오스카가 기분 좋은 신음소리까지 내며 의자에서 몸을 움직이자 원래는 아무렇지 않은 상황이 조금 야릇해졌다. 엘라는 또다시 필립을 떠올렸다. 이런 장면에 대해 어떻게 생각할지 궁금했다. 목욕가운을 입은 매력적인 남자가 누워서 눈을 감고 기분 좋은 신음소리를 내고 있었다. 그리고 그녀는 그의 볼을 쓰다듬고 있었다. 여기에서 이상한 생각을 하는 사람은 음란마귀에 씐 게 분명하다! 이 모든 것은 보다 더 숭고한 목적을 위한 일이었다. 엘라 자신과의 약속을 지키고 필립과의 사랑을 지키기 위해 하는 일이라고 할 수 있었다.

하지만 엘라도 이 상황을 조금 즐기고 있다는 것은 인정할 수밖에 없었다. 오스카 드 비트의 살갗에 손이 닿기 때문은 결코 아니었다. 이렇게 살갗이 닿는 것만으로도 황홀함을 느낄 정도로 그렇게 애정에 굶주려 있지는 않았다. 그리고 만약 그런 것을 느끼려면 '그'가 '그녀'에게 면도거품을 발라줬어야 했다. 다만 정신없이 지나간 시간 후에 찾아온 이런 평온한 순간을 즐기고 있을 뿐이었다. 이런 잠깐의 휴식, 공간과 시간의 단락, 이런……

엘라는 순간 움찔했다. 눈을 감은 채 면도거품을 올린 그의 얼굴을 믿을 수 없다는 듯이 바라보았다. 면도거품을 바른 얼굴은 코를 골고 있었다.

엘라는 미소를 지으며 면도날을 손에 들고 조심스럽게, 아주 조심스럽게 간질거리는 수염을 깎아나가기 시작했다. 그는 꿈나라에 가 있으니 엘라가 신분증에서 봤던 그 얼굴이 나타날 때까지 면도를 하는 동안 어쨌든 움직이지 않고 가만히 있을 것이다. 자고 있는 그의 모습에서는 언짢아하거나 화난 인상을 전혀 찾아볼 수 없었다. 오히려 부드러웠다. 소년 같았다. 상처받기 쉬운 소년. 마치 무언가를 잃어버린 사람처럼. '단지' 그의 기억뿐만 아니라 더 큰 무언가를.

엘라는 집중해서 면도날로 수염을 깎고 중간에 한 번씩 면도날을 물이 담긴 대야에 담갔다가 키친타월에 닦아내면서 조용히 흥얼거렸다.

Moon river, wider than a mile

I'm crossing you in style some day

Oh, dream maker, you heartbreaker

Wherever you're going, I'm going your way.

Two drifters, off to see the world

There's such a lot of world to see

We're after the same rainbow's end, waiting,

round the bend

My huckleberry friend, Moon River, and me

엘라는 영화 〈티파니에서 아침을〉을 떠올렸다. 그리고

수고양이. 오스카의 고양이가 만약 진짜 있다면 아직 찾지 못한 것이 안타까웠다. 엘라는 어렸을 때 이 영화를 처음 보자마자 정말이지 순식간에 빠져들었다. 이 영화야말로 그녀의 취향에 딱 맞는 해피엔딩이었다. '문 리버'의 선율에 맞춰서 홀리 고라이틀리, 폴 바르작 그리고 고양이가 얼싸안고 재회하는 장면이었다. 엄마와 이 명작을 오십 번도 넘게 봤다. 함께 거실 소파에서 이불을 덮고 바짝 붙어 앉아서 영화를 보며 너무나 아름다운 스토리에 취해 끝부분에 가서는 훌쩍거리며 안도의 한숨을 내쉬었다. 기억을 떠올리는 것만으로도 눈가가 촉촉해져서 엘라는 눈을 깜빡이며 애써 눈물을 참았다.

"정말 끔찍하게 유치하고 감상적인 영화네." 엘라가 필립과 사귄 지 얼마 안 되었을 때 저녁시간을 함께 보내며 이 영화 DVD를 보고 나서 필립이 했던 감상평이었다. 그는 스릴러 영화를 좋아했지만 엘라는 좋아하지 않았다. 필립은 엘라를 위해서 수년간 엘라의 취향에 맞춰주었고 〈러브 액츄얼리〉, 〈P.S 아이 러브 유〉 그리고 〈노트북〉과 같은 영화의 진가를 알게 되었다. 아니면 적어도 그런 척했고 이 역시 사랑의 증거였다.

엘라는 또다시 영화 〈콜드 마운틴〉을 떠올렸고, 그 영화와 함께 모든 재앙이 시작되었다는 생각이 들었다. 적어도 엘라는 그날 저녁에 그렇게 생각했지만 사실은 그녀가 몰랐을 뿐 재앙은 이미 그 전에 진행되고 있었다. C.

그 C라는 여자는 누구일까? 그리고 필립은 지금 그 여자와 함께 있을까? 둘이서 뭘 하고 있을까? 필립은 그 여자를 사랑하는 걸까? 아니다. 엘라는 필립이 그 여자를 사랑한다는 인상을 받지는 않았다. 그냥 일회적인 일이었는데 C측에서 미련을 갖고 있는 느낌이었다. 아니면 필립이 일부러 그런 척을 했던 것뿐일까? 필립은 지금 C와 자고 있을까? 엘라는 거칠게 숨을 들이마시고 감정이 격해져서 오스카의 얼굴에 상처를 입힐까 두려워 면도날을 확 들어올렸다.

엘라는 몇 차례 심호흡을 하고 다시 하던 일에 집중했다. 그렇다. 어쩌면 필립은 지금 진짜 그 C라는 여자와 자고 있을지도 모른다. 그렇다고 해도 그것은 아무 의미가 없었다. 엘라와 필립 사이는 육체적인 것을 뛰어넘는 더 많은 것으로 연결되어 있었다. 그리고…… 그리고 엘라도 지금 필립이 분명 싫어할 만한 일을 하고 있었다.

얼마 후 면도를 다 마치고 엘라는 만족스러운 표정으로 자신의 작품을 바라보았다. 오스카 드 비트는 말끔하게 면도한 얼굴로 안락의자에 누워 곤히 자고 있었다. 엘라는 그가 침실로 올라가 자도록 깨울까 잠깐 생각해보았다. 하지만 그냥 그대로 두기로 하고 소파 위에 있던 부드러운 이불을 가져와 덮어주고는 새로운 침대에서 첫날밤을 보내기 위해 살금살금 거실에서 침실로 올라갔다.

꿈은 현실이 된다?!

블로그 구독자 여러분

흔히 새로운 집에서 첫날밤에 꾸는 꿈이 현실이 된다고 하잖아요. 이 말이 정말로 맞다면 행운의 요정은 앞으로 내 편이 되어 줄 것 같아요! 설명을 좀 하자면 P와 내가 새로운 집으로 이사를 한 건 아니에요. 하지만 미래에 신랑이 될 사람이 깜짝 이벤트로 엘베 강가에 있는 5성급 호텔에서 낭만적인 촛불과 함께하는 저녁식사를 준비해줬어요. 정말 근사하고 맛있는 식사였어요!

처음에는 토마토 콩소메가 나왔고 그 다음에는 겨자샐러드와 참치, 펜넬채소와 로즈마리 빵이 곁들여진 솔트크러스트 양고기 스테이크가 나왔고 후식으로는 오렌지와 캐러멜소스를 얹은 통카콩으로 만든 정말 맛있는 무스가 나왔어요. 그리고 P하고 식전주를(드라이 마티니) 마시고 나서 정말 훌륭한 레갈리알리 와인을 마셨고 메인메뉴는 보르도 와인과 함께 즐겼어요. 정말 굉장한 미식 체험이었다고 말씀드릴 수 있어요! 결혼식을 앞두고 다이어트를 하기로 했던 결심은 무너졌지만 이렇게 맛있는 음식을 그냥 지나칠 수는 없잖아요.

그런데 이게 끝이 아니었어요. 최고의 순간은 이제부터라고요!

식사를 하면서 술을 마신 상태라 둘 다 운전을 할 수 없어서 차를 어떻게 해야 할지 고민하자 P가 차는 신경 쓰지 않아도 된다고 했어요.

"그럼 차는 그냥 여기 세워두고 택시를 타고 집에 갔다가 내일 가지러 오자"라고 내가 말했더니 P는 그렇게 하지 않아도 된다고 했어요.

처음에는 무슨 말인지 몰라서 어리둥절했는데 P가 미소를 지으며 호텔 객실카드를 꺼내 보여주면서 스위트룸을 예약했다고 하지 뭐예요. "우리가 내년에 결혼식을 올리고 여기에서 첫날밤을 보내도 괜찮을지 테스트 해봐야지"라고 말했어요.

너무 기뻐서 P를 와락 끌어안았어요. 그리고 그날 밤은 정말…… 음 여러분의 상상에 맡길 게요. ☺

아무튼 거기서 정말 잘 잤고 정말 좋은 꿈을 꾸었어요. 엘베 강을 지나가는 컨테이너 화물선의 낮은 경적 소리를 뒤로하고 스르르 잠이 들었고 곧바로 P와 함께하는 미래의 삶의 파라다이스가 펼쳐졌어요. 우리는 도시 외곽에 자리 잡은 아름다운 집에 살고 있었어요. 내부는 영국 컨트리 풍으로 꾸며져 있었고 창밖으로 엘베 강이 곧바로 내다보였고 엄청나게 큰 정원도 딸려 있었어요. 나는 40대쯤으로 보이는 P와 함께 웃으면서 테라스에 앉아 있었고 구름 한 점 없는 새파란 하늘에서는 우리를 향해 햇살이 비치고 있었죠. 정원에는 골든 리트리버 한 마리와 어린 여자아이 두 명이 뛰어놀고 있었어요…… 하지만 이 꿈에서 가장 좋았던 것은 P가 나를 바라보던 눈빛이었어요. 우리가 만났던 첫날처럼 여전히 다정하고 사랑스러운 눈길로 나를 바라보고 있었어요! P는 지금 호텔 헬스장에서 운동을 하고 있고, 저도 이제 운동과 사우나를 하고 어쩌면 마사지까지 받고 오는 게 좋을 듯해요. 하지만 그 전에 여러분에게 이 얘기를 빨리 전해주고 싶었어요. 꿈을 꾸면 현실이 된다는 이야기가 맞다면 오늘은 정말정말 행복하고 운명의 귀한 선물을 받은 셈입니다.

엘라 신데렐라

추신: 오늘도 잊지 않고 남깁니다.
'끝에는 다 잘될 것이다.
잘되지 않았다면 아직 끝난 것이 아니다.'

13

엘라는 이번에는 블로그에 새로운 글을 올리자마자 곧바로 노트북을 닫아버렸다. 지금은 댓글을 읽고 싶지 않았다. BLOXXX의 댓글도("참치도 먹어요? 아, 이런 불쌍한 돌고래들!") 보고 싶지 않았고 호의적인 팔로우어들의 댓글도("우와, 엘라 님, 정말 꿈만 같아요! 정말 꼭 안아주고 싶어요) 보고 싶지 않았다. 이 글은 오로지 필립을 염두에 두고 올린 글이었다. 왜 그랬는지는 엘라도 알 수 없었다. 아니다. 왜 그랬는지 너무나 잘 알고 있었다.

엘라는 등을 침대 헤드에 기댄 채 창밖으로 살짝 내다보이는 엘베 강을 바라보면서 새로 올린 글을 다시 삭제하고 싶은 유혹을 떨쳐냈다. 블로그에 올린 글로 필립을 살짝 찔러보고 싶었기 때문이다. 이제는 아이 두 명과 강아지와 함께하는 가족의 삶을 꿈꾸고 있다는 것을 그에게 넌지시 암시하고 싶었다. 물론 엘라는 여전히 아이를 갖고 싶은 마음이 없었지만 그래도 이런 그림을 당근처럼 그의 코앞에 들이밀었다.

어쨌든 엘라는 너무 큰 상처를 입은 상태였다! 그리고

'딸들' 이라고 쓰지 않고 그냥 '여자아이들' 이라고 썼기 때문에 누구의 딸인지는 알 바 없었다. 그녀는 필립에게 자신이 블로그에 올리는 글들이 완전히 허구라고 분명히 얘기했었다. 그리고 실제로 그랬다. 엘라가 올린 글에 사실인 것은 아무것도 없었다. 밤에 들렸던 지나가는 컨테이너 화물선의 경적 소리를 제외하고는. 그리고 꿈을 꾼 것도 사실이었다. 하지만 전혀 다른 꿈이었다. 조금 혼란스러운 꿈이었지만 기억이 맞다면 푸른 수염의 기사가 등장하는 꿈이었다. 푸른 수염의 오스카 드 비트가 꿈에 나와 일회용 면도기를 높이 치켜들고 그녀를 쫓아다녔다. 엘라는 그를 피해 도망 다니다가 결국 잠겨 있는 비밀의 방 앞까지 몰리게 되었다. 공포에 사로잡힌 엘라는 문손잡이를 마구 흔들어댔다. 푸른 수염의 기사는 살인도구를 들고─물론 생활용품 가게에서 구입한 플라스틱으로 된 일회용 면도기가 제대로 된 칼처럼 공포감을 불러일으키지는 않았지만─ 그녀를 거의 따라잡았다. 다행히 이번에는 문이 안쪽으로 활짝 열렸고 엘라는 숨을 헐떡거리며 안도하는 마음으로 안으로 들어갔는데…….

그런데 바로 그 순간 깜짝 놀라 잠에서 깨버리는 바람에 방 안에 무엇이 있었는지 제대로 보지 못했다. 그 안에 진짜로 오스카, 아니 푸른 수염의 기사가 살인한 여자들의 시체가 널려 있었는지 아니면 오래된 서류 상자들이나 필요 없는 잡동사니로 가득 차 있었는지 알 수 없었다. 엘라는 짜증을 내며 옆으로 돌려 누웠다. 그 방에 어떤 비밀이 숨겨져 있는지 정말 궁금했다! 물론 이것은 한낱 꿈에 불과하고 그녀의 무의식이 만들어내는 대답일 뿐이라는 것은 알고 있었다. 그럼에도 불구하고 그녀의 제7의 감각이 방문 뒤에 무엇이 숨겨져 있다고 짐작했을지 너무 궁금했다.

휴대전화 시계가 9시 15분을 가리켰고 엘라는 마지막으로 기지개를 켜고 일어났다. 보통 7시 반이면 일어나는데 오늘은 정말 오래 잤다. 오스카 드 비트가 깨서 돌아다니는 소리가 들리는지 귀를 기울여보았지만 집 안은 쥐 죽은 듯 고요했다. 그는 여전히 리클라이너 안락의자에 누워 푹 자고 있을 것이다. 슐롬머스 선생님이 하신 말씀은 아니었지만 잠이 가장 좋은 보약인 것은 분명했다. 엘라는 방에 딸린 작은 화장실로 가서 간단하게 샤워를 하고 첫 번째 이케아 장바구니에서 속옷, 양말, 청바지 그리고 와인색 풀오버를 꺼내 입고 담아온 물건들의 새로운 자리를 찾아주었다. 평소 같으면 어제 저녁에 이미 정리를 해두었겠지만 지금 평소와 같은 것은 아무것도 없었고 어제 이발사 노릇까지 하느라 완전히 녹초가 되어 그냥 그대로 침대 위로 쓰러져 잠이 들어버렸다.

엘라는 비어 있는 옷장 안에 옷을 걸고 화장실 거울 아래쪽 선반 위에 화장품을 나란히 올려놓았다. 그리고 책과 노트북, 개인서류가 담긴 파일 두 개를 책장에 정리해

넣는데 갑자기 서글픔이 몰려왔다. 낯선 도시에서 쉐어하우스로 들어온 여학생이 된 기분이었다. 이미 자리를 잡은 사람이 아니라 이제야 막 시작하는 사람이 된 기분이었다. 그런 의미에서 그녀는 오스카와 한 배를 타고 있었다. 물론 향하고 있는 방향은 달랐다. 그는 불확실한 과거를 갖고 있었고 그녀는 불확실한 미래를 갖고 있었다. 그래서 경우에 따라서는 배가 심하게 좌우로 흔들릴 수도 있었다.

엘라는 곧바로 자신의 머릿속에 깃든 이런 부정적인 생각들을 쫓아버렸다. 대체 왜 이러는 것일까? 모든 것은 그녀의 손에 달려 있었다! 일단 여기부터 모든 것을 정상으로 되돌려놓고 나서 다시 곧장 필립의 집으로 돌아갈 것이다. 그렇다, 꼭 그렇게 될 것이다!

이케아 장바구니 맨 밑바닥에서 엘라는 엄마의 빨간 책을 발견했다. 책 모서리는 다 닳아버렸고 너무 많이 읽어서 책장도 너덜너덜했다.

엘라는 책장을 펼쳐보지 않았다. 이미 수년째 펼쳐보지 않았다. 대신에 책을 양손에 꼭 쥐고 눈을 감은 채 손가락으로 거칠고 해진 책표지를 어루만졌다. 무슨 일이 있어도 이 책은 절대로 버리거나 누구한테 줄 수 없었다. 만약 불이 나서 단 하나의 물건밖에 들고 나가지 못한다면 단 1초의 망설임 없이 분명 이 책을 챙겨 나갈 것이었다. 그렇지만 엘라는 이 책을 더 이상 읽지 않았다. 그녀는 책 내용을 통째로 외우고 있어서 책을 펼치지 않고도 몇 페이지 몇 번째 줄에 어떤 단어가 쓰여 있는지 알고 있었고 심지어 쉼표 하나까지도 전부 알고 있었다. 이 책은 엘라가 소중한 보물처럼 지키는(실제로 소중한 보물이었다) 선언이자 유품이었으며 그녀와 엄마를 제외하고는 아무도 본 적이 없었고 앞으로도 절대 볼 일이 없었다.

손목에 있는 세미콜론 문신이 간질거리기 시작했다. 엘라는 눈을 뜨고 문신을 물끄러미 바라보았다. 자세히 들여다보면 세미콜론 문신 아래 동맥이 뛰는 것이 보였다. 그녀의 생명의 강물, 심장으로 가는 길······.

"아아악!" 날카로운 비명소리에 엘라는 소스라치게 놀라 손에 들고 있던 책을 바닥에 떨어트렸고 책 가운데 장이 펼쳐졌다. 그녀는 글씨가 빽빽하게 쓰여 있는 책장을 흘깃 본 후 책을 주워서 서랍장 맨 위 칸에 넣어두었다. 그리고 무슨 일인지 알아보기 위해 다급히 계단을 뛰어내려갔다.

거실에 있는 안락의자는 비어 있었고 이불은 구겨진 채 아무렇게나 내팽개쳐져 있었다. 엘라는 서둘러 거실 안을 살펴보았지만 오스카 드 비트는 보이지 않았다. 하지만 어디선가 '아아 아이야' 하는 신음소리가 들렸다. 부엌에서 나는 소리였다. 엘라는 얼른 부엌으로 달려갔다. 오스카가 쓰러진 의자 바로 옆에 누워 있었다. 여전히 목욕가운을 입은 채 등을 대고 바닥에 누워 통증을 느끼는 듯한 일그러진 얼굴을 하고 부러진 손목을 만지고 있었다.

"여기에서 뭐 하세요?" 엘라는 그에게 달려가 몸을 일으키기 위해 어깨를 잡았다.

"아악!" 그는 소리를 지르며 만지지 못하게 했다. "만지지 말아요. 정말 너무 아파요!"

엘라는 오스카에게서 손을 떼고는 뱃속 태아처럼 웅크린 자세로 부엌 바닥에 누워 있는 그를 어찌할 바를 모른 채 쳐다보았다. 어떻게 해야 하지? 그녀가 할 수 있는 일은 뭘까? 그리고 오스카는 대체 이 의자 위에서 무엇을 하려고 했던 것일까?

"무슨 일이에요?" 엘라가 다시 물었다.

"나는." 그는 더듬거리며 입을 떼다가 통증이 다시 밀려왔는지 말을 멈췄다. 엘라는 또다시 구급차를 불러야 하는 것은 아닌지 걱정스러웠다. 그렇게 되면 '여동생' 엘라가 돌봐주는 것보다는 당국에서 파견한 후견간병인이 더 나은 선택지였다는 것을 시립병원 의사에게 인정할 수밖에 없을 것이다. 가까스로 호흡을 가다듬은 오스카드 비트는 이번에는 제대로 된 문장을 말했다. 그것도 아주 긴 문장을. "너무 배가 고파서 혹시 찬장에 먹을 만한 것이 있는지 찾아보려고 했어요."

"1번 질문." 엘라가 말했다. "왜 저를 부르지 않으셨어요? 그리고 2번 질문. 집 안에 먹을 만한 것이 전혀 없다는 제 말을 왜 못 믿으시나요?"

"1번 대답은" 그는 고통스러운 미소를 지었지만 적어도 곧 죽어가는 사람처럼 보이지는 않았다. "파우스트 씨가 도움이 될 것 같지 않았어요. 키가 1미터 90인 나도 맨 위 찬장을 살펴보려면 의자에 올라가야 하는데 파우스트 씨는 키가 겨우 1미터 40……"

"1미터 58입니다." 엘라가 정확하게 짚어주었다.

"……1미터 50의 키로는 어쨌든 도움이 될 것 같지 않았어요. 그리고 2번 질문에 대한 대답은 1번 대답을 참고하세요. 파우스트 씨가 맨 위 찬장에 뭐가 있는지 알 턱이 없잖아요."

엘라는 한동안 그를 말없이 쳐다보았다. 그러더니 그대로 몸을 돌려 부엌에서 나갔다.

"이봐요!" 그가 뒤에서 부르는 소리가 들렸다. "어디 가요?" 엘라는 대답 대신 오스카 드 비트가 스스로 알아내길 바랐다. "나를 여기 그냥 이렇게 두고 가버리면 어떡해요!"

엘라는 가슴 위로 팔짱을 끼고 부엌 바로 옆 복도에서 쿡쿡 새어 나오는 웃음을 참았다.

"파우스트 씨, 제발 다시 이리로 와주세요!"

엘라는 아무 말도 하지 않았고 그가 안절부절못하게 내버려두었다. 네 발로 버둥거리는 뒤집힌 벌레처럼 그렇게 누워 있는 걸 보니 오히려 쌤통이었다. 사고와 그로 인한 후유증을 겪으면서도 오스카가 겸허에 대해 뭔가 깨달은 게 없다면 이제 에밀리아 파우스트가 직접 나서서 지금부터라도 조금 겸손해질 필요가 있다는 것을 몸소 체험하게 해줄 요량이었다.

"파우우우스트 씨?" 울먹거리는 목소리가 들렸다. "제발 부탁이에요!"

다행히 올바른 방향으로 가고 있었다.

"부탁이에요, 에밀리아 씨."

에밀리아라고? 어머!

그러고는 한동안 아무 소리도 들리지 않았다. 엘라는 혹시 무슨 문제가 있는지 들여다보고 싶은 유혹을 느꼈다. 잠시 뒤 또다시 그의 목소리가 들렸다.

"좋습니다. 파우스트 씨." 그가 말했다. "정식으로 사과하고 아까 했던 농담은 취소할게요."

엘라는 활짝 미소를 지으며 다시 안으로 들어갔다.

"그것 보세요, 드 비트 씨, 하실 수 있잖아요."

"그렇죠. 할 수는 있죠." 그가 어이없어하며 말했다. "그렇게 농담도 못 받아들이는 사람인 줄은 미처 몰랐죠."

"우리는 생각이 다른 것 같네요."

"그런 것 같군요." 그러더니 고개를 끄덕였다. "이제 그만 일어날 수 있게 도와주시겠어요? 손을 짚을 수가 없어서 혼자 일어나기가 힘들어요."

엘라는 그의 옆에 무릎을 꿇고 앉았다. "제가 어디를

잡고 일으켜주는 것이 가장 좋을까요?"

"모르겠어요. 온몸이 다 아파요. 넘어질 때 엉덩이부터
떨어졌고 그 다음에 어깨를 부딪쳤어요."

엘라는 잠시 생각을 해보더니 면도를 해줄 때처럼 그의
머리맡에 자리를 잡고 그의 등 밑으로 양팔을 넣었다. 아
주 힘겹게 그를 앉는 자세로 일으켜 세운 다음에 그의 겨
드랑이에 팔을 끼워 완전히 일으키는 데 성공했다. 이렇
게 가까이 밀착을 하고 보니 그가 어제 샤워를 한 것이 다
행이라는 생각이 들었다. 그에게서는 이제 향긋한 냄새
가 났다. 그의 말마따나 싸구려 향수냄새 같기는 하지만.

"고마워요, 에밀리아 씨." 그는 깁스를 한 손에서 뼈마
디가 빠져나오기라도 한 듯이 손목을 들여다보았다.

"엘라, 그냥 엘라라고 불러주세요."

"그럼 나는 오스카라고 부르세요."

"알겠습니다, 오스카 씨." 그 순간 엘라는 〈세서미스트
리트〉에 등장하는 더러운 초록색 괴물인 '쓰레기통 안에
사는 오스카'를 떠올렸지만 그에게 굳이 이런 사실을 얘
기하지는 않았다. 그냥 속으로 몰래 그에게 아주 잘 어울
리는 이름이라고 생각했다. '쓰레기장에 사는 오스카.'

"또 무슨 생각하고 있어요?"

"뭐라고요?"

"가끔 보면 엘라 씨 머릿속에서 누군가 불을 꺼버리는
듯한 느낌이 들어요." 그는 다치지 않은 손을 관자놀이

부근에 대고 조명스위치를 끄는 시늉을 했다. "딸깍! 하고 나면 정신이 어디로 가버리는 것 같아요."

"아니에요." 엘라가 반박했다. "저는 완전히 말짱해요. 그리고 앞으로는 혼자서 이러지 마세요." 엘라는 넘어진 의자를 가리켰다. "제가 한시도 눈을 뗄 수 없게 만들면 저는 제대로 쉴 수가 없고 또 혹시나……." 엘라는 말을 끝맺지 않았다.

"혹시나 내가 목숨이라도 끊으려고 할까 봐 걱정스러운 겁니까?"

엘라는 말없이 고개를 끄덕였다.

"걱정 말아요. 의자에서 한 번 추락한 걸로 충분해요."

"그렇다면 다행이고요."

"그렇지만 저 위쪽 찬장 안에 무엇이 들어 있는지 여전히 의문이군요. 그렇다고 한 사람이 발을 손으로 받쳐 들어 올려줄 수도 없고요." 그는 의미심장한 미소를 지었다.

"어차피 그 안까지 들여다볼 필요는 없어요." 엘라가 설명했다. "그 안에 먹을 만한 건 없을 거예요."

"그걸 어떻게 알아요? 뛰어난 가정관리사답게 이미 다 들여다보고 파악했다고 말하고 싶은 건 아니죠?"

"그렇지는 않아요." 엘라가 순순히 인정했다. "그 안까지 들여다보지는 않았어요. 하지만 다년간 '뛰어난 가정관리사'로 활동한 경험에 비춰보아 저 안에 식료품은 없다는 것은 알아요. 바보가 아닌 다음에야 저렇게 닿기 힘든 곳에 식품을 보관할 리는 없잖아요. 만약 저 안에 물건이 들어 있다면 기껏해야 퐁듀 냄비나 라클렛 그릴처럼 기념일에나 가끔 사용하는 물건들일 겁니다."

"그런데 말입니다." 그는 일부러 진지한 표정을 지었다. "내가 매일 퐁듀를 즐겨 먹는 사람일 수도 있지 않을까요?"

"제가 내다버려야 했던 수많은 피자 배달상자들이 그렇지 않다고 말해주고 있어요."

"그렇다면 내가 바보가 아니라는 사실은 어떻게 알아요?"

엘라는 잠시 생각했다. "그건 그러네요. 좋아요, 오스카 씨." 엘라가 활짝 미소를 지으며 말했다. "안에 뭐가 들어 있는지 확인해봅시다."

"당돌하시네요."

"그쪽도 마찬가지에요."

두 사람은 서로를 쳐다보며 웃음을 터트렸다. 잠시 후 오스카가 웃다 말고 움찔하고는 신음소리를 내며 엉덩이를 만졌다.

"웃으면 건강에 좋다더니." 그는 입술을 꽉 다물고 말했다.

"그러게요." 엘라가 말장단을 맞췄다. "흔히 하는 그런 얘기들이 공허한 말인 경우가 있죠."

"그러니까요." 오스카가 넘어진 의자를 세우려고 어설

프게 몸을 숙이자 엘라가 제지하며 그를 옆으로 밀쳤고 그는 또다시 신음소리를 냈다.

"제가 할게요." 엘라는 의자를 똑바로 세웠다.

"좋아요. 이제 의자를 찬장 가까이 갖다 붙여주세요."

"혹시 또 올라갈 생각이라면 제가 허락 못해요."

"허락하지 못한다고요?" 그는 눈썹을 높이 추켜세웠다.

"보호자로서 단호히 금지합니다."

"쳇, 보호자라니! 잔소리꾼이라면 몰라도."

"마음대로 생각하세요."

"그러면 우리 둘 중 누구 말이 맞는지 영원히 밝혀낼 수 없어요."

"그래도 전 별로 상관없어요."

"난 상관있어요! 저 찬장 안에 뭐가 들어 있는지 지금 당장 알고 싶다고요." 그는 고집스럽게 한 발을 의자 위로 올렸다가 이내 신음소리를 내며 다리를 다시 내렸다.

"원래 그렇게 고집불통이세요?"

그는 엘라를 난처하게 쳐다보았다. "그건 나도 모르죠." 그가 절망스럽게 말했다. "나는 내가 누군지도 모르잖아요. 어떤 사람인지도 당연히 모르고."

"죄송해요!" 엘라가 미안해하는 목소리로 말했다. "제가 자꾸 아픈 곳을 건드리게 되네요."

오스카는 괜찮다는 손짓을 했다. "신경 쓰지 말아요. 그것보다는 차라리 부상자와 난쟁이가 이 문제를 해결할 수 있는 방법을 좀 생각해보세요."

"제가 보기에는 정말 고집불통이 맞는 것 같아요."

"아무튼 나는 뭔가 원하는 것이 있으면 절대 포기하지 않는 그런 사람인 것 같아요. 그리고 지금은 찬장 위에 뭐가 있는지 반드시 알아야겠어요. 나는 우리가 맛있는 아침식사를 먹기 위해서 필요한 모든 것들이 저 안에 들어 있다고 확신해요."

"당연히 그렇겠죠." 엘라가 동조했다. "아마도 요리가 다 완성된 채로 말이죠. 스크램블 에그와 베이컨, 방울토마토와 토스트, 게살 샐러드, 오트밀죽, 갓 짠 신선한 오렌지주스……."

"그만해요! 정말 배고파 죽겠어요."

"좋은 생각이 났어요!" 엘라가 소리쳤다.

"무슨 생각이요?"

"차고 안에 사다리가 있어요. 어제 차고에서 차를 뺄 때 봤어요. 가서 가져올게요." 엘라는 차고를 향해 몸을 돌렸다.

"평소 같으면 내가 할 텐데 지금은……."

"신경 쓰지 마세요." 엘라는 조금 전에 그가 했던 말을 그대로 따라 했다. "난쟁이라도 그 정도는 혼자서 할 수 있어요." 엘라는 복도로 나갔다.

"아, 엘라 씨?" 오스카가 뒤에서 불렀다.

"왜 그러시죠?"

"차고로 가는 김에 차를 차고 안에 넣어줄래요? 내가 원래 어떤 사람인지는 잘 모르겠지만 엄연히 차고가 있는데 메르세데스 G클래스 자동차를 그냥 집 밖에 세워두는 사람은 분명히 아닐 겁니다."

엘라는 현관문을 열고 차고를 향해 뛰어가면서 자신은 발레파킹을 해주는 사람이 아니라고 속으로 툴툴거렸다.

잠시 후, 차는 여전히 출구 앞에 그대로 세워둔 채 엘라는 긴 사다리를 끌고 부엌으로 돌아왔다. 수미터에 달하는 알루미늄으로 된 커다란 사다리였다. "그럼 뭐가 있는지 한번 봅시다." 엘라는 사다리를 찬장에 기대 세우고 안전하게 잘 놓았는지 확인하기 위해 사다리를 흔들어보았다. "된 것 같아요." 엘라가 말했다.

"보험은 잘 들어두셨죠?"

"오스카 씨가 보험을 잘 들어두셨기를 바라야지요."

"나요? 내가 왜요?"

"제 목이 부러지면 그건 산업재해에 해당되거든요." 이 말을 하면서 엘라는 오스카와의 근로관계는 애초에 존재하지 않으며 계약서조차 없다는 사실을 깨달았다. 조만간 어떤 식으로든 해결을 해야겠다는 생각이 들었다. 어떤 식으로 할지는 나중에 생각해보기로 했다.

"엘라 씨 목이 부러진다면 오히려 내 입장에서는 더 낫죠." 오스카가 말했다. "그러면 그 자리에서 즉사할 테니 나는 장례식 비용만 부담하면 되니까요."

"그렇군요."

"그래도 최선을 다해서 사다리를 잘 붙잡고 있을게요."

"그렇게 해주시면 정말 감사하겠습니다." 엘라는 사다리 가장 아래쪽 발판에 발을 올리고 양손으로 사다리를 붙잡고 올라가기 시작했고 오스카는 예고했던 대로 안전하게 사다리를 잘 잡아주었다.

위에 다다른 엘라는 문을 열고 안을 들여다보았다. 그러더니 웃기 시작했다. 큰 소리로. 그리고 의기양양하게.

"왜 그래요?" 아래에서 오스카가 몹시 궁금해하며 물었다.

"제 말을 못 믿으실 거예요!"

"어서 말해봐요!"

"알았어요." 엘라는 긴장감을 높이기 위해 일부러 조금 뜸을 들였다. "퐁듀 냄비가 있어요. 그리고 라클렛 그릴이 들어 있어요."

"보여주세요!"

"제 말을 못 믿으시겠어요?"

"조금 전에 엘라 씨가 그랬잖아요. 엘라 씨 말을 못 믿을 거라면서요."

"그건 그냥 수사법이잖아요."

"하지만 적중했어요."

"기분이 조금 언짢네요."

"왜요? 어제도 나한테 힐러리 클린턴이 미국 대통령이

라고 거짓말했잖아요."

"전 퐁듀 냄비처럼 심각한 사안과 관련해서는 절대 거짓말을 하지 않습니다."

"보여줘봐요!" 오스카가 요구했다.

"알았어요." 엘라는 한숨을 내쉬며 냄비를 향해 손을 뻗어서 꺼냈다.

"이제 됐어요?" 엘라는 오스카를 향해 냄비를 내밀며 물었다.

"거의요. 이제 라클렛 그릴만 보여주면 되겠어요, 파우스트 씨."

"드 비트 씨!" 엘라도 다시 그의 성을 부르며 항의했다. "이 사람이 정말……."

"난 직접 봐야겠어요!"

엘라는 잠시 망설이더니 체념한 듯 어깨를 으쓱했다. "좋아요. 그건 장난이었어요."

"거짓말이었죠."

"그렇다고 해두죠." 뭔가 들킨 것처럼 엘라의 얼굴이 빨갛게 달아올랐다. "하지만 대신에 여기 국수 만드는 기계가 있어요. 그러니까 중급자를 위한 라클렛 그릴이나 마찬가지라고 할 수 있죠." 엘라는 어설픈 변명을 덧붙였다.

"국수를 만드는 기계는 라클렛 그릴이 아니죠." 그가 가차 없이 말했다.

"그렇게 깐깐하게 굴 필요는 없잖아요." 엘라는 찬장 문을 닫고 사다리를 타고 내려왔다. "어쨌든 이 안에 식료품은 없을 거라는 제 짐작이 맞았잖아요." 다시 안전한 바닥으로 내려온 엘라가 말했다.

"그래요." 그는 인정하면서도 엄격한 눈빛으로 엘라를 쳐다보았다. "하지만 그건 중요하지 않아요. 엘라 씨는 거짓말을 했어요. 따라서 엘라 씨의 '승리'도 제대로 인정받기는 힘들게 됐군요."

"그건 너무 심하잖아요, 오스카 씨!" 엘라가 분개하며 받아쳤다. "거짓말이라니…… 그러니까…… 그건 너무……."

"왜 심하다고 생각하죠?" 그는 엘라의 말을 끊으며 물었다. 그의 눈빛은 헤아리기 어려웠고 엘라는 그가 지금 장난을 치는 것인지 정말 보이는 대로 심각하게 하는 말인지 알 수 없었다. "파우스트 씨, 내가 마지막으로 한 번 더 설명할게요. 내가 지금 처한 상황은 결코 즐거운 상태가 아닙니다. 우리가 서로 잘 지내려면 나한테 항상 진실을 말해줘야 해요. 항상. 아무리 중요하지 않게 생각되는 일이라도 말이죠. 한 번만 더 사소한 거짓말이라도 한다면 당장 이 집에서 짐을 싸서 나가야 할 겁니다. 알아들었어요?"

엘라는 시선을 떨구었다. 목에 묵직한 것이 걸린 듯 침을 꿀꺽 삼키고 고개를 끄덕였다. "네." 엘라가 떨리는 목소리로 대답했다. "알겠습니다." 엘라는 고개를 들어 불안한 눈빛으로 그를 쳐다보았다.

"그럼 됐어요." 놀랍게도 오스카는 다시 활짝 미소를 지어보였다. 이 남자는 정말 불가사의했다.

"이제 옷 입는 것 좀 도와주세요. 그런 다음에 뭐 좀 먹게 같이 장을 보러 갑시다."

"그 전에 돈 문제부터 해결하셔야 할 것 같은데요."

"역에 있다는 그 슈퍼마켓에서는 카드와 사인으로 계산이 안 됩니까?"

"모르겠어요. 그래도 계산대 앞에서 카드가 안 된다는 것을 알게 되면 곤란하잖아요. 그리고 현금을 조금 갖고 있는 게 좋죠. 현금인출기에서 돈을 좀 뽑아가는 게 좋겠어요."

"그러려면 내 비밀번호가 필요하잖아요. 알아낼 수 있는 좋은 생각이 있어요?"

"아니요. 오늘은 은행이 영업을 하지 않기 때문에 물어볼 수도 없고…… 서재에서 비밀번호를 알 수 있는 뭔가를 찾을 수 있을지도 모르겠어요."

"그럼 그렇게 하죠." 그는 말이 떨어지기 무섭게 서재를 향해 걸어갔다.

"오스카 씨!" 엘라가 뒤쫓아가며 불렀다. 책상 위에 쌓여 있는 노란색 우편물들이 생각났기 때문이다. 그리고 '너는 왜 나를 떠났어? 너는 왜 나를 떠났어?'라고 반복적으로 적어놓은 종이가 생각났다. 오스카는 이제 제법 안정을 찾은 것처럼 보였지만 지금 그런 정보에 직면해도 괜찮은 상태인지 엘라는 확신할 수가 없었다. "오스카 씨." 서재로 들어가는 문 앞에서 그를 따라잡은 엘라가 그의 어깨에 손을 올렸다. 그는 엘라를 향해 몸을 돌렸다. "굳이 같이 찾아볼 필요는 없어요. 제가 혼자서 찾아볼게요."

"하지만 이건 내 서재잖아요."

"물론 그렇죠. 하지만……." 엘라는 망설였다. 그러더니 솔직하게 털어놓았다.

"제가 서재를 청소하다가 보시면 혹시 충격을 받을지도 모르는 것들을 발견했는데 마음의 준비를 하고 들어가시는 것이 좋겠어요."

"그래요? 어떤 것들 말이죠?"

'너는 왜 나를 떠났어? 너는 왜 나를 떠났어?'

"예를 들면 미지불된 청구서 같은 것들이요." 엘라가 말했다.

"그런 건 괜찮아요." 그는 다시 서재 문을 향해 몸을 돌려 문손잡이에 손을 올렸다.

"부탁이에요!" 엘라는 그의 팔을 잡았다. 그는 다시 엘라를 향해 몸을 돌려 의문스러운 표정을 지었다. "제가 오스카 씨에게 거짓말을 했던 것은 정말 죄송해요. 하지만 조금 더 시간을 두고 과거를 탐색하는 것이 좋을 것 같다는 생각이 들어요." 엘라는 간절한 눈빛을 보냈다.

그는 엘라를 한참 동안 쳐다보았다. 생각에 잠겨서. 그러더니 아주 미세하게 고개를 끄덕였다. "알았어요." 그는 마지못해 수긍했다. 그리고 엘라가 서재 안으로 들어갈 수 있도록 옆으로 비켜섰다. "하지만 엘라 씨가 그럴수록 정확히 무엇으로부터 나를 보호하고 싶은지 궁금증이 더 커지는 건 사실입니다."

"별일은 아니에요." 엘라가 별것 아니라는 손짓을 했다. "말씀드렸다시피 미지불 청구서 그리고 경고장 같은 것들이에요. 그냥 번거롭고 귀찮은 사안들인데 제 생각에는 나중에 신경을 쓰시는 것이 좋을 것 같아서요. 아니면 저한테 그냥 맡겨주시면 더 좋고요."

"엘라 씨한테 말입니까?"

"네, 물론이죠. 그런 모든 일들을 맡아서 해달라고 저를 고용한 거잖아요." 엘라는 눈을 찡긋했다. "그래서 제가 그렇게 해드리려고요."

"알았어요, 엘라 씨. 그럼 이제 맡은 임무를 수행하세요."

엘라는 서재 안으로 들어가자마자 문을 닫았다. 가장 먼저 책상으로 다가가 오스카가 탄식의 글을 적어놓은 종이를 들고 어디에 숨겨놓을지 갈팡질팡했다. 종이를 작게 접어서 바지 주머니 속에 그냥 구겨 넣는 것은 너무 실례되는 행동이라는 생각이 들었다. 하지만 오스카가 이 종이를 발견하지 못하도록 해야 했다. 적어도 아직은.

'이건 거짓말이 아니야.' 엘라는 결국 두꺼운 세금관련 전문서적 사이에 종이를 끼워 넣으면서 자기 자신을 달랬다. '이건 그냥 은닉일 뿐이야.'

그런 다음에 책장에 꽂혀 있는 서류파일들을 꼼꼼히 살펴보았다. '은행'이라고 적힌 서류를 발견하자 심장이 두근두근 뛰었다. 뭔가 찾을 수 있다는 기대감이 생겼다.

엘라는 그 파일을 책장에서 꺼내 페이지를 넘겨보았다. 맨 앞장부터 갖가지 유가증권과 보험증서의 숫자들이 보였다. 숫자가 너무 길어서 집게손가락으로 완전히 가려지지 않을 정도였다. 엘라의 손이 덜덜 떨렸다. 오스카는 정말 어마어마한 부자였다. 물론 이것이 다 오스카 드 비트의 재산인지 아니면 이 저택을 포함해서 모조리 은행에 저당을 잡힌 것인지는 알 수 없었다. 하지만 그중 일부만이라도 그녀의 새로운 고용주의 재산이 맞다면 그의 책상위에 쌓인 경고장들을 더더욱 이해할 수 없었다. 어쨌든지불 능력이 없기 때문은 아니었다. 이 서류들을 더 자세히 들여다보려면 한도 끝도 없을 듯했고 일단은 오스카의 직불카드나 신용카드의 비밀번호부터 알아내기 위해 페이지를 넘겼다.

파일 맨 뒤에서 마침내 원하던 것을 발견했다. 비닐주머니 속에는 카드 비밀번호가 적혀 있는 종이 두 장이 들어 있었을 뿐만 아니라 온라인 뱅킹에 필요한 모든 서류들도 같이 들어 있었다. 엘라는 이 서류들을 나중에 천천히 들여다볼 생각이었다.

엘라는 비밀번호가 적혀 있는 종이를 꺼낸 뒤 파일을 다시 책장에 꽂아놓고 밖으로 나가려다 아까 두꺼운 책 사이에 끼워두었던 오스카의 메모가 문득 떠올랐다. 책 사이로 종이 모서리가 튀어나온 게 눈에 띄었다. 역시 책은 적당한 은닉처가 아닌 듯해 일단 종이를 다시 꺼냈다.

그냥 접어서 바지 주머니에 넣을까? 아니면 서재 문을 당분간 잠가놓는 것이 좋겠다고 오스카를 설득해볼까? 그녀가 아는 오스카는 그런 설득에 절대 순순히 응할 사람이 아니었다.

종이를 숨길 적당한 곳을 찾던 엘라는 책상 밑에서 바퀴가 달린 검은색 서랍장을 발견했다. 맨 위 서랍에는 잠금 장치에 열쇠가 꽂혀 있었다. 그 열쇠를 몰래 챙기고 처음부터 원래 잠겨 있었다고 둘러대면 될 듯했다.

엘라는 종이를 넣어두기 위해 서랍을 열었다. 그리고 멈칫했다. 서랍 안에는 작은 검은색 상자가 들어 있었다. 엘라는 그것을 꺼내 유심히 살펴보았다.

투명한 뚜껑으로 된 상자 안에 빨간색 비단 장식이 되어 있었고 그 위에 은색 어린이 수저가 얌전히 놓여 있었다. 아기가 태어나거나 아이가 세례를 받을 때 주변에서 아이 부모에게 흔히 하는 선물이었다. 손잡이에는 '헨리'라는 이름과 날짜가 새겨져 있었다. 엘라는 머릿속으로 나이를 계산해보았다. 8년. 그 아이는 지금 여덟 살이 되었을 것이다.

엘라는 오스카의 메모를 서랍 안에 넣고 은수저도 다시 잘 넣어두었다. 그러고는 서랍을 잠그고 열쇠는 청바지 주머니에 넣었다.

'헨리.' 엘라는 서재에서 나와 오스카에게 가면서 계속 생각했다. '여덟 살의 헨리, 너는 누구니? 그리고 지금 어디 있는 거니?'

"엘라 씨, 굳이 잔소리를 하고 싶지는 않지만, 조금 전에 저 스마트 차량의 우선 통행권을 무시하고 그냥 달리던데요. 저 차가 내 차에 비해 별로인 건 사실이지만 그렇다고 그런 식으로 무시하면 안 되죠."

"뭐라고요?" 조수석에 앉아서 그녀가 운전하는 방식에 대해 논평하는 오스카를 엘라는 어리둥절해하며 쳐다보았다.

"또다시 머릿속 조명스위치가 꺼진 것 같군요." 그가 배시시 웃으며 말했다. "엘라 씨처럼 그렇게 툭하면 멍을 때리는 사람이 운전을 해도 되는 건지 모르겠네요. 그냥 내가 운전하는 게 낫겠어요."

"그건 어렵겠는데요." 엘라는 깁스를 한 그의 팔을 가리켰다.

"차가 오토매틱이라 문제없어요."

"제가 아는 상식으로는 오토매틱이든 아니든 그렇게 부상당한 팔로 운전하는 건 법에 저촉됩니다." 그녀는 우쭐한 미소를 지었다. "그래도 저의 '부적격'은 적어도 눈에 띄지는 않잖아요."

"내가 눈치 챌 정도면 충분히 위험한 겁니다. 그러니까 부탁인데 운전할 때만이라도 제발 딴생각 좀 그만해요. 무슨 생각을 그렇게 하고 있었는지 모르겠지만 말입니다."

"네, 알겠어요." 엘라는 가죽으로 된 핸들을 양손으로 꽉 움켜잡고 눈을 질끈 감았다가 뜨고 도로에 시선을 집중했다. 무슨 생각을 하고 있었냐고? 여덟 살 헨리 생각을 하고 있었다. 그리고 혹시 오스카 드 비트의 아들이 아닐까 생각하고 있던 중이었다. 그렇지 않다면 책상 아래 서랍에 왜 은수저를 보관하고 있겠는가?

그런데 그의 집에서는 아이를 암시하는 물건을 일체 찾아볼 수 없었다. 사진도 없었고 자동차 장난감도 없었으며 남자아이의 닳은 축구화도 없었고 벽에 색연필로 낙서를 하거나 스티커를 붙인 자국도 없었으며 문틀에 불규칙한 간격으로 키를 재고 표시를 해둔 아빠의 흔적 같은 것도 보이지 않았다. 전혀 없었다. 프랑신 드 비트한테는 헨리의 프랑스식 이름인 앙리가 더 잘 어울렸고, 만약 그녀가 아이를 데리고 떠났다 해도 집 안에 아이가 있었다는 일말의 흔적은 남게 마련 아닌가? 고양이조차 먹이와 캐츠타워 같은 흔적이 남아 있는데 말이다.

오스카의 메르세데스 벤츠도 마찬가지였다. 아이가 탄 적이 있음을 암시하는 어린이용 카시트도 없었고 굴러다니는 장난감이나 과자 부스러기도 없었다. 이 차는 오히려 어제 막 공장에서 출고된 것처럼 보였다(지저분했던 집 안의 상태를 감안하면 엘라는 내심 놀라지 않을 수 없었다). 이 차 안에서는 아이가 먹던 주스를 뒷좌석에서 앞으로 던져 전면유리창에 끈적한 주스가 튀어본 적이 분명 없었다. 엘라가 알고 있는 얼마 안 되는 아이를 키우는 부부들의 차는 아이를 낳기 전까지는 모두 지금의 드 비트의 차 상태와 비슷했다.

그때 문득 오스카의 지갑 안에 들어 있던 사진이 떠올랐다. 그가 부인과 함께 찍은 사진의 오른쪽에 눈에 띄게 잘려나간 흔적이 있었다. 그쪽에 어린아이가 있었던 것일까? 하지만 누가 왜 사진을 잘라냈을까? 헤어진 부인 사진은 가지고 다니면서 자기 아들이 나온 부분을 사진에서 잘라낸다고? 반대의 경우라면 이해할 수 있었다. 헤어진 부인에 대한 기억은 지워버리려 하면서도 동시에 아이에 대한 기억은 어떻게든 간직하려 한다면 충분히 이해할 수 있었다. 하지만 그 반대의 경우는 심정적으로 봤을 때 쉽게 이해가 가지 않는 일이었다.

한편으론 전혀 다른 상황일 수도 있다. 아이는 애초에 존재하지 않고, 오스카가 사진을 지갑에 넣기 알맞은 크기로 잘랐을 수도 있다. 그렇다면 은수저는? 여러 해석이 가능했다. 친구나 친척 아이의 세례식 때 선물로 주기 위해 샀는데 어떤 이유로든 전달하지 못했을 수 있다. 친구와 다퉜다든지 또는 멀리 사는 친척한테 보내려고 했는데 우체국에 가지 못했다든지. 아이 이름을 잘못 새겨 넣었다거나 아니면······.

"엘라 씨!"

엘라는 깜짝 놀라 브레이크를 세게 밟았다. 차는 끽소리를 내며 멈춰 섰고 엘라와 오스카의 몸이 앞으로 확 쏠리며 순간 숨이 멎었다.

다시 고개를 들자 차가 횡단보도에 반쯤 걸쳐져 세워져 있었다. 신호등은 빨간색을 가리키고 있었고 산악자전거를 타던 남자는 차 본네트 바로 앞에서 가운데 손가락을 내밀고 지나갔다.

"더 이상은 안 되겠어요." 오른쪽 조수석에서 씩씩거리는 소리가 들렸다. "내리세요. 지금부터는 내가 운전할게요. 생명의 위협이 느껴질 정도라고요! 특히 길거리에 지나다니는 사람들한테요."

"죄송합니다." 엘라가 기어들어가는 목소리로 말했다. "자전거 탄 사람을 못 봤어요."

"당연히 빨간 신호등이 들어오는 것도 못 봤겠죠!" 오스카는 안전벨트를 풀고 왼손으로 차문 손잡이를 잡고 내리려는 자세를 취했다.

"그러지 마세요." 엘라는 그를 말렸다. "이제부터 진짜 조심할게요."

"아까도 그런다고 했잖아요." 그가 쏘아붙였다. "군말 말아요. 이제부터는 내가 운전해요."

엘라는 할 수 없이 안전벨트를 풀었다. 오스카가 운전을 하는 것이 내심 기쁘기도 했다. 은수저를 본 이후 머릿속이 너무 복잡해져서 정말 공공의 안전에 위협이 될 수 있었다. 어쩌면 손목이 부러진 오스카가 더 나은 대안일 수도 있었다.

"우리가 정확히 어디로 가야 하죠?" 그가 운전석에 앉자마자 퉁명스럽게 물었다.

"알토나 역이요." 엘라가 대답했다. "어딘지 아세요?"

"네." 오스카 드 비트는 벌써 차를 출발시켜 한 손으로 능숙하게 운전했다.

엘라는 옆에서 몰래 그가 말없이 집중해서 차를 알토나 역 방향으로 운전하는 모습을 지켜보았다. 이 사람이 아버지일 가능성이 있을까? 물론이었다. 서른아홉 살이면 충분히 그러고도 남을 나이였다. 그 밖에는? 이제 수염이 없으니 그의 반듯하고 품위 있는 얼굴선이 제대로 눈에 들어왔다. 반듯한 콧날, 보조개가 있는 단단해 보이는 턱, 날씬하고 거의 마르다시피 한 체격, 섬세한 손—적어도 운전대를 잡고 있는 왼손은 그랬다—, 숱이 많은 검은 머리에 희끗한 새치, 길고 풍성한 속눈썹과 거의 검은색에 가까운 짙은 눈동자(옆에서는 거의 보이지 않았지만 엘라는 그의 눈동자가 그렇다는 것을 알고 있었다) 그리고 굳게 다문 입술.

명품 신사복 모델로 잘 어울리는 사람이었다. 아침에

밀라노에서 에스프레소를 마시고 점심에 파리 리츠 호텔에서 모임을 갖고 저녁에는 베를린의 고품격 소호 하우스에서 칵테일을 마시는 그런 중년 남자처럼 보였다. 이런 모든 모습들은 지금 운전대를 잡고 있는 오스카 드 비트한테 아주 잘 어울렸다. 적어도 지금의 오스카 드 비트한테는 잘 어울렸다. 그는 엘라가 옷장에서 꺼내준 깔끔한 명품디자인 청바지와 완벽한 핏의 셔츠를 입고 있었다. 그리고 역시 엘라가 찾아서 대충 닦아준 검정색 수제화를 신고 있었다.

하지만 오스카 드 비트가 몇 년 전에 아이를 등에 태우고 네 발로 기어 다니는 모습도 상상할 수 있을까? 아이가 아빠의 등 위에서 즐겁게 소리를 지르며 아빠한테 다시 한 번 사자소리를 내달라고 하는 모습을? 또는 아들이 손가락에 묻은 물감을 아빠한테 묻히거나 아이가 던진 토마토 스파게티 국수를 맞는 장면을? 아침에 목덜미에 아이의 따뜻한 숨결을 느끼고 아이의 포옹을 받으며 일어나는 모습을? 그리고 나중에 아이가 조금 더 커서는 어린이용 축구장에서 같이 공을 차는 모습, 아이에게 자전거와 수영을 가르쳐주는 모습을? 그리고 아기 헨리의 기저귀를 갈아주고 우유병을 물리는 모습도?

그렇지 않았다. 이런 모든 모습들은 그와 어울리지 않았다. 겉으로만 보아서는 오스카 드 비트는 정말 인생을 즐기는 사람처럼 보였다. 전성기를 누리는 싱글 남자로,

메르세데스 벤츠 뒷좌석에는 어린이용 카시트보다는 골프채가방이 더 잘 어울리는 그런 남자였다.

하지만 다른 한편으로 생각해보면 이것은 모두 선입견일 수도 있었다. 겉만 봐서 어떻게 알겠는가? 엘라가 직접 두 눈으로 보지 못했다면 이 남자가 쓰레기봉지와 오래된 신문 그리고 피자상자를 집 안에 쌓아놓고 사는 사람일 줄은 상상도 못했을 것이다. 엘라는 한숨을 내쉬었다. 아무리 생각을 해보아도 진전이 없었다.

"삶이 그렇게 힘들어요?" 오스카가 궁금해하며 물었다.

"아니요. 그냥 앞날이 좀 깜깜해서 그래요."

그는 옆에서 흘깃 쳐다보았다. "얘기해보세요!"

"무슨 얘기요?"

"뭐가 그렇게 깜깜한지."

"저의 새로운 고용주가 사고를 당해 기억상실증에 걸린 걸 제외하고요?"

그는 웃었다. 오스카는 도통 알 수 없는 사람이었다. 조금 전까지만 해도 까칠하고 고압적이더니 지금은 아무 일도 없었다는 듯 행동했다. "네, 그 일을 제외하고요."

"얘기가 너무 길어질 거예요."

"얼마나 긴데요?"

"저기에요." 엘라는 팔을 뻗어 앞을 가리켰다. 마침 역 광장이 시야에 들어와 다행이었다. "저기 어디 빈자리가 있는지 찾아보세요. 안 그러면 주차장 건물로 가야 해요."

"네, 분부대로 하겠습니다."

"휴, 정말 힘들었어요!" 두 시간 후, 오스카는 거실 소파
에 털썩 앉았고 엘라는 무겁고 커다란 장바구니 다섯 개
를 부엌으로 낑낑거리며 옮겼다.

"나도 도와주고 싶은 마음은 굴뚝같아요!" 그가 소파에
앉아서 엘라를 향해 말했다. "하지만 그건 정말 나한테
너무……"

"네, 네, 괜찮아요." 엘라는 음료수 병들이 들어 있는
장바구니를 싱크대 상판 위로 올리던 중이라 힘겹게 대답
했다. "다 압니다!"

"미안해요!" 거실에서 그의 목소리가 들렸다.

"네 네, 알았다고요." 엘라는 이번에는 혼자 조용히 중
얼거렸다. 장을 봐온 무거운 장바구니를 혼자 옮기고 혼
자서 집안일을 하는 데는 이미 익숙해져 있는 터라 실제
로 별 문제가 아니었다. 물론 필립이 가끔 도와주긴 했다.
하지만 대부분의 경우 필립이 퇴근해 집에 올 때쯤이면
모든 집안일을 혼자서 끝내놓고 식탁 위에 그를 위한 맛
있는 음식을 차려놓곤 했다. 엘라는 집안일에 탁월한 능
력을 발휘했고 그야말로 '착한 요정'이었다.

엘라는 또다시 필립 생각에 빠져들었고 '어쨌든 간에'
경제적인 지원을 받을 만한 자격이 있다고 했던 그의 말
이 떠올랐다. 갑자기 다시 분노가 끓어올랐다. '어쨌든

간에' 라니! 그녀가 그동안 했던 일들은 '어쨌든 간에' 가 한 일이 아니었다. 하지만 세상은 그랬다. 세상은 '단지' 주부이거나 또 '단지' 엄마인 여성들이 하는 일은 마치 별일 아니라는 듯이 치부하며 무시했다. 밖에서 남편은 야생과 다름없는 세상에서 뼈 빠지게 일하는 동안 여자는 집 안에서 하루 종일 드라마나 보면서 발톱에 매니큐어를 바르고 있다고 생각한다. 하지만 곁에서 챙겨주는 사람이 없을 때 남자가 어떻게 되는지는 여기에서도 여실히 볼 수 있지 않은가. 구겨지고 냄새 나는 옷을 입고 맨발로 다니는 혼란스러운 오스카 드 비트.

엘라는 문득 필립이 이제 그녀 없이 어떻게 살고 있을지 궁금했다. 필립도 조만간 신발을 신지 않은 채 란둥스브뤼켄에서 방황하게 되는 것일까? 엘라는 이런 생각과 이런 생각을 한 자신이 웃겨서 고개를 저으며 웃었다. 말도 안 되는 일이기 때문이었다. 혼자된 모든 남자들이 오스카처럼 정신이 나가는 것은 아니었다. 그녀의 새로운 고용주는 분명히 다른 문제를 갖고 있을 것이다. 그리고 몹시 배 아플 일이긴 하지만 필립은 혼자가 아닐 가능성도 있지 않은가? 지금 C와 함께 있는 건 아닐까? 혹시 그 여자가 벌써 짐을 싸서 필립의 집으로 들어간 건 아닐까?

엘라는 휴대전화로 그에게 당장 전화를 걸어 이런 사실들을 확인해보고 싶은 마음을 꾹꾹 억눌렀다. 그런 전화통화는 자존심이 허락하지 않을 뿐만 아니라 오히려 원치 않는 반대의 결과를 불러올 것이 뻔했다. 엘라는 다시 한 번 숨을 내쉬고 장봐온 물건들을 정리하는 일에 몰두하기로 했다. 그 순간 싱크대 위에 올려둔 휴대전화 벨이 울리기 시작했다. 휴대전화 화면을 보니 역시 짐작하던 대로였다. 필립이었다.

엘라는 통화가 음성메시지로 넘어갈 때까지 그냥 울리게 내버려둘까 생각해보았다. 일종의 입장 표명처럼. 하지만 그런다 해도 알아줄 리가 없고 그냥 부재중 전화에 불과할 것이다. 엘라는 휴대전화를 들어 전화를 그냥 끊어버렸다. 이제는 정말 확실한 입장 표명이었다. 몇 초후 다시 휴대전화 벨이 울렸고 엘라는 똑같이 끊어버렸다. 그리고 다시 한 번 벨이 울리자 똑같은 행동을 또 한번 반복. 그러고 나서 조용해졌다. 엘라가 실수로 통화종료 버튼을 누른 것이 아니라 필립하고 얘기하고 싶은 마음이 없다는 것을 그는 확실히 이해했을 것이다. 하지만 엘라의 마음속은 그 정반대를 부르짖고 있었다. 필립과 얘기를 하고 싶고 그의 목소리를 듣고 싶었다. 그가 그립고, 그립고, 그립고 너무 그리웠다! 그렇지만 지금은 시나리오대로 자기 자신과 필립에게 강경한 태도를 취하는 것 말고는 다른 방법이 없었다. 그리고 목적은 수단을 정당화하기 마련이었다.

엘라는 정리를 다 마치고 오스카와 함께 먹을 뒤늦은 아침식사를 준비했다. 얼마 전 머릿속에 상상하던 그대로 아침식사를 차렸다. 스크램블 에그와 베이컨, 방울토마토와 토스트, 게살 샐러드, 오트밀죽 그리고 갓 짠 신선한 오렌지주스. 커피를 올려놓고 거실로 나가보니 오스카는 눈을 감고 소파에 길게 누워 있었다. 그러다 엘라의 인기척을 느끼자마자 눈을 떴다.

"아침식사가 거의 다 준비됐어요."

그는 손목시계를 내려다보면서 엄중한 눈빛으로 엘라를 쳐다보았다. "1시 15분에요?"

"그건······."

"농담이었어요!" 엘라가 또다시 흥분하기 전에 그가 얼른 말을 끊어버렸다. "아주 좋아요. 부엌에서 나는 냄새만으로도 벌써 입에 침이 고여요."

"곧 식사하면 됩니다. 이제 평소에 커피를 어떻게 드시는지만 알려주시면 돼요." 엘라는 이 말을 하는 도중에 아차 하고 입술을 깨물었다. 당황스러워하는 오스카의 표정을 보아하니 또다시 실수를 한 것이 분명했다. "잘 모르시는 거죠?"

"네." 그는 한숨을 내쉬며 어깨를 축 늘어트렸다. "그런 것마저 알려드릴 수가 없네요. 정말 미치겠어요. 이미 미쳐버린 것이 아니라면요."

엘라는 잠시 생각을 하더니 몸을 돌려 부엌으로 들어갔다. "잠깐 기다려보세요. 저한테 좋은 생각이 있어요."

잠시 후 엘라는 커다란 쟁반 위에 오스카와 함께 먹을

아침식사를 담아 와서 거실 탁자에 올려놓았다. 그러더니 다시 부엌으로 가서 이번에는 잔 아홉 개를 올린(잔이 부족해서 '아니면 아침도 못 먹어' 머그잔도 포함되어 있었다) 또 다른 쟁반을 들고 나왔다. 잔 아래에는 일제히 엘라가 적어놓은 쪽지가 놓여 있었다.

"이게 뭡니까?" 오스카가 궁금해하며 잔을 가리켰다. "손님이 오기로 했어요?" 그는 글씨를 보기 위해 고개를 돌렸다.

"아니에요. 이건 제 거예요." 엘라는 잔 하나를 들어 홀짝거리며 마셨다. "저는 우유가 많이 들어가고 설탕을 넣지 않은 커피를 가장 좋아해요." 엘라는 나머지 여덟 개의 잔을 가리켰다. "여기는 그냥 블랙커피, 설탕을 넣은 블랙커피, 우유를 조금 넣은 커피, 우유를 많이 넣은 커피, 우유와 설탕을 조금 넣은 커피, 우유를 많이 넣고 설탕은 조금 넣은 커피, 우유는 조금 넣고 설탕은 많이 넣은 커피 그리고 우유와 설탕을 많이 넣은 커피가 있어요."

"오!" 오스카는 커피 잔들을 바라보면서 한 대 얻어맞은 듯한 멍한 표정을 지었다. 그러더니 곧 얼굴이 환해지면서 엘라를 보며 미소를 지었다. "정말 대단해요! 정말 멋진 생각이에요! 파우스트 씨는 그래도 쓸모가 있는 사람이네요!"

"고맙습니다." 엘라는 얼굴이 살짝 붉어졌다. 그리고 이런 번뜩이는 좋은 생각이 떠오른 것이 기뻤다. "아, 이런!" 엘라가 다급하게 말했다. "설탕을 조금 넣은 블랙커피를 빼먹었어요!"

"굳이 그렇게까지 할 필요는 없어요." 그가 안심시켰다. "완벽주의가 능사는 아니죠." 그는 차례로 잔에 담긴 커피 맛을 보았다. 한 모금을 마신 후 입 안에서 굴리고 쩝쩝거리고 눈을 감은 채 맛을 음미했다. 마치 와인을 시음하는 소믈리에 같아서 그가 '1984년산, 남쪽 사면에서 생산되고 석회를 함유한 황토 자갈밭에서 재배됐군요'와 같은 말을 한다고 해도 전혀 이상할 것 같지 않았다. 하지만 그는 아무 말도 하지 않았고 그냥 말없이 차례로 커피를 시음했다. 그런데 여덟 잔의 시음을 마치고는 다시 처음부터 맛을 보기 시작했다. 엘라는 조금 어리둥절해졌다. 그의 표정이 즐기는 표정에서 뚱한 표정으로 바뀌었기 때문이다. 또 뭐가 문제일까?

"어때요?" 여덟 잔의 커피를 두 번이나 시음한 후 또 세 번째 시음을 시작할까 걱정된 엘라가 궁금해하며 물었다.

"모르겠어요."

"설탕이 조금 들어간 블랙커피도 있어야겠죠? 준비해서 갖다 드릴까요?"

"아니요." 그는 고개를 저었다. "그게 아니라……." 또다시 첫 번째 잔부터 시음을 시작하려 하자 엘라가 그의 손을 잡고 막았다.

"이제 커피가 다 식어버려서 어차피 제대로 된 맛을 음미하기는 힘들 거예요." 엘라가 말했다. "그중에서 조금 더 선호하는 맛은 없었어요?"

"그러니까 그게." 그는 엘라를 쳐다보며 조금 난처한 표정을 지었다. "나는 아무래도 차를 즐겨 마시는 사람인 것 같아요."

"차라고요?"

그는 고개를 끄덕였다.

"이런." 그녀는 이 세상에 얼마나 많은 차 종류가 있는지 잠깐 머릿속으로 떠올려보았다. 그리고 그를 위해 얼마나 많은 차를 끓여내야 할지 생각했다. "모든 차 종류를 다 시음해보려면 아마 몇 년은 걸릴 거예요."

그는 웃으며 소파 뒤로 등을 기대고 다리를 꼬았다. "상관없어요. 나는 시간이 많아요." 그러고는 곧바로 덧붙였다 "아마도 그런 것 같아요."

'하지만 나는 그렇지 않아요' 하고 엘라는 속으로 생각했다. '나는 필립한테 돌아가고 싶다고요!' 필립은 항상 에스프레소 더블 샷에 거품을 낸 우유와 인공감미료를 넣어서 먹는 것을 좋아했다.

엘라는 오스카에게 일단 물 한 잔을 갖다 주고 어느새 식어버린 아침을 먹기 시작했다.

"정말 맛있었어요." 오스카는 남은 오트밀죽 한 숟가락을 마저 떠먹고 냅킨으로 입을 톡톡 닦으면서 말했다. "맛있게 잘 먹었어요."

"천만에요."

"그리고 이제는 낮잠을 조금, 아니면 많이 자야겠어요." 그는 기재를 켰다.

"하고 싶은 대로 하세요. 오스카 씨가 보스잖아요."

"하지만 숙녀 분을 두고 그렇게 해도 되는 겁니까?"

"저는 고용된 직원이에요."

"그리고 숙녀이기도 하죠." 그는 눈을 찡긋했다. 엘라는 장단을 맞추기 힘든 오스카의 변덕에 어질했다.

"그렇게 말씀해주시니 고맙습니다만 오스카 씨는 엄연히 저의 보스입니다. 그러니 그냥 가서 편하게 쉬세요. 저는 부엌을 정리하고 처리해야 할 집안일이 많아요."

"말이 나왔으니 말인데 내가 얼마를 지불하기로 했습니까?" 그가 물었다.

"음…… 그게 무슨 말씀이죠?"

"월급 말입니다! 우리가 급료를 얼마로 정했습니까? 믿어줄지 모르겠지만 나는 전혀 기억이 나지 않아요."

"저는…… 그러니까 저는……." 엘라는 당황해서 말을 더듬거렸다.

"급료가 엄청나게 높아요?" 그는 또다시 눈을 찡긋거렸고 그의 눈 주위에는 웃음주름이 잡혔다.

"아니요. 그렇지는 않아요. 하지만……." 젠장, 젠장, 젠장! 뭐라 말해야 되지? 엘라는 아는 바가 없었다. 마지막으로 월급을 받고 일했던 것이 너무 까마득히 오래된 일이라 그 당시에 월급을 얼마나 받았는지 기억이 나지 않았다. 그리고 필립의 집에서 일했던 '공로'에 대해서는 화가 날 뿐 더 이상 할 말이 없었다. 하지만 오스카의 말이 맞았다. 만약 면접을 보고 그가 엘라를 가정관리사로 채용했다면 당연히 적정 급료에 대해 합의를 했을 것이고 엘라는 자신이 받는 급료가 얼마인지 당연히 알고 있을 것이었다. 오스카와 부딪쳤을 때 그녀도 살짝 머리를 다친 게 아니라면.

"어서 말해보세요." 그는 더 편하게 몸을 조금 더 뒤로 기댔다.

"그러니까……." '어서 생각해, 생각해, 생각 좀 해보라고! 아니면 아무 말이라도 해. 상관없잖아. 대충 맞으면 되잖아.' "솔직히 말씀드리면 제 급료를 아직 정하지 않았어요."

"정하지 않았다고요?"

엘라는 고개를 끄덕였다. "네. 일단 한 달 동안 시험 삼아 일을 해보고 계속 고용할지 생각해보기로 했어요. 그리고 저도 마찬가지로 이 집에서 계속 일할지 생각해보기로 했고요."

"그래요?" 그는 눈썹을 추켜세웠다. "그건 상당히…… 현대적인 방법처럼 들리네요."

"저는 현대적인 여성이니까요!" 그녀가 말했다. "그리고 급료는 나중에 후불로 지급해주기로 하셨어요."

"그래도 그동안 쓸 돈이 있어야 하잖아요!"

"숙식은 무료로 제공받고 있잖아요!"

"그러면 그건⋯⋯." 그는 제대로 된 표현을 찾기 위해 애썼다. "그럼 용돈 같은 건 어떻게 해요?"

"챙겨주시면 감사하죠." 엘라는 이렇게 대답하면서 다소 양심의 가책을 느꼈다. 사기꾼이 된 기분이었다. 강도가 된 기분이었다. 불쌍하고 저항할 수 없는 남자를 이용해먹고 있는 기분이었다. 그런데 이 집에서 지금까지 몇 시간 동안 얼마나 많은 일들을 했는지 떠올려보면, 어쩌면 그래도 '아주' 나쁜 사기꾼은 아닌지도 모른다.

"좋아요. 그러면 내 직불카드로 시험기간 동안 필요한 돈을 인출해서 쓰세요." 그는 웃었다. "내 비밀번호는 이미 알고 있잖아요."

"그럼 미리 얘기하고 사용할게요." 엘라가 얼른 말했다.

그는 갑자기 다시 진지해졌다. "그럴 필요 없어요. 나는 엘라 씨를 믿어요."

"고마워요." 엘라는 침을 꿀꺽 삼켰다.

그는 소파에서 일어났다. "이제 정말 올라가서 잠을 좀 자야겠어요. 너무 피곤하군요. 이제 마음껏 일하셔도 됩니다."

"네." 엘라는 이미 오스카의 믿음을 얼마나 저버렸는지 떠올리지 않으려 애썼다. 그리고 그가 잠들자마자 또 그런 짓을 할 것이라는 생각도 하지 않으려 애썼다.

15

은수저는 대체 뭘까? 그냥 잊고 전달하지 못한 선물일까 아니면 오스카한테 정말 헨리라는 이름의 아들이 있는 것일까? 그리고 문이 잠긴 방에는 뭐가 있을까? 엘라가 이 집에서 가장 먼저 알아내야 할 문제였다. 물론 그 방 안에 진짜로 머리가 잘린 여자들의 시체가 널려 있다고 생각하지는 않았지만 그 안에서 어둠을 밝혀줄 무언가를 찾을 수 있을 거라는 강한 확신이 들었다.

아침식사를 준비하느라 사용한 그릇, 포크와 나이프, 냄비와 프라이팬을 식기세척기 안에 넣고 부엌을 반질반질하게 닦아놓은 후 엘라는 2층으로 올라가 오스카의 침실 문에 귀를 대보았다. 코를 고는 소리가 또렷하게 들렸다.

엘라는 복도 끝에 있는 방 앞으로 가서 다시 한 번 손잡이를 돌려보았지만 역시나 잠겨 있었다. 그리고 다시 한 번 주위를 샅샅이 살펴보았으나 열쇠는 보이지 않았다. 오스카가 주문한 대로 지금이라도 당장 열쇠수리공을 부를까? 돈을 더 내면 주말에도 출동하는 서비스가 있었다.

하지만 엘라는 혹시나 오스카를 깊은 충격에 빠트릴 수 있는 뭔가가 그 안에 없는지 반드시 먼저 확인해보고 싶었다. 열쇠수리공이 잠긴 문을 따는 동안 오스카가 낮잠에서 깨어날 위험도 너무나 컸다.

딱히 좋은 생각이 떠오르지 않자 엘라는 1층으로 내려갔다. 그리고 차를 끓이기 위해 부엌으로 들어갔다. 엘라는 개인적으로 아주 클래식한 다즐링 홍차를 선호했다. 퍼스트 플러시(3, 4월에 수확하는 첫물차─옮긴이)를 95도의 물에서 3분 동안 우려내기, 그보다 길게는 절대 안 된다.

손에 따뜻한 차를 들고 싱크대에 등을 기댄 채 생각에 잠겼다. 정확하게 말하자면 단 두 가지 생각만 계속 머릿속에서 맴돌았다. 그 방 안에 무엇이 있을지 그리고 그 은수저의 정체에 대해서. 그리고 이 두 가지가 서로 관련되어 있는지 궁금했다. 엘라는 아주 구체적으로 짐작 가는 것이 있었고 그 짐작이 맞는지 반드시 알아내고 싶었다.

사다리. 아침에 찬장을 살펴보기 위해 사용하고 구석에 세워둔 사다리가 눈에 들어왔다. 이것이 해결책이었다! 찻잔을 급하게 내려놓는 바람에 홍차가 찻잔에서 흘러넘쳤다. 하지만 엘라는 개의치 않고 사다리를 문 밖으로 끌고 나갔다. 밖으로 나와 저택 오른쪽으로 돌아서 가는데 숨이 금세 차올랐다. 알루미늄 사다리가 무겁기 때문이 아니라 들기가 불편하기 때문이었다. 엘라는 비밀의 방이 있는 것으로 짐작되는 곳에 멈춰 서서 위를 올려다보았다. 3미터 높이에 창문이 있었다. 그 방 창문이 틀림없었다.

아침에 부엌에서 그랬던 것처럼 엘라는 벽에 사다리를 기대어 세우고 이리저리 흔들어 안전을 확인하고는 사다리를 타고 올라갔다. 고소공포증이 없다는 게 그나마 다행이긴 했지만, 만약 추락하더라도 아래에 깔린 잔디밭이 그 충격을 잘 완화해주기를 바랐다.

엘라는 사다리를 한 발짝 한 발짝 타고 올라가면서 중간중간에 잠깐씩 멈춰 서서 히스테리컬하게 웃었다. 지금까지 살면서 자신이 남의 창문을 몰래 들여다보리라고는 한 번도 생각해본 적이 없었다.

목적한 곳에 이르러 창문 안쪽을 들여다보았다. 한참 동안이나 창문을 닦지 않은 흔적이 역력했지만 내부가 아예 안 보일 정도는 아니었다. 다행히 커튼도 닫혀 있지 않아서 그녀의 시야를 가로막지 않았고 자신의 짐작이 적중했다는 것을 확인하고는 잠시 속으로 승리의 쾌재를 불렀다. 그리고 동시에 슬픔이 밀려왔다.

창문 너머로 아이의 방이 보였다.

남자아이를 위한 방이었다. 바닥 가운데에는 미니언즈 캐릭터가 그려진 원형 카펫이 깔려 있었고 그 위에 블록과 장난감 드론 그리고 둥글게 말린 빨간 양말이 놓여 있었다. 벽에는 아이들이 보는 텔레비전 방송 포스터가 걸려 있었고, 파란색 옷장에는 스티커가 잔뜩 붙어 있었으며 상자와 서랍장에는 장난감들이 어지럽게 쌓여 있었고 빨간 경주용 자동차 모양의 침대 위에 이불이 마구 구겨져 있었다. 그리고 침대 위 벽에 일부가 떨어져나간 레터링 스티커가 붙어 있었다. 헤 리(He ri).

오스카 드 비트의 저택에 여덟 살짜리 남자아이가 살았다는 증거는 이제 충분했다. 더구나 침대 옆 탁자 위에는 사진액자까지 놓여 있었다. 짙은 색 곱슬머리의 남자아이가 흰색과 주황색 줄무늬가 있는 고양이를 다정하게 안고 있었다.

엘라는 지금까지 알게 된 사실들을 되짚어보았다. 오스카에게 부인이 있었지만 떠나버렸다. 그리고 아이가 있었지만 아이도 떠나버렸다. 그리고 고양이도 행방불명이었다. 다들 어디로 간 것일까?

"엘라 씨? 엘라 씨!!!" 오스카가 큰 소리로 그녀의 이름을 부르는 소리를 듣고 엘라는 순간 휘청거렸다. 몹시 흥분하고 공포에 사로잡힌 목소리였다. 사다리를 타고 올라가 창문을 들여다보고 있는 모습을 그에게 절대로 들키고 싶지 않은 엘라도 그 순간 흥분하고 공포에 사로잡혔다.

"지금 가요!" 엘라는 이렇게 소리치며 얼른 사다리를 타고 내려왔다. 너무 서두르다가 두 번 정도 미끄러질 뻔했지만 그래도 무사히 땅을 밟았다.

"엘라 씨!" 오스카가 또다시 소리를 질렀다. "이리 좀 와줘요! 빨리!" 그의 목소리가 너무 다급하게 들려서 엘라는 사다리를 부엌으로 다시 가져다놓는 것을 포기하고 그냥 집 뒤에 있는 수풀에 던져버리고 현관을 향해 달려갔다.

엘라는 2층으로 향하는 계단을 한 번에 세 칸씩 뛰어올라가 오스카의 방문을 벌컥 열고는 숨을 헐떡거리며 그의 침대 옆으로 다가갔다. "엘라 씨." 그는 몹시 고통스런 표정으로 간신히 그녀의 이름을 불렀다. 그의 눈꺼풀은 파르르 떨렸고 얼굴은 창백하고 잿빛이었으며 땀범벅이었고 머리카락도 땀에 젖어 머리에 딱 달라붙어 있었다. "어디 갔었어요?"

"집에 있었어요. 무슨 일이세요?"

"통증이 너무 심해요." 그는 손으로 관자놀이를 가리키며 침대에서 몸을 웅크렸다. "잠에서 깼는데 머리가 깨질 듯이 너무 아파요."

"오늘 너무 힘들었나 봐요." 엘라가 말했다. "오늘 너무 무리했어요."

"아무튼 지금 참기 힘들 정도로 괴로워요." 그는 끙끙거리는 신음소리를 내며 몸을 움찔거리더니 다리를 가슴 쪽으로 더 웅크렸다.

"잠깐 기다리세요. 뭐 좀 갖다 드릴게요." 엘라는 필립의 집에서 챙겨 나온 의약품상자에 노발긴 같은 강한 진통제가 있는지 찾아볼 참이었다.

"안 돼요!" 오스카가 다 죽어가는 목소리로 말했다. "그냥 내 옆에 있어줘요!"

"금방 갖다올게요."

"가지 말아요!"

엘라는 다시 침대로 다가가 어쩔 줄 모른 채 서 있었다. 그러다 매트리스 위에 앉아 조심스럽게 그의 젖은 머리와 볼을 어루만지기 시작했다. 오스카는 눈을 감고 심호흡을 하며 엘라의 손길에 긴장을 조금 푸는 것 같았다. 엘라는 계속 쓰다듬어주면서 조금 더 가까이 다가가 다리를 구부리고 조심스럽게 그의 머리를 들어 올려 그녀의 무릎에 올려놓았다.

"아직은 조심해야 해요." 엘라는 나지막한 목소리로 말하며 예전에 그녀가 아플 때마다 엄마가 해줬던 것처럼 부드럽게 이마에 바람을 불었다.

"뭐 하는 거예요?" 그가 중얼거렸다.

"통증을 바람과 함께 날려버리는 거예요." 엘라는 이렇게 설명하고 계속해서 바람을 불었다. "통증이 아주 멀리 멀리 날아가버릴 거예요."

"네." 그는 힘없이 말하며 엘라가 양반다리하고 있는 다리 위로 머리를 더 깊이 파묻었다. "통증이 날아가는 것이 느껴지네요……."

"쉿. 그냥 가만히 누워 계세요. 통증은 제가 불어서 다 날려버릴게요."

그는 대답 대신에 쩝쩝 소리를 냈다. 엘라는 계속해서 머리를 쓰다듬으며 바람을 불어주었고 오스카의 팔에 난 털이 서는 것을 보았다.

"도움이 되는 것 같아요." 오스카가 얼마 후에 속삭였고 그의 숨결은 한층 편안해졌다. 그런데 그의 몸이 또다시 움찔거리기 시작했고 엘라는 조금 후에야 오스카가 울고 있다는 것을 알아차렸다. 감은 눈 사이로 눈물이 흘러내렸다. 눈가가 촉촉해진 정도가 아니라 정말 굵은 눈물방울이 그의 볼을 타고 주르륵 흘러내렸다. 엘라의 팔에 안긴 남자는 결국 큰소리로 꺼이꺼이 울기 시작했다.

"쉿." 엘라는 또다시 그를 달래며 그를 더 가까이 끌어당겼다. "울지 마세요, 오스카 씨. 다 잘될 거예요."

"잘되는 게 아무것도 없어요!" 그의 코에서 콧물이 흘러내렸지만 엘라는 휴지가 없어서 옷소매로 콧물을 닦아주었다.

"어쩌면 아까 커피를 너무 많이 마셔서……." 그녀는 말을 하다 말았다. 어찌할 바를 모르는 자신이 너무 바보처럼 느껴졌다.

"그깟 커피 때문이 아니에요!" 그는 다시 훌쩍이며 울기 시작했다. "내 인생이 완전히 무너져버렸다고요!"

"그렇지 않아요." 엘라가 애정 어린 단호한 목소리로 말했다. 이렇게 말하는 자신이 거짓말쟁이처럼 느껴졌지만 그를 달래기 위한 다른 할 말이 떠오르지 않았다. 그렇다고 그녀가 이 저택에 발을 들인 이후 발견하고 처리하고 찾아낸 것들에 대해서는 절대 말할 수 없었다.

"나는 내가 누군지 모르겠어요." 그가 나직하게 속삭였다. "전혀 모르겠어요. 무슨 일이 있었는지도 모르겠고 그저 너무 절망스럽고 이 통증은 나를……." 그의 눈에서 또다시 눈물이 쏟아졌고 엘라는 또다시 옷소매를 동원해야 했다.

"제가 도와드릴게요, 오스카 씨." 엘라는 전날 했던 말을 반복했다. "우리가 함께 틀림없이 해낼 겁니다." 그의 가슴 깊은 곳에서 떨리는 숨결이 새어 나왔다. 뒤흔들리고 곤궁에 처한 사람으로부터.

엘라는 계속해서 그의 머리를 쓰다듬어주며 울고 있는 남자를 물끄러미 내려다보았다. 이것이 오스카 드 비트가 조소와 냉소의 외형 뒤에 감추고 있던 모습이었다. 평정심을 잃고 항복을 한 오스카. 그는 자신의 절망감을 엘라에게 고스란히 드러내 보여줬다. 엘라는 그 순간 감동했지만 한편으론 자기 자신이 한없이 나쁜 사람처럼 느껴졌다. 가장 나쁜 사람 중에서도 최악으로 나쁜 그런 사람.

목적은 수단을 정당화한다고 조용히 마치 기도를 하듯 중얼거렸다. 목적은 수단을 정당화한다. 비록 이기적인 동기에서, 즉 자신이 있을 거처를 위해 그리고 동시에 카르마적 과제를 충족하려는 이유 때문에 오스카 드 비트를 도와주게 된 것이지만 이제는 정말로 슬픔에 잠겨 혼란스러워하는 이 남자를 옆에서 지켜주는 것이 그녀의 책임이라는 사실을 뼈저리게 깨달았다. 그가 개인적으로 해피엔딩에 도달할 수 있도록 도와줘야 한다.

"슬프다는 생각밖에 안 들어요, 엘라 씨." 그가 말했다. "정말 너무 슬퍼요."

"이해해요. 저도 충분히 이해할 수 있어요. 하지만 제가 한 가지 알려드릴까요?"

"뭐 말입니까?" 그의 목소리에는 진심 어린 기대감이 잔뜩 차 있었다.

"끝에는 다 잘될 거예요. 그리고 잘되지 않았다면 아직 끝난 게 아니에요."

그의 얼굴에 조심스럽게 미소가 번졌고 그의 숨결이 한층 편안해졌다. "좋은 말이네요." 그가 말했다. "다시 모든 것이 잘된다면 정말 좋겠어요."

"그렇게 될 거예요. 오스카 씨." 엘라가 확신에 차서 말했다. "그냥 저한테 맡겨주세요. 제가 다 알아서 할게요. 네?"

그의 조심스러운 미소는 확실한 미소로 변했다. "네. 엘라 씨. 그렇게 해주세요."

30분 후, 엘라는 오스카가 다시 잠이 든 것을 확인하고 조용히 방에서 나왔다.

큰소리를 쳤으니 이제 행동에 옮겨야 했다. 전략적으

로 접근할 생각이라 엘라는 다음과 같은 계획을 세웠다.

우선은 오스카 드 비트에 대해 더 많은 것을 알아내기 위해 구글에서 그의 이름을 검색해보기로 했다. 그런 다음 그의 우편물, 특히 청구서, 독촉장 그리고 경고장들을 자세히 살펴볼 생각이었다. 파일에서 이미 온라인 뱅킹을 할 수 있는 비밀번호를 알아냈으니 그의 계좌가 비어 있지 않다면 이런 일을 처리하는 데는 별다른 문제가 없을 것이다. 그리고 마지막으로 가장 어려운 일인 오스카의 부인 프랑신과 아들 헨리가 어디에 있는지 알아볼 계획이었다. 고양이의 행방은 일단 제쳐두기로 했다.

얼마 후 엘라는 그의 서재에서 노트북 앞에 앉아 인터넷에서 검색한 결과를 빤히 들여다보았다. 전혀 만족스럽지 못한 결과였다. 오스카 드 비트는 함부르크에서 유명한 이름이기는 했다. 그는 아주 오래전부터 대대로 해운업을 운영해온 가문의 유일한 후계자로 부모님은 벌써 10년 전에 돌아가셨고 엄청난 재산과 엘브쇼제에 있는 저택을 물려받았다. 오스카는 1990년대 후반부터 잘나가는 세무회계 사무소를 운영했지만 6개월 전에 돌연 문을 닫았다. 엘라는 멈칫하면서 이와 관련된 간략한 소식을 다시 한 번 읽어보았다. 정말 그랬다. 그는 회사를 판 것이 아니라 그냥 문을 닫아버렸고 그럼으로써 큰돈을 안겨줄 매각을 포기했을 뿐만 아니라 서른 개의 일자리도 날려버렸다. 오스카 드 비트는 그 이유에 대해서는 끝까지 침묵했고 기사에는 그냥 그가 아무런 입장 표명을 하지 않았다고 쓰여 있었다.

엘라는 아주 이상하다는 생각이 들어 고개를 저었다. 하지만 더 이상한 것은 인터넷에서 오스카에 대한 개인적인 정보를 전혀 찾아볼 수 없다는 것이었다. 그의 부모님만 해도 사회적으로 왕성하게 활동한 듯 보였다. 그의 부모님이 진수식에 참석하거나 다양한 상류사회 행사에 참여한 사진을 여러 장 찾아볼 수 있었다. 그런데 오스카의 사진은 전혀 없었다. 그의 부인이나 아이에 대한 언급도 전혀 찾아볼 수 없었다. 오스카 드 비트는 알디 체인점의 창업주이자 소유주인 전설적인 알브레히트 가문보다 더 신비주의에 감춰진 인물이었다.

인터넷에서는 더 이상 오스카에 대한 별다른 정보를 찾을 수 없었다. 엘라는 책장에서 은행서류가 들어 있는 두꺼운 파일을 꺼내 투명파일에서 온라인 뱅킹 접속 데이터가 적힌 서류를 꺼냈다. 몇 번 마우스를 클릭하자 그녀가 짐작했던 것들이 명백한 사실로 드러났고 이제는 별로 놀랄 일도 아니었다. 오스카 드 비트는 그냥 재정상태가 좋은 정도가 아니라 진짜 부자였다. 지나칠 정도로 부자였다. 마법에 걸린 성에 살고 있는 외로운 왕자였지만 이 세상 모든 황금도 그가 행복을 찾는 데 도움이 되지 않았다.

엘라는 책상의자 뒤로 등을 기대어 풀이 무성하게 자란 정원을 내다보았다. 프랑신. 헨리. 이들이 지금 이 모든 상황의 이유인 것인가?

엘라는 생각에 잠긴 채 첫 번째 우편물 더미를 집어서 어제 우편물을 대충 정리했을 때보다 조금 더 꼼꼼하게 살펴보았다. 노란색 우편물과 발신인에 '추심'이라고 적혀 있는 불길한 우편물을 제외하고는 별로 눈에 띄는 것이 없었다. 엘라는 기한이 지나지 않은 청구서들은 인터넷으로 입금을 했고 기한이 넘은 경고장과 집행장들은 일단 옆에 놓아두고 내일 해당 지방법원이나 집행관과 통화를 한 후 해결을 할 생각이었다.

다음 우편물 더미는 첫 번째 우편물 더미와 비슷해보였다. 엘라는 인터넷으로 빨리 해결할 수 있는 일부터 처리했다. 오스카 드 비트는 오늘날 거의 모든 중요한 일들이 자동이체 계약이나 이체로 해결되는 것을 무척 다행으로 여겨야 할 사람이었다. 예전 같았으면 아마도 진즉에 전기, 가스, 물 그리고 전화가 끊겼을 것이다.

세 번째 우편물 더미를 처리할 때쯤에는 벌써 일처리가 능숙해져서 꽤 속도가 붙었고 신속히 처리할 수 있었다. 이제 네 번째 우편물 더미를 살펴볼 차례였다. 하지만 안심하기에는 일렀다. 보통 동화에서와는 달리 현실에서는 목표에 도달하기 위해 세 번의 시험만으로는 부족했다. 아니나 다를까 가장 큰 장애물은 이제야 나타났다.

엘라는 손에 든 편지봉투를 보고 깜짝 놀라 거칠게 숨을 몰아쉬었다. 투명창이 난 편지봉투에 오스카 드 비트의 이름과 주소 위쪽에 작은 글씨로 발신인이 적혀 있었다.

'공동묘지 정원관리회사 그루버. 풀스뷔텔러 거리, 22337 함부르크–올스도르프.'

엘라는 덜덜 떨리는 손으로 조심스럽게 편지봉투를 뜯어서 접혀 있는 종이를 꺼냈다. 이것은 청구서가 아니라 확인서였다. 30년간 '장기 관리 및 식수'를 위한 12,000 유로 입금 확인. '드 비트 묘지'를 위해.

엘라는 들고 있던 종이를 내려놓았다. 손이 차가워졌다. 얼음장처럼 차가워졌다. 엘라는 살짝 현기증을 느꼈고 순간 쓰러질 것 같은 느낌이 들었다. 그녀가 잘못 생각하는 것이 아니라면–그녀의 직감은 잘못된 생각이 아니라는 것을 분명히 말해주고 있었다– 지금 손에 들고 있는 이것이 바로 그 이유였다. 둘이 처음 '만났을 때' 오스카가 넋이 나가 있었던 이유는 바로 이것 때문이었다. 그리고 그는 여전히 그런 상태였다. 그러나 지금 그는 그것을 모를 뿐 아니라 짐작조차 하지 못하고 있었다.

그의 아들 헨리는 죽었다. 그래서 방문이 잠겨 있었던 것이다. 오스카는 모든 기억을 부정하고 고통스러운 모든 것들을 차단시켜버렸다. 그리고 그를 떠나버린 프랑신. 부부관계가 파탄에 이르는 아주 전형적인 이유였다. 아이가 죽으면 부부관계는 깨진다. 오스카 드 비트가 기자들에게 회사 문을 닫은 이유를 설명할 수 없었던 것도 당연한 일이었다. 그 남자는 모든 것을 잃었다. 그리고 이제 자기 자신마저 잃어버리고 말았다.

엘라는 힘겹게 침을 삼켰다. 현기증은 더욱 심해졌다. 이제 대체 어떻게 해야 할까? 인생에서 가장 사랑했던 아이를 잃고 반쯤 미쳐버려 회사 문까지 닫아버리고 모든 것을 그냥 내팽개쳐버린 남자를 에밀리아 파우스트가 대체 무슨 수로 다시 행복하게 만들어줄 수 있단 말인가?

엘라는 기진맥진해서 책상에 팔꿈치를 올리고 양손에 얼굴을 파묻었다. 2층에서 지금쯤 침대에 누워 바라건대 평온하게 잠을 자고 있을 남자를 떠올려보았다. 꿈의 나라 바깥의 모든 세상은 그에게 너무나 끔찍했다. 끔찍할 뿐만 아니라 말 그대로 너무나 고통스러운 것뿐이었다.

어느덧 엘라의 눈에도 눈물이 고였고 뜨거운 눈물이 볼을 타고 주르륵 흘러내렸다. 그저께까지만 해도 오스카드 비트는 그녀의 인생에서 전혀 상관이 없는 사람이었다. 그의 이름조차도 알지 못했다. 그런데 지금은 그 남자 때문에, 그리고 가장 착한 요정조차도 바꿔줄 수 없는 그의 운명 때문에 이렇게 눈물을 흘리고 있었다.

잠깐 동안, 아주아주 잠깐 동안 엘라는 노트북을 챙기고 모든 물건들을 이케아 장바구니에 쓸어 담은 뒤 당장 어디로든 도망치고 싶은 충동을 느꼈다. 필립의 집으로 가서 자포자기하는 심정으로 그의 앞에 무릎을 꿇고 두 사람의 인생을 위한 두 번째 기회를 달라고 간절하게 애원하고 싶었다. 엘라의 머릿속에는 이미 택시를 잡아타고(그러려면 마지막으로 오스카에게 현금을 한 번 더 빌려야 한다) 필립의 집으로 향하고 있는 자신의 모습이 그려졌다. 그녀가 택시에서 내리자마자 (전) 약혼자가 달려와 힘껏 끌어안는 모습.

그러다가 엘라는 갑자기 자세를 고쳐 앉았다. 이건 절대 있을 수 없는 일이다! 한 남자를 넘어트려서 병약자로 만들어놓고 조금 어려움에 직면했다고 해서 꽁무니를 빼버린다? 물론 '조금 어려움'이라는 표현은 전반적인 상황을 감안할 때 좀 과소평가된 느낌이었다. 그렇지만 자기 자신과 자신의 자아상 그리고 더 나아가 자신의 양심이 현실 도피를 허락하지 않았다. 그리고 단순하고 감동적인 극작법의 원칙에 따르면 해피엔딩 직전에는 모든 것이 재앙처럼 보이기 마련이다.

그렇다면 일단 재앙은 이미 앞에 주어진 셈이었다. 이제 모든 것을 좋은 쪽으로 돌릴 수 있는 길을 찾을 것이다. 틀림없이. 어떻게든. 어쨌든 시도해볼 만한 충분한 가치는 있었다.

엘라는 얼마 전 란둥스브뤼켄에서 보슬비와 온화한 미풍이 부는 것을 이미 '영웅의 부름'이라고 느끼지 않았던가? 지금 생각해보면 정말 가소로웠다! 지금 이것이야말로 목표에 도달하기 위해 극복해야 할 진정한 도전이었다. 그리고 그녀, 에밀리아 파우스트는 그 부름에 응할 것이다. 모든 용들을 죽이고 수수께끼를 풀어서 그녀의 길을 가로막는 모든 룸펠슈틸츠헨들의 이름을 대담하게 부르짖을 것이다.

엘라는 공동묘지 정원관리회사에서 온 편지를 다시 봉투에 집어넣은 뒤 오스카의 절망에 찬 메모와 은수저가 들어 있는 서랍에 넣고 잠가버렸다. 그러고는 다시 노트북 쪽으로 몸을 돌렸다. 노트북을 닫기 위해서가 아니었다. 엘라는 구글에 접속해서 근처에 있는 창고시설을 검색해 5평방미터 크기의 창고를 임대했다. 그 다음에는 열쇠수리공을 수소문해서 이메일로 가능한 빨리 답신을 달라고 부탁했다. 그리고 구글에서 이삿짐업체를 알아보고 구글맵상 드 비트의 집에서 서쪽으로 1,5킬로미터 떨어진 곳을 택해 역시 이메일을 보내고 답신을 기다렸다.

마지막으로 엘라는 자신의 계획을 몰래 실행에 옮기기 위해 오스카가 두세 시간 정도 시간을 보낼 수 있는 곳을 물색해보았다. 엘라는 정신과 의사라면 질색이고 전혀 신뢰하지 않았지만 지금은 별다른 방법이 없었다. 열쇠수리공, 창고시설 그리고 이삿짐업체를 찾을 때와는 달리 엘브쇼제에서 가능한 멀리 떨어져 있고 홈페이지상 너무 전문적인 인상이 들지 않으며 환자가 별로 없어 보이는 정신과를 검색해보았다. 어쨌든 엘라는 그런 곳을 원했다. 마침내 함부르크 시내에 위치한 적당한 병원을 찾앉고 이메일로 오스카의 상태를 간략히 알리고(죽은 아이나 떠난 부인에 대한 언급은 하지 않고 그 대신 '본인부담 환자' (공보험에 가입되어 있지 않고 병원비를 직접 지불하는 환자—옮긴이)라는 마법의 말을 덧붙였다) 가능한 빨리 답신을 달라고 요청했다.

엘라는 보내기 버튼을 누른 후 머리 뒤로 팔을 올리고 다시 정원을 내다보았다. 일요일이라 더 이상 처리할 수 있는 일은 없었다. 다음 날 아침 그녀가 보내놓은 메일에 대한 회신이 최대한 빨리 와 있기를 바랄 수밖에. 오스카가 열쇠수리공을 불러달라고 했던 일을 다시 떠올리고 그 문을 딸 때 직접 옆에서 지켜보겠다며 고집을 부리기 전에 모든 일을 서둘러 진행해야 했다. 무슨 일이 있어도 그 것만은 막아야 했다. 목적과 수단과 영원한 거룩의 이름으로. 아멘.

16

건강보험 개혁의 시대에 '본인부담 환자'라는 말이 많은 의사들에게 각성제와 같은 효과를 발휘한다는 사실을 엘라는 익히 알고 있었다. 하지만 이것이 그토록 거역할 수 없는 최고의 미끼가 될 줄은 미처 예상하지 못했다. 만약 그럴 줄 알았다면 밤에 휴대전화를 꺼두었을 것이다. 엘라는 해가 뜨기도 전에 휴대전화 벨소리 때문에 꿈속에서 억지로 빠져나와야 했고 비몽사몽간에 군터 슈페히트 박사의 흥분한 목소리를 들어야 했다.

"안녕하세요, 파우스트 씨!" 그의 쩌렁쩌렁한 목소리가 엘라의 귓가에 울렸다. "군터 슈페히트입니다. 제가 깨운 게 아닌지 모르겠습니다!" 그의 말은 물음표가 아니라 느낌표였고 엘라의 대답도 듣지 않고 계속해서 말을 이었다. "정말 흥미로운 사례를 저에게 의뢰해주셨더군요. 감사합니다! 알려주신 환자 분과 꼭 상담을 진행해보고 싶습니다. 저희 병원에 언제쯤 방문하실 수 있을까요? 오늘? 오후 3시쯤? 첫 진료라서 모든 병력을 추적하려면 진료시간이 최소 두 시간 정도 걸릴 겁니다. 경험에 의하면 그보다 짧은 시간은 별로 도움이 되지 않아요."

"안녕……." 엘라는 목소리를 가다듬었다. 아직 목이 잠겨서 목소리가 제대로 나오지 않았다. "안녕하세요, 슈페히트 박사님." 엘라는 인사를 하고 휴대전화 화면을 힐긋 들여다보며 시간을 확인했다. 아침 6:49. 엘라는 고개를 가로저으며 휴대전화를 다시 귀에 갖다 댔다. "회신을 주셔서 감사합니다."

"제가 더 감사합니다. 메일로 남겨주신 사례가 정말 흥미롭더군요. 저와 같은 정신과 의사라면 누구나 관심을 가질 만한 사례입니다."

"사람이 가장 중요하지요." 미처 의식하기도 전에 이런 말이 툭 튀어나와버렸다. 한껏 들떠 있는 슈페히트 박사를 언짢게 하거나 도취되어 있는 그를 말리고 싶은 생각은 없었다. 하지만 오스카가 미친 박사를 위한 실험 대상은 아니었다.

"물론이죠. 물론입니다!" 지킬 박사는 자신의 말을 철회했다. "하지만 그런 사례는 극히 드물어서 정신과 의사로서 흥미를 느낄 수밖에 없다는 점은 이해하시리라 믿습니다." 그는 다시 웃었다. "요즘은 대부분 우울증이나 번아웃 때문에 찾아오니까요." 그는 '번아웃'이라는 말이 명백히 '살짝 정신이 나간'처럼 들리게끔 말했다.

"음, 네." 엘라는 하마터면 말없이 전화를 끊어버릴 뻔했다. 군터 슈페히트 박사는 지킬 박사가 아니라 이미 하이드가 주도권을 장악해 마치 광기가 서린 듯 고삐가 풀려버린 듯했다. 그렇지만 즉시 그리고 쉽게 상담시간을 내줄 수 있었고 어차피 상담은 단 한 차례만 받게 할 계획이었기 때문에 그 점은 별로 개의치 않았다. 그리고 어찌 보면 제정신이 아닌 정신과 의사가 오히려 더 낫다는 생각이 들기도 했다. 오스카를 능력이 뛰어난 전문가한테 보낼 경우 몇 초 만에 엘라가 당분간 감추고 싶었던 그의 기억들을 전부 끄집어낼지도 모르는 일이었다. 첫 진료에 두 시간이 예상된다는 말 또한 그녀가 계획한 일을 수행하는 데 가장 이상적인 후보로 슈페히트 박사를 낙점할 결정적 이유가 되었다. 엘브쇼제에서 시내까지 왔다 갔다 하는 시간까지 포함하면 엘라에게 세 시간 정도가 확보되었다. "일단 좋습니다." 엘라가 말했다. "그 전에 몇 가지 일들을 해결해야 확답을 드릴 수 있을 것 같아요. 오늘 3시에 진료를 받을 수 있는지 언제까지 말씀드리면 될까요?"

"사실은 그냥 아무 때나 오셔도 됩니다. 저는 어차피 진료실에 있으니까요." 그의 병원은 확실히 환자들로 문전성시를 이루고 있는 모양이었다. (반어법).

"알겠습니다. 슈페히트 박사님."

"그럼 그분과 3시에 뵙기를 기대하겠습니다! 그분 성함은 어떻게 됩니까?"

"그분께서 직접 말씀드릴 겁니다." 엘라가 얼버무렸다.

"일단 그분하고 먼저 얘기 좀 해봐야 해서요."

"알겠습니다." 박사가 수화기 너머로 말했다. "그렇다면 그분께서는 파우스트 씨가 전문가의 도움을 받을 생각을 하고 있다는 것을 모르고 계시는 거죠?"

"아직 직접적으로는 몰라요." 엘라가 마지못해 시인했다. 이제 환자의 자주적 태도와 병식(病識)에 대한 설교를 늘어놓고 환자가 스스로 원해야 상담진료가 의미가 있다는 얘기를 들을 게 뻔했다.

하지만 의사는 그런 말을 일체 하지 않았다. "그분에게는 그냥 제가 가정의학과 전문의라고 말씀드려도 괜찮아요. 그분의 전체적인 건강상태를 체크하겠다고 말이죠." 슈페히트 박사가 제안했다.

"하지만 그건 거짓말이잖아요."

"그렇지 않아요. 저희 병원 홈페이지를 자세히 안 읽어보였어요?"

"음…… 읽어보기는 했어요." 사실 엘라는 읽어보지 않았다. 엉성하고 어설프게 자체 제작한 홈페이지를 보고 더 자세히 읽고 싶은 마음이 들지 않았기 때문이다.

"그렇다면 제가 정신과 전문의이기도 하지만 가정의학과 전문의라는 사실을 못 보신 모양이네요." 그는 뽐내듯이 목소리를 가다듬었다. 아니면 그냥 목소리를 가다듬은 것일 수도 있었다. 엘라는 편견을 갖고 그를 대하고 싶지는 않았다.

"아, 그래요?"

"네. 제가 정신적인 문제를 잘 다룬다는 것을 깨닫고 정신과 전문의 자격증을 나중에 추가로 취득했어요."

"좋네요."

"그렇기 때문에 전혀 문제될 게 없습니다. 마음 놓고 그분을 저희 병원으로 보내주세요. 혈액도 채취하고 심전도 검사도 하면서 아주 자연스럽게 대화를 시작해보겠습니다."

"두 시간 동안이나요?"

"저한테 맡겨주세요."

"알겠습니다. 그럼 저는 박사님께서 말씀하신 대로 전해놓을게요." 두 사람은 인사를 하고 전화를 끊었다. 사실 오스카를 그 이상한 사람한테 보내는 일이 영 달갑지는 않았다. 하지만 오스카가 입원했던 병원에서 엘라와 마찬가지로 정신과에 대한 강한 거부감을 보인 것을 감안하면 가정의학과 전문의이기도 한 것이 이점이기는 했다.

엘라는 이불 밑에서 기지개를 켜고 크게 하품을 했다. 일단은 오스카에게 오후에 다른 약속을 잡을 수 있는지부터 확인해야 했다. 그러지 않으면 오스카를 택시에 태워 슈페히트 박사한테 보내려는 계획이 물거품이 될 테니까. 그리고 오늘 오스카의 상태가 어떤지도 살펴봐야 했다. 그는 어제 오후부터 계속 잠만 자서 지금까지 얼굴을 보지 못했고 지금도 집 안은 쥐 죽은 듯 조용했다.

엘라는 다시 한 번 시원하게 기지개를 켜고 침대에서 일어나 샤워를 했다. 20분 후 옷을 다 입고 복도로 나가 오스카의 방문에 귀를 기울였다. 낮게 코를 고는 소리가 새어 나왔다. 잘됐다. 많이 잘수록 좋았다. 그를 위해서. 그리고 그녀를 위해서도.

엘라는 맛있는 커피를 끓이고 전화로 열쇠수리공과 이삿짐업체를 알아봐야겠다고 생각하며 부엌으로 향했다. 아까 통화했던 의사와는 달리 이 업체들은 그녀의 서면 질문에 열광적인 반응을 보이지 않았다. 그냥 직접 알아보는 게 낫겠다는 판단이었다. 그리고 10시까지 스스로 일어나지 않으면 오스카를 깨울 생각이었다. 그리고 오스카가 다시 힘을 내고 원기를 회복할 수 있도록 맛있는 아침식사를 차려줄 계획이었다.

엘라는 경쾌하게 손뼉을 쳤다. 상황에 능수능란하게 잘 대처하고 있다는 느낌이 들어서 기분이 한결 좋아졌고 '새로운 사랑은 새로운 삶과 같아'의 후렴을 흥얼거리기 시작했다. 그러다 조금 뒤에는 '조금 재미는 있어야죠'라는 노래를 흥얼거리면서 슈페히트 박사를 떠올렸다.

90분 후 엘라의 기분은 최고조에 달했다. 엘라는 열쇠수리공과 이삿짐업체와 오후 2시 30분에 약속을 잡았고 창고업체는 오후에 엘라가 임대한 창고로 짐을 옮겨도 된다고 확인해주었다. 엘라는 아주 짧은 시간 내에 헨리의 방을 임시로 비워내는 데 필요한 만반의 준비를 할 수 있었다. 이제 오스카한테 2시에 택시를 타고 정신과…… 가 정의학과 병원에 다녀오라고 설득하기만 하면 모든 것이 완벽했다.

엘라는 그를 설득할 수 있을지 걱정하지 않았다. 에밀 리아 파우스트는 지금 승승장구하고 있었고 운명은 그녀 의 편이었으며 앞으로도 계속 그럴 것이다.

엘라가 2층으로 올라가서 오스카를 깨우려는데 휴대전 화가 울렸다. 화면에 뜬 번호는 모르는 번호였다. 엘라는 전화를 받으면서 열쇠수리공이나 창고업체 아니면 유쾌 한 슈페히트 박사의 전화일 것이라 생각했다.

"여보세요." 엘라가 전화를 받았다.

"엘라? 엘라 맞지?" 여자 목소리였다.

"네?" 엘라가 어리둥절해하며 물었다. "누구세요?"

"나야, 나. 코라."

"코라?" 엘라는 놀라서 멈칫했다. "내가 아는 그 코라?"

"맞아." 예전에 가장 친했던 친구의 목소리였다.

"모르는 번호던데." 예상치 못한 전화에 당황한 엘라는 뭐라 해야 할지 선뜻 말이 나오지 않았다.

"전화번호 바꾼 지 한참 됐어."

"그렇구나."

"너 무슨 일이야?" 웬일로 이렇게 오랜만에 전화를 했 는지 엘라가 묻기도 전에 코라가 다짜고짜 물었다. "그리 고 너 지금 어디 있어?"

"무슨 일이냐고?"

"필립이 우리 회사로 전화를 했었어."

"그랬어?" 엘라의 심장이 갑자기 마구 뛰기 시작했다.

"그래. 단기로 일할 수 있는 새로운 가정관리사를 구해 줄 수 있는지 묻더라고."

"그렇구나." 엘라는 실망감에 목이 메었다.

"그래서 무슨 일이 있구나 했지."

"아무 일도 없었어." 엘라는 이렇게 대답했지만 모든 음절 하나하나가 절망적으로 들린다는 것을 스스로도 느낄 수 있었다. 필립이 코라한테 전화를 건 용건이 단지 그것뿐이었을까? 그의 살림과 가사를 맡아줄 새로운 '착한 요정'을 구하기 위해서? 엘라는 경악을 금치 못했다. 그녀는 금요일 밤에 그의 인생에서 사라졌다. 그런데 그가 월요일 아침부터 한 일이 코라한테 전화를 걸어 그녀를 대체해줄 만한 사람을 구하는 것이라고? 그에게 중요했던 건 단지 그것뿐이었던 걸까? 엘라는 그에게 단지 그런 존재에 불과했던 것인가?

"아무 일도 없었다고?" 코라는 콧방귀를 뀌었다. "아무 일도 없었던 것처럼 들리지는 않던데."

"그래?" 엘라의 마음속에 희망이 싹텄다. 필립이 코라 에게서 그녀에 대해 뭔가를 알아내려고 했었다는 희망.

"네가 필립을 갑자기 떠나버리고 집을 나갔다고 하더라."

엘라는 웃음을 터트렸고 곧이어 심한 딸꾹질이 시작되었다. "너한테 그렇게 얘기했다고?" 엘라가 딸꾹질을 하며 물었다.

"그래. 그래서 나도 의아하게 생각했지. 그 전에도 필립이랑 나랑은 한 번도 직접 연락해본 적이 없잖아. 그나저나 필립은 지금 완전히 넋이 나간 상태인 것 같던데. 그러지 않고서야 그 성격에 그런 말을 나한테 했겠어?"

"그 성격에라고?"

"글쎄. 내가 필립을 잘 알지는 못하지만 늘 침착하고 차분한 사람이라고 알고 있었거든."

"맞아." 엘라는 자꾸 눈을 찌르는 성가신 머리카락을 바람으로 불어 넘겼다. "필립은 그런 사람이야."

"어쨌든 엄청 놀랐어." 코라는 잠시 멈칫했다. "그리고 네가 다른 남자하고 바람이 났다는 얘기를 듣고 기절초풍하는 줄 알았어."

"뭐라고?!"

"그래. 오스카라는 남자랑 바람이 났다고 하면서 네가 곧장 그 사람 집으로 들어갔다고 하던데?"

"적반하장도 유분수네." 코라한테 하는 말이라기보다는 혼잣말에 가까웠다. "그런 거 아니야." 엘라가 말했다. "그 밖에 또 다른 말은 없었어?"

"나한테 그 오스카라는 남자가 누군지 아느냐고 물었어." 옛 친구였던 코라가 계속해서 말했다. "하지만 너하고 오랫동안 연락이 끊겼는데 내가 해줄 수 있는 말이 뭐가 있겠어."

"난 네가 나한테 곧바로 전화를 했다는 게 더 놀라워."

"무슨 말을 그렇게 하니?" 또다시 콧방귀를 뀌는 소리가 들렸다. "필립한테 네 얘기 듣자마자 걱정돼서 죽겠는데 이것저것 따질 게 뭐가 있어? 곧바로 전화했지!"

"정말이야?"

"의심하는 거야?"

"글쎄." 엘라는 목소리를 가다듬었다. "6년 동안이나 연락을 안 하다가 갑자기 전화를 걸어오니 좀 이상하긴 하네."

"미안해. 하지만 네가 나한테 6년 동안 연락을 안 했다는 표현이 더 맞는 것 같은데."

"네가 절교선언을 했으니까 그랬지." 엘라가 말했다.

"내가?" 코라가 의아해하며 말했다.

"네가 나한테 언젠가 필립이 왕자가 아니라 개굴거리는 개구리라는 사실을 깨닫게 될 날이 올 거라고 말했잖아."

코라는 낄낄거리며 웃었다. "그런 말을 한 기억은 나지 않지만 그렇게 말했을 수는 있겠다."

"그것 봐."

"그것 봐라니!" 코라는 괘씸해하며 말했다. "내가 필립을 개구리에 비유한 것이 절교선언은 아니잖아!"

"그럼 나 때문에 네 인생 최대의 실망을 느꼈다는 얘기는? 너는 나한테 그렇게 말했어."

"그래. 그때는 그랬어. 그런데 그게 너하고 절교하겠다는 얘기는 아니었잖아. 어떻게 그렇게 생각해?"

"그러니까 나는……." 엘라는 뭐라고 대답해야 할지 알수 없었다. 코라의 그 말이 절교와 직접적인 연관이 없다는 말은 사실이었다. 어쨌든 그때는 코라가 그녀와의 관계를 끝내고 싶어한다고 생각했었다. "그때 네가 나랑 더이상 친구관계로 지내고 싶어하지 않는다고 생각했어."

코라는 잠시 침묵하다가 조용히 말했다. "그것 봐 엘라. 그건 나도 마찬가지였어."

"음. 그렇다면 우리 둘 다……." 엘라는 뭐라고 해야 할지 몰라 말을 바꿨다. "나는 네가 어떤 신호를 보내기를 기다린 것 같아."

전화기 너머로 웃음소리가 울려 퍼졌다. 목 깊숙한 곳에서 나오는 거침없고 깔깔거리는 코라 특유의 웃음소리였다. 엘라가 수년간 그리워했던. '고향'이라는 단어가 그녀의 머리를 스치고 지나갔다. 코라의 웃음소리도 엘라에게는 항상 고향의 일부분이었다. "옜다!" 코라가 계속 웃으며 말했다. "이제 신호를 줬으니 됐지?"

"정말 웃겨." 하지만 엘라는 생긋 미소를 지었다. 코라와 전화통화를 하고 있는 이 순간에야 엘라는 지금까지 친구의 목소리를 얼마나 그리워하고 있었는지 깨달았다. 코라의 직설적이고 단순하고 건조한 방식이 정말 좋았다. 코라는 현실적이라 엘라의 몽상적인 경향과는 항상 반대였다.

"그래서 뭐야?" 코라가 생각에 잠겨 있던 엘라를 깨웠다. "그래서 내 말이 맞았어 틀렸어?"

"무슨 말?"

"필립이 개구리라는 말."

"틀렸어!" 엘라는 조금도 망설임 없이 말했다.

"틀렸다고?" 코라는 어리둥절해했다. "그런데 넌 왜 다른 남자하고 눈이 맞은 거야?"

"그런 거 아니야."

"아쉽네." 코라의 목소리에는 정말 실망감이 가득했다. "나는 네가 그 시건방진 남자하고 이제 마침내 끝내고 정말 제대로 된 남자를 찾았다고 좋아했는데."

"필립이 제대로 된 남자야."

대답 대신에 더 크게 깔깔거리는 웃음소리가 들렸다.

"뭐 아무튼 상관없어." 엘라가 말했다. "어쨌든 네가 전화를 해줘서 정말 좋아." 엘라의 심정은 정말 그랬다. "그나저나 넌 어떻게 지냈어?"

"난 아주 잘 지내고 있어. 그런데 말 돌리려고 하지 마. 난 너한테 무슨 일이 있는지 궁금하다고! 오스카가 대체 누구야?"

엘라는 한숨을 내쉬었다. "아주 복잡한 일이야."

"얼마든 들어줄 수 있어."

"전화로 할 수 있는 얘기가 아니야."

"그럼 우리 만나자! 너 어디 있어? 내가 그쪽으로 갈게."

"지금은 안 돼." 엘라가 말했다. 코라를 오랜만에 만날 생각을 하니 조금 설레기도 했다. 하지만 안 그래도 혼란스러운 상황에 코라까지 끼어들 생각을 하니 힘들었다.

"에이, 그러지 말고." 코라가 재촉했다. "난 오늘 시간 괜찮은데 너도 커피 마실 시간 정도는 있을 거 아니야!"

"미안하지만 오늘은 정말 안 돼. 시간이 전혀 없어."

"오스카 집에 있는 거야?" 코라는 본래의 주제로 돌아왔다. 코라는 항상 그런 식이었다. 궁금한 것이 있으면 절대 순순히 물러나는 법 없이 끝까지 물고 늘어졌다. 그리고 아주 에너지가 넘치는 친구였다. 당시에 '착한 요정' 에이전시를 차리기로 한 것도 코라의 생각이었다. 엘라 혼자였다면 하지 못했을 것이다. 하지만 코라 슈스터처럼 든든한 파트너와 함께라면 두려울 것이 없었다.

"있잖아." 엘라는 그만 전화를 끊어야 했다. 부엌시계를 보니 벌써 10시가 넘어 있었다. "우리 다음에 다시 통화하자. 지금 시간이 없어서 그래."

"그럼 너하고 필립 사이에 무슨 일이 있었는지만이라도 얘기해줘!" 코라가 집요하게 물고 늘어졌다.

엘라는 순간적으로 그간의 모든 사정을 털어놓을 뻔했다. 편지 얘기와 필립이 이렇게는 더 이상 같이 살 수 없다고 했던 말. 그렇게 오랜 세월을 함께했는데 프러포즈와 결혼 사이에 있었던 일은 실제로 코라의 말마따나 '개구리' 같은 측면이 없지 않았다. 엘라는 친구한테 모든 것을 사실대로 털어놓고 싶은 충동을 느꼈다. 오스카를 두 번이나 넘어트리고 기억상실증에 걸리게 했다는 얘기. 그 남자의 부인은 떠나고 아들은 죽어서 절망에 빠진 나머지 그는 쓰레기를 모으는 강박증상에 시달려왔으며 인생이 완전히 산산조각 나버렸다는 얘기. 하지만 지금은 그런 일을 전혀 기억하지 못하고 있고 그가 정상으로 돌아오고 절망적인 상황을 가능한 조심스럽게 받아들일 수 있도록 준비시키기 위해 그녀는 그의 기억상실 상태가 조금 더 유지되길 바라고 있다는 얘기. 그가 갑자기 모든 기억들을 떠올리고 또다시 맨발로 란둥스브뤼켄에 서서 강물로 뛰어들지 않도록. 오스카가 그날 밤 그럴 계획이 었다는 것을 엘라는 이제 확신하고 있었다. 아이를 잃었는데 같이 죽고 싶은 마음이 왜 없겠는가?

하지만 이런 모든 얘기를 털어놓는 대신에, 코라에게 분출하듯 마음속 얘기를 전부 쏟아내는 대신에 엘라는 그저 이렇게 대답했다. "아무 일도 없었어. 사소한 오해가 있었을 뿐이야. 아무런 문제없어."

"정말이야?" 이 짧은 말 속에 이보다 더한 실망감을 담는 것은 불가능했다.

"어, 정말이야." 엘라는 재차 말했다. 전화는 정말이지 그런 얘기를 할 만한 적절한 통신수단이 될 수 없었다. 그리고 다른 한편으로는 코라한테 이런 비참한 상황을 알리고 싶지 않았다. 비참한 상황이기는 하지만 잘만 해결되면 희열로 변할 수도 있었다. 오스카와 필립 그리고 그녀가 다시 제자리로 돌아오게 된다면. 코라한테 이런 얘기를 해봐야 괜히 쓸데없이 흥분만 야기할 뿐이고 코라는 자고 있는 개들을 깨울 것이 분명했다. 지금 개가 짖는 소리를 듣고 싶은 사람은 아무도 없었다.

비록 전화상이긴 했지만 오랜 친구가 엘라의 인생에 다시 돌아왔으니 이제 코라를 결혼식에 초대할 수 있는 가능성이 아주 높았다. 시건방진 남자? 그것은 중요치 않았다. 코라가 흥분한 상태에서 한 말이니 중요하지 않았다. 하지만 신부에게 프러포즈하기 전날 다른 여자하고 바람을 피운 신랑에 대해 코라는 어떻게 생각할까? 필립이 C라는 여자한테 결혼하지 말라는 편지를 받았고 엘라하고 헤어지려고까지 했다는 것을 알면? 그렇다. 이것은 모든 당사자들의 체면을 깎는 일이었다.

엘라는 원래부터 다른 사람들에게 남자친구를 헐뜯는 말을 하는 법이 없었다. 친구들이 자기편을 들어주고 한껏 흥분해서 그놈, 그 나쁜 놈(또는 더 심한 욕)이라고 마구 욕을 퍼부었는데 그녀가 그 나쁜 놈하고 화해를 하고 손을 잡고 다시 꽃밭을 거닐게 된다면 결국 멋쩍어하는 얼굴들과 당혹스러운 침묵밖에는 남을 게 없었다. 그러니 입을 다물고 있는 편이 나았다. 그런 안 좋은 일들은 조금 떨어져서 바로 보면 별것 아닌 일로 드러나는 경우가 많았다. 셰익스피어의 말따마다 그야말로 '헛소동'인 경우가 많았다.

"듣고 있니?" 생각에 잠겨 있던 엘라를 코라가 깨웠다.

"당연하지. 내가 어디를 갔겠어?"

"언제 만날 수 있는지 세 번이나 물었는데 대답하지 않았잖아."

"미안해. 통화상태가 안 좋은가 봐."

"나는 아주 잘 들리는데."

"나는 잘 안 들려."

"알았어. 그래서 넌 언제가 좋아?"

"아직 모르겠어. 내가 다시 전화할게, 알았지?"

"알았어. 꼭 전화해."

"그래 꼭 전화할게."

"좋아!" 코라가 말했다. "그리고 엘라?"

"응?"

"혹시라도 내 도움이 필요하거나 내가 도와줄 수 있는 일이 있으면 꼭 말해줘."

"정말 고마워." 전화를 끊으려는데 문득 어떤 생각이 떠올랐다. "코라?"

"또 뭐야?"

"그래서 네가 필립을 도와줬어?"

"도움? 필립한테?"

"새로운 가정관리사를 구해주는 것 말이야."

또다시 깔깔거리는 코라의 웃음소리가 들렸다. "아니. 필립한테 적당한 사람을 구할 수 없었어."

"그렇게 예약이 꽉 찼다면 정말 잘 돌아가고 있는 모양이구나."

"그래, 아주 잘되고 있어." 코라가 뿌듯하게 말했다. "물론 구해주려면 구할 수도 있었어. 그런데 그 남자가 또다시 우리 가정관리사를 낚아채가게 할 정도로 난 멍청하지 않아."

"아아."

"그래. 필립 드렉슬러는 우리 회사 고객 블랙리스트에 올라 있어."

"아아." 엘라는 이 말밖에 나오지 않았다. 코라의 목소리에 얼마나 많은 원한이 서려 있는지 새삼스레 깨달았다. 당시에 있었던 일이 코라한테 엄청난 충격을 줬던 것이 분명했다.

두 사람은 인사를 하고 전화를 끊었고 엘라는 이맛살을 찌푸렸다. 짚고 넘어가야 할 사항이 몇 가지가 있었다. 우선은 쓸데없이 코라와 절교 상태로 지내왔다는 것을 깨달았다. 엘라가 용기를 내어 코라한테 먼저 연락을 했다면 둘은 계속 좋은 친구로 남아 있었을 것이다. 두 사람은 괜히 6년이라는 세월을 허비했던 것일까? 엘라는 그렇게 생각하지 않으려고 애썼다. 이런 상황을 통해서 진정한 우정과 깊이를 더 깨닫게 되었다고 생각하고 싶었다. 코라가 필립과 통화를 마치자마자 그녀에게 전화를 걸어 안부를 물었던 것은 상당히 감동적이었다. 그리고 코라가 그녀를 만나고 싶어할 뿐만 아니라 도움과 지지를 약속해준 것도 좋았다. 코라가 엘라를 여전히 마음속에 담고 있다는 것을 보여주는 이보다 더 좋은 증거가 있을까?

필립이 코라한테 전화를 걸어 새로운 가정관리사를 소개해달라고 한 것은 엘라가 짚고 넘어가야 할 두 번째 문제였다. 필립은 왜 그리도 빨리 엘라를 대체할 사람을 구하려고 했던 걸까? 질투심과 불안감 때문에 견딜 수 없어서 코라 슈스터한테 전화를 걸었던 것은 아닐까? 그는 너무나 절망한 나머지 민망함을 무릅쓰고 사이가 좋지 않던 코라한테까지 전화를 해서 엘라에 관해 물었던 것은 아닐까?

아마도 그럴 것이다. 아니, 반드시 그래야만 했다. 엘라는 필립의 집을 완벽한 상태로 해놓고 나왔다. 모든 셔츠는 다림질된 상태였고 양복은 옷장에 가지런히 잘 걸려 있었고 서류업무는 잘 처리해놓았으며 3일 전에 청소 아주머니가 집을 반짝반짝하게 청소를 하고 갔다. 그리고 청소아주머니는 엘라가 집을 나온 것과 상관없이 계속해서 그의 집에 와서 청소를 할 것이고 수년간 일을 했기 때문에 아주 능숙하고 탁월했다. 따라서 그녀의 전 약혼자는 월요일 아침부터 코라의 에이전시에 전화를 걸어

긴급하게 도움을 요청할 이유가 전혀 없었다. 엘라의 전략이 제대로 먹혀들어 필립이 최대한 빨리 엘라를 돌아오게 할 의도를 갖고 있는 것이 아니라면 그럴 만한 이유는 없었다.

엘라는 즐겁게 휘파람을 불며 2층으로 올라갔다. 벌써 10시 20분이라 오스카를 깨울 생각이었다.

계단 끝에서 엘라는 멈춰 섰다. 그녀의 환자는 이미 일어나 있었다. 그는 청바지와 풀오버 차림으로 복도 끝에 서서 비밀의 방문에 열쇠를 꽂으려 하고 있었다.

"오스카 씨!" 엘라는 다급하게 그를 향해 뛰어갔다. "지금 뭐 하시는 거예요?"

그는 엘라 쪽으로 몸을 돌렸다. 바지가 열려 있었다. 한 손으로 단추와 지퍼를 채우지 못한 모양이었다. "내가 뭘 찾았는지 보세요!" 그는 의기양양하게 열쇠를 내밀어 보였다. "내 방 서랍장 안에 있었어요. 이 방문 열쇠가 확실해요!" 그는 이렇게 말하면서 자신이 세운 가설을 증명하기 위해 다시 열쇠로 문을 열려는 자세를 취했다.

엘라는 열쇠가 열쇠구멍 안으로 들어가고 오스카가 오른쪽으로 돌리는 것을 무력하게 지켜볼 수밖에 없었다. 하지만 아무 일도 일어나지 않았다.

"안 맞아요?" 엘라는 안도의 한숨을 내쉬는 티를 내지 않으려 애썼다.

"아니요. 맞는 것 같아요" 오스카의 대답에 엘라는 경악했다. "열쇠가 조금 끼는 것 같은데 나는 왼손으로는 돌릴 힘이 없어요. 엘라 씨가 한번 돌려보시겠어요?"

"물론이죠!" 운명은 다시 한 번 그녀의 편이 되어주었다. 오스카는 옆으로 비켜섰고 엘라는 열쇠를 움켜쥐고 열심히 온힘을 다해 열쇠를 돌리는 시늉을 했다. "음." 엘라는 이 말 속에 가능한 많은 실망감을 담으려 애썼다. "열쇠가 꼼짝도 안 해요."

"내가 다시 한 번 해볼게요."

엘라는 열쇠를 꼭 움켜쥐고 목숨을 걸고 사수할 각오를 했다. 오스카가 아무런 마음의 준비 없이 아들의 방을 보게 된다면, 그 충격에 갑자기 노출되는 것을 막지 못한다면 그녀는 더 이상 '착한 요정'이라는 직함을 달고 다니지 못할 것이다.

"안 돼요. 오스카 씨. 진짜 안 열려요." 엘라는 아무렇지 않게 말한 후 열쇠를 빼서 순식간에 바지 주머니 안에 넣어버렸다.

"하지만……."

"이리 오세요." 엘라는 앞장서서 계단을 향해 걸어갔다. "아침식사가 다 준비됐어요."

.

17

어떻게 해도 열쇠가 맞지 않는다고 오스카를 설득하는 일은 결코 쉽지 않았다. 하지만 두 번째 연어 빵을 먹은 후에는 엘라가 그를 보호하기 위해 내세운 주장을 받아들였다.

슈페히트 박사의 진료를 받으러 가라고 그를 설득하는 일은 더더욱 어려웠다.

"내가 왜 의사의 진료를 받아야 하죠?" 그가 물었다. "난 지금 아주 잘 지내고 있다고요."

"어제 두통 때문에 침대에서 데굴데굴 구르신 건 벌써 잊으셨어요?"

"그건 어제였죠." 그가 반박했다. "오늘은 몸 상태가 아주 좋아요."

"어쩔 수 없어요." 엘라가 다음 수순을 밟았다. "반드시 진료를 받으셔야 해요. 저 혼자 집에서 오스카 씨를 돌봐드리기에는 제가 느끼는 책임감이 너무 커요. 저는 응급 처치 교육을 받지 못했으니까요. 그러니까 슈페히트 박사님께 건강검진을 받아보든지 아니면 다시 병원에 입원하든지 선택하세요."

"나한테 그러라고 강요할 수는 없어요."

"맞아요. 하지만 오스카 씨를 혼자 남겨두고 제가 이 집을 떠날 수는 있어요."

"이보세요!" 그가 호통을 쳤다. "지금 누가 누구를 고용했는지 착각하고 있는 것 같군요."

"임시기간이잖아요." 엘라는 일부러 순진무구한 미소를 지었다. "지금은 임시로 급료 없이 일하고 있어요. 그건 제가 언제든지 마음대로 그만둘 수 있다는 것을 의미하죠." 이 말을 들은 오스카는 한동안 그녀를 빤히 쳐다보았다. 엘라는 심장박동 소리가 목까지 타고 올라오는 듯한 느낌이 들었다. 어쩌면 완고한 필립이 엘라에게 짐을 챙겨서 당장 나가라고 할지도 모른다.

하지만 그런 일은 일어나지 않았다. 대신에 그는 투덜거리며 그냥 "알았어요. 진짜 사람 귀찮게 하는 데는 선수군요"라고 말했다. 그러고는 "그런데 왜 시내에 있는 의사를 찾아가야 되죠? 그리고 왜 직접 운전해서 가면 안 되고 택시를 타고 가야 합니까?"라고 물었다.

"슈페히트 박사님이 정말 뛰어난 분이라고 추천을 받았고……."

"누구한테 추천을 받았는데요?"

"그리고." 엘라는 그의 질문에 대답하지 않고 말을 계속 이었다. "어제 운전을 하셨지만 그건 예외상황이었어요. 그 손으로 운전하다가 걸리면 문제가 정말 커집니다. 그리고 오늘 제가 몇 가지 일을 처리해야 해서 오스카 씨 차가 필요해요."

"어떤 일 말입니까?"

"드 비트 씨." 엘라가 엄격한 눈빛으로 쳐다보았다. "지금 그러시는 거 다 부질없는 일이에요."

그는 놀라서 엘라를 쳐다보았다. "부질없는 일이라고요?"

엘라는 고개를 끄덕였다.

"그런 표현은 정말 오랜만에 듣네요. 그런데 왠지 그 표현을 예전에 내가 많이 사용했던 느낌이 들어요. 하지만 어떤 상황에서 썼는지는 모르겠어요." 그러더니 그는 고개를 저으며 오트밀죽이 담긴 그릇을 가까이 끌어당겨 먹기 시작했다.

그 후에는 모든 일이 술술 잘 풀렸다. 오스카는 거실 소파에 누워서 책을 읽어보려고 했지만(그는 텔레비전 옆에 있는 책장에서 손에 잡히는 대로 제바스티안 피체크의 스릴러 소설 《편지》를 골랐다) 두통이 다시 밀려와 책 읽기를 포기했다. 그러곤 누워서 멍하니 천장만 바라보다가 꾸벅꾸벅 졸기 시작했다. 엘라는 그 사이에 인터넷으로 청소업체에 연락을 취해 내일 아침 10시에 집 안 청소를 의뢰했다. 그러고 나서 여기저기 전화를 해서 경고장과 집행장과 관련된 대부분의 문제들을 처리했다. 엘라는 심지어

블랑케네제 지방법원 최고집행관과 직접 통화를 해서 지금까지 돈을 지불하지 못한 이유를 간략히 설명하고 이번 주 말까지 모든 미납요금을 지불하겠다고 약속했다. 그렇게 엘라는 모든 껄끄러운 문제들을 단숨에 해결했다.

그런 다음 오스카와 함께 먹을 건강한 점심식사를 준비했다. 닭가슴살 요리와 시장에서 사온 신선한 채소, 아니 솔직히 말하면 할인점에서 사온 신선한 채소였다. 슈퍼마켓에서는 구입하고 싶지 않은 식료품들을 살 수 있는 유기농 매장을 조만간 알아봐야겠다는 생각이 들었다.

그 사이 벌써 2시가 되어 택시가 도착했고 두통에 시달리던 오스카는 별다른 불평 없이 택시를 타고 슈페히트 박사의 병원이 있는 시내로 떠났다. 택시가 길모퉁이로 사라지자마자 엘라는 열쇠를 들고 2층으로 뛰어올라가 방문을 열고 가지고 있던 커다란 이케아 장바구니 세 개에 담을 수 있는 물건들을 모조리 쓸어 담았다. 엘라는 방을 치우는 도중에 헨리가 고양이와 함께 찍은 사진을 손에 들고 한참이나 바라보았다. 흰색과 주황색 줄무늬가 있는 고양이는 입이 하얗고 발 세 개가 하얀 아주 귀여운 놈이었다. 어쩌면 아주 어린 아기고양이일 수도 있었다. 사진 속 헨리는 여덟 살이 아니라 너덧 살 정도밖에 안 되어 보였기 때문이다. 사진을 보자 엘라는 갑자기 슬퍼졌다. 팔에 고양이를 꼭 안고 있는 이 어린아이, 헨리 드 비트는 영원히 아이의 모습으로 남아 있을 것이고 검은 머리와 짙은 눈동자는 그의 아버지와 판박이였으며 상당히 예쁜 아이였지만 이제는……

엘라는 힘겹게 침을 삼키고 사진을 얼른 파란 장바구니에 넣어 이 아이에게 무슨 일이 생겼는지에 대해 더 이상 생각하지 않으려고 애썼다. 하지만 그런 생각들을 쫓아버리는 데 당연히 실패했다. 아이는 아팠던 것일까? 사고가 났던 것일까? 대체 무슨 일이 있었던 것일까? 드 비트 가족에게 도대체 무슨 끔찍한 일이 있었길래 오스카의 영혼은 기억을 지워버리는 것 말고는 다른 방법을 찾지 못했던 것일까? 이 방 안에 있는 모든 것들처럼 비밀스러운 곳에 자신을 차단시켜놓고 더 이상 자신을 괴롭히지 못하게 해야 했을까?

엘라는 짐을 싸는 도중에 가끔씩 멈칫했고 플레이모빌 피규어, 경주용 자동차, 티셔츠 그리고 너덜너덜해진 배트맨 만화책을 볼 때마다 지금하고 있는 짓이 과연 옳은 일인지 자문했다. 그리고 오스카가 안정을 되찾을 때까지 우선 그를 '보호'하는 것이 그를 위한 최선의 방법이 맞는지 생각해보았다. 그에게 있었던 과거의 일들과 예고 없이 직면하게 하는 '잔인한' 방법이 그에게 더 도움이 되는 것은 아닐까? 환자를 치료하거나 아니면 무너트리는 충격요법처럼. 하지만 바로 이것이 문제였다. 그렇게 하기에는 오스카가 완전히 무너져버릴 위험이 너무나 컸다. 그리고 이제는 너무 멀리 와버려서 다시 되돌아갈 수도 없었다. 어쩔 수 없이 엘라는 계속해서 아이의 물건들을 정리하고 이삿짐업체의 연락을 기다렸다.

이삿짐업체는 약속한 대로 2시 45분에 도착했다(열쇠수리공은 더 이상 필요하지 않아 취소했다). 남자 두 명이 우선 헨리의 나머지 물건들을 가지고 온 상자에 담았고 모든 가구들을 분해해서 운반차에 실었다. 엘라는 벽에 난 구멍까지 메꾸어달라고 부탁했다. 그리고 아이 방에 있던 물건들을 실은 운반차는 임대한 창고로 가기 위해 떠났다. 짐을 옮기는 과정은 한 시간도 채 걸리지 않았다. 어린이의 제국을 사라지게 만드는 데 채 60분이 걸리지 않다니, 그야말로 대단한 능력이었다.

그런 다음에 엘라는 천장에서 바닥까지 방을 꼼꼼하게 청소했다. 바닥은 물론 벽에까지 청소기를 대고 먼지를 빨아들였고 방 안을 빙 둘러 붙여 있던 스마일리 장식 띠 벽지를 떼어내고 창문을 닦고 여기저기 있던 색연필 낙서를 연마용 가루세제로 벽지에서 닦아냈다. 벽에 얼룩은 남았지만 적어도 어린아이가 색연필로 낙서를 한 흔적은 사라졌다.

엘라는 기진맥진한 채 문틀에 서서 만족감과 두려움이 교차하는 감정으로 자신의 작품을 바라보았다. 이제 이 방은 별다른 기능을 하지 않는 빈 방이 되었다. 언젠가 오스카에게 이 방 안에 무엇이 있었는지 말해야 할 것이다. 그를 데리고 창고로 가서 아들의 물건들을 보여줄 것이다. 언젠가. 하지만 지금, 오늘은 아니다.

엘라는 차를 끓이기 위해 부엌으로 갔다. 그러곤 따스한 찻잔을 들고 거실로 가서 소파 옆에 있는 탁자 위에 잔을 내려놓고 옆에 있는 스탠드램프를 켜고 누웠다. 너무나 달콤한 휴식시간이었다. 마치 헨리의 가구들을 직접 옮긴 것처럼 몸이 쑤셨다. 어쩌면 그녀가 내린 결정이 아이의 침대나 옷장만큼이나 무거워서 그랬는지도 모른다.

엘라는 잠깐 동안 눈을 감았다. 문득 휴대전화 화면을 들여다보니 4시 반이었고 오스카가 언제쯤 돌아올지 생각해보았다. 그때까지 시간을 때우기 위해 오스카가 꺼내놓은 피체크의 스릴러 소설을 집어 들었다. 취향에 맞는 책은 아니었지만 다시 일어나서 책장에서 다른 책을 골라 꺼내올 힘도 없었다.

잠시 후 갑자기 휴대전화 벨이 울리는 바람에 엘라는 소스라치게 놀랐다. 휴대전화를 보니 이미 6시가 지난 시간이었고 커다란 테라스 창문 앞으로 벌써 어둠이 깔려 있었다. 전화를 건 사람은 필립이었다. 엘라는 휴대전화를 그냥 꺼버리려다가 마음을 돌려 통화 버튼을 눌렀다.

"필립." 엘라가 냉랭하게 전화를 받았다.

"엘라! 이제야 드디어 전화를 받네! 왜 자꾸 전화를 받지 않고 끊어버리는 거야?"

"바빴어." 엘라가 퉁명스럽게 대답했다.

"그래도 네가 좀 한가해졌을 때 나한테 전화할 수도 있었잖아."

엘라는 한숨을 내쉬었다. "내가 지금 너하고 얘기하고 싶지 않다는 게 그렇게 이해하기 힘든 일이야?"

잠시 침묵이 흐른 후 그는 나직한 목소리로 말했다. "아니. 그냥 네가 어떻게 지내는지 궁금해서."

"그래서 코라한테까지 날 염탐하라고 시킨 거야?"

"내가 뭘 어쨌다고?"

"코라가 오늘 아침 일찍 나한테 전화했었어." 사실 필립한테 이런 얘기를 하고 싶진 않았다. 둘이 다시 연락하기로 했다는 것을 비밀로 하고 싶었다. 하지만 그 말이 입밖으로 나오고 말았다.

"어차피 내가 그런 부탁을 한다고 해도 코라가 들어줄리 없잖아. 너도 알다시피 예전 그 일 이후로 우린 줄곧 껄끄러운 사이고 서로 연락한 적도 전혀 없었어. 내가 코라한테 연락을 했던 이유는……."

"나를 대체할 사람을 구한다는 얘기는 전해 들었어."

"나는 너를 대체할 사람을 찾는 게 아니야!" 그가 흥분해서 소리쳤다.

"그럼 뭐야?"

"나는…… 나는…… 그러니까 솔직하게 말하면 코라한테 오스카라는 남자를 알고 있는지 물어보려고 한 거야."

"왜?"

"왜라니??? 모든 게 아주 이상하니까 그렇지. 너는 갑

———
311

자기 하루아침에 내가 듣도 보도 못한 남자 집으로 들어가서……."

"아니야. 필립." 엘라는 그의 말을 끊었다. "이상할 거전혀 없어. 유일하게 이상하다고 할 수 있는 건 너의 인생에 아주 오래전부터 다른 여자가 있었고 네가 나를 사랑하는지 그리고 나하고 결혼하고 싶은지 모른다는 사실뿐이야."

침묵.

"필립?"

침묵.

"필―립?!"

"그래. 나도 알아."

"그러니까 나한테 이상하다고 하지 마. 작용과 반작용. 무슨 말인지 알겠어?"

"그래." 그가 크게 숨을 들이마시는 소리가 들렸다. "하지만 너하고 다시 한 번 얘기를 하고 싶었어."

"지금 당장 대화가 필요하거나 의미가 있을 만큼 우리 상황에 어떤 변화라도 생겼어?" 이렇게 단도직입적인 질문을 하는 것은 모험이었지만 어쩔 수가 없었다.

"그게 무슨 말이야?" 생각보다 질문이 직접이지는 않았던 모양이다.

"아직도 C하고 만나냐고!"

"엘라, 나는……." 그는 입을 다물었다.

"그러니까 아직도 그 여자를 만나는 거지?" 엘라가 질문을 반복했다.

"그래, 아직 만나." 그러더니 그는 얼른 덧붙였다. "직장동료이기 때문에 어쩔 수가 없어." 역시 그 여자는 직장동료가 맞았다! 필립의 하룻밤 사건이 로펌 봄 축제 직후에 일어났다는 점을 감안할 때 상대가 직장동료일 거라는 짐작은 하고 있었다. 엘라는 당장 노트북을 열어 로펌 홈페이지에서 이름이 'C'로 시작하는 직원을 찾아보고 싶은 생각이 들었지만 결국 그냥 소파에 누워 있었다. 그 여자가 누군지 중요치 않다는 필립의 말이 맞기 때문이었다. 이름이 없는 그 여자가 동료든 아니든 그것은 중요하지 않았다. 중요한 문제는 따로 있었다.

"그렇다면 질문을 바꿔볼게. 그 여자하고 회사 밖에서도 따로 만나?"

"그거야 뭐." 필립은 우물쭈물거렸고 엘라는 그가 전화를 받으며 몸을 비비 꼬는 것을 느낄 수 있었다. "최근에 있었던 일 이후로 상의할 일도 있고 해서 와인 한 잔 마신 적은 있어."

"그렇다면 우리가 지금 얘기를 해야 할 이유는 전혀 없어." 엘라는 전화기에 대고 소리쳤다. 필립과 자기 자신에 대해 너무 화가 나서 소파에 있던 피체크의 책을 발로 차버리는 바람에 책은 큰소리를 내며 바닥에 떨어졌고 책을 감싸고 있던 보호종이가 구겨졌다. 필립한테 그런 질문을 하지 말았어야 했다! 필립과 관계에 대한 얘기를 하기에는 아직 너무 일렀다. 이제 필립은 그녀가 그 일을 마음속에 고스란히 담아두고 있으며 여전히 감정적으로 동요하고 있다는 사실을 알아버렸다. 사실 감정 장애를 겪고 있지 않고서야 누가 어떻게 이 상황을 그냥 넘길 수 있겠는가. 프러포즈에서 이별로의 급격한 변화를 겪었고 게다가 상대가 바람을 피웠다는 고백까지 들었는데 48시간 내에 어깨를 으쓱하며 아무 일 없었다는 듯 털어버릴 수 있는 일이 당연히 아니었다. 적어도 호모 사피엔스, 심장과 뇌가 있는 사람이라면. 하지만 그녀가 얼마나 충격을 받았고 혼란스러운 상태인지 그에게 노골적으로 드러내 보이는 것은 결코 불필요한 일이었고 지난 토요일에 아무렇지 않은 듯 쿨하게 그의 집에서 나온 모습과도 완전히 배치되는 일이었다. 그의 전화를 받지 말았어야 했다!

"엘라, 부탁이야. 너는……."

"아니." 엘라는 그의 말을 잘라버렸다. "내가 해야 할 일은 아무것도 없어. 특히 너하고 관련된 일의 경우에는 말이야."

"그럼 적어도……." 뚝. 엘라는 전화를 끊어버렸다. 당분간 필립한테 아무 말도 하지 않을 생각이었다. 이제 온전히 그녀의 거대한 임무에 집중할 생각이었다. 그것만으로도 충분히 바빴다.

"필립이 누굽니까?" 오스카의 목소리였다. 뒤를 돌아

보니 그녀의 거대한 임무가 미소를 지으며 거실에 서 있
었다. "그리고 뭘 하지 않겠다는 겁니까?"

"아무것도 아니에요." 엘라는 다급하게 대답하고 소파
에서 일어나 앉았다. 얼굴이 빨갛게 달아올랐다. 통화하
는 것을 얼마나 오랫동안 지켜보고 있었던 것일까?

"그렇군요." 그는 의미심장한 표정을 지으며 엘라 쪽으
로 가까이 다가와 소파에 나란히 앉았다. "한 가지는 확
실하네요. 그 필립이라는 사람한테 엄청 화가 나 있다는
거요."

"그럴지도 모르죠." 엘라는 대답을 얼버무렸다.

"헤어진 연인인가요?"

"아니요." 엘라는 짧게 대답했다. '그것보다 훨씬 더 깊
은 관계였죠' 하고 엘라는 속으로 덧붙였다.

"내가 다 꼬치꼬치 캐물어야 합니까!" 그의 검은 눈동
자는 엘라를 뚫어지게 바라보고 있었다. 엘라가 미처 무
슨 대답을 하기도 전에 그의 미간에 주름이 잡혔다. "이
건 뭡니까?" 그는 몸을 앞으로 숙였다.

"뭐 말이에요?"

"이거요!" 그는 피체크의 책을 엘라의 코앞에 들이밀면
서 원망 가득한 표정으로 구겨진 표지를 가리켰다.

"책이 떨어졌나 봐요."

"내 물건들을 조금 더 조심스럽게 다루어주세요. 이 책
을 선물한 사람은……." 그는 표정이 갑자기 밝아지더니

크게 '하!' 소리를 내며 책을 공중으로 던졌다. 책이 공중에서 한 바퀴 돌고 바닥에 부딪혀 아까보다 더 심하게 구겨졌다. 오스카 드 비트는 책은 아랑곳하지 않고 밝은 얼굴로 엘라를 쳐다보았다. "그 사람 말이 맞았어요!"

"어떤 사람이요?"

"그야 슈페히트 박사님 말이죠. 지금 그분께 진료를 받고 오는 길이잖아요."

"아, 그렇죠. 안 그래도 왜 이렇게 안 오시나 궁금했어요."

"그분은 정말 대단해요!" 오스카가 말했다.

"그래요?"

"완전히요! 우리는 몇 시간 동안이나 대화를 나눴고 그분은 나에게 용기를 줬어요."

"그래요?" 엘라는 속이 울렁거렸다.

오스카는 고개를 끄덕였다. "우리는 함께 나의 무의식을 활성화시켰어요. 최면을 통해서 말이죠. 최면술을 통해서 내 기억들을 하나하나씩 되찾을 수 있다고 했어요."

"저는 병원에 가서 혈액을 채취하고 심전도 검사만 하는 줄 알고 있었는데요?"

"물론 그런 검사도 했어요. 그런데 슈페히트 박사님은 가정의학과 전문의이기도 하지만 정신과 전문의이기도 해요. 그 사실을 알았나요?"

"몰랐어요." 시치미를 떼려니 얼굴이 빨갛게 달아오르

고 온몸이 뜨거워졌다.

"아무튼 그렇더라고요."

"죄송해요! 만약 제가 미리 알았다면 그분께 보내지 않았을 거예요."

"그건 왜죠?"

"그때 입원했던 병원에서 정신과 의사를 싫어한다고 하셨잖아요." 엘라가 그의 기억을 상기시켜주었다.

"아, 다 헛소리예요!" 그는 별것 아니라는 손짓을 했다. "내가 과거에 지껄인 말이 다 무슨 소용이겠어요. 아무튼 군터 슈페히트 박사님은 정말 대단한 분이에요!"

"좀 더 자세히 얘기해주세요."

"조금 전에 보셨듯이 박사님의 방법은 효과가 있는 것 같아요. 어떤 기억이 떠올랐어요!" 그는 책을 가리켰다. "선물 받은 책이라는 것이 기억났어요. 그리고 누가 선물했는지도 말이죠."

"정말이에요?" 엘라는 쉰 목소리로 물었다.

"요나단 그리프라는 사람이 이 책을 선물했어요. 피체크와 계약을 맺은 함부르크 출판사 편집장이에요."

"그래요?" 상당히 구체적인 기억이라 엘라는 당황스러워 기침을 했다. 왠지 두려움이 밀려들었다. 그렇다고 오스카의 기억이 돌아오는 것을 원치 않는 것은 아니었다. 하지만 지금은 너무 빨랐다. "그리프라는 분하고 친분이 있으세요?"

"그건 몰라요. 그분이 나한테 책을 주던 장면이 아주 선명하게 떠오를 뿐이에요. 책에 글도 적어준 것 같은데." 그는 다시 책을 집어 들고는 책을 펼쳤다. "여기 있네요." 그는 손으로 쓴 글씨를 검지로 가리켰다. "요나단 N. 그리프. 하!" 그는 책장을 다시 세게 덮어버리고 책을 탁자 위에 올려놓고는 히죽히죽 웃었다. "누군지는 잘 모르겠지만 그래도 시작이 좋지 않아요?"

"네." 엘라가 맞장구를 쳐주었다. 그리고 모든 시작에는 마법이 깃들어 있다……

오스카는 자리에서 일어나 복도로 나갔다가 잠시 후 무선전화기를 들고 다시 엘라 옆에 앉았다. "이제 전화번호 안내에 전화를 걸어서 그리프라는 사람의 연락처를 알아봐야겠어요."

"전화번호를 비공개로 설정했을지도 몰라요." 오늘날 전화번호부에 번호를 공개하는 사람이 누가 있을까?

"두고 보면 알겠죠." 오스카는 전화번호를 눌렀다. "그런데 엘라 씨, 나는 왜 휴대전화가 없죠?"

"그건 저도 몰라요."

"이상하네요. 내가 휴대전화를 갖고 있지 않았어요?"

"전 못 봤어요."

"나한테 휴대전화가 없었을 것 같지는 않은데 말이에요."

"혹시 란둥스…… 아니 그러니까 여기 계단에서 넘어

질 때 잃어버린 것 아닐까요?" 피, 땀, 눈물. 그녀는 또다시 피, 땀, 눈물을 흘렸다.

"그랬다면 집 앞 어딘가에 있었겠죠."

엘라는 어깨를 으쓱했다. "죄송하지만 저는 어디에서도 휴대전화를 보지 못했어요."

"음." 그는 수화기를 귀에 갖다 댔다. "아무래도 이상해요." 그는 고개를 저었다. "어쨌든 내가 쓸 휴대전화 하나만 마련해주세요."

"알겠습니다."

잠시 후 전화번호 안내 직원과 통화가 연결되자 오스카는 요나단 N. 그리프라는 사람의 전화번호를 문의했다. 그는 고맙다는 인사를 남기고 전화를 끊었다.

"등록되어 있지 않아요."

"그럴 줄 알았어요."

"그럼 출판사에 문의해봐야겠어요."

"어떤 출판사인지 아세요?"

그는 재밌다는 듯이 엘라를 쳐다보았다. "지금까지 한 번도 책을 읽어본 적 없죠?"

"네? 왜요?"

"일반적으로 모든 책에는 판권페이지가 인쇄되어 있기 때문에 쉽게 찾아볼 수 있거든요."

"맞다. 그렇죠." 엘라는 자신이 한없이 멍청하게 느껴졌다.

그는 책을 들고 해당 페이지를 펼쳤다 "여기 있네요. 그리프손&북스, 내 말이 맞죠?"

"그런데 벌써 6시 반이라 아무도 전화를 받지 않을 거예요."

"그래도 시도해봐야죠. 그리프 씨가 편집장이니까 사무실에 더 오래 남아 있을 수도 있잖아요. 만일 전화를 안받으면 내일 다시 한 번 해보면 되고요." 그는 또다시 전화번호 안내 번호를 눌렀다.

엘라는 책을 읽어본 적 없는 게 아니라 오히려 책을 아주 많이 읽는 편이지만 아까는 어리바리한 상태라 그런 멍청한 질문을 한 거라고 해명하고 싶은 욕구를 느꼈지만 일단 잠시 내려놓았다. 오스카는 또다시 전화기를 귀로 가져가고 있었다. 그가 전화번호를 안내받고 출판사에 전화를 걸어 야근 중인 요나단 그리프와 통화가 연결되고 '내 친구 오스카! 자네 아들의 죽음에 대한 충격이 아직도 가시질 않네! 자네 부인까지 자네를 떠났다니 어떻게 이런 끔찍한 일이……' 이런 일이 벌어지기 전에 엘라는 뭐든 해야 했다.

엘라는 부드럽지만 단호하게 그가 들고 있던 전화를 빼앗아 종료 버튼을 누르고 온화한 미소를 지었다.

그는 어리둥절한 표정을 지었다. "지금 뭐 하는 건지 설명 좀 해주시겠어요?"

"오스카 씨." 엘라는 달래듯 그의 손을 어루만졌다. "지금 그 출판사 편집장님과 당장 통화하고 싶은 마음은 충분히 이해해요. 하지만 그게 과연 좋은 생각일까요?"

"당연히 좋은 생각이죠! 그렇게 생각하지 않아요?"

엘라는 안타깝다는 듯이 고개를 저었다. "저는 그렇게 생각하지 않아요. 자기 자신에 대해 전혀 모르는 상태에서 그러는 건 위험할 것 같아요."

"위험하다고요?" 그는 이해할 수 없다는 표정으로 엘라를 쳐다보았다. "어떤 위험을 말하는 겁니까?"

"오스카 씨가 지금 어떤 상태인지 정말 모든 사람들이 알기를 원하세요?" 엘라가 반문했다. "그로 인해 어떤 일이 벌어질지 아직 전혀 모르는 상태인데요?"

"음." 그는 잠시 생각에 잠겼다 "그렇게 되면 내가 혹시 불편한 상황에 놓이게 될 수 있다는 말이죠?"

"바로 그겁니다!" 엘라는 기뻐하며 말했다. "아직 누가 친구이고 누가 적인지 모르는 상태에서는 오스카 씨의 상태를 비밀로 하는 것이 좋을 것 같아요."

"하지만 요나단 그리프라는 사람은 나한테 책을 선물했잖아요." 그가 반박을 시도했다. "헌정이라고 써서 말이죠."

"글쎄요." 엘라는 의미심장한 눈길로 그를 쳐다보았다. "그리고 누군가는 오스카 씨한테 생활용품 할인점에서 파는 싸구려 글귀가 적힌 머그잔을 선물하기도 했죠."

그는 무슨 말을 하기 위해 입을 벌렸다. 그리고 다시 닫앗다. 그리고 다시 열었다. 그리고 닫았다.

"그것 보세요." 엘라는 또다시 그의 손을 토닥였다. "경솔한 행동을 하기 전에 일단 기다리는 것이 좋겠어요."

"그래요. 엘라 씨 말이 맞는 것 같아요." 그의 얼굴에 체념하는 표정이 나타났다. 그러곤 얼마 지나지 않아 다시 미소를 지었다. "상관없어요. 중요한 건 말이죠." 그는 왼손 검지로 관자놀이를 가리켰다. "기억이 다시 돌아오고 있다는 겁니다. 슈페히트 박사님 덕분에! 내일 아침 일찍 다시 찾아가기로 했어요."

"내일이요?"

"물론이죠! 첫 진료를 받자마자 이렇게 기억이 떠오르기 시작하는데 계속해야죠."

"네, 그래요." 엘라는 최대한 평정심을 유지하려 애썼다. 오스카가 내일 슈페히트 박사를 만나는 사이 그에 대해서 더 알아볼 생각이었다. 그리고 헨리 드 비트의 무덤을 찾아볼 계획이었다. 무덤의 정확한 위치를 알아보고 잘 관리되고 있는지 그리고 오스카를 휘청거리게 할 무언가가 있는지 확인해볼 생각이었다. 아들의 죽음과 그의 곁을 떠나버린 부인보다 더 심각한 무언가가 있는지 알아볼 생각이었다.

그의 기억이 정말 그렇게 엄청난 속도로 회복되고 있다면 하루라도 빨리 오스카 드 비트를 위해 만반의 대비를 해두고 싶었다. 그의 기억이 다시 돌아왔을 때 아들의 무덤에 혼자 찾아가게 두지 않고 반드시 함께 가주고 싶었다. 착한 요정이라면 마땅히 그래야 한다!

하지만 두 사람의 만남이 구체적으로 어떻게 이루어졌는지 진실을 알게 됐을 때도 오스카가 여전히 그녀가 곁에서 도와주기를 바랄지는 의문이었다. 어쨌든 엘라는 마르가레테 슐롬머스 선생님의 가르침을 따르기로 했다. '미리 고민하지 말고 닥치면 고민해라!'

18

11시 10분쯤 엘라는 함부르크–올스도르프에 있는 공동
묘지 정원관리업체 그루버에 도착했다. 아침에 청소업체
에서 온 남자 두 명에게 해야 할 일을 알려주느라 더 일찍
나올 수 없어서 조금 늦게 북쪽을 향해 차를 몰아 급히 달
려왔다. 오스카는 이미 9시에 그의 말마따나 슈페히트 박
사와의 '집중 상담시간'을 갖기 위해 집을 나섰다.

박사님이 상담료로 얼마나 받는지 궁금하다는 엘라의
질문에 오스카는 아무렇지 않게 "모르겠어요"라고 대답
했다. "그냥 청구서를 보내달라고 했어요. 엘라 씨가 알
아서 처리해줄 거라고 했죠." 놀라웠다. 오스카 드 비트
는 단 한 순간도 돈에 대한 걱정을 하지 않았다. 그리고
더 놀라운 사실은 그가 단숨에 엘라를 '모든 것을 맡아서
처리하는 사람'으로 만들어버리고 마치 지주처럼 행동
한다는 것이었다. 부탁이 아니라 지시였다. 그래도 엘라
는 상관없었다. 덕분에 자유롭게 일을 처리할 수 있는 시
간이 생기기 때문이었다. 그리고 만약 군터 슈페히트 박
사가 과도한 진료비를 청구하면(엘라는 직감적으로 그럴 것

이라 느꼈다) 진료비를 적절히 조정하는 것도 그녀의 몫이었다.

엘라는 타고 온 메르세데스 벤츠를 정원관리업체 앞 주차장에 세우고 차에서 내렸다. 이 업체가 '드 비트'라는 동명이인의 무덤을 여러 개 관리하고 있을지도 모른다는 생각에 엘라는 장기관리계약을 맺은 확인서를 챙겨왔다. 그럴 가능성은 극히 낮지만 혹시 모르는 일이었다. 아무래도 고객번호가 있으면 무덤을 찾기가 훨씬 수월할 것이었다.

15분 후 엘라는 손에 지도를 들고 공동묘지 안을 헤매고 다녔다. 전체 면적이 400헥타르에 달하는 공동묘지는 모나코보다 두 배나 컸고 심지어 안에 셔틀버스까지 지나다녔다. 마치 구불구불한 모랫길과 울타리와 수풀로 이루어진 미로에 갇힌 듯한 느낌이 들었다. 수풀 사이에서 제대로 된 길을 알려주는 하얀 토끼를 만나고 싶은 마음이 간절해졌다. 엘라는 관리업체 직원한테 혹시 무덤까지 안내해줄 수 있는지 물었지만 그는 무뚝뚝한 표정으로 고개를 저으며 엘라가 지금 들고 있는 지도를 말없이 안내데스크에 올려놓고 L-J 10칸에 빨간색으로 동그라미를 치고 가운데 X 표시를 해주면서 로젠하인 공동묘지는 걸어서 10분도 채 걸리지 않는다고 말했다.

다리가 이상한 것인지 아니면 방향감각이 문제인지는 몰라도 엘라가 그곳을 찾아가는 데는 1시간이 넘게 걸렸고 공동묘지의 분위기에 걸맞게 엘라의 기분도 축 처졌다. 무덤을 하나하나 지나면서 비석에 새겨진 글씨를 통해 이곳에 고이 잠든 분들이 대부분 고령의 나이에 사망했다는 것을 알 수 있었다. 엘라는 로젠하인 공동묘지가 아이들 전용 묘지라고 생각했기 때문에 무덤 주위에 봉제 인형, 알록달록한 바람개비, 벌거벗은 동자상이나 귀여운 아이들의 사진들로 장식되어 있을 줄 알았다. 그러나 베르타 리만(92세 사망)과 크리스티안 페터슨(88세)에서 하인 한센(96세)에 이르기까지 이곳에는 천수를 누리다가 돌아가신 분들밖에 없었다.

가장 뒤쪽, 끝 열에 후보가 될 만한 무덤이 눈에 들어왔다. 꽃을 심어놓은 지 얼마 안 되어 보였고 붉은색 대리석 판은 10월의 비를 맞아 새 것처럼 반짝거렸다.

가까이 다가가자 그녀의 짐작이 맞았다는 것을 알 수 있었다. 비석에 커다란 글씨로 '드 비트'라고 새겨져 있었다. 비석 바로 앞까지 가서야 조금 작게 새겨진 이름을 확인할 수 있었다.

프랑신.

비석에 '프랑신'이라고 새겨져 있었다.

'너는 왜 나를 떠났어? 너는 왜 나를 떠났어? 너는 왜 나를 떠났어? 너는 왜 나를……'

엘라는 어리둥절했다. 오스카의 아들이 여기에서 영원한 안식을 취하고 있는 게 아니라 그의 부인이? 아니면 설마 둘 다? 그렇지는 않았다. 비석에는 프랑신 드 비트의 이름만 새겨져 있었고 그 밑에 처녀성인 뒤부아만 적혀 있었다. 역시나 프랑스 사람인 듯했다. 또는 강직한 위그노파의 후예일 수도 있었다. 그녀는 겨우 서른여섯 살에 생을 마감했으며 앞서 보았던 베르타, 크리스티안 또는 하인보다 반도 살지 못했다. 오스카의 젊은 아내의 무덤 앞에 서 있자니 슬프기는 했지만(엘라는 아까 그루버에서 꽃을 사오지 않은 것을 후회했다) 왠지 심장이 두근거렸다. 아이가 살아있다는 것을 의미하기 때문이었다. 곧이어 '어디'에 살고 있을까 하는 의문이 떠올랐다.

엘라는 다시 한 번 로젠하인 공동묘지를 샅샅이 뒤져보았다. 어느새 신발에 진흙이 잔뜩 묻은 채로 묘지 사이를 걸어다니면서 혹시 어딘가에 헨리의 무덤이 있는 것은 아닌지 살펴보았다. 30분 정도 지나자 헨리의 무덤이 없다는 것이 명백해졌다. 어차피 엄마와 아들의 무덤이 가까이 있지 않고 멀리 떨어져 있을 리도 없었다.

오스카의 차로 되돌아가는 길에 엘라의 생각은 마치 이리저리 굴러다니는 구슬처럼 제멋대로 움직였고 제어할 수도 없었다. 헨리는 살아있고 프랑신은 죽었다. 오스카는 아들에 대한 기억을 떠올리게 하는 모든 것을 방 안에 넣고 잠가버렸다. 반면에 부인의 사진은 지갑 속에 넣어 가지고 다녔다. 이상했다. 너무 이상해서 도무지 이해가 가지 않았다.

그리고 그가 맨발로 란둥스브뤼켄에서 뭘 하려고 했던 것인지도 알 수 없었다. 정말 목숨을 끊으려고 했던 것일까? 과연 아버지로서 그럴 수 있을까? 어린 아들을 책임 져야 할 사람이? 대체 절망감이 어느 정도에 이르면 그런 마음을 먹을 수 있을까? 물론 헤아리기 힘든 절망감이라는 것은 엘라도 잘 알고 있었다.

순간 〈슈피겔〉지 기사 제목이 떠올랐다. '대체 무슨 일이 있었던 겁니까, 드 비트 씨?' 그렇다. 대체 무슨 일이 있었던 것일까? 엘라는 주차된 차에 올라타서 시동을 켜고 출발했다. 그리고 집으로 돌아가는 길에 행인을 치지 않으려고 조심하면서 머릿속으로 가능한 이야기를 떠올려보았다. 그랬을 가능성이 있는 이야기 그리고 아마 실제로 그랬을 이야기.

프랑신 드 비트는 질병이나 사고로 인해 예상치 못하게 갑자기 사망했을 것이다. 홀아비가 된 오스카는 상심한 나머지 반쯤 정신이 나갔다. 그는 산산조각이 나버린 그의 삶을 어떻게든 붙잡으려고 하지만 그러지 못한다. 점점 더 슬픔 속에 빠져들어 모든 것에서 손을 놓고 결국 자기 자신마저 놓아버리게 된다.

그리고 그토록 사랑하던 아들 헨리마저 포기한다. 물론 자발적으로 아들을 포기한 것은 아니지만 아들을 돌보고 음식을 해주고 씻기고 입히고 학교에서 먹을 간식을 싸주고 책가방 싸는 것을 도와주고 하는 모든 일들이 힘에 부친다. 아버지로서, 아이에게 유일하게 남은 사람으로서 책임을 다하려고 하지만 잘 되지 않는다. 헨리는 학교에서 서너 번 정도 지적을 받게 되고 선생님이 아이의 심각한 상태를 파악하고 우선 오스카와 면담을 해보지만 그가 문제가 있다는 사실을 부인하자 선생님은 아동복지국에 연락을 한다. 아동복지국에서 파견 나온 직원은 오스카 드 비트의 집을 방문한 후 역시나 예상했던 대로 그가 아이를 제대로 돌볼 수 없는 심각한 상황이라는 것을 알아챈다.

이후 가정법원에서 헨리를 보호시설에 맡겨야 한다는 판결이 내려지고 아버지는 아이를 빼앗기고 헨리는 양부모에게 맡겨지거나 더 끔찍하게는 보육시설에 위탁된다. 절망감에 빠진 오스카는 자신의 하나밖에 없는 아들을 위해 법정싸움을 벌이지만 결국 패배하게 된다. 그는 헨리를 잃었을 뿐만이 아니라 그의 인생의 마지막 남은 의미마저 잃은 것이다.

그러던 어느 날 저녁, 혼자서 엘베 강변에 있는 란둥스브뤼켄으로 가서 신발과 재킷을 벗고 깜깜한 강물을 내려다본다. 눈을 감고 숨을 깊이 들이마시고 뛰어내리려고 한다. 뛰어내리고 나면 모든 것은 끝난다.

그 다음에는? 그 다음에 무슨 일이 있었다. 헨리가 웃던 마지막 기억이 떠오른 것일까? 아이를 한 번만, 단 한 번만 더 보고 품에 안아보고 싶다는 절실한 생각이 들었던 것일까? 아니면 시끄럽게 총각파티를 하는 무리 때문에 강물을 들여다보던 시선을 거두게 된 것일까? 그는 서둘러 아주 급하게 그곳에서 벗어나 뛰어가며 신발과 재킷을 그대로 놓아두고 안전한 곳으로, 그의 삶이 그를 기다리는 곳으로 가려고 한다. 그런데 운명의 장난인지 그곳에서 에밀리아 파우스트를…… 만나게 된다.

40분 후 저택 앞에 도착했을 때 엘라의 볼에는 눈물이 흘러내렸고 너무 심하게 울어서 앞이 보이지 않을 정도였다. 엘라는 차를 차고 안에 주차시키고 차고 문을 내리고 집으로 가서 현관을 열고 안으로 뛰어들어갔다. 계단을 올라가 그곳에서 여전히 청소를 하던 두 남자에게 대충 인사를 하고 안전한 작은 방으로 들어가 침대 위로 몸을 날리고 얼굴을 베개에 파묻고 목청껏 울기 시작했다. 자신이 아무것도 할 수 없다는 끔찍한 느낌과 근심을 울음소리와 함께 뱉어냈고 주먹으로 매트리스를 치면서 침묵의 비명을 질렀다.

한참 후에, 아래층에서 청소업체 직원들이 일을 다 마치고 퇴근한다는 말과 함께 시끄럽게 현관문을 닫고 나가는 소리가 들렸고 어느덧 엘라의 격한 감정도 조금은 가라앉았다. 엘라는 평정심을 되찾고 침대에서 일어나 화장실에서 세수를 하고 머리를 빗었다. 엘라는 거울을 바라보면서 세 번 연속으로 아주 강하게 눈을 질끈 감았다가 뜨면서 다시 한 번 다짐을 했다. 헨리를 반드시 찾아서 오스카한테 다시 데리고 오겠다고. 그렇게 하는 것만이 제대로 된 유일한 해피엔딩이었다. 아이는 살아있고 그렇기 때문에 아직 늦지 않았고 아직 모든 가능성은 열려 있었다.

엘라는 청바지와 풀오버를 새로 갈아입고 경쾌하게 아래층으로 계단을 내려가면서 노래를 부르고 싶었다. 하지만 어울리는 적절한 노래가 떠오르지 않았다.

엘라는 곧장 오스카의 서재로 갔다. 모든 서류더미, 모든 파일 그리고 모든 서랍들을 아주 꼼꼼하게 살펴보면서 헨리 드 비트에 대한 정보 또는 그가 지금 어디에 있는지 알 수 있는 정보를 찾아보기로 했다. 헨리를 찾는 일에 착수할 수 있을 만한 아주 작은 단서라도 분명히 찾아낼 수 있을 것이다. 법원이나 아동복지국에서 온 편지 아니면 운이 좋으면 헨리가 지금 있는 곳의 주소를 발견할 수도 있다. 서재에서 모든 몰딩을 잡아 뜯어야 하는 한이 있더라도 반드시 찾아내고 말 것이다!

엘라가 책상에 앉아 커다란 책장을 바라보면서 어디서부터 시작을 해야 할지 고민하고 있을 때 현관문이 닫히는 소리가 들렸다.

그리고 곧이어 오스카가 부르는 소리가 들렸다. "엘라 씨? 어디 있어요?"

엘라는 한숨을 내쉬며 의자에서 몸을 일으켰다. 꼭 이렇게 일찍 돌아와야만 했을까? 슈페히트 박사가 말한 '집

중 상담시간'은 겨우 이런 것이란 말인가? 엘라는 바지 뒷주머니에서 휴대전화를 꺼내 시간을 보고는 배시시 웃었다. 여섯 시간이나 걸렸다고?

"오스카 씨." 엘라는 현관으로 나가면서 그에게 반갑게 인사를 했다. 그는 여전히 코트를 입고 신발을 신고 있었고 빗물이 조금 떨어졌지만 벗을 생각은 전혀 없어 보였다. "오늘은 어떠셨어요?"

"정말 굉장했어요." 그가 말했다. "자세한 얘기는 가는 도중에 해줄게요."

"가는 도중에라고요?"

"네. 지금 당장 가봐야 해요."

"어디로 말이에요?"

"아까 말했듯이 가는 중에 얘기해줄게요. 밖에 택시가 기다리고 있어요. 얼른 코트를 챙기고 신발을 신고 바로 출발해요."

"꼭 그래야……."

"네." 그는 더 이상 토를 다는 것을 용납하지 않겠다는 듯한 단호한 말투로 엘라의 말을 끊었다. "꼭 그래야 합니다."

엘라는 속으로는 투덜거리면서도 겉으로는 임무에 충실하게 옷걸이에 걸려 있던 우비를 챙기고 문 옆 매트 위에 놓여 있던 운동화를 신으려고 했다. 하지만 공동묘지에 다녀온 터라 운동화는 여전히 축축했고 진흙이 잔뜩

묻어 있어 양해를 구하고 얼른 방으로 뛰어올라가서 꽃무
늬가 있는 고무장화를 들고 내려왔다. 몇 년 전 어떤 잡지
에서 보고 즉시 주문했던 장화였다.

"정말 귀여워요." 오스카가 엘라의 신발을 칭찬하며 문
을 열었다. "어서 갑시다."

"이제 어디로 가는 건지 말씀 좀 해주시겠어요?" 택시
뒷좌석에 오스카와 나란히 앉은 엘라가 물었다.

"저한테도 말씀 좀 해주세요!" 택시기사가 끼어들었다.

"물론이죠." 오스카는 환하게 웃었다. "토이펠스브뤽
에 있는 선착장으로 갑시다." 택시는 출발했다.

"거기 가서 뭐 하려고요?"

"뭘 하겠어요? 그는 웃었다. 그는 어떤 노래를 흥얼거
렸다.

"모르는 노래에요." 엘라가 말했다. 그리고 지금 수수
께끼 놀이를 하고 싶은 기분도 아니었다.

"몰라요?" 그는 의아하다는 듯이 고개를 저었다. "정말
고전인데요."

"제가 그런 노래를 알기에는 너무 젊은 것 같네요."

"엘라 씨만 그런 건 아니에요. 이 노래는 1930년대 노
래거든요." 그가 히죽 웃으며 말했다. 그러더니 이번에는
가사까지 더해 부르기 시작했다. "뱃놀이는 재밌어, 뱃놀
이는 즐거워……."

"아하, 그럼 우리는 배를 타게 되는 겁니까?"

"정답입니다!"

"그렇다고 해도 여전히 이유를 모르겠네요."

"왜냐하면." 그는 재킷 주머니에 손을 넣어 작은 주황색 종이를 꺼냈다. "내 지갑 안에서 중요한 퍼즐조각을 발견했기 때문이죠." 그는 엘라에게 종이를 보여주었다. "내가 지난 금요일 저녁에 토이펠스브뤽에서 아홉 시가 되기 직전에 함부르크 대중교통 승차권을 구입한 모양입니다."

엘라는 승차권을 빤히 쳐다보았다. 정말 그랬다. 아주 명백한 사실이었다. 이것이 무엇을 의미하는지 짐작할 수 있었고 곧이어 속이 울렁거렸다. 이제 막 수면 위로 떠오를 어떤 기억이었다.

"슈페히트 박사님께서 내 지갑을 한번 샅샅이 뒤져보자고 제안했고 그러다가 이 승차권을 발견하게 됐어요."

"멋지네요!" 엘라가 말했다. 그러면서 '난 왜 더 꼼꼼하게 살펴보지 않았을까?' 하고 속으로 화가 났다. 지갑에서 사진은 꺼냈지만 그 안에 또 다른 중대한 물건이 들어 있으리라고는 미처 생각하지 못했다. 슈페히트 박사의 실력이 나쁘지 않다는 것을 인정할 수밖에 없었다. 실력은 나쁘지 않았다─그렇지만 그녀에게는 전혀 좋지 않았다. 승차권이 란둥스브뤼켄과 관련이 있다면. 그럴 가능성이 높았다. 엘라는 여름에 여러 번 타본 적이 있어서 페리가 어디로 가는지 알고 있었다. 페리는 엘베 강을 편안하게 구경할 수 있는 방법이었고 아주 저렴한 가격으로 선착장들을 돌아볼 수 있었다.

"그러니까 나는 3유로 20센트를 내고 토이펠스브뤽에서 어디론가 간 겁니다."

"음. 네." 엘라가 마지못해 대답했다. "네, 승차권을 보니 그런 것 같네요."

"여기에서 문제는 내가 어디로 갔냐 하는 겁니다. 그래서 슈페히트 박사님과 함께 인터넷에서 함부르크 대중교통 지도를 꼼꼼히 살펴봤어요."

"저는 그 박사님이 오스카 씨의 무의식을 깨우는 작업을 하는 것으로 알고 있었는데요! 최면술로 말이죠!" 엘라는 자신도 모르게 짜증 섞인 말투를 내뱉었고 오스카는 의아한 표정으로 엘라를 쳐다보았다.

"물론 그런 것도 하기는 합니다. 하지만 슈페히트 박사님은 아주 실용적인 도움도 많이 주시는 분이죠."

"그런 것 같네요." 엘라가 언뜻 비꼬듯이 말했다.

"어쨌든 우리는 토이펠스브뤽에는 64번 노선밖에 다니지 않는다는 것을 알아냈어요."

"그래서 어디로 가는 노선인데요?" 엘라가 불안하게 물었다.

"우선 핑켄베르더까지 가요. 거기서 62번으로 갈아타면 노이뮐렌, 도크란트 그리고 어시장을 지나 란둥스브뤼켄까지 갈 수 있어요."

란둥스브뤼켄. 그 사악한 단어가 나오고야 말았다. 엘라는 얼른 세 번 눈을 깜빡거렸다.

"시내 쪽으로 가면 어떨까요?" 엘라는 그를 다른 곳으로 유도하기 위해 다급히 제안했다. "아니면 시내 위쪽으로 올라가면 어떨까요?"

"토이펠스브뢱에서 시내로 가는 노선은 없어요. 마지막 정거장이거든요."

"그렇군요." 엘라는 얼른 다른 생각을 떠올려보았다. "어쩌면 배를 탄 것이 아니라 버스를 탔을 수도 있잖아요! 토이펠스브뢱에 버스정류장도 있거든요."

"네. 그럴 가능성에 대해서도 슈페히트 박사님과 대화를 나눠봤어요. 하지만 무슨 연관이 있는지 모르겠지만 내 머릿속에서는 계속해서 배의 모습들만 떠올라요."

'저는 알 것 같아요' 하고 엘라는 속으로 생각했다. '오스카 씨는 해운업 가문 출신이니까요.' 하지만 엘라는 지금 그에게 아직 그런 얘기는 하고 싶지 않았고 슈페히트 박사가 아직은 환자와 함께 그의 출신에 대한 대화를 나누지 않은 것이 다행이라 생각했다.

"저희 부모님은 선박회사를 운영하셨어요."

"네?" 역시 박사님은 그런 대화까지도 나눴다.

"네." 오스카는 고개를 끄덕였다. "하지만 인터넷에서 나에 대한 정보는 거의 찾을 수 없었어요. 짤막한 뉴스에 의하면 내가 세무회계 사무소를 운영하다가 6개월 전에 문을 닫은 모양이에요. 하지만 내가 그 이유에 대한 언급은 하지 않았다고 하네요." 그는 웃었다. "나는 상당한 비밀주의자인 모양입니다."

"아, 네……." 엘라가 뭐라고 대답할 수 있을까? 엘라도 이미 그에 대한 정보를 찾아내려는 시도를 했었다고? 그리고 그것뿐만 아니라 그의 부인은 사망했고 아이는 사라졌지만 아직은 그의 정신건강을 위해서 말하지 못하고 있다고? 결코 좋은 생각이 아니었다.

"어쨌든." 오스카는 들뜨서 계속 말을 이었다. "나는 이러나저러나 배하고 아주 인연이 많아요. 하지만 슈페히트 박사하고 나는 내 과거를 파헤치는 일은 일단 중단하기로 했어요. 과거를 떠올리려고 하면 기분이 안 좋아지거든요. 두통이 생기고 현기증도 나고요." 그의 표정이 잠시 어두워지다가 이내 다시 미소를 지었다. "그래서 일단 첫 번째 단서가 되는 이 승차권에 집중하기로 했어요. 슈페히트 박사님은 내 기억이 아주 천천히 단계적으로 자연스럽게 돌아오는 것이 가장 좋다고 하셨어요."

"자연스럽게." 엘라는 그 말을 곱씹었다.

"맞아요. 그렇게 하면 내 마음이 속도를 정하게 되고 힘든 기억들도 차츰차츰 극복할 수 있다고 하셨어요."

"무슨 말인지 알 것 같아요." 이제 엘라도 미소를 지었다. 그녀가 하고 있는 일이 최선의 방법이라는 확인을 받은 셈이었기 때문이다. 엘라가 오스카에 대해 알게 된 사실들을 무턱대고 '다른 선택권은 없으니 그냥 받아들여!'라는 구호와 함께 던져줄 수는 없었다. 전문가인 군터 슈페히트 박사의 의견을 신뢰하고 따라야만 했다.

"그래서 박사님은 내가 소위 말하는 트리거 상황에 놓이는 것이 좋다고 했어요."

"트리거요?" 엘라는 의문스러운 표정으로 그를 쳐다보았다. 마치 처음 듣는 말인 척을 하려니 조금 부끄러웠다. 하지만 목적은 수단을……

"어떤 계기 말입니다." 오스카가 설명했다. "내가 과거에 익숙했고 내 기억이 돌아오게 할 만한 자극이 되는 그 무언가요."

"그래서 페리를 다시 타보려는 거예요?"

"네!" 오스카가 환하게 미소 지었다. "이제야 드디어 이해하셨네요!"

"고마워요."

"천만에요."

"그런데 왜 하필 저하고 같이 타려는 거예요? 슈페히트 박사님하고 같이 타는 게 더 도움이 되지 않을까요?"

"그럴지도 모르죠." 그가 말했다. "하지만 박사님과 상담하려면 한 시간당 280유로를 내야 해요. 내가 엘라 씨한테 급료를 얼마나 줘야 할지 아직은 모르겠지만 그래도 박사님보다는 조금 부담이 덜한 대안이 될 수 있겠다는 생각이 들었어요."

엘라는 말문이 막히고 어이가 없었다. 280유로. 한 시간당? 박사가 청구한 금액에 대해 조만간 다시 얘기를 나눠봐야겠다는 생각이 들었다. 그리고 에밀리아 파우스트는 다음에 다시 태어나면 반드시 정신과 의사가 돼야겠다고 결심했다.

선착장에 다다라서 택시는 멈춰 섰고 오스카는 요금을 지불하고 택시에서 내렸다. 두 사람은 출렁거리는 부교 위에 서서 다음 수상버스를 기다렸다. 바람이 불었지만 다행히 비는 멈췄고 엘라는 마음이 계속 갈팡질팡했다. 오스카를 도와주고 싶은 마음과 이제 배를 타면 기억이 떠올라 모든 상황이 불필요하게 꼬일 수도 있다는 두려움 사이에서 마음이 계속 오락가락했다.

15분 후, 하다크 해운회사의 페리가 도착했고 엘라와 오스카는 일일 승차권 두 장을 구입해서 배에 올라탔다. 왕복을 하려면 승차권을 따로 구입하는 것보다 일일 승차권을 구입하는 것이 조금 더 저렴하기 때문이었다. 배는 천천히 출발했고 엘베 강을 따라 핑켄베르더와 거대한 에어버스 부지를 지나갔다. 두 사람은 난간에 몸을 기대고 스치는 바람을 맞았다. 오스카는 확신에 찬 미소를 지었고 엘라는…… 엘라는 그냥 어색한 미소만 지었다.

19

———

"엘라 씨, 정말 아름답지 않아요?"

"네." 엘라도 맞장구를 치면서 배가 유유히 지나가는 강변을 바라보았다. 두 사람은 그 사이에 62번 노선으로 갈아탔고 그 배는 오스카가 말했듯이 핑켄베르더에서 란둥스브뤼켄까지 운행했다. 외벨괸네에 있는 엘베 강변을 지나가는데 세계로 향하는 관문이 정말 그림처럼 아름다운 장관으로 펼쳐졌다. 강변산책길에는 옛날에 선장과 수로 안내인들이 살던 아름다운 집들이 나란히 줄지어 서 있었고 함부르크 깃발이 바람에 나부꼈으며 베란다에서 흔들의자에 앉아 저무는 햇살을 즐기는 시민들을 볼 수 있었다. 가을빛은 온화하고 부드러웠고 모든 것을 평화롭고 조용하고 마음이 따뜻해지는 세상으로 만들어주었다. 유명한 술집인 슈트란트페를레 앞에만 사람들이 바글거렸고, 비가 그치자마자 수백 명의 시민들이 작은 매점으로 향하는 계단을 내려가 알스터바서(맥주와 레모네이드를 혼합한 술—옮긴이)와 완두콩스프를 먹으며 하루를 마감하고 있었다.

———

엘라는 한숨을 내쉬었다. 이런 광경을 정말 사랑했다. 어렸을 때부터 엄마와 가끔 이곳에 와서 '대도시' 구경을 할 때 하이라이트를 찍던 곳이었다. 엘라는 엄마에게 왜 시골인 볼프라데에서 함부르크로 이사 올 수 없는지 묻곤 했고 그렇게만 된다면 아주 작은 선장집에서 살더라도 지상에서의 천국을 떠올릴 수 있을 것 같았다. 하지만 그럴 때마다 엘라의 엄마는 미소를 지으며 지금 살고 있는 그 곳이 두 사람에게 가장 좋은 곳이라고 설명했다. 시끄럽고 번잡한 세상으로부터 멀리 떨어진 곳.

"엘라 씨에 관한 얘기 좀 해보세요." 오스카는 난간에 기댄 채 엘라를 향해 고개를 돌렸다.

"제 얘기요? 어떤 얘기를 해야 할까요?"

"그야 모르죠." 그는 어깨를 으쓱했다. "지금까지 살아온 삶에 대해서요. 어디서 자랐는지, 성장과정은 어땠는지 그리고 엘라 씨에 대한 전반적인 그런 얘기들이요."

"중요한 얘기들은 면접 때 이미 다 말씀드렸어요." 엘라가 대답을 회피하며 말했다.

"아악!" 오스카는 웃으며 소리쳤다. "아픈 곳을 또 정통으로 맞았어요."

"제가 또 그랬네요." 오스카가 기억할 수도 없고 실제로 있지도 않았던 면접 얘기를 꺼낸 것은 멍청한 짓이었다.

"그러면 우리 질문과 대답하기 게임을 해봅시다."

"글쎄요……."

"몇 살이에요?"

"오스카 씨, 저는……."

"너무 그러지 말아요!" 오스카는 못마땅한 듯 눈알을 굴렸다. "엘라 씨는 지금 내 집에 살고 있고, 내 우편물을 다 뒤져서 처리하고 내 모든 은행계좌를 알고 있고 나의 인생 전체에 마음대로 개입할 수 있고 나는 엘라 씨한테 지금 거의 모든 것을 맡기고 있어요. 그러니 엘라 씨가 몇 살인지 정도는 내가 알아도 되지 않아요?"

엘라는 배시시 웃었다. "서른두 살이에요."

"그것 봐요. 알려주는 게 그렇게 어렵지 않죠? 어디서 태어났어요?"

"함부르크요."

"형제자매는요?"

"없어요."

"어디서 자랐어요?"

"외곽에서요."

"외곽이라고요? 좀 더 자세히 얘기해주면 안 돼요?"

엘라는 살짝 짜증 섞인 말투로 대답했다. "저는 대부분의 시간을 보딩스쿨(기숙학교)에서 보냈어요."

"오, 보딩스쿨이라! 아주 특별한 교육을 받았군요. 안 그래도 엘라 씨의 교육수준이 인상적이라 궁금했거든요."

"뭐라고요?"

"표현하는 방식 말입니다. 예를 들면 '부질없다' 와 같은 단어요. 가정관리사한테 그런 표현을 쉽게 기대할 수는 없으니까요."

"국가공인 자격증이 있는 가정관리 전문 경영인입니다."

"네. 알았어요. 하지만 어쨌든 의외였어요."

"왜요?' 엘라는 화난 눈초리로 그를 쳐다보았다. "대학을 다니지 않은 사람은 할 줄 아는 게 걸레질밖에 없고 기껏해야 숫자 3까지밖에 못 세는 줄 아셨어요?"

그는 양손을 내저으며 웃었다. "아니에요, 파우스트 씨. 그건 오해입니다. 오히려 칭찬으로 한 말이었으니까 그렇게 흥분할 것 없어요."

"정말 멋진 칭찬이네요!"

"내 말을 오해해서 화가 났다면 정말 미안해요." 그는 화해의 눈빛을 보냈고 그의 짙은 눈동자는 온화해졌다. "그리고 내가 어떤 부분에 있어서는 선입견을 가지고 있다는 사실을 인정할 수밖에 없네요."

"상당히 그러신 것 같아요." 엘라는 여전히 화가 나서 말했다. "드 비트 씨, 정통 교육과정을 밟지 않은 사람들도 있다는 사실을 아셨으면 합니다. 어렸을 때 공부를 안 하고 게을러서 그럴 수도 있지만 누구처럼 금수저로 태어나지 않았기 때문에 그럴 수도 있어요."

"지금 내 얘기하는 겁니까?"

"그 부분에 있어서는 노코멘트하겠습니다. 하지만 모든 사람의 삶이 순탄할 수 없고 금이 간 부분들이 있을 수 있어요."

"하하!" 그는 웃으며 소리쳤다. "금이 간 곳이라고 하니 나도 이제 가뿐히 낄 수 있겠네요." 그는 깁스를 한 팔을 엘라 앞에 들이밀고 흔들었다.

"그러네요." 엘라는 자신도 모르게 입꼬리가 살짝 올라갔다. "저는 어렸을 때부터 책을 좋아하고 많이 읽었어요. 그리고 저희 엄마는 아주 똑똑한 분이셨고요."

"그 똑똑하신 어머니는 지금 어디 살고 계시죠? 어머니도 함부르크에 살고 계시나요?"

"돌아가셨어요." 엘라가 짤막하게 대답했다.

"미안합니다." 그는 당혹스러운 표정을 지으며 엘라를 쳐다보았다. "그럴 생각은……."

"이미 오래 전에 돌아가셨어요." 엘라는 그를 안심시켰다.

"그래서 보딩스쿨에 다니게 된 겁니까?"

"아니요."

"이건 뭡니까?" 오스카가 갑자기 화제를 바꿨다.

"뭐 말이에요?"

"이거요." 오스카는 그녀의 손목을 가리켰다. 엘라는 자신도 모르게 우비의 소매를 조금 위로 올리고 문신을 새긴 곳을 멍하니 문지르고 있었다. "세미콜론 표시 말입니다. 무슨 의미가 있는 겁니까?"

"아, 이거요!" 엘라는 안절부절못하며 웃었다. "세미콜론은 멸종위기에 처한 문장부호에요." 그녀는 늘 하던 표준설명을 읊었다. "그래서……." 엘라는 말을 하다 말았다. 그리고 고개를 저었다. 그리고 숨을 깊이 들이마셨다. 한 번은 사실대로 말하고 싶었다. 단 한 번. 술에 취하거나 감상에 젖은 상태가 아니라 정신이 아주 멀쩡한 상태로. "엄마를 떠올리게 하는 문신이에요." 엘라가 나직이 속삭였다.

"좋네요." 그는 더 이상 아무 말을 하지 않았다. 왜, 어째서, 무엇 때문에와 같은 토를 달지 않았다. 그냥 '좋네요'라고 말했을 뿐이다.

그런데 그가 더 이상 꼬치꼬치 묻지 않고, 더 이상 설명해달라고 재촉하지 않아서 엘라는 오히려 더 자세히 얘기하고 싶은 마음이 생겼다. "세미콜론 다음에는 항상 또 새로운 것이 온다는 것을 저에게 상기시켜주는 문신이에요. 마침표가 올 때처럼 이야기가 끝나는 것이 아니라 이야기가 계속 이어지거든요."

"어머니가 돌아가신 후에 문신을 새겼어요?" 오스카가 궁금해하며 물었다.

엘라는 고개를 끄덕였다. "네, 그랬어요."

"나한테 어머니에 대한 이야기를 들려줄래요?"

"엄마는 마치 여왕처럼 아주 아름다운 분이었어요." 엘라는 이야기를 시작했다. 바람 때문에 머리카락이 얼굴로 불어와 손으로 머리카락을 뒤로 넘겼고 머리카락을 손에 쥐고 목덜미에서 한 바퀴 돌렸다. "그런 분이었어요."
엘라는 계속해서 말을 이었다. "모든 어머니들은 아름다운 여성들이죠."

"네." 오스카도 동의했다. "나는 지금 우리 어머니에 대한 기억이 전혀 없어서 유감이에요. 슈페히트 박사님이 인터넷에서 부모님 사진을 찾아서 보여주었지만 나한테는 그저 낯선 분들이었어요."

"정말 힘들 것 같아요."

그는 고개를 끄덕이고 침을 삼켰다. "힘들지는 않지만 기분이 이상해요. 계속 얘기해주세요, 엘라 씨."

"저는 아버지는 한 번도 본 적이 없어요." 엘라는 자신의 이야기를 계속했다. "엄마는 항상 아버지가 왕자였다고 말씀하셨어요. 당당하고 용감한 왕자였는데 내가 아직 아기였을 때 우리 곁을 떠났어요." 엘라는 목소리를 가다듬었다. "어렸을 때는 그 말을 믿었어요. 하지만 어른이 된 지금은 나의 생물학적 아버지가 내 존재에 대해 관심이 없었다는 걸 알고 있어요. 아니면 죽었거나 말이죠."

오스카는 알 수 없는 눈빛으로 엘라를 쳐다보았다. "아버지가 누구인지 모르는 겁니까?"

엘라는 고개를 끄덕였다. "네."

"아버지가 많이 그리웠겠어요."

"모르겠어요." 엘라는 어깨를 으쓱했다. "어차피 아버지가 누군지 몰랐으니까요. 어떻게 생긴 분인지조차 몰라요. 존재하지도 않은 사람을 어떻게 그리워하겠어요? 그래도 엄마는 항상 제 곁에 있어주셨어요. 저를 전적으로 돌봐주시고 제가 걱정 없는 유년 시절과 청소년 시절을 보낼 수 있게 해주셨어요. 엄마는 여왕이었고 저는 공주였어요." 엘라는 비밀스러운 얘기까지 꺼냈다. "엄마는 심지어 저를 신데렐라라고 부르셨어요. 그래서 제 별칭이 엘라예요. 아무튼 엄마와 저의 삶은 정말 아름다웠어요."

"외곽 어딘가에서의 삶이 말이죠." 오스카가 말했다.

"네. 볼프라데라는 곳에 살았어요."

"어디에 있는 곳이죠?"

"슐레스비히-홀슈타인 주에 있는 시골마을이에요." 엘라가 대수롭지 않다는 듯 설명했다. 그러면서 엘라는 오스카에게 이런 모든 얘기들을 털어놓는 자신에 대해 놀랐다. 필립과 코라는 그녀가 어린 시절을 어디서 보냈는지 알고 있었다. 적어도 일부분이나마. 하지만 그 외에는 엘라는 세상 끝에 있는 그곳을 그녀의 기억에서 지워버리려고 항상 애를 썼다.

"그래서 여왕과 공주는 어떻게 되었나요?"

"언젠가…… 언젠가 엄마는 다시 사랑에 빠졌어요. 그 상대는 아주 멋진 분이었는데 부에노스아이레스에 살고 있었죠."

"그렇군요. 위대한 늦사랑."

"바로 그거였어요."

"그래서 엘라 씨도 함께 남아메리카로 떠난 겁니까?"

"아니요. 엄마는 그분께 가셨고 저는 독일에 남았어요."

"혼자서?"

"그래서 보딩스쿨에 다니게 됐어요."

그는 어리둥절한 표정을 지었다. "그때가 몇 살이었어요?"

"열두 살이요. 거의 열세 살이 다 되었을 때였어요."

"아직 어린아이잖아요!"

"청소년이죠."

"그래도 그렇죠." 그가 분개하는 것이 여실히 느껴졌다. "위대한 사랑과 함께 지구 반대편에서 새로운 인생을 시작하기 위해 어린 딸을 혼자 남겨두는 건 있을 수 없는 일이잖아요!"

엘라는 괴로운 신음소리를 냈다. 이런 얘기는 이미 필립과도 충분히 했던 터라 오스카와 또 하고 싶은 생각은 없었다. "그건 당시 '저의' 결정이었어요. 아시겠어요? 제가 그렇게 하기를 원했다고요. 엄마는 수년간 저를 위해 희생하셨어요. 그렇기 때문에 엄마는 행복을 찾아서 떠날 만한 마땅한 자격이 있었다고요."

"난 잘 모르겠어요." 그는 생각에 잠겨 고개를 저었다. "열두 살 아이한테 그런 결정을 내리도록 하는 것이 옳은 일인지 말이죠……."

엘라는 그에게 험한 말을 퍼붓지 않기 위해 엄청난 자제력을 발휘해야 했다. 마음 같아서는 '오스카 씨나 여덟 살짜리 아이부터 신경 쓰고 지금 어디에 있는지 알아보세요!' 라고 쏘아붙이고 싶었다. 엘라는 차분히 심호흡을 하면서 평정심을 잃지 않기 위해 애썼다.

"두 분은 정기적으로 저를 찾아오셨어요. 저는 보딩스쿨에서 아주 잘 지냈어요. 그리고 이미 눈치 채셨듯이 그곳에서 아주 훌륭한 학교교육을 받았고요."

"어디에 있는 보딩스쿨이었나요?"

"동해안 쪽이요."

"설마 루이젠룬트요?" 그는 이렇게 물으며 깊은 인상을 받은 표정을 지었다. 슐로스 살렘 보딩스쿨과 쌍벽을 이루는 독일 북부에 위치한 루이젠룬트 보딩스쿨은 한 달 학비가 수천 유로에 달하며 부유한 집 자제들이 엘리트 교육을 받는 곳으로 유명하기 때문에 오스카 드 비트가 지금 아무리 기억상실증이라 해도 인상 깊을 수밖에 없었다.

"아니요." 엘라는 그를 실망시킬 수밖에 없었다. "다른 학교였어요. 그래도 저는 그 학교에서 읽기, 쓰기 그리고 계산하기를 배웠고 특히 1에서 10까지의 숫자는 아주 완벽하게 다룰 수 있어요."

"그렇게 화낼 필요까지는 없잖아요." 그가 달래며 말했다. "그냥 물어본 것뿐이에요."

"그리고 저는 그냥 대답을 했을 뿐이에요."

"알았어요. 엘라 씨가 이겼어요." 그는 히죽거리며 웃었고 엘라는 여전히 화난 눈초리로 그를 쳐다보았다. "그런데 어머니는 어떻게 돌아가셨어요? 왜요?"

"질문시간은 대체 언제 끝나죠?"

"끝이 점점 다가오고 있어요."

"안데스 산맥을 지나다가 비행기 추락으로 남편과 함께 목숨을 잃었어요. 10년도 지난 일이에요."

"정말 그림처럼 아름답군요." 그는 이 말을 내뱉자마자 다치지 않은 손으로 자신의 입을 막으며 경악한 표정으로 엘라를 쳐다보았다. "정말 죄송해요, 엘라 씨. 이런 말을 하려던 의도는 아니었어요."

"아니요." 엘라가 분개하며 쏘아붙였다. "그런 말을 할 의도였고 실제로 하셨어요."

"생각 없이 내뱉은 말에 뭐라고 사과를 해야 될지 모르겠어요. 나도 내가 도대체 왜 그랬는지 모르겠어요."

"원래 오스카 씨가 그런 사람이고 그래서 기억을 떠올리려고 하지 않는 건 아닐까요?" 이제는 엘라가 이런 말을 한 자기 자신에 대해 조금 격앙을 할 차례였다. 하지만 아주 조금만.

"혁." 그는 고통스러운 표정을 지었다. "그래 좋아요. 내가 그런 말을 들어도 마땅한 것 같아요."

"그럼요." 엘라가 동의했다.

"저기가 마지막 정거장이라 다행이네요." 그는 배가 향해 가고 있는 란둥스브뤼켄의 오래된 응회암으로 지은 건물을 가리켰다. "빨리 이 배에서 내리지 않으면 나를 이 배에서 떠밀어버릴지도 모르니까요."

"그럴지도 모르죠."

"어때요?" 8번 다리 끝에 다다르자 엘라가 조심스럽게 물었다. 엘라는 오스카가 배에서 내려 정처 없이 걸어다니며 강변에 한참 멈춰 서서 생각에 잠겨 강물을 들여다보는 동안 계속 말없이 따라다녔다. "뭔가 생각나는 거 있어요?"

"아니요. 떠오르는 게 전혀 없어요."

"아쉽네요." 반면에 엘라는 엄청나게 많은 일들이 떠올랐다. 오스카가 기억이 돌아와 갑자기 그녀를 향해 삿대질을 할까 봐 엘라는 가슴이 조마조마했다. '당신!' 하고 그는 고래고래 소리를 지를 것이다. '당신이 나를 여기에서 넘어뜨렸잖아! 나를 계단 밑으로 밀어버리고 나를 다치게 했어! 이제야 모든 일이 생각나네. 당신이 나를 속인 것도 알아. 이 뻔뻔하고 비열한 여자 같으니라고!'

"이리 오세요." 오스카는 혼란스러운 생각에 잠겨 있던 엘라를 깨웠다. "택시를 잡아서 집으로 돌아갑시다. 여기 돌아다니는 것은 아무런 도움이 안 되네요."

"우리는 일일 승차권을 끊었잖아요." 엘라가 말했다. "저쪽으로 가면 바로 지하철을 탈 수 있어요."

그는 엘라의 말에 토를 달지 않고 그냥 어깨를 으쓱하더니 발걸음을 옮겼다. 두 사람은 하우프트 거리를 따라 커다란 역을 향해 걸어갔다. 오스카의 얼굴에는 슬픔과 실망감이 가득한 반면에 엘라는 엄청난 안도감을 느끼는 동시에 새로운 긴장감을 느꼈다. 이번에는 다행히 무사히 잘 넘겼다. 하지만 이런 상황들이 앞으로 얼마나 더 자주 닥칠까? 가령 그는 비어 있는 아이의 방에 대해 어떤 반응을 보일까? 그에게 아직 방에 대한 얘기는 하지 못했다. 그가 갑자기 배를 타러 가자고 하는 바람에, 열쇠로 그 방문을 여는 데 성공했고 문을 열어보니 텅 비어 있었다고 알리지 못했다. 그 방은 기억을 떠올리게 해주는 단서가 되는 것이 아니라 더 많은 수수께끼를 제공한다는 설명을 하지 못했다. 엘라는 이 방에 대해 설명해야 하는 과제를 아직 안고 있었다. 그녀가 고도의 연기력을 발휘해 빈 방에 대해 놀란 척하는 모습이 오스카에게 설득력 있게 보이기를 바라며 간절히 기도를 올렸다. 그리고 방이 비어 있는 것과는 무관하게 방을 보자마자 오스카가 끔찍한 기억을 떠올리지 않기를 바랐다.

두 사람은 커다란 시계탑을 지나갔다. 엘라는 며칠 전이 시계탑을 향해 뛰어갔던 기억이 떠올랐다. 자정이 되기 전까지 도착하면 모든 일이 잘되리라는 희망을 품고

서. 그런데 모든 일은 다 엉망이 되어버리고 말았다. 《잘못은 우리 별에 있어》. 엘라가 몇 년 전에 자신의 블로그에 결말을 바꿔서 올린 책 중 하나였다. 말기 암 환자인 헤이즐과 거스가 등장하는 소설로 둘은 사랑에 빠지지만 거스는 어느 날 결국 죽고 헤이즐도 결국 죽게 된다(소설에서 확실하게 언급하지는 않지만 문맥상 충분히 그렇다는 것을 짐작할 수 있다). 엘라는 이 상황을 그냥 두고볼 수 없어서 결말에 손을 댈 수밖에 없었다. 엘라는 헤이즐과 거스를 위해 어떤 미래를 지어냈는지 떠올려보았다. 하지만 엘라가 지어냈던 해피엔딩이 기억에서 사라져 아무리 머리를 굴려보아도 도무지 생각이 나지 않았다. 그 순간 아주 잠깐이나마 오스카가 지금 어떤 심정일지 몸소 느낄 수 있었다.

"있잖아요." 엘라는 오랜 침묵 후에 오스카를 우울한 생각에서 빠져나오게 하기 위해 말을 걸었다. "저한테 아직 그 이발사 청년에 관한 이야기를 안 해주셨어요."

"아직 안 해줬어요?" 그의 얼굴은 금방 장난기 가득한 표정으로 바뀌었다.

"안 하셨어요!" 그녀가 힘주어 말했다. "지금 못 들으면 궁금해 미칠지도 몰라요."

"어떨지 보고 싶네요." 그가 말했다.

"어서 해주세요! 약속하셨잖아요."

"알았어요. 내가 기억하기로는 여인숙에서 묵게 된 부유한 상인이 이발사에게 돈을 많이 줄 테니 수염을 깎아

달라고 하는 동화예요."

"저는 한 번도 들어본 적이 없는데요." 엘라가 말했다.

"그런데 그 상인은 수염을 깎다가 혹시 실수로라도 얼굴에 아주 작은 상처를 낸다면 그 자리에서 칼로 찔러버리겠다고 으름장을 놓아요."

"그 다음에 이야기가 어떻게 전개될지 제가 맞춰볼까요? 아무도 상인의 수염을 깎겠다고 나서는 사람이 없었죠?"

"아니요." 그가 말했다. "한 청년이 그 상인의 수염을 아주 깔끔하게 잘 깎아줬어요."

"생각했던 것보다 시시한 이야기네요."

"끝까지 들어보세요! 상인은 이발사 청년한테 왜 다른 사람들은 다 주저하는데 용감하게 나섰는지 물어봤어요. 칼에 찔려 죽을지도 모르는데 두렵지 않았냐면서 말이죠." 그는 긴장감을 높이기 위해 잠시 뜸을 들였다.

"그래서요?" 엘라는 그의 기대에 부응하기 위해 호기심 가득한 표정으로 물었다.

"그러자 청년은 이렇게 말했어요. 제가 만약 수염을 깎다가 실수로 상처를 냈다면 면도날로 곧장 당신의 목을 베어버렸을 겁니다. 당신이 칼을 들기도 전에 말이죠."

"어머나!" 엘라는 생각만으로도 오싹해서 몸서리를 쳤다.

"이제 아시겠어요?" 그는 엘라를 보며 히죽거렸다. "그래서 이 이야기를 나중에 해주려고 했던 겁니다."

"혹시 제가 오스카 씨를 죽일지도 몰라서요? 제가 일회용 플라스틱 면도칼로 오스카 씨 동맥이라도 찔렀어야 했나요?" 엘라는 어지러웠던 꿈이 떠올라 낄낄거렸다.

엘라의 웃음소리가 너무 커서 건물 벽에 부딪혀 메아리쳤고 오스카는 그녀의 옆구리를 친근하게 툭툭 쳤다. 그 바람에 엘라가 중심을 잃고 넘어질 뻔하자 그는 팔을 잡아주었다. "앗." 그는 엘라의 팔을 붙잡으며 "내가 주차료 징수기를 넘어트릴 뻔했네요!"라고 말했다.

"정말 재밌네요, 드 비트 씨." 엘라가 숨을 헐떡이며 말했다. "정말 재밌어요!" 두 사람은 팔짱을 끼고 지하철역을 향해 걸어갔다.

"엘라!" 누군가 그녀의 이름을 부르는 소리에 엘라는 깜짝 놀라 뒤돌아보았다. "엘라!" 엘라는 주위를 두리번거렸지만 목소리가 어디서 들리는지 알 수 없었다.

"저쪽이요." 오스카가 팔짱을 빼고 길 건너편을 가리켰다. "저쪽에서 누군가 부르고 있어요. 손까지 흔들고 있네요." 엘라의 시선은 오스카가 손으로 가리키는 곳을 향했다. 엘라는 그 자리에 얼어붙었다. 대각선 방향, 함부르거 베르크 거리 끝에 있는 빌리-바르텔스 계단 바로 옆에 필립이 서 있었다. 그는 손을 높이 들고 빨간 신호등 앞에서 발을 동동거리다가 초록불로 바뀌자마자 엘라를 향해 뛰어왔다.

"엘라!" 필립은 마치 마라톤 경주를 하고 온 것처럼 숨을 힘겹게 몰아쉬며 두 사람 앞에 멈춰 섰고 양손을 허리춤에 올렸다. "너 여기에서 뭐 하는 거야?"

"그건 내가 하고 싶은 질문인데."

"난." 그는 계속 숨을 헐떡거렸다. "난 자전거를 찾으러 왔지. 더 자세히 말하자면 자전거의 흔적이라도 찾아보려고 말이야." 그는 몸을 숙인 상태로 엘라를 비딱하게 올려다보며 말했다. "내가 자전거에 대해 자세히 물어보기도 전에 네가 전화를 그냥 끊어버렸잖아."

오스카는 흥미롭다는 듯 두 사람을 번갈아 쳐다보았지만 엘라는 절대로 두 남자를 서로 소개시킬 생각이 없었다. 예의고 뭐고 가능하면 빨리 두 남자를 떼어놓고 싶었다.

"저기 버스정류장 옆에 있는 수풀 안에 있어." 엘라는 자전거를 숨겨둔 곳을 가리켰다. "우린 이제 그만 가봐야 해. 내가 나중에 전화할게." 엘라는 이 말과 함께 오스카의 팔을 잡고 지하철역 쪽으로 끌고 가려고 했으나 그는 가만히 서서 꼼짝도 하지 않았다. 키가 1미터 58인 사람이 1미터 90인 사람을 움직이기란 결코 쉽지 않았다. 그는 부드럽지만 단호하게 엘라가 잡고 있던 팔을 뺐다.

"여기에서 자전거를 잃어버리셨다고요?" 오스카가 물었다.

"그런 건 아니고요." 필립은 숨을 헐떡이느라 숙이고 있던 몸을 똑바로 펴며 1미터 85의 키를 선보였다. "제 여자친구가 금요일에 여기에서 사고가 났었는데 자전거가 고장 나서 여기 어디다가 방치해뒀어요."

"사고라고요?" 오스카는 의문스러운 표정으로 엘라를 쳐다보았다. 그가 질문을 하지는 않았지만 그의 얼굴에는 '여자친구?' 그리고 '금요일?'이라는 질문이 선명하게 드러나 있었다.

"뭐 비슷해요." 엘라는 중얼거리며 시선을 떨구었고 이제 그녀에게 닥칠 재앙을 겸허히 받아들일 마음의 준비를 했다.

"여기에서 사고가 났었잖아, 그렇지?" 필립이 불필요한 질문을 집요하게 했다. 지금 엘라가 얼마나 난처한 상황인지 필립은 눈치 챈 것이 분명했다. 엘라는 필립을 너무나 잘 알고 있었다. 그리고 필립은 약삭빠른 변호사답게 지금 바로 그 약점을 집요하게 파고들었다. "네가 빌리-바르텔스 계단 앞에서 어떤 남자와 부딪쳤다고 얘기했잖아."

엘라는 아무 말 없이 그저 고개만 끄덕였다.

"그래요?" 이번에는 오스카가 끼어들었다. "여기에서도 어떤 사람하고 부딪쳐서 쓰러트렸어요? 그런 일을 자주 겪는 모양이네요."

엘라는 이번에는 고개를 끄덕이지 않고 그저 발끝만 물끄러미 내려다보았다. 그러면서 바닥 아스팔트가 갈라져 자신을 송두리째 집어삼키기를 바랐다.

"아, 죄송합니다." 이제는 필립이 다시 입을 열었다. "제가 예의 없게 인사도 안 했네요. 저는 필립 드렉슬러라고 합니다. 성함이……?"

"오스카 드 비트입니다."

"오스카 드 비트라구요?"

"네."

엘라는 두 사람이 악수를 하는 모습을 보았다.

"죄송합니다." 오스카가 말했다. "왼손으로밖에 악수를 못합니다. 보시다시피……."

"괜찮습니다." 필립은 거만하게 웃었다. "오스카 씨." 그는 자신만만하게 굴었고 엘라는 안절부절못했다.

"드렉슬러 씨는 파우스트 씨의 남자친구 되시는군요?"

엘라는 다시 고개를 들어 두 남자가 마치 총을 빼 드는 것을 서로 막으려는 듯이 여전히 악수를 하며 손을 잡고 있는 것을 보았다. "자자." 엘라가 다급하게 끼어들었다. "이제 서로 인사도 나눴으니 오스카 씨하고 나는 이제 정말 집으로 가야 해."

"집으로?" 필립이 비꼬는 말투로 물으며 마라톤 악수를 마침내 끝냈다.

"그렇습니다." 오스카가 대답했다. "파우스트 씨는 저의 가정관리사입니다."

"그래요?" 필립은 엘라를 빤히 쳐다보더니 놀란 눈을 동그랗게 떴다. "정말입니까?"

"그런 말씀 안 하셨어요?" 오스카는 잔기침을 했다. "두 분 사이에 의사소통에 약간 문제가 있는 것 같습니다. 뭐, 저는 상관없는 일이니까 두 분께서 잘 해결하길 바랍니다." 그는 이번에는 엘라를 쳐다보았다. "근무시간 외에 말입니다. 아시죠, 파우스트 씨?"

"물론입니다, 드 비트 씨."

"정말 빠르네." 필립은 화가 난 것을 애써 감추지 않았다. "거처를 바로바로 바꿔버리네!"

"뻔뻔하게 네가 그런 소리를 하다니!" 엘라가 쏘아붙였다. "어제 아침에 곧장 코라한테 전화해서 새로운 가정관리사를 구해달라고 한 게 누군데? 내가 그랬어?"

"너는 그럴 필요가 없었잖아. 넌 이미 아주 좋은 거처를 구했으니까."

"내가 어디로 가는지 얘기했잖아."

"그렇지만 새로운 고용주의 집이라는 말은 안 했어!"

"'고용주'라는 말이 나왔으니 말인데 그렇잖아도 너 같은 '노예주'에 비하면 지금 아주 색다른 경험을 많이 하고 있어!"

"나는……."

"자자." 오스카가 부드러운 목소리로 끼어들었다. 마치 싸우고 있는 어린아이들을 떼어놓는 선생님과 같은 말투였다. "제3자가 없는 자리에서 두 분이 따로 만나서 해결을 하는 게 좋겠습니다."

"네." 엘라가 씩씩거리며 말했다. "저도 그렇게 생각해요."

"그리고 드렉슬러 씨는 이제 자전거를 찾아보시는 게 좋겠군요." 엘라의 새로운 고용주가 말했다. "그리고 우리도 이제 그만 집에 가는 것이 좋겠어요."

"내가 다시 전화할게." 엘라가 필립한테 재차 말했다. "그리고……." 엘라는 오스카가 그녀의 손을 잡자 당황스러웠다. "그리고, 음……."

"그럼 안녕히 가세요." 엘라의 고용주는 필립한테 인사를 하고 엘라를 천천히 자기 쪽으로 끌어당겼다.

"잠깐!" 필립이 멈춰 세웠다. 자신만만하던 모습은 온데간데없이 갑자기 어찌할 바를 몰라했다. 거의 패닉에 빠진 것처럼 보였다. "우리 잠깐 얘기 좀 할 수 있을까? 단둘이?"

엘라는 마지못해 그러려고 했으나 오스카가 끼어들었다. "얼마든지 그렇게 하세요." 그가 두 사람에게 말했다. "하지만 아까 말씀드렸다시피 근무 외 시간에 하세요." 그는 필립에게 정중하게 고개를 까딱하며 인사를 하고 엘라의 손을 더 세게 잡고 거의 연행하다시피 데리고 갔다. "그럼 안녕히 가세요. 성함이…… 뭐더라." 그는 어깨너머로 필립에게 인사를 했다.

"드렉슬러입니다." 필립이 대답했다. 슬픈 목소리였다.

20

"자." 택시 안에서 고통스럽게 길고 과묵한 시간을 보낸 후 집으로 돌아와 거실에서 차 한 잔을 앞에 두고 오스카가 대화를 시작했다. 지하철역 입구 바로 앞에서 그는 택시를 향해 손짓을 해 불러 세우고 "택시를 타고 가는 것이 좋겠어요"라고 말하며 택시에 올라탔다.

택시 안에서 오스카가 아무 말도 하지 않고 아무것도 묻지 않아서 다행이었다. 덕분에 엘라는 란둥스브뤼켄에서의 기이한 만남에 대해 어떻게 설명을 해야 할지 생각할 시간을 벌 수 있었다. 하지만 아무리 골똘히 머리를 굴리고 또 굴려보아도 마땅히 좋은 생각이 떠오르지 않았다.

'에라 모르겠다'는 심정으로 벌러덩 드러누워 빠짐없이 전부 자백을 하고, 지난날의 모든 잘못들을 공개선언을 통해 참회하는 방법 말고는 없었다. 그리고 고백해야 할 것들이 한두 가지가 아니었다. 오스카가 같이 차를 마실 수 있도록 차를 끓여서 준비해달라고 아주 침착하게 부탁하자, 엘라는 엘베 강가에서 벌어진 일을 어쩌면 얼렁뚱땅 그냥 넘어갈 수도 있겠다는 희망을 잠깐 품었다.

그렇지만 당연히 그런 일은 일어나지 않았다. 두 사람이 앉자마자—엘라는 소파에 앉았고 그는 맞은편에 있는 안락의자에 앉았다— 그는 앞서 내뱉은 "자"라는 말과 함께 심문을 시작했다.

"엘라 씨한테 다섯 개에서 여덟 개 정도의 질문이 있어요. 그리고 솔직하게 대답을 해줬으면 좋겠어요." 그의 짙은 눈동자는 엘라를 뚫어질듯 쳐다보았고, 소파에 엘라를 고정시켜버릴 것만 같았으며, 마치 영화 속 심문실에서 혐의자의 얼굴에 번쩍이는 빛을 밝히는 탁상램프처럼 느껴졌다. 물론 짙은 눈동자로 바라볼 뿐이어서 정반대의 경우였지만 효과에 있어서는……. "지난 금요일에 무슨 일이 있었던 겁니까? 집 앞 계단에서 우리가 부딪쳤을 때 말입니다."

"그냥 부딪쳤을 뿐이에요." 엘라는 목소리가 이상하게 나와서 목을 가다듬었다. "저는 뛰어나갔고 오스카 씨는 마침 들어오려던 참이었어요. 그래서 어떻게 하다 보니…… 신체접촉이 있었는지는 정확하게 기억이 나지 않지만 그랬을 수도 있을 것 같아요. 어쨌든 오스카 씨는 계단에서 굴러떨어져서 다쳤어요."

"아하." 그는 고개를 갸웃거리며 차를 한 모금 마셨다. "엘라 씨가 내 집에 입주를 한 바로 그날이네요."

"네 맞아요……."

"그런데 그 전에는 란둥스브뤼켄에 있었네요. 자전거

를 타고."

"음, 네."

"그리고 거기서도 어떤 남자와 부딪쳐서 넘어트렸고
요? 아니면…… 아까 그 남자친구가 뭔가 잘못 알고 있는
겁니까?"

엘라는 식은땀이 났다. 그리고 바로 그 순간 해결의 가
능성이 떠올랐다. 그냥 필립이 착각을 했던 것이라 주장
할 수 있었다. 란둥스브뤼켄에서 자전거가 파손되기는 했
지만 어떤 남자, 그러니까 오스카와 부딪친 것은 나중에
그의 집 앞에서 벌어진 일인데 필립이 착각을 한 거라고.

아니면 필립은 제정신이 아니고 몇 년 전부터 그녀를 쫓
아다니면서 괴롭히는 스토커라고 말할 수도 있었다. 그녀
가 가는 곳마다 나타나서 이상한 이야기를 지어내서 안 그
래도 경찰에 신고할 생각이었다고. 두 남자가 편안하게 맥
주를 마시며 금요일 저녁에 있었던 진짜 상황에 대해 이야
기를 나눌 가능성은 낮다고 생각했…… 하지만 엘라는
그러지 않기로 했다. 어차피 소용이 없었다. 엘라는 안 그
래도 이미 이런저런 거짓말을 많이 해놓은 상태이기 때문
에 더는 하고 싶지 않았다. 엘라는 용감한 발걸음을 내딛기
로 결심했다. 그리고 오스카한테 진실을 말하기로 했다. 또
는–가능하면 최대한 진실에 가깝게 말을 해주기로 했다.

"그게 어떻게 된 일이냐 하면 말이죠, 드 비트 씨." 엘
라의 목소리는 지금 실제 느끼는 감정보다 천 배는 더 여

유만만하게 들렸다. "솔직하게 다 말씀드릴게요."

"그러기를 바랍니다!" 그는 찻잔을 들고 안락의자에 등을 기댄 채 기대감에 찬 눈빛으로 엘라를 쳐다보았다.

"어디서부터 시작할까요?" 엘라는 잠깐 생각했다. 실제로 엘라의 머릿속은 너무 뒤죽박죽이 되어버려서 모든 이야기들을 논리적으로 연결하려면 어디서부터 무슨 얘기부터 시작해야 할지 알 수 없었다. 그렇지만 다행히도 수년간 새로운 결말을 지어낸 경험이 도움이 되어 머릿속에서 줄거리를 능숙하게 잘 다룰 수 있었다. "그럼 필립 얘기부터 말씀드릴게요." 엘라가 드디어 말을 시작했다.

"그렇다면 나는 얼른 가서 차를 더 따라서 가져올게요." 오스카가 말했다. "얘기가 상당히 길어질 것 같으니까요."

"드 비트 씨!" 엘라는 단호한 눈빛으로 그를 쳐다보았다.

"아주 집중해서 귀 기울여 듣고 있어요." 그는 발뒤꿈치를 붙이고 차렷 자세로 앉았으나 엘라와 마찬가지로 신발을 현관에 벗어두고 와서 신발이 부딪치는 소리는 나지 않았다. 청소업체에서 대리석 바닥을 반질반질하게 청소해놓고 가서 그야말로 얼굴을 비춰볼 수 있을 정도이므로 이제부터 집 안에 들어갈 때는 신발을 벗고 들어가야 한다고 엘라가 고집했다.

"아니에요." 엘라는 말을 바꿨다. "다른 얘기부터 시작을 해야겠어요. 일종의 프롤로그부터 말씀드릴게요."

"프롤로그라고요?"

"30초 정도만 아무 말씀 마시고 그냥 들어주시겠어요?"

오스카는 고개를 끄덕이고 찻잔을 내려놓은 후 왼손으로 입술에 지퍼를 채우는 시늉을 했다.

"프롤로그라고 한 이유는 본격적인 설명에 들어가기 전에 하고 싶은 이야기가 있기 때문이에요."

그는 입을 벌리려다가 아무 말도 하지 않고 다시 입에 지퍼를 채우는 동작을 반복했다.

"오스카 씨, 제가 한 번만 더 거짓말을 하면 저를 내쫓겠다고 하셨잖아요."

그는 아무 소리도 내지 않고 고개만 끄덕였다.

"그런 대화를 나눈 이후로는 거짓말을 한 적이 없다는 것을 분명하게 말씀드리고 싶어요. 하지만 우리가 처음 만났을 때 일부러 몇 가지 거짓말을 한 것은 사실입니다."

그는 눈을 크게 떴지만 입은 계속해서 다물고 있었다.

"하지만 오스카 씨를 위해서 그랬다는 것만은 믿어주셔야 합니다. 아무것도 기억나지 않는 사람과 상대한다는 것이 저에게는 완전히 새로운 상황이니까요. 그런 경험이 전혀 없기 때문에 저는 너무 부담스러웠어요. 이해하시겠어요, 오스카 씨?"

그는 잠시 망설이다가 고개를 끄덕였다. 약간 머뭇거리기는 했지만 그래도 고개를 끄덕였다.

"맞아요." 엘라는 계속해서 말을 이으며 용기를 냈다. "저는 란둥스브뤼켄에서 이미 오스카 씨와 한 번 부딪쳤고 오스카 씨를 넘어트렸어요." 이 말을 결국 입 밖으로 꺼냈다.

"나는 이해가 안 됩니다!" 오스카가 결국 입을 열고 큰 소리로 말하며 엘라를 어이없는 표정으로 쳐다보았다. "그렇다면 나한테 정말 거짓⋯⋯."

"잠깐만요, 오스카 씨!" 엘라가 단호하게 말했다. "저한테 제발 모든 것을 설명할 수 있는 기회를 주세요! 제가 모든 것을 말씀드릴 기회를 가질 자격은 있잖아요?"

그는 토라진 아이처럼 입술을 꼭 다물었다. 그는 마음 같아서는 지금 당장이라도 엘라를 내쫓고 싶은 것처럼 보였지만 다시 안락의자에 등을 기대고 앉아 가슴 위로 팔짱을 꼈다. 사실 팔짱을 끼려고 했지만 다친 팔 때문에 팔짱이 끼어지지 않아서 손을 다시 내리고 그냥 양쪽 팔걸이에 손을 올려놓았다. "계속 말해보세요. 나는 그냥 조용히 들을게요."

"제가 말씀드린 그대로입니다. 거의 말입니다. 저는 가정관리사로 면접을 봤고 오스카 씨는 저에게 일을 맡겨주셨어요. 예전에 말씀드린 조건으로 말이죠. 4주 동안 수습 기간을 거친 후에 서로가 잘 맞으면 그때 가서 임금을 협상하기로 했어요." 엘라는 오스카가 상황을 이해하고 생각할 수 있는 시간을 주기 위해 잠시 뜸을 들였다. 그리고 물론 엘라도 생각을 잠시 정리해야 했다. "제 생각에 별로 중요하지 않은 것 같아서 자세한 상황은 말씀드리지 않아요. 그런데 오늘 우연히 제 전 남자친구를 만나게 되었죠."

엘라가 '전 남자친구'라고 하자 오스카는 눈썹을 추켜세웠지만 아무 말도 하지 않았다. "이제 제가 그렇게 다급하게 새로운 일자리를 구하려고 했던 이유를 말씀드릴 수 있게 됐네요. 지난 6년 동안 저는 필립을 위해서 일을 했고 우리가 헤어진 후에 가능한 빨리 그만두고 싶었어요."

"그러면 그 사람의 여자친구이자 가정관리사였다는 말인가요?" 그는 궁금해하며 결국 다시 입을 열었다.

"맞아요."

"아주 영리한 방법인데요."

"그건 지금 하려는 얘기와 무관한 일이에요." 엘라는 단호한 눈초리로 그를 쳐다보았다.

"그건 그렇죠. 엄연히 사생활이니까요."

"그렇습니다." 그럼에도 불구하고 오스카는 금방 한 얘기를 계속 곱씹고 있는 듯이 미간에 깊은 주름이 잡혔다. "내가 이해한 게 맞습니까?" 그가 다짜고짜 물었다. "그러니까 엘라 씨는 금요일까지만 해도 남자친구 집에서 살면서 남자친구를 위해 일을 했어요. 그리고 곧바로 내 집에서 일하기 시작하고 곧장 입주까지 한 것 맞아요?"

"그렇다고 할 수 있어요. 네."

"그러면 남자친구는……."

"전 남자친구입니다."

"그러면 전 남자친구는 지금까지 아무것도 모르고 있

었다는 겁니까? 그러니까 이제 내 집에서 일을 한다는 것을 말이죠."

"상황이 조금 복잡해요."

"그렇게 복잡하게 들리지는 않아요. 엘라 씨는 그분 모르게 새로운 일자리를 구하러 다녔고 새로운 일자리를 구하자마자 갑자기 하루아침에 떠나버린 거잖아요." 오스카가 마치 기소장을 읽듯이 해서 엘라는 조금 당황스러웠다. 그는 왜 이토록 흥분을 하는 것일까?

"필립이 저를 배신했어요." 엘라는 원래 이런 말까지 할 생각은 없었다. 하지만 그가 엘라를 쳐다보는 눈빛이나 그가 지금까지의 상황에 대해 어떻게 생각하고 있는지를 고려하면 방어를 할 수밖에 없었다. "벌써 몇 달째 그랬어요." 사실 하룻밤이기는 했지만 엘라는 이렇게 덧붙였다. 하지만 이미 몇 달 전의 일이라 이 말도 완전히 틀린 건 아니었다. 그리고 필립은 C를 계속 만나고 있다고 시인했다. 그리고 '만난다'라는 단어는 상당히 융통성 있는 단어였다. "필립이 다른 여자하고 잤어요." 엘라가 계속해서 해명했다. "그런데 양심의 가책을 느꼈는지 바로 그 다음 날 아침에 저한테 청혼을 했어요." '이제 속 시원하신가요, 오스카 드 비트 씨!'

"저런." 그는 아랫입술을 잘근잘근 깨물었다. "상당히 불쾌했을 것 같네요."

"불쾌했을 것 같은 게 아니라 실제로 아주 불쾌했어요.

제가 왜 한시라도 빨리 그 남자 집에서 나오려고 했는지 이해하시겠어요?"

그는 열심히 고개를 끄덕였고 조금 민망해하는 눈치였다. "네, 네, 물론이죠." 그의 눈빛은 어두워졌다. "그 남자 친구라는 분이 그럴 사람으로 보이지는 않던데 말입니다."

"더 이상 제 남자친구가 아닙니다." 엘라가 그의 말을 정정해주었다. "그리고 그럴 사람인지 아닌지 겉모습만으로 어떻게 알아요?"

"그건 그렇죠."

"그날 저녁에 란둥스브뤼켄에서 있었던 얘기로 다시 돌아갈게요." 이제부터 하기 어려운 얘기가 본격적으로 시작되므로 어느 정도 즉흥성을 발휘할 필요가 있었다. "그러니까 저는 금요일에 급한 물건들만 챙겨서 오스카 씨 집에 입주를 했어요. 그리고 오스카 씨는……." 엘라는 잔기침을 했다. "조금 이상하셨어요. 조금 산만하고 혼란스러워 보이셨어요."

"산만했다고요? 혼란스러워 보였다고요?"

"정확히 뭐라고 표현해야 할지 모르겠어요. 아무튼 조금 이상해 보였어요."

"내가 술을 마신 상태였나요?"

"그런 것 같지는 않았어요. 그리고 병원에서도 그런 얘기는 없었어요."

"그래요. 그러니까 나는 산만하고 혼란스러웠군요."

"맞아요." 엘라가 말했다. "하지만 무슨 일인지 여쭤보지는 않았어요. 그때 우리는 서로에 대해 잘 모르는 사이였으니까요. 물론 지금도 서로에 대해 잘 모르기는 하지만요……."

　"나는 나에 대해서조차도 모르고 있어요!" 그가 불쑥 말했다.

　"그러네요." 엘라는 어색하게 웃었다. "어쨌든 저는 일단 별로 신경을 쓰지 않았어요. 오스카 씨도 알다시피 직업 특성상 때로는 고객들의 지극히 은밀한 부분까지 본의 아니게 알게 되는 경우가 있거든요."

　오스카는 웃음을 참는 소리를 냈지만 엘라는 무시했다. '은밀한 부분'이라는 말 때문에 낄낄거린다는 것을 알고 있었다. 아무튼 성인 남자라도 사춘기를 벗어나기는 쉽지 않았다.

　"그렇기 때문에 저는 투명인간처럼 행동하는 것이 중요합니다." 엘라가 엄숙하게 계속 말을 이었다. "저는 없는 사람이 되어야 합니다. 이해하시겠어요? 아무것도 듣지 못하고 보지 못하는 가구처럼 말이죠."

　"그렇다면 상당히 예쁜 가구네요." 그의 얼굴에는 장난꾸러기 같은 미소가 번졌다. "여왕이라고 했던 어머니와 아주 닮았어요."

　"음, 고맙습니다." 엘라는 얼굴이 빨개져서 마음을 다잡아야 했다. 여자도 이런 부분에서는 사춘기를 벗어나지 못하는 것은 마찬가지였다. 엘라는 목소리를 가다듬었다. "여덟 시쯤 됐을 때 외출을 하고 오신다고 저에게 통보하셨어요. 그 점도 상당히 이상했어요."

"외출을 하고 온다는 것이 왜 이상하죠?"

"외출을 한다는 자체가 이상하지는 않죠." 엘라가 말했다. "그런데 상당히 다급한 인상을 받았어요. 저한테 란둥스브뤼켄에 가신다고 하셨어요."

"내가 그렇게 말했다고요?"

"네."

"내가 거기에 무슨 일로 가는지도 말했나요?"

"유감스럽게도 그러지 않으셨어요. 그리고 차를 타지 않고 걸어서 가시는 것을 보고 저는 슬슬 걱정이 되기 시작했어요. 그날 저녁에 비까지 억수로 퍼부었기 때문에 저는 그러시는 이유를 도무지 이해할 수 없었거든요."

"나를 말릴 생각은 안 했어요?"

"아니요. 제가 그럴 입장은 정말 아니었어요."

"음." 그는 상당히 혼란스러워 보였고 그건 엘라도 마찬가지였다. 엘라는 지금 말실수를 하지 않기 위해서 엄청난 집중력을 발휘하고 있었다.

"세 시간이 지나도 돌아오지 않으셨고 저는 어떻게 해야 할지 몰랐어요. 전 남자친구의 자전거를 빌렸기 때문에……." 엘라는 오스카와 필립이 절대로 대화를 나눌 일이 없기를 바라며 하늘을 향해 짧게 기도를 했다. 절대로.

"자전거로 이사를 한 겁니까?"

"아니요. 당연히 아니죠! 금요일에는 우선 배낭 하나만 가지고 이 집에 입주를 했어요. 다른 짐들은 토요일에 오스카 씨 차로 실어 왔잖아요. 저는 차가 없으니까요."

"아 그렇죠. 내가 깜빡했네요."

"어쨌든 저는 오스카 씨를 찾아보기 위해 자전거를 타고 란둥스브뤼켄으로 갔어요."

"그래서 결국 나를 만났군요."

"네." 엘라는 어색한 미소를 지었다. "하지만 제가 생각했던 것과 조금 달랐어요. 저는 레퍼반을 지나가는 위쪽 길로 갔어요. 그리고 하펜 함부르크 호텔 뒤쪽에서 필립의 자전거를 어깨에 들쳐 메고 계단을 내려가는데 갑자기 오스카 씨가 제 앞에 나타났고 결국…… 쾅!" 엘라는 손뼉을 쳤다.

"설마요!"

"진짜에요!"

"말도 안 돼요!"

"저도 그렇게 생각했어요." 엘라는 경직된 미소를 지었다. "하지만 정말 그랬다니까요!"

"굉장하군요."

"정말 그렇죠?"

"그래서 어떻게 됐어요?"

"저는 잠깐 정신을 잃었고 정신이 다시 돌아왔을 땐 오스카 씨는 사라지고 없었고 필립의 자전거는 고철이 되어 있었어요. 그래서 저는 택시를 타고 집으로 돌아왔어요. 그런데 오스카 씨는 아직 집에 돌아오지 않았더군요. 한동안 기다리다가 다시 뛰어나갔는데 마침 오스카 씨가 오셔서 두 번째로⋯⋯."

"쾅!" 그가 문장을 끝맺었다.

"맞아요. 쾅하고 또 부딪쳤어요. 그리고 이제 그 이후의 이야기는 아시잖아요."

"내가 란둥스브뤼켄에서 어떻게 그렇게 빨리 집으로 왔을까요? 걸어서 왔다면 몇 시간이 걸리기 때문에 아침에야 집에 도착했을 텐데 말이죠."

"그건 저도 모르겠어요. 혹시 버스하고 지하철을 타고 오셨어요? 주말에는 밤늦게까지 운행하잖아요. 하지만 말씀드렸다시피 저는 잘 모르겠어요. 제가 어떻게 집에 오셨는지 여쭤볼 수는 없었어요. 왜냐하면⋯⋯."

"쾅하고 부딪쳤으니 그럴 수 없었겠죠."

"맞아요."

오스카는 한동안 아무 말도 하지 않았다. 그저 멍하니 엘라를 쳐다보며 생각에 잠긴 듯했다. 그러더니 아주 천천히 다시 찻잔을 들었다. 이미 차갑게 식어버렸을 차를 한 모금 마시더니 얼굴을 찌푸리고 다시 탁자 위에 내려놓았다.

그는 아무 말 없이 앉아 있던 안락의자에서 일어나 문을 향해 걸어갔다.

"오스카 씨?" 엘라가 의아해하며 물었다.

그는 멈춰 서서 엘라를 향해 몸을 돌렸다. 그러더니 마침내 입을 열었다. "너무 피곤해서 가서 좀 누워야겠어요. 지금 엘라 씨가 해준 얘기는 내가 평생 살면서 들었던 가장 황당무계한 얘기입니다. 그러니 내일 아침까지 나에게 진실을 얘기할 생각은 없는지 고민해보세요. 그렇게 하든지 아니면 짐을 싸서 나가요."

그는 이 말을 남기고 거실에서 나갔다. 엘라는 혼자 남았다. 지치고 혼란스러운 모습으로. 자신이 만들어낸 이야기가 그렇게까지 형편없다고 생각하지는 않았기 때문이다.

"엘라 씨?" 잠시 뒤 위층에서 부르는 소리가 들렸다. 엘라는 자리에서 벌떡 일어나서 복도로 나가 2층으로 계단을 뛰어올라갔다.

당연히 그랬다. 그는 비어 있는 아이의 방 앞에 서서 의문스러운 표정을 지었다.

"아, 네." 엘라가 더듬거리며 말했다. "제가 말씀드릴 겨를이 없었어요. 서랍장 안에 있던 열쇠가 맞더라고요."

"그런데 방이 이렇게 텅 비어 있는 상태였어요?"

엘라는 어깨를 으쓱했다. "네."

"내가 뭐하러 빈 방을 잠가두었을까요?"

"모르죠."

그는 또다시 말없이 엘라의 얼굴을 쳐다보았다. 마치 그녀의 얼굴에서 거짓말의 낌새를 찾아내려는 듯이. 그러더니 한숨을 내쉬었다.

"정말 너무 피곤합니다. 그리고 머리도 어지럽고요."

"충분히 그러실만 합니다. 저는……."

"내일 아침." 그는 엘라의 말을 잘라버렸다. "내일 아침에는 반드시 진실을 듣고 싶어요. 진실을 얘기하든지 나가든지."

사랑은 어느 정도의 비밀을 포용할 수 있을까요?

구독자 여러분

이제 저와 P의 관계도 점점 진지해지고 결혼식 준비에 본격적으로 돌입하게 되니 여러 가지 생각들이 들어요. (Bloxxx 님에게 비꼬는 댓글은 삼가주셨으면 하고 특별히 부탁드려요. 제가 지금 쓰려고 하는 글은 정말 심각하고 진지한 글이거든요.) 온갖 생각들이 머릿속에 떠오르는데 최근 며칠 동안에는 행복한 부부 사이에서(또는 그냥 연인 사이) 상대방에게 항상 진실을 말해야 하는지에 대해서 생각해봤어요. 상대방에 대해 모든 것을 알아야 하는지 아니면 평화로운 부부관계를 위해 한두 가지 비밀은 있어도 되는지 말이에요. 그것이 어쩌면 거짓말일 수도 있고요.

그렇다고 제 말을 오해하지는 말아요. 나는 바람을 피우거나 상대방 몰래 수백만 유로를 넣어둔 스위스 비밀계좌를 말하는 게 아니에요. 그리고 저와 P 사이에는 특별히 감출 것이 없고 P도 아마 같은 생각일거예요. (Bloxxx 님 정말이랍니다) 저는 사실 상대방에게 감추는 '사소한 것들'에 대해 얘기하는 거예요. 예를 들어 상대방을 보호하기 위해서 하는 말이요. 또는 진실이 전혀 도움이 되지 않고 상처만 되기 때문에 어쩔 수 없이 하게 되는 거짓말 같은 것들.

몇 가지 예를 들어볼게요. 사랑하는 사람의 발이 엄청 못생겼다는 것을 알게 되면 말을 해줘야 할까요? 말을 해주는 것이 중요할까요? 말을 한다고 해서 발이 더 예뻐지는 것도 아니고 사랑하는 감정이 있다면 발이 어떻게 생겼든 상관없는데도요? 그리고 예전에 사귀었던 사람이 정말 키스를 잘하는 사람이었다고 굳이 지금의 파트너한테 말을 할 필요가 있을까요? 그 사람과 헤어지게 된 것은 그럴 만한 이유가 있을 것이고 지금 키스를 좀 못하는 사람과 사귀고 있는 것도 나름의 이유가 있을 거예요. 그리고 우리가 거울을 미심쩍게 들여다볼 때 살이 쪘는지 남자들이 항상 사실대로 말을 해줘야 할까요? 정말 그럴까요?

우리가 저질렀지만 더 이상 중요하지 않은 실수들. 현재에까지 영향을 미치지 않는 과거의 사건들. 작은 잘못들, 어리석었던 행동들, 실패를 겪었던 상황들 그리고 라이언 고슬링 또는 브래들리 쿠퍼와 함께하는 요트항해를 상상하는 비현실적인 꿈. 이런 모든 것들은 굳이 파트너에게 말하지 않아도 되지 않을까요?

저는 이 정도의 비밀은 괜찮다고 생각해요. 아니, 오히려 비밀인 것이 좋아요. 그리고 중요해요. 상대방을 보호하기 위해서뿐만이 아니라 사랑에 빠졌어도 자기 자신을 온전히 지키기 위해서 말이에요. '우리' 외에 '내'가 서 있을 곳도 조금은 남겨둬야 한다고 생각해요. 두 사람이 조금 떨어져서 서 있어야 다시 서로에게 다가갈 수 있으니까요.

여러분 모두 오늘도 아름다운 하루를 보내길 바라고 여러분의 반응도 궁금해요. 오늘은 새로 만들어낸 이야기가 없기 때문에 몇 년 전에 결말을 바꿔서 썼지만 최근에 다시 화제작으로 떠오른 이야기를 여기 다시 올렸어요. 존 그린의 《잘못은 우리 별에 있어》의 새로운 결말이에요.

무엇을 암시하거나 시사하는 것은 절대 아닙니다.

왜냐하면

'끝에는 다 잘될 것이다.

잘되지 않았다면 아직 끝난 것이 아니다.'

여러분의

엘라 신데렐라

댓글 (13)

Little_Miss_Sunshine_and_Princess, 09:17

오늘 처음으로 엘라 님과 다른 의견을 올려볼게요. 저는 엘라 님과 생각이 완전히 달라요! 제 남친과 저는 서로간에 비밀이 전혀 없고 모든 것을 허심탄회하게 얘기할 수 있어요. 8년 동안 사귀었는데 여전히 행복하고요. ♡♡♡

달콤한 달을 꿈꾸는 소녀, 09:28
저도 리틀 님과 같은 생각이에요! 저는 지금 비록 싱글이지만 저한테 뭔가를 감추거나 심지어 거짓말을 하는 파트너는 상상할 수도 없어요. 만약 그런다면 즉시 헤어질 것 같아요. 남자친구가 제 발이 못생겼다고 생각하는 것조차 저는 알고 싶어요.《잘못은 우리 별에 있어》의 새로운 결말은 정말 좋아요. 예전에 그 책을 읽었을 때 정말 많이 울었고 영화를 볼 때는 더 많이 울었던 기억이 있거든요!

반짝이 요정 XXL, 10:02
제가 나이가 좀 있어서 그런지 몰라도 저는 엘라 님의 의견에 전적으로 동의해요! 부부 사이나 연인 사이에 모든 것을 다 솔직하게 말해야 되는 것은 아닙니다. 약간의 비밀이 있는 것이 오히려 관계에 활기를 불어넣어 줄 수 있어요. 비밀이 전혀 없는 사람은 지루하기 짝이 없거든요! 그리고 내가 살이 쪘냐고 물었을 때 솔직한 대답은 정말 듣고 싶지 않아요.

BLOXXX BUSTER, 10:33
젠장, 여기 여자들 다 왜 그래요? 집단 월경 전 증후군인가요?

여기 글들을 읽다 보니 정말 참기가 힘드네요. "우리 여보야가 내 엉덩이가 뚱뚱해졌다는 것을 말해주지 않으면 당장 헤어질 거예요!"

엘라 신데렐라, 혹시 무슨 일 있어요? 예전 남자친구가 키스를 정말 잘했다고 지금 파트너한테 뭐하러 얘기하냐고요? 이거 왜 이래요. 설마 지금 나이가 열두 살인 건 아니죠? 솔직하게 말하면 어때서요? 겨우 키스 가지고 하하하. 오히려 옛 애인하고는 잠자리가 끝내줬는데 새로운 애인은 잠자리 스킬이 완전히 꽝이라고 얘기하고 싶은 거 아닌가요? 그렇지만 이 블로그는 미성년자 관람가인 것 같으니 맥주를 얼른 레모네이드로 바꿔와야겠어요. 당연히 무가당으로……

엘라 신데렐라, 10:45

BLOXXX! 마지막 경고예요. 한 번만 더 이런 댓글을 달면 강퇴시킬 겁니다!

BLOXXX BUSTER, 10:51

엘라 님! 어떻게 그렇게 직설적으로 저한테 그런 말을 할 수 있습니까? 감정이 많이 상하네요! 그냥 속으로 생각하고 마는 것이 좋을 뻔했어요!

다른 댓글 7개 보기

21

엘라가 용기를 내어 방에서 나왔을 때는 이미 11시가 다 된 시간이었다. 오스카를 마주 보고 모든 진실을 고백할 용기를 충분히 모은 후였다.

엘라는 거실에서 그와 마주쳤다. 그는 리클라이너 안락의자에 앉아 발을 올리고 제바스티안 피체크의 《편지》에 푹 빠져 있었다. 그는 책을 왼쪽 팔걸이에 받히고 다치지 않은 왼손으로 들고 있었다. 엘라가 조심스럽게 문틀에 노크를 해도 그는 고개를 들지 않고 아주 평온하게 검지에 침을 묻혀 페이지를 넘기며 계속 읽었다. 엘라가 바로 앞에 서서 목소리를 가다듬자 그는 비로소 고개를 들었다.

"아, 파우스트 씨!" 그는 책을 덮고 친절하게 미소를 지어 보였다. "안 그래도 오늘 중으로 얼굴을 볼 수 있을지 궁금해하고 있었어요." 그는 구석에 있는 커다란 시계를 일부러 쳐다보았다. "나는 12시까지는 시내에 가야 하거든요. 슈페히트 박사님하고 런치 약속이 있어요."

오스카는 정말 그렇게 말했다. 런치 약속. 하지만 이렇게 웃긴 표현을 듣고도 웃지 못한 채 엘라는 단도직입적으로 마치 기관총을 발사하듯이 사과와 함께 모든 설명을 쏟아냈다. 오랜 시간 동안 고통스럽게 갈팡질팡하며 시간을 보내고, 자기고행을 하며 필사적으로 탈출구를 찾아 헤매다가 엄청나게 어려운 장애물을 넘기로 단단히 결심을 하고 가능한 빨리 해치우려고 하는 사람과 같았다. 그런 사람과 같은 것이 아니라 엘라가 바로 그랬다!

"오스카 씨." 엘라는 긴장해서 떨리는 목소리로 입을 열었다. "제가 거짓말을 한 것은 사실입니다. 하지만 제가 악의로 거짓말을 한 것은 아니고 이런 상황에서 제가 어떻게 해야 하는지 몰라서 그랬어요."

"그런 말은 어제도 이미 했어요."

"제가 계속 말씀드려도 될까요?"

"물론이죠." 그가 대답했다. 그리고 "내가 깜짝 놀랄 수 있게 해주세요!"라고 덧붙였다.

"제가 어제 말씀드린 얘기는 부분적으로 사실이에요. 저는 진짜로 지난 6년간 옛 남자친구의 가정관리사로 일했어요. 그리고 그 사람이 바람을 피워서 저를 배신했다는 것도 사실이에요. 지난 금요일에 그 사실을 알게 되었고 저는 머리를 얻어맞은 것처럼 정신이 나갔어요. 그래서 남자친구의 자전거를 낚아채서 그냥 무작정 달렸어요. 일단 벗어나고 싶었고 신선한 공기가 마시고 싶었거든요." 엘라는 힘겹게 숨을 쉬었고 말을 잇기 전에 잠깐

숨을 들이마셨다. "그렇게 해서 란둥스브뤼켄으로 가게 됐어요. 강물을 바라보고 있으면 항상 마음이 편안해졌 거든요. 그러다가……." 자기 자신과 내기를 걸었다는 얘 기는 굳이 꺼내지 않았다. 그런 건 다른 사람한테는 상당 히 이상하게 들릴 수 있기 때문이었다. "항구 쪽으로 내 려가고 싶어서 자전거를 어깨에 메고 계단을 내려갔어 요. 비가 내리고 있었고 깜깜했고 자전거 때문에 움직임 이 자유롭지 않았어요. 그래서 오스카 씨가 갑자기 마주 오고 있을 때 부딪쳐 넘어졌어요."

"알겠어요." 오스카가 말했다. "그때 저는 이미 맨발이 었나요?"

"그런 것 같지는 않아요." 엘라는 코가 피노키오처럼 길어지지 않기를 속으로 빌었다. 하지만 오스카의 신발 과 재킷을 선착장 콘크리트 말뚝 앞에서 발견했다는 사실 은 그에게 도저히 말할 수 없었다. 그랬다는 얘기를 들으 면 곧장 '왜'라는 의문이 들 것이고 강변에 서서 왜 옷과 신발을 벗었는지 궁금해질 것이기 때문이었다. 그리고 이런 의문과 함께 다른 의문들이 꼬리에 꼬리를 물 것이 뻔하기 때문에 엘라가 생각하기에 아직 사실대로 얘기하 기에는 너무 일렀다. "넘어진 후에 저는 잠깐 정신을 잃 었고 다시 정신이 돌아왔을 때 오스카 씨는 사라지고 없 었어요. 재킷하고 신발만 계단 밑에 남겨져 있었어요."

"사고 직후에 잃어버리고 갔단 말이죠?"

"모르겠어요." 엘라는 가능한 설득력 있게 어깨를 으쓱했다. "아무래도 그런 것 같아요."

"나는 끈으로 묶는 등산화를 신고 있었어요."

"저는 스키를 타다가 심지어 버클로 잠그는 스키부츠가 벗겨진 적도 있어요." 엘라가 말했다. "충격을 받으면 믿을 수 없는 힘이 작용하나 봐요."

"음." 오스카는 여전히 미심쩍은 표정을 지었다.

"신발 끈을 꽉 묶지 않은 상태였을 수도 있잖아요. 아니면 충돌 후에 제가 잠깐 정신을 잃었을 때 신발하고 재킷을 벗어서…… 아무튼 저는 모르겠어요."

"알겠어요." 그는 그냥 넘어갔다. "그 다음에는 어떻게 됐어요?"

"저는 어떻게 해야 할지 몰랐어요. 경찰에 신고를 할까 하다가 우선 택시를 타고 오스카 씨 집으로 갔어요."

"집 주소는 지갑을 보고 알았나요?"

"네 맞아요. 안에 신분증이 들어 있었어요. 재킷 주머니에 열쇠도 있었는데 현관문 밖에서 아무리 불러도 문을 열어주지 않아서 제가 열쇠로 문을 열고 들어갔어요."

"그냥 아무렇지 않게 들어갔다고요?" 그는 이제 엘라에게 익숙해진 표정으로 눈썹을 한껏 추켜세웠다.

엘라는 한숨을 내쉬었다. "그냥 아무렇지 않게라니요? 저는 완전히 머릿속이 뒤죽박죽이 된 상태였어요. 너무 두려워서 제정신이 아니었고 혹시 아무 도움도 받지 못

하고 집 안에 다친 채로 누워 있는 것은 아닌지 걱정이
됐어요."

"알았어요. 이해했어요." 그가 수긍했다.

"그래서." 엘라는 계속해서 말을 이었다. "나머지는 빨리 말씀드릴게요. 집 안에 아무도 없어서 저는 다시 밖으로 나왔고 집 앞에 있는 계단에서 우리는 또다시 충돌했고 이번에는 오스카 씨가 충격이 컸어요. 오스카 씨는 정신을 잃었고 저는 구급차를 불렀고 저는 그 다음 날 병원으로 문병을 갔어요. 이렇게 된 겁니다."

"그런 것 같지는 않은데요." 그가 토를 달았다. "가장 흥미진진한 부분은 이제부터 시작이죠." 엘라가 걱정하던 그대로였다. 그럴 줄 알고 있었다. 오스카 드 비트가 순순히 넘어가지 않으리라는 것을 알고 있었다. "거기서부터 계속 이야기를 해봅시다." 그는 심문을 계속했다. "병원에 와서 내 여동생이라고 했어요. 왜 그랬죠?"

"전 오스카 씨 상태가 어떤지 궁금해서 병원을 찾아갔어요." 엘라가 사실대로 말했다. "그리고 면회를 하려면 어쩔 수 없이 여동생이라고 말할 수밖에 없었고요. 병실에 들어가자마자 바로 해명을 하려고 했어요."

"하지만 그러지 않았잖아요."

"네." 엘라가 시인했다. "모든 일들이 너무 정신없이 빠르게 돌아갔어요. 의사는 오스카 씨가 기억상실증이라고 했고 오스카 씨는 너무 혼란스러워 보였고요, 그래서 일

단 그냥 여동생인 척하기로 한 거예요."

"하지만 그랬던 이유가 있을 것 아닙니까?"

"네, 그러니까……." 엘라는 적당한 표현을 머릿속으로 떠올려보았다. 제대로 설명을 하면서도 너무 많은 것을 드러내지 않을 수 있는 적당한 표현. 예를 들면 당시에 오스카의 상황이 얼마나 절망적인지 이미 그때 눈치를 챘다고. "그냥 도와드리고 싶었어요." 엘라가 결국 말했다. "의사가 정신과 병동으로 가거나 후견간병인의 보호를 받아야 한다고 하는 바람에 오스카 씨를 그대로 내버려둘 수는 없었어요. 병원에 입원하게 된 것은 제 잘못 때문이었으니까요."

그의 얼굴에 살짝 미소가 스쳤다. 아주 살짝. "맞아요." 그가 수긍했다. "하지만 집으로 돌아오는 차 안에서 모든 걸 얘기해줄 수도 있었잖아요."

"했잖아요! 제가 곧장 여동생이 아니라고 밝혔잖아요."

"그 말이 끝나기가 무섭게 내가 고용한 새로운 입주 가정관리사라고 했잖아요."

"네." 엘라가 기어들어가는 목소리로 말했다. "그러면 제가 뭐라고 했어야 했나요?"

"내가 이미 여러 번 말했지만 '진실'이요."

"그랬다면 정신 나간 소리처럼 들렸을 거예요." 엘라가 벌컥 화를 냈다. "죄송합니다만, 전 그쪽을 한 번만 넘어트린 것이 아니라 두 번이나 넘어트렸어요. 그리고 제가 그쪽 물건들을 가지고 있었고 그쪽 집에도 들어와 있었어요. 당연히 정신 나간 사람처럼 보이지 않았겠어요? 어차피 이렇게 됐으니 하는 말인데 사실 지금 상황이 그리 나쁜 건 아니지 않아요? 그쪽은 다쳐서 혼자 생활하는 것이 불편하고 저는 지금 살 집과 수입이 없으니까요. 제 약혼자가 다른 여자랑 놀아나는 바람에 헤어져서 말이죠. 지금 상황이 우리 둘 모두에게 윈윈이 될 수 있지 않을까요? 제가 그쪽을 보살펴드릴 테니 제가 바람 부는 다리 밑에서 지내지 않도록 해주실 수 없을까요?" 따발총처럼 말을 마구 쏟아냈더니 숨이 차고 힘이 빠졌다.

이제 그의 엷은 미소는 활짝 핀 미소로 변했다. 그는 엘라를 재미있다는 듯 쳐다보면서 고개를 끄덕였다. "맞아요, 파우스트 씨. 저한테 바로 그렇게 얘기했어야 했어요."

"네? 그랬다면 저를 내쫓지 않았을까요?"

"모르죠." 그가 말했다. "그래도 어쨌든 그랬다면 처음부터 서로에 대해 제대로 알았겠죠. 나한테 거짓말을 한 것은 공정한 처사가 아니었어요."

"죄송합니다." 엘라는 후회 막심한 눈빛으로 쳐다보았다.

"엘라 씨 말을 믿어요." 그가 말했다. "그런데 평소에 아주 능숙한 거짓말쟁이라는 생각이 드는데 어떻게 생각해야 할지 모르겠어요."

"거짓말쟁이라니요?" 엘라가 다시 흥분했다.

"말 그대로 거짓말을 한다는 뜻이죠." 그의 얼굴에서 미소가 사라졌다.

"저는 진실의 창의적인 해석이라고 설명하고 싶어요."

"어떻게 설명하고 싶든 솔직히 나는 전혀 관심 없어요."

"알겠습니다." 엘라는 한 대 얻어맞은 듯했다. "그럼 저는 이만 가보겠습니다." 엘라는 어깨를 축 늘어뜨리고 자기 물건들을 챙기기 위해 방 쪽으로 몸을 돌렸다. 어디로 가야 할지는 알 수 없었다. 그렇다고 다시 필립한테 돌아갈 수는 없었다. 하지만 코라하고는 이제 통화도 했으니 다시 전화를 해서 혹시 임시 피난처를 제공해줄 수 있는지 물어볼 수는 있었다.

"어디 가려고요?" 뒤에서 오스카의 목소리가 들렸다. 엘라는 그를 향해 몸을 돌렸고 그는 의자에서 일어나 엘라를 의아한 표정으로 쳐다보았다.

"올라가서 제 옷가지를 챙겨서 나가려고요."

"쓸데없는 짓 하지 말아요." 그는 이해할 수 없다는 듯이 고개를 저었다. "내가 그러라고 하지도 않았잖아요."

"저보고 거짓말쟁이라고 하셨잖아요."

"네. 그랬죠. 그리고 처음부터 솔직하게 말했다면 좋았을 거라고 했어요." 그는 몇 발짝 가까이 다가와 바로 앞에 멈춰 서서 엘라를 내려다보았다. "하지만 이제 사실을 알게 됐으니 나를 계속 돌봐주는 데 문제는 없을 것 같군요."

"하지만…… 저는……."

"그러길 원하지 않아요?" 그가 눈썹을 추켜세우자 미간에 주름이 잡혔다.

엘라는 한동안 할 말을 잃었다. 그러다 잠시 후 자신도 모르게 반사적으로 그의 목을 끌어안고 그를 꼭 껴안았다.

"아악!" 오스카는 소리를 질렀고 엘라는 "고맙습니다! 고맙습니다! 고맙습니다!"를 연발했다.

엘라는 그를 놓아주고 할 걸음 뒤로 물러났다. "죄송합니다." 엘라는 당황한 얼굴로 중얼거렸다.

"괜찮아요." 그는 손으로 깁스한 팔을 어루만지며 이를 꽉 깨물었다. "하지만 앞으로는 조금만 조심해주시겠어요, 네?"

"그럴게요. 오스카 씨." 엘라가 약속했다. "더욱 조심할게요."

"됐어요." 그는 다시 시계를 쳐다보았다. "그럼 내가 이제 약속장소로 갈 수 있게 비켜주세요. 언제 돌아올지는 모르겠어요. 조금 오래 걸릴 수도 있어요. 그러면…… 그동안 보통 가정관리사가 하는 일들을 하고 계세요."

"네." 엘라가 말했다. "할 일이 아주 많아요."

"그럼 오늘 저녁에 봅시다." 오스카는 문을 향해 나갔다. "아, 그리고 엘라 씨." 그는 멈춰 서서 엘라를 쳐다보았다. "이제부터는 급여를 받고 일하세요, 알겠어요? 4,000유로 정도 생각하고 있는데 괜찮아요?"

"한 달에요?"

"당연하죠. 그럼 뭐라고 생각했어요? 설마 한 주에? 그건 좀……."

"아닙니다. 아니에요." 엘라가 얼른 말을 끊었다. "아주 넉넉히 주시는 겁니다."

"좋아요. 그럼 4,000으로 합시다." 그는 상냥하게 고개를 끄덕였다. "그리고 사회보험하고 건강보험과 관련된 모든 일들도 좀 알아서 처리해주세요." 그러고는 마치 옛날 영화에서 귀족이 하인에게 하듯이 이제 그만 나가봐도 된다는 거만한 손짓을 했다. 하지만 아주 잠시뿐이었다. 오스카는 팔을 내리고 엘라를 멋쩍게 쳐다보았다. 지금 시내로 가기 위해 나가야 하는 사람은 자신임을 깨달은 듯했다. "이따 봅시다." 그는 짧게 인사하고 엘라의 시야에서 사라졌다. 하지만 곧바로 다시 나타났다. "아, 그리고 엘라 씨……."

"네?"

"내가 부탁한 휴대전화는 어떻게 됐어요?"

"그건 아직 알아볼 시간이 없었어요." 엘라는 가능한 친절하게 대답했다.

"그래요?" 그는 당연히 또 눈썹을 추켜세웠다. "알아볼 시간은 충분했을 텐데요."

'그걸 당신이 어떻게 안다고!' "네, 지금 바로 알아볼게요."

"좋아요. 고마워요." 그는 다시 나갔고 밖에서 택시본

부와 통화를 하는 소리가 들리고 몇 분 후 현관문이 잠기는 소리가 들렸다.

엘라는 지쳐서 소파 위로 쓰러졌다. 4,000유로. 믿기지 않았다. 4,000유로! 한 달에! 하! 그녀는, 에밀리아 파우스트는 성공한 여성이었다. 하지만 기쁨은 잠깐이었고 곧이어 어떤 대가로 이런 월급을 받게 되었는지 떠올렸다.

엘라는 유튜브에서 언젠가 한 번 봤던 대로 눈을 감고 숨쉬기에 집중했다. 그러면서 아무 생각도 하지 않으려고 애썼다. 오스카는 여전히 진실의 일부분만을 알고 있으며 자신이 쓰레기 집에 살고 있었다는 사실과 부인의 죽음 그리고 아들의 실종에 대해 모르고 있었다. 엘라는 아까 사실을 고백할 때 이런 얘기도 해주는 것이 좋지 않았을까 하는 생각들을 쫓아버리려고 애썼다. 그리고 오스카가 절망의 나락으로 떨어지지 않도록 지켜주는 것만이 능사가 아니라 엘라가 쫓겨나지 않는 것도 중요하다는 사실을 생각하지 않으려고 했다. 그리고 오로지 오스카만을 위하지 않고 자기 자신도 챙기려고 하는 것이 다른 사람들의 눈에는 성격적인 결함으로 보일 수도 있다는 것을 생각하지 않으려 애썼다. 그리고 이 두 가지 동기 중에서 어떤 동기에 더 무게가 실려 있는지 생각하지 않으려고 했다. 4,000유로. 계속해서 오스카한테 안 좋은 사실들은 숨겨야겠다고 마음먹었을 때 이 액수는 모르고 있었다. 그렇다고 해서 도덕적인 비난을 덜 받게 되는 것일까?

엘라는 이런 모든 생각들을 다 쫓아버리고 내면의 평정심을 찾으려고 했지만 그녀의 머릿속에서는 수십 마리의 분홍색 코끼리들이 폴카 춤을 췄댔다. 10분 후 엘라는 결국 포기하고 일어나 앉았다. 요가를 하거나 수행을 하는 사람들이 어떻게 머릿속의 걱정과 근심을 쫓아버릴 수 있는지 의문이었다. 엘라는 어쨌든 아직 그런 의식단계에 도달하지 못했다. 요가수행자들은 그들이 살아온 삶에서 엘라가 단 나흘 만에 저지른 것만큼 많은 실수를 저지르지 않았기 때문일 것이다. 하지만 그 이유가 무엇이든 간에 엘라의 머릿속은 계속 어지럽고 복잡했다. 소파에서 심호흡을 하는 것은 전혀 도움이 되지 않았다. 그래서 행동을 해보기로 했다.

엘라는 자리를 박차고 일어나 오스카의 서재로 가서 헨리 드 비트에 대한 단서를 찾겠다는 원래의 계획을 실행에 옮기기로 했다.

세 시간 후 엘라는 다시 소파에 누웠다. 다시 한 번 심호흡을 시도해보기로 결심했고 이번에는 제대로 '옴' 소리까지 내보기로 했다. 오스카의 아들에 대한 단서를 전혀, 단 한 개도 찾지 못했다. 은수저는 그의 존재를 암시하는 유일한 증거였다. 그리고 물론 가구를 뺀 아이의 방도 있었다. 하지만 '헨리'라고 적혀 있는 파일도 없었고, 출생

증명서도 없었으며, 아기수첩도 없었고, 유치원이나 초등학교에서 받은 서신도 없었고 아무것도 없었다. 엘라는 오스카의 계좌에 다시 접속을 해서 가족회계과에서 지급한 아동양육수당이 입금된 내역이 있는지 찾아보았지만 없었다. 이런 것들은 프랑신 드 비트의 계좌로 입금되었을 수도 있지만 오스카의 죽은 아내에 대한 흔적도 전혀 발견할 수 없었다. 혼인서약서, 보험, 계좌 입출금 내역 또는 산모수첩과 같은 것은 없었다. 그녀의 존재를 암시하는 것이라고는 오스카의 지갑 속에 들어 있던 사진, 절반이 비어 있는 옷장, 공동묘지 청구서 그리고 올스도르프에 있는 묘지에 세워진 비석뿐이었다.

"옴." 정말 미치고 팔짝 뛸 노릇이었다! 마치 증인 신변보호 전문가들이 작업에 착수해 오스카 드 비트가 한 가족의 가장임을 암시하는 그 어떤 작은 증거도 모조리 파기해버린 것 같았다. 엘라는 그의 노트북을 열면서 도움이 될 만한 자료나 메일을 찾을 수 있으리라 기대했다. 하지만 노트북 전원을 켜자마자 당연히 잠금 설정이 되어 있어 패스워드를 입력해야 했다. 오스카의 생년월일, 헨리의 생년월일, 프랑신의 생일날짜와 사망날짜를 똑바로 넣어보기도 하고 거꾸로 넣어보기도 하고 성과 이름을 조합해보기도 하고 대문자와 소문자로 바꿔보기도 하고 마지막에는 심지어 '마운치'라고 입력도 해보았지만 화면은 끝내 열리지 않았다.

노트북 잠금을 푸는 데 처참하게 실패한 후 엘라는 다시 한 번 온 집 안을 뒤졌다. 아주 조금이라도 사적으로 보이는 물건들, 편지, 조의편지, 또는 '잉에 이모'나 '하인츠 삼촌'이 기록되어 있는 전화번호 수첩을 찾아서 오스카와 그의 엄청난 비밀에 대해 물어볼 수 있는 누군가를 찾고 싶었다. 하지만 역시 아무 흔적도 발견할 수 없었다.

엘라는 임대한 창고로 가서 헨리의 방에 있던 물건들을 다시 뒤져볼까도 생각했다. 그렇지만 헨리의 방을 직접 정리하면서 종이 같은 것은 발견하지 못했다. 레고 닌자고나 스타워즈가 그녀에게 도움이 될 수 있을지는 의문이었다. 하지만 아주 잠깐이나마 너무 절망스러운 나머지 지푸라기라도 잡는 심정으로 다스 베이더라도 붙잡고 최면을 거는 눈빛으로 바라보며 소리치고 싶었다. "어서 나를 좀 도와줘! 나에게 힘을 줘!" 물론 말도 안 되는 소리였지만 너무나 막막한 나머지 별별 이상한 방법들을 다 떠올려보았다.

그러다가 문득 이웃집에 초인종을 누르고 물어봐야겠다는 생각이 들었다. 하지만 그 생각은 금방 접었다. 대지의 면적만 해도 어마어마한 이 동네에서 '이웃집'이라는 것은 상당히 모호한 개념이었다. 이웃집을 찾게 되더라도 서로 아는 사이인지 그리고 좋아하는 사이인지도 알 수 없었다. 어쩌면 이웃집 사람은 드 비트 집의 나뭇가지가 자기 담장을 2센티미터 침범한 것에 늘 앙심을 품고 있었고 엘라가 나타난 것을 계기로 오스카에게 앙갚음을 시도할지도 모를 일이었다. 엘라는 또 쓸데없는 상상력이 날개를 펴는 것을 느꼈지만 오스카가 그녀가 아닌 다른 사람으로부터 이 모든 끔찍한 얘기들을 들을 수 있는 위험들은 피하고 싶었다.

결국 소파에 누워 슈페히트 박사와 만나 '런치'를 먹고 있을 오스카가 돌아오기를 기다리는 것 말고는 달리 할 일이 없었다. 엘라는 박사가 또 능력을 발휘해서 오스카가 어떤 기억을 떠올리게 하지 않기를 간절히 바랐다. 그러나 그럴 가능성이 얼마나 될지 생각하다가 문득 새로운 사실을 깨달았다. 박사님이 오스카의 기억이 돌아오게 해준다 해도 엘라에게 별로 나쁠 것은 없었다! 두 사람이 만나게 된 정황은 이미 그에게 솔직하게 털어놓았기 때문에 걱정할 필요가 없었다. 그리고 오스카에게 부인이 있고 아들이 있다는 사실을 알고도 그에게 숨겼다는 증거는 그 어디에도 없었다. 만약 오스카의 기억이 돌아오면 모른 척하면서 깜짝 놀란 척을 하면 될 일이었다.

엘라는 벌떡 일어나 기뻐서 손뼉을 쳤다. 그녀에게 나쁠 것은 없었다. 오히려 슈페히트 박사를 지지해줘야 한다! 가능한 빨리 박사님과 약속을 잡아서 오스카의 기억상실증을 어떻게 치료할지 상담을 해봐야겠다는 생각이 들었다.

순간 엘라의 머릿속에 '아이의 방'이 떠올랐다. 엘라는 한숨을 내쉬며 소파에 다시 누웠다. 만약 오스카의 기억이 돌아온다면 그는 2층에 있는 방이 빈 방이 아니었다는 사실을 알게 될 것이다. 그 안에 들어 있는 모든 것을 잊기 위해 그가 직접 방문을 잠가놓았을 것이다. 물론 이것이 문제이기는 했지만 해결 불가능한 문제는 아니었다. 다시 물건들을 전부 가지고 와서 아무 일 없었던 듯이 해놓으면 될 일이었다. 서두르면 두 시간 내에 다 해치울 수 있는 일이었다!

엘라는 또다시 벌떡 일어났다. 그리고 3초 후에 다시 누웠다. 아니. 그건 말도 안 되는 소리였다. 이미 오스카와 그 방을 들여다봤고 방이 원래 비어 있었다고 말하지 않았던가. 단지 꿈을 꾼 것뿐이라거나 환각을 일으켰거나 신기루를 봤다거나 어처구니없는 착각일 뿐이라고 그가 믿게 만들 수 있을까. 아마 그렇게 얘기를 한다면 오스카 드 비트가 그녀를 가만히 안 둘 가능성이 훨씬 높았다.

"옴, 옴, 옴." 엘라는 다시 벌떡 일어났다. 그냥 이렇게 누워 있을 수는 없었다. 뭐라도 해야 했다. 뭐라도. 엘라는 무슨 의미 있는 일이라도 하기 위해 자리에서 일어나 거실을 이리저리 서성이며 청소업체가 제대로 일을 했는지 확인하기 위해 구석구석을 살펴보았다.

그녀는 오스카의 리클라이너 안락의자 옆에 멈춰 섰다. 팔걸이에 책이 올려져 있었다. 제바스티안 피체크의《편지》. 선물을 받았다는 책…… 엘라는 책을 집어 들고 첫 번째 페이지를 펼쳤다.

— 오스카 드 비트 씨에게

그리프손 & 북스에서 처음 출간하는 제바스티안 피체크의 스릴러 소설을 드립니다. 이 책과 함께 흥미진진한 시간 보내시길 바랍니다!

요나단 N. 그리프 드림.

22

엘라는 오스카에게 과거에 대해 더 많을 것을 알게 되기 전까지는 요나단 그리프라는 사람에게 연락을 하지 않는 것이 좋겠다고 말했었다. 하지만 그건 엘라한테는 해당되지 않는 조언이었다. 그녀는 그리프에게 전화를 걸어 아주 능숙하고 난처하지 않은 질문들을 통해 오스카와 그의 부인 그리고 아들에 대해 뭔가를 알아낼 수 있기를 바랐다.

엘라는 책을 들고 오스카의 서재로 가서 노트북 앞에 앉아 그리프손&북스 출판사의 연락처를 검색했고 요나단 그리프의 직통번호까지 알아냈다. 3시가 조금 넘은 시간이라 다행히 회사에서 아직 한창 일을 할 시간이었다. 엘라는 전화번호를 누르고 두근거리는 마음으로 통화대기음을 들었다.

"그리프손&북스, 요나단 그리프 사무실입니다." 두 번째 신호음 만에 여자 목소리가 전화를 받았다. "저는 슈뢰더라고 합니다."

"네. 안녕하세요." 엘라가 말했다. "저는 에밀리아 파우

397

스트라고 합니다. 그리프 씨하고 통화를 좀 했으면 하는데요."

"무슨 일로 그러시죠?" 여자가 조금 새침하게 물었다.

'당신이 알 바 아닙니다'라고 엘라는 속으로 생각했으나 대신 꾹 참고 말했다. "사적인 일 때문입니다."

"사적인 일이라고요?" 목소리는 더욱 새침해졌고 물음표가 여덟 개나 달리는 것을 느낄 수 있었다. 그리프 씨에게 사적인 전화는 자주 오지 않는 모양이었다. 엘라는 전화를 받는 여자한테, '네. 저는 그리프 씨가 사생아의 양육비를 대체 언제 줄 건지 알고 싶어요!'라고 말하고 싶은 것을 참기 위해 입술을 꽉 깨물었다. 그러면 정말 재밌을 텐데! 하지만 그렇게 하면 전화를 건 목적을 달성하기는 힘들 것이다. "잠깐 여쭤보겠습니다." 여자가 말했다. "성함이 뭐라고 하셨죠?"

"에밀리아 파우스트입니다." 엘라가 착실하게 대답했다. 하지만 요나단 그리프가 그녀의 이름을 알 턱이 없다는 것을 깨닫고 "오스카 드 비트 씨와 관련된 일입니다!"라고 덧붙였다.

"잠깐 기다려주세요."

'띵, 띠띵, 띵띵디딩' 통화대기음의 조상격인 '아이네 클라이네 나흐트무지크'가 귓가에 울렸다. 엘라는 손가락으로 관자놀이를 문질렀다. 딸깍 하고 전화를 받는 소리가 들렸다.

"요나단 그리프입니다." 너무 굵지도 너무 얇지도 않은 편안하고 다정한 목소리였다. "파우스트 씨, 말씀하세요."

그녀의 이름을 곧장 외운 것으로 보아 과거에 모범생이었음이 분명했다.

"근무시간에 불쑥 전화를 걸어 죄송합니다." 엘라가 말했다. "도움이 조금 필요한 일이 있어서 연락드렸습니다."

"말씀해보세요."

"알겠습니다." 엘라는 뭐라고 말을 해야 할지 알 수 없었다. 요나단 그리프한테 무슨 얘기를 해야 할지 자세히 생각해보지도 않고 그냥 들떠서 무작정 전화를 했다는 것을 깨달았다. 젠장. 오스카가 기억상실증에 걸렸다고 사실대로 말할 수는 없었다. 두 사람이 어떤 관계인지 모르는 상태에서 그럴 수는 없었다. 이제 어떡하지? 어떡하지?

"파우스트 씨, 아직 전화기 들고 계세요?"

엘라는 목소리를 가다듬었다. "네. 물론입니다." 다시 머릿속이 멍해졌다. '아, 뭐 어때' 하는 생각이 들었다. 요나단 그리프는 오스카한테 책을 선물했다. 서로 사이가 안 좋은데도 책을 선물할까? 그럴 가능성은 거의 없었다. 그녀는 더 이상 복잡한 거짓말을 꾸며낼 힘이 없었고 솔직하게 말하는 게 좋을 듯했다. 오스카가 말한 대로 그녀도 '공범자'가 필요했다. 그리고 만약 요나단 그리프가 친구라면 적어도 부인의 죽음과 사라진 아이에 대해 어차피 알고 있을 것이다.

엘라는 아는 것이라고는 출판사에서 근무한다는 것과 편안한 목소리를 가지고 있다는 것밖에 없는 낯선 남자에게 그녀의 마음을 짓누르고 있는 이야기들을 털어놓았다. 사고와 오스카의 기억상실증, 엉망이었던 집과 오스카가 부인이 사망했다는 사실과 아들이 어디에 있는 모른다는 사실까지.

요나단 그리프는 엘라가 얘기하는 동안 아무 말도 하지 않았다. 이따금 놀라며 '저런'이라는 감탄사만 내뱉을 뿐 엘라가 술술 얘기할 수 있도록 중간에 말을 끊지 않았다. 그리고 이렇게 모두 털어놓으니 정말 속 시원하고 좋았다. 어쩌면 전화고민상담소에 전화를 걸었어도 똑같은 효과가 있었을 것이다. 심지어 통화대기음을 들으면서 지껄였다고 해도(그렇지만 '아이네 클라이네 나흐트무지크'는 사양이었다) 어쨌든 그녀 안에서 분출구가 열리고 안에 쌓였던 것들이 쏟아져 나왔으니 엄청난 해방감이 느껴졌을 것이다.

"제가 블로그를 운영하고 있는 거 아세요?" 엘라가 화제를 돌렸다.

"네." 요나단 그리프가 대답했다. 엘라가 블로그를 운영한다는 사실을 알 턱이 없기 때문에 순전히 예의상 한 대답이었을 것이다.

"제가 '더 나은 결말'이라는 이름의 블로그에 결말이 안 좋은 소설이나 영화의 스토리를 바꿔서 올리거든요. 우리 우주에 더 많은 해피엔딩이 있으면 우리 모두의 삶이 더 아름답고 더 좋아질 것이라고 생각하기 때문이에요. 제 말을 이해하실 수 있을지 모르겠지만, 그래서 저는 드 비트 씨의 인생도 해피엔딩이었으면 좋겠다는 생각이 들어요. 그러기 위해서는 아들을 찾아서 두 사람이 함께 할 수 있도록 해줘야 합니다." 엘라는 어느덧 훌쩍이고 있었고 조금 민망했지만 어쩔 수가 없었다. 수문은 열렸고 요나단 그리프가 그 물살을 다 뒤집어썼다. 하지만 제정신이냐고 묻는 질문 대신에 나직이 웃는 소리가 들렸다.

"아무튼 저를 도와주셨으면 좋겠고 헨리 드 비트가 어디 있는지 아시거나 아는 사람을 알려주셨으면 합니다." 하고 엘라는 말을 끝마쳤다. "그리고 저희가 지금까지 나눈 대화는 우리끼리만 알고 있고 절대로 오스카 드 비트 씨한테는 말씀하지 말아주세요."

"물론입니다." 전화기에서 곧바로 대답이 들렸고 엘라는 안도의 한숨을 내쉬었다. "그런데 한 가지 문제가 있습니다." 남자가 말했다.

"무슨 문제요?"

"저는 오스카 드 비트라는 사람을 모릅니다."

"모른다고요?"

"유감스럽지만 그렇습니다."

"그런데 왜 제 전화를 받으셨어요?" 엘라의 목소리는 자신이 듣기에도 상당히 당혹스럽게 들렸다. "아까 비서가 저에게 용건을 물었을 때 저는 오스카 드 비트 씨 일로 통화를 하고 싶다고 말씀드렸고 곧바로 전화를 받으셨잖아요."

또다시 그의 웃음소리가 들렸다. "교황 때문에 통화하고 싶다고 했어도 저는 전화를 받았을 겁니다." 그가 설명했다. "저하고 통화를 하고 싶다는 숙녀 분들을 비서실에서 뿌리치게 할 수는 없지 않습니까." '당신 비서한테 그런 얘기를 해보시지' 하고 엘라는 속으로 생각했지만 부수적인 일에 관여하고 싶지 않았다. "아무튼 저는 오스카 드 비트라는 사람을 모릅니다."

"말도 안 돼요!" 엘라가 끈질기게 물고 늘어졌다. "책을 선물하셨잖아요! 제가 지금 손에 들고 있는 책이요." 엘라는 마치 그가 볼 수 있기라도 하듯이 피체크의 스릴러를 흔들었다.

"파우스트 씨." 그의 목소리는 온화하고 부드러웠다. "저는 출판사 편집장입니다. 제가 얼마나 많은 책을 주변에 선물하는지 상상하실 수 있겠어요?"

"저는 출판사는 책을 '파는' 곳인 줄 알고 있었는데요!"

또다시 유쾌하고 온화한 웃음소리가 들렸다. "네, 물론이죠." 그는 목소리를 낮췄다. "아무한테도 누설하지 마세요. 그런데 저는 공짜로 증정본을 나눠줄 수 있어요."

"제가 들고 있는 책에는 글까지 적어주셨어요."

"그것도 늘 있는 일입니다."

"회사 재정상황은 괜찮으세요?"

"그게 무슨 말입니까?"

"아니요. 됐어요!" 엘라가 절망스럽게 말했다. "그냥 멍청한 농담이었어요."

"파우스트 씨, 저도 정말 도와드리고 싶어요. 특히나 저에게 해주신 이야기가 너무나 드라마틱해서 말이죠." 그는 빙그레 웃었다. "마치 소설에 나오는 이야기 같아요."

"안타깝지만 이건 소설이 아니에요." 엘라는 한숨을 내쉬었다. "정말 슬픈 현실이랍니다."

"그게 어떤 책입니까? 그러니까 제가 선물했다는 책 말입니다. 그리고 제가 책에 뭐라고 적어줬습니까?"

엘라는 책 제목과 작가를 알려주었고 그가 쓴 글을 읽어주었다.

"음." 그가 말했다. "피체크의 책은 제가 정말 많이 선물했어요. 피체크의 소설을 우리 출판사에서 출판할 수 있게 되어 정말 뿌듯했거든요. 너무 기분이 좋은 나머지 사람들에게 증정본을 많이 나눠줬어요."

"아쉽네요." 엘라의 절망감은 끝없이 솟구쳤다.

"여덟 살짜리 남자아이에 관한 일이라고 하셨죠? 그 아이가 사라졌다고요?"

"네." 엘라가 말했다. "헨리. 헨리 드 비트입니다."

"잠깐 기다려보세요……." 그는 생각을 하는지 잠시 말이 없었다. "제 친구 하나가 함부르크에서 어린이와 관련된 일을 하고 있어요."

"아동복 같은 거 파는 것 말이에요?"

"아니요. 사설 어린이집 비슷한 겁니다. 이름이 '꾸러기교실' 인데 부모들이 아이들을 몇 시간씩 떠……." 그는 멈칫했고 엘라는 그의 입에서 '떠넘기다'라는 말이 나올 뻔했다는 것을 짐작했다. "전문교육을 받은 교사들이 훌륭한 프로그램을 만들어서 아이들을 돌봐주고 있어요. 그리고 제 생각에…… 제 생각에…… 제 생각에……." 그는 다시 멈칫했다. "아, 이제 생각이 났어요!" 그가 말했다. "얼마 전, 그러니까 올해 초에 제가 하나의 일터를 방문한 적이 있어요. 그때 아이를 찾으러 온 흥분한 아버지지가 하나와 얘기를 나누고 있었어요. 그 아이의 어머니가 아이를 데리러 올 사람으로 아버지를 등록해놓지 않아서 하나가 무척 곤란해했거든요."

"그런데 그 남자는 왜 흥분했었나요?"

"저도 정확하게는 말씀드릴 수 없어요. 아마도 시간이 촉박해서 빨리 가야 했던 것 같아요. 어쨌든 제가 그 남자와 밖에 벤치에 앉아서 얘기를 나누는 동안 하나는 아이의 어머니와 계속 통화를 시도했어요." 그는 목소리를 가다듬었다. "대화 도중에 그 남자가 피체크의 열렬한 독자라는 사실을 알게 되었고 마침 제 자동차에 증정본을 몇

개 가지고 있어서 한 권을 가져와 글을 적어 그 남자한테
선물했어요. 그 남자의 이름이 드 비트였을 수도 있어요.
하지만 정말 확실하게는 모르겠어요."

"틀림없이 그랬을 거예요!" 엘라가 들떠서 말했다.

"하지만 그렇다고 해도 그게 무슨 도움이 될까요?"

"그러네요." 엘라는 그의 말에 수긍을 했고 목소리가
다시 확 가라앉았다. "전혀 없네요."

"좋은 방법이 있을지도 모르겠어요."

"그게 뭔데요?"

"제 여자친구 하나 막스한테 한번 전화를 해보세요. 만
약 그 아이를 그곳에 맡긴 적이 있다면 그 아이에 대한 정
보도 그곳에 남아 있을 겁니다."

"좋은 생각이에요! 연락처 좀 알려주시겠어요?"

"안 됩니다."

"뭐라고요?"

"농담입니다, 파우스트 씨. 혹시 지금 받아 적으실 수
있습니까?" 그는 꾸러기교실의 전화번호와 주소를 알려
주었고 받아 적는 엘라의 손은 몹시 떨렸다.

"감사합니다. 그리프 씨!"

"천만에요. 행운이 있기를 바랍니다! 파우스트 씨하고
드 비트 씨에게 말입니다."

두 사람은 인사를 하고 전화를 끊었고 엘라는 곧바로
꾸러기교실에 전화를 걸었다. 하지만 엘라는 통화가 연

결되기 전에 전화기를 다시 내려놓았다. 직접 찾아가는 것이 좋겠다는 생각이 들었다.

현관문을 나서자마자 휴대전화 벨이 울렸다. 엘라는 가방에 든 휴대전화를 꺼내 화면을 들여다보았다. 필립이었다. 가능한 빨리 꾸러기교실을 찾아가봐야겠다는 생각에 통화종료 버튼을 누를까 아니면 그냥 벨이 울리게 내버려둘까 잠시 고민했다. 그러나 한편으로는 어제의 만남 이후 필립이 어떤 상태인지 궁금하기도 했다. 결국 엘라는 초록색 통화 버튼을 눌렀다.

"필립." 엘라가 전화를 받았다. "잠깐만 기다려." 엘라는 다시 가방을 뒤져 이어폰을 꺼내서 휴대전화에 연결하고 귀에 꽂았다. 이렇게 하면 통화를 하면서도 출발을 할 수 있었다. "이제 말 해." 엘라가 차고 문을 열면서 말했다.

"네가 나한테 전화한다고 했었잖아."

"그래. 하지만 그렇다고 바로 다음 날 아침에 전화하겠다고 하지는 않았어." 엘라는 리모컨 열쇠로 메르세데스 벤츠 문을 열고 운전석에 앉았다.

"미안해." 필립이 말했다. "너를 짜증나게 할 생각은 없지만 나는 기다리느라 돌아버릴 뻔했어."

"이해해." 그녀는 정말 이해할 수 있었다. 아무것도 모른 채 진공의 공간에 머물러 있는 일은 엘라에게도 견디기 힘든 일이었다. 그런 것을 잘 견딜 수 있는 사람이 과연 있기나 할까? "그런데 나는 네가 뭘 기다렸다는 건지 정확히 모르겠어."

"우리 조용히 다시 한 번 얘기해보기로 했잖아."

"지금은 그럴 수 있는 시점이 아닌 것 같아." 엘라는 이 말과 함께 시동을 걸고 자갈길을 향해 차를 몰았다.

"너 지금 어디야?"

"오스카 집에." 엘라가 이렇게 말하자 수화기에서 불만스러운 웅얼거림이 들리는 듯했다. 하지만 어쩌면 그냥 자동차 엔진소리였을 수도 있었다.

"어제 우리가 우연히 만난 이후에 내 마음이 상당히 혼란스러운 건 사실이야."

"자전거는 찾았어?"

"뭐라고?"

"그것 때문에 거기 갔었잖아." 그녀가 말했다. "네 자전거를 찾으려고 말이야."

"그 빌어먹을 자전거 얘기는 집어치워."

"미안해. 난 그냥 궁금해서 물어봤을 뿐이야."

"그래." 그가 말했다. "찾았어. 그리고 곧바로 쓰레기장에 갖다 버렸어."

"상태가 그 정도로 심각했어?"

"상관없어! 그깟 자전거는 나한테 중요하지 않아. 하지만 너는 나한테 중요하다고."

"대체 언제부터?"

"항상 그랬어!" 그가 소리쳤다. "근데 무슨 질문이 그 래?"

"난 정당한 질문이라고 생각해."

그는 잠시 아무 말이 없다가 나직한 목소리로 말했다. "엘라, 난 어제부터 아주 많은 생각을 했어."

"어제부터라고? 제법인걸!"

"제발 내 말을 좀 들어봐!" 그의 목소리가 놀랄 정도로 날카롭게 들렸다. "그 드 비트라는 사람말이야…… 어쩐지 마음에 안 들어. 왜 그런지 정확히 말할 수는 없지만 아무튼 그래."

엘라는 웃음이 터져 나오려는 것을 참으려고 핸들을 잡고 있던 한 손으로 주먹을 쥐고 입을 틀어막았다. "필립." 엘라는 가능한 차분히 말했다. "나는 그 C라는 여자가 어쩐지 마음에 안 들어. 하지만 너하고는 달리 나는 그 이유를 아주 정확하게 말해줄 수 있어. 아마도 내 약혼자하고 잤기 때문일 거야. 그리고 내가 순진무구하게 들떠서 결혼준비를 하는 동안 그 여자가 내 약혼자와 내가 결혼하는 것을 말려서 그럴 거야." 엘라는 멍하니 고개를 끄덕였다. "그래." 엘라가 덧붙였다. "바로 그런 점들이 그 여자가 내 마음에 들지 않는 이유야."

"그 여자하고는 끝났어."

엘라는 깜짝 놀라 핸들을 틀어버릴 뻔했고 간신히 덜컹거리는 차를 다시 제대로 몰 수 있었다. "뭐 어쨌다고?"

엘라는 심장이 한동안 멎는 느낌이었다.

"이제 다 끝난 일이야." 그가 다시 말했다. "그건 옳은 일이 아니었어."

"나는 두 사람이 끝내고 말고 할 사이라고 생각하지도 않았어. 넌 그 여자하고 아무 사이도 아니라고 했었잖아!"

침묵.

"필립?"

"엘라, 지금 다른 곳에서 전화가 왔어." 그가 황급히 말했다. "내가 금방 다시 전화할게."

"그럴 필요 없어!" 엘라가 전화기에 대고 소리쳤다. 하지만 그는 이미 전화를 끊어버렸다.

엘라는 운전을 하면서 다른 사람들이나 오스카의 메르세데스 벤츠 자동차를 위험에 빠트리지 않기 위해 고도로 집중을 해야 했다. 엘라는 어지러웠고 손이 얼음장처럼 차가웠으며 조금 전까지만 해도 안 뛰는 것 같던 심장이 이제는 미친 듯이 뛰기 시작했다. 그러니까 필립은 그 여자하고 끝냈다. '끝냈다?' 그것은 무슨 의미일까? 그 C라는 여자하고 잔 것이 그냥 실수가 아니라면 이미 몇 달 전부터 양다리를 걸치고 있었다는 것일까? 필립이 그럴 사람이 아니라 엘라는 도무지 믿기지 않았다. 하지만 다른한편으로 생각해보면 뭔가 이상한 점들이 있었다. 엘라는 너무 혼란스러웠고 어떻게 생각을 해야 할지 무엇을 믿어야 할지 알 수 없었다. 필립이 입 밖으로 내뱉지 않은 일은 훨씬 더 심각한 것일까? 그렇다면 필립은 무엇 때문에 그런 이중생활을 했던 것일까? 그리고 엘라는 전혀 눈치 채지 못하고 있었다? 얼마나 뻔뻔하고 철면낯짝이 두꺼워야만 그런 게 가능할까?

이런 일에 있어서는 자신도 아주 무결하다고 말할 수는 없다는 생각이 아주 잠깐 스쳐 지나갔다. 오스카한테도 그리고 필립한테도……. 하지만 그런 생각들을 이내 쫓아버렸다. 필립이 한 짓과는 비교도 할 수 없는 사안이었다.

또다시 휴대전화가 울렸고 엘라는 망설임 없이 통화 버튼을 누르고 이제 담판을 짓기로 결심했다.

"그러니까 이제 그 여자하고 끝냈단 말이지?" 엘라가 다짜고짜 소리쳤다. "그런데 왜 나한테는 둘이 아무 사이가 아니라고 거짓말했어?"

필립은 아무 말 없었고 그녀의 말에 말문이 막혀버린 듯했다. 또는 필립이 아니거나.

"내가 누구하고 끝냈다는 거야?" 코라였다. 엘라는 코라의 목소리를 바로 알아차렸다. "미안한데 난 네가 무슨 소리를 하는지 도무지 모르겠어."

"아, 너구나."

"내 전화를 이렇게 실망하면서 받는 사람은 또 정말 오랜만이네."

"미안해. 난 필립이 금방 다시 전화를 한다고 해서 필립인 줄 알았어."

"둘이 다시 대화를 하는구나."

"싸운다는 표현이 더 적절할 거야." 엘라가 말했다.

"아직도 심각한 모양이네." 코라는 은근히 기뻐하는 기색을 감추지 않았다.

"너무 좋아할 것 없어." 엘라가 말했다.

"내가 왜 좋아할 거라 생각해?"

"그렇지 않아?"

"맞아, 좋아."

"그것 봐." 엘라는 히죽 웃었다.

"그나저나 오늘 저녁에 뭐 할 건지 물어보려고 전화했어." 코라가 화제를 돌렸다.

"아직 모르겠어. 어쩌면 야구배트를 사서 필립을 찾아갈지도 모르겠어."

"나한테 더 좋은 생각이 있어."

"그게 뭔데?"

"내가 다 리카르도에 예약을 했는데 혹시 7시에 나하고 같이 저녁식사를 할 생각이 있는지 너한테 물어보려고 했어. 우리 만나서 제대로 회포를 풀자. 어때?"

"코라, 난 잘……." 다 리카르도는 코라와 엘라가 수년간 함께 갔던 가장 좋아하는 이탈리아 레스토랑이었다. 자주 가기에는 가격이 부담스러운 곳이라 축하할 일이 있을 때 가끔 가곤 했었다. '착한 요정' 오픈을 자축하기 위해 갔던 것이 마지막이었다.

"그러자!" 코라가 재촉했다. "우리의 옛 우정을 생각해 봐. 그리고 식사는 내가 쏠게."

"네가 쏜다고?"

"그래."

"좋아. 그럼 7시에 거기서 만나자."

통화를 마치자 엘라의 혼란스러운 마음이 신기하게도 가라앉았다. 필립이 거짓말을 하는 나쁜 놈일지는 몰라도 덕분에 예기치 않게 오랜 친구와 다시 연락이 닿아 화해를 할 수 있게 된 것은 사실이었다. 엘라는 세 번 연속 눈을 깜빡거렸다. 이번에는 감사의 표현이었다.

엘라는 알젠 거리에 진입해서 가속페달을 밟았다. 내비게이션의 안내에 따르면 10분 내에 에펜도르프 거리에 있는 어린이용 시설에 도착할 예정이었다. 그곳에서 어떤 사실들을 알게 될지 기대감이 차 올랐다. 그녀의 직감은 오스카 드 비트와 관련된 수수께끼의 중요한 퍼즐조각을 찾기 직전이라고 말해주고 있었다. 운이 좋으면 이제 그 퍼즐조각으로 퍼즐을 맞출 수 있다.

23

약 30분 후, 엘라는 빨간 곱슬머리가 매력적인 한나 막스와 마주 앉았고 오스카, 프랑신 그리고 헨리에 대한 얘기를 꺼냈다. 그녀는 요나단 그리프와는 전혀 다른 반응을 보였고 충격을 받은 모습이었다.

엘라는 함부르크 중심부에 자리 잡은 잘 꾸며놓은 어린이 클럽인 '꾸러기교실'을 쉽게 찾았다. 그리고 들어가자마자 소음 때문에 깜짝 놀랐다. 웃고 소리를 지르는 아이들이 커다란 놀이방에서 큰 음악소리에 맞춰서 베개싸움을 하고 있었는데 성인 여자 두 명도 같이 끼어 있었다. 한나는 엘라가 잠시 얘기를 했으면 한다는 말에 그녀를 작은 주방 쪽으로 안내했다. 엘라는 이미 요나단 그리프에게 했던 얘기들을 다시 설명했다.

"말도 안 돼요!" 한나 막스는 엘라가 모든 얘기를 마치자마자 놀라움을 감추지 못했다. "프랑신 드 비트 씨가 사망했다고요? 정말 믿기지 않는 얘기네요."

"유감스럽지만 사실이에요." 엘라가 말했다.

"어떻게요? 언제요?" 한나는 백짓장처럼 창백해졌다.

"반 년 전에요. 어떻게 된 일인지는 저도 몰라요."

"정말 안타깝네요." 한나는 손등으로 코를 훔쳤다. "그리고 불쌍한 헨리."

"그러니까 그 아이를 맡아준 적이 있으시군요?"

"네. 자주는 아니에요. 그러기에는 사실 헨리의 나이가 많았어요. 저희는 여섯 살까지 아이들을 맡아주거든요. 그런데 그 아이 어머니가 너무 괴롭고 힘들어 보여서 아이를 돌봐주지 않을 수 없었어요."

"괴롭고 힘들어 보였다고요?"

한나 막스는 고개를 끄덕였다. "네. 드 비트 씨는 1년 전쯤 헨리를 데리고 처음 우리를 찾아왔어요. 중요한 프로젝트를 맡고 있는데 상당한 스트레스를 받고 있다고 했었어요. 그렇기 때문에 학교가 끝나고 특히 오후 그리고 저녁시간 그리고 가끔은 주말에도 아이를 맡길 수 있는 곳이 필요하다고 했어요. 집에서 일을 해야 하기 때문에 집으로 아이를 돌볼 사람을 부르는 건 불가능하다고 했어요." 그녀는 어깨를 으쓱했다. "그래서 아까 말씀드렸듯이 너무 힘들어 보이기도 했고 마침 빈자리도 있어서 예외적으로 헨리를 받아줬어요."

"그게 어떤 프로젝트였나요?"

"모르겠어요. 굳이 물어보지는 않았거든요. 제가 상관할 일은 아니니까요."

"헨리의 아버지는 어땠나요?"

한나는 이맛살을 찌푸렸다. "돌이켜서 생각해보면 조금 이상하기는 했어요. 그러니까 그분은 좀 이상했어요."

"이상했다고요?" 엘라도 마찬가지로 오스카 드 비트가 원래 이상한 사람이라고 생각하면서 재차 물었다. 가끔 그랬다. 푸른 수염의 기사 등.

"저는 그분을 한 번밖에 뵙지 못했는데 상황이 조금 이상했어요."

"어떻게 말이에요?"

"그러니까……." 한나는 말을 하다 말고 미안한 눈빛으로 엘라를 쳐다보았다. "이렇게 다 말씀드려도 되는지 잘 모르겠어요."

"저만 알고 있을게요." 엘라가 말했다.

한나는 고개를 저었다. "그게 아닙니다, 파우스트 씨. 저희한테 아이를 믿고 맡겨주시는 부모님들에 대해 함부로 말씀드릴 수가 없어요."

"부탁드립니다." 엘라는 한나의 손을 잡고 매달리고 싶은 심정이었지만 그러지는 않았다. "저는 단지 헨리가 어디 있는지 찾고 싶고 무슨 일이 있었는지 알고 싶어요! 어쩌면 제가 도움을 줄 수 있으니까요."

한나 막스는 여전히 망설였다. 그러더니 결국 결심을 한 듯 보였다. "알겠습니다. 하지만 정말 이상한 사안이고 저도 헨리가 어디에 있는지, 잘 지내고 있는지 궁금해서 특별히 말씀드리는 겁니다." 한나는 머릿속으로 생각을 정리하는지 잠시 뜸을 들였다. "그러니까, 벌써 한참 지난 일이지만 제 기억이 맞다면 헨리의 어머니는 아이를 이곳에 직접 데리고 오고 데리고 갔어요. 아버지에 대한 언급은 한 번도 한 적이 없어서 저는 아이를 혼자 키우시는 것으로 생각했어요. 저희는 아이의 양육부담을 배우자와 나눌 수 없는 싱글맘들에게 특히 인기가 많거든요. 잠깐 혼자만의 시간을 가지려는 분들에게도 반응이 좋고요."

"네." 엘라가 말했다. "충분히 그럴 수 있겠어요."

"그런데 어느 날 갑자기 예고도 없이 드 비트 씨가 나타나서 아들을 데리러 왔다고 했을 때 정말이지 너무 놀라고 의아했어요. 아이의 어머니가 좀 전에 아이를 맡기고 가면서 몇 시간 후에 데리러 오겠다고 했었거든요. 그래서 얼마 지나지 않아 아이 아버지가 오신 게 정말 이상하다고 생각했죠."

"그래서 어떻게 됐나요?"

"제가 우선은 헨리의 어머니와 통화를 해서 확인을 해봐야 한다고 말씀드렸어요. 저희한테 아버지가 아이를 데리러 올 거라고 사전고지를 해주지 않은 상황이라 확실하게 해야 했거든요. 아시다시피 아이의 양육권을 두고 또는 다른 일 때문에 다툼을 벌이는 부모들이 있어요. 그렇기 때문에 무턱대고 찾아와 아이의 아버지라고 주장해도 아이를 그냥 보내줄 수는 없어요."

"당연히 그래야죠." 엘라는 아이를 사이에 두고 다투는 부부의 모습이 떠올라 속이 불편했다. 아이를 볼모로 다툼을 벌이는 어른들이 정말정말…… 그랬다.

"다행히 마침 제 남자친구가 찾아왔어요. 조금 전에 통화하셨던 요나단이요. 헨리의 어머니와 연락이 닿을 때까지는 요나단이 밖에서 드 비트 씨와 얘기를 나누며 기다렸어요."

"그래서 통화를 하셨나요?"

"네, 제가 전화를 해서 상황을 말씀드렸어요."

"그분 반응이 어땠나요?"

"그게 말이죠." 한나 막스는 손바닥으로 허벅지를 쳤다. "제가 느끼기에는, 남편이 우리 키즈클럽에 찾아온 것이 무척 의외라는 식의 반응이었어요. 저한테 남편이 온 게 확실한지 두 번이나 물었거든요. 그래서 저는 신분증을 확인했기 때문에 확실하다고 말씀드렸어요. 그리고 헨리도 아버지를 보고 무척 반가워했고요."

"그런데 왜 의외라고 생각했을까요?"

"그건 저도 몰라요. 저는 그냥 두 분 사이에 무슨 착오나 오해가 있나 보다 하고 생각했어요. 가끔 그 반대 일도 일어나니까요."

"그 반대 일이라니요?"

"부모 두 분 모두 나타나지 않는 경우요. 어머니는 아버지가 아이를 데리러 갈 것이라 생각하고 아버지는 어머니가 데리러 간다고 생각하는 거죠. 그러다가 아무도 아이를 데리러 오지 않는 일이 가끔 생기거든요."

"그러니까 선생님께서는 드 비트 씨 부부가 아이 픽업에 대해 이야기를 나누는 과정에서 뭔가 착오가 생겨 아버지가 헨리를 데리러 오기로 약속이 되어 있지 않았거나 너무 일찍 오셨다고 생각하셨다는 거죠?"

"있잖아요, 파우스트 씨." 한나는 또다시 손바닥으로 허벅지를 쳤다. "솔직하게 말씀드리면 저는 별로 대수롭게 생각하지 않았어요. 헨리의 어머니께서 아버지가 아이를 데리고 가도 좋다고 말씀하신 후에는 저한테는 끝난 일이었거든요. 그런데 파우스트 씨께서 저한테 하신 말씀을 쭉 듣고 나서야 조금 이상했다는 생각이 든 거예요." 한나는 고개를 갸웃거렸다. "특히 드 비트 씨가 계산을 하시면서 헨리가 더는 이곳에 올 일이 없다는 식으로 말씀하신 게 좀 이상해요."

"정확히 뭐라고 말했는데요?"

"저한테 고맙다고 인사를 하고는 앞으로 우리의 서비스를 더 이상 이용할 일이 없을 거라 했어요." 한나는 어색한 미소를 지었다. "아무튼 그런 비슷한 말을 했어요. 아주 정중했지만 딱딱했어요. '서비스를 더 이상 이용할 일이 없을 겁니다.'" 그녀는 히죽 웃었다. "사실 저는 요나단 때문에 이런 딱딱한 말투를 익히 잘 알고 있어요. 좋은 집안 출신의 전형적인 한자도시 말투거든요." 그녀가 웃었다. "특히 나이가 좀 있으신 분들이 그러죠."

이제 엘라도 웃었다. "제 남자친구도 그래요. 그건 나이와 상관없이 조기 노화와 관련된 것 같아요." 두 사람은 서로를 바라보며 웃었고 엘라는 문득 지금 하고 있는 일에 새로운 '공범자'를 찾은 것 같은 느낌을 받았다.

그리고 그녀의 짐작은 맞았다. 한나 막스는 갑자기 손바닥으로 이마를 치더니 앉아 있던 의자에서 벌떡 일어났다. "좋은 생각이 있어요!" 한나는 갑자기 주방 밖으로 뛰어나갔다. 그러더니 잠시 후 흰색 서류파일을 들고 와 앉으면서 펼쳤다. "여기 모든 아이들의 등록서류가 들어 있어요."

"그럼 여기에서 헨리 드 비트의 자료를 찾아보면 되겠네요?"

"그렇죠." 한나 막스는 열심히 서류를 넘겼다. 그러더니 멈칫하고 활짝 미소를 지었다. "여기 있네요." 그녀는 무릎 위에 펼쳐놓았던 서류파일을 엘라가 볼 수 있도록 돌려주었다. "빙고! 여기 비상연락처가 있어요."

엘라는 직접 손으로 쓴 서류에서 '비상연락처'가 적힌 부분을 보았다. 거기에는 오스카 드 비트의 이름이 적혀 있지 않았다. 올리비에와 카트린 뒤부아라는 이름이 적혀 있었다. "프랑신 드 비트의 형제일까요?" 엘라가 추측해보았다. "결혼 전 성이 뒤부아였거든요."

"그럴 수 있겠네요. 아니면 그분의 부모님일 수도 있고요."

"여기에서 멀지 않은 곳이네요." 엘라는 휴대전화 번호 옆에 라인파드라고 적혀 있는 주소를 가리키며 말했다. 그곳은 빈터후데 경계를 따라 펼쳐진 아름다운 거리였다. 아주 인상적인 저택들이 모여 있는 곳이니 오스카와 마찬가지로 뒤부아 가족도 상당히 부유한 것이 분명했다.

"어쨌든." 한나 막스는 다시 파일을 들고 세게 닫았다. "헨리 드 비트를 찾으려면 거기서부터 시작해보시는 것이 좋겠다는 생각이 듭니다." 한나는 몸을 조금 앞으로 숙여 은밀하게 목소리를 낮췄다. "하지만 비상연락처를 저한테 받은 것은 비밀입니다. 아시겠죠?"

"물론입니다." 엘라는 그녀의 '공범자'에게 미소를 지어 보였다. "저는 선생님이 누군지도 모릅니다."

"그럼 됐어요."

두 사람은 자리에서 일어났고 한나 막스는 오른손을 내밀었다. 엘라는 악수 대신에 한 발짝 다가가 한나를 꼭 안았다. "정말 고맙습니다!" 엘라는 한나를 꼭 껴안은 채 말했다.

"천만에요." 한나도 엘라를 꼭 안아주었다. "혹시 아이를 찾게 되면 저한테도 꼭 알려주세요." 한나는 포옹을 풀고 생각에 잠겨 말했다. "우리가 돌봤던 아이들 한 명한 명이 정말 소중하거든요."

"그런 것 같네요." 엘라는 놀이방에서 선생님을 묶어놓고 인디언 소리를 흉내 내면서 춤을 추고 신나게 노는 아이들을 바라보았다. "정말 아이들을 사랑하시는 것이 보여요."

올리비에 뒤부아는 프랑신 드 비트의 아버지였다. 엘라가 초인종을 누르자마자 그가 문을 열어주었고 얼굴을 보자마자 엘라는 부녀가 참 많이 닮았다는 생각을 했다. 적어도 오스카의 지갑 속에 들어 있던 사진상으론 그랬다. 알스터 호수 주변에 위치한 그 집은 정말로 아름다웠고 잘 관리된 정원이 딸려 있었으며 카누까지 놓여 있었다. 올리비에 뒤부아의 머리카락은 더 이상 금발이 아니라 회색이었지만 반짝이는 파란색 눈동자와 갸름한 얼굴형은 딸과 아주 흡사했다. 그리고 객관적으로 봤을 때 상당히 매력적이었다. 유명 영화배우와 비슷한 분위기를 풍겼고 나이는 70대 초반 정도 되어 보였다.

엘라는 그를 보자마자 순간 말문이 막혔다. 엘라가 좋아하는 타입이 아니었음에도 불구하고 그랬다. 엘라는 '이상한 나라의 엘리스'처럼 토끼 굴 아래로 내려가서 비밀의 문으로 들어가 이상한 나라 속으로가 아니라 마치 드라마 〈부자&아름다운〉 속으로 들어간 것 같았다. 오스카의 집도 그렇고 이 집고 그렇고 그녀가 지금까지 필립과 함께 살던 집과는 차원이 달랐다. 이곳에 사는 사람들은 그냥 부유한 정도가 아니라 그야말로 엄청난 부자였다.

하지만 엘라는 마음속으로 '부자'라는 말은 금방 지워 버렸다. 상위 몇 퍼센트 안에 드는 집이면 뭐하나. 그녀를 쳐다보는 올리비에 뒤부아의 눈빛만으로도 그가 불행한 남자라는 것을 알아차릴 수 있을 정도였으니 말이다. 지금껏 이렇게 깊은 슬픔이 드리워진 얼굴은 한 번도 본 적이 없었다.

"무슨 일이십니까?" 그는 문을 조금 더 열며 물었다.

엘라는 경직된 몸을 풀었다. "쉬는데 방해해서 죄송합니다." 엘라는 점잖게 운을 떼면서 반사적으로 땋은 머리카락을 매만졌다. 오늘 아침에 편의상 그냥 포카혼타스 머리를 하고 온 것이 후회스러웠다. 지금 이 순간 뒤부아 씨에게 조금 더 '어른스러운' 인상을 주고 싶었기 때문이었다. 하지만 땋은 머리를 이제 와서 풀 수도 없는 노릇이라 그냥 씩씩하게 계속 말을 이었다. "잠깐만 얘기할 시간이 있으신가요?"

"어떤 얘기 말입니까?"

"제가 잠깐 들어가도 될까요? 여기 문지방에 서서 할 수 있는 얘기가 아니라서요."

"안 됩니다." 남자는 친절하지만 단호하게 말했다. "그러실 수 없어요." 프랑스 특유의 억양은 없었다. 오히려 북부 독일 특유의 말투였다.

"부탁입니다. 뒤부아 씨. 중요한 일입니다."

"우리 둘 중 누구한테 중요한 일이란 말입니까?"

"음……." 이 남자는 정말 여우였다.

"올리비에?" 집 안에서 여자의 목소리가 들렸다. "누가 오셨어요?" 잠시 뒤 그의 뒤로 어떤 여자가 나타났다. 아니, 우아한 부인이었다. 올리비에와 비슷한 연배에 검은색 옷차림이었다. 우아하고 아주 연약해 보였는데 금발 머리는 위로 틀어올렸고 화장기 없고 아무런 장신구를 하지 않았음에도 눈에 띄는 미인이었다. 그녀의 얼굴에도 남편과 똑같은 슬픔이 깃들어 있었다. 그녀는 남편 옆에 서서 그의 손을 잡았다. "누구세요?" 그녀가 궁금해하며 물었다.

"저는 에밀리아 파우스트라고 합니다." 엘라가 다시 말했다. "남편 분께 잠깐 저와 얘기할 시간이 있는지 여쭤봤습니다."

"저희는 필요한 물건 없어요." 여자는 이렇게 말하며 남편의 소매를 잡아당겼다.

"저는 무엇을 팔려고 온 것이 아니에요. 정말입니다." 엘라가 다급하게 말했다. "사람을 찾고 있어요."

"그래요?" 올리비에 뒤부아가 물었다. "누굴 찾는데요?"

"헨리 드 비트요." 엘라는 빙빙 돌려 말해봤자 어차피 소용이 없다는 생각이 들었다. 프랑신의 부모님과 얘기를 하려면 앞으로 돌진할 수밖에 없었다.

두 사람은 서로 잠깐 놀란 눈빛을 주고받더니 올리비에

뒤부아가 다시 엘라를 쳐다보았다. 이제 그의 표정에서 슬픔은 사라졌고 노골적인 방어태세를 보였다. "우리 손자한테 원하는 게 뭡니까?"

"그 아이를 그냥 찾고 있을 뿐입니다."

"그건 왜죠?"

"말하자면 길어요."

"그래도 말씀해주세요." 카트린 뒤부아의 목소리가 갑자기 끼어들었다. "우리는 시간이 많아요."

"하지만 여기 밖에서 이러는 것보다는 안에 잠깐 들어가서……." 엘라는 말을 하다 말고 고개를 저었다. 두 사람이 그녀를 쳐다보는 눈빛을 보니 그녀를 집 안으로 들일 생각은 전혀 없어 보였다. "전 두 분의 사위를 위해 일하고 있습니다." 엘라는 다시 무기를 꺼내들었다.

"그럴 줄 알았어요." 올리비에 뒤부아가 언짢은 목소리로 말했다. "그 사람이 보내서 왔군요. 갑자기 무슨 일로 그런답니까?"

"그분께서는 저를 보내지도 않았고 원하는 것도 없습니다." 엘라가 사실대로 말했다.

카트린 뒤부아는 못마땅하게 웃었다. "그걸 누가 믿어요! 당연히 그가 보냈겠죠! 오스카한테 가서……."

"아닙니다." 엘라가 말을 끊었다. "정말 아니에요! 그분은 제가 여기 찾아온 것도 모르고 있어요." 그리고 조용히 중얼거렸다. "솔직히 말씀드리면 그분은 지금 아는 게 전혀 없어요." 그리고 다시 목소리를 조금 높였다.
"사위 분께서 사고가 나서 기억을 상실했고 지금은 자신
이 누구인지조차 기억하지 못하고 있어요." 엘라는 두 사
람을 불안하게 쳐다보며 이 소식이 그들의 마음을 열어
주기를 바랐다.

실패였다. 물론 열린 것이 있었다! 이 충격적인 소식에
대한 걱정 어린 관심이나 동정심이나 화해하고자 하는 마
음은 아니었다. 바로 '기쁨'이었다. 엘라는 자신의 눈을
믿을 수 없었지만 그녀의 마지막 말을 듣자마자 두 사람
의 입꼬리가 슬며시 위로 올라갔다.

"그래요?" 올리비에 뒤부아가 물었다. "정말입니까?
오스카가 사고가 나서 아무것도 기억하지 못한다고요?"
그의 미소는 더욱 환해졌다. "안타깝군요." 그는 부인을
향해 몸을 돌렸다. "여보, 정말 안타깝지 않소?"

뒤부아 부인은 남편만큼 그렇게 격앙되지는 않았다.
처음에 그 얘기를 듣고 좋아하는 기색이 역력했지만 이제
는 조금 걱정을 내비쳤다. "무슨 일이 있었던 겁니까?"
그녀의 목소리에는 약간의 염려가 깃들어 있었다.

"그건 중요하지 않아요." 조금 전에 한 방을 먹었으니
아무리 뒤부아 부인이 걱정하는 기색을 보였다 해도 오스
카의 장인 장모에게 더 자세한 얘기를 하고 싶지는 않았
다. 엘라는 내심 오스카의 기억상실증 얘기를 꺼낸 것 자
체를 후회했지만 이제 와서 다시 주워 담을 수도 없었다.

그래도 엘라가 떠나자마자 뒤부아 부부가 사위에게 전화를 걸어 엘라가 다녀갔다는 얘기를 할 일은 없다는 게 그나마 위안이 되었다. 뒤부아 부부와 사위 사이가 빙하기임에 틀림없었다. "제가 찾아온 이유는 하나입니다." 엘라는 스스로 용감하다고 생각하며 이렇게 말했다. "헨리 드 비트의 행방을 알아보려고요. 오스카 드 비트 씨는 아들이 어디에 있는지 알 권리가 있다고 생각합니다."

올리비에 뒤부아는 여전히 미소를 지었다. "그건 사위도 알고 있어요. 성함이……."

"파우스트입니다." 엘라가 다시 알려주었다.

"그건 사위도 알고 있어요, 파우스트 씨."

"모르고 있다니까요." 엘라가 반박했다. 그리고 곧장 혀를 깨물어버리고 싶었다.

"우리 사위가 정말 모든 기억을 잃었다는 말입니까? 아들이 있다는 사실조차 모릅니까?" 올리비에 뒤부아가 즉각 물었다.

"그건 아니고요." 엘라는 조금 전에 오스카가 모든 기억을 상실했다고 했던 말과 모순된다는 것을 알면서도 이렇게 말했다. 다행히 두 사람은 눈치 채지 못한 듯했다. "오스카 씨는 아들이 어디에 있는지 모르고 있을 뿐입니다. 아들이 있다는 사실은 당연히 알고 있습니다."

"그렇다면 아주 잘된 일이네요." 어느덧 걱정하는 기색이 사라진 카트린 뒤부아가 말했다. "예전에는 아들이 있다는 사실조차 몰랐으니까요."

"음……." 엘라는 어리둥절해서 뭐라고 말을 해야 할지 당황스러웠다. "그럴 리가 없을 텐데요." 엘라가 작게 중얼거렸다.

"그렇다니까요, 파우스트 씨." 올리비에 뒤부아는 부인의 말에 동조했다. "아니면 이렇게 말하는 게 좋겠군요. 사위가 헨리의 존재에 대해 알고 있을 수는 있어도 아이에게 특별히 관심을 보인 적은 없습니다. 그럼 저희는 이만 실례하겠습니다." 그가 부인에게 고갯짓을 했고 두 사람은 등을 돌려 안으로 들어가려 했다.

"잠깐 기다려보세요!"

"우리는 더 이상 할 얘기가 없어요." 뒤부아 씨는 뒤도 돌아보지 않고 말했다.

"하지만 정말 끔찍한 일이잖아요!" 엘라가 당혹스러워하며 소리쳤다.

그는 다시 엘라를 향해 고개를 돌렸다. "우리한테 끔찍한 일이라고 말하지 말아요!" 그의 화난 목소리에 엘라는 놀라서 움찔했다.

"부탁입니다." 그래도 엘라는 굴하지 않고 떨리는 목소리로 매달렸다. "아이가 어디에 있는지 그리고 잘 지내고 있는지 알려주세요."

"어쨌든 여기는 없어요." 그가 말했다. "정 궁금하다면 말해드리죠. 우리 손자는 아주 잘 지내고 있어요." 그는 부인을 거의 끌다시피 하며 집 안으로 들어갔다. 대문이 큰소리를 내며 닫히기 전에 엘라는 카트린 뒤부아가 훌쩍거리는 소리를 들었다.

엘라는 한동안 비 맞은 강아지처럼 문 앞에 서 있었다. 그리고 어깨를 축 늘어트리고 다시 오스카의 차를 향해 터덜터덜 걸어갔다. 정말 대단한 성공을 거두었다! 엘라는 차에 올라타 안전벨트를 맸다. 하지만 시동을 켜고 출발할 수가 없었고 그냥 가만히 앉아서 마음의 동요가 가라앉기를 바랐다. 대체 무슨 일일까? 대체 무슨 일이 있었던 것일까? 뒤부아 부부는 왜 오스카를 그토록 거부하는 것일까? 그들은 오스카가 헨리를 돌보지 않았다고 원망하는 것 같았다. 하지만 그렇다고 해서 그것이 사위를 그토록 저주할 만한 일인가? 틀림없이 그렇지는 않을 것이다! 그리고 엘라는 오스카가 아들한테 관심이 없었다는 말도 믿을 수가 없었다. 만약 헨리한테 관심이 없었다면 헨리를 상기시키는 모든 것을 치워버리고 방문을 잠가버리는 일은 없지 않았을까? 과연 이것이 일반적인 일일까? 보통은 그냥 신경을 끄지 않을까? 그냥 있는 그대로 방을 내버려두고 자기 연민에 빠지지 않을까? 그리고 특히나 란둥스브뤼켄까지 가서 신발을 벗고 그 다음에…… 간단히 말해서 이 세상의 그 무엇보다 아이가 중요하지 않다면 사람이 그렇게 무너져버릴 수 있을까?

'너는 왜 나를 떠났어, 너는 왜 나를 떠났어?'

엘라는 이 한탄의 편지가 프랑신과 관련된 것은 아니라고 확신했다. 적어도 그녀에게만 해당되는 것은 아니었다. 잃어버린 아들도 관련되어 있다는 확신이 들었다. 헨리를 빼앗긴 오스카. 그의 장인 장모가 이와 관련되어 있다는 것은 의심의 여지가 없었다. 그들이 내비치던 적대감 그리고 올리비에 뒤부아가 오스카의 사고와 기억상실증에 관한 얘기를 들었을 때 드러낸 노골적인 경멸. 그리고 그 부부는 헨리가 어디에 있는지 알면서 알려주려고 하지 않았다. 아버지가 아이를 만나는 것을 원천적으로 차단하려고 했다.

엘라는 그런 생각만으로도 화가 나서 몸이 부들부들 떨렸다. 어떻게 그럴 수 있을까? 어떻게 사람한테 그럴 수 있을까? 아무리 오스카가 '올해 최고의 아버지' 타이틀을 얻지 못했다고 해도 누군가 아이를 못 만나게 할 권리는 없었다. 실제로 많은 남자들이 여자들보다 육아에 어쩔 수 없이 소홀한 것은 사실이었다.

그리고 꾸러기교실에서는 무슨 일이 있었던 것일까? 프랑신 드 비트는 왜 비상연락처에 남편의 전화번호를 남기지 않았으며 그의 존재를 언급조차 하지 않고 대신 그녀의 부모님의 전화번호와 주소를 등록서류에 남긴 것일까? 프랑신과 오스카는 그때 이미 헤어져서 이혼과 양육권을 두고 진흙탕 싸움을 벌이고 있었던 것일까? 그래서 프랑신의 부모님은 사위를 그토록 못마땅해하는 것일까?

하지만 그렇다면 한나 막스가 엘라에게 했던 얘기하고는 전혀 맞아떨어지지 않았다. 한나가 프랑신에게 전화를 했을 때 의외라는 반응을 보이기는 했지만 오스카가 아들을 데리고 가는 데 동의했다고 하지 않았는가.

프랑신은 어떻게 죽었을까? 어떻게 그리고 왜 죽었을까? 지난 몇 달간 오스카의 인생에 대체 무슨 일들이 있었던 것일까?

엘라의 머릿속은 뒤죽박죽 뒤엉켜 혼란스러웠고 머리에 쥐가 나는 것 같았다. 여러 퍼즐조각들을 하나로 맞춰보려고 해도 도무지 맞춰지지가 않았다. 오히려 이 상황에 빠져들면 들수록 진퇴양난에 빠졌다. 정말 절망스러웠다. 질문에 질문이 쌓이는데 그중에서 대답할 수 있는 질문이 단 하나도 없었다. 적어도 오스카의 도움 없이는.

그리고 지금 엘라가 알고 있는 모든 것을 오스카에게 그대로 털어놓고 그가 그녀를 당장 내쫓지 않는다고 해도(그럴 리는 만무하겠지만) 그리고 그녀가 한 일들이 그를 위한 일이었다 해도 그게 헨리와 오스카 두 사람에게 무슨 소용이 있겠는가? 아무런 소용이 없을 것이다. 그는 모든 기억을 잃었기 때문에 과거의 일들에 대해 아무런 말도 해주지 못할 것이다. 그녀가 모든 걸 고백한다고 해도 지금 이 상황에 도움이 될 것은 전혀 없으며 그녀에 대한 오스카의 신뢰에 금만 갈 뿐이다.

엘라는 지쳐서 핸들에 머리를 박았다가 깜짝 놀라 다시 고개를 들었다. 머리를 박을 때 실수로 경적을 눌러 경적 소리가 쩌렁쩌렁 울렸기 때문이다. 엘라는 숨을 죽이고 뒤부아 부부의 집을 바라보았다. 언제든 문이 벌컥 열리고 뒤부아 씨가 고래고래 소리를 지르며 공중에 주먹을 휘두를 것만 같았다. 하지만 아무 일도 일어나지 않자 엘라는 안도의 한숨을 내쉬며 눈을 감고 얼굴을 또다시—이번에는 아주아주 조심스럽게— 핸들에 올려놓았다.

엘라는 한동안 그렇게 앉아서 모든 생각들을 곱씹어보았다. 오스카는 아직 슈페히트 박사와 상담중일까? 혹시 박사가 바로 지금 이 순간 그의 기억력이 획기적으로 돌아오게 하는 데 성공하지 않았을까? 엘라는 그러기를 바라면서도 동시에 두렵기도 했다. 박사에게 전화를 걸거나 직접 찾아가서 그녀가 알고 있는 사실들을 털어놓으면 그녀에게 도움이 될 만한 전략을 마련해줄 수 있지 않을까? 그런데 문득 그가 우울증과 번아웃 증후군에 대해 무시하는 투로 말하던 것과 터무니없는 바가지요금이 떠올랐다. 군터 슈페히트 박사는 진지한 의사라기보다는 돌팔이에 더 가까울지도 모른다. 오스카를 다른 곳으로 유도하는 작전으로 이용하기에는 좋았지만 그녀의 또 다른 '공범자'로 만들기에는 부적절했다.

엘라는 고개를 들고 어깨를 쫙 펴고 마침내 시동을 켰다. 뭘 하든 어차피 여기에서 더 얻을 수 있는 건 없다는 판단이 들어 일단 다시 집으로 돌아가기로 했다. 엘라는 깜빡이를 켜고 룸미러를 통해 뒤에 다른 차나 자전거가 오는지 살피고 길에 진입해도 되는지 확인했다.

그때 고양이가 보였다.

흰색 바탕에 오렌지색 줄무늬가 있는 고양이였다. 발 세 개가 흰색이었고 입도 흰색이었다. 사진 속에서 헨리 가 꼭 안고 있던 그 고양이였다!

고양이는 재빨리 길을 건너 뒤부아 부부의 집 정원으로 들어가 왼쪽 모퉁이로 사라졌다.

엘라는 화가 나서 주먹을 불끈 쥐었다. '어쨌든 여기는 없어요.' 말도 안 돼! 거짓말! 고양이가 있는 곳이라면 틀림없이 그 아이도 있을 것이다!

엘라는 차문을 열어젖히고 차에서 뛰어내려 그 집을 향해 달려가 초인종을 마구 누른 뒤 지체 높은 부부가 그녀에게 거짓말한 것을 따져 묻고 오스카에게 아들을 돌려주라고 요구—그렇다 정말 요구하고 싶었다.

손은 이미 차문 손잡이에 가 있었지만 생각을 바꿨다. 다른 방법으로 접근을 해야 했다. 이제 알게 된 사실이 하나 더 있으니 그것을 적절히 이용하면 된다. 하지만 그 전에 더 정확히 알아봐야 한다. 헨리와 그의 아버지가 헤어지게 된 자세한 경위를 알아야 한다. 지금 차분하게 심사숙고해서 행동하지 않으면 프랑신의 부모님만 더 유리하게 될 뿐이었다.

엘라는 천천히 차를 출발시켰다. 결정적인 퍼즐조각을 발견했다는 생각에 속으로 환호성을 질렀다. 물론 그것을 언제 어떻게 사용할지는 알 수 없었지만 어쨌든 시작은 할 수 있었다.

그때 휴대전화가 울렸고 엘라는 조수석에 있는 이어폰을 집어 귀에 꽂고 '통화' 버튼을 눌렀다.

"미안해." 필립이었다. "금방 다시 전화를 한다는 것이 조금 늦었네."

엘라는 필립에게 늦게 전화해도 아무렇지 않으며 그가 중간에 누구와 통화를 했는지 생각하는 것보다(C와 통화를 했을까? 지금은 정말 관심 밖이었다) 더 중요한 할 일이 많다고 얘기하고 싶었다. 그런데 마치 운명의 장난처럼 문득 번뜩이는 생각이 떠올랐고 다음 퍼즐조각이 제자리를 찾았다. 가족법 전문 변호사! 바람을 피운 나쁜 놈인 필립은 가족법관련 전문 변호사가 아니었던가?!

"필립." 엘라는 늦게 전화를 건 이유에 대해 주절주절 떠들고 있던 필립의 말을 끊었다. "그런 얘기는 이제 그만하고 내 얘기 좀 들어봐."

"그래, 뭔데?" 그가 어리둥절해하며 물었다.

"나하고 허심탄회하게 얘기를 하고 싶으면…… 우리가 조금이라도 다시 잘될 수 있는 기회를 원한다면 네가 나를 위해 해줘야 할 일이 있어."

24

"말도 안 돼!" 코라는 눈을 크게 뜨고 믿을 수 없다는 표정으로 엘라를 쳐다보았다. 엘라는 다 리카르도 레스토랑에서 코라를 만나 지난 몇 년간 있었던 일들, 특히 지난 며칠 동안 있었던 얘기를 들려주었다. "너 지금 나한테 장난치는 거지?"

"절대 그렇지 않아." 엘라는 지친 미소를 지었다. "내가 얘기한 그대로야."

코라가 갑자기 손바닥으로 테이블을 내리치는 바람에 와인 잔이 쨍그랑거렸다. "정말 굉장하네!"

지난 몇 년간 코라의 모습이 거의 변하지 않은 것도 굉장한 일이었다. 전혀 변하지 않았다. 둘은 레스토랑 입구에서 만나 처음에는 조금 어색하게 악수를 하며 인사를 하다가 곧장 웃으며 서로 목을 끌어안고 반가워했다. 엘라는 마치 친구를 어제 본 것 같은 느낌이 들었다. 코라는 엘라의 기억 속에 남아 있던 모습 그대로였다. 예전처럼 짙은 색 생머리에 짧은 보브 컷을 했고 작은 초록색 점들이 찍힌 호박색 눈동자는 여전히 호기심으로 반짝거렸고 왼쪽 볼에 있는 귀여운 보조개도 여전했으며(사실 보조개가 어떻게 사라지겠는가?) 오른쪽 관자놀이에 있는 커다란 점(예전에 점이 있는 것을 싫어했기 때문에 점은 얼마든지 없앨 수도 있었다)도 그대로였고 여전히 유쾌한 웃음소리도 엘라의 심장을 강타했다. 그리고 코라는 별다른 아쉬움 없이 여전히 싱글이라고 밝혔다. 가끔 '썸'을 타는 것을 제외하면. 하지만 지금 이대로 행복하고 만족스럽다고 했다. '착한 요정'을 운영하느라 어차피 '무용지물인 남자'를 신경 쓸 시간이 없다고 했다. 아무튼 모든 것이 예전의 코라 그대로였다.

단 한 가지가 바뀌었는데, 엘라는 그것을 발견하는 순간 울컥했고 눈물이 나오려는 것을 억눌러야 했다. 예약한 테이블에 앉아 코라가 재킷을 벗을 때 안에 입고 있던 흰색 블라우스 옷소매가 조금 말려 올라갔고 엘라는 코라의 왼쪽 손목에 뭔가 있는 것을 발견했다. 세미콜론이었다. 표시. 바로 엘라의 표시였다.

"그냥 하고 싶었어." 코라는 엘라의 당황한 표정을 눈치채고는 마치 별일 아니라는 듯 어깨를 으쓱하며 무심하게 말했다. "네가 내 인생에서 사라진 후에 너를 기억할 수 있는 뭔가를 갖고 싶었어. 세미콜론 다음에는 이야기가 계속 진행된다는 너의 설명이 예전부터 늘 마음에 들었거든. 그래서 나도 세미콜론 문신을 새겼어. 게다가 아주 스타일리시한 느낌도 나고 해서 말이야." 코라는 냅킨을 펼쳐 무릎 위에 올려놓으며 무심한 듯 아주 차분하게 말을 했지만 목소리에서 가느다란 떨림이 느껴졌다. "그리고 나는 항상 믿었어. 너하고 내가…… 그러니까 우리를 갈라놓고 있는 것은 세미콜론일 뿐이지 최종적인 마침표는 아니라는 걸 말이야."

엘라가 또다시 그녀의 목을 끌어안으려고 하자 코라는 손을 들어 말렸고 지금 당장 그동안 있었던 이야기나 해보라고 재촉했다. 그리고 필립과의 관계도 궁금해했다. 그리고 오스카라는 남자는 대체 누구며 무슨 관계인지, 지금 왜 그렇게 '넋이 나간' 모습인지, 그리고 삐삐 롱스타킹 머리를 왜 '아직도' 하고 다니는지 궁금해했다. 20대 초반에는 귀여울지 몰라도 서른 살이 넘은 지금은 조금 '품위 없고 우스꽝스러워 보인다'고 했다.

엘라는 코라에게 이미 요나단 그리프와 그의 여자친구 한나 막스에게 했던 얘기들을 다시 그대로 들려주었다. 아니, 그들에게는 필립과의 관계에 대한 얘기는 하지 않았다. 다 리카르도에서 그녀가 가장 좋아하는 테이블에 앉은 지금 마침내 마음속에 담고 있던 모든 얘기들을 쏟아냈다. 그리고 당연히-당연히!- 굵은 눈물을 흘리기도 했다. 어떤 부분에서는 감정적으로 약해지는 것을 어쩔 수가 없었다.

그렇지만 코라에게 헨리 드 비트의 상황에 대해 얘기를 할 때쯤에는 울먹거리는 목소리가 어느새 전투적으로 변해 있었다. 엘라는 사위에게서 아들을 빼앗아간 '무정한' 뒤부아 부부에 대해 얘기했고, 필립에게 전화가 온 김에 헨리에게 정확히 무슨 일이 있었는지 혹은 오스카가 양육권을 빼앗길 만큼 중대한 귀책사유를 저질렀는지 알아보라고 했다는 말까지 전했다.

"그래서?" 코라는 궁금해하며 와인을 크게 한 모금 들이켰다. "뭔가 알아낸 게 있대?"

"아쉽지만 없었어." 엘라가 말했다. "내가 부탁한 지 한 시간 만에 전화를 해서는 인맥을 총동원해서 알아봤는데 드 비트와 관련된 자료는 찾을 수 없었다고 하더라."

"그렇다면 필립의 인맥이 별 볼 일 없는 모양이거나 아니면 서류에 기재되어 있지 않다는 뜻이네." 코라가 나름의 해석을 내놓았다.

"후자가 맞는 것 같아." 엘라가 말했다. "필립에 대한 사적인 감정을 배제하면 최고의 변호사이고 네트워크가 아주 탄탄한 사람이야. 만약 뭔가 있었다면 반드시 찾아냈을 거야."

"글쎄. 모든 것이 상당히 미심쩍다는 생각이 드네."

엘라는 한숨을 내쉬었다. "내 말이! 어떻게 해야 할지 모르겠어."

"그런데 그 오스카라는 사람은 아무것도 모르고 있다는 말이지?"

"아무것도 몰라."

"내 생각에는 네가 그 사람하고 얘기를 하는 것이 가장 좋을 것 같아." 코라가 제안했다.

"절대 안 돼!" 엘라가 소리쳤다. "그 사람이 무너져버릴 위험이 너무 커."

코라는 머리를 갸웃거렸다. "에밀리아 파우스트 심리학 박사님이 말씀하시는 거야?"

"아니. 내 인생경험이 그렇게 말하고 있어."

"그렇구나." 코라는 얼핏 가소롭다는 표정으로 쳐다보더니 식탁을 향해 몸을 기대 엘라의 손을 꼭 잡았다. "그래도 이렇게는 안 돼." 그녀는 부드럽게 말했다. "너는 너 자신을 점점 더 난처한 상황에 빠트릴 뿐이야. 솔직히 말하면 이미 그렇게 됐지만 말이야. 모든 것이 탄로 나서 큰일이 나기 전까지 얼마나 더 많은 거짓말을 하려고 그래?"

"그건 거짓말이 아니야." 엘라가 항변했다. "오스카를 보호하기 위한 장치들이라고!"

코라는 잠시 엘라를 물끄러미 쳐다보았다. "그런데 왜?"

"그런데 왜라니?"

"왜 그 오스카라는 사람을 그렇게 필사적으로 도우려고 하는데? 모르는 사람이잖아."

"왜냐하면…… 왜냐하면…… 왜냐하면…….." 엘라는 적당한 말을 찾기 위해 애썼다. "왜냐하면 그 사람한테는 나 말고 아무도 없기 때문이야."

코라는 놀랍다는 눈빛으로 쳐다보았다. "네가 마더 테레사야?"

"아니야." 엘라는 강하게 쏘아붙였다. "나는 '착한 요정'이야." 엘라는 코라가 잡고 있던 손을 뺐다.

코라는 웃음을 터트리더니 의자 뒤로 등을 기댔다. "야! 그렇다고 그렇게 흥분할 필요는 없잖아! 네 코가 석자인데 왜 모르는 사람의 일에 네가 그토록 에너지를 쏟는지 물어볼 수는 있잖아." 코라는 다시 몸을 앞으로 숙였다. "아니면 혹시 갈 데가 없어서 그러는 거야? 그렇다면 당분간 우리 집에서 지내도 괜찮아."

"고마워." 엘라는 마음을 가라앉히기 위해 애썼다. 하지만 그녀의 내면에서는 서로 모순되는 감정들이 그야말로 치고받고 싸우고 있었다. 이런 복잡한 일을 홀홀 털어버리고 떠난다는 생각만으로도 정말 좋았다. 오스카에게서 벗어나 물건들을 챙겨서 코라의 편안한 집으로 들어간다는 생각만으로도 정말 좋았다. 코라가 지금 어디에 살고 있든지 상관없이 이제 둘이 아주 잘 지낼 수 있을 거라는 생각이 들었다. 함께 맛있는 음식도 해먹고 소파에서 레드와인을 마시며 편안한 저녁시간을 즐길 것이다. TV 드라마를 보거나 리얼리티 쇼를 보면서 배꼽을 잡고 웃을 것이다. 그리고 서로 옷도 바꿔 입을 것이다─아니 그건 아니다. 코라는 엘라보다 머리가 하나반쯤 더 컸다. 서로 지지하고 힘을 주고 어쩌면 '착한 요정'에서 함께 일하는 것도 얼마든지 가능한 일이다. 정말 좋을 것이다. 정말 좋을 것이다!

그러나 그 순간 오스카의 얼굴이 떠올랐다. 그의 슬픈 얼굴. 그날 늦은 오후 집으로 돌아왔을 때의 모습이 떠올랐다. 창백하고 기운이 없었고 볼이 쑥 들어가 있었으며 심지어 키가 조금 줄어든 것처럼 보였다. 그는 완전히 절망하고 체념한 듯 오늘 슈페히트 박사님과의 상담이 아무런 성과가 없었고 안개 속을 헤집고 다녔지만 새롭게 떠오른 기억은 전혀 없다고 털어놓았다.

"조급해지면 안 돼요." 엘라는 그를 위로하면서도 자신이 완전히 위선자가 된 기분이었다. 그의 기억이 돌아오지 않은 것을 내심 기뻐하고 있었기 때문이었다.

"아!" 오스카는 짜증을 내며 소파에 벌러덩 누워버렸다. "다 쓸데없는 짓이고 아무런 소용이 없어요! 그렇지만 슈페히트 박사한테는 짭짤한 수입이 되니 소용이 있겠네요. 돌팔이!"

"처음에는 박사님께 열광했잖아요." 엘라는 그의 거친 언사에 놀라 그가 예전에 했던 말을 상기시켜주었다. 그가 한 표현 자체 때문은 아니었다. 엘라 역시 슈페히트 박사를 '돌팔이'로 여기고 있었다. 하지만 오스카 드 비트가 이렇게 빨리 생각이 극단적으로 바뀐 것이 놀라웠다. "너무 조급하게 생각하지 말고 시간을 가져야 할 것 같아요." 엘라가 말했다. 한편으로는 어느 정도의 인내심은 모든 인생 상황에서 이득이 되기 때문이기도 하고 다른 한편으로는 위선자인 에밀리아 파우스트가 조사를 진행하기 위해 시간이 필요하기 때문이었다. 오스카가 정기적으로 상담을 받으러 가면 엘라는 조사를 진행할 수 있는 여유가 생기고 치료 효과가 우선 나타나지 않는다고 해도 그녀에게는 더 좋은 일이었다. 그리고 결국에는 오스카에게도 좋은 일이었다. 어떤 식으로든.

그러나 오스카는 언짢은 기분이 나아지지 않는지 발치에 있는 이불을 낚아채서 턱밑까지 덮었다. 엘라는 차를 끓여오기 위해 부엌으로 갔지만 차를 들고 거실로 들어오자 그는 이미 잠이 들어 있었다. 긴장한 모습에 눈꺼풀이 움찔거리는 것을 보니 악몽을 꾸는 듯 결코 편안하게 잠든 것은 아니었다. 엘라는 소파 가장자리에 앉아 걱정스럽게 그를 바라보다 몸을 숙여 그의 이마에 입김을 불어주었다. 그의 표정이 한결 편안해지고 호흡이 다시 안정될 때까지.

엘라는 이 불쌍한 남자, 불행하고 부당한 일을 너무나 많이 겪은 이 남자를 돕겠다고 재차 맹세했다. 아들을 찾아서 둘이 함께할 수 있게 해주고 모든 것이, 정말 모든 것이 잘될 수 있도록 하겠다고. 엘라는 친구와 저녁약속이 있어서 늦어도 자정까지는 다시 집으로 돌아올 거라는 메모를 적어서 소파 탁자 위에 올려놓았다.

엘라는 오스카의 차를 몰고 시내를 향해 질주하면서 어

떻게 하면 이 슬픈 이야기를 해피엔딩으로 바꿔놓을 수 있을지 계속해서 머리를 굴려보았다. 반드시 무슨 방법이 있을 것이다! 반드시, 반드시, 반드시! 그리고 세미콜론은 끝이 아니므로 필립과 그녀에게도 좋은 결말이 생길 것이다. 그녀의 남자친구 또는 전 남자친구 또는 약혼자 또는 전 약혼자가 바보멍청이 같은 짓을 했더라도 그는 엘라가 꿈꾸던 바로 그 남자임이 분명했다.

"카레소시지." 코라의 말에 엘라는 빠져 있던 생각에서 깨어났다.

"뭐라고?"

코라는 활짝 웃었다. "넌 또 그리스식 샐러드를 시켜놓고 머릿속으로는 카레소시지를 먹고 있는 것 같아."

"미안해." 엘라는 얼굴이 후끈 달아올랐다.

"괜찮아." 코라는 괜찮다는 손짓을 했다. "나는 너의 모습 그대로를 좋아해. 그나저나 내 생각에 대해서는 어떻게 생각해?"

"어떤 생각 말이야?"

코라는 눈알을 굴렸다. "네가 우리 집으로 들어오는 것 말이야."

"아 그거! 지금은 안 돼. 그래도 그런 제안을 해줘서 정말 고마워."

"우리가 같이 살면 아주 재밌을 텐데."

"당연히 그렇겠지." 엘라도 맞장구를 쳤다. "하지만 지금은 안 돼. 나는 오스카 곁에 있어야 돼. 약속을 했거든."

"약속을 했다고? 누구한테? 그 사람한테?"

젠장! 그 말이 또 그냥 입 밖으로 나와버렸다. "아니." 엘라는 머뭇거리며 제대로 된 표현을 찾아 우물쭈물거렸다. "직접적으로는 아니고 그냥…… 그냥……."

"에밀리아 파우스트!" 코라는 아주 엄격한 눈빛으로 쳐다보았다. "설마 너 또 너 자신과 엉뚱한 내기를 한 건 아니겠지?"

"아니야." 엘라는 쏜살같이 대답하고 초조하게 웃었다. "그건 정말 아니야."

"아니, 넌 그랬어." 코라는 가슴 위로 팔짱을 끼며 말했다. "이제 그런 괴상한 버릇은 버렸을 줄 알았는데."

"무슨 괴상한 버릇을 말하는 거야?"

"네가 운명에 영향을 미칠 수 있다고 생각하는 버릇 말이야. 그런 생각은 당장 집어치워. 넌 운명에 영향을 끼칠 수 없어. 그럴 수 있는 사람은 아무도 없어."

"당연하지." 엘라는 또다시 초조하게 웃었다. "그런 건 말도 안 되지." 코라는 아무 말 없이 그저 미심쩍게 조금은 나무라는 듯이 바라보기만 했다. "알았어. 알았어." 엘라는 양손을 들었다. "내가 그런 식으로 생각하는 경향이 있을 수도 있어."

"그런 경향이 있을 수 있다고?"

"그러니까 내가 행복하고 만족스러울수록 주변에 더

많은 행복과 만족이 퍼질 거라고 말이야."

"너 꼭 행복전도사처럼 말한다."

"쳇." 엘라가 토라진 듯 내뱉었다. "나한테는 카르마와 관련된 일이야. '행복의 고리'와 관련된 일이라고."

"행복의 고리라고? 어떤 행복의 고리를 말하는 거야?"

"모든 사람들이 이 세상에 선을 베풀면 모두가 선을 경험할 수 있어."

코라는 또다시 눈알을 굴렸다. "역시나 또 그 타령이었어."

"그러니까 넌 이것이 터무니없는 말이라고 생각하는구나?"

"아니." 코라가 말했다. "생각 자체는 타당성이 있다고 생각해. 하지만 나는 왜 네가 그것 때문에 그토록 오스카드 비트를 도우려고 하는지 이해가 잘 안 돼. 그렇게 해서 네가 얻는 게 뭐야?"

"내가 이미 설명했잖아. 나의 카르마에 도움이 된다고."

"그렇구나." 코라는 손가락으로 테이블을 두드리며 도발적으로 엘라를 쳐다보았다. "또 그 외에는?"

"그 외에 또?"

"난 너를 너무나 잘 알아." 코라가 말했다. "너 자신과 한 내기는 뭐였어?"

"그런 건 없어." 엘라는 눈을 내리깔고 후식용 숟가락을 만지작거렸다.

"어서 말해!" 코라가 말했다.

"정말이야. 정말 그런 건 전혀 없어." 엘라는 이제 후추와 소금 통을 만지작거렸다.

"에밀리아 파우스트!" 코라는 또다시 손바닥으로 테이블을 쳤다. "내 말 잘 들어. 나는 이번 일과 관련해서 너를 기꺼이 도울 마음이 있어. 너 혼자서 감당하기에는 너무 벅찬 일이야. 하지만 그 전에 네가 너 자신과 어떤 멍청한 내기를 걸었는지 알고 싶다고."

엘라는 말문이 막혀 멍하니 친구를 바라보았다. 그리고 속으로 천천히 열까지 셌다. 스물하나, 스물둘, 스물셋……

"필립." 마침내 엘라가 나직이 속삭였다. "필립과 관련된 거야."

탁! 코라는 또다시 테이블을 내려쳤고 이번에는 와인 잔이 쓰러지면서 와인이 식탁보를 물들였다. "역시!" 코라가 너무 크게 소리를 지른 탓에 작은 레스트랑 안에 있는 손님들이 일제히 쳐다보았다. 엘라는 몹시 마음이 불편했다. "그럴 줄 알았어! 그럴 줄 알았다고!"

"쉿!" 엘라가 코라에게 속삭였다. "조금 조용히 말하면 안 돼?"

"미안해." 코라는 미소를 지으며 손님들에게 미안하다는 눈빛을 보내고 다시 엘라를 향해 말했다. "그러니까 너는 정말로 네가 오스카 드 비트가 제자리를 찾게 도와주면 너하고 필립의 관계도 다시 좋아질 거라고 믿는 거야?"

"어쨌든 배제할 수 없는 일이야."

"전혀 그렇지 않아. 완전히 터무니없는 짓이라고. 그거하고 이거는 아무런 상관이 없고 관련이 없는 일이라고. 너같이 똑똑한 사람이라면 당연히 알 거 아니야!" 코라는 세게 콧방귀를 뀌었다. "게다가 네가 필립하고 다시 잘해보고 싶다는 것 자체가 어이없는 일이야. 네가 조금 전에 나한테 해준 얘기를 듣고 나니 더더욱."

이제는 엘라가 가슴 위로 팔짱을 끼고 매서운 눈초리로 코라를 쳐다보았다. "네가 어떻게 생각하든 상관없어. 난 필립을 사랑해."

"도대체 왜?"

"그냥."

"도무지 너를 이해 못하겠어."

"네가 나를 이해할 필요는 없어." 엘라가 쏘아붙였다. "넌 나를 도와주기만 하면 돼."

"절대 그런 일은 없을 거야!"

"약속했잖아."

"그거야 네가 필립 때문에 그러는 줄 몰랐으니까."

"그건 중요하지 않아. 약속은 약속이야!"

"아니." 코라는 격렬하게 고개를 저었다. "내가 아까 뭐라고 했든지 상관없어. 난 그 잘난 척하고 게다가 바람까지 난 그 멍청이가 다시 너하고 잘될 수 있도록 도와줄 생각은 전혀 없어."

"그래?" 엘라는 오스카가 늘 그러듯이 더 과장되게 눈썹을 추켜세웠다. "조금 전에는 서로 관련이 없는 일이라며."

"관련이 없다니?" 코라는 엘라를 어리둥절한 표정으로 쳐다보았다. "네가 무슨 말을 하는지 모르겠어."

"오스카 드 비트하고 필립과의 일 말이야." 엘라가 설명했다. "네가 아까 한 얘기대로라면 오스카와 관련된 일에 네가 도움을 주는 것은 나와 필립의 관계하고는 전혀 상관없는 일이잖아."

"맞아." 코라도 수긍할 수밖에 없었다.

"그것 봐." 엘라는 히죽 웃었다. "그러니까 나는 네가 오스카 드 비트가 다시 제자리를 찾을 수 있도록 도와줬으면 좋겠어. 필립하고는 아무 상관없는 일이니까."

엘라의 눈에는 코라가 열심히 머리를 굴리는 것이 훤히 다 보였다. "약속해줄 거지?"

"약속할게."

"좋아." 코라가 테이블 위로 손을 내밀자 엘라도 손을 맞잡았다. 그리고 동시에 "딜"이라고 외쳤다.

그리고 나서 두 사람은 잔에 와인을 더 따르고 웃으며 건배를 했다.

"자." 엘라는 와인을 한 모금 마시고 물었다. "우리 이제 어떻게 해야 할까? 좋은 생각 있어?"

"그런 것 같아. 너는 헨리가 조부모님 집에 있다고 확신한다고 했지?"

"고양이가 그 집에 있으니 아이도 그 집에 있겠지."

"내 생각에는 반드시 그럴 것 같진 않은데."

"헨리가 고양이를 꼭 안고 찍은 사진을 봤어."

"그래서?"

엘라는 손을 비비적거렸다. "다른 사람들이 마음으로 느낄 수 있는 것을 너는 항상 머리로 느끼려고 해!"

"갑자기 그게 무슨 소리야?"

"잘 생각해봐, 코라! 아이가 엄마를 잃었고 아빠하고도 헤어지게 됐는데 설마 사랑하는 애완동물마저 떼어놓겠어?"

"그럴 수는 없지." 코라가 시인했다.

"내 말이 바로 그거야. 그렇기 때문에 나는 헨리 드비트가 외조부모님 집에 있다는 사실을 조금도 의심치 않아."

"그렇다면." 코라는 손을 들어 웨이터를 불렀다.

"뭐 하려고?"

"뭘 하겠어? 계산을 하고 정면 돌파하러 뒤부아 부부의 집으로 찾아가야지!"

"지금?" 엘라는 시계를 내려다보았다. "벌써 아홉 시가 넘었어."

"더 잘됐지 뭐." 코라가 짤막하게 말했다. "이렇게 늦은 시간에 누가 찾아올 줄은 예상 못하고 있을 테니까."

엘라가 조심스레 항의를 표했으나 코라를 말릴 수는 없었다. 코라는 계산을 하고 재킷을 낚아채서 레스토랑에서 엘라를 끌고 나왔다.

그때 누군가 부르는 소리에 엘라는 뒤돌아보았다. 구석에 있는 작은 테이블에 요나단 그리프와 한나 막스가 앉아 있었다. 세상은 정말 좁다!

"안녕하세요, 막스 씨." 엘라는 먼저 한나에게 인사를 하고 다음으로 요나단에게 인사를 했다. "그리프 씨, 반갑습니다."

"이런 우연이!" 한나는 미소를 지으며 말했다. "여기 자주 오세요?"

"예전에는 자주 왔었는데 오늘은 정말 오랜만에 왔어요. 막스 씨는요?"

"저희가 가장 좋아하는 이탈리아 레스토랑이에요. 그리고 저희한테 아주 특별한 곳이죠." 요나단 그리프는 이렇게 말하며 의미심장한 표정으로 여자친구를 그윽하게 바라보았다. 눈빛에 이렇게 많은 사랑과 감정이 담겨 있는 것을 보니 엘라는 잠깐 숙연해졌다. 어떤 남자가 그녀를 이런 눈빛으로 바라본 적이 있었던가? 필립. 그렇다. 당연히 필립이 그랬을 것이다.

"오늘 좀 성과가 있었나요?" 한나가 궁금해하며 물었

449

다. "그러니까 헨리 드 비트와 관련해서 말이에요."

"네. 지금 단서를 쫓고 있어요."

"잘됐네요. 전에도 말씀드렸듯이 새로운 소식이 있으면 저한테도 알려주세요!"

"그럴게요."

코라가 엘라의 손을 잡아끌었다. "저희는 그만 가봐야 합니다." 그녀는 한나와 요나단에게 미소를 지어 보였다. "즐거운 저녁시간 보내세요!"

"잠깐만요." 요나단은 재킷 안주머니에 손을 넣었다. 그러더니 엘라에게 근사한 명함을 건네주었다. "운영하고 계신다는 '더 나은 결말' 이란 블로그에 들어가 그동안 올리신 글들을 읽어봤어요." 그는 활짝 미소를 지었다. "정말 좋은 생각이에요! 그리고 구독자 수도 정말 많더군요. 정말 대단해요! 혹시 생각이 있으시면 저한테 연락을 주세요. 책으로 출판해도 괜찮을 것 같습니다."

"정말이에요?" 엘라는 번개를 맞은 듯 가만히 서서 손에 든 명함을 빤히 쳐다보았다. "저도 몇 번 그런 생각을 해본 적은……."

"저한테 연락 주세요." 그는 엘라를 보며 윙크를 했다. "그리고 결혼을 앞두고 있다고요. 축하드립니다! 결혼과 관련된 팁들이 아주 흥미롭더군요. 한나하고 저한테도 조만간 많은 도움이 될 것 같습니다."

"자." 코라가 또다시 끼어들어 엘라의 등을 살짝 치고는 출구를 향해 밀었다. "제 친구가 곧 연락 드릴 겁니다. 안녕히 계세요!"

"있잖아." 레스토랑 입구 쪽으로 가는 동안 엘라의 귀에 한나의 말소리가 들렸다. "방금 전에 나한테 얼렁뚱땅 청혼한 거야?"

"이런." 요나단 그리프가 말했다. "설마 내가 아직 자기한테 청혼도 않은 거야?"

25

―

"정말 근사하다!" 코라는 오스카의 메르세데스 벤츠에 정말 깊은 인상을 받은 모양이었다. "그러니까 이 차가 너의 새로운 고용주 소유란 말이지?" 코라는 안전벨트를 매면서 물었다.

"아니. 내가 키츠에서 훔쳐왔어." 옆에서 코라는 어리둥절한 표정을 지었다. "당연히 그 사람 차지!" 엘라가 말했다.

"큰 저택도 가지고 있고?"

"물론."

"그렇다면 네가 필립하고 다시 잘해보려고 한다는 게 더더욱 이해가 안 돼. 넌 지금 제대로 된 남자를 낚은 거라고." 코라는 손가락으로 꼽기 시작했다. "그 남자는 지금 싱글이고 네 말에 의하면 아주 매력적이고. 멋진 자동차와 큰 집을 가지고 있고 귀여운 아들도 있고 고양이도 있으니 아이와 동물을 사랑하는 사람이라고 할 수 있지. 이보다 더 신데렐라 같은 이야기가 어디 있어! 그 남자를 잡아!"

"안 웃겨." 엘라는 시동을 켜고 출발했다.

"웃기려고 한 얘기 아니야." 코라는 차 천장에 있는 손잡이를 꼭 잡았다. "정말 아주 진지하게 한 얘기라고."

"내 말 잘 들어봐." 엘라는 성가신 어린아이를 타이르는 말투로 말했다. "그 남자는 지금 제정신이 아니고 영혼이 완전히 망가졌다고."

"그래서 네가 도와주고 있는 거잖아."

"그리고 그 남자는 내 타입이 아니야."

"넌 필립을 처음 만났을 때도 그렇게 말했어."

이제는 엘라가 어리둥절한 눈빛으로 쳐다보았다. "내가 그랬어?"

코라는 환하게 미소를 지었다. "아, 그건 나였지."

"그것 봐."

"어쨌든 너는 오스카가 매력적이라고 했잖아."

"나는 그 사람한테 엄청난 거짓말을 했고 여전히 거짓말을 하고 있어." 엘라가 계속해서 말했다. "그러니까 우리는 발전할 수 있는 관계가 아니야."

"거짓말이 아니라 그 사람을 보호하기 위한 장치라며." 코라가 낄낄거리며 되받아쳤다. "네가 했던 말이니까 반박할 생각하지 마!"

"그래도 아니야. 우리는 잘될 수 있는 관계가 아니야. 거짓말로 시작이 됐는데 평생토록 이어갈 수 없잖아. 그리고 오스카가 그 사실을 알게 되면 나를 절대 용서하지 않을 거야."

"쓸데없는 소리." 코라는 엘라의 반박을 무시했다. "네가 왜 그랬는지 이유를 알게 되면 그 사람은 너를 더욱더 좋아하게 될 거야. 너도 바람피운 필립을 용서할 생각이 있잖아. 내 생각에는 그게 더 끔찍한데 말이야." 코라는 또다시 낄낄거렸다. "그리고 '평생토록'이라니? 그런 건 어차피 동화 속에서나 가능한 거야."

"코라!" 엘라가 격분하며 외쳤다.

"알았어. 그리고 그 밖에 안 될 이유는 또 뭐야?"

"아이가 있잖아. 난 엄마가 되고 싶은 생각은 없어."

"넌 아직 시도해본 적도 없잖아."

"엄마를 시도해본다는 건 불가능해!"

"알았어. 그럼 이렇게 물어볼게. 만약 필립이 너를 정말 사랑하지만 아이가 없는 삶은 상상할 수 없다고 말한다면 너는 어떻게 할 것 같아?"

"그건 불공정한 질문이야."

"난 그렇게 생각하지 않아."

"필립은 항상 우리 둘이서만 행복하게 살아도 상관없다고 했어."

"생각이 바뀔 수도 있지."

"음. 그건 그래." 엘라도 어쩔 수 없이 수긍했다.

"그래서 네 대답은 뭐야?"

"코라, 이제 제발 그만하자. 안 그래도 지금 초조해 죽겠어."

"넌 내가 원하는 대답을 듣기 전까지는 끈질기게 물고 늘어진다는 거 잘 알잖아."

"그래. 좋아." 엘라가 항복했다. "그게 필립이 가장 바라는 소원이라면 어쩌면 나도 생각이 바뀔지도 모르 겠어."

"그렇다면 오스카 드 비트를 거부하는 부분도 해결이 됐네."

"완전히는 아니야." 엘라가 반박했다. "필립하고는 우리 아이지만 헨리에겐 나는 못된 계모가 될 뿐이야."

"못된 계모가 될지 여부는 네가 결정하는 거야. 그런데 너는 이 세상에서 가장 못된 여왕에게도 고귀한 동기를 마련해주는 데 선수잖아. 네 블로그를 들여다보면 너 는……."

"뭐라고?" 엘라가 급브레이크를 밟는 바람에 예전에 오스카 드 비트가 그랬던 것보다 훨씬 더 심하게 몸이 앞으로 튕겨나갔다. 바로 뒤에서 시끄러운 경적소리가 들렸고 몇 초 후 미니 차량이 요란한 타이어 소리를 내며 그들 옆을 지나갔다. 운전자는 창문을 열고 손으로 욕을 하고 지나갔다. "뭐라고?" 엘라는 힘겹게 숨을 쉬며 옆에 앉은 친구를 쳐다보았다. "너 방금 뭐라 그랬어?"

"네 블로그 말이야." 코라가 민망한 미소를 지었다. "'더 나은 결말' 블로그 말이야."

"네가 내 블로그를 알아?! 4년 전에 시작해서 너하고는 이미……."

"그래." 코라는 엘라의 팔에 손을 올렸다.

"내 블로그는 어떻게 알았어?"

"네가 예전에도 그런 얘기를 꺼낸 적이 있었고 그래서 네가 '더 나은 결말'이라는 블로그를 실제로 만들었는지 가끔 인터넷에서 찾아봤지." 코라는 미소를 지었다. "그러다가 어느 날 네 블로그를 발견했어."

"우리가 연락을 끊은 상태에서 내 블로그를 찾아봤다고?"

코라는 손으로 별일 아니라는 제스처를 했다. "넌 내가 얼마나 호기심이 많은 사람인지 알잖아. 그게 다야." 빨갛게 달아오른 볼이 그 말이 거짓임을 말해주고 있었다.

"그래서 내가 쓴 글을 읽어보기도 했어?"

"솔직히 말하면 여전히 계속 읽고 있어."

"정말이야?"

코라는 고개를 끄덕였다. "그리고 더 솔직하게 말하자면" 코라의 볼이 더 붉게 물들었다. "나도 네 블로그에 댓글도 올리고 있어."

"네가 댓글까지 달았다고?"

"음. 그래."

"네 닉네임이 뭐야? 당장 말해!"

코라는 웃으며 고개를 저었다.

"당장 말하라니까!" 엘라가 계속 재촉했다. 그러더니 갑자기 손으로 입을 틀어막았다. "설마 네가……."

"BLOXXX냐고? 맙소사, 그건 당연히 아니지! 넌 어떻게 그런 생각을 할 수가 있어? 아니야. 절대 아니야. 난 그 멍청이하고는 아무 관련 없어! 하지만 나도 그게 누구일지 상당히 궁금하기는 해."

"나는 네가 누구일지가 더 궁금한데!"

코라는 잠시 망설였다. 그러더니 결국 한숨을 내쉬었다. "내가 바로 리틀 미스 선샤인(Little_Miss_Sunshine)이야."

엘라는 잠깐 말문이 막혔다. "그게 너라고? 네가 리틀 미스 선샤인이라고?"

"앤드 프린세스(and_Princess)." 코라가 덧붙였다. "그래."

"정말 말도 안 돼!" 엘라는 양손 주먹으로 핸들을 치더니 요란스러운 웃음을 터트렸다. "하필 네가 미스 선샤인이라고? 네가?"

"그렇다니까."

"하지만…… 하지만…… 하지만…… 이해가 안 돼." 그런데 갑자기 이해가 되기 시작했다. Miss_Sunshine은 항상 그녀의 편을 들어주고 두둔해줬다. 항상 그녀의 안부를 물었고 BLOXXX와 설전을 벌이고 정말 '친구' 같은 역할을 해주었다. 코라의 고백이 무엇을 의미하는지 깨달은 순간 엘라는 이제 더 이상 자제할 수가 없었다. 그리고 코라는 방어할 기회가 없었다. 엘라는 "이리 와, 이 바보야!"라는 말과 함께 훌쩍거리며 코라를 꽉 끌어안고 그녀의 어깨에 얼굴을 파묻고 한 손으로 머리를 쓰다듬어주었다. "넌 미쳤어." 엘라는 이렇게 말하면서 코라의 재킷을 눈물로 흥건하게 적셨다. "이런 미친 바보 멍청이!"

"너야말로!" 코라 역시 훌쩍거리며 말했다.

두 사람은 한동안 그렇게 서로를 꼭 끌어안고 주위 자동차들이 경적을 울리며 지나가는 것도 상관하지 않았다. 엘라는 코라의 심장이 쿵쾅쿵쾅 뛰는 것을 느낄 수 있었고 자신의 심장과 같은 박자로 뛰고 있는 것을 알았다. 한참 후에야 두 친구는 포옹을 풀고 서로를 바라보며 미소를 지었다. 코라는 몰래 눈물을 훔치고 조수석 뒤로 등을 기댔다. "자. 이제 그만 가자. 안 그러면 뒤부아 부부 집에 정말 너무 늦게 도착하겠다."

"알았어." 엘라는 다시 출발했고 조금 전에 들은 소식이 여전히 믿기지 않아서 고개를 저었다. "있잖아. 그런데 네가 아직 한 가지 설명해줘야 할 것이 남았어."

"그게 뭔데?"

"8년째 사귀고 있는 사람이 있는데 서로 비밀이 전혀 없다는 얘기는 그럼 뭐야?"

코라는 낄낄거렸다. "아, 그 댓글 말이구나!" 코라는 어깨를 으쓱했다. "그냥 장난이었어."

"그렇군."

라인파트에 도착하자 엘라는 깜빡이를 켜고 뒤부아 부부의 집 쪽으로 핸들을 틀었다. "그리고 한 가지가 더 있어." 엘라가 차를 주차시키면서 말했다.

"무슨 한 가지?" 코라가 궁금해하며 물었다.

"오스카 드 비트와 나의 관계가 발전할 수 없는 마지막 이유 말이야."

"그게 뭔데?"

"고양이. 난 고양이를 정말 싫어하거든."

"그렇지 않아." 코라가 반박했다.

"싫어한다니까."

"아니. 그건 거짓말이야. 네가 나한테 〈티파니에서 아침을〉을 같이 보자고 얼마나 자주 졸랐는지 똑똑히 기억하고 있어. 그리고 오드리 헵번이 택시에서 빗속으로 고양이를 내쫓을 때 네가 울기 시작했다는 것도 말이야."

젠장. 코라 슈스터는 그녀를 너무나 잘 알고 있었다. 지나칠 정도로 너무나 잘 알고 있었다.

"파우스트 씨?" 엘라가 뒤부아 집 초인종을 다시 눌렀을 때 이번에도 남편이 문을 열고 나왔다. "지금 대체 몇 시인지 알아요?"

"아홉 시 반입니다." 옆에 있던 코라가 말했다.

"그리고 당신은 누굽니까?"

코라는 오른손을 내밀었다. "코라 슈스터입니다. 함부르크 북부지부 아동청소년 보호과에서 나왔습니다." 자신을 이렇게 소개하겠다는 한 것은 당연히 코라의 생각이었다!

"조금 압박을 가하는 것이 좋을 것 같아." 둘이 차 안에서 잠깐 작전을 짤 때 코라가 말했다. "관청에서 나왔다고 하는 게 가장 효과적이야."

"글쎄, 난 잘 모르겠어. 그렇게 하면 오히려 관청을 사칭했다고 문제가 생길 수 있을 것 같아." 엘라가 걱정했다.

"쓸데없는 소리 하지 마! 뒤부아 부부가 우리를 어떻게 해야 할지 걱정해야지!"

"우리를? 왜?"

"내가 네 말을 제대로 이해한 것이 맞다면 필립은 헨리에 대한 자료를 전혀 찾을 수 없었다고 했잖아. 안 그래?"

"그래. 아무것도 못 찾았대."

"그렇다면 어떻게 된 일인지 확실하잖아! 오스카 드 비트는 여전히 아들에 대한 양육권을 갖고 있는 거야. 아내인 프랑신이 죽었으니 단독 양육권을 갖고 있는 거지."

"넌 언제부터 그런 걸 그렇게 잘 알게 된 거야?"

"우리 회사가 홀로 아이를 키우는 싱글맘이나 싱글대디들에게 긴급하게 도움을 주는 역할을 하게 되면서 그렇게 됐어. 회사일과 집안일 그리고 자녀 양육을 혼자서 다 감당하기는 벅차니까. 그러다 보면 고객들과 이런저런 애기를 나누게 돼."

"그렇겠구나."

"어쨌든 지금 그 아이가 조부모와 함께 살고 있다면 법적 근거 없이 데리고 있는 거야."

"네 말은 법적으로 허용될 수 없다는 말이야?"

"바로 그거야! 모든 할머니 할아버지들이 자식의 양육 방식이 마음에 들지 않는다고 해서 손자손녀를 그냥 납치해 가면 안 되잖아."

"글쎄. 납치라고 하기에는 좀……."

"어쨌든 내 말이 무슨 뜻인지 알잖아." 코라는 퉁명스럽게 말을 끊었다.

"그래, 알지. 양육방식이라는 말이 나왔으니 말인데…… 내가 오스카의 집에 처음 갔을 때 솔직히 말하면 재난지역 같아 보였거든. 나 같아도 그런 곳에서 아이가 지내게 하고 싶지는 않았을 거야."

"그럴 수도 있지. 하지만 그런 판단을 위해 아동청소년복지청이랑 가정법원 같은 관청이 있는 건데 법을 무시하고 맘대로 행동하면 안 되지. 그리고 그 오스카라는 사람이 정확히 언제부터 그 지경이 됐는지 모르잖아. 헨리를 빼앗기기 전부터 그랬는지 아니면 헨리를 빼앗겼기 때문에 그렇게 된 것인지 말이야."

"그건 네 말이 맞아."

"당연히 내 말이 맞지."

"그럼 가서 초인종을 누르자."

"잠깐, 한 가지 질문이 더 있어."

"어서 말해!"

"필립한테 알아봐달라고 부탁할 때 정확히 뭐라고 한 거야?"

"무슨 일인지 필립한테 내가 얘기했냐고 묻는 거야?"

"맞아. 넌 오스카가 너무 빨리 진실을 알게 되기를 원하지 않는다고 했잖아. 그렇다면 관련된 모든 사람들이 잠재적인 위험요인이 되는 셈이잖아."

"특히 질투심을 느끼고 있는 사람이라면 더욱 그렇겠지?"

"넌 역시 눈치가 백단이야." 둘은 음흉한 미소를 주고받았다.

"필립한테 사실대로 다 얘기했어."

"전부 다?" 코라는 깜짝 놀라 쳐다보았다.

"그래. 모든 얘기를 다 해준 다음에 만약 그 얘기를 다른 사람한테 전하면 어떤 일이 벌어질지도 얘기했어."

"뭐라고 얘기했는데?"

"C가 보낸 편지를 복사해서 로펌 게시판에 붙이겠다고 했어. 그리고 동료들 우편함에도 넣겠다고 했지."

"나쁜 계집애!"

"틀렸어." 엘라가 정정해주었다. "난 극적인 반전을 만드는 감각이 있는 여자야."

"그럼 이제 가자. 이제 제2막을 시작해보자고."

"북부지부 아동청소년 보호과에서 오셨다고요?" 뒤부아 씨는 나름대로 치밀하게 준비한 코라를 아무런 감정의 동요 없이 쳐다보았다. "그래서 어쩌라고요?"

"저희는……." 코라가 입을 열었지만 엘라가 끼어들었다.

"저희는 뒤부아 씨가 오스카 드 비트 씨의 아들인 헨리를 데리고 있다는 것을 알고 있습니다." 엘라가 단도직입적으로 말했다.

"그래요?" 그가 말을 길게 늘어트렸다. "그걸 어떻게 아세요?"

"이렇게 말씀드리죠. 현재 시간을 감안하면 아이는 지금 자고 있을 거예요. 저희하고 조용히 얘기를 나누시든지 아니면 쓸데없는 소란으로 아이가 깰 수도 있습니다. 이웃집 분들도 같이요!" 오스카의 장인어른은 이제야 조금 당황한 표정을 지었지만 아주 잠깐뿐이었다. 그는 곧바로 노골적으로 적대감을 드러냈다. "나는 당신들이 누군지 모릅니다." 그가 낮고 위협적인 목소리로 말했다. "지금 당장 가지 않으면 경찰을 부르겠어요."

"그렇게 하세요." 이제 코라가 다시 입을 열었다. "그러면 곧바로 양육권 문제를 짚어보면 되겠네요."

"그래요?" 그의 화난 표정은 재밌어하는 표정으로 바뀌었다. "당신들이 무슨 생각으로 이러는지는 모르겠지만 지금 뭔가 단단히 잘못 생각하고 있는 겁니다."

"아이는 아버지한테 가야 한다고요!" 엘라가 발을 구르며 큰소리로 말했다.

"오스카는 헨리를 양육할 수 있는 상태가 아닙니다."

"그렇다고 그냥 아이를 빼앗아오는 것이 옳다고 생각하세요?" 엘라가 몰아세웠다. "아이를 잘 키울 수 있게 사위 분을 도와주는 것이 더 낫지 않았을까요?"

"죄송하지만 그런 결정은 저희가 합니다."

"뒤부아 씨." 엘라가 다시 차분하고 냉정하게 말했다. 그리고 비록 이런…… 이런…… 상대이기는 하지만 조금은 공감을 해주려고 애썼다. "딸을 잃은 슬픔과 고통이 얼마나 컸을지 충분히 이해합니다. 하지만 그분은 오스카 씨의 아내였으니 오스카 씨도 얼마나……."

"이제 그만 가주시겠어요?" 그는 거칠게 말을 끊으며 처음으로 냉정한 모습의 이면을 보여주었다.

"아니요. 뒤부아 씨." 엘라가 부드럽지만 단호하게 말했다. "그 전에 저는 헨리와 관련해서 어떻게 된 일인지 알고 싶습니다."

"헨리는 잘 지내고 있어요." 오스카의 장인어른은 오후에 했던 말을 되풀이했다. "아버지와 함께 지내는 것보다 훨씬 더 잘 지내고 있어요."

엘라는 한숨을 내쉬었다. "저와 상관없는 일에 관여하고 싶은 생각은 없어요." 옆을 흘깃 보니 코라가 웃음이 나오려는 것을 간신히 참고 있는 것이 보였다. 마음 같아서는 코라의 옆구리를 치고 싶었지만 그럴 수 없었다. "그리고 저희는 뒤부아 씨와 오스카 씨의 관계가 어땠는지 그리고 부부 사이가 어땠는지 잘 모릅니다. 어쩌면 프랑신 씨는 가끔 남편 때문에 외롭다는 생각을 했을 수도 있고 아이의 양육과 일을 병행하느라 감당하기 힘들었을 수도 있어요⋯⋯."

"내 딸은 일을 하지 않았습니다." 올리비에 뒤부아가 엘라의 말을 가로막았다.

"네? 일을 안 했다고요?"

그는 고개를 끄덕였다. "그 미친 폭군이 허락하지도 않았을 겁니다. 오스카는 우리 프랑신을 엄청 간섭했어요. 아주 많이요. 우리 딸을 감시하고 통제했다고요."

"하지만⋯⋯." 엘라가 당황해하며 말을 더듬거렸다. "하지만 저는⋯⋯." 할 말이 떠오르지 않았다. 꾸러기교실에 아이를 맡길 때 프랑신 드 비트가 한나 막스에게 중요한 '프로젝트'를 수행하기 위해 아들을 맡기는 거라고 했다는 말을 꺼낼 수는 없었다. 그렇게 되면 한나를 곤경에 처하게 할 수도 있었다. 올리비에 뒤부아는 개인정보 보호 위반으로 신고를 하고도 남을 사람이었다.

"그런 얘기까지 할 필요는 없습니다." 코라는 말문이 막혀버린 엘라를 대신해서 나섰다. "따님과 오스카 드 비트 씨의 부부 사이가 좋았는지 안 좋았는지, 그리고 뒤부아 씨가 사위를 좋아하는지 안 좋아하는지는 상관없어요. 헨리와 관련된 문제에서 전혀 중요하지 않다고요. 정 그렇게 나오시면 법정에서 해결할 수밖에 없어요." 코라는 단호하게 고개를 끄덕이며 말을 마쳤다.

뒤부아는 말없이 생각에 잠긴 듯 쳐다보았다. 그의 시선은 엘라 쪽으로 향했다가 다시 코라에게 향했다. 그는 지치고 체념한 듯 보였다. 결국 그는 양손을 들더니 다시 내리고 한숨을 내쉬었다. "알았어요. 당신들하고는 전혀 상관없는 일이지만, 아무튼 잠깐 기다리세요." 그는 이 말을 남기고 문을 닫고 집 안으로 들어갔다.

"경찰을 부르러 간 걸까?" 엘라가 코라에게 속삭였다.

"절대 그럴 리는 없어!" 코라가 말했다. "겁먹은 거 봤잖아."

"네 말이 맞았으면 좋겠다." 에밀리아 파우스트야말로 겁을 먹은 상태였다. 너무 나갔나? 조금 뒤 어두운 표정의 제복 입은 사람들에게 끌려가는 것은 아닐까? 밤새 차가운 감방에서 지내다가 아침에 공무사칭이나 주거침입, 강요, 협박, 유괴 미수 등의 혐의로 고소를 당하게 되는 것은 아닐까?

하지만 엘라가 더 깊이 불안 속으로 빠져들기 전에 올리비에 뒤부아가 다시 문 앞에 나타났다. 그는 손에 들고 있던 종이를 엘라와 코라에게 내밀었다.

"이거 한번 읽어보세요."

코라는 종이를 받아들었고 둘은 머리를 맞대고 종이에 담긴 내용을 읽어 내려갔다. 직접 손으로 쓴 위임장의 복사본이었다. 엘라는 곧바로 오스카의 글씨체를 알아보았다.

— 위임장

본인은 사망한 프랑신 드 비트(결혼 전 성 뒤부아)의 남편으로서 아들 헨리 드 비트에 대한 단독 양육권을 가지고 있습니다.

아이의 단독 양육권자로서 장인어른 올리비에 뒤부아와 장모 카트린 뒤부아(결혼 전 성 하퍼캄프)에게 아이와 관련된 다음 사항을 위임합니다.

– 건강과 관련된 사항

– 신분증이나 등록과 관련된 사항

– 사회보장 급부

– 유치원과 학교

– 교육과 교육보조

– 종교

– 재산관리(계좌와 저금통장 등의 개설과 해지)

– 여가시간 활동

그 외의 다른 사안들에 대해서도 본인이 가진 양육권을 위임합니다. 또한 체류결정권에 대한 권리도 내려놓고 헨리가 위임을 받은 당사자의 현 거주지에서 계속 함께 살 수 있도록 허락합니다.

충격을 받은 엘라는 올해 6월 3일에 오스카가 직접 서명한 서류를 뚫어지게 쳐다보았다. 갑자기 목구멍이 너무 죄어서 곧 숨을 못 쉬고 쓰러질 것만 같았다.

"그래서 이깟 종이쪼가리가 무슨 법적 효력이 있다는 겁니까?" 코라가 오스카의 장인어른에게 쏘아붙였다.

"이 종이쪼가리는 헨리가 왜 우리 집에 살고 있는지 질문에 대한 대답이며 앞으로도 계속 우리 집에 살게 될 것이라고 말해주고 있어요. 이것을 통해 알 수 있는 아주 간단한 사실이 있죠. 오스카는 아이한테 전혀 관심이 없어요." 올리비에 뒤부아는 코라가 들고 있던 종이를 다시 빼앗으며 차분하게 말했다.

"그렇지만……." 코라가 입을 열었고 엘라는 이제 말문이 막혀 아무 말도 할 수 없었다.

"그럼 안녕히 돌아가세요." 그는 다시 집 안으로 사라졌고 문을 닫아버렸다.

"젠장." 코라는 대문에 걸려 있는 장식리스가 흔들거리는 것을 어리둥절하게 쳐다보았다. "이런 나쁜 놈!"

"누구 말이야?" 엘라가 궁금해하며 물었다. "올리비에 뒤부아? 아니면 오스카 드 비트?"

헨젤과 그레텔-또는 '딩동, 마녀가 죽었다!'

구독자 여러분

오늘 다시 여러분과 함께 동화에 대한 진지한 이야기를 나눠보려고 합니다. 우리가 아이들에게 읽어주는 동화들이 왜 그렇게 잔혹한지에 대해 이야기해보려 합니다. 여러분도 아시다시피 저희어머니는 저에게 항상 '미화된' 버전의 동화만 들려주셨어요. 어머니는 할머니와 어린 인질을 잡아먹은 늑대에게 그 벌로 뱃속에돌멩이를 잔뜩 넣어 호수 속에 수장시키는 것은 예민한 아이들에게 별로 도움이 되지 않는다고 생각하셨기 때문이에요…….
어쨌든 간에 저는 여기에서 저희 어머니에 대한 이야기를 하려는것이 아니라(그래요 Bloxxx 님. 저의 '해피엔딩 중독'은 어머니에게 물려받은 겁니다. 그러니 댓글 달 생각하지 말고 다시 누우세요!) 동화 자체에 대한 이야기를 하고 싶어요. 그중에서도 특히예를 들어 《더벅머리 페터》와 같이 아이들에게 공포심을 조장하는 '강압적 교육'의 카테고리에 속하는 동화들이 가장 끔찍해요.파울린헨은 성냥을 가지고 불장난을 하다가 불에 타 죽어요. 콘라트는 손가락을 빠는 버릇 때문에 엄지가 잘리고, 주펜카스퍼는편식을 하다가 굶어 죽어요. 이런 이야기들이 오늘날까지도 아동서적 코너에 버젓이 꽂혀 있고 '18세 이상 공포물' 코너에 꽂혀 있지 않은 것은 저로서는 정말 이해하기 힘든 수수께끼입니다!

예전에 동화와 도덕 '학습교재'를 만들 때 이런 방법밖에 몰랐을 수도 있어요. 백 년 전에는 "네 방을 당장 치우지 않으면 오늘은 플레이스테이션 못 할 줄 알아!" 또는 "숙제를 다 해야 와이파이 비밀번호를 알려줄 거야"와 같은 유인수단이 없어서 그랬을지도 몰라요. 또 다른 얘기로 흐르는 것 같네요.

아무튼 다시 동화라는 주제로 돌아와서, 더 정확하게 말하자면 '헨젤과 그레텔' 이야기를 해보고자 합니다.

이 동화에서 정말 잔혹한 것이 무엇인지 아세요? 마녀는 아닙니다. 마녀는 그저 나쁜 마녀의 본분에 충실해 아이들을 잡아먹으려고 할 뿐이에요. 그것이 마녀가 해야 할 일이고 아무도 마녀에게 다른 것을 기대하지 않아요. 제 생각에 '헨젤과 그레텔'에서 정말 잔혹한 것은 바로 이 아이들의 부모예요!

부모는 집에 먹을 것이 충분치 않다는 이유로 아이들이 그냥 죽어버리게 숲속에 내다버려요. 참고로 그 부분을 인용해볼게요.

'내일 아침 일찍 아이들을 가장 우거진 숲속으로 데리고 갑시다. 숲에서 아이들에게 불을 피워주고 빵 한 조각을 주고 우리는 우리들 할 일을 하러 가고 아이들을 혼자 남겨둡시다. 아이들이 집으로 돌아오는 길을 찾지 못하면 아이들을 떼어버릴 수 있어요.'

여러분, 대체 누가 이런 짓을 할 수 있습니까? 나쁜 마녀는 접어두고 정말 잔혹한 부모에 대해 분개를 하세요! 아무리 먹을 것이 부족하고 형편이 어렵다고 해도 자기 아이들을 포기하는 것을 정당황할 수는 없어요. 그런 엄마와 아빠라면 감옥에 가야 하는 것이 마땅해요. 아니면 마녀의 오븐 속에 처넣는 것도 나쁘지 않겠네요.

동화에서 헨젤과 그레텔은 결국 집으로 돌아오게 되고 아이들을 버릴 생각을 했던 나쁜 새어머니는(그나마 친어머니가 아니라 다행이죠) 이미 죽고 없어요. 그리고 부인이 하자는 대로 아이들을 진짜 숲속에 버리고 온 우유부단한 아버지는 남매가 다시 집으로 돌아오자 엄청 기뻐하죠. 그리고 그들은 평생 행복하게 살았습니다. 어쩌고저쩌고…… 이것은 저에게 결코 해피엔딩이 아니에요. 죽은 부인과 마찬가지로 아버지도 똑같이 죄를 지었어요. 무엇보다 아이들이 가장 중요하고 아이들을 위해 맞서 투쟁하지 않는 사람은 나쁜 사람이니까요.

아무튼 저는 그렇게 생각해요. 여러분의 생각도 궁금합니다!

그렇지만 오늘도 유화적으로 끝을 맺고 싶어요. 여러분도 알다시피 '끝에는 다 잘될 것이다.

잘되지 않았다면 아직 끝난 것이 아니다.'

사랑을 가득 담아
엘라 신데렐라

댓글 (4)

BLOXXX BUSTER, 12:15

???

반짝이 요정 XXL, 12:23

제가 Bloxxx 님과 같은 생각을 하게 되리라고는 생각도 못했어요. 그런데 ??? 엘라 님, 무슨 일이에요?

엘라 신데렐라, 12:30

아무 일도 없어요. 가끔 감상적일 때가 있잖아요. 걱정 마세요. 아주 잘 지내고 있어요!

Loveisallaround_82, 12:44

저는 엘라 님을 완전 이해할 수 있어요! 저도 그 부모가 역겹다는 생각을 항상 해왔거든요. ♡

26

그렇다. 그녀는 정말 감상적이 되었다. 어쩌면 조금 극으로 치달았는지도 모른다. '부모를 감옥'에 처넣어야 한다는 표현은 조금 지나친 면이 없지 않아 있었다. 하지만 어제 밤늦게 받은 충격이 여전히 가시지 않았고 너무 피곤했음에도 불구하고 밤에 잠을 이루지 못했다. 뒤부아 부부가 오스카의 의지에 반하여 아이를 강제로 데려간 것이 아니라 심지어 아버지가 아이를 밀쳐냈다는 사실을 엘라는 감당하기가 힘들었다. 그리고 뒤부아 씨가 또 뭐라고 했더라? 오스카가 미친 폭군이었다고? 물론 그녀의 새로운 고용주가 때때로 괴팍스럽기는 하지만 그 외에는 그의 장인어른이 그에 대해 내린 평가가 조금 과격하고 지나치다는 생각이 들었다.

엘라는 침대에 누워 천장을 뚫어지게 바라보면서 이 모든 상황에 대한 납득할 만한 논리적인 설명을 찾기 위해 수만 번 시도를 했다. 하지만 아무리 애를 써보아도 번쩍하고 그럴듯한 설명이 떠오르지 않았다. 벽에 붙어 있는 글귀만이 계속 그녀의 머릿속에서 맴돌았다.

'당신이 사랑하는 일이 일어나도록 노력하라. 그러지 않으면 당신에게 주어지는 일을 사랑해야만 한다.'

정말 좋은 글귀였다. 다만 지금은 별로 도움이 되지 않았다. 프랑신이 붙여놓은 문구일까? 오스카가 그랬을 리는 만무하니 그의 부인의 생각이었을 것이다. 프랑신은 누구였을까? 프랑신은 어떤 사람이었을까? 사랑스럽고 온화한 여자였을까? 아이를 위해서라면 무엇이든지 하는 여자였을까? 올리비에 뒤부아는 어제 딸이 직업 활동을 하고 있지 않았다고 했다. 그렇다면 왜 한나 막스한테는 '중요한 프로젝트'를 수행하기 위한 시간이 필요하다고 했던 것일까? 대체 어떤 프로젝트였을까? 멀리 쇼핑투어를 다녀온 것일까? 알스터파빌리온에서 친구들을 만나 라테 마키아토와 아페롤 스프리치(이탈리아 쓴 오렌지로 만든 칵테일—옮긴이)를 마시고 온 것일까? 아니면 '그냥' 몇 시간 동안 혼자만의 시간을 갖고 싶다고 하면 나이가 많은 헨리를 맡아줄 것 같지 않아서 꾸러기교실에 직업이 있다고 둘러댔던 것일까? 그런데 이와 관련해 남편한테 아무런 얘기를 하지 않은 것과 남편이 아이를 데리러 올 거라고 알리지 않은 부분은 도무지 이해할 수 없었다. 왜 비밀로 했을까? 그렇다면 오스카가 그런 것을 용납하지 않는 폭군이었다는 것이 사실일까?

오스카는 그녀에게 근무시간을 지키라고 두 번 지적한

적이 있었다. 하지만 엘라는 오스카가 아주 진지하게 하는 얘기는 아니라는 인상을 받았다(란둥스브뤼켄에서는 필립과 만난 상황에서 벗어나기 위해 했던 말이었다). 그리고 그가 아무리 엄격한 잣대를 들이대는 사람이라고 하더라도 '폭군' 이라는 묘사와는 멀찍이 떨어져 있었다. 그렇지만 어쩌면 '예전의' 오스카, 즉 기억상실증에 걸리기 전의 오스카는 그런 사람이었을지도 모른다. 정말 그래서 부부 사이가 멀어지고 서로 더 이상 대화도 하지 않게 된 것일까?

'너는 왜 나를 떠났어, 너는 왜 나를 떠났어?'

이 절망스러운 외침은 누구를 향한 것이었을까? 역시나 그의 아내? 그렇다면 부부 사이가 파탄났다는 것과는 모순된다. 그리고 역시 '폭군' 이었다는 얘기와도 맞지 않는다. 아니면 바로 그런 점 때문이었을까? '적과의 동침' – '그녀' 는 그에게 테러를 당하고, '그' 는 그것을 사랑이라 여긴다.

아니다. 그럴 리가 없었다. 만약 그렇다면 오스카 드 비트는 기억을 상실했을 뿐만 아니라 성격까지 완전히 바뀌었다는 소린데 그건 불가능한 일이다. 어쨌든 엘라는 폭군 같은 그의 모습은 보지 못했다. 그 남자는 피아노를 연주했다! 그는 –피아노를– 연주했다! 하지만 재능이 탁월한 예술가일지는 몰라도 개인사가 미심쩍은 유명 인사들이 간혹 있다는 점을 고려하면 이것도 별로 좋은 예는 아니었다.

엘라는 다시 헨리에 대해 생각해보았다. 오스카는 왜 그랬을까? 그는 왜 아들에 대한 양육권을 장인 장모에게 넘겼을까? 엘라는 어제 저녁에 다시 필립한테 전화를 걸어 위임장에 대한 얘기를 전하면서 종이에 끼적거린 그런 위임장은 아무 법적 효력이 없다고 웃으며 말해주기를 기대했다. 하지만 놀랍게도 그는 그런 서류가 실제로 효력이 있다고 설명해주었다. 그리고 이런 합의를 철회하는 것은 더더욱 힘들다고 말했다.

아내의 죽음은 당연히 아주 슬픈 일이다. 아내의 사망 원인이 무엇이든 간에(엘라가 아직 알아봐야 할 일이었다) 아이에게 등을 질 이유는 되지 않는다! 오히려 그런 일을 계기로 아버지와 아들은 더욱 끈끈한 유대관계를 맺어야 한다. 엘라 역시 한 부모 가정에서 자랐고 엄마는 그녀를 사랑했다. 사랑했다! 엄마는 무슨 일이 있어도 자발적으로 딸을 넘겨주지 않았을 것이다!

엘라는 페리에서 엄마가 새로운 사랑을 따라 남아메리카로 이민을 갔고 그녀는 보딩스쿨에 다니게 됐다고 오스카에게 말했을 때 그의 어이없어하던 반응을 떠올려보았다. 뭐라고 했더라? '지구 반대편에 있는 새로운 사랑을 찾아가기 위해 어린 딸을 홀로 남겨놓는 법이 어디 있어요!'

어쨌든 간에 위대한 사랑이 죽었다고 해서 어린 아들을 버리거나 조부모에게 떠넘긴다는 건 말이 되지 않았다.

아무리 혼자서 아이를 키우는 일이 벅차다고 해도, 아무리 깊은 우울의 수렁 속으로 빠져든다고 해도. 절대 그런 일은 있을 수 없었다. 한동안 다시 마음을 추스를 때까지, 이런 예외적 상황에서 어쩔 수 없이 아이를 몇 주 동안 다른 사람한테 맡길 수는 있었다. 하지만 양육권을 포기한다고? 그것도 영원히? 결코 있을 수 없는 일이었다! 게다가 오스카 드 비트처럼 경제력이 있는 사람은 얼마든지 외부의 도움을 구할 수 있었을 것이다. 아이 돌보미 다섯 명, 가정부 세 명 등 어떻게 해서든 아이를 지킬 수 있었을 것이다. 할리우드 소식통에 따르면 그런 사례들이 얼마든지 있었다. 물론 성격상 남의 도움 없이 모든 것을 혼자 하려고 하는 사람들이 있기는 하다. 오스카도 그런 사람이었을까? 도움을 청하기보다는 차라리 아들을 포기할 만큼 그렇게 콧대가 높은 사람이었을까?

'너는 왜 나를 떠났어?' 만약 이 질문이 헨리를 두고 하는 얘기라면 앞의 얘기는 정말 말도 안 되는 것이다. 만약 오스카가 정말 아들을 떠넘겨버렸다면 이런 질문을 할 필요조차 없었을 것이다. '왜'라는 질문에 대한 대답을 자기 자신이 알고 있었을 것이기 때문이다. 그렇기 때문에 엘라는 올리비에 뒤부아가 했던, 오스카가 헨리에게 전혀 관심이 없었다는 냉혹한 말을 절대 믿지 않았다. 오스카는 '버림받았다'는 상처를 받은 것이지 결코 아들에 대한 책임을 지지 않으려는 사람처럼 보이지 않았다.

엘라는 침대에서 일어나 앉았다가 침대 옆에 섰다. 밤을 새서 여전히 피곤했지만 오스카가 여덟시 반에 문에 노크를 하며 슈페히트 박사한테 다시 상담을 가기로 했다고 말했기 때문에 그가 언제든 집으로 돌아올 수 있었다. 엘라는 지금까지 오스카의 인생의 조각들을 맞추느라 여념이 없어 그가 사용할 휴대전화도 미처 마련해주지 못했다. 만약 휴대전화가 있었다면 그에게 전화를 걸어 언제 집으로 돌아오는지 물어보면 될 일이었다. 하지만 이제 '상시대기'라는 모토에 걸맞게 오스카에게 그녀가 맡은 일을 소홀히 하고 있다는 인상을 주지 않기 위해 할 일들을 하기로 했다. 어제도 방에서 늦게 나왔기 때문에 오늘은 잠옷차림으로 마주치고 싶지 않았다. 오스카한테 가능한 빨리 새로운 휴대전화를 마련해줄 생각이었다. 지금은 휴대전화가 없으면 제대로 사람 구실을 하기가 힘들다! 그리고 왜 아직도 휴대전화 건을 처리하지 않았느냐는 오스카의 날카로운 지적에서도 벗어날 수 있다.

엘라는 노래를 흥얼거리며 샤워를 하면서 페리에서 오스카와 나눴던 대화를 다시 떠올려보았다. 그가 진짜 격앙됐던 것은 틀림없었다. 어떤 도덕적인 잣대에 걸맞은 사람으로 보이기 위해 연기한 것이 절대 아니었다. 기억상실증에 걸리면 본래의 확신, 본래의 가치, 본래의 인격도 잃어버리게 되는 것일까? 아무리 생각해보아도 그건 불가능한 일이었다. 뒷머리를 세게 치기만 하면 지킬 박사가 정말로 하이드가 되고 또 그 반대가 되는 것은 있을 수 없는 일이었다.

"아!" 엘라는 크게 소리를 지르면서 물이 사방으로 튀게 발을 굴렀다. 정말 미치고 팔짝 뛸 노릇이었다. 아무리 머리를 굴려보아도 설득력 있는 이야기가 만들어지지 않았다. 예전에 엄마가 그녀에게 큐브를 선물했을 때가 떠올랐다. 엘라는 몇 시간 동안 큐브를 이리 돌리고 저리 돌리고 위로 아래로 맞춰봤지만 결국 소리를 지르며 큐브를 구석에 던져버렸고 큐브는 분해되어버렸다. 물론 덕분에 엘라는 큐브를 다시 조립하면서 쉽게 맞출 수 있었다. 오스카의 일도 이런 식으로 짜맞출 수 있을까? 그런 생각을 하니 웃음이 나왔다. 다시 한 번 오스카와 충돌을 하면 그의 머리에서 찰칵 소리가 나며 원래 있던 제자리로 모든 것이 돌아오는 것일까.

엘라는 물을 잠그고 수건을 몸에 두르고 거울에 서린 김을 손으로 문질러서 없앴다.

"그래 좋아." 엘라는 스스로에게 말했다. "집중해. 에밀리아 파우스트. 처음부터 다시 시작해보자. 너의 느낌에 맡겨봐. 대체 무슨 일이 있었던 거야?"

'너는 왜 나를 떠났어? 너는 왜 나를 떠났어?

누구를 두고 하는 말일까? 프랑신? 헨리? 둘 다? 그리고 왜?

그러다가 문득—이것은 확신이라기보다는 느낌에 가까

웠지만 그 느낌이 너무 강해서 엘라는 순간적으로 확신했다— 모든 것을 설명해주는 단 하나의 문장이 그녀의 머리를 스치고 지나갔고 깨달음이 강타했다. 그 자신과 관련된 말이었다. 바로 오스카 자신을 두고 하는 말이었다! 그가 바로 자기 자신을 떠난 것이다! 그는 자신이 겪은 일로 인해 자기 자신을 잃었고 다시 돌아오는 길을 찾지 못했다.

15분 후에 엘라는 그녀의 방에 있는 작은 책상 앞에 앉아 그 어느 때보다 결연하게 노트북을 열었다. 이제 어떻게 해야 하는지에 대한 확신이 섰기 때문에 오스카가 집으로 돌아오면 함께 시작할 수 있기만을 기다렸다. 엘라는 예전에 다니던 학교의 홈페이지에 접속을 해서 회원 로그인을 하고 잠시 후 원하던 것을 찾았다. 그녀가 알아야 할 모든 것이 이곳에 있었다. 엄밀히 말해서 엘라가 이미 알고 있고 이제 그녀가 오스카 드 비트에게 알려줄 모든 것이 이곳에 있었다.

그때 휴대전화 벨이 울렸고 엘라는 기분 좋게 전화를 받았다.

"너무 신파적이라는 생각이 들지 않아?" 코라는 인사도 없이 다짜고짜 말했다.

"지금 헨젤과 그레텔을 두고 하는 얘기야, 미스 선샤인?"

"맞아." 코라가 웃었다. "어젯밤 이후로 잘 쉬었어?"

"그래. 지금 아주 좋아!"

"그건 의외네." 코라가 의아해하며 말했다. "나는 네가 절망하며 머리카락을 쥐어뜯고 있을 줄 알았는데 말이야."

"그 반대야."

"너 설마 제정신이 돌아온 거야?"

"바로 그거야!"

코라는 안도의 한숨을 내쉬었다. "정말 잘됐어! 내가 널 언제 데리러 갈까?" 어제 뒤부아 부부의 집 앞에서 처참한 실패를 맛본 후 코라는 두 시간 동안이나 엘라에게 강력하게 권고했다. 이제 오스카 드 비트한테 할 만큼 충분히 다했다고 설득하려고 애썼다. '충분히'는 '너무 지나치게 많이'처럼 들렸고 아버지와 아들 이산가족 찾아주기는 이제 제발 그만두라고 부탁했다. 코라가 보기에 오스카는 아들을 찾고 싶은 생각이 없는 것이 명백했고 엘라는 상관도 없는 일에 관여하고 있으며 오스카의 운명은 이제 의사들에게 맡기고 제 갈 길을 찾으라고 충고했다.

"엘라, 너는 지금 도를 넘어서고 있어. 넌 그 남자를 도울 수 없어! 그 남자가 아픈 것도 그렇지만 그 집안 자체에 뭔가 마가 낀 것 같아. 거기에 너까지 합세하면 드 비트가 다시 제자리로 돌아오는 것이 아니라 너까지 결국 엄청난 좌절을 맛보게 될 거야."

"난 좀 생각을 해봐야겠어. 집에 가서 이제 앞으로 어떻게 할지 가만히 생각해봐야겠어"라고 어젯밤 엘라는 대답했었다.

"나를 데리러 올 필요 없어." 엘라가 친구의 질문에 답했다.

"데리러 오지 말라니?"

"난 여기 있을 거야."

"하지만 방금 네가 제정신으로 돌아왔다고 했잖아."

"그건 맞아."

"그렇다면 난 잘 이해가 안……."

"아주 간단해." 엘라가 말을 끊었다. "오스카는 더 이상 아이를 돌볼 수 없을 정도로 상태가 너무 심각해져서 아이를 맡긴 거야. 이것이 가능한 유일한 설명이야!"

"하지만……."

"어쩔 수 없이 그럴 수밖에 없었다고! 원해서 그런 것이 아니라!" 엘라는 계속해서 말을 이었다. "그건 아주 천지 차이야. 그는 절망스러웠고 밑바닥까지 가라앉아버려서 헨젤과 그레텔을 숲에 두고 오는 것밖에는 다른 출구가 보이지 않았던 거야. 무슨 말인지 알겠어?"

"그래. 이해했어. 넌 미쳤어."

"그 반대라니까! 난 그 어느 때보다 정신이 말짱해."

"그렇구나."

"내 계획은 아주 간단해. 나는 오스카를 숲으로 끌고

가서 아이들을 다시 찾아서 돌보도록 만들 거야. 제대로 된 아버지가 그러듯이 말이야."

"역시나 넌 단단히 미쳤다니까."

"내 말을 잘 좀 들어봐, 코라!" 엘라가 호소했다. "내가 처음 오스카의 집에 왔을 때 집 안 상태를 보고 경악을 금치 못했어. 헨리를 장인 장모한테 맡기기 전부터 그랬는지 아니면 그 후에 그렇게 됐는지는 잘 모르겠지만 일단 그건 중요한 문제가 아니야. 팩트는 바로 이거야. 나는 혼자서는 도무지 생존 불가능했던 남자와 충돌사고가 났던 거야."

"그 남자는 충분히 많은 돈을 갖고 있어. 그렇다면 24시간 돌봐줄 사람을 얼마든지 구할 수 있을 것 아니야."

"그렇게 했잖아. 내가 있잖아!"

"하지만 내 생각에 넌 적임자가 아니야. 그러기에는 너는 너무…… 감정적으로 너무 몰입되어 있어."

"집 안이 깨끗하게 정리정돈이 잘되어 있는 것 따위는 중요한 게 아니었어." 엘라가 말했다.

"아니라고? 중요한 문제가 아니라고?"

"그래. 누군가 오스카를 다시 제자리로 돌려놓는 것이 중요해. 오스카는 자기신뢰와 자기가치를 되찾아야 해. 그렇기 때문에 집안일이나 도와주는 건 전혀 도움이 되지 않아. 아주 깊은 뿌리 속까지 들어가서 새로 시작해야 해."

"뿌리라고?" 코라는 어리둥절했다.

"그렇다니까. 인생은 충분히 살아갈 만한 가치가 있고 재밌고 즐겁다는 것을 누군가 그에게 알려줘야 해. 그래서 오스카가 자신의 인생을 혼자서 헤쳐 나갈 수 있는 방법을 배우게 되면 결국 헨리와도 함께 살 수 있게 될 거야. 자신이 스스로 할 수 있다는 경험을 통해 힘과 확신을 얻게 될 거야."

"그리고 그 모든 것을 그 남자한테 알려주는 그 누군가가 바로 너라는 말이지?"

"그렇지. 나는 오스카가 언젠가는 모든 일을 혼자서 할 수 있도록 가사와 관련된 일을 아주 체계적으로 가르쳐줄 생각이야. 이를테면 그가 스스로를 도울 수 있게 내가 돕는 거지. 오스카 드 비트는 나에게 개발도상국인 셈이야."

"너의 개발도상국이라고?" 코라가 비명을 지르는 소리가 들렸다. "너는 그냥 미친 정도가 아니라 넌……."

"정말 그렇다니까." 엘라가 또다시 말을 끊었다. "이게 최선의 방법이야. 나는 오스카가 다시 두 발로 설 수 있게 도와줄 거고 이 일에 성공하고 나면 그에게 아들이 있다는 사실을 조심스럽게 알려줄 거야."

"개발도상국이라." 코라가 중얼거리며 되풀이했다. "정말 말도 안 돼."

"우리는 오스카를 '마이 페어 레이디'라고 부를 수도 있어." 엘라가 낄낄거렸다. "우리가 같이 먼지털이봉을 휘두르는 모습이 눈에 선해. 그러면서 같이 노래를 흥얼거리겠지."

"미쳤어." 수화기 너머에서 한탄이 들려왔다. "정말 완전히 미쳤어. 게다가 그건 범죄야."

"범죄라고?"

"넌 그 사람한테 월급을 두둑이 받으면서 동시에 그 남자를 농락하는 거잖아."

"그 사람을 위해서 하는 일이잖아." 엘라는 코라의 말에 조금 위축됐다.

"네가 언젠가 모든 진실을 밝혔을 때 오스카 씨도 그렇게 생각할지 정말 궁금하다. 난 그 사람이 너에게 대단한 감사를 표하기보다 너를 고발할 것 같은 생각이 드네."

"음." 엘라는 아랫입술을 깨물었다. 오스카가 고마워하며 그녀의 목을 끌어안기보다는 화가 나서 난리를 칠 위험성이 높다는 사실은 엘라도 인정할 수밖에 없었다. 다만 살면서 위험을 감수하지 않으면 어떻게 되겠는가? 하지만 코라의 말을 들으니 조금 전까지만 해도 강한 확신이 들었던 생각이 정말 좋은 생각인지 의심이 들기 시작했다. 나쁜 코라! "하지만 이것 말고 다른 좋은 생각은 떠오르지 않아." 엘라가 침울하게 말했다. "그리고 나는……."

"그것 말고 더 좋은 방법이 떠오르지 않을 수는 있어." 코라가 말을 끊었다. "하지만 제발 부탁이야, 아니 내가 싹싹 빌게. 다시 한 번 잘 생각해봐. 그건 그야말로 미친 짓이고 결국 파국으로 끝날 수밖에 없어. 그냥 오스카 씨한테 미안하다는 쪽지를 남기고 네 짐을 챙겨서 나와. 내가 너를 데리러 갈 테니까 이제 그 일은 그만 다 잊어버려, 알겠지?"

"나는 그렇게 할 수는 없⋯⋯."

"아니. 엘라. 넌 그렇게 할 수 있어. 우리 집으로 들어와서 '착한 요정'에서 다시 같이 일하자." 코라는 웃었다. "아니면 차라리 필립한테 돌아가든지. 내가 필립을 못마땅하게 생각하는 것과는 별개로 네가 행복한 게 가장 중요하니까."

"난 필립이 다시 나하고 잘해보고 싶은 생각이 있는지도 아직 잘 모르겠어."

"필립은 당연히 그러기를 원하지!" 코라는 콧방귀를 뀌었다. "지금 질투심에 부글부글 끓고 있는 것을 너도 봤잖아! C와의 관계도 끝냈고 란둥스브뤼켄에서 너를 몰래 기다렸고⋯⋯."

"필립은 그냥 자전거를 찾으러 왔었던 거야!"

"말도 안 되는 소리! 그건 그에게 남은 유일한 구실이었을 뿐이야. 어쩌면 이틀 전부터 거기서 죽치고 있으면서 네가 나타나기만을 학수고대했을지도 몰라."

"정말 그렇게 생각해?"

"당연하지! 필립은 네 부탁을 받고 헨리의 뒷조사를 하기 위해 즉시 전화를 돌려 여기저기 알아봐주었잖아. 본능적으로 라이벌이라고 느끼는 오스카한테 간접적으로 도움이 된다는 것을 알면서도 말이야. 그리고 필립은 계속 너하고 허심탄회하게 대화를 하고 싶어하잖아. 그런데 뭐가 더 필요해? 빨간 장미 1,000송이하고 현악4중주팀이라도 너한테 보내줘야 하는 거야?"

"그거 괜찮은 생각인데?"

"엘라, 필립이 너하고 다시 잘해보고 싶은 생각이 있다는 것은 두말하면 잔소리야." 코라는 목소리를 조금 낮췄다. "그리고 네 믿음대로라면—난 잘 이해가 안 가지만 어쨌든— 필립이 다시 너를 원하는 것은 오스카 씨도 다시 잘될 거라는 아주 확실한 증거잖아."

"음. 그러네." 엘라는 이제 더 세게 아랫입술을 깨물었다.

"그것 봐!" 전화기 너머로 코라가 손뼉을 치는 소리가 들렸다. "그렇다면 이제 다 잘 해결됐네! 그러니까 이제 어서 네 짐을 챙겨. 내가 한 시간 안에 갈게. 정확한 주소만 다시 알려줘."

"그렇게 서두르지 마." 엘라가 제지했다. "난 조용히 다시 한 번 생각을 좀 해봐야겠어."

"그럼 다시 잘 생각해보고 전화해. 너무 오래 생각하지는 마, 알았지? 오래 머리를 쥐어짠다고 해서 뭐 특별한 수가 떠오르는 건 아니니까."

"전화할게." 엘라는 인사를 하고 전화를 끊었다.

그러고 나서 엘라는 당연히 머리를 쥐어짜기 시작했다. 코라가 한 말은 나름 일리가 있었다. 필립은 실제로 다시 가까워지려는 분명한 제스처를 보였다. 오스카의 집은 다시 깨끗하게 정돈이 되었고 그는 정신적으로 평온해 보였으며 그에게는 슈페히트 박사도 있었다. 골절된 손은 정형외사 의사가 알아서 잘 치료해줄 것이고 그 밖의 도움이 필요할 경우 사람을 고용할 수 있는 돈도 충분했다. 이렇게 보면 그에게 엘라가 없어서는 안 되는 존재는 아니었다. 그리고 헨리와 관련된 일은 워낙 어렵고 민감한 사안이라 자칫하면 잘못될 수도 있었다. 정말 파국으로 치달을 수도 있었다. 그렇다면 이제 그녀가 오스카의 인생에서 사라지는 것이 가장 좋은 방법이 아닐까? 어쩌면 그럴지도 모른다. 하지만 코라가 제시한 방법처럼 그냥 짐을 챙겨서 오스카에게 메모만 달랑 남기고 사라지지는 않을 것이다. 만약 떠난다 해도 제대로 인수인계를 하고 그녀가 했던 일에 다른 사람이 즉각 투입될 수 있게 해놓고 나올 것이다.

엘라는 휴대전화를 들어 필립의 번호를 찾았다. 이제 그를 만나 조용히 모든 일에 대해 허심탄회하게 대화를 할 때가 됐다.

"엘라?" 그는 신호음이 두 번 울리고 바로 전화를 받았다. "네가 웬일이야?"

"지금 통화하기 괜찮아?"

"괜찮아. 30분 후에 법정에 나가면 돼."

엘라는 숨을 깊이 들이마셨다. "네가 저번에 나하고 얘기하고 싶다고 해서 생각을 해봤는데 오늘 저녁에 만나는 건 어때?"

"오늘 저녁? 오늘은 좀 곤란한데."

"그래?" 엘라는 애써 실망감을 감췄다. "그럼 내일은?" 가능한 밝게 물었다.

"내일도 안 돼."

"그럼 주말에는?"

"그게, 음……." 그는 말을 더듬거렸다.

"필립, 무슨 일이야?" 엘라가 단호하게 물었다.

"그게 그러니까……음……." 그는 목소리를 가다듬었다. "크리스틴이……."

"크리스틴?" 엘라가 소리쳤다. "그 여자 이름이 크리스틴이구나?"

"아마도."

"아마도라니?"

"맞아."

"그래서 크리스틴이 뭘 어쨌다고?"

"쥘트로 가는 주말여행을 예약해뒀어."

"그렇구나." 엘라는 입이 턱 벌어졌다. "그랬어?"

"그래." 그의 목소리는 의기소침하고 난감해하는 기색

이 역력했다.

"그래서 그 여자하고 같이 거길 가겠다고?"

"그러겠다고 약속했어."

"약속했다고?" 엘라는 어이가 없었다. "그 여자하고 헤어졌다며?"

"헤어졌지." 그가 다급히 말했다. "그냥 우리 사이에 있었던 일에 대해 얘기나 좀 하려고. 내가 무턱대고 거절할 수가 없었어. 너도 이해하지? 아직 같은 회사 동료고 매일 로펌에서 얼굴도 마주치고 그래서……."

"당연히 이해하지." 엘라가 전화기에 대고 빈정거렸다. "그럼 둘이서 즐거운 시간 보내! 그리고 혹시라도 10분 정도 여유시간이 생기면 너하고 '6년' 동안이나 사귀었던 '전 약혼녀'에게 전화를 걸어서 너희 두 사람 사이에 있었던 일들에 대해 얘기도 좀 해주고."

"엘라, 나는……." 엘라는 전화를 끊어버렸다.

엘라는 손에 들고 있는 휴대전화를 믿기지 않는 표정으로 빤히 쳐다보았고 예전에 큐브를 던져버렸던 것처럼 구석에 던져버리고 싶은 충동을 느꼈다. 하지만 그러지 않았다. 휴대전화는 아직 긴히 필요했다. 쥘트로 떠나는 주말여행이라고? 크리스틴과 함께? 필립은 제정신이 아닌 게 분명했다! 엘라는 양손으로 주먹을 불끈 쥐고 평정심을 잃지 않기 위해 안간힘을 썼다. 자리에서 벌떡 일어나 방 안에 있는 물건들을 다 때려 부수지 않기 위해서.

아니면 당장 필립의 로펌으로 쫓아가 그렇게 하지 않기 위해서.

"좋아." 엘라가 조용히 혼잣말을 내뱉었다. "좋아, 에밀리아 파우스트, 이제 어떻게 하지?"

엘라는 불쾌한 기분으로 다시 노트북을 켜고 가정관리사 양성학교 홈페이지를 열어 그곳에 요약되어 있는 교육 자료를 훑어보았다. 그렇다. 그녀는 애초에 세웠던 플랜 A로 돌아가 샤워를 하면서 머릿속에 떠올린 생각대로 실행할 계획이었다. 필립 드렉슬러라면 이제 진저리가 났다! 적어도 당분간은. 그리고 코라는? 코라는 어차피 그녀를 미쳤다고 생각하고 있었고 그리고 원래 믿는 대로 된다고 하지 않던가.

5시 15분쯤 오스카가 기분 좋게 집으로 돌아왔다.

"나 왔어요, 엘라 씨!" 그는 현관에서 엘라에게 활기차게 인사했다. 엘라는 마침 현관에 깔려 있는 긴 카펫에 묻은 얼룩을 제거하려고 안간힘을 쓰고 있었다. 지난번에 왔던 청소업체에서도 끝내 지우지 못한 얼룩이었다. "오늘 하루 잘 지냈어요?"

"네, 잘 지냈어요." 엘라는 바닥에서 일어나며 아픈 허리에 양손을 댔다.

"여기요!" 그는 예쁜 가을꽃다발을 내밀었다.

"어머나! 슈페히트 박사님께서 오스카 씨한테 꽃 선물

도 해주셨어요?" 엘라는 꽃다발을 받아들었다. "적당한 꽃병을 찾아서 예쁘게 다듬어 꽂아놓을게요."

"엘라 씨!" 그는 어이없다는 표정으로 웃었다. "슈페히트 박사님께서 주신 게 아닙니다. 엘라 씨 주려고 내가 사왔어요!"

"저를 위해서요?"

그는 고개를 끄덕였다. "네. 물론이죠."

"고마워요." 자세히 들여다보니 꽃다발이 더욱 예쁘게 보였다. "오늘 기분이 아주 좋으신 걸 보니 상담이 아주 좋았나 봐요."

"그럭저럭이요."

"그게 무슨 뜻이죠?"

"새로운 기억이 떠오르지는 않았어요. 대신에 새로운 깨달음을 얻게 됐어요."

"그래요? 어떤 깨달음인지 몹시 궁금하네요."

"군터의 말에 따르면……."

"슈페히트 박사님하고 벌써 그렇게 가까운 사이가 되셨어요?"

"매일 만나서 깊은 속 얘기까지 나누다 보니 자연스럽게 그렇게 됐어요."

"그래서 박사님이 뭐라 그러셨는데요?" 엘라가 궁금해하며 물었다.

"군터의 말에 따르면 지금 내 과거를 떠올리려고 머리

를 쥐어짜고 내가 어떤 사람이었는지 질문하는 것은 아무런 의미가 없대요."

"그래요?" 엘라는 의아한 표정을 지었다. "저는 과거의 기억들을 다시 회복하는 것이 가장 중요하다고 생각하고 있었는데요."

"네. 물론 그렇죠. 하지만 그건 두 번째 단계예요. 첫 번째 단계는 우선 '지금' 내가 어떤 사람인지 알아내는 것이 중요하다고 했어요. 또는 내가 어떤 사람이고 '싶은지' 말이죠."

"저는 무슨 말인지 잘 모르겠어요."

"엘라 씨, 아주 명백하잖아요!"

"그래요?"

"엄밀히 말하자면 지금 나의 상태는 어쩌면 진정한 선물이라고요! 축복이요!"

"선물이요? 축복이요?"

"네. 물론이죠!" 그는 환호성을 질렀다. "내 경우에는 모든 것이 초기상태라고요. 모든 것이 0이에요."

"오늘 아침까지만 해도 바로 그런 상태라서 몹시 절망스러워하셨잖아요."

"하지만 이제는 더 이상 그렇지 않아요. 슈페히트 박사 덕분에 이런 상태가 나에게 어떤 이점을 가져다주는지 깨달았어요. 내가 관점을 바꾸기만 하면 모든 것이 완전히 달라 보이죠."

"조금 더 자세히 설명해주세요."

"나도 그러고 싶은데 엘라 씨가 자꾸 내 말을 중간에 끊잖아요."

"가만히 들을게요."

"그러니까 동전의 양면 같은 거예요. 그중 한 면은 내가 기억을 상실했다는 거죠. 그리고 또 다른 한 면은 그렇기 때문에 지금 쓸데없는 짐이 없다는 것이죠. 난 괴로워하거나 골머리를 앓을 과거가 없는 겁니다. 전혀 없어요. 내가 예전에 어떤 실수를 했는지 고민하지 않아도 되고 엘라 씨가 얼마 전에 넌지시 말했듯이 내가 정말 역겨운 인간인지 생각하지 않아도 되는 거죠."

"저는……."

"가만히 듣기로 했잖아요!" 그는 미소를 지으며 엘라의 입을 막아버렸다.

"나는 나를 완전히 새롭게 알아갈 수 있는 절호의 기회를 얻었어요. 과거의 잔재와 예전의 패턴의 영향을 받지 않고 말이죠. 나는 말 그대로 자유로워요. 내가 되고자 하는 사람이 될 수 있는 자유가 있어요." 그는 눈을 찡긋했다. "그래서 엘라 씨에게 주려고 꽃을 사왔어요. 갑자기 꽃을 선물하고 싶다는 생각이 들었거든요."

엘라는 잠시 말문이 막혔다. 지금까지 이런 관점에서 생각해본 적이 한 번도 없었다. 그리고 일리가 있다는 사실을 부인할 수 없었다. 정말 일리가 있었다!

"망각의 축복이죠." 엘라는 생각에 잠겨 미소를 지었다.

"그리고 재발견의 축복이죠." 오스카가 덧붙였다. "그래서 슈페히트 박사는 이제부터 내 마음의 소리에 귀를 기울이고 나의 모든 말이나 행동 그리고 생각이 정말로 나의, 오스카 드 비트의 말과 행동과 생각인지 질문해보라는 숙제를 내줬어요." 그는 빙그레 미소를 지었다. "얼마 전에 엘라 씨가 여러 종류의 커피를 준비해서 시음하게 한 것은 정말 절대적으로 옳은 생각이었어요. 일단 모든 것을 시도해보고 그것을 좋아하는지 싫어하는지 결정하는 거죠. 만약 싫어하면 그냥 치워버리면 되고요. 그러고 그냥 차를 마시면 되는 겁니다."

"좋은 접근방식이네요." 엘라는 오스카가 조금 부럽기까지 했다. 다시 한 번 아예 처음부터 시작할 수 있는 기회를 매혹적이라 생각하지 않을 사람이 누가 있을까? 모든 것에 대해 곰곰이 생각을 해보고 새롭게 구성을 하고 수년에 걸쳐 길들여진 패턴으로부터 벗어나는 것. 마치 아무 일도 없었다는 듯 과거의 모든 실수들을 지워버리고 잊어버리기. 여기에는 물론 작은 생각의 오류가 있기는 했다. 오스카가 비록 지금은 아무것도 기억하지 못한다고 해도 모든 사실들은 여전히 그대로 존재한다. 그리고 그런 '사실' 중 하나가 지금 조부모의 집에 앉아서 아빠를 엄청나게 그리워하고 있을 것이다. 하지만 엘라는 오스카의 들뜬 감정에 제동을 걸 생각이 전혀 없었다. '새로운 시작'에 도취되어 있는 그의 기분은 엘라가 마침 실행에 옮기려고 했던 계획과 잘 맞아떨어졌다. "좋아요. 드 비트 씨. 모든 것을 새롭게 시작해보기로 했다고 마음 먹으신 건 정말 잘됐고 반드시 성공하기를 빌어요. 마침 제가 도움이 될 수 있는 몇 가지 일들을 생각해봤어요."

"어떤 일들이죠?"

"그건 내일 아침 아홉 시에 알려드릴게요. 오늘 나머지 시간은 자유예요."

"자유라고요?" 그는 어리둥절한 표정을 지으며 물었다.

"제 말은 자유시간을 가져도 좋다고요. 하지만 내일 아침 아홉 시에는 저와 함께 해야 할 일이 있어요."

"그 시간에 슈페히트 박사와 상담이 잡혀 있어서 안 돼요."

"그럼 상담시간을 바꾸세요."

"그게 가능한지 모르겠어요."

"드 비트 씨는 박사님께 시간당 280유로를 상담료로 지불하고 있어요. 그래서 저는 드 비트 씨께서 박사님께 '뛰세요!'라고 말하면 당연히 '얼마나 높이요?'라는 대답이 돌아오기를 기대합니다."

"알았어요." 그는 웃었다. "그럼 전화해서 상담시간을 열한 시로 변경할게요."

"오후 세 시로 변경하는 것이 더 좋겠어요."

"아주 거창한 일을 준비하고 있는 모양이죠?"

"그렇다고 할 수 있죠."

늦은 저녁, 드 비트의 변화와 자기 자신에 대한 흡족한 마음으로 침대에 누워서야 엘라는 비로소 한 시간 내로 코라한테 전화하기로 했다는 사실이 갑자기 생각났다. 약속한 시간으로부터 이미 몇 시간이 지났다.

엘라는 휴대전화를 들고 친구한테 급히 문자메시지를 보냈다.

'너한테 전화를 못 해서 미안해. 너무 많은 일들이 생겨서 정신이 없었어. 어쨌든 나는 계속 오스카 집에 있기로 했고 내 계획을 실행에 옮기기로 했어. 그게 모두를 위한 최선의 해결책이야. 나한테 화내지 않기를 바라고 꼭 안아줄게.'

30초 후 답장이 왔다. '미쳤어. 완전히 미쳤어!'

엘라는 웃으며 휴대전화를 탁자에 올려놓고 옆으로 돌아누웠다. 그리고 몇 분 후 스르르 잠이 들었다.

27

10월 11일 금요일

"오스카 씨." 엘라는 초록색 고무장갑을 끼며 말했다. "오늘과 이번 주에 배우게 될 첫 번째 과정은 아주 간단한 겁니다. 바로 방을 청소하고 정리정돈하는 일입니다."

"엘라 씨, 혹시 눈치 챘는지 모르겠지만 나는 지금 팔에 깁스를 하고 있어요."

"월요일에 깁스를 풀 수 있어요. 제가 이미 정형외과에 예약을 해두었어요. 깁스를 풀고 나서 손가락과 팔을 다시 천천히 조금씩 움직이는 데 익숙해지는 것이 중요해요." 엘라가 고무장갑 윗부분 밴드를 당겨 찰싹 소리를 냈다. "그리고 별 어려움 없이 가뿐하게 할 수 있는 일이에요!"

"그렇지만 어차피 정기적으로 청소업체를 부르는데 내가 왜 청소하는 방법을 배워야 하는 거죠?"

"훌륭한 보스라면 자신이 고용한 사람들에게 맡기는 일들을 직접 할 수 있어야 하기 때문이죠. 뭘 알아야 지시를 내리고 맡길 수 있으니까요."

"저기, 미안하지만 엘라 씨, 그건 말도 안 되는 소리에요!" 그는 고개를 가로저으며 말했다. "차가 고장 났다고 해서 내가 차 밑으로 기어들어가 고치지 않잖아요. 그냥 자동차수리소에 맡기죠."

엘라는 그를 도발적으로 쳐다보았다. "예를 들어 드 비트 씨가 차를 운전하고 가다가 새벽 3시에 팜파스 대초원에서 차가 고장 나서 멈춰 섰다고 생각해보세요. 그럴 때 자동차를 직접 고칠 수 있다면 정말 유용하고 기쁘지 않겠어요?"

"아니요." 그는 태연한 미소를 지었다. "그런 경우엔 보험회사에 연락하면 되죠."

"휴대전화 배터리가 없거나 휴대전화가 고장 났거나 잃어버렸다고 생각해보세요."

"그렇게 많은 불운이 한꺼번에 닥치는 경우는 없어요."

"오스카 씨." 엘라가 쏘아붙였다. "저는 지금 오스카 씨를 도와주려고 무진 애를 쓰고 있어요. 그 점을 조금만 알아주시면 안 될까요?"

"하지만 나는……."

그는 엘라의 눈빛을 보고 입을 다물었다.

"알았어요." 그는 단념하는 표정을 지었다. "지금 뭐 하자는 건지 나는 전혀 이해가 가지 않지만 이렇게 해야 엘라 씨 마음이 편하다면 그렇게 합시다."

엘라는 그녀의 마음이 편해지는 것이 문제가 아니라 바

로 오스카 드 비트 때문에 하는 일이라고 설명하는 것을 포기했다. 대신 엘라는 그냥 곧바로 시작했다. "청소의 종류에는 눈에 띄는 것만 간단하게 정리하는 청소, 유지 관리 청소 그리고 대청소가 있어요."

"내가 받아 적어야 합니까?"

"아니요. 나중에 제가 자료를 드릴 거예요."

"듣던 중 반가운 소리네요!"

"청소는 항상 위에서 아래로 해야 합니다. 그래야 바닥에 떨어지는 오물과 먼지를 마지막으로 제거할 수 있어요. 방의 한쪽 부분에서부터 청소를 시작해서 체계적으로 진행을 합니다. 오른손잡이들은 보통 시계방향으로, 왼손잡이들은 시계반대방향으로 진행합니다."

"손이 하나밖에 없는 사람은 청소업체를 부르죠." 그는 깁스한 팔을 들어 올리고 웃으며 말했다.

"오스카 씨!"

10월 12일 토요일

'랄라랄라'

"여보세요?"

"엘라, 나 필립이야."

"쥘트로 여행간다고 하지 않았어?"

"여행 왔어. 그런데 지금 마침 혼자라서 너한테……."

딸깍.

10월 13일 일요일

"아침에 침대를 정리할 때 가장 중요한 것은 이불과 베개를 털어서 공기를 쏘여주는 겁니다."

"엘라 씨?"

"네?"

"눈치를 챘는지 모르겠지만 오늘은 일요일입니다."

"침대는 요일하고 아무런 상관이 없어요."

"하지만 나는 그렇지 않아요. 사람은 일곱 번째 날에는 쉬어야 한다고요."

"맞아요! 잘 정돈된 깨끗한 침대에서 말이죠."

"왜 그래야 하죠? 저녁에 어차피 다시 침대에 들어가서 잘 텐데 뭐하러 아침에 이불을 털고 이불보를 팽팽하게 당기고 호텔처럼 정리해야 되는 겁니까?"

"제가 설명해드릴게요. 일단은 그렇게 하는 것이 훨씬 더 보기 좋기 때문이죠. 그리고 깨끗하게 정리된 침대 속으로 들어갈 때가 더 쾌적하기도 하고요. 게다가 기분이 좋아지잖아요. 전문가들이 6만 8천 명을 대상으로 실시한 연구에 따르면 그 결과는 명백했어요. 매일 아침에 침대를 정리한다고 대답한 사람들 중 71%가 현재 행복하다고 밝혔어요. 반대로 아침에 침대를 정리하지 않는다고 대답한 사람들 중 62%가 현재 불행하다고 말했고요."

"전문가들이 그런 연구조사를 한다고요?"

"제가 최근에 어디서 읽었어요."

"그보다 더 중요한 일들이 많지 않나요? 예를 들면 세계평화 말입니다."

"그것도 각자의 내적인 평화로부터 시작되는 일이죠."

"아멘."

"아주 간단한 겁니다. 아침에 자기 침대를 깨끗하게 정리하면 이미 한 가지 일을 성공적으로 성취한 것이기 때문에 하루를 훨씬 더 활기차게 시작할 수 있어요."

"성취라고요? 미안하지만 침대를 정리하는 일에 사용하기에는 너무 거창한 표현인 것 같네요. 침대를 정리하는데 성취하고 말고 할 게 뭐가 있어요?"

"그것 보세요. 제가 별 어려움 없이 가뿐하게 하실 수 있다고 했잖아요. 그러니까 이제 어서 이불을 드세요!"

"우리 베개싸움 할까요?"

"오스카 씨!"

10월 14일 월요일

"나 필립이야, 제발 전화 끊지 말아줘! 난 함부르크로 돌아왔고 그리고……."

딸깍.

10월 17일 목요일

"설거지를 할 때는 무엇보다 설거지통에 들어 있는 식기를 닦는 순서가 중요해요. 유리잔이나, 수저 또는 접시

와 같이 비교적 오염이 덜한 것부터 시작해서 마지막으로 냄비와 프라이팬을 닦는 것이 좋습니다. 그러니까 대략적인 규칙은 기름지고 더러운 것은 나중에 닦는다고 기억하시면 됩니다."

"혹시 눈치 챘는지 모르겠지만 우리 집에는 식기세척기가 있어요."

"네. 이 집에는 있겠죠. 그런데 만약 휴가 때 펜션으로 놀러갔는데 식기세척기가 없으면 어떻게 하실 겁니까?"

"저는 아무래도 호텔을 선호하는 사람인 것 같아요."

"설거지에 최적인 물의 적정온도는 45도씨이지만 온수와 냉수에 대한 체감은 사람에 따라 다를 수 있어요."

"엘라 씨, 내가 한 말 들었어요?"

"네. 들었어요. 그럼 이제 유리잔부터 닦아보세요."

"알았어요. 대신 엘라 씨가 행주로 물기를 닦아요."

"그럴 필요 없어요. 설거지를 마친 후 그릇들을 개수대에 있는 건조대에 잘 놓아두고 나중에 건조대만 행주로 살짝 닦아주면 됩니다.

"좀 봐주시겠어요? 물이 너무 차갑지 않아요? 뜨거운 물을 조금 더 틀까요?"

"아니요. 괜찮은 것 같은데요."

"확실해요?"

"네. 확실해요. 그리고 제 손 좀 그만 놓아주시겠어요."

"손이라고요? 아 죄송합니다. 접시인 줄 알았어요. 내

손가락에 아직 감각이 제대로 돌아오지 않은 것 같네요.”

“제 손은 그만 놓으시라고요, 오스카 씨!”

10월 29일 화요일

“발 냄새가 나. 아니, 그냥 냄새 정도가 아니라 정말 악취가 난다고!”

“여기는 체육관이니까 지극히 정상적인 일이야, 코라. 체육관에서는 원래 그런 냄새가 나.”

“난 왜 우리가 여기 벤치에 앉아서 아이들이 뜀틀 뛰기를 하고 줄넘기하는 것을 구경해야 하는지 아직도 잘 모르겠어.”

“내가 이미 설명했잖아. 헨리 드 비트가 화요일마다 방과 후에 여기에서 수업을 받는다는 사실을 알아냈기 때문이라고.”

“그렇다면 여기에서 당장 나가자.”

“왜?”

“그 아이의 할아버지 할머니가 여기 나타나서 너를 보면 곧장 널 바닥에 내동댕이쳐버릴 테니까 말이야. 나도 같이.”

“걱정하지 마. 보모가 헨리를 등하교 시켜주고 과외활동도 데리고 다닌대.”

“왜 할머니 할아버지가 직접 하지 않으시고? 별다른 할 일도 없으신 분들일 텐데 말이야!”

"나도 모르겠어. 어쩌면 그런 부류의 사람들은 그러지 않는 모양이지. 아니면 자선행사 등과 같은 일 때문에 바쁠 수도 있지. 하지만 어차피 우리한테는 오히려 잘된 일이니 상관없잖아."

"그래서 그 아이는 지금 어디 있는데?"

"조금 있으면 올 거야."

"내가 멍청해서 그런지도 모르겠지만 나는 여전히 우리가 이러고 있어야 하는 의미와 목적을 모르겠어."

"아주 간단하잖아! 헨리의 하루일과를 알면 내가 아이와 아버지가 우연히 만날 수 있는 기회를 만들어줄 수 있고 혹시 오스카의 기억이 돌아올 수도 있잖아. 조금 있으면 오스카도 이제 혼자서 일상생활이 가능해질 테니까. 오스카의 기분도 나날이 좋아지고 있어서 자존감에 대한 내 이론이 완전히 옳다는 것을 확인했어."

"잘됐네. 난 너의 희열에 제동을 걸고 싶은 마음은 추호도 없지만 어린이 체육교실에서의 '우연한 만남'을 정확히 어떻게 생각하고 있는 거야?"

"때가 되면 생각해볼 거야."

"그럼 넌 그렇게 해. 난 여기에서 당장 나가야겠어. 안 그러면 발 냄새 때문에 질식해서 죽을 것 같아."

"잠깐만 기다려. 헨리가 금방 올 거야!"

"미안하지만 난……."

"저기! 저기 있어! 짙은 색 곱슬머리 남자아이가 보모와 같이 들어오고 있어."

"재야? 정말 귀엽게 생겼다!"

"너무 크게 얘기하지 마! 네가 하는 말을 다 듣겠어!"

"여기에서 하는 말을? 절대 그럴 리 없어! 여기는 냄새가 진동할 뿐만 아니라 소음방지규정도 모조리 어기고 있다고."

10월 30일 수요일

"너한테 온 우편물은 어떻게 처리할까?"

"필립! 그런데 왜 그렇게 숨도 안 쉬고 말해?"

"네가 또 전화를 끊어버릴까 봐 그러지."

"어떤 우편물? 난 우체국에 이미 주거이전 우편물 전송 서비스를 신청했는데."

"그럼 뭔가 착오가 발생한 모양이지."

"중요한 우편물이 왔어?"

"그야 나도 모르지. 남의 편지를 함부로 뜯어볼 수는 없잖아. 지나가는 길에 갖다 줄까?"

"제법 그럴싸했어."

"그럼 주소를 알려줘. 내가 그쪽으로 부쳐줄게."

"픕."

"엘라, 너무 그러지 마! 널 스토킹할 생각은 없어. 맹세코!"

"'너와 남은 평생을 함께하고 싶어' 라고 말할 때처럼 맹세코?"

"흠."

"알았어. 문자메시지로 알려줄게."

"그래. 엘라 그리고……."

딸깍.

11월 7일 목요일

"섬유세탁을 할 때는 네 가지 요소의 작용이 중요합니다. 즉 시간, 방법, 온도 그리고 세제입니다. 여기에서 시간은 당연히 빨래를 얼마나 오랫동안 하느냐를 말하고 방법은……."

"혹시 눈치를 챘는지 모르겠지만 오늘은 내가 수업에 귀를 기울이지 않고 있어요."

"…… 세탁기에서 어떤 세탁모드를 선택하느냐에 달렸어요. 삶기와 표준세탁 모드의 경우에는 섬세모드를 선택할 때보다 드럼통이 더 자주 돌기 때문에……."

"'미친 짓이야! 나를 왜 지옥으로 보내는 거야? 지옥, 지옥, 지옥, 지옥!'"(볼프강 페트리의 노래 '미친 짓' 의 가사—옮긴이)

"오스카 씨의 경우에 선택적 기억이 작동하는 것은 정말 놀라워요."

"선택적이라고요?"

"유행가 가사는 잊지 않고 다 기억에 남아 있는 것 같아요. 얼마 전에 샤워하면서 '택시를 타고 파리로'도 불렀잖아요."

"들었어요? 조금 창피한데요."

"그럴 필요 없어요. 누구나 노래를 잘 부를 수는 없잖아요."

"그건 무슨 뜻이죠?"

"대신에 피아노를 칠 수 있잖아요. 그러니까 예전에는 칠 수 있었잖아요."

"날 놀리는 거였군요."

"다시 섬유세탁 얘기로 돌아갑시다, 오스카 씨."

"그럽시다, 파우스트 씨."

"제가 하는 일 중에서 가장 좋아하는 일이 뭔지 아세요?"

"알려주세요!"

"저는 빨래를 한 옷에서 나는 신선하고 향긋한 냄새가 정말 좋아요! 빨래걸이에 걸려 있는 옷이나 건조기에서 꺼낸 수건에 잠시 코를 대고 냄새를 맡아보세요. 정말 감각적인 경험을 하게 될 겁니다!"

"흠…… 그런 것 같군요."

"지금 뭐 하세요?"

"엘라 씨 냄새를 맡고 있잖아요. 냄새가 정말 좋은데요!"

"오스카 씨!"

"미안해요. 엘라 씨는 빨래걸이에 걸려 있지도 않았고 건조기 안에 들어 있지도 않았는데……."

11월 16일 토요일

"아니, 엘라. 나는 오늘 너하고 같이 빈터후데 키커스 팀과 티바르크 악마 팀의 친선경기를 보러 갈 생각이 없어. 전혀 없다고!"

"코라, 제발 부탁이야! 축구경기가 우연한 만남을 주선하기에 가장 완벽해. 그리고 나는 헨리의 팀 구장이 그런 만남을 하기에 적당한 장소인지 그냥 잠깐 보고 오려고 그래."

"나는 가지 않고도 얼마든지 말해줄 수 있어. 그곳은 적당하지 않아!"

"그걸 네가 어떻게 알아?"

"성인 남자가 여가시간에 취미 삼아 유소년 클럽에 가서 여덟 살짜리 꼬마들이 축구공에 발길질을 해대는 것을 구경하는 경우는 없기 때문이지. 그렇게 생각하는 것 자체가 말이 안 되잖아! 헨리가 분데스리가 함부르크 SV 팀에서 뛸 때까지 기다렸다가 그때 오스카를 폴크스파르트 슈타디온(HSV팀의 홈구장—옮긴이)으로 데리고 가."

"만약 오스카를 어디든 데리고 가야 한다면 차라리 FC 장크트 파울리의 홈구장인 밀레른토어—슈타디온으로 데리고 가겠어. 오스카를 곧장 또 다른 삶의 위기 속으로 몰아넣을 수는 없잖아. 그리고 나는 헨리가 프로 축구선수가 될 때까지 기다릴 시간도 없다고."

"그러면 너는 오스카한테 빈터후데 키커스 팀이 뛰는

경기를 보러 가자고 어떻게 설득할 생각인데?"

"난 그렇게 멍청하지 않아, 코라! 오스카한테 장난을 치는 것처럼 할 거야. 오스카한테 축구경기 입장권이 생겼다고 말하면 오스카는 당연히 장크트 파울리나 함부르크 SV 팀 경기를 보러 간다고 생각하겠지. 그런데 '짠' 하고 어린이 클럽에 가서 귀여운 꼬마들이 축구경기를 하는 모습을 보면 내가 장난치며 속였다는 것을 알고 배꼽을 잡고 웃을 거야."

"멋진 생각이네!"

"내가 그랬잖아."

"아니야. 엘라! 말도 안 되는 짓이야! 하필이면 오스카의 아들이 '아주 우연히도' 그 경기에 참여하고 있다는 사실을 절대로 믿어주지 않을 거야. 자기 아들을 알아보기라도 한다면 말이야."

"그래 알았어. 그 부분에 대해서는 다시 한 번 생각해볼게."

"제발 그렇게 해줘, 부탁이야. 그리고 이제 난 조금만 더 자고 싶어. 아직 여덟 시도 안 됐잖아."

"미안한데 경기가 아홉 시에 시작되기 때문에 내 생각에는……."

딸깍.

11월 25일 월요일

"오스카 씨, 이번 주에는 요리를 배워볼 거예요. 요리는 상당히 광범위하기 때문에 최소한 크리스마스 때까지는 계속해서 요리를 자주 해볼 겁니다. 요리에는 장보기와 제품 보관도 포함되어 있어요. '아이를 위한 맛있고 건강한 식사 혼자 힘으로 준비하기' 과정으로 끝날 겁니다."

"엘라 씨, 혹시 눈치 챘는지 모르겠지만 나는 아이가 없어요."

"미리 미리 배워두면 좋잖아요."

"너무 서두르는 것 같은데요, 엘라 씨."

"뭐라고요?"

"우리가 앞으로 낳을 아이에 대해 생각해보기 전에 우선 같이 나가서 즐거운 시간을 보내고 오는 건 어때요? 영화나 보러 갈까요?"

"요리를 할 때 가장 중요한 것은 작업 공간을 일목요연하게 준비해놓는 것입니다."

"바닷가에 놀러가도 좋고요."

"아. 그게 아니고요, 처음에 항상 주간 계획을 세워놓는 것이 중요합니다. 어떤 요리를 할지 정해놓아야 그에 맞게 장을 볼 수 있으니까요."

"무슨 말인지 알겠어요. 11월 말이 동해안에서 산책을 하기에 가장 좋은 때는 아니죠. 하지만 겨울이라서 오히려 더 로맨틱할 수도 있어요."

"이제 그만 좀 하시겠어요? 이렇게 해가지고는 아무것도 할 수 없어요."

"바닷가에서 해변 의자에 앉아서 이불을 덮고 바다를 바라봐도 좋아요. 바닷가로 가는 길에 고급 식재료 상점에 들러서 맛있는 것과 샴페인을 사가지고……."

"오스카 씨!"

12월 3일 화요일

"이제 드디어 그 일에 착수했어."

"무슨 일에 착수를 했다는 거야?"

"헨리와 관련된 일 말이야. 네가 지금까지 내놓은 방법들은 내 생각에는 별로 도움이 될 것 같지 않아."

"그렇게 생각해? 그럼 네 생각은 어떤지 정말 궁금하네."

"내가 헨리의 학교에 갔다 왔어."

"네가 어딜 갔다 왔다고?"

"헨리가 다니는 학교 말이야."

"코라, 너 제정신이야? 누가 널 봤으면 어떻게 하려고?"

"누가 나를 봤어도 그냥 아이를 데리러 온 여자라고 생각했겠지."

"하지만 그 여자한테는 아이가 없잖아."

"다행히도 내 이마에 아이가 없다고 쓰여 있지는 않

잖아."

"그래도 그렇지! 그런 가미가제식 작전은 너무 위험 부담이 크잖아."

"왜? 너하고 나는 어린이 체육교실에도 가서 앉아 있었잖아."

"그때는 다른 부모들도 많아서 우리는 별로 눈에 띄지 않았을 거야."

"네가 충격을 받을지 모르겠지만 초등학교 하교시간이 되면 엄청나게 많은 엄마 아빠들이 돌아다녀. 그러니까 흥분 가라앉혀, 알겠지?"

"알았어. 알았다고. 그래서 네 생각은 뭔데?"

"상당히 좋은 생각이야. 정보 게시판에 현장체험 학습 참가자 목록이 붙어 있었어. 세 번째 강림주일 전 금요일에 말이야, 야외 박물관에서 크리스마스 수공예 시장이 열린대. 그곳에서 아이들이 만들기도 하고 게임도 하고 산타 할아버지가 선물도 나눠주는 모양이야. 이제 그 참가자 목록에 누구의 이름이 적혀 있었는지 알아맞혀봐!"

"헨리?"

"바로 그거야! 아이들은 학교 앞에서 오전 아홉 시에 버스를 타고 가서 오후 세 시에 다시 학교로 돌아온대."

"그래서 네 말은……."

"그래 맞아. 오스카 씨하고 같이 바람을 쐬고 오는 거야!"

"안 그래도 지난주에 오스카가 그러자고 제안했었어."

"야외 박물관에 가자고?"

"그건 아니고. 같이 바닷가에 가자고 했었어."

"뭐라고? 그런데 그 얘기를 왜 이제야 나한테 하는 거야?"

"별일 아니니까."

"별일 아니라니. 그 사람은 너하고 썸을 타려고 하는 거라고!"

"그건 아니야. 그냥 요리 배우기 싫어서 내 관심을 다른 데로 돌려보려고 그러는 거야."

"그래, 그렇겠지."

"네가 세웠다는 계획에 대해 다시 얘기해봐. 학교에서 현장체험 학습을 가는 날이 정확히 언제라고?"

"12월 13일이야."

"벌써 다음 주잖아!"

"넌 오스카 씨가 다시 혼자서 일상생활을 할 수 있다고 했잖아."

"그거야 그렇지. 하지만……."

"하지만은 없어! 이보다 더 좋은 기회는 없어. 헨리는 보모나 할머니 할아버지 없이 다니게 되는 것이고 오스카를 어린이 체육시설이나 빈터후데 키커스에 데리고 가는 것보다는 크리스마스 수공예 시장에 데리고 가는 것이 훨씬 눈에 덜 띌 거야."

"내가 수공예품을 정말 싫어한다는 것만 간과하면 그

렇지."

"그걸 오스카 씨가 굳이 알 필요는 없잖아."

"흠. 그거야 그렇지."

"그럼 12월 13일에 하자!"

12월 5일 목요일

"엘라? 정말 생각도 못했어! 무슨 일로 나한테 전화를 다 했어?"

"이미 시간이 충분히 많이 지난 것 같아. 필립. 네가 아직 나하고 얘기를 하고 싶다면 그래도 좋아."

"당연히 원하지! 언제?"

"토요일 괜찮아? 오후 두 시에 슈트란트페를레에서 만날까?"

"그래 좋아!"

12월 6일 금요일

"오늘은 오스카 씨의 미래에 관한 대화를 하고 싶어요. 더 정확히 말하면 직업적으로 어떤 일을 하실지 말이에요."

"직업이요?"

"골절된 부위는 잘 낫고 있고 슈페히트 박사님은 오스카 씨가 정신적으로 안정이 되었다고 하셨어요. 그래서 내년 봄부터는 틀림없이 다시 일을 하실 수 있을 거예요."

"내가 이해한 게 맞다면 나는 재산이 많아서 굳이 일을 할 필요가 없어요."

"돈을 버는 것이 목적이 아니에요."

"그러면요?"

"그러니까. 성취감을 위해서죠. 의미요. 해야 할 일."

"손이 완전히 다 나으면 나는 골프를 치거나 요트 타는 것을 생각하고 있었는데요."

"의미요, 오스카 씨! 저는 의미에 대해서 말씀드리고 있어요!"

"컨베이어벨트 앞에서 일하는 도급 노동자가 자신이 하고 있는 일에서 의미를 찾고 있다고 생각해요?"

"그렇게 거만해질 필요는 없잖아요."

"그렇지 않아요. 하지만 나는 세금과 경제법과 관련된 일을 다시 하고 싶지는 않다는 생각이 들어요. 그런 걸 떠나서 내가 다시 할 수도 없고 하려면 처음부터 다시 배워야 하겠죠."

"예전에 하던 일을 꼭 해야 하는 건 아닙니다. 말씀하셨다시피 돈이 많으시니까 하고 싶은 것과 하고 싶지 않은 것을 마음대로 선택할 수 있어요."

"그럼 나는 하지 않는 것을 선택하겠어요."

"에휴!"

"알았어요. 엘라 씨. 한번 잘 생각해보겠다고 약속할게요."

"언제요?"

"곧이요."

"제가 구직센터에 예약을 잡아드릴까요? 직업 상담을 받을 수 있도록이요."

"맙소사, 제발 그것만은 안 돼요! 가능한 빠른 시간 내에 생각을 해보겠다고 맹세할게요!"

"알았어요."

"엘라 씨의 경우에는 어때요?"

"뭐가요?"

"지금 하고 있는 일에서 성취감을 느껴요? 하는 일에서 의미를 찾을 수 있어요?"

"네."

"대답이 아주 빠르게 나오네요."

"사실이니까요."

"그러니까 나를 괴롭히는 일에 성취감을 느낀다는 말이죠?"

"완전히요."

"그렇게 바보같이 웃을 필요까지는 없잖아요."

"바보같이 웃지 않았는데요."

"지금 바보같이 웃고 있어요."

"아니라니까요."

"그렇다고요!"

"깜짝이야! 오스카 씨, 지금 뭐 하는 거예요? 갑자기 헤드락을 걸면 어떡해요. 숨을 못 쉬겠잖아요! 제발 그만해요!"

"바보같이 웃었다고 인정하면 놓아줄게요."

"저는 협박에 굴복하지 않겠어요."

"그럼 풀어주지 않을 거예요."

"그럼 우리 계속 이렇게 서 있어야겠네요."

"엘라 씨?

"오스카 씨?"

"이제 알았어요!"

"뭘 알았어요?"

"내가 성취감을 느끼는 것이 무엇인지 알았어요."

"그래요? 그게 뭔데요?"

"바보같이 웃는 숙녀한테 헤드락을 거는 거요."

"정말 웃기네요."

"정말 그렇죠?"

28

———

토요일 두 시가 조금 지나 엘베 강가로 향하는 가파른 계단을 급히 내려가면서 엘라는 긴장했다. 몹시 긴장했다. 너무나 긴장한 나머지 슈트란트페를레로 가는 아치형 통로를 통과해 멀리서 왔다 갔다 거니는 필립의 모습을 보고는 다시 발길을 돌려 하우프트 거리로 뛰어가 버스를 타고 집으로 되돌아오고 싶었다. 하지만 엘라는 지난 몇 주 동안 필립을 그리워했고 보고 싶어했으며 그가 지금 뭘 하고 있을지 그리고 가끔 그녀를 생각하는지 무척 궁금했다. 사실 필립이 그녀의 생각을 자주 하지 않았다면 그렇게 자주 전화하지도 않았을 것이다.

그리고 필립이 줄기차게 계속 연락을 시도했기 때문에 엘라는 처음부터 한결 수월하게 그에게 단호한 태도를 취할 수 있었다. 그가 계속해서 다시 연락을 시도할 거라는 확신을 가질 수 있었기 때문이다. 계속, 계속 그리고 또 계속. 그러다 결국 오늘의 만남을 제안한 사람은 엘라였고 그녀는 이 사실에 고무되었으며 옳은 길로 제대로 가고 있다는 생각이 들었다. 그녀, 에밀리아 파우스트는 다시 자기 손으로 인생의 고삐를 쥐게 되었고 안장 위에 똑바로 앉게 되었으며 정상궤도에 들어섰고…… 엘라는 하마터면 작은 돌에 걸려 넘어질 뻔했다. 아무래도 긴장되는 것은 어쩔 수가 없었다.

필립은 초조해 보이는 모습으로 강변을 이리저리 거닐고 있었다. 그는 이제 말에 올라타 그 멍청한 용을 찾아 무찌를 때가 되었다는 것을 깨달았을까?

"필립." 엘라는 그에게 다가가 인사했다.

그는 뒤돌아서서 환하면서도 동시에 불안감이 어린 미소를 지었다. "왔어?" 그는 잠시 주춤하더니 엘라를 향해 몸을 숙여 양볼에 입맞춤을 했다. "오늘 아주 근사해 보여."

"너도 그래." 엘라는 짤막히 대꾸했지만 오늘 필립이 치장에 상당히 신경을 쓴 것은 사실이었다. 그는 일부러 미용실에 다녀왔고 공들여 면도도 했으며 엘라가 한 번도 본 적 없는 낙타털 코트를 입었고 그의 눈을 한층 부각시켜주는 하늘색 울 머플러를 둘렀다. 얼굴은 살짝 그을린 듯했고(인공 선탠 기계?) 주근깨가 부드러운 겨울 햇살에 반짝거렸다.

"고마워. 우리 조금 걸을까?"

"좋아."

두 사람은 해변을 따라 함께 걸었다. 팔짱을 끼거나 손을 잡은 것은 아니었지만 그래도 어쩐지 서로 하나가 된 것 같았다. '고향.' 엘라는 달리 표현할 말이 없었다. 필립과 함께 있으면-아직도- 곧바로 고향에 온 듯한 기분이 들었다. 어떻게 안 그럴 수 있겠는가. 함께한 세월이 무려 6년이었다. 정말이지 6년이 넘었다! 더 이상 맞지 않는 옷처럼 그냥 벗어던질 수 있는 것이 아니었다.

"잘 지냈어?" 그는 이렇게 물었고 이 질문 안에는 수백 가지의 다른 질문들이 포함되어 있었다.

"잘 지내고 있어."

"오스카 씨는?"

"역시 잘 지내고 있어."

"잘됐네."

"크리스틴은 어떻게 지내?" 엘라는 이런 질문을 절대 하고 싶지 않았다. 그 이름을 결코 입 밖에 꺼낼 생각이 없었다. 그런데 만난 지 10분도 채 되지 않아 그렇게 되고 말았다.

"우린 더 이상 연락을 하지 않아서 어떻게 지내는지 잘 모르겠어." 그의 입꼬리가 불안하게 움찔거렸다. "쥘트에서 우리는 허심탄회한 대화를 나눴고 나는 친구로 지내자고 했어. 하지만 크리스틴은 친구 사이로 지내기를 원치 않았고 그 이후로 더는 소식을 듣지 못했어. 그 다음 날 아프다며 사무실에 출근하지 않았고 2주 후에는 동료로부터 크리스틴이 다른 로펌으로 이직을 했다는 소식을 들었어. 해약고지 기간을 준수해야 한다는 조항은 어떻게 해결했는지 모르겠지만……."

"필립?"

"응?"

"고맙지만, 내가 그런 것까지 알 필요는 없을 것 같아."

"아, 미안해."

두 사람은 말없이 계속 걸었다. 그러다 필립이 돌연 멈춰 서서 바닥에서 납작한 돌을 주워 엘베 강을 향해 던져 물수제비를 떴다. 그리고 또 다른 돌멩이를 주워 또 던졌다. 그는 다섯 번 정도 돌을 던진 후에야 엘라를 향해 몸을 돌렸다.

"미안해." 그의 눈빛은 진지했고 무한한 슬픔이 서려 있었다. "너는 내가 얼마나 미안해하고 있는지 상상도 못할 거야. 우리가 가졌던 모든 것들을 내가 다 망가트렸어."

"넌 나한테 엄청난 상처를 줬어." 엘라의 눈에 눈물이 고였다. 오늘은 절대 눈물을 보이지 않으리라 결심하고 나왔는데 결국 또 이렇게 되고 말았다.

"나도 알아."

"내가 무엇 때문에 더 상처를 받는지도 정확히 모르겠어. 네가 크리스틴하고 바람이 난 것 때문인지 아니면 그 일을 계기로 네가 나를 어떻게 생각하고 있었는지 알게 된 것이 더 큰 상처였는지 잘 모르겠어." 엘라는 이 말을 내뱉는 순간 이것이 진실이라는 것을 깨달았다. 필립의 외도와 그와 관련된 모든 일들, 수개월에 걸친 거짓말과 비밀들은 그녀의 삶을 송두리째 무너트렸다. 하지만 그중에서도 그녀에게 가장 비수가 되었던 것은 그 끔찍한 편지에 쓰여 있던 내용이었다. '엘라는 꿈속에 살고 있는 몽상가이고 둘이 평생을 함께할 수 있을 정도로 잘 맞는 상대인지 확신이 서지 않는다.' 그는 자신이 했던 말에 대해 일말의 변명조차 하지 않은 채 오히려 그것과 유사한 말을 다시 엘라의 면전에 날렸다. '나는 뜬구름을 잡는 사람이 아니라 현실 속에서 살고 있는 배우자를 원해.' 이 말이 비수처럼 꽂혀 그녀의 심장에 깊고 너덜너덜한 상처를 남겼다.

"이해해." 필립이 말했다. "이젠 정말 내가 이해하고 있다는 걸 믿어줘."

"이제라고?" 엘라는 의문스러운 표정으로 쳐다보았다. "무엇이 변했는데?"

"엘라." 그는 엘라의 양손을 잡고 가까이 다다가 그녀의 눈을 뚫어져라 쳐다보았다. 그의 눈빛은 너무나 깊숙해서 어지러울 지경이었다. "나 볼프라데에 다녀왔어."

엘라는 무슨 말을 하려고 했지만 아무 말도 할 수 없었다. 갑자기 머릿속에서 쇄쇄 하는 소리가 들리더니 뇌와 모든 생각에 안개를 드리웠고, 심장박동이 빨라지고 극심한 현기증이 일어 필립이 손을 잡고 있지 않았다면 자칫 쓰러질 뻔했다.

"너를 보지 못한 지난 몇 주 동안 나는 정말 미쳐버리는 줄 알았어. 너의 빈자리가 너무나 크게 느껴졌어! 그냥 가만히 있지 못하겠길래 무작정 차를 몰고 그곳으로 달렸어. 네가 어린 시절을 보낸 곳에서 너를 조금이라도 가까이 느껴보고 싶었거든. 네가 그곳을 나한테 절대 보여주지 않으려고 했었잖아. 그래서 내가 혼자 다녀왔지. 그래서 이제 모든 것을 알게 됐어."

"네가……." 엘라가 쉰 목소리로 겨우 말했다. "네가…… 안다고……."

"예전 이웃 분들이 다 얘기해줬어. 당시 있었던 일에 대해서 여전히 잘 기억하고 계시더라고." 필립은 엘라를 슬픈 눈빛으로 바라보았다. "바로 그것 때문이지? 네가 아이를 갖고 싶어하지 않는 이유 말이야. 네가 아이를 키우는 삶을 상상할 수 없기 때문이 아니었어. 너는 두려웠던 거야. 그 책임감이 두려운 거지. 아이를 끝까지 책임지지 못할까 봐 두려운 거야."

"그래." 엘라가 속삭였다. 그리고 다시 한 번 속삭였다. "그래."

필립이 엘라를 포근하고 따뜻하게 안아주었고 이내 흐느껴 우는 엘라를 달래주었다. "괜찮아." 그는 계속해서 속삭이며 엘라의 머리카락에 입맞춤을 했다. "이제 다 괜찮아. 난 너를 정말 사랑하고 계속 네 곁에 있어줄 거야. 내 평생 그리고 이 세상이 끝날 때까지 영원히."

"정말이야?" 엘라는 가녀린 목소리로 물으며 그의 몸

속으로 더 파고들었다.

"당연하지. 엘라. 당연하지. 내가 정말 나쁜 놈이었어. 만약 진작 제대로 알았더라면, 아니 짐작이라도 했다면…… 신데렐라, 앞으로 너한테 잘못을 저지르는 일은 정말이지 다시는 없을 거야."

엘라는 오스카 집의 현관문에 열쇠를 제대로 꽂아 넣기까지 한참이 걸렸다. 늦어도 오후 여섯 시에는 돌아온다고 약속했는데 어느새 벌써 여덟 시였고 오스카는 분명 꽤 오래 기다렸을 것이다.

그에게 필립을 만나러 간다는 얘기는 하지 않았다. 굳이 그를 초조하게 하거나 긴장하게 만들 생각이 없었기 때문이다. 대신 엘베 쇼핑센터에서 쇼핑을 좀 하고 오겠다고 했다. 그러자 그는 조금 의아한 눈길로 바라보았다. 그는 이제 엘라의 성향을 어느 정도 파악하고 있었고 그녀가 쇼핑을 그다지 좋아하지 않는다는 것을 잘 알고 있었기 때문이다. "코라하고 같이요." 이 말에 그는 이제야 좀 납득을 하는 듯했다. 딱히 필요한 건 없지만 단박에 눈길을 사로잡는 무언가를 사기 위해 이 쇼윈도에서 저 쇼윈도로 목적 없이 옮겨 다니는 모습을 코라에게는 대입할 수 있는 듯했다. 그는 엘라에게 차를 가지고 가도 좋다고 했지만 그녀는 그 호의를 거절했다. 거짓말을 하고 집을 나서는 것도 미안한데 그곳에 오스카의 차를 타고 가고 싶지는 않았다.

엘라는 현관문으로 이어지는 계단 맨 윗 단에 서 있었다. 이 말도 안 되는 모든 이야기가 시작된 제2의 장소였다. 오스카라는 존재도 엘라가 필립에 대해 확고한 생각을 굳히는 데 어느 정도 기여한 측면이 있었다. 엘라가 이행해야 할 자신과의 내기 때문이 아니었다. 오스카를 위한 재활 프로그램을 만들어 이것저것 가르쳐주는 동안 회의감이 들었기 때문이 아니라 그와 함께한 시간이 쏜살같이 달아나버렸기 때문이었다. 서로 장난치고 짓궂게 놀리면서 정말 오랜만에 재밌는 시간을 보냈다. 그리고 코라의 말이 맞았다. 그는 그녀와 썸을 타고 있었다. 그리고 그녀 역시 그랬다. 하지만 그건 애정 어린 플라토닉한 방식이었다. 그 점을 코라는 이해하지 못했고 필립 역시 마찬가지였다. 오스카는 엘라가 얼마 전 상처를 받고 헤어진 것을 알고 있었고 엘라는 오스카 역시 그녀의 심정과 별반 다를 게 없다는 것을 알고 있었다. 물론 오스카는 자신이 겪은 끔찍한 상황은 까맣게 모르고 있었지만 말이다. 두 사람은 '공범자'였고 '부서진 꿈들의 거리'를 향해 가는 긴 여행길에 서로를 지지하고 웃기고 즐겁게 하는 그런 사이였다.

엘라는 그곳에 그렇게 서서 이제 자신이 노란색 벽돌길 끝에 다다라 빨간색 구두로 바닥을 세 번 두드리며 눈을 감고 '역시 집만 한 곳은 없다'고 말하는 게 옳은지 곰곰이 생각해보았다.

　오늘 필립과 만난 이후, 그가 그녀의 모든 걸 이해할 수 있게 되었다고 말한 이후, 그가 그녀에게 평생토록 지속될 사랑을 맹세한 이후, 이 모든 것 이후에 엘라는 그와 단 1초도 헤어지기 싫었다. 그녀의 해피엔딩을 잠시 보류하고 다시 오스카에게 돌아와 이곳에서 아직 그녀를 기다리고 있는 '과제'들을 해결하자니 선뜻 발걸음이 떨어지지 않았다.

　필립도 당연히 엘라를 다시 이곳에 보내고 싶어하지 않았다. 그는 자기 집으로 함께 돌아가자고 애원했다. 하지만 그가 아무리 졸라대도 엘라는 그럴 수가 없었다. 오스카의 아들 문제가 해결되고 그가 해피엔딩을 맞이할 가망이 보일 때까지, 특히 인생을 새롭게 출발할 수 있는 가능성이 보일 때까지는 자신이 옆에 있어줘야 할 책임이 있다고 필립한테 찬찬히 설명을 해야 했다.

　엘라는 필립과 함께 슈트란트페를레에서 팔켄슈타인 강변까지 오랫동안 산책을 하면서 그동안 무슨 일이 있었는지 그리고 그녀가 알아낸 사실들까지 모조리 얘기해주었다. 그 긴 산책을 끝내고도 얼음처럼 차가워진 손과 새빨개진 코, 얼어버린 귀도 아랑곳하지 않고 다시 히르쉬 공원까지 걸어왔고 결국 드 비트 집의 커다란 대문 앞에 이르러서야 헤어졌다. 엘라는 필립이 오스카에게 질투심을 느낄 만한 일은 전혀 없었고 그저 그녀의 도움이 필요한 사람에게 끝까지 책임을 다하고 싶을 뿐이라는 말을 여러 차례 하면서 필립을 안심시켰다. 결국 필립도 엘라가 그 집에서 그냥 나와버릴 수 없다는 것을 이해해주었다. 혹은 어쩔 수 없이 마지못해 받아들였는지도.

엘라는 어깨를 펴고 숨을 깊이 들이마신 후 눈을 세 번 깜빡거렸다. 그리고 좀 더 확실히 해두기 위해 한 번 더 깜빡였다. 엘라는 오스카한테 필립과 화해했다는 얘기는 일단 하지 않기로 했다. 어차피 엘베 쇼핑센터에서 쇼핑하고 온다고 했으니 우연히 필립을 그곳에서 만났다고 거짓말을 하지 않는 이상 그런 얘기는 꺼낼 수도 없었다. 엘라는 12월 13일까지 기다리기로 하고 모든 상황들이 서서히 좋아지기를 바랐다. 오스카가 아들을 알아보고 기억이 떠오르기를. 아니면 엘라가 모든 진실을 알려줬을 때 적어도 아들을 위해 싸울 마음의 준비가 되어 있기를. 엘라가 이미 코라한테 설명했듯이 오스카는 이제 혼자서도 일상을 잘 꾸려나갈 수 있을 정도가 되었고 엘라가 필립의 집으로 돌아간 이후에도 그가 원한다면 그의 집 일을 계속 맡아줄 의향도 있었다. 어쩌면 엘라는 가정관리사로서 그리고 오스카는 아버지로서 둘이 힘을 합쳐 헨리에게 아름다운 집, '고향' 을 만들어줄 수 있을지도 모른다. 엘라는 2년 반 동안 아이가 세 명인 가족을 위해 일을 한 경험이 있기 때문에 아버지와 아들로 이루어진 단출한 가정의 관리사로 일하는 것은 그리 어렵지 않을 것이다.

엘라는 마지막으로 눈을 깜빡거리는 의식을 반복하고 열쇠를 돌려 문을 열고 집 안으로 들어갔다. 엘라를 가장 먼저 맞이한 것은 집 안을 가득 채운 이상야릇한 냄새였다. 탄 냄새와 맛있는 냄새가 섞여 있었다. 그리고 거실에서 낮은 음악소리가 새어 나왔다. 엘라는 오스카가 뭘 하고 있는지 살펴보려고 거실로 갔다.

그는 아무것도 하고 있지 않았다. 그는 리클라이너 안락의자에서 편안한 자세로 곤히 잠들어 있었고 무릎 위에는 제바스티안 피체크의 새로운 스릴러 소설이 놓여 있었다. 그는 흰색 셔츠와 짙은 색 양복바지를 입고 있었고 깨끗하게 잘 닦은 구두를 신고 있었다. 오디오에는 클래식 모음집 CD가 돌아가고 있었다. 엘라는 오스카에게 다가가 책을 집어 들어 옆에 내려놓고 소파에서 이불을 가져다 덮어주었다. 그녀의 인기척에 잠에서 깬 그는 처음에 어리둥절한 표정을 짓더니 이내 미소를 지었다. "이제야 나타나셨군요! 내가 깜빡 잠이 들었나 봐요."

"그런 것 같네요."

그는 조금 힘겹게 이불을 옆으로 치우고 안락의자에서 일어나 살짝 구겨진 셔츠를 손으로 매만졌다. "지금 몇 시입니까?"

"조금 있으면 여덟 시 반이에요."

"여섯 시에 온다고 해서 기다리고 있었어요."

"죄송해요. 생각보다 좀 오래 걸렸어요."

"그래서 마음에 드는 것 좀 찾았어요?"

"무슨 말씀이신지?"

"쇼핑하러 갔었잖아요. 그래서 쇼핑에 성공했어요?"

"아, 쇼핑이요!" 엘라는 목소리를 가다듬었다. "아니요. 아쉽게도 마음에 드는 물건을 발견하지 못했어요. 그렇지만 코라는 부티크에서 세일하는 옷 두 벌을 건졌어요."

"그나마 다행이네요." 그는 이렇게 말하더니 고갯짓으로 다이닝룸 쪽을 가리켰다. "배고프죠?"

엘라는 오스카의 눈길을 따라 시선을 옮겼고 이제야 식탁 위에 2인분의 식사준비가 되어 있는 것을 발견했다. 흰색 식탁보와 촛불 그리고 식탁 중앙에는 검붉은색 다알리아 세 송이가 꽂힌 꽃병이 장식되어 있었다. 게다가 장식장에서 꺼낸 고급 식기와 반짝이는 와인 잔으로 식탁을 세팅했을 뿐만 아니라 접시 위에는 뾰족한 모양으로 접은 천 냅킨이 놓여 있었다. "무슨 날이에요?" 엘라가 궁금해하며 물었다. "제가 혹시 놓친 일정이 있나요?"

그는 웃었다. "아니요, 엘라 씨. 그냥 지난 몇 주 동안 나를 가르치느라 고생해서 준비해봤어요."

"어머나!" 엘라의 볼은 빨갛게 상기됐다. "굳이 그럴 필요는 없는데요."

"어서 이리 와보세요." 그는 양손으로 엘라의 어깨를 잡고 조심스럽게 식탁 쪽으로 데리고 갔다. "내가 특별히 요리를 했어요."

"무슨 요리요?" 엘라는 오스카가 안내해준 자리에 앉으며 물었다.

"코코뱅(레드와인에 닭을 넣고 푹 고아 만든 스튜—옮긴이)이요." 그가 말했다. "인터넷에서 레시피를 찾아봤어요. 엘라 씨가 배가 고파야 할 텐데!" 그는 부엌으로 사라졌고 조금 후 달그락거리며 분주하게 음식을 차려내는 소리가 들렸다.

엘라는 식탁 위에 팔꿈치를 올리고 손에 턱을 괸 채 사랑스러운 광경을 그윽하게 바라보았다. 오스카는 심지어 은 식기까지 꺼내 광이 나게 닦아놓았으며 흰색 식탁보 위에 검붉은 꽃잎 몇 개를 색대비가 되게 뿌려놓았다. 엘라는 이런 깜짝 선물이 정말 기뻤다. 그러면서 동시에 필립과 함께 보낸 오후 그리고 곧 오스카에게 해야 할 얘기가 떠올라 벌써부터 약간 현기증이 나기 시작했다.

"짜잔!" 오스카가 생각에 잠겨 있던 엘라를 깨웠다. 그는 오븐용 그릇과 대접이 올려진 쟁반을 들고 들어와 식탁 가운데 놓았다. 엘라는 기대감에 잔뜩 차서 몸을 앞으로 숙였다. 오후 내내 필립과 긴 대화를 나누느라 저녁식사를 생략했더니 이제 배에서 꼬르륵 소리까지 났다. 엘라는 도자기 그릇 안에 든 것을 보고 멈칫했다.

"냉동 생선 커틀렛?" 엘라가 어리둥절해하며 물었다.

오스카는 고개를 끄덕였다. "그리고 으깬 감자도 있어요."

"아까 코코뱅을 만들었다고 하지 않았어요?"

그는 또 고개를 끄덕였다. "만들었던 건 사실이에요. 하지만 성공하지는 못했어요." 그는 찡긋하며 미소를 지었다. "그래서 곧장 2번 메뉴로 변경했어요." 그는 여전히 히죽거리며 접시 위에 생선 커틀렛 네 조각을 올리고 으깬 감자 한 주걱을 퍼서 담아주었다. "그래도 감자는 내가 직접 으깬 겁니다."

"잘했네요." 엘라는 웃음이 나오려는 것을 꾹 참았다.

그는 자기 접시 위에도 음식을 올리고 식탁 끝 쪽에 있는 와인냉장고 안에서 화이트 와인을 꺼내 병을 따고 잔에 따라 한 모금 마셨다. 그리고 엘라 맞은편에 앉았다. "맛있게 드세요!" 두 사람은 잔을 들어 건배를 했다.

"고마워요." 엘라는 포크로 으깬 감자를 떠서 입에 넣었다. "맛있어요." 실제로 맛있었다. 심지어 대단히 맛있었다.

식사를 하면서 두 사람은 활기차게 이런저런 얘기를 나눴고 엘라는 적당한 기회를 틈타 다음 주 금요일에 크리스마스 수공예품 시장이 열리는데 함께 가보고 싶다고 말했다. 그는 엘라의 제안을 흔쾌히 받아들인 뒤 오늘 슈페히트 박사와 나눴던 상담내용에 대해 들려주었다. 엘라는 그에게서 눈을 뗄 수 없었다. 흰 셔츠를 입고 있는 모습이 정말 근사했고 촛불 빛으로 짙은 색 눈동자가 반짝였으며 와인과 음악이 분위기를 한껏 고조시켰다. 마치 데이트처럼 느껴졌지만 데이트보다 훨씬 더 좋았다. 오스카는 오늘 상담을 마치고 일기장을 구입했다면서 이제부터 매일 저녁 자신이 좋아하는 것과 싫어하는 것을 알게 될 때마다 기록할 계획이라고 신이 나서 설명했다. 그 모습이 활기차고 의욕이 넘쳐 보여 엘라는 뿌듯했다. 이렇게 된 데에는 그녀의 공도 어느 정도 있기 때문이었다. 슈페히트 박사뿐만 아니라 그녀도 오스카가 나날이 좋아지는 데 기여했다. 마음속으로는 '피그말리온'을 떠올리며 자신의 작품을 뿌듯하게 바라보았다.

엘라는 식사를 마친 후 식탁을 정리하려고 했지만 오스카가 말렸다. "그냥 그대로 놔두세요." 그는 자리에서 일어나 엘라를 향해 손을 뻗었다. "또 다른 일정이 준비되어 있어요."

엘라는 그를 따라 2층으로 올라갔고 음악실을 향해 걸어가다 그 앞에서 잠깐 기다려달라는 요청에 순순히 따라주었다. 잠시 후 오스카가 부르는 소리에 안으로 들어갔다. 그 안은 온통 촛불로 멋지게 장식되어 있었고 그랜드 피아노 뚜껑이 열려 있었으며 그 앞에는 침실의 안락의자가 옮겨져 있었다.

"앉아요." 오스카가 의자를 가리키며 말했다.

"설마 저만을 위한 콘서트를 준비하신 거예요?"

"그런 셈이죠." 그는 목소리를 가다듬었다. "콘서트까지는 아니지만 그래도 몰래 조금씩 연습을 했어요." 그는 약간 쑥스러운 듯한 표정을 지으며 말했다. "다친 손으로 할 수 있는 범위 안에서 말이죠."

오스카는 그랜드피아노 의자에 앉아 잠시 머리를 숙여 숨을 고르고는 손을 건반 위에 올리고 연주를 시작했다.

엘라는 연주가 시작되자마자 어떤 곡인지 알아차렸다. 오스카가 치고 있는 곡은 〈라라랜드〉에 나오는 미아와 세바스찬의 주제곡이었다. 엘라는 등받이에 몸을 기대 눈을 감고 라이언 고슬링과 엠마 스톤이 할리우드 '캐시의 코너'의 장관이 펼쳐지는 곳에서 춤을 추는 모습을 떠올렸고 영화에서처럼 천문대에서 공중을 떠다니며 왈츠를 추고 사랑에 빠져드는 장면을 떠올렸다.

눈을 뜨자 오스카가 음악에 심취한 채 아주 자신 있게—물론 다친 손가락 때문에 조금씩 실수를 하긴 했지만 이상하게도 전혀 귀에 거슬리지 않았다— 건반을 두드리는 모습이 보였다. 연주가 끝나고 나서도 기분 좋은 여운이 계속되었고 엘라는 아쉬움이 묻어나는 깊은 숨을 내쉬었다.

"정말 아름다운 곡이에요." 엘라가 말했다. "고마워요, 오스카 씨! 덕분에 정말 즐거웠어요."

그는 피아노 의자에 앉아 활짝 미소를 지었다. "별 말씀을요." 그는 조금 수줍어하며 덧붙여 말했다. "조금 실수를 했어요."

"아니요, 완벽했어요." 엘라가 선의의 거짓말을 했다.

"실수했다니까요." 그는 웃으며 양손으로 허벅지를 두드리다 이내 얼굴이 일그러졌다. 손목이 아직 다 낫지 않은 상태였기 때문이다. "하지만 상관없어요." 그는 조금 긴장한 투로 말했다. "연주에 대한 대가로 내 부탁 하나만 들어주세요."

"어떤 부탁이요?"

그는 피아노 의자에서 일어나 엘라 쪽으로 다가왔다. "내가 〈라라랜드〉를 다운받아놓았고 팝콘도 준비되어 있어요. 어때요?" 그는 엘라를 의자에서 일으키기 위해 다시 손을 뻗었다. "함께 영화를 보고 편안한 시간을 보내면서 이 영화와 관련해 내 기억에서 사라진 조각을 찾아보기로 해요."

"그건 절대 안 돼요!" 엘라는 예상치 못한 반응을 보이며 목소리를 높였다.

"아. 저는 그냥…… 미안해요……." 오스카가 놀란 기색이 역력한 얼굴로 말끝을 흐렸다.

"아니에요. 오스카 씨." 엘라는 황급히 상황을 수습하며 의자에서 일어났다. "오스카 씨의 제안 자체도 아주 맘에 들고 정말 아름다운 영화예요. 하지만 결말이 너무 끔찍해요."

"끔찍하다고요?"

엘라는 고개를 끄덕였다. "네. 아주 슬프고 맘에 들지 않아요. 두 사람이 결국에는 잘 안 되거든요."

그는 다시 미소를 지었다. "이제 내가 영화의 결말을 다 알아버렸네요!"

"앗, 정말 미안해요. 하지만 저는 그 영화를 차마 다시 보지는 못할 것 같아요."

"그러면 보다가 중간에 끄면 되잖아요."

"소용없어요. 어떻게 끝나는지 이미 알고 있으니까요. 결말이 계속 머릿속에서 맴돌아서 가만히 있을 수가 없어요. 그래서 〈라라랜드〉의 새로운 결말을 생각해보기까지 했어요. 정말 아름다운 영화인데 너무 슬퍼서 결말을 바꿔보았지만 저에게 별 도움은 안 됐어요."

"뭐라고요? 결말을 바꿨다고요?"

"음. 네." 이런 얘기까지 입 밖으로 나오고 말았다. 젠장, 젠장, 젠장!

"그런 일을 자주 하세요?" 그가 궁금해하며 물었다. "영화의 결말을 새로 지어내는 일 말입니다."

"네." 엘라는 순순히 인정하고 시선을 떨구었다. "소설과 이야기도 그렇게 고쳐 써요. 뭐든 슬픈 건 다 그렇게 해요."

그는 잠시 아무 말도 하지 않았다. 그러더니 입을 열었다. "그거 정말 굉장한 생각인데요!"

엘라는 놀라서 그를 쳐다보았다. 그는 진심의 눈빛으로 엘라를 쳐다보았다. 조롱하는 기색은 전혀 없었다. "진짜 그렇게 생각하세요?" 엘라는 확인 차 다시 한 번 되물었다.

"그럼요. 정말 좋은 태도잖아요! '삶이 너에게 레몬을 던져주거든 그것을 레모네이드로 만들어라' 라는 말에 걸 맞잖아요."

엘라는 오스카가 그녀를 미쳤다고 여기지 않는다는 것에 안도하며 미소를 지어 보였다.

"저는 '더 나은 결말' 이라는 제목의 블로그를 운영하고 있어요. 그 블로그에다가 새로 지어낸 결말을 올리거든요." 엘라는 그에게 이런 얘기까지 털어놓았다.

"정말이요? 정말 흥미진진할 것 같아요!"

"맞아요. 재미있어요."

"지금 표정을 보니 단순한 재미 정도가 아닌 것 같은데요. 절 괴롭히는 일보다 훨씬 더 성취감이 느껴지는 일이죠?"

엘라는 힘차게 고개를 끄덕였다.

"내가 한 번 봐도 될까요? 엘라 씨 블로그 말이에요."

엘라는 잠깐 멈칫했다. 그러다가 이내 다시 고개를 끄덕였다. "물론이죠. 안 될 것 없죠."

10분 후 두 사람은 엘라의 방 책상에 놓여 있는 컴퓨터 앞에 나란히 앉아 엘라가 쓴 여러 글과 이야기를 읽어 내려갔다.

"엘라 씨는 팬이 정말 많네요." 그가 감탄하며 말했다.

"몇 년째 운영하다 보니 그렇게 됐어요."

"정말 인상적이고 대단해요."

"고마워요."

"그런데 팬들이 좀 서운해하겠어요. 마지막 글을 올린 지 벌써 한참 됐네요. 무슨 일 있었어요?"

"오스카 씨 때문이죠, 뭐!" 엘라가 웃으며 말했다. "글을 쓰려면 시간이 필요한데 지금은 시간이 없잖아요."

"흠." 그는 고개를 끄덕였다. "그렇겠네요. 이런 글은 짬짬이 쓸 수 있는 게 아니니까요. 다소 철학적이기도 하고…… 아무튼 엘라 씨, 정말 아주 멋져요."

"이제 그만하세요. 얼굴 빨개지겠어요."

"나는 사실대로 말할 뿐입니다." 그는 자신의 말에 힘을 싣기 위해 검지로 화면을 가리켰다. "예를 들어 이 헨젤과 그레텔에 관한 글에는 분명 서브텍스트가 있어요."

"서브텍스트라고요?" 엘라는 글의 의도를 들킨 것 같아 뜨끔해하면서도 아무것도 모르는 척 물었다. 오스카 한테 블로그를 보여주기 전에 왜 가장 최근에 쓴 그 글을 생각하지 못했을까? 그가 진심 어린 관심을 보이는 것이 마냥 신나서 자발적으로 보여주긴 했으나 이제 난처해져 버렸다.

"보딩스쿨에서 받았다는 훌륭한 교육은 다 어디로 갔어요?" 그가 엘라를 놀렸다.

"무시하지 말아요. 서브텍스트가 뭔지는 당연히 알고 있어요." 엘라는 일부러 삐진 척을 하며 말했다. "숨은 진술, 행간에 숨은 뜻이란 의미잖아요."

"역시 훌륭하군요, 파우스트 씨. 아주 잘했어요. 그래
서 그게 뭔가요?"

"뭐가요?"

"행간에 숨은 뜻이요! 이 글을 통해 원래 하고자 했던
말이 뭐냐고요?"

"전혀 없어요. 그냥 헨젤과 그레텔의 부모가 잔혹했다
고요."

"못 믿겠는데요." 오스카가 말했다. "아무런 이유 없이
이런 생각을 했을 리가 없어요."

"실망시켜드려서 죄송하지만 정말 그냥 생각나는 대로
쓴 거예요."

"알겠어요." 그는 물러섰다. 하지만 완전히 물러선 것
은 아니었다. "내가 언젠가는 그것을 끄집어내고야 말겠
어요."

"그럴 리가요. 끄집어내고 말고 할 것이 없다니까요."

"그건 두고 보면 알게 되겠죠." 그는 팔꿈치로 엘라의
옆구리를 살짝 찔렀다.

"이 BLOXXX라는 작자는 누구예요?" 오스카는 다음
질문으로 넘어갔다.

엘라는 한숨을 내쉬었다. "저도 누군지 정말 궁금해요."

"엄청난 좌절감에 사로잡힌 사람처럼 느껴지는군요."

"그럴지도 모르죠." 엘라는 어깨를 으쓱했다.

"이런 악성 댓글을 다는 사람들은 왜 그러는 걸까요? 블로그에 있는 글이 마음에 들지 않으면 안 보면 되지 왜 굳이 찾아와서 글을 다 읽고 댓글까지 달면서 시간을 낭비하는 걸까요? 그것 말고는 달리 할 일이 없어서 그런 걸까요?"

"아마도 제 블로그에서 화풀이를 하고 있는 것 같아요."

"그냥 차단시켜버리지 그래요? 차단하는 기능 없어요?"

"글쎄요. 그렇게 하면 검열을 하게 되는 셈인데 그런 건 정말 싫거든요."

"그건 아니죠, 엘라 씨." 그는 갑자기 흥분했다. "이 놈은 엘라 씨 정원에 와서 오줌을 싸고 가는데 그러지 못하게 조치를 취하는 건 검열이 아니죠."

엘라는 웃음을 터트렸다. "정말 멋들어진 비유네요."

"그렇지만 사실이잖아요." 오스카는 격분하며 고개를 저었다. "나 같으면 절대 가만히 두지 않아요."

"그러실 것 같아요."

"그건 또 무슨 뜻이죠?"

"아무것도 아니에요." 엘라는 낄낄거렸다.

그는 또다시 엘라의 옆구리를 찔렀다. "바보."

"오스카 씨야말로 바보죠!" 엘라도 그의 옆구리를 찔렀다. 그러고는 두 사람 모두 스파클링 와인을 너무 많이 마신 청소년들처럼 낄낄거렸다.

"그런데 궁금한 게 한 가지 더 있어요." 그가 웃느라 숨을 헐떡거리며 말했다.

"그게 뭔데요?" 엘라 역시 숨을 헐떡거리며 물었다.

"블로그에 결혼식 준비 중이라고 글을 올렸던데 결혼식은 이제 물 건너간 거 아니에요?"

엘라는 웃다가 사레가 들려 기침을 했다. "음. 네……." 엘라는 계속 숨을 헐떡거리며 말했다.

"괜찮아요?" 그는 엘라의 등을 살살 두드려주었다.

"이제 괜찮아요." 말은 이렇게 했지만 엘라는 전혀 괜찮지 않았다. 또다시 오스카에게 솔직하게 말하지 못했기 때문이다. 지금이야말로 엘라가 전 약혼자와 화해를 했으며 아마 결혼도 하게 될 거라고 솔직히 말할 수 있는 절호의 찬스였다. 꼭 내년에 결혼한다는 보장은 아직 없지만 필립이 조만간 다시 청혼을 할 거라는 예감은 들었다. 분명 첫 번째 프러포즈보다 훨씬 더 낭만적일 것이고, 술에 취해 실수를 저지른 양심의 가책으로 인한 프러포즈도 아닐 것이다. 하지만 엘라는 오스카한테 말할 수 없었다. 아직은 말할 수 없었고 지금 말할 수 없었다. 그래서 필립에게 했던 말을 그대로 반복했다. "블로그의 엘라는 진짜 엘라하고는 달라요. 블로그에서는 저의 내면을 다 들춰내서 보여주는 것이 아니라 사람들이 읽고 싶어하는 글을 쓰거든요." 엘라는 이렇게 말하면서도 거짓말을 하는 것 같아 마음이 불편했다.

"그렇겠죠." 그는 이해한다는 듯 고개를 끄덕였다. "자기 내면이 어떤 모습인지 모든 사람들에게 다 내비칠 필요는 없으니까요."

"그렇죠."

"나 같아도 그렇게 할 것 같아요." 그는 생각에 잠겨 엘라를 쳐다보았다. 그리고 그 순간, 아주 순식간에 엘라는 오스카에 대한 의심에 사로잡혔다. 무시무시하고 엄청난 의심이었다. 오스카는 정말 기억상실증에 걸린 것일까? 그는 정말 자신의 과거를 전혀 기억하지 못하는 것일까? 아니면 그냥 기억을 잃은 척하는 것일까? 그게 가능한 일일까? 그가 지금의 상황을 즐기고 있는 건 아닐까? 모든 책임을 회피하고자 기억의 망각과 친해져버린 것은 아닐까? 실제로 발생했던 일들을 철저히 외면하고 그런 일은 없었던 것처럼 살아갈 수 있어서?

"아니야." 엘라는 조용히 속삭인다고 생각했지만 큰 소리로 말이 나와버렸다.

"아니라고요?" 오스카가 되물었다.

엘라는 움찔했다. "그게 아니라 그렇다고요." 엘라는 황급히 말을 바꿨다. "모든 사람이 제 속마음까지 알 필요는 없다고요."

그는 눈을 찡긋했다. "그렇다면 아니라는 대답이 맞잖아요."

"그럼 그런가 보죠."

"그나저나 아직 초저녁인데 오늘 밤 시간을 뭐 하면서

보내죠?"

엘라는 시계를 쳐다보았다. "초저녁이라고 하기에는 좀 늦었는데요. 벌써 10시 반이 넘었어요."

"뭐 어때요. 토요일은 원래 밤늦게까지 신나게 놀아야 되는 거 아니에요?"

"글쎄요. 저는 그래본 지가 오래돼서요."

"그렇다고 레퍼반 유흥가에 가서 놀자고 할 생각은 없어요. 다만 벌써 방에 들어가서 자고 싶진 않다는 말이죠. 진짜 영화 한 편 보지 않을래요? 준비해놓은 팝콘이 아깝잖아요."

"그래요. 하지만 〈라라랜드〉는 절대 안 돼요."

오스카는 방어하듯 두 손을 올렸다. "네. 그야 물론이죠. 이제 그 정도는 충분히 알아요."

"어떤 영화가 좋을까……." 엘라는 잠시 생각을 해보더니 오스카를 시험해보기로 했다. "인터넷으로 다운받은 영화목록 좀 볼 수 있을까요?"

"물론이죠. 당연히 보여드려야죠."

29

"당신이 뭐가 잘못됐는지 알아요, 이름 없는 아가씨? 당신은 겁쟁이요! 당신은 용기가 없어요. 인생을 있는 그대로 인정하길 두려워하는 아이 같다고요. 사람들은 다 사랑에 빠집니다. 사람들은 다 서로에게 속하고요. 왜냐하면 바로 그것이 그나마 진정한 행복을 얻을 수 있는 유일한 기회니까요."

두 사람은 포근한 담요를 덮고 소파에 나란히 앉아 커다란 그릇에 담긴 팝콘을 든 채 〈티파니에서 아침을〉의 마지막 장면에 푹 빠져 있었다. 더 자세히 말하자면 오스카가 영화에 푹 빠져 정면 화면을 응시하고 있었고 엘라는 영화에 푹 빠져 있는 옆의 남자를 계속 힐긋힐긋 쳐다보았다. 그는 홀리 고라이틀리가 비가 내리는데 택시 밖으로 고양이를 쫓아버리자 격분하며 눈을 동그랗게 떴고, 폴 바작이 사랑하는 여자에게 무자비한 진실을 말하고 차에서 내리면서 문을 세게 닫을 때 몸을 움찔했다. 폴, 홀리 그리고 고양이가 마침내 서로를 껴안고 뉴욕의 비를 맞으며 키스를 할 때는 오스카의 볼 위로 눈물이 흘러내렸다. 그리고 영화 막바지에 이르러 '문 리버'가 흐르고 이제 모든 게 잘될 거라는 행복감이 충만해지자 오스카는 엘라를 의식하지 못한 듯 실컷 눈물을 쏟았다.

오스카의 그런 모습에 엘라는 팝콘이 담긴 그릇을 옆에 살며시 내려놓고 그의 손을 꼭 잡아줄 수밖에 없었다. 그리고 그 역시 그녀의 손을 꼭 잡았다. 그러고는 마치 영화의 슬로모션처럼 오스카는 엘라를 자기 쪽으로 끌어당겼고 이내 서로의 코가 맞닿았다. 그 둘은 어색함을 떨치려는 듯 지나칠 정도로 낄낄거렸다. 그는 마침내 엘라의 목덜미에 손을 올리고는 눈을 감고 입술로 부드럽고 조심스럽게, 한없이 부드럽고 조심스럽게 그녀의 입술을 탐색했다. 엘라는 얼굴에 닿는 그의 따스한 숨결을 느끼며 설렘과 전율로 마구 날뛰는 심장소리를 들었다.

곧이어 오스카는 엘라를 완전히 끌어안았고 그의 입맞춤은 한층 거세고 격렬해졌다. 에밀리아 파우스트는 그를 거역할 수가 없었다. 거역하고 싶지가 않았다. 오스카 드 비트는 그녀를 온통 사로잡았다. 그녀는 지금 이 순간 그의 집 소파에서 키스를 하는 것 말고는 아무것도 하고 싶은 게 없었다. 그리고 그녀의 머릿속에 고전적인 러브 스토리가 떠올라 피식 웃음이 났다. 한 여자와 두 남자. 두 남자 사이에서 결정을 내리지 못하는 여자. 감정과 이성 사이에서 어느 쪽도 선택하지 못하고 갈팡질팡하는……

그러다 엘라가 갑자기 오스카를 밀쳐내는 바람에 그는 내켜하지 않는 소리를 내며 의문스러운 표정을 지었다. 그녀는 지금 무슨 생각을 하고 있는 것일까?

"괜찮아요?" 그가 의아해하는 낯빛으로 물었다. 그리고 괜찮지 않기 때문에, 괜찮은 것이라곤 하나도 없기 때문에 그녀는 그에게 다시 다가가 중단했던 곳에서 다시 시작했다. 이번에 그의 키스는 첫 번째보다 더 조심스럽고 부드러웠다. 그렇지만 훨씬 더 달콤하고 친밀했다. 무엇인가를 깨트릴까 봐 조심스러워하는 남자의 순수한 접촉이었다.

몇 분이 지났는지 몇 시간이 지났는지 알 수 없었다. 엘라는 오스카의 따뜻한 가슴 위에 머리를 올려놓은 채 스르륵 꿈나라로 가고 있었고 그는 그녀의 머리를 쓰다듬어주며 조용히 속삭였다. "내가 사랑에 빠져버린 것 같아요."

엘라의 꿈속에서 벨이 울렸다. 시끄럽고 날카로운 벨 소리가 계속해서 울렸다. 자명종 시계? 휴대전화? 초인종? 엘라는 소스라치게 놀라 벌떡 일어나며 어리둥절한 표정으로 주위를 두리번거렸고 약 2초 후 자신이 여전히 소파 위 흰색 이불 아래 완전히 발가벗은 채 누워 있다는 것을 깨달았다. 3초 뒤에는 오스카가 옆에 없다는 것을 깨달았고 4초 뒤에는 오스카가 꽉 끼는 트렁크 차림으로 셔츠를 입고 거실에서 현관을 향해 가는 모습이 보였다.

5초, 6초, 7초는 그냥 지나갔고 또다시 쩌렁쩌렁한 초인종소리가 집 안에 울려 퍼졌다.

8초 그리고 9초.

"드렉슬러 씨! 안녕하세요. 아침부터 무슨 일이십니까?"

"안녕하세요, 드 비트 씨. 혹시 제가 깨웠다면 죄송합니다."

"아니, 괜찮습니다."

"엘라 안에 있습니까?"

그 순간 사람이 이렇게 빠를 수도 있구나 싶은 광경이 펼쳐졌다. 엘라는 소파에서 벌떡 일어나 이불을 몸에 두르고 옷가지들을 주워 부엌 쪽으로 재빨리 뛰어갔다. 부엌으로 들어오고 나서야 2층으로 올라가는 계단으로 향하는 유일한 길이 현관 앞을 지나야 있다는 것을 깨달았다. 엘라는 오스카가 필립을 집 안으로 곧바로 들이지 않기를 바랐다. 아니, 그야말로 절실히 기도했다.

운명은 다행히 그녀의 편이었다. "제가 옷을 갈아입을 수 있게 밖에서 잠깐만 기다려주시겠습니까?" 오스카의 목소리였다. 곧이어 현관문이 닫히는 소리가 들렸고 엘라는 안도의 한숨을 내쉬었다.

엘라는 현관 쪽으로 가서 셔츠 단추를 잘못 꿴 채 어리둥절한 표정으로 서 있는 오스카와 마주했다. "저 사람이 여기는 무슨 일로 찾아온 걸까요?" 그의 질문에서 미묘한 뉘앙스가 느껴졌다.

"모르겠어요." 엘라는 몸에 두르고 있던 이불을 더 세게 감싸며 말했다. 그 말은 완벽한 진심이었다. 어제 필립과 화해를 했고 그녀와 다시 한 번 잘해볼 기회를 주긴 했지만, 필립이 지금 이 시간에 현관문 바깥 야외계단에 서 있는 이유는 도무지 알 수 없었다. 필립에게 오스카와의 일이 모두 잘 해결될 때까지 시간을 좀 달라고 하지 않았던가? 그리고 필립도 분명 동의하지 않았던가? "모르겠어요." 엘라의 목소리는 떨렸다. 정말 끔찍하고 민망한 순간이었다! 그녀는 반나체 상태로 팬티와 엉성한 셔츠 차림의 오스카와 마주 서 있었고 그의 얼굴에는 그녀의 전 약혼자가 도대체 여기에 왜 와 있는지 영문을 알 수 없어 당혹스러워하는 기색이 역력했다.

"내가……." 오스카가 입을 열었다.

"아니요." 엘라가 다급히 그의 말을 잘랐다. "고맙지만…… 제가 해결할게요."

엘라는 계단을 성큼성큼 올라가 방으로 가서 옷장에서 속옷, 양말, 청바지와 풀오버를 손에 잡히는 대로 꺼냈다. 엘라는 옷을 입으면서 바깥 계단에서 못마땅한 표정으로 현관문을 쳐다보고 서 있는 필립을 내려다보았다.

그런 다음에 화장실로 들어가 급하게 머리를 하나로 묶고 5초 동안 이를 닦고 다시 현관으로 뛰어 내려갔다. 오스카는 전날 입었던 바지를 입고 있었다.

"제가 혼자 해결하는 것이 가장 좋을 것 같아요." 엘라는 신발을 신으면서 오스카한테 사정하듯이 말했다. 오스카는 미심쩍은 표정으로 엘라를 바라보며 바지 주머니에 손을 넣고 맨발로 발뒤꿈치를 들었다 내렸다 했다.

"그 사람한테 얘기할 거예요? 우리 사이에 있었던 일?"

"모르겠어요." 엘라가 사실대로 말했다.

"알았어요." 그는 엷은 미소를 지었다. "행운을 빌어요." 그가 엘라 쪽으로 다가와 몸을 숙이기에 엘라는 입맞춤을 예상했으나 그는 그냥 어깨에 손을 올리고 한동안 쳐다보더니 부엌으로 사라졌다.

엘라는 심호흡을 하고 필립이 기다리고 있는 밖으로 나갔다.

"자기야!" 필립은 문이 열리자마자 엘라를 끌어안고 입맞춤을 했다. 너무 순식간에 일어난 일이라 말릴 수가 없었다. 엘라는 오스카가 보지 못하도록 겨우 현관문을 닫는 것 말고는 할 수 있는 일이 없었다. "무슨 일 있었어?" 필립이 물었다. 엘라의 몸이 경직되어 있다는 것을 느낀 모양이었다.

"그런 것 같아." 엘라는 자신을 감싼 필립의 팔을 억지로 풀어놓고는 나무라는 듯한 표정으로 쳐다보았다. "여기는 무슨 일로 찾아왔어?"

"네가 보고 싶어서 왔지." 그는 정말이지 순진무구한

목소리로 말했다.

"필립, 여기에서 내가 하던 일들이 다 정리될 때까지 나한테 시간을 좀 달라고 부탁했잖아." 엘라는 엄중한 눈길로 필립을 바라보며 말했다.

"지금 그러고 있잖아!" 필립이 너무 의아한 표정을 지어서 엘라는 순간 그렇다고 착각할 뻔했다.

"나는 네 고용주한테 무슨 얘기를 하러 찾아온 게 아니야."

"쉿, 너무 큰소리로 얘기하지 마!" 엘라는 오스카가 문 뒤에 서서 혹시 엿들을까 봐 염려되어 몸을 돌리며 쏘아붙였다. "우리 조금 걸으면서 얘기하자."

"좋아." 필립은 오른손을 내밀었으나 엘라는 의도적으로 못 본 채했다. 엘라는 그를 스쳐 지나 얼른 계단을 내려갔다.

엘라는 자갈길을 한참 앞장서서 멀리 걸어갔다. 혹시 오스카가 열린 창문으로 그들의 대화를 엿들을 수 있지 않을까 하는 걱정에 가능한 집에서 멀찍이 떨어졌다. 물론 오스카가 몰래 엿들을 사람이라고 생각하지는 않았지만 엘라라면 그럴 수도 있었다.

필립은 숨을 헐떡이며 뒤쫓아가 엘라를 따라잡았다.

"나를 스토킹하지 않겠다고 했잖아." 엘라가 그를 향해 쏘아붙였다.

"난 그러지 않았어."

"그럼 지금 뭐 하는 건데?"

그는 겸연쩍게 양손을 들어올렸다. "집으로 찾아오면 안 되는 줄은 몰랐어. 그리고 네가 일요일에는 일을 안 하니까 나하고 함께 보낼 생각이 있는지 묻고 싶었어."

"전화로 물어볼 수도 있었잖아."

"전화를 했는데 네가 안 받았어."

"나한테 전화했다고?"

그는 고개를 끄덕였다.

"전화 벨소리 못 들었어." 어떻게 들을 수 있었겠는가? 필립을 만날 때 무음으로 설정해놓은 휴대전화는 가방 안에 그대로 들어 있었고 어제 저녁에 있었던…… 여러 가지 다양한 이유로 인해 휴대전화 벨소리를 다시 돌려놓지 못했다.

"왜 그래?" 필립이 불쑥 물었다.

"뭐가 왜 그래?"

"네 얼굴이 빨개졌어."

"추워서 그래."

"알았어. 어쨌든 난 널 스토킹할 생각은 전혀 없었고 그냥 네가 오늘 시간이 있는지 궁금했을 뿐이야." 엘라는 그가 오스카의 집에 대해 얘기할 때 집이 아니라 그냥 '여기'라고 말하는 것을 인식했다.

"그렇다고 연락도 없이 무작정 들이닥치면 어떡해." 엘라는 자신이 지나치게 화를 내고 있다는 생각이 들었다.

그가 집으로 찾아온 것은 불쾌했지만 그렇다고 범죄는 아니었다.

"내가 좀 더 주의할게." 그는 갑자기 기분이 상한 투로 말했다. "여기로 찾아오기 전에 우선 서면으로 방문신청을 해야 하는 줄 몰라서 그랬어."

"알았어. 필립." 엘라는 한숨을 내쉬었다. 필립은 그녀의 과민한 반응을 당연히 납득할 수 없을 것이다. 엘라는 필립과 나란히 자갈길을 따라 걸었다. 의도적으로 드 비트의 집을 등진 채. 그런데 문득 또 다른 생각이 떠올랐다. "그런데 여기 안까지 어떻게 들어온 거야? 길가에 정문게이트가 있잖아."

그는 뭔가 양심에 찔려하는 듯한 표정을 지었다. "초인종을 아무리 눌러도 열어주지 않아서 그냥 정문게이트를 넘어서 들어왔어." 그가 어깨를 으쓱하며 말했다.

"그랬는데도 '스토킹'을 하지 않았다고 말하는 거야?"

"그러면 내가 어떻게 했어야 했는데?"

"다시 집으로 돌아가면 되잖아. 이 집에 아무도 없을 수도 있는 거잖아."

"하지만 넌 안에 있었잖아."

"그건 알 수 없는 일이었잖아."

"엘라, 내가 이럴 때 뭐라고 얘기해야 하는 거야?" 그는 손을 비비며 불쌍한 표정을 지었다. "네가 너무 보고 싶었다고? 그래! 내가 질투가 났다고? 그래. 오스카라는 사람이 어떤 집에 살고 있는지 그리고 네가 어떤 집에서 지내고 있는지 궁금했다고? 그래, 그래, 그렇다고! 모든 혐의점에 있어서 다 유죄라고."

"필립……." 마음 같아서는 필립을 안아주고 달래주고 싶었다. 그는 정말 비 맞은 강아지처럼 너무 처량해 보였다. 하지만 아직 오스카 집의 시야에서 완전히 벗어나지 못했기에 그럴 수는 없었다. 하지만 시야에서 벗어났다고 해도 그럴 수 없었을 것이다. 왜냐하면…… 왜냐하면 그냥 그럴 수 없기 때문이다. 엘라는 스스로도 어떻게 해야 할지 알 수 없었다. 어제 오후 필립과 보낸 시간들 그리고 오스카와 보낸 저녁시간 그리고 무엇보다 밤에 있었던 일! 엘라는 머릿속이 너무 복잡했다.

필립은 엘라가 혼란스러워하는 것을 눈치 챘는지 다시 그녀의 손을 잡고 가까이 끌어당겼다. 엘라는 의도했던 것보다 훨씬 더 거칠게 그의 손을 뿌리쳤다. "제발 이러지 마!"

필립은 확연히 상처를 받은 표정을 지으며 한 걸음 뒤로 물러나 안전거리를 확보했다. "엘라, 왜……."

"오스카 씨가 우리를 볼 수도 있어서 그래." 이 말은 엘라의 귀에도 공허하게 들렸다.

"보면 어때서? 그 사람은 너를 고용한 사람일 뿐이고 너는 오늘 쉬는 날이야. 너하고 지금 여기에서……."

마침내 필립은 알 수 있었다.

그는 고개를 저으며 이해할 수 없다는 표정으로 엘라를 쳐다보았다. 그는 이 모든 게 꿈이 아니라는 걸 확인하고 정신을 차리기 위해 눈을 질끈 감았다가 떴고 그의 눈빛에는 깊은 상처가 서려 있었다. 경악, 실망, 절망. 이 모든 것이 그의 눈빛에 그대로 담겨 있었다.

"그 사람은 너한테 고용주 그 이상이었던 거야?" 그가 나직한 목소리로 물었다.

"아니야!" 엘라가 반사적으로 말했다. 그렇지만 엘라는 곧바로 시선을 떨구고 신발 끝만 쳐다보며 나직이 중얼거렸다. "사실은 잘 모르겠어."

"그걸 어떻게 모를 수가 있어?" 필립이 너무 큰 목소리로 거칠게 쏘아붙이는 바람에 엘라는 흠칫 놀라 고개를 들었다. 비를 맞은 강아지는 순식간에 복수의 천사로 변신해 있었다. "두 사람 사이에 무슨 일이 있는 거야, 엘라? 응? 대체 뭐야? 말해! 당장!"

"제발, 필립, 나는……."

"내가 알아맞혀볼까?" 그가 말을 잘라버렸다. "내가 크리스틴하고 있었던 일 때문에 나한테 지금 복수하는 거지? 너는 그냥 넘어갈 수가 없었던 거야, 그렇지? 눈에는 눈, 이에는 이?"

"말도 안 되는 소리 하지 마."

엘라는 반박하고 싶었지만 그는 이미 격분해서 계속 말을 이었다. "그래, 내가 너를 배신했어. 하지만 나는 그 일을 수천 번도 넘게 후회했고 내가 어떻게 그렇게 멍청한 짓을 했을까 하고 밤이고 낮이고 괴로워했어. 그리고 나는······."

"필립." 엘라는 그를 진정시키려고 했지만 그의 목소리는 더욱 격앙됐다.

"아, 그리고 내가 이걸 간과할 뻔했네!" 그는 갑자기 허탈한 웃음을 터트리며 저택을 가리켰다. "내 집보다 이 집이 훨씬 더 으리으리하지! 여기에서 지내는 게 훨씬 더 좋을 거야, 그렇지? 그 잘난 드 비트 씨는 근사한 집에 멋진 자동차까지 있으니 소박한 변호사가 대출 받아 마련한 집과는 비교도 안 되겠지." 그는 또다시 웃었다. 경멸과 조소가 가득 담긴 웃음이었다. "에밀리아 파우스트 엄청 성공했네! 일개 가정관리사에서······."

"필립!" 엘라는 목청껏 날카롭게 소리를 질렀다.

그는 깜짝 놀라 사레가 들리면서 입을 다물었다.

"전혀 그렇지 않아." 엘라는 가능한 차분하게 말했다. "그리고 너도 내가 그럴 사람이 아니라는 것을 너무나 잘 알고 있어." 그녀는 오스카가 혹시 계단을 내려오고 있지 않을까 싶어 어깨너머로 집 쪽을 뒤돌아보았다. 그러나 아무 일도 없었다. 그는 창문에 귀를 대고 엿듣고 있지 않거나 아니면 놀라울 정도의 자제력을 갖고 있었다. 또는 '위기에 빠진 사랑스러운 여인을 구해줘야 한다'는 유전자 자체가 없었다.

"그렇지 않다고?" 필립이 무너지는 것이 여실히 보였다. "그게 아니라면 그럼 뭐야?"

엘라는 대답하지 않았다. 뭐라 할 말이 있겠는가? 필립은 어차피 무슨 일이 있었는지 눈치 채고 있었다. 절망스러워하는 얼굴표정이 그것을 말해주고 있었다.

"난 이해할 수가 없어." 그는 말했다. "어제까지만 해도 네가…… 우리는…… 그리고 내가 볼프라데에 갔다 와서 이제 모든 사실을 알게 됐다고 했잖아. 그리고 너는……." 그는 한숨을 내쉬었고 귀 뒤를 만져달라고 애원하는 강아지처럼 고개를 삐딱하게 하고 쳐다보았다.

"나도 나를 이해할 수가 없어." 엘라의 이 말은 정말 사실이었다.

"너는 더 이상 우리의 해피엔딩을 꿈꾸지 않는 거야?"

"그렇지는 않아. 다만 이제는 그것이 우리에게 '옳은' 결말인지에 대한 확신이 없어."

"그런 깨달음이 단 하룻밤 사이에 일어난 거야? 어제 대체 무슨 일이 있었길래 갑자기 모든 게 불확실해진 거야?"

"어제부터 그런 건 아니야." 엘라는 필립을 바라보며 슬픈 표정을 지었다. "솔직히 말하자면 단 하룻밤 사이에 그런 생각이 든 것은 아니야."

"하지만……."

"부탁이야. 필립. 이런 얘기는 이제 그만하자. 우리 둘 다 더 괴롭기만 할 뿐이야."

"하지만 난 그만둘 수 없어!" 필립이 고집스레 말했다. "난 그냥 이렇게 포기할 수가 없다고." 그는 손가락을 튕겼다.

"그렇지 않아. 필립. 너는 두 달 전에 그렇게 했었어. 너한테 아주 쉬운 일 아니었어?"

"엄청난 실수였다고 말했잖아!" 울먹거리는 목소리는 필립과 잘 어울리지 않았다.

"어쩌면 실수가 아니었는지도 몰라." 엘라는 물끄러미 필립을 쳐다보았다.

"넌 어쩌면 그렇게 아무렇지 않게 말할 수가 있어?"

"전혀 그렇지 않아." 엘라가 말했다. "난 전혀 그렇지 않다고."

"오스카 씨는 이제 다 알고 있어?" 필립은 머뭇거리며 물었다. "아들하고 부인과 관련된 일 말이야."

엘라는 고개를 저었다. "아니."

갑자기 필립이 턱을 앞으로 내밀며 전투적인 자세를 취했다. "그럼 내가 저 집으로 들어가서 다 얘기해버려도 되겠네. 몇 주 동안 너의 손 안에서 놀아나고 있다는 사실을 말이야."

"그럴 수도 있겠지." 엘라는 이렇게 말했지만 다리가 후들거렸다. "하지만 넌 그러지 않을 거야."

"그래? 왜 그렇게 생각해? 너도 크리스틴과 있었던 일을 회사에 공개하겠다고 나를 협박했잖아!"

"나 역시 절대 그렇게 하지는 않았을 거야."

"나는 이미 너를 대신해서 회사에 다 털어놓았어!" 필립은 불쑥 이런 말을 내뱉으며 뿌듯한 표정을 지었다.

"네가? 무슨 말인지 잘 모르겠어."

"내가 내 입으로 다 털어놓았다고." 그는 결연히 고개를 끄덕였다. "내가 솔직하게 다 말했어. 깨끗하게 처리했다고. 동료들에게 내가 어떤 실수를 저질렀는지 다 고백했고 그 일을 되돌리기 위해 최선을 다하겠다고 말이야."

"그 일이라니?"

"무슨 말인지 너도 알잖아."

"나는 네가 다른 사람한테 공개선언을 하라고 절대로 요구한 적이 없어."

"너는 그러지 않았지. 하지만 나는 그럴 필요가 있다고 생각했어. 내가 다시 당당하게 거울을 들여다볼 수 있으려면 말이야. 우리가 처음부터 다시 시작할 수 있도록 말이야. 어떤 비밀이나 과거의 부담 없이. 그래서 모두가 사실을 알아야 한다고 생각했어. 내 평생의 반려자가 자랑스럽게 고개를 들고 내 곁에 당당히 서 있을 수 있게 해주고 싶었다고." 그는 자신이 한 말을 강조하기 위해 열심히 고개를 끄덕였다.

"그건…… 그건 정말 높이 살 만한 용감한 행동이긴 한데." 그렇지만 그녀가 배신당했던 약혼녀라는 사실을 모두가 알게 되는 것이 그녀 입장에서는 창피하고 기분 나

뻘 수도 있다는 생각을 그는 미처 하지 못한 듯했다. 자신이 외도한 사실을 모두에게 털어놓는다고 해도 엘라가 대수롭지 않게 생각할 거라 여겼을 것이다. 그리고 실제로 그랬다. 물론…… 기분이 나쁘기는 했다. 정말 기분이 좋지 않았다. 필립의 그런 행동은 그녀를 위해, 그리고 그들의 사랑을 위해 기꺼이 무슨 일이든 할 수 있다는 것을 보여주는 증표였다. 그의 입장에서 보면 용을 죽이는 것과 같은 행동이었다고 할 수 있다. 그런데 바로 이 점이 아쉬웠다. 그녀를 위한 그의 영웅적인 행위는 너무 늦었다.

"엘라." 그는 엘라를 도발적으로 쳐다보았다. "오스카 씨한테 사실대로 다 털어놓으면 어떻게 반응할까? 정말이지 어떤 반응을 보일지 보고 싶다! 네가 말할래 아니면 내가 말할까?"

"그런다고 내가 너한테 돌아갈 거라 생각해?"

그는 침묵했다. 그는 시선을 돌려 오스카의 저택 쪽을 바라보았다. 그리고 여전히 턱을 앞으로 내밀고 엘라를 쳐다보았다. 그러더니 갑자기 온몸에서 힘이 쭉 빠진 듯이 조용히 중얼거렸다. "사랑해, 엘라. 너를 놓쳐버린 나 자신을 평생 용서하지 못할 거야. 이건 내가 저지른 실수 중 최악의 실수로 남게 될 거야."

이제는 저 집에서 창밖으로 누가 엿보든지 말든지 간에 필립을 안아줄 수밖에 없었다. 엘라는 한때 평생 죽을 때까지 함께할 거라 믿었던 남자 필립을 마지막으로 꼭 안

아주었다. 잠시 후 그는 몸을 떼고 한 걸음 뒤로 물러나 슬픈 표정으로 엘라를 쳐다보았다. 하지만 그는 눈물을 흘리지는 않았다. 필립 드렉슬러는 절대 눈물을 흘리지 않는 사람이었다. 눈에 눈물조차 고이는 법이 없었다. 오스카가 그녀 앞에서 아무렇지 않게 눈물을 흘리는 모습은 엘라의 마음을 강하게 흔들어놓았다. 이렇게 두 남자를 비교하는 것은 공정하지 않다는 것을 알면서도 마음이 그런 걸 어쩔 수 없었다. 잠시나마 공정치 못한 비교 대상으로 삼았다는 미안함 때문에 엘라는 발꿈치를 들어 그의 얼굴을 양손으로 감싸고 가볍게 입맞춤을 했다.

"잘 지내길 바라, 필립."

"너도 에밀리아." 그는 깊은 한숨을 내쉬었다. "혹시 마음이 변하면 언제든지 말해."

"그렇게 말해줘서 고마워."

그는 혹시나 엘라가 다시 흔들리기를 기다리는지 잠시 머뭇거렸다. 엘라가 흔들리는 기색이 없자 필립은 고개를 끄덕였다. "그럼 난 이제 그만 가볼게."

"정문게이트를 여는 버튼은 오른쪽 안쪽에 있어." 엘라는 그가 다시 정문게이트를 넘을 필요 없도록 버튼 위치를 알려주었다.

"고마워. 엘라." 그는 터덜터덜 걸어갔다.

엘라는 필립이 자갈길을 따라 출구를 향해 터덜터덜 걸어가는 모습을 한참 동안이나 지켜보았고 그가 길모퉁이로 사라진 후에도 한참 동안 그렇게 서 있었다. 그가 다시 되돌아오지 않을 거라는 확신이 들고 나서야 다시 집 쪽으로 향했다.

그런데 현관문이 잠겨 있었다. 급하게 나오느라 열쇠를 챙기지 못한 엘라는 문에 살짝 노크를 했다. 아무런 반응이 없었다. 다시 문을 두드렸다. 이번에도 문이 열리지 않자 엘라는 초인종을 눌렀다. 그리고 다시 한 번 눌렀다. 그리고 또 한 번. 아무 반응이 없었다. 마음이 무거워졌다. 오스카가 필립과 엘라가 함께 있는 걸 본 걸까? 그들이 나누던 대화를 듣고 어제 둘이 화해했었다는 걸 알게 된 걸까? 아니면 −엘라는 식은땀이 흘렀다− 아들과 부인 얘기를 하는 것을 들은 걸까? 그녀가 감추고 있는 진실이 있다는 것을 알았을까? 심지어 그녀가 그에게 일부러 거짓말을 하고 있다는 사실을? 또 한 번 거짓말을 하면 더 이상 용서는 없다고 그는 여러 차례 분명히 밝혔었다. 지금 엘라를 집 안으로 들이지 않는 것은 이제 영원히 나가라고 말하는 그의 방식인 것일까?

"오스카 씨!" 엘라는 소리를 지르며 문을 두드리고 초인종을 마구 눌러댔다. "오스카 씨, 제가 다 설명할게요!" 집 안에서는 전혀 인기척이 느껴지지 않았고 그는 엘라의 설명 따위는 듣고 싶어하지 않는 듯했다.

엘라는 두려움에 사로잡혀 집 왼쪽으로 돌아가 무성하게 자란 덤불을 헤치고 집 뒤에 혹시나 열린 테라스 문이 없는지 살펴보았다. 물론 모두 닫혀 있다는 걸 잘 알고 있었다. 하지만 어쩌면 오스카가 창문을 열고 한 번, 단 한 번만이라도 그녀의 말을 들어줄지도 모를 일이었다. 고양이용 출입구로라도 몸을 비집고 들어가고 싶었다.

그리고 마침내 오스카를 발견했다. 거실 창문을 통해 보니 그는 리클라이너 안락의자에 누워 눈을 감고 세상 편안하게 누워 있었다. 머리에 엄청나게 큰 헤드폰을 끼고는 오른발을 음악에 맞춰 열심히 흔들고 있었다. 엘라는 웃음이 터지고 말았다. 너무 크게 웃어서 코가 닿은 유리창이 흔들릴 정도였다. 오스카는 마침내 눈을 뜨고 엘라를 발견했다. 그는 얼굴이 환해지며 헤드폰을 벗고 소파에서 일어나 테라스 문을 열어주었다.

"초인종을 눌렀어요?" 그는 활짝 웃으며 물었다. "못 들었어요. 필립 씨하고 충분히 얘기를 나눌 시간을 주고 싶었어요."

엘라는 대답 대신에 그를 와락 끌어안고 키스를 퍼부었다. 그는 숨을 제대로 쉬기 위해 헐떡거렸다.

"알았어요. 알았다고요." 그는 싱긋 웃으며 말했다. "문을 못 열어준 형벌이 이런 거라면 앞으로는 자주 문을 열어주지 말아야겠어요."

"감히 그런 생각은 하지도 말아요." 엘라는 장난스럽게 위협적으로 검지를 들어 올리며 말했다. "그리고 혹시 모를까 봐 말해줄게요. 나도 사랑에 빠져버린 것 같아요."

30

'13일의 금요일.'

엘라는 믿기지 않았다. 어떻게 이걸 놓쳤을까? 코라가 수공예품 시장에 관한 아이디어를 내놓았을 때 결전의 날이 하필 13일의 금요일일 줄은 꿈에도 생각하지 못했다.그럴 수는 없었다. 말도 안 되는 일이었다!

그렇다고 엘라가 미신을 믿는 편은 아니었다. 아주 많이 믿는 편은 아니었다. 검은 고양이, 깨진 거울, 소금을 쏟는 것 또는 사다리 밑을 지나가면 재수가 없다는 말은 믿지 않았다. 하지만 13일의 금요일은? 그것은…… 그것은…… 어쩐지 달랐다. 오늘처럼 중대한 일을 하필 이런 날 계획했다는 건 마땅히 '명백한 태만'이라고 할 수 있었다.

엘라가 방에 앉아 휴대전화 통화대기음을 듣고 있는 동안 오스카는 벌써 나갈 채비를 마치고 아래층 현관에서 기다리고 있었다. 엘라는 월요일에 있는 중요한 일정을 확인하기 위해 잠깐 방에 올라가서 달력을 보고 오겠다고 둘러대며 방으로 들어와 급히 코라에게 전화를 걸었다.

신호음이 다섯 번 정도 울리자 마침내 코라가 전화를 받았다.

"엘라?" 코라가 의아해하며 전화를 받았다. "아직 출발 안 했어?"

"응. 중요한 게 생각났어."

"나도야. 조금 있으면 10시야. 행사일정대로라면 산타 할아버지는 11시에 등장하니까 그때 아이들이 모두 근처에 모여들 거야. 그러니까 너도 얼른 서둘러."

"13일의 금요일이라고!" 엘라가 안달하며 말했다.

"뭐라고?"

"오늘이 13일의 금요일이라고!"

"그래서 뭐?"

"코라, 그러지 마! 너같이 덤덤한 사람도 이날이 무슨 날인지는 잘 알잖아!"

"불행의 날 뭐 그런 거 말하는 거야?"

"바로 그거야."

허탈해하는 웃음소리가 들렸다 "너 지금 농담하는 거지?"

"아니라고!" 엘라가 흥분하며 말했다. "오늘은 절대 안 돼!"

"헛소리하지 마! 오늘은 다른 날과 마찬가지로 아주 좋은 날이야!"

"그렇지 않아."

"짜증나게 굴지 마."

"난 나쁜 징조를 무시하면 안 된다고 생각해. 우리는 아주 중요한 일을 앞두고 있기 때문에 100% 안전해야 한다고."

전화기 너머로 코라가 어이없다는 듯 콧방귀를 뀌는 소리가 들렸다. "엘라." 화를 내지 않으려고 억누르는 기색이 역력했다. "네가 걱정하는 건 충분히 이해할 수 있어. 그렇지만 우리가 하려던 일을 취소할 만한 그럴듯한 핑계거리를 찾을 생각이랑 하지도 마."

"나는 걱정을 하는 게 아니야. 그리고 그럴듯한 핑계거리를 찾는 것도 아니라고."

코라는 아무 말도 하지 않았다.

"그래. 어쩌면 내가 아주 조금 긴장했는지도 모르겠어. 그런데 나는 정말⋯⋯."

"그리고 나는⋯⋯." 코라가 엘라의 말을 중간에 잘라버렸다. "빨리 그 일을 해치웠으면 좋겠어. 날짜는 완벽해. 다시 찾기 쉽지 않은 기회라고."

"내 느낌은 더 기다리라고 말하고 있어. 오스카는 아직 준비가 안 됐어."

"일찍도 말하네."

"그래도 늦진 않았잖아."

"그럼 이제 어떻게 하려고?"

"뭐 말이야?"

"13일의 금요일 때문이야 아니면 오스카가 아직 준비가 안 됐기 때문이야?"

"둘 다."

"쳇."

"정말이야, 코라! 끔찍한 결과가 나올까 봐 너무 걱정돼."

"나는 이미 오래 전부터 걱정하고 있었어. 날짜나 오스카 씨 때문이 아니라 네가 너와 상관없는 일에 너무 깊숙이 개입하고 있다는 생각이 들어서 나는 처음부터 아주 많이 걱정했어. 그래도 이왕 이렇게 된 거 이제 끝을 봐야지."

"그냥 이대로 내버려둬도 되지 않을까?"

"그건 또 무슨 말이야?"

엘라는 코라가 볼 수 없는 걸 알면서도 어깨를 으쓱 하는 제스처를 취했다. "말 그대로야. 오스카하고 나는 정말 좋은 관계로 발전할 수 있을 것 같아. 함께한 지난 며칠간 너무 좋았거든." 이건 사실 극히 절제된 표현일 뿐이었다. 필립한테는 정말 미안했지만 오스카와의 첫날밤이후 엘라는 그녀만의 천문대 위를 둥둥 떠다니고 있었다. 낮에는 계속해서 엘라표 '가정관리 프로그램'을 진행했고 중간중간에 오스카는 슈페히트 박사한테 정기적으로 상담을 받으러 다녔다. 두 사람은 함께 멀리까지 산책도 다니고–오스카는 처음에 산책을 좋아하지 않는다고 했지만 전혀 그렇지 않았다— 저녁에는 함께 요리를 하고 몇 시간 동안 대화를 하고 음악을 듣고 영화를 보거나 또는…… 음. 둘은 행복했다. 달리 더 좋은 표현은 없었다.

"두 사람한테 잘된 일이야." 코라가 말했다. "하지만 몇 가지 문제가 있어." 코라는 문제들을 쭉 나열하기 시작했다. "일단 너는 오스카의 기억이 언제든 돌아올 수 있다는 사실을 염두에 두어야 해. 그렇게 되면 지금 네가 느끼는 행복에 상당한 불협화음이 생길 수 있어."

"오스카의 기억이 언제 돌아올지는 아무도 몰라." 엘라가 이의를 제기했다.

또다시 콧방귀를 뀌는 소리가 들렸다. "그거 대단한 생각이네! 너는 그러니까 오스카가 남은 일생 동안 아무것도 모른 채 살아가기를 바라는 거야?"

"그건 아니야." 엘라가 기어들어가는 목소리로 말했다. "하지만 잠깐 동안만이라도."

"좋아. 그럼 헨리는 어떻게 해?"

"헨리는 어떻게 하냐니?"

"아이 생각은 안 해? 네가 뒤부아 부부를 직접 겪어봐서 잘 알잖아. 그 아이가 아버지와 떨어져서 그 고루하기 짝이 없는 노부부 밑에서 단 하루라도 더 지내는 게 용납이 돼?"

"우리 계획이 성공한다 해도 둘이 다시 만날 수 있다는 보장은 없잖아."

"'너의' 계획이지." 코라가 분명히 선을 그었다. "이건 처음부터 오로지 너의 계획이었어. 또 얘기하자니 입 아프지만 나는 여전히 네가……."

"알았어. 알았다고." 엘라가 말을 끊었다. "네가 무슨 말을 하려는지 알겠다고."

"그럼 됐고."

"엘라?" 현관복도에서 오스카가 부르는 소리가 들렸다. "뭐 하는 겁니까? 지금 나갈 거예요 아니면 내가 쓰던 소설을 마저 써도 되나요?"

"잠깐만요!" 엘라가 아래층을 향해 소리쳤다.

"나 귀 안 먹었어!" 코라가 말했다.

"미안."

"단편소설 쓸 시간 정도?" 아래층에서 물었다.

엘라는 휴대전화 마이크를 손으로 가리고 말했다. "금방 내려갈게요!"

"이제 얼른 가봐." 코라가 다시 끼어들어 말했다. "그리고 어떤 일이 일어나는지 일단 지켜봐."

"아, 코라!" 엘라는 의기소침해져서 한숨을 내쉬었다. "난 이번 일이 끔찍하게 끝날까 봐 정말 너무 무서워."

"알았어. 그럼 우리 다시 한 번 머릿속으로 잘 그려보자."

"담시(譚詩)?" 아래층에서 오스카가 소리쳤다. "아니면 짧은 시?"

"잠깐만요!"

"그러니까, 일단 시장으로 가. 11시에 산타 할아버지가 등장할 거야. 그러면 아이들이 주변에 몰려들 테고 둘이 그 아이들을 가만히 지켜보면 되는 거야. 그 다음에 어떤 일이 벌어질까?" 코라가 물었다.

"바로 그걸 모르겠다는 거지."

"오스카가 아이들을 봐도 과거 기억에 아무런 자극을 받지 않는다면 아무런 일도 일어나지 않을 거야. 그 반대라면 아이들을 보고 뭔가 기억이 떠오르겠지. 정확히 무슨 일이 벌어질지는 아무도 몰라. 그건 네가 알아내야 해."

"하지만 이렇게 하는 게 과연 좋은 생각인지 모르겠어."

"미안하지만 입 아프게 세 번이나 똑같은 말을 반복하고 싶지는 않아."

"헨리가 아빠를 알아보고 오스카한테 달려올 수도 있잖아!" 엘라는 문득 이런 생각이 들었다. "그런데 아빠가 아이를 알아보지 못한다면 너무나 끔찍한 일 아니겠어?" 이것이 그녀를 구해줄 핑계거리가 될 수 있을까?

"그럼 아이들이 볼 수 없는 구석에 가서 오스카랑 서 있어. 어떻게든 잘 해봐!"

"그냥 다시 소설을 쓰는 것이 낫겠네요!" 다시 오스카의 목소리가 들렸다. "첫 번째 장은 이미 완성했어요."

"자, 엘라! 넌 할 수 있어! 너 자신과 무슨 내기라도 걸어보든가. 아무튼 이 일에서 꽁무니만 빼지 않으면 돼."

"그래. 알았어. 해볼게." 엘라는 깊이 심호흡을 하고 눈을 깜빡이는 의식을 거행했다.

"그리고 끝나면 나한테 꼭 전화해."

"절대 안 할 거야."

"뭐라고?"

"알았어. 당연히 전화해야지."

전화를 끊고 엘라는 열심히 어떤 내기를 떠올려보았다.

'만약 내가…… 만약 내가…… 그러니까 만약 오늘…….'

"엘라!"

"지금 내려가고 있어요!"

"혹시 어디 안 좋아요?" 11시 20분 전에 박물관 주차장에 도착해 손을 잡고 입구를 향해 걸어가는 동안 옆에서 엘라를 힐끗거리며 이상하다는 듯 쳐다보던 오스카가 물었다.

"아무렇지 않은데 왜요?"

"걸음걸이가 이상해서요."

"그래요?" 엘라는 바닥을 내려다보았다. 그때서야 자신이 무의식적으로 보도블록 사이의 금을 밟지 않고 걷고 있었다는 걸 깨달았다. 엘라는 그냥 금을 밟아버리려고 오른발을 들었다. 하지만 차마 금을 밟지 못하고 마치 낯선 힘에 의해 조정을 받는 것처럼 보도블록 정중앙만 내딛었다. "새 신발이라 그래요." 엘라가 겸연쩍게 설명했다.

"나를 만난 이후로 쭉 그 신발을 신고 있었어요."

"똑같은 신발을 새로 샀어요."

"아하."

입장권 판매대 바로 뒤로 중세시대처럼 꾸며놓은 시장 광장이 펼쳐졌다. 작은 목골가옥들이 빽빽하게 늘어서 있었고 가운데에는 마을 우물이 있었고 우물 주위로 동그랗게 판매대와 크레페, 구운 소시지 그리고 글뤼바인(계피와 레몬을 넣고 뜨겁게 끓인 포도주—옮긴이) 가판대들이 배치되어 있었다. 어디를 가나 화려한 크리스마스 장식으로 반짝거렸고 보이지 않는 스피커에서는 크리스마스 캐럴이 울려 퍼졌다.

"예쁘네요." 오스카의 이 말이 반어법일 수도 있겠다 싶어 엘라는 그의 얼굴을 힐끗 쳐다보았다. 하지만 그는 정말이지 진심 어린 미소를 짓고 있었다. "뭐가 있는지 한번 구경해볼까요?" 그는 엘라의 손을 꽉 잡으며 말했다.

두 사람은 늘어선 가판대를 차례로 구경했고 엘라는 다음과 같은 시시한 물건들을 사는 사람들이 어떤 사람들인지 새삼 궁금해졌다.

A. 납작한 돌멩이로 만든 작은 돌사람. 크리스마스라 특별히 산타 할아버지 모자와 수염까지 붙였다.

B. 보기만 해도 소름이 끼치는 나무뿌리를 조각해서

만든 섬뜩한 형상들.

   C. 짚으로 만든 별과 천사.

   D. 집이나 마을 모양의 도자기. 안쪽에 촛불을 넣어 불을 밝힐 수도 있었다.

   E. 오렌지색 소금램프(히말라야에서 왔다고 한다)

   F. 주로 초록색인 대리석 재떨이

"이것 봐요." 오스카는 짚으로 만든 천사를 엘라의 코밑에 들이밀었다. "이거 사서 우리 집 문에 걸까요?"

"멋진 생각이에요!" 엘라는 환하게 미소를 지었고 자신도 모르게 마음이 따뜻해졌다. 이런 특수한 경우에는 짚으로 만든 천사는 그냥 잡동사니가 아니라 엘라가 긴급히 필요로 하는 수호천사이기 때문이었다. 오스카는 천사를 파는 가판대 주인에게 돈을 지불하고 짚으로 만든 천사를 담은 종이봉투를 건네받았다.

그 순간 작은 종들이 울렸고 어디선가 흥분한 아이들의 와자지껄한 목소리가 들렸다. "산타 할아버지다!"

"이리 줘봐요." 엘라는 오스카에게서 얼른 봉투를 넘겨받아 지금 당장 천사를 꽉 껴안고 싶은 심정이었다. 그녀는 오스카의 손을 잡고 광장 중앙에서 벗어나 아이들의 눈에 띄지 않도록 약간 뒤쪽에 있는 가판대 근처로 급히 발걸음을 옮겼다.

"어라? 너무 구석이라 여기에서는 잘 안 보이잖아요." 오스카가 의아해하며 물었다.

"혹시 쿨로포비아라고 들어봤어요?"

"광대공포증 말이에요?"

엘라는 고개를 끄덕였다. "저한테 약간 그런 증상이 있는데요, 전 특히 산타 할아버지 분장에 과민한 편이에요. 그래서 조금 떨어져 있는 게 나아요."

"에…… 그렇군요." 오스카는 어리둥절해하는 기색이 역력했으나 더 이상 말은 하지 않고 대신에 엘라의 어깨를 팔로 보호하듯 잘 감싸주었다. 이내 말이 끄는 고풍스러운 마차가 시장에 등장했고 마차 안에는 빨간 의상에 하얀 수염을 단 남자가 활짝 웃으며 앉아 있었다. 그는 마차를 멈춰 세우고 자리에서 일어나 모여 있는 사람들을 향해 울리는 목소리로 "호, 호, 호!" 하고 외쳤다. 남자가 마차 짐칸에 싣고 온 자루를 들자마자 아이들이 주위로 몰려들었고 아이들의 재잘거리는 소리가 주변에 울려 퍼졌다.

엘라는 헨리 드 비트를 찾아보기 위해 까치발을 들었다. 마차 주변에 모여든 아이들의 얼굴을 찬찬히 살펴보았지만 헨리는 보이지 않았다. 실망감과 동시에 허탈한 안도감이 밀려들었다. 헨리는 이곳에 오지 않은 걸까? 엘라는 계속해서 아이들의 얼굴을 자세히 관찰했다. 하지만 오스카의 아들은 보이지 않았다.

"그만 가요. 천사도 샀으니 이제 집에 가요"라고 말하려는 찰나 엘라의 시야에 헨리가 포착되었다. 헨리는 엘라와 오스카와 마찬가지로 밀집한 사람들과 조금 떨어진 곳에서 선생님으로 보이는 어떤 여자의 다리를 붙들고 기대 있었다. 잠시 뒤 선생님으로 보이는 여자가 헨리의 어깨에 손을 올리고 몸을 숙여 그의 귀에 대고 뭐라고 속삭였다. 다른 친구들처럼 산타 할아버지한테 가서 초콜릿을 받아오라고 얘기하는 것 같았다.

그 모습을 본 순간 엘라는 심장이 오그라들면서 그 자리에서 얼어붙는 것 같았다. 아이를 세심하게 보호하는 가운데 '크고 넓은 세상'으로 나가보라고 격려하는 선생님의 모습을 보니 자신의 어린 시절이 떠올라 가슴이 몹시 아파왔기 때문이다. 엘라도 어렸을 때 바깥에서 멀찍이 떨어져서 지켜보는 편이었다. 아이들 속으로 들어가기가 두려웠다. 엘라는 소리 없이 입술만 움직여 '어서 가봐!' 라고 말하면서 헨리 드 비트가 아이들 무리에 끼어들어 초콜릿 몇 개를 받아오도록 마음속으로 응원했다.

엘라는 그제야 아픈 곳이 심장만이 아니라는 것을 깨달았다. 손도 아팠다. 오스카가 마치 나사조이개를 끼운 듯 엘라의 손을 꽉 움켜쥐고 있었기 때문이다. 엘라는 오스카를 올려다보았다. 그리고 갑자기 익숙한 현기증을 느꼈다.

오스카의 시선은 조금 전 엘라의 시선이 향했던 곳에 꽂혀 있었다. 오스카 역시 수줍음 많은 남자아이에게 시선을 고정한 채 창백하고 홀쭉한 얼굴을 하고 있었다.

"오스카 씨?" 엘라가 옆에서 조심스럽게 불렀다. 그리고 정말 하나 마나 한 질문을 했다. "괜찮아요?"

그는 엘라의 말을 듣지 못한 듯 잠시 아무런 반응을 보이지 않았다. 그러다가 갑자기 엘라를 향해 고개를 홱 돌리고는 눈을 크게 뜨고 쳐다보며 "우리 그만 갑시다!"라고 식식대며 말하더니 별다른 말없이 엘라를 끌고 박물관 출구를 향해 저벅저벅 걸어갔다.

차가 있는 곳까지 가는 동안 그가 너무 거칠다 싶을 정도로 팔을 잡아끄는 바람에 엘라는 계속 발이 꼬이고 보도블록 금을 수십 차례 밟았으며 두 번 정도는 넘어질 뻔하기도 했다. 마침내 차에 이르러 운전석에 올라탄 오스카는 쾅 소리를 내며 차문을 거세게 닫고는 시동을 켜고 요란한 타이어 소리를 내며 출발했다.

집으로 가는 20분 내내 오스카는 단 한 마디도 하지 않았다. 엘라는 그에게 감히 말을 붙일 엄두도 내지 못하고 있었다. 자칫 아주 작은 말실수라도 한다면 곧바로 폭발해버릴 것 같았기 때문이다.

아니, 오스카는 무너져내리기 직전인 것처럼 보였다. 그는 집에 도착해 차를 차고에 넣는 대신 그냥 집 앞에 세우고 시동도 끄지 않은 채 꼼짝도 않고 그대로 앉아 있었다. 그러곤 엘라 쪽으로 몸을 돌려 한참을 말없이 바라보았다. 얼굴은 여전히 창백했고 영혼의 거울인 눈 속에는 깊은 슬픔과 고뇌가 가득 들어차 있었다. 그런 모습을 보고 있자니 엘라의 가슴이 찢어질 듯 아팠다.

오스카는 엘라를 가까이 끌어당겨 머리를 그녀의 어깨

에 파묻고는 처음에는 낮게 그러다가 점점 크고 절망스럽게 울부짖기 시작했다. 그 순간 엘라는 자신이 무슨 짓을 저질렀는지 확실히 알 수 있었고 상황을 다시 돌이킬 수 없다는 사실을 뼈아프게 깨달았다. 그녀는 다시 원래대로 되돌릴 수 없는 것을 망가뜨리고 말았다. 다시는.

"무슨 일이에요?" 엘라는 아무것도 모르는 척 이렇게 물으며 그의 목덜미를 부드럽게 쓰다듬었다.

그는 말없이 계속 흐느끼며 그녀가 숨 쉬기 힘들 정도로 더 세게 꽉 안았다. 며칠 전만 해도 엘라가 오스카에게 바로 이렇게 안겨 있었다. 이번에는 그녀가 당시 오스카가 했던 말을 그대로 들려주었다.

"쉿. 괜찮아요. 다 괜찮아요."

"그렇지 않아요." 그가 숨죽인 목소리로 말했다. 그러고는 아주 천천히 엘라에게서 떨어져 똑바로 앉더니 엘라를 정면으로 쳐다보았다. "전혀 괜찮지 않아요." 그는 힘겹게 침을 삼켰다. "아까 그 크리스마스 시장에…… 어떤 남자아이가 있었는데 그 아이를 내가 알아봤어요."

"어떤 남자아이요?" 엘라는 이렇게 묻긴 했지만 자신이 하는 모든 말이 거짓말, 거짓말 또 거짓말이라는 사실에 무척 괴로웠다.

"그 아이의 이름은 헨리에요." 오스카는 엘라의 손을 잡았다가 금방 다시 놓았다. 그는 손으로 얼굴을 가리고 다시 훌쩍이기 시작했다. "내 아들이에요."

"아들이라고요?" 엘라는 놀란 척했다.

"네." 그는 고개를 끄덕였다. "아들이 하나 있어요. 이름은 헨리이고 여덟 살이에요. 헨리가 아까 크리스마스 시장에 있었어요. 내가 알아봤어요."

"오스카!" 엘라는 손뼉을 쳤다. "기억이 돌아왔어요!"

"그래요." 그는 눈물을 닦았다. "기억이 났어요."

"정말 잘됐어요! 헨리라는 아들이 있다는 것뿐만 아니라 기억이 전부 돌아왔으니 정말 잘된 일이죠."

"맞아요." 그는 히스테릭하게 웃었다.

그 순간 엘라는 모든 것을 솔직하게 털어놓고 싶었다. 이미 오래 전부터 모든 사실을 알고 있었고 그를 도와줄 수 있는 방법을 찾고 있었고 이제 그의 기억이 돌아왔으니 계속 돕고 싶다고. 가장 중요한 발걸음을 뗐으니 아들을 찾을 수 있도록 도와주겠다고, 그와 헨리의 인생이 다시 단단해질 수 있도록 함께 힘을 모아보자고 말하고 싶었다.

그때 엘라는 그의 눈빛을 보았다. 이제 그의 눈빛은 더 이상 슬픔으로 가득 차 있지 않았다. 어두웠다. 분노와 절망에 찬 눈빛이었다.

"헨리는 나를 증오해요. 헨리는 나를 싫어하고 보고 싶어하지 않아요."

"뭐라고요?" 엘라는 깜짝 놀랐다.

"나를 증오한다고요." 오스카가 재차 말했다. "내가 그 아이의 엄마를 죽였거든요."

31

오스카가 집 앞에 세워놓은 차 안에서 머뭇머뭇 털어놓은 이야기는 동화가 아니었다. 결코 아름다운 이야기가 아니었다. 오랜 기간의 고통스러운 이별 후에 마침내 다시 만날 수 있는 기회를 되찾은 잃어버린 아들과 아버지에 관한 이야기가 아니었다. 오스카가 그녀에게 들려준 이야기는 끔찍한 비극이었다. 그는 이야기 도중 횡설수설하기도 하고 말을 잠시 중단하기도 했으며 뒤죽박죽된 머릿속을 정리하느라 힘들어 보였다. 결국에는 너무나 많은 진실이 밝혀지는 그런 비극이었다. 그리고 무엇보다 그건 현실이었다. 진짜로 일어난 일이었다.

오스카는 프랑신과의 평범했던 결혼생활에 대해 얘기했다. 행복했고 사랑했으며 결혼을 해 아이를 낳았고 젊은 부부의 일상이 시작되었다. 하지만 시간이 흐를수록 그는 점점 더 회사일에 치중했고 ―솔직히 말하자면― 불필요한 업무약속까지 잡아가며 가정을 도외시했으며, 가장으로서 가족의 경제적 안정을 책임지려면 어쩔 수 없다는 식으로 그런 자신을 정당화했다. 사실 막대한 유산이 있기 때문에 굳이 그럴 필요가 없었는데도 그랬다. 프랑신은 집에서 가정과 아이를 돌보는 사이 나날이 외로움과 고립감을 느꼈고 헨리가 유치원과 학교에 다니게 되면서 이제는 더 이상 할 일이 없다는 생각에 그런 외로움과 고립감은 점점 더 심해졌다. 그럴수록 분노와 좌절감이 차츰 쌓여갔고 급기야 오스카 때문에 자신은 모든 걸 포기했다며 그를 원망하기 시작했다. 사실 장인 장모의 말과 달리 프랑신은 얼마든 결혼 전 직업이었던 홍보전문가로 다시 활동할 수 있었다. 홍보분야에서 시간제 일자리를 구하기 힘들며 투덜거릴 땐 직접 회사를 차릴 수 있는 좋은 기회가 제공되었고 오스카도 얼마든 지원을 해줄 생각이었다. 하지만 프랑신은 모든 기회를 거절하고는 남편에게서 외면받고 이해받지 못하는 아내의 자아상에 스스로를 가두어버렸다.

그러던 어느 날 그는 뭔가 잘못되어가고 있다는 생각이 들기 시작했다. 집안 분위기가 뭔가 바뀌었고 무엇보다 아내가 달라졌다는 것을 느꼈다. 아내는 점점 더 자주 집을 비웠고 헨리를 데리고 다닌다고는 했지만 헨리도 차츰 말이 없어졌고 급기야 그와 헨리와의 대화도 단절되고 말았다. 오스카는 아내를 의심하기 시작했고 그 의심은 나날이 커지고 무성하게 자라서 그의 머릿속을 지배했으며 결국 지난해 3월 그의 생일에 확신으로 굳어졌다. 헨리가 그에게 천박하고 진부한 문구가 쓰여 있는 그 빌어먹을 머그잔을 선물했을 때 비로소 확신을 갖게 된 것이다. 아들은 그 문구가 무슨 뜻인지도 모르면서 손뼉을 치며 좋아했고 프랑신은 의미심장한 미소를 지었다. 그녀는 시내 작은 가게에서 그 잔을 발견했는데 헨리가 이 '재밌는 머그잔'을 꼭 아빠한테 선물하고 싶다고 졸랐다고 했다. 그건 거짓말일 게 뻔했다. 오스카는 그런 거짓말 뒤에 숨은 아내의 저의와 분노를 여실히 느낄 수 있었다. 프랑신이 헨리를 꼬드겨 이런 짓을 벌였을 게 뻔했다. 오스카는 이해할 수 없었다. 왜 이렇게 유치하고 공공연하게 적대감을 드러내는지 그 원인을 알 수 없었다. 오스카는 아내가 왜 그러는지 알아내기 위해 여러 차례 대화를 시도해보았으나 그럴 때마다 아내는 아무 일도 아니라며 대화를 거부했다. 하지만 그때 아내에게 조금 더 친밀하게 다가가 적극적으로 대화를 시도하지 않았던 것을 훗날 크게 후회했다.

어쨌든 그 머그잔을 계기로 그는 행동에 나서기 시작했다. 자꾸 틀어지기만 하는 부부관계에 관해 프랑신이 그에게 얘기하지 않는 암시들을 찾기 시작했다. 그리고 거창한 뒷조사를 할 필요도 없이 그 원인을 금방 찾아냈다. 그는 아내의 휴대전화에서 다음 만남 일정을 묻는 불륜남의 문자메시지를 여러 개 발견했다. 그리고 그 '폭군'과 대체 언제 헤어질 건지 묻는 문자메시지도 있었다. 아내가 보낸 답장은 다른 해석의 여지가 없을 정도로 명백했다. 이제 곧 헤어질 테니 조금만 기다려달라고 쓰여 있었고 그 전에 몇 가지 '해결해야 할 사안'들이 있다고 했다. 해결해야 할 사안은 아이가 아니라 오스카의 재산을 두고 하는 말이었다. 그리고 그 남자를 이 세상 그 무엇보다도 사랑한다는 말도 남겨져 있었다. 오스카는 마치 나쁜 영화의 주인공, 케이블 텔레비전의 수준 낮은 코미디 주인공이 되어버린 것 같은 기분이 들었다. 그리고 아내 앞으로 온 우편물 중에서 어린이 클럽에서 보낸 서류를 발견했는데, 그것은 프랑신이 헨리를 늦은 오후나 이른 저녁 시간 심지어 주말에도 에펜도르프에 있는 아동시설에 맡기고 밖으로 나돌아다닌다는 결정적 증거였다. 아내가 시설에 아이를 맡기고 그동안 무엇을 했을지는 안 봐도 뻔했다. 그 사실을 알게 된 날 그는 시설에서 아이부터 데려와 일단 재우고 프랑신과 대화를 해보려고 했다.

"그러다가 싸움이 났어요." 오스카는 느릿느릿 말했다. "다툼은 걷잡을 수 없이 커졌어요. 수년간 서로에게 쌓인 것들을 마구 퍼부었어요. 사실 좀 더 일찍 그런 것들에 대해 이야기를 나눴어야 했는데…… 하지만 그때는 이미 너무 늦은 상태였어요." 그는 손가락뼈 부분의 피부가 새하얘질 정도로 양손으로 핸들을 꽉 움켜쥐고 있었다. "전 아내한테 이혼하고 싶다고 말했어요. 부부간의 신뢰를 저버리고 거짓말을 했다는 걸 용서할 수 없었어요. 그리고 내 재산은 단 한 푼도 줄 수 없다고 했죠. 그러자 아내는 나를 비웃으며 친정이 부자이기 때문에 내 재산 따위는 필요 없지만 그래도 결혼계약서의 의무조항은 지키는 게 좋을 거라고 하더군요."

"어머나." 20분째 얌전히 이야기를 듣고 있던 엘라는 경악을 금치 못했다.

"나는 어차피 아무래도 상관없었어요." 그가 계속해서 말을 이었다. "하지만 당분간은 헨리도 보고 싶지 않고 이제는 자신만의 시간이 필요하다는 아내의 말에 그만 이성을 잃고 말았어요. 나를 떠나는 건 상관없지만 아들을 버리고 떠나는 건 용납할 수 없다고 아내를 몰아세웠어요. 이제부터는 내가 헨리를 전적으로 돌볼 테니 하루 종일 나다녀도 상관없다고……." 오스카는 쓸쓸하게 웃었다. "하지만 일주일에 이틀 정도는 아이를 위해 집에 있어 달라고 애원했어요. 아내한테 나는 확실한 약속을 받아내고 싶었어요. 헨리를 위해서요. 아내가 헨리의 마음에까지 상처를 주는 일은 없었으면 했거든요." 그는 힘겹게 침을 삼키고 핸들에서 손을 떼고는 마치 기도를 하듯이 무릎 위에 두 손을 모았다. "아내는 그런 얘기를 듣고 싶어하지 않았어요. 지금까지 충분히 희생을 했으니 이제는 본인이 하고 싶은 대로 하겠다는 얘기만 거듭 되풀이했어요. 아이는 떼어놓고 말이죠. 나는 정신이 나간 사람처럼 고래고래 소리를 질렀어요! 아내한테 소리를 지르고 욕을 했어요."

엘라는 말없이 고개를 끄덕였다. 충분히 이해할 수 있는 상황이었다.

그는 힘겹게 숨을 쉬며 말을 이었다. "나는 방으로 뛰어올라가서 옷장에 있던 아내의 옷을 모조리 꺼내 가방에 쑤셔 넣었고 아내는 옆에서 격렬히 항의했어요. 하지만 나는 손목을 잡아 아내를 질질 끌면서 계단을 내려갔고 현관문을 열고 아내를 짐과 함께 밖으로 내쫓아버렸어요. 마지막으로 핸드백까지 던져주고 다시는 이 집에 얼씬도 하지 말라고 소리쳤어요."

"오스카!" 엘라는 그의 손을 부드럽게 쓰다듬고는 꼭 잡아주었다.

"잠시 후 자동차를 끌고 나가는 소리가 들렸어요. 그리고……." 오스카는 말을 잇지 못하고 힘겹게 침을 삼키며 혀끝으로 입술을 적셨다. "그리고……." 그는 다시 말을 이어가려고 애썼지만 목소리가 마구 떨렸다. 그 뒤에 이어질 얘기가 얼마나 하기 힘든 것인지 충분히 짐작되었다. "그리고 뒤돌아섰는데 2층으로 가는 계단에 헨리가 울면서 서 있었어요." 그는 다시 눈물을 흘렸다. "캐릭터 잠옷을 입은 아들이 맨발로 거기에 서 있었어요. 얼마나 울었는지 얼굴은 새빨갛고 눈물 콧물이 뒤범벅된 채로……." 그는 다시 말을 끊었다. "나는 아들한테 달려갔어요." 그가 나직이 말했다. "아들을 꼭 안아주며 다시 다 잘될 거라고 달래주고 엄마하고 아빠가 조금 다툰 것뿐이라고 얘기했어요. 아들한테 걱정할 필요 전혀 없다고 거짓말을 했죠."

엘라는 한숨을 내쉬고 그의 손을 더 꼭 잡아주었다.

"그때 헨리가 이상하다는 느낌이 들었어요. 몸이 뻣뻣하게 굳어서는 방어적 자세로 나한테 마지못해 안겨 있었거든요."

"헨리는 그날 저녁에 있었던 일을 얼마나 알고 있는 거예요?"

"그건 지금도 모르겠어요. 헨리는 나하고 말을 하려 들지 않았어요. 나에게 모든 책임이 있다고 생각한 모양이에요."

"하지만 그건 사실이 아니잖아요!"

"그럼 뭐가 사실일까요?" 그는 슬픈 눈빛으로 엘라를 바라보았다. "내가 프랑신을 집에서 내쫓은 건 사실이에요. 그리고 다음 날 아침에 우리 집으로 경찰관 두 명이 찾아와 사고가 났다는 소식을 전해줬어요. 아내는 A7도로를 달리다가 슈텔링엔 쪽으로 빠지려는 찰나 과속으로 화물차와 충돌했고 그 자리에서 숨졌어요."

"어머나." 충격을 받은 엘라가 작은 소리로 내뱉었다.

"사실이에요. 결국 이 모든 일의 책임이 누구한테 있는지는 명백해졌어요. 살아있는 사람이 떠안아야죠."

"말도 안 돼요!" 엘라가 거세게 반박했다. "화물차와 충돌하라고 내쫓은 건 아니잖아요!"

"이제 됐어요, 엘라. 이미 다 지난 일이에요."

"프랑신은 어디로 가던 길이었어요?"

"모르겠어요. 알고 싶지도 않고요. 문자메시지를 주고받았던 남자한테도 물어보지 않았고 그 남자도 나한테 연락한 적은 없어요. 난 그냥 헨리와 함께 조용히 살고 싶었어요. 하지만 그것마저 마음대로 안 됐어요."

"헨리는 아빠 때문에 엄마가 죽었다고 생각하는 건가요?"

"그런 말을 직접적으로 한 적은 없어요. 아직 여덟 살이고 일곱 살 때 있었던 일이라 아직 트라우마에서 벗어나지 못한 상태죠. 하지만 부자관계는 파탄 났고 아들에게 더는 다가갈 수 없었어요. 아들은 프랑신의 부모님에게 지나칠 정도로 집착했고 그분들은 '딸을 죽인 사람'을 헨리에게서 떼어내려고 온갖 시도를 다하셨죠." 그는 씁쓸하게 웃었다. "그리고 결국은 목적을 달성했고 헨리는 지금 그분들과 함께 살고 있어요."

엘라는 '나도 알아요'라는 말이 튀어나오지 않도록 혀를 깨물었다. "왜요?"

"언제부턴가 모든 것이 힘에 부쳤어요. 그래서 그분들에게 양육권을 넘겨드렸어요. 그렇게 하는 것이 헨리한테 가장 좋을 거라는 생각에서요."

"그렇지 않아요!" 엘라가 흥분하며 말했다. "아이는 부모가 키워야 해요! 불가피한 경우에는 어머니 또는 아버지가요!"

"만약 아이가 원하지 않는다면요?" 오스카가 매섭게 쏘아붙였다. "눈빛, 행동, 신체접촉 등등 모든 걸 총동원해 아이가 나를 완강히 거부한다면요? 나하고 사는 것이 견딜 수 없고 너무 고통스럽다는 걸 온몸으로 표현한다면요?" 그는 고개를 저었다. "나는 옳은 결정을 내렸다고 생각해요. 주위에 나를 도와줄 수 있는 사람도 없었어요. 우리 부모님은 돌아가신 지 오래됐고 유일한 혈육인 누나는 스위스에 살고 있고 장인 장모에게 도움을 기대하기란 불가능했어요. 만약 그분들이 나를 돕고자 했다면 나와 헨리가 다시 잘 지낼 수 있도록 도와줬겠죠. 그분들은 나를 극도로 증오해요." 그는 냉소적인 미소를 지었다. "프랑신이 살아있을 때 그분들에게 나에 대해 무슨 소리를 했는지는 모르겠지만 어쨌든 그분들은 예전부터 나를 별로 좋아하지 않았어요."

"모든 걸 사실대로 해명할 수 있었잖아요! 해명을 했었어야죠! 당시에 무슨 일이 있었는지 모든 사람들한테 사실대로 설명을 했었어야죠."

"내가 왜 그랬어야 하죠?" 그는 짙은 눈동자로 엘라를 똑바로 쳐다보았다. "어린 아들한테 네 엄마가 너를 '당분간' 보고 싶어하지 않는다는 말을 했어야 했나요? 네 엄마가 다른 남자와 새 인생을 살고 싶어했고 자기 아들보다 그 남자를 더 우선시했다고요? 그리고 하나뿐인 외동딸을 잃고 상심한 노부부에게 딸이 사망에 이르게 된 자세한 정황을 알려드려서 더 큰 고통을 안겨줘야 했을까요?" 그는 다시 고개를 저었다. "아니요, 엘라, 나는 그럴 수 없었어요. 이 일에서 누군가는 희생양이 되어야 하고 그게 바로 나인 겁니다."

"음." 엘라는 무슨 말인지 이해할 수 있었다. "그래서 어떻게 됐어요?"

오스카는 양손으로 관자놀이를 문지르고 눈을 감은 채 고개를 앞뒤로 까딱까딱하면서 목에서 뚝뚝 하는 소리를 냈다.

"얘기하기 힘들어요?" 엘라가 걱정스럽게 물었다. "그럼 잠깐 쉴까요?"

그는 걱정해줘서 고맙다는 듯 미소를 지었다. "아니요. 안 돼요. 너무 고통스러운 기억들이지만 그래도 기억이 서서히 돌아와서 기뻐요. 다만 너무 많은 기억들이 갑자기 한꺼번에 쏟아지고 지나온 인생이 한 편의 영화처럼 마구 스쳐 지나가서 그런 모든 기억들이 잘 정리되지는 않네요."

"그렇다면 진짜로 잠깐 쉬는 게 좋을 것 같은데요."

"안 돼요!" 그는 더 단호하게 말하며 엘라의 손을 다시 꼭 잡았다. "계속 얘기하게 해줘요! 옆에서 내 얘기를 들어줄 사람이 있어서 정말 좋아요."

엘라는 그가 있는 쪽으로 몸을 기울여 입을 맞췄다.

"내가 당연히 옆에 있어줘야죠."

"프랑신이 죽은 뒤 운영하던 세무사무소 문을 닫아버렸어요." 그는 다시 말을 이었다. "어차피 이미 오래 전부터 그 일에 흥미를 잃었고 경제적으로도 굳이 계속 운영할 필요가 없었거든요. 그때는 헨리와 최대한 많은 시간을 함께하고 싶은 마음뿐이었어요. 그렇게 몇 주쯤 지났을 때 헨리가 나와 함께 있고 싶지 않다고 했고 그래서 당분간 외조부모님 댁에 가 있기로 했어요. 그리고 6월 초 그분들께 헨리에 대한 양육권을 완전히 넘겨드렸고요." 그는 잠시 멈칫하더니 나직이 속삭였다. "양육권을 포기할 수밖에 없는 나 자신이 너무나도 밉고 싫었지만 그땐 정말이지 별다른 도리가 없었어요." 그는 힘없이 미소를 지었다. "그 뒤로는 완전히 미쳐버렸죠. 어렴풋이 정말 어렴풋이 집 안에서 미친 사람처럼 분노를 폭발시켰다는 게 떠올라요. 아주 조금이라도 아들을 떠올리게 하는 물건들은 다 내다버리거나 상자에 넣어버렸어요. 심지어 서류들까지 모조리 없애버렸어요. 출생증명서, 예방접종증명서 그 밖에 각종 증명서랑 아기수첩은 봉투에 넣어 장인 장모에게 보냈고 아이가 있었던 흔적들은 싹 치워버렸어요. 그리고 프랑신과 우리의 결혼생활을 떠올리게 하는 것들도 모조리 치워버렸어요! 모든 기억들을 내 삶에서 그리고 내 머릿속에서 없애버리고 싶었어요. 이해가 가요?"

오스카가 손을 너무 꽉 잡고 있어서 아팠다. "네. 이해할 수 있어요." 엘라가 신음소리를 내며 말했다. 손이 아파서가 아니었다. 두려움 때문이었다. 엘라는 불안한 마음으로 그 '방'을 떠올렸다. 헨리의 방! 이제 곧 오스카가 알아차릴 것이고 그러면…….

"우리 셋이 함께 찍은 사진만 달랑 한 장 남겨뒀어요." 그는 계속해서 말을 이었다. 엘라는 불안에 떨면서 참고 있던 숨을 조금씩 내뱉었다. "가끔 들여다보려고요. 하지만 그러는 것조차 너무 힘들어서 사진에서 헨리를 잘라냈어요. 내 삶에서 헨리를 잘라내버린 것처럼 말이죠." 그는 씁쓸하게 웃었다. "아, 그리고 그 머그잔! 그 빌어먹을 불쾌한 머그잔도 버리지 않았어요. 왜 그랬는지는 모르겠어요. 일종의 자학 같은 것이었을까요? 그 머그잔은 나에게 일종의 경고음 같은 거였을 거예요. 또는…… 나 자신에게조차 자세히 설명하기 힘들어요."

엘라는 고개를 끄덕였다. 그리고 손목의 문신을 떠올렸다. 절대 절대 절대로 잊고 싶지 않은 기억. 그럼에도 불구하고 마음속 깊은 곳에서는 잊고 싶은 기억.

"그 후에 나는 나를 그냥 놔버렸어요." 그는 계속해서 얘기했다. "어쩌다 이렇게까지 된 것일까 하고 하루 종일 머리가 깨질 정도로 생각하고 고민했어요. 내가 그러지 말았어야 했던 것은 아닐까 그리고 프랑신과의 결혼생활이, 우리 가족이 파국으로 치닫도록 처음부터 정해져 있던 건 아니었을까. 이런 생각들 말고는 아무것도 하지 않았고 그냥 집 안에 틀어박혔어요. 헨리 없이는 아무것도 의미가 없었고 집이 쓰레기장으로 변해하는 것도 상관이 없었어요……." 이 부분에서 오스카는 갑자기 멈칫했다. 그리고 미심쩍게 이맛살을 찌푸렸다. 그러더니 엘라를 보며 놀라는 표정을 지었다.

"네. 음." 엘라는 그 표정의 의미를 읽고 주섬주섬 말을 꺼냈다. "그동안 계속 얘기하려고 했는데, 그러니까……."

"알고 있었던 거죠, 그렇죠?" 오스카가 말을 막아버렸다. "그날 밤 이 집에 들어와서 집이 어떤 상태였는지 분명히 봤을 거예요!"

"그러니까 나는, 어떻게 된 일이냐 하면……."

하지만 엘라가 어떻게 된 일인지 설명하기도 전에 오스카는 그녀를 한참 동안 꼭 안아주더니 천천히 포옹을 풀고 감동한 표정으로 엘라를 바라보았다. "당연히 봤을 거예요!" 그는 미소를 지으며 말했다. 엘라는 왜 오스카가 화를 쏟아내지 않는지 의문이었다. 그동안 엘라는 자신이 모든 걸 알고 있었다는 사실이 결정적인 문제가 될 거라고 생각했었다. "엘라 씨는 정말 천사이자 착한 요정이에요." 그는 이렇게 말하며 부드럽게 입맞춤을 했다.

"저한테 화나신 거 아니에요?" 엘라가 불안해하며 물었다.

"화났냐고요? 아니요. 왜요?"

"내가 이미 다 알고 있으면서 감추고 있었으니까요."

"기억상실에 팔도 잘 못 쓰던 그때 상황에서 만일 내가 쓰레기장 같은 집에서 살고 있었다는 걸 알았다면 충격이 상당히 컸을 거예요. 그때 나한테 사실대로 얘기하지 않고 비밀로 한 것은 잘한 일이에요." 그는 갑자기 민망한 표정을 지었다. "온 집 안의 쓰레기를 치우고 이렇게 깨끗하게 청소하느라 정말 수고 많았어요. 그것도 모르고 난 탁자에 먼지가 있다고 타박하고 거짓말을 한다고 나무랐으니." 그는 미안한 표정으로 엘라를 쳐다보았다. "미안해요. 내가 몰라서 그랬어요."

"괜찮아요." 이제 엘라는 가장 말하기 힘든 것을 털어놓기 위해 용기를 냈다. 어차피 모든 일이 밝혀지기 직전이었다. "그리고 헨리와 관련해서는 말이죠⋯⋯." 엘라의 표정이 어두워졌고 차마 끝내지 못한 말은 허공에 떠다녔다.

"엘라." 그는 한숨을 내쉬었다. "지금 할 수 있는 일은 아무것도 없어요." 그는 엘라의 볼을 손으로 쓰다듬고 다시 입맞춤을 했다. "우리가 계단에서 충돌했던 그날 밤 나는 그 직전에 엘베 강변 선착장에 서 있었어요⋯⋯." 그는 말을 잇지 못했다.

엘라는 갑자기 속이 메슥거렸다. 이제야 오스카가 격분하지 않은 이유를 알 수 있었다. 그는 엘라가 단지 쓰레기장 같았던 집에 대해서만 알고 있고 그가 엘베 강으로 뛰어들려고 했다는 사실은 모른다고 생각했던 것이다. 지갑 속에서 사라진 사진과 텅 비어 있는 아이 방에 대한 생각도 아직 하지 못했다. 아직은. 급하게 눈을 세 번 깜빡이는 것도 도움이 되지 않았다. 재앙이 그녀를 향해 돌진해오고 있는 것이 보였다. 만약…… 만약에…… 엘라는 더 이상 가정문은 쓰고 싶지 않았다. 무슨 이유로든 오스카가 엘라의 등장과 사진 그리고 헨리 방의 연관성을 떠올리지 않기를 바라는 간절한 기도를 우주를 향해 올렸다. 우주가 어떻게 그런 기도를 들어줄 수 있을지는 전혀 알 수 없었다. 다만 엘라가 한 행동에 대해 논리적이고 이해 가능한 설명이 떠오를 때까지만 아주 잠깐만이라도 유예기간을 갖고 싶었다. 아니면 오스카의 기억에 부분적으로 구멍이 나서 두 사람의 사랑을 가로막는 모든 것들이 지워져버리기를 바랐다. 목적이 수단을 정당화할 수도 있으니까!

"그래서 엘베 강변에서는 뭐 했어요?" 엘라는 오스카가 계속 말을 이어가도록 질문을 던졌다.

"나는……." 그는 적당한 표현을 찾는 듯했다. "어떻게 설명해야 될까요? 그날 저녁 나는 정말 슬프고 절망스러웠어요. 앞으로 어떻게 살아가야 할지 도무지 앞이 보이지 않았어요. 제대로 살아갈 수나 있을지." 그는 힘없이 어깨를 으쓱했다. "아무 생각 없이 집 밖으로 나와 비를 맞으면서 계속 걸어다니다가 토이펠스브뤽까지 내려갔어요. 처음에는 란둥스브뤼켄에 갈 생각이 없었어요. 가다 보니 그곳에 가야겠다는 생각이 들었던 거죠. 그쪽 항구 부근에서 프랑신하고 결혼식을 올렸었는데 그때는 뭔가 과거의 감상에 젖어 있었던 것 같아요."

"그랬군요." 엘라는 완전히 말도 안 된다는 것을 알면서도 오스카가 결혼식 얘기를 꺼내자 약간의 질투심을 느꼈다.

"그곳에 도착해서 일단 그냥 돌아다녔어요. 그러다가 선착장에 도착해서 밧줄을 묶어두는 말뚝에 앉아 강물을 바라봤어요." 그는 한숨을 내쉬었다. "글쎄요. 어떻게 설명을 해야 할지 모르겠네요. 그때 갑자기 누군가의 조종을 받는 것 같았어요. 내 안의 뭔가가 나를 지배했어요. 그래서 벌떡 일어나 휴대전화를 강물에 던져버리고 재킷과 신발을 벗고 부두 가장자리에 섰어요. 내가 얼마나 오랫동안 그렇게 서 있었는지는 모르겠어요. 거의 뛰어들 뻔했다는 것 말고는요."

"왜 뛰어들지 않았죠?"

그는 당황한 눈빛으로 쳐다보았다. "헨리 생각이 났어요."

"강물에 뛰어들면 헨리를 다시는 볼 수 없다는 생각이 들었군요." 엘라는 익히 짐작해온 것을 말했다.

"아니요." 오스카의 대답은 엘라의 예상을 비켜갔다.

"헨리가 나를 더 이상 보지 못하겠다는 생각이 들었어요."

"헨리가요?"

오스카는 고개를 끄덕였다. "강물에 뛰어들면 그 순간 내 고통도 끝나잖아요. 정말로 그럴 수 있다면 좋겠다는 생각이 들었어요. 하지만 그건 정말 비겁한 짓이잖아요. 아들이 나와 함께 살든 안 살든 난 아버지로서 아들을 책임져야 하니까요. 어떻게든 아들을 위해 고통을 참고 견뎌낼 수밖에 없어요. 아이가 있는 사람이라면 그런 극단적인 선택은 정말 해서는 안 돼요. 아이가 언젠가 마음을 바꿔 나를 원할 때 그 기회를 빼앗으면 안 되잖아요."

엘라는 그의 마지막 말에 심한 충격을 받고 목에 뭔가 묵직한 것이 걸려 삼켜보려고 했으나 삼킬 수가 없었다.

"왜 그래요?" 오스카가 물었다. "무슨 큰 충격이라도 받은 것처럼 보여요."

엘라는 말없이 고개를 저었다. 충격을 받은 것이 아니었다. 슬프고 슬프고 또 슬펐다. 머릿속에는 하나의 단어밖에 떠오르지 않았다. 볼프라데.

"그리고 그 뒤로 어떻게 됐는지는 잘 알죠?" 오스카가 계속 말을 이었다. "난 그냥 그곳으로부터 도망쳐 집으로 돌아가고 싶었어요. 너무 다급했는지 아니면 정신이 없어서 그랬는지 내 물건들을 거기 그대로 놔둔 채 무작정 달렸어요." 그는 어색한 미소를 지었다. "그러다가 우리가 계단에서 마주쳤고 그 이후의 기억은 거의 없어요. 아주 어렴풋이 내가 다시 일어나서 야간버스를 탄 거 같은데 자세히는 기억이······." 그는 손가락으로 관자놀이를 톡톡 쳤다. "머릿속이 아직 뒤죽박죽이에요."

이제야 뒤늦게 엘라는 눈물을 흘렸다. 소리 없이 눈물만 주르륵 흘러내렸다.

"엘라." 오스카는 나직이 이름을 부르며 포근히 안아주었다. "울지 마요. 그럼 나도 또 울고 싶잖아요."

"그냥 기뻐서 그래요." 엘라가 속삭였다. "내 옆에 있어서요."

"그래요. 나도 당신이 내 옆에 있어서 기뻐요." 두 사람은 부드러운 키스를 나누고 차에서 내려 손을 잡고 집을 향해 걸어갔다.

"그런데······." 오스카는 갑자기 멈춰 섰다. "내 물건들을 빌리-바르텔스 계단에서 주웠다고 말하지 않았던가요?"

"그건 사실이 아니었어요." 엘라는 순순히 시인하며 또다시 심장이 마구 뛰는 것을 느꼈다. "우리가 충돌한 후에 당신이 사라져버리는 바람에 내가 온 군데 찾아다녔어요. 그러다가 재킷과 신발이 강변에 놓여 있는 것을 발견하고 무슨 상황인지 곧장 알아차렸어요. 그래서 솔직하게 얘기를 못했어요. 우리가 처음 만난 당시의 상태를 보아서는 목숨을 끊으려고 했다는 얘기는 차마 못하겠더라고요."

"내가 왜 그렇게 절망스러워하는지 궁금하지 않았어요?"

"당연히 궁금했죠! 완전히 수수께끼 같았어요. 엉망진창인 집이며 엘베 강가에 놓여 있던 옷가지며…… 하지만 차마 물어볼 수는 없었어요."

"그렇죠. 물어볼 수 없었겠죠."

"미안해요." 이 말은 엘라의 귀에조차 공허하게 들렸다. 그리고 당연하게. "내 잘못이에요."

"아니에요. 당신한테 아주 혼란스러운 일이었을 거예요." 그가 말했다. '여전히 그렇다'고 엘라는 속으로 생각했으나 아무 말도 하지 않았다. 그는 엘라를 향해 고개를 숙여 얼굴을 양손으로 감싸고 코를 비볐다. "에밀리아 파우스트 씨." 그가 진지한 목소리로 말했다. "무슨 일이 있었든 그리고 앞으로 어떤 일이 벌어지든, 착한 요정이 내 옆에 있어서 기쁘고 감사해요. 당신이 내 곁에 있어주는 것만으로도 내가 완전히 길을 잃은 건 아니라는 희망이 샘솟아요."

"길을 완전히 잃은 건 아니죠." 엘라의 목소리는 떨렸다. "그렇지 않아요." 둘은 다시 키스를 하고 문을 열고 집 안으로 들어갔다.

엘라는 안도의 한숨을 내쉬며 운이 좋았다는 생각을 했다. 그리고 우주가 그녀의 기도에 귀를 기울이고 결국에는 모든 일이 다 잘될 거라는 희망이 싹텄다. 오스카가 아

들을 되찾을 수 있도록 도울 수 있을 것 같았다(어떻게 할
지는 전혀 알 수 없었지만 같이 생각해보면 될 일이다). 몇 주간
짓누르던 엄청난 긴장감이 서서히 내려앉고 이제 닥쳐올
모든 일을 기꺼이 받아들이겠다는 각오를 다지는 찰나 갑
자기 오스카가 그녀의 어깨를 잡더니 몸을 옆으로 젖히는
바람에 하마터면 넘어질 뻔했다.

"당신!" 오스카는 엘라를 한 대 치기라도 할 기세로 서
있었다. "당신!" 그는 거의 고함에 가까운 소리를 지르며
턱으로 계단 쪽을 가리켰다. 2층으로 향하는 계단. "헨리
의 방은 대체 어떻게 한 거예요?"

32

'나는 항상 선을 원하면서도 항상 악을 창조해내는 힘의 일부분입니다.'

엘라는 괴테의《파우스트》에 나오는 이 구절이 잘못 인용된 것이라는 사실을 알고 있었다. 메피스토펠레스는 이와 정반대로 항상 악을 원하면서도 항상 선을 창조해냈다고 말했다. 엘라의 경우에는 정말로 오스카를 위해서 진심으로 최선의 것을 원했다. 그리고 물론 자기 자신을 위해서도 그랬다. 그것은 잘못된 일이 아니었다.

하지만 안타깝게도 그 반대의 결과가 나오고 말았다. 메피스토펠레스는 그녀를 자랑스러워할 것이다. 그녀는 모든 것을 망쳐버렸다. 오스카의 삶과 더불어 그녀의 삶까지 완전히 파괴해버리고 말았다. 비장하게 들릴지 몰라도 엘라는 진심으로 그렇게 느꼈다.

오스카의 집에서 쫓겨난 지 닷새가 지났다. 그는 엘라의 말을 단 한 마디도 더는 듣고 싶어하지 않았고 그의 인생에서 영원히 사라져달라고 했다. 엘라가 마지막으로 해명할 기회를 달라고 애원했지만 그는 듣고 싶어하지 않았다. 엘라도 그런 그를 이해할 수 있었다. 헨리의 존재와 프랑신의 존재를 숨긴 것은 누구라도 용서할 수 없었을 것이다. 아무리 좋은 의도였다고 해도 말이다. 이런 건 그 어떤 설명으로도 용서를 받을 수 없었다. 만약 아버지와 아들이 (시장에서) 서로 알아보고 얼싸안았다면 오스카와 헨리는 해피엔딩으로 끝났을 것이고 상황이 달라졌을 것이다. 만약 그랬다면 아들을 되찾은 기쁨에 젖어 엘라의 거짓말을 그냥 눈감아줬을지도 모른다. 하지만 이렇게 끝나고 나서야 엘라는 너무 많은 위험을 무릅썼다는 것을 깨달았다. 그리고 처참히 패배했다.

엘라는 그에게 다시 연락을 해보려는 시도는 하지 않았다. 그럴 용기가 전혀 나지 않았다. 오스카 역시 그녀에게 한 번도 연락하지 않았고 앞으로도 그럴 것이다. 엘라는 그 현실을 순순히 받아들였다. 아무리 그가 엘라를 미치도록 그리워한다고 해도 그는 절대로 전화를 하는 일은 없을 것이다. 오스카는 이런 부분에 있어서는 다른 부분과 마찬가지로 견고한 일관성을 보였다. 마르가레테 슐롬머스 선생님은 이럴 때 '죽음에 당당히 맞서다'라고 표현했을 것이다. 보통 때라면 에밀리아 파우스트는 선생님의 이 말씀을 스스럼없이 수긍했을 테지만 현재로서는 마음을 갈기갈기 찢어놓는 표현이었다.

몇 주 전 오스카의 집에 첫발을 들여놓을 때 엘라는 모든 걸 처음부터 다시 시작할 수 있다고 생각했었다. 그건 잘못된 생각이었다. 엘라는 이제 다시 스무 살에 해당하는 수준으로 되돌아오고 말았다. 엘라는 코라의 거실 소파에 웅크리고 앉아 무릎 위에 노트북을 올려 놓고 〈러브 액츄얼리〉에서 가장 좋아하는 장면을 무한 반복해서 돌려보았다. 이름이 기억나지 않는 남자 배우가 키이라 나이틀리에게 자기 감정을 표현하는 장면이다. 크리스마스를 배경으로 하는 이 영화에서 '고요한 밤, 거룩한 밤'을 배경으로 종이에 직접 고백의 말을 적어 사랑하는 사람에게 보여주는 장면이다. 영화역사상 가장 로맨틱한 사랑 고백이었다. '내게 당신은 완벽해요. 가슴이 아파도 당신을 사랑할래요. 당신이 이렇게 될 때까지.' 그런 다음 남자 배우는 그녀에게 미라 그림을 보여준다. 엘라는 이 장면을 볼 때마다 그런 최고의 감정은 바로 이런 식으로 표현해야 한다고 생각하곤 했다.

하지만 아무리 좋아한다고 해도 이 장면이 엘라의 마음속에 내적 갈등을 불러일으키는 건 어쩔 수 없었다. 커다란 종이에 하고 싶은 말을 적어서 보여주던 로맨틱한 남자는 그가 흠모하던 여자와 안타깝지만 잘되지 않았다. 여자는 이미 다른 남자와 결혼한 유부녀였다—그의 가장 친한 친구와. 엘라는 몇 시간 동안이나 이 부분을 어떻게 좋게 바꿀 수 있을지 머리를 싸매고 고민했지만 만족할 만한 해결책을 찾지 못했다. 만약 키이라가 그녀를 흠모하는 사람을 받아준다면 남편과 헤어져야 할 것이다. 결국 어떤 경우라도 패배자가 나올 수밖에 없었다.

어떻게 하면 모든 당사자들을 행복하게 해줄 수 있을까 하는 생각에 또다시 빠져들기 전에 엘라는 그 장면을 뒤로 돌리고 다시 시작 버튼을 눌렀다. 다시 시작되는 장면에서 남자는 가슴팍에 '그리고 크리스마스에는 진실을 말해야 하잖아요' 라고 쓰인 종이를 들고 있었다.

영혼의 모든 틈을 비집고 들어가는 끔찍한 축제분위기, 영혼 속으로 들어가 독하고 끈적거리는 덩어리로 자리를 잡아 모든 것을 질식시켜버린다. 엘라는 예전부터 크리스마스가 싫었다. 아니, 정확히 말하자면 이 '가족의 축제' 가 싫었다. 가족 없이 축제의 날을 보내야 한 이후로. 크리스마스 트리 아래에는 아버지도 없고 어머니도 없다. 이런 끔찍한 크리스마스 이브를 반짝거리는 눈으로 기대하는 아이가 과연 있을까?

헨리. 그 순간 조부모와 함께 그리고 유일한 친구인 고양이와 함께 쓸쓸하게 지내고 있을 오스카의 아들이 떠올랐다. 아이가 아빠를 아무리 거부한다고 해도, 그리고 엄마의 죽음이 아빠 때문이라고 생각하고 있다고 해도, 엘라는 그래도 헨리가 아빠를 많이 그리워할 거라는 생각이 들었다. 예전에 엘라도 엄마의 결정에 대해 화가 치솟아 밤새 울고불고 소리를 지른 적이 있었다. 그럼에도 불구하고 엄마와 함께할 수 있고 안을 수만 있다면 무슨 일이

든 했을 것이다.

헨리. 엘라는 결심을 한 듯 노트북을 닫아버리고 자리에서 일어났다. 12월 18일 수요일. 크리스마스 때까지 아직 6일이 남았다. 엘라는 코라에게 자동차를 빌려간다는 쪽지를 써서 식탁에 올려놓았다. 그런 다음 겨울부츠를 신고 코트와 가방을 챙겨서 곧바로 밖으로 나갔다. 이제 그녀 자신을 위해서 할 수 있는 일은 아무것도 없었다. 하지만 오스카와 그의 아들을 위해 그녀가 할 수 있는 일은 있을지도 모른다. 진실.

뒤부아 부부의 집 앞에 도착했을 때 엘라는 이번에는 좀 더 신중하게 처신하기로 마음먹었다. 코라의 자동차에서 내려 곧바로 돌진하지 않고 우선 차 안에서 지켜보기로 했다. 오전 11시도 채 되지 않았으니 헨리는 아직 학교에 있을 것이다. 그러면 헨리의 조부모는 어디에 있을까? 어쨌든 창문에는 불이 켜져 있었다. 올리비에 뒤부아와는 다시 마주치고 싶지 않았다. 그와 얘기해 봐야 승산이 없었다. 차라리 그의 아내 카트린과 대화를 나누는 편이 더 낫겠다는 판단이 들었다. 저번에 잠깐 봤을 때 훨씬 더 말이 잘 통하고 인간적으로 보였기 때문이다.

엘라는 초조하게 핸들을 손가락으로 두드리며 입에서 나오는 하얀 입김을 바라보았다. 살을 에는 듯한 강추위에 얼어 죽지 않기 위해 이따금씩 다시 시동을 켜야 했다.

몸 전체가 딱딱한 판자같이 굳어버린 것처럼 느껴질 때쯤 대문이 열렸다. 카트린 뒤부아가 집에서 나와 계단을 내려왔다. 그녀의 뒤를 따라 남편도 나온다면 낭패였다. 프랑신의 어머니와 단둘이 얘기를 나눌 수 있기를 기대하고 있었기 때문이었다. '운명은 어리석은 사람들의 편이다'라는 슐롬머스 선생님의 말이 떠올랐다. 현재까지는 적어도 그녀가 어리석은 사람에 속하지 않는다는 사실에 그나마 위안을 얻을 수 있었다.

그런데 운명이 그녀의 편이 되어줄지도 모른다는 예감이 들었다. 카트린 뒤부아가 차나 자전거를 타지 않고 그냥 길을 따라 걸어가고 있었기 때문이다. 엘라는 조심스럽게 코라의 차에서 내려 조용히 차문을 닫고 일정한 거리를 두고 뒤부아 부인을 뒤쫓아갔다. 그녀는 후트발커 거리에서 길모퉁이를 돌아 지하철 다리까지 가서는 왼쪽에 있는 생필품 상점 안으로 사라졌다.

'지금 아니면 영원히 못해.' 엘라는 스스로 용기를 불어넣고 상점 안으로 들어가 코트 주머니에서 1유로짜리 동전을 꺼내 카트를 뽑았다. 완벽했다, 정말 완벽했다! 이제 카트린 뒤부아와 우연히 마주치면 된다.

유기농식품과 건강식품을 파는 코너에서 뒤부아 부인과 거의 충돌할 뻔했다. 팔에 파란색 장바구니를 걸치고 있던 카트린 뒤부아는 오메가3 영양제 쪽으로 몸을 숙였다가 다시 고개를 들었다. 그 사이 카트를 밀고 온 엘라는 헨리의 할머니와 부딪치기 직전에 카트를 멈춰 세웠다.

"죄송합니다." 뒤부아 부인을 찾아 다른 곳을 두리번거리느라고 엘라는 무릎을 꿇고 있던 부인을 진짜로 보지 못했다.

"괜찮아요." 부인은 친절하게 미소를 지으며 다시 영양제 진열대로 시선을 돌리려 했다.

"뒤부아 부인?" 부인에게 말을 걸려니 긴장감이 고조되어 피가 귀로 쏠렸다.

"네?" 헨리의 할머니는 놀란 표정으로 엘라를 쳐다보았다. 부인은 엘라를 알아보지 못했다. 그때 문 앞에서 잠깐 본 게 전부였으니 어쩌면 못 알아보는 게 당연했다.

"에밀리아 파우스트입니다." 엘라는 자신을 소개했다. "오스카 드 비트 씨의 가정관리사입니다."

카트린 뒤부아의 얼굴에서 미소가 순식간에 사라졌고 언짢은 표정이 드러났다. "무슨 일이죠? 혹시 나를 뒤쫓아온 거예요?"

"아닙니다." '그리고 크리스마스에는 진실을 말해야 하잖아요.' "네, 맞아요." 엘라는 순식간에 대답을 바꿔 사실을 시인했다. "부인을 쫓아왔어요."

"저리 가세요!" 뒤부아 부인은 날카롭게 쏘아붙이더니 엘라를 지나쳐 가려고 했다. "저 좀 그냥 내버려두세요!"

"부탁입니다." 엘라는 더 이상 다른 말은 하지 않았다. 엘라는 부인의 팔을 부드럽게 잡고 얼굴을 쳐다보았다.

12시 15분쯤 엘라는 다시 코라의 자동차에 올라타 다음 계획을 실행할 준비를 했다. 카트린 뒤부아는 엘라에게 5분의 시간을 허락해주었다. 그 5분은 한 시간이 되었다. 두 여자는 생필품 상점 옆에 있는 카페에 앉아 한 시간 동안이나 대화를 나눴다. 더 정확히 말하자면 엘라가 주로 얘기했다.

크리스마스에는 진실을 말해야 한다지만, 오스카를 통해 그의 아내에 대해 알게 된 사실들은 당연히 뒤부아 부인에게 말하지 않았다. 그럴 이유도 없었고, 이제 와 말해봐야 무슨 소용이 있겠는가? 프랑신의 어머니는 어차피 그런 말들을 전혀 믿지 않을 것이고 더 이상 증거도 없었으며 당사자들에게도 이제는 물어볼 수가 없었다. 딸이 그랬다는 것을 안다면 뒤부아 부부의 마음만 더 후벼 팔 뿐이었다. 그리고 어쩌다가 오스카 부부의 사이가 멀어졌는지 그리고 그 책임이 어느 쪽에 있는지 과연 누가 판단을 할 수 있단 말인가?

대신에 엘라는 자신의 얘기를 했다. 부모 없이 자란다는 게 얼마나 힘들고 끔찍한 일인지에 대해서. 생부는 한 번도 만나본 적 없고 어머니는 열두 살 때 그녀 곁을 떠났다고.

"뒤부아 부인, 그렇게 되면 사람이 뿌리가 없어져요." 엘라가 말했다.

"그렇지만 헨리는 자기 아빠를 거부해요." 카트린이 말했다.

"그렇게 된 데는 할머니 할아버지의 영향도 조금은 있다고 생각하지 않으세요? 그리고 조금만 마음을 돌리셔서 아버지와 아들의 사이가 다시 좋아질 수 있도록 도울 수 있다고 생각하진 않으세요?"

"우리가 헨리를 맡아 키우는 건 오스카가 결정한 일입니다."

엘라는 어이없다는 웃음을 터뜨렸다. "아들을 외면하고 싶어서 그런 게 아니잖아요! 아들을 위한 최선의 방법이라고 생각해서 그랬던 거예요. 단지 이 하나의 이유 때문에요."

카트린 뒤부아는 더 이상 아무 말도 하지 않고 입을 꾹 다물어버렸고 그래서 엘라가 계속해서 얘기를 했다.

"부인께서 오스카에 대해 어떻게 생각하든, 그리고 여전히 오스카를 증오하고 딸을 잃은 상심이 아무리 크다고 해도 무엇보다 손자 입장에서 생각을 하셔야 합니다. 손자에게는 아버지가 필요할 거예요. 아이가 지금은 혼란스러워하고 화가 나 있다고 해도, 그럼에도 불구하고 아이는 아빠를 많이 그리워할 거예요. 전 진심으로 그렇게 생각해요."

헨리의 할머니는 천천히, 아주 천천히 고개를 끄덕였고 엘라의 마음속에 희망이 싹텄다.

"이미 엄마를 잃은 아이잖아요." 엘라는 떨리는 손으로 커피 잔을 부여잡고 있는 부인에게 호소했다. "그 아이한 테서 아빠까지 빼앗아가지는 말아주세요."

"파우스트 씨." 뒤부아 부인은 무슨 말을 하려다가 말았다.

"저는 두 분이 아주 건강하고 오랫동안 행복하게 사시기를 빕니다." 엘라는 몸을 숙여 카트린 뒤부아를 뚫어져라 쳐다보며 말했다. "하지만 언젠가는 더 이상 헨리 곁에 있어주지 못할 때가 올 겁니다. 그땐 어떡해요? 완전히 낯선 사람이 되어버린 아버지밖에 남아 있지 않게 될 텐데요." 엘라는 의자에 등을 기대고 기다렸다.

한참 후에 카트린 뒤부아는 아주 약하게 고개를 끄덕였다. 목소리를 가다듬고 자리에서 일어났다. "고마워요, 파우스트 씨. 남편과 얘기를 해볼게요. 꼭 진지하게 대화를 나눠보겠습니다." 부인은 머뭇거리며 카페에서 나갔고 엘라는 용을 무찌른 심정으로 앉아 있었다.

12시 반이 조금 넘은 시각, 엘라는 코라의 차를 콜로나덴 거리의 주차장에 세웠다. 엘라는 번지수를 일일이 확인하며 쇼핑거리를 따라 뛰면서 동시에 휴대전화의 통화 버튼을 눌렀다. 하지만 조금 전과 마찬가지로 자동응답기가 받았다. 직접 만날 수 있기를 기대하는 수밖에.

엘라는 찾던 주소를 발견하고 초인종 옆에 쓰여 있는 이름을 확인한 뒤 초인종을 눌렀다. 아무런 반응이 없었다. 다시 한 번 눌렀다. 역시 아무런 반응이 없었다. 엘라는 초조하게 발을 굴렀다. 안에 누군가 반드시 있을 것이다. 거룩한 임무를 수행하기 위해 코라의 집에서 황급히 뛰쳐나올 때 마치 운명처럼 문득 떠오른 문구가 있었다. 지난 몇 주 동안 잠들기 전과 잠에서 깰 때마다 줄곧 보아온 문구였다. '당신이 사랑하는 일이 일어나도록 노력하라. 그러지 않으면 당신에게 주어지는 일을 사랑해야만 한다.' 그리고 이제 에밀리아 파우스트는 바로 그렇게 하기로 굳게 결심을 했다. 하지만 안타깝게도 그 사이 운명은 마음을 바꿨는지 그녀의 계획을 방해하고 있는 듯했다. 하지만 그렇게 되도록 내버려두지 않을 것이다. 콜로나덴 거리 한복판에 텐트를 쳐야 하는 일이 있더라도.

엘라는 발을 동동 구르며 한 번, 두 번, 세 번 눈을 깜빡거리고 또다시 초인종을 눌렀다. 몇 초 뒤 문이 안쪽으로 활짝 열렸고 엘라는 문에 기대고 있다가 거의 넘어질 뻔했다.

"아이쿠!" 유쾌한 남자 목소리였다. 대머리에 염소수염 그리고 니켈안경을 쓴 60대로 보이는 남자의 팔에 엘라가 안긴 꼴이 되었다.

"죄송합니다!" 엘라는 민망해하며 똑바로 섰다.

"아주 생기발랄하게 다니시네요!" 남자가 눈을 찡긋했다.

"슈페히트 박사님을 만나 뵈러 왔습니다." 엘라는 다짜고짜 용건부터 말했다.

"혹시 병원이 몇 층인지 아세요?"

"여깁니다." 남자가 대답했다. "바로 접니다."

"슈페히트 박사님이세요?" 엘라는 기뻐서 펄쩍 뛸 뻔했다. "반갑습니다. 제가 급히 상의드릴 일이 있어서요."

"상당히 기분 좋은 일이네요." 박사는 재밌다는 듯 미소를 지었다. "젊은 숙녀 분이 이른 시간부터 이렇게 들이닥치는 경우는 흔치 않은 일이니까요. 그런데 말입니다……." 그는 손목시계를 들여다보았다. "지금은 좀 곤란합니다. 저는 지금 약속이……."

"런치요?"

"네. 맞아요! 그걸 어떻게 아셨어요?"

"그럴 시간인 것 같아서요."

"아, 네. 그렇죠." 그는 유쾌하게 웃었다.

"오스카 드 비트 씨하고 만나시는 거죠?"

박사는 놀란 표정으로 쳐다보았다. "그건 시간으로 짐작할 수 없는 건데요."

"네." 엘라는 고개를 끄덕였다. "저는 엘라입니다. 에밀리아 파우스트입니다."

"아! 그분이시라고요? 재밌네요!"

엘라는 오늘만 벌써 두 번째 카페에서 누군가와 마주

보고 앉아 있었다. 슈페히트 박사는 오스카에게 전화를 걸어 '런치' 약속을 30분 뒤로 미뤘다.

"더 오래 기다리게 하는 건 불가능해요." 그가 안타깝다는 듯이 설명하며 덧붙였다. "그리고 엄밀히 말하면 저는 파우스트 씨하고 얘기를 해서도 안 됩니다. 상황이 너무 복잡하게 얽힌 것 같아서 특별히 예외를 두는 겁니다."

엘라는 박사가 히포크라테스 선서든 다른 선서든 일단 내려놓고 그녀의 말을 들어주기로 해서 고마웠다. 엘라는 박사에게 모든 얘기를 털어놓았다. 정말 모든 얘기를. 그것도 엄청난 속도로—시간이 30분 정도밖에 없었으니— 속사포처럼 쏟아냈다. 그간 일어난 모든 일에 대해 그녀의 관점에서 최대한 설명했다. 심지어 필립과의 이별도 언급했고 오스카의 삶을 본래대로 되돌리는 데 성공한다면 필립과 다시 잘될 거라고 믿었다는 얘기까지 털어놓았다. 그런데 오스카와 사랑에 빠져버리는 바람에 갑자기 모든 게 너무 복잡해졌고 너무 혼란스러웠다고. 엘라는 기나긴 독백을 마치고 슈페히트 박사에게 어떻게 해야 오스카 드 비트의 마음을 되돌릴 수 있을지 물었다.

"아무것도 없어요." 그는 안타까운 표정으로 엘라를 바라보았다.

"아무것도 없다고요?" 엘라는 놀라서 되물었다. 이것

은 엘라가 내심 기대했던 대답이 아니었다.

"안타깝지만 더 이상 할 수 있는 일이 없어 보입니다." 박사가 말했다.

"하지만…… 하지만……." 엘라는 육지로 올라온 물고기처럼 숨을 헐떡거렸다. "오스카에게 용서를 받기 위해 제가 뭔가 할 수 있는 게 있을 것 아니에요. 뭐라도요!"

"저도 그런 방법을 알려드리고 싶은 마음은 굴뚝같으나 제가 말씀드릴 수 있는 방법은 없어요."

"제가 악의를 가지고 그런 건 아니잖아요! 저는 단지 도와주고 싶었을 뿐이라고요!"

"이해합니다. 하지만 오스카 씨의 가장 민감한 부분을 건드렸다는 게 문제예요. 파우스트 씨가 신뢰를 저버렸고 자신이 완전히 무력한 상황에서 배신을 했다고 생각하고 있거든요."

"그렇지 않아요." 엘라가 반박했다. "그럴 의도는 전혀 없었다고요!"

"제가 말씀드렸다시피 저는 그럴 의도가 없었다는 것을 잘 알고 있어요. 저를 찾아오시기 전부터 그렇게 생각했고 이렇게 직접 만나서 설명을 들으니 완전히 이해할 수 있어요. 하지만 오스카 씨는 그것을 받아들이지 못하고 있어요. 그리고 용서하고 싶은 마음이 있다고 해도 쉽지 않을 거라는 생각이 들어요." 의사는 한숨을 내쉬었다. "파우스트 씨, 아주 슬프고 안타까운 상황이에요. 저는 파우스트 씨가 오스카 씨에 대해 느끼는 감정이 진심이라고 생각하거든요. 오스카 씨의 감정도 그렇고요." 그는 어깨를 으쓱했다. "하지만 언제나 그렇기 마련이죠. 우리는 누구나 그림자를 가지고 있고 맹점을 가지고 있어요."

"맹점이라고요?"

"아니면 아킬레스건이라고 할 수도 있어요. 그 부분을 누군가 건드리면⋯⋯." 그는 말을 하다 말고 엘라를 향해 가까이 몸을 숙였다. "파우스트 씨, 제가 조언 한 가지 해드려도 될까요?"

엘라는 침을 꿀꺽 삼켰다. 그의 목소리 톤만으로도 그녀가 갑자기 그의 환자가 되어버렸다는 것을 느낄 수 있었다. "네." 엘라는 씩씩하게 대답했다.

"제 생각에는 파우스트 씨 본인의 맹점을 찾아보는 것이 많은 도움이 될 것 같습니다."

"저의 맹점이요?"

"그렇습니다. 얘기를 들어보니 파우스트 씨도 이런저런 문제들을 갖고 있다는 느낌이 들어서 말입니다."

"문제라고요?" 엘라는 의자 뒤로 등을 기대고 언짢은 표정을 지었다. "저는 아무 문제가 없어요!"

"아니요, 문제가 있어요. 오스카 씨의 일에 지나치게 관여한 것만 해도 그렇고. 파우스트 씨의 방식은 모든ㅡ다시 강조하지만 정말 모든!ㅡ 표준치를 훨씬 웃도는 방식이었어요. 전문가로서 제 의견을 말한다면 파우스트 씨는 주술적 사고에 얽매여 있는 것 같습니다."

"주술적 사고라고요?" 엘라는 그를 뚫어지게 쳐다보았다. "그게 뭔데요?"

"생각의 힘이나 의미 없는 의식을 통해서 운명을 바꿀 수 있다고 생각하는 어린아이들의 미신 같은 것을 말합니다."

"저는 전혀 그렇지 않아요." 엘라가 반박했다.

"파우스트 씨가 하신 얘기를 들어보면 그렇습니다." 그는 이렇게 말하며 자리에서 일어나려고 했다. "이제 그만 가봐야겠습니다. 드 비트 씨가 기다리고 있습니다." 그는 엘라의 어깨를 두드려주었다. "파우스트 씨는 아주 좋은 사람인 것 같아요. 그래서 의사로서 무료로 조언을 한 가지 해드리고 싶어요. 파우스트 씨의 인생에서 뭔가 억압되어 있는 것이 분명히 있을 겁니다. 견디기 힘든 무언가 말입니다. 오스카 씨처럼 말이죠. 오스카 씨는 기억상실증이 있었고 파우스트 씨는 어린아이 같은 주술적 사고를 하고 있어요. 자신의 그림자로부터 벗어나는 방법은 단 한 가지밖에 없어요. 그 문제에 맞서서 진실을 받아들이는 법을 배워야 합니다."

……그리고 크리스마스에는 진실을 말해야 하잖아요

사랑하는 구독자 여러분

호, 호, 회! 모두 메리 크리스마스!

정말 오랜만에 글을 올립니다. 그동안 저에게 많은 일들이 있었어요. 그동안 글을 올리지 못해서 사과도 할 겸 크리스마스 이브에 걸맞게 여러분에게 선물을 드리려고 합니다.

바로 진실입니다. '더 나은 결말'에 대한 진실. 그리고 저에 관한 진실. 제가 좋아하는 영화에 등장하는 말처럼 '크리스마스에는 진실을 말해야 하잖아요.'

그래서 우선 단도직입적으로 말씀드립니다. P하고 저는 깨졌고 결혼을 하지 않을 예정입니다. 이미 오래전부터 그렇게 되었는데 제가 여러분에게 감추고 속였어요. 저희는 결혼식 장소를 결정한 적도 없고 웨딩드레스를 고르러 간 일도 없어요. 그렇지만 이 블로그에 저와 저의 삶에 대해서 쓴 글들은 사실입니다. 하지만 그 중에는 사실이 아닌 얘기도 많습니다.

돌이킬 수 없는 한 가지 확실한 사실은 저의 거짓말로 인해 저에게 아주 소중했던 사람에게 상처를 주었고 그를 잃게 되었다는 것입니다. P를 두고 하는 얘기는 아닙니다. 저는 용서받을 수 없는 행동을 했고 그로 인해 되돌릴 수 없는 상황을 초래했어요. 제가 할 수 있는 유일한 일은 앞으로는 진실을 추구하는 것입니다. 아무리 고통스럽고 힘들더라도 말입니다.

그래서 새로운 이야기를 올리려고 합니다. 바로 저의 이야기입니다.

이런 의미에서 오늘은 저의 삶의 모토는 생략합니다. 더 이상 맞지 않으니까요. 대신 헤르만 헤세의 말로 글을 마치려고 합니다.

'자, 그럼 마음이여 이별을 고하자, 건강하라!'

에밀리아 파우스트 올림.

해피엔딩으로 만나요

옛날 옛적에…… 공주님이 살았어요. 그 공주님은 아름다운 여왕인 어머니와 함께 단둘이서 시끌벅적한 세상으로부터 멀리 떨어진 세상 끝에 위치한 마을의 작은 집에서 살았어요.

"그런데 왜 집에서 살았어요?"라고 묻는 분들이 계실 겁니다.

"공주는 성에 살잖아요!"

하지만 이 공주님은 성에 살지 않았어요. 아주 가난했거든요. 너무 가난해서 세상 끝에 있는 이 마을 사람들은 이 모녀가 여왕과 공주라는 사실조차 알지 못했어요. 마을 사람들에게는 그냥 젤마와 엘라로 통했고, 여왕과 공주는 마을 사람들을 잘 알지 못했지만 마을 사람들은 이 모녀에 대해 모든 것을 알고 있었어요.

어떤 사람들은 엘라의 아버지가 다른 여자 때문에 부인을 버렸고 그래서 젤마가 딸을 데리고 대도시에서 시골로 도망치다시피 이사를 왔다고 했어요. 또 어떤 사람들은 엘라는 사생아이고 엄마인 젤마는 행실이 나쁜 여자라고 했어요. 엘라의 아버지가 해외에 참전했다가 총에 맞아 죽었다는 소문도 있었고, 젤마가 친엄마가 아니라 엘라를 친딸처럼 키우고 있는 이모라는 얘기도 떠돌았어요.

이렇듯 세상 끝에 자리 잡은 이 마을에는 모녀에 관한 무수한 얘기들이 떠돌아다녔고 온갖 추측과 소문이 난무했어요. 하지만 진실은 이 모녀만 알고 있었어요. 함께 인생을 걸어가는 이 모녀는 아무것도 필요 없었고 둘이만 있어도 행복했어요.

매일 저녁 해가 지면 젤마는 딸에게 빨간 동화책을 읽어주었어요. 젤마가 직접 바꿔 쓴 이야기들은 아름다웠고 사랑과 행복을 이야기했어요. 그 책 속에는 수백 개의 동화가 수록되어 있었지만 엘라가 학교에서 들어서 익히 알고 있던 아이들을 울리는 슬픈 동화는 없었고 모두에게 웃음을 주는 그런 이야기들만 있었어요. 젤마가 사랑하는 외동딸을 위해서 직접 바꿔 쓴 이야기들이었어요.

그중 어떤 이야기는 엘라 공주의 마음을 특별히 사로잡았어요.

당연히 고귀한 왕이었던 아버지에 관한 이야기였어요. 왕은 하늘에서 천사들과 함께 지내며 아내와 엘라를 지켜주었고 언젠가 아주 많은 세월이 흐르면 다시 셋이 함께 만나게 될 예정이라고 했어요. 젤마는 딸에게 이 이야기를 들려줄 때마다 조금 눈물을 흘렸어요. 하지만 그건 전혀 문제가 되지 않았어요. 그럴 때마다 공주님은 엄마를 꼭 안아주면서 두 사람이 굳게 믿고 따르는 말을 귀에 대고 속삭였어요. "끝에는 다 잘될 거예요."

세상 끝에 자리 잡은 이 작은 마을에서 젤마는 큰 슬픔에 빠진 날들도 있었어요. 바로 '검은 개'가 찾아왔기 때문이었어요. 엘라의 바람과는 달리 그 개는 진짜 개가 아니었어요. 만약 진짜 개였다면 엘라는 블래키라는 이름을 지어줬을 것이고 검은 개는 슬퍼해야 할 존재가 아니라 오히려 반가운 존재였을 거예요. 하지만 여왕은 검은 개가 찾아온 날이면 아침부터 저녁까지 침대에 누워서 하염없이 우는 것 말고는 아무것도 할 수가 없었어요. 부엌에 가서 딸과 함께 먹을 음식도 준비할 수 없었어요. 빨래를 하거나 엘라가 아침에 학교에 늦지 않게 챙겨줄 수도 없었어요. 그런 날에는 집 밖으로 나가 장을 보러 가거나 우체국에 편지를 붙이러 갈 수도 없었고 집 안 청소나 정리도 할 수 없었으며 보통 엄마들이 하는 일들을 전혀 할 수 없었어요. 검은 개가 오면 이런 일을 하는 것은 불가능했어요.

하지만 공주님은 영리한 아이였어요. 공주님은 여왕이 가끔 이렇게 슬픔에 빠져버리는 것을 마을 사람들이 알면 안 된다는 것을 알고 있었어요. 마을 사람들이 알게 되면 또 온갖 소문들이 무성하게 퍼질 것이 분명했으니까요. 엘라는 영리했을 뿐만 아니라 부지런한 아이였기 때문에 엄마가 해야 할 일들을 대신했어요. 엘라는 요리를 하고 청소를 하고, 빨래와 다림질을 하고 장도 보고 우체국에도 갔으며 모든 집안일을 잘 돌보고 자기 자신을 잘 돌보아서 엄마 젤마가 하루 종일 잠을 자고 울면서 지낸다는 사실을 아무도 몰랐어요.

그런데 시간이 지날수록 검은 개는 더 자주 찾아왔어요. 그래서 엘라는 더 부지런하게 요리, 청소 그리고 빨래를 해야 했어요. 엘라는 단 한 번도 불평을 하지 않았어요. 엄마가 곁에 있는 것이 좋았고 집안일을 해도 상관없었어요. 하지만 가끔 젤마는 그런 엘라를 보며 쓸쓸하게 눈물을 흘렸고 아무런 말을 하지 않을 때도 있었고 이 세상에 존재하지 않는 사람 같을 때도 있었어요. 그래서 엘라는 엄마가 누워 있는 침대에 걸터앉아 이제는 엘라가 쓴 빨간 책을 엄마에게 읽어주었어요. 그럴 때마다 엄마는 다시 정신이 돌아오고 미소를 지으며 마지막에는 한숨을 내쉬며 말했어요. "너도 언젠가는 너를 성으로 데리고 갈 왕자님을 만나게 될 거야. 그래서 평생토록 행복하게 살게 될 거야."

공주님은 이런 얘기를 듣고 싶어하지 않았어요. 이미 행복했으니까요. 대부분의 시간 동안에는 말이죠. 물론 엘라도 가끔 슬프고 외로울 때가 있었어요. 특히 마을 아이들이 엘라와 놀아주지 않고 엘라가 하는 이상한 이야기를 비웃을 때 말이죠. 그럴 때면 엘라는 아이들이 인생에서 가장 중요한 것이 무엇인지 알지도 못한다고 속으로 투덜거렸어요. 바로 해피엔딩 말이죠. 엘라는 날마다 그 증거를 직접 봤어요. 엘라가 어떤 이야기나 동화를 특히나 잘 썼을 때, 말의 힘으로 더 아름다운 세상을 만들어냈을 때마다 어머니의 건강이 조금씩 좋아졌거든요. 그래서 엘라는 이런 이야기에 들어 있는 진실의 힘을 몸소 깨달았어요.

몹시 덥던 어느 여름날, 학교를 마친 아이들이 엘라에게 함께 바닷가로 놀러가자고 제안했어요. 아이들한테 이런 제안을 받은 적이 한 번도 없었던 공주님은 아이들과 바닷가로 놀러가고 싶었어요. 하지만 검은 개를 피해 침대에 누워서 딸이 돌아오기를 기다리고 있을 엄마 생각에 잠시 망설였어요. 그렇지만 아이들과 함께 단 한 시간만이라도 수영을 하고 놀고 싶은 마음이 너무나 간절했던 엘라는 결국 아이들을 따라갔어요. 엄마는 어차피 자고 있을 거라는 생각이 들었기 때문이지요.

엘라가 아이들과 놀고 집으로 돌아오는데 멀리서부터 집 주위에 흥분한 사람들이 모여 있는 것이 보였어요. 모두들 횡설수설했고 여왕인 엘라의 엄마는 창백한 얼굴로 말없이 흰색 들것에 실려 커다란 차 안으로 옮겨지고 있었어요. 엘라는 소리를 지르며 엄마에게 달려들었고 엄마를 차에게 꺼내 다시 방 안으로 데리고 가고 싶었어요. 하지만 사람들은 엘라를 만류하고 꽉 붙잡으며 진정해야 한다고 말했어요.

그때서야 무슨 일이 있었는지 알게 됐어요. 엘라는 엄마가 딸을 찾아 온 동네를 돌아다녔다는 것을 알게 됐어요. 잠옷차림으로 엘라의 이름을 부르며 만나는 사람마다 매달려 딸이 어디에 있는지 아느냐고 물었어요. 결국 어떤 사람이 공부를 많이 하고 교양 있는 의사를 불렀고 그 의사는 젤마를 안정시키고 어디론가 데리고 가야 한다고 했어요.

하지만 공주님은 사람들이 엄마를 데리고 간 곳으로 같이 갈 수 없었어요. 엘라는 마을에 남아서 아이들이 있는 가정에서 함께 지내게 되었어요. 그 아이들은 바닷가로 같이 놀러가자고 하기는 커녕 이제 더 이상 엘라와 놀고 싶어하지 않았고 엘라가 당분간 함께 사는 것을 투덜거리며 받아들일 수밖에 없었어요. 불쌍하고 혼란스러운 아이에게 숙식을 제공하는 것은 이웃에 대한 당연한 사랑이기 때문이었어요.

엘라는 엄마한테 가면 안 되는지 마을 사람들에게 매일 물었어요. 그리고 매번 안 된다는 대답만 들었어요. 사람들은 젤마가 안정될 때까지 시간이 필요하고 때가 되면 엄마를 데리고 올 것이라 말했어요. 그래서 엘라는 매일 빨간 책을 읽었어요. 모든 이야기들을 읽고 또 읽으며 새로운 이야기를 쓰기도 하면서 그녀가 할 수 없는 어떤 힘이 작용하기를 간절히 기도했어요. 엄마가 다시 건강해져서 집으로 돌아오게 해달라고.

하지만 엄마는 건강해지지 않았어요. 그리고 집으로 다시 돌아오지도 않았어요. 그 대신 몇 주 후에 바짝 마르고 창백한 여자가 찾아와서 엘라 옆에 앉아 손을 잡으며 젤마는 이제 '더 좋은 곳'에 있다고 나직이 말했어요. 그리고 젤마가 있는 곳에서 쓴 편지를 마지막으로 주고 갔어요.

나의 하나밖에 없는 사랑하는 보물에게

내가 내린 결정에 대해 네가 많이 슬퍼하리라는 것을 잘 알아. 하지만 그럴 필요 없어. 나한테는 이것이 내가 생각할 수 있는 최선의 결말이야.

나는 어두운 그림자가 드리워진 세계에 살고 있는데, 아무리 애를 써봐도 특히 너를 위해서 아무리 노력을 해봐도 칠흑 같은 어둠은 번번이 나를 덮쳐서 놓아주지 않고 나의 영혼과 마음을 갉아먹고 병들게 한단다.

그래서 나는 자유를 선택하려고 해. 이것은 내가 생각할 수 있는 유일한 자유야.

사랑하는 나의 엘라, 나의 공주님. 이제 너에게도 네가 원하는 것을 하고 원치 않는 것을 하지 않을 수 있는 자유가 생겼어. 그러니 세상 밖으로 나가서 거리에서 노래를 부르고 춤을 추거라! 너의 왕자님을 찾고 행복해질 수 있는 삶을 찾아.

나는 이제 정말 괜찮다는 말을 믿어줘. 그리고 나는 확실히 알고 있어. 우리가 언젠가 다시 만나서 뜨거운 포옹을 하게 될 것이라고 말이야.

해피엔딩으로 만나요!

너를 가장 사랑하는 엄마

엘라는 빨간 책 뒤에 이 편지를 넣어두었어요. 몇 년 동안 책에 끼워 넣고 다시는 꺼내보지 않았어요. 하지만 편지가 그곳에 있다는 것은 항상 알고 있었어요. 그리고 그 후에 무슨 일이 있을 때마다-보육원과 위탁가정에서는 공주님이 계속 머물 수 없어서 잠시 지냈어요- 이 편지를 생각하며 매달렸고 생각했어요. '끝에는 다 잘될 것이다.'

엘라는 어른이 되어 엄마가 자랐던 대도시로 되돌아갔어요. 엘라는 자신에 대한 새로운 이야기를 지어냈어요. 죽음, 슬픔 그리고 동정이 있는 이야기가 아니라 기쁨, 사랑 그리고 영원한 행복이 깃든 이야기였어요. 아무도 뒤에서 입을 가리고 속닥거릴 수 없는 그런 이야기였어요. 이렇게 해야만 그녀의 어머니, 여왕이 그녀를 위해 바랐던 것들, 그리고 마지막 유언을 이룰 수 있다고 생각했어요.

엘라는 이제 빨간 책이 아니라 저 바깥세상을 위해 또 다른 이야기들을 지어냈어요. 이제 더 이상 세상 끝이 아니었고 그녀 앞에 펼쳐진 세상이었어요. 엘라는 소위 왕자님을 계단에서 만났어요. 하지만 신발 한 개를 잃어버린 사람은 엘라가 아니라 그 왕자였으며 해피엔딩이 손에 닿을 정도로 가까워진 듯했으나 결국 운명을 마음대로 좌지우지할 수 없다는 것을 깨달을 수밖에 없었어요. 차가웠던 10월의 어느 날 어떤 궁중의 어릿광대가 그녀에게 속삭였던 이야기가 사실이라는 것을 깨달았어요. '우리는 소망을 나열할 것이 아니라 현실을 직시해야 한다' 고요.

그래서 엘라 공주는 빨간 책을 꺼냈어요. 책을 가지고 멀리 떠났어요. 멀리. 멀리. 멀라-그리고 어디로 갔는지 아무도 모른답니다⋯⋯.

댓글 (417)

Loveisallaround_82, 12:56
꿀꺽!

Little_Miss_Sunshine_and_Princess, 13:03
엘라 님, 저는 그런 사실을 전혀 몰랐고 짐작조자하지 못했기에
뭐라고 얘기해야 할지 모르겠어요. 우선 가장 먼저 꼭 껴안아주
고 싶어요! 지금 크리스마스 트리 때문에 난처한 상황에 있는
고객을 만나러 가는 길인데 끝나고 가능한 빨리 집으로 갈게요!
♡♡♡

달콤한 달을 꿈꾸는 소녀, 13:09
엘라 님, 정말 어리둥절하네요. 지어낸 이야기에요 아니면 진짜
사실이에요? 지어낸 이야기가 아니라면 정말 너무 안됐어요. ☺
지어낸 이야기라고 해도 너무 슬퍼요. 그리고 멀리 간다는 건 무
슨 소리에요? '더 나은 결말'을 그만둔다는 얘긴가요? 자세히
설명 좀 해주시겠어요?

BLOXXX BUSTER, 13:17
뭐라고 해야 할까요? 정말 대단한 에밀리아 파우스트.
경의를 표합니다. 그런데 궁중의 어릿광대라니요? 정말 너무 심
한 거 아닙니깨!

@Sweetie: 좀 누워서 의사가 등장하는 소설이나 읽어봐요.

반짝이 요정 XXL, 13:24

아아아아아! 엘라 님! 눈물이 멈추지 않아요! 꼭 껴안아줄게요! 그리고 메리 크리스마스!

달콤한 달을 꿈꾸는 소녀, 13:36

다시 왔어요! 정말 이해가 안 돼요. 그래서 그 왕자님은 누구에요? P? 그런데 왜 '소위' 왕자죠? 그리고 신발은 또 무슨 소리에요??? 그래서 지금 약혼을 한 거예요, 안 한 거예요? 머리 긁적긁적. 아무튼 저는 도통 무슨 소린지 모르겠어요.

O.d.W., 13:44

파우스트 씨, 지금 당장 우리 집으로 와요! 당장! 구석에 엄청나게 큰 먼지덩어리가 굴러다녀요! 으악!

다른 댓글 248개 읽기

33

'지금 당장' 이라는 말이 사람을 이토록 빨리 움직이게 할
수 있다니! 엘라는 오스카의 댓글을 보자마자—엘라는 정
말 오스카이기를 간절히 빌었지만 눈을 깜빡거리지는 않
았다— 택시에 앉아 오스카의 집이 있는 엘브쇼제로 향하
고 있었다. 하마터면 택시기사한테 '가능한 빨리 가주세
요. 돈은 원하는 대로 다 드릴게요!' 하고 소리칠 뻔했다.
안 그래도 이미 충분히 멜로드라마의 한 장면 같았다. 적
어도 에밀리아 파우스트에게는 그랬다. '새로운' 에밀리
아 파우스트에게는.

　15분 정도 뒤에 엘라는 오스카의 집 앞에 도착했고 초
인종을 누르자 정문게이트가 곧바로 열렸다. 그리고 택
시가 저택을 향해 가는 동안 오스카가 마중을 나왔다. 맨
발로.

　"오스카!" 마치 영화의 한 장면처럼 엘라는 날아서 그
의 품에 안겼고 또다시 그를 넘어트릴 뻔했으나 다행히
그는 웃으며 살짝 비틀거리기만 했다.

　"드디어 왔네요." 그는 속삭이듯 말하며 엘라의 코를

비볐다.

"네. 왔어요." 이 말과 동시에 엘라는 오스카에게 키스하려 했지만 그는 "잠깐!"이라고 외치며 제지했다. 엘라는 불안한 눈빛으로 그를 바라보았다.

"한 가지 질문이 있어요."

"어떤 질문이요?"

"확실히 짚고 넘어가고 싶어서 말이죠. 그 이야기 끝에 등장하는 그 왕자 말이에요. 설마……"

"그 얘기는 그만해요."

그리고 입맞춤을 했다. 믿을 수 없을 정도로 달콤하고 부드러운 키스였고 엘라는 어디선가 '문 리버'의 선율이 들려오는 것 같다고 생각했다…….

한참 후, 이미 어둑어둑해지고 밖에서 크리스마스 종소리가 울려 퍼질 때쯤 두 사람은 거실에 있는 소파에 서로를 안고 누워 있었다. 오스카는 엘라에게 크리스마스 연휴 둘째 날에 무엇을 할 계획인지 물었다.

"아직 모르겠어요. 같이 보낼래요?"

"아주 좋지요!"

"그런데 내일은요?" 엘라는 연휴 내내 오스카를 독차지하고 싶다는 욕심을 애써 다스리며 질문을 던졌다.

"내일이요?" 오스카는 엘라 쪽으로 고개를 돌려 그녀의 코를 또다시 비비고는 빙긋 미소를 지었다. "내일은 아들을 보러 갈 거예요."

"정말이요?" 엘라가 놀라며 물었다.

"네." 그의 얼굴에 환한 미소가 번졌다. "장인 장모께서 댁으로 초대하셨어요." 그는 엘라를 부드러운 눈길로 쳐다보았다. "다 당신이 한 일이죠?"

"내가 한 일이요? 왜 그렇게 생각해요?"

"장인 장모에게 직접적으로 들은 말은 없지만 왠지 당신하고 뭔가 관련이 있다는 짐작이 들어서요. 슈페히트 박사도 당신에 관해 뭔가 언급했는데 의사로서 환자 비밀보호의 의무가 있기 때문에 자세히 말할 수는 없다고 했어요."

"그건 말이죠……." 엘라는 그냥 비밀로 묻어두려고 했다. 하지만 크리스마스에는 진실을 말해야 하기 때문에(그리고 슈페히트 박사가 환자 비밀보호의 의무를 철저히 지키지는 않는 것을 익히 알고 있었기 때문에. 멋진 돌팔이였다!) 사실대로 말했다. "맞아요. 내가 만나서 얘기를 좀 나눴어요."

오스카는 호탕하게 웃으며 엘라의 얼굴을 양손으로 잡고 뽀뽀 세례를 퍼부었다. "내일이면 헨리를 만나요!" 그는 다시 등을 대고 누워서 엘라를 가까이 끌어당겼다. "이제 진짜 시작인 거죠?"

엘라는 말없이 고개를 끄덕였고 오스카의 품속으로 파고들어 눈을 감았다.

'그리고 모든 시작에는 마법이 깃들어 있다.'

감사의 글

―――――

가장 먼저 파트모스 출판사와 막스 린네베르크 씨에게 감사의 인사를 전하고 싶습니다. 저는 자료조사를 하면서 《잠에서 깨어났는데 인생이 사라져버렸다. 나의 기억상실에 관한 이야기》를 출판 전에 미리 읽어볼 수 있는 기회를 얻었고 그 원고는 《해피엔딩으로 만나요》를 집필하는 데 정말 많은 도움이 됐습니다. 린네베르크 씨의 책을 많은 분들에게 추천해드리고 싶습니다. 글을 정말 멋지게 썼을 뿐만 아니라 정체성이라는 주제를 심도 있게 다루고 있기 때문입니다.

"스스로 내가 누구인지 모른다면 나는 누구일까?"
- 막스 린네베르크와 울리히 벡커스 지음, 《잠에서 깨어났는데 인생이 사라져버렸다. 나의 기억상실에 관한 이야기》, 파트모스 출판사, 220페이지.

그리고 또 감사를 전하고 싶은 분들

이번 소설에서도 역시 저와 함께 '고생'을 한 베티나 슈타인하게 편집장님께 감사를 드립니다. 몇 달 동안 여행을 다녀오셔도 마땅하다고 생각합니다.

멋진 뤼베 출판사 팀원과 함께 일할 수 있어서 정말 기쁩니다. 클라우디아 밀러, 프란치스카 파르, 바바라 피셔, 미햐엘라 코스만, 존야 레히너, 클라우스 클루게, 마르코 슈나이더스, 토마스 쉬어락, 크리스티안 슈튀베, 비르기트 뤼베, 토르스텐 글뢰저, 슈테파니 폴레, 안야 하우저, 이네스 라이스아우스, 보도 호른루몰트, 리카르다 비테-마주어, 몸케 참회퍼, 케르스틴 카이저 그리고 헬가 클렘트.

항상 제 곁에서 조언을 아끼지 않는 페트라 에거스 에이전시의 페트라 에거스, 디르크 가이슬러 그리고 다니엘 무르자.

극작 평론가로서 저를 지지해준 리자-마리 디크라이터 역시 오래 휴가를 다녀와도 마땅합니다.

극작 평론가인 알렉산드라 헤네카 역시 정말 많은 도움이 되는 조언을 해주었으며 항상 저에게 귀를 기울여주셨습니다.

가정법 전문 변호사이자 라이프치히에 사는 열렬한 독자인 베른트 오트머는 양육권과 관련된 문제에 대해 아낌없는 조언을 해주셨습니다.

《당신의 완벽한 1년》의 멋진 트레일러를 제작해준 올리버 쉐어는 《해피엔딩으로 만나요》를 위해서도 멋진 아이디어를 냈습니다. 모두 여기를 보세요. https://trailer-park.myportfolio.com

친구이자 루치의 약혼자인 에베의 어머니 그리고 내과 전문의인 비프케 보데는 제가 그냥 편안하게 커피를 마시자고 둘러대며 만날 때마다 10만 개가 넘는 의학 관련 질문에 친절하게 답을 해주었습니다.

필립 피서-리페 박사님은 가정의학 전문의로서 비프케 보데가 '커피'를 마실 시간이 없을 때 도움을 주셨습니다.

페터 프랑에는 동료이자 친구로서 서로 다른 다섯 종류의 플롯을 들어주고 아낌없는 조언을 해주었습니다.

율리안 슈뢰더 함부르크 대학병원 신경과 전문의는 외상성 뇌손상과 기억상실과 관련해서 많은 도움을 주셨습니다. 전문의를 소개해주신 데 대해 니나 에로우스미스에게 감사를 드립니다.

카트야 로렌츠 함부르크-블랑케네제 지방법원 최고집행관께서는 지급명령과 집행장에 관한 모든 설명을 해주셨습니다.

레프시우스-슈프링고룸 세무와 법률사무소 팀은 관련 조언만 해준 게 아니라 제가 그곳에서 글쓰기 작업도 할 수 있게 배려해주셨습니다. 다시 한 번 감사드리고 최고라는 말씀을 드리고 싶어요. 아데리네 레프시우스-슈프링고룸, 안드레아스 호르네프, 안네 야누츠, 니콜 슈펙만, 슈테파니 그라프, 카이 헨트셀 그리고 롤프 괴츠.

크리스티아네 마르크스는 《해피엔딩으로 만나요》 오디오북을 아름다운 목소리로 빛내주셨습니다.

아기 게브하르트는 가정관리 전문가로서 저에게 많은 조언을 해주시고 격려해주셨습니다.

엔스 엡 공중인은 아침에 기상전화를 해주었고 제가 중간중간에 페이스북으로 질문할 때 성심껏 답을 해주었습니다.

저의 멋진 친구들과 동료들에게 감사를 전합니다. 제바스티안 피체크, 야나 보젠, 마티아스 빌리히, 우르줄라 포츠난스키, 티나 볼프, 프라우케 쇼이네만, 클라우디아 테젠피츠, 베티나 헨니히, 엔스-슈테판 휘벨, 멜라니 라베, 지빌레 슈뢰터, 니나 호이어, 니코 파베, 존야 부코빅 그리고 아르노 슈트로벨. 모두 불평 없이 저의 초고를 읽어봐주셨고 많은 도움이 되는 피드백을 해주었습니다. 다들 최고! (혹시 제가 빠트린 분이 계시면 연락주세요. 다음 쇄에 넣어드립니다.)

그리고 제바스티안 피체크에게 다시 한 번 저의 소설에서 '런닝 개그'로 등장한 것을 유머러스하게 받아들여준 것에 감사드립니다.

어린이집 팀 카트린 헤라츠, 존야 얀센, 니나 블룽크, 탄야 폴만, 카리나 하우어 그리고 비프케 나겔의 전폭적인 도움이 없었다면 중간에 상당히 힘들어졌을 겁니다.

율리아 크보로스티아나 역시 제가 글쓰기에 집중할 수 있도록 많은 도움을 주셨습니다.

그리고 마지막으로 루치, 루치, 루치에게 감사를 전합니다! 그리고 '해마' 수영자격증 딴 거 축하해. 네가 정말 자랑스러워!?

해피엔딩으로 만나요

1판 1쇄 발행 2018년 02월 27일
1판 2쇄 발행 2018년 03월 07일

지은이 샤를로테 루카스
옮긴이 서유리
펴낸이 김병은
펴낸곳 (주)프롬북스

등록번호 제313-2007-000021호
등록일자 2007.2.1.

주소 서울특별시 강서구 마곡중앙로 161-8 두산더랜드파크 A동 722호
문의 02-6989-8335
팩스 02-6989-8336
전자우편 edit@frombooks.co.kr

ISBN 979-11-88167-13-5 03850
정가 15,800원